T0274341

Alex Mírez

STRANGE

wattpad
by Montena

Strange

Primera edición en España: junio de 2021
Primera edición en México: enero de 2022

D. R. © 2021, Alex Mírez

D. R. © 2021, Penguin Random House Grupo Editorial, S. A. U.
Travessera de Gràcia, 47-49, 08021, Barcelona

D. R. © 2022, derechos de edición mundiales en lengua castellana:
Penguin Random House Grupo Editorial, S. A. de C. V.
Blvd. Miguel de Cervantes Saavedra núm. 301, 1er piso,
colonia Granada, alcaldía Miguel Hidalgo, C. P. 11520,
Ciudad de México

penguinlibros.com

ISBN: 978-607-381-246-7

Recuerdo cuando lo encontramos.

Estaba tendido en el suelo de mi jardín, herido, débil y cubierto de sangre. Estaba desnudo de cintura para arriba. Solo vestía unos pantalones negros, viejos y rotos. Su cabello era una mata oscura, húmeda y salvaje. No usaba zapatos. Las plantas de sus pies tenían ampollas y sus pálidos hombros brillaban por el sudor mientras temblaba, y cada fibra de su cuerpo parecía tensarse de dolor.

Daba miedo. No había nada de normal en él. Incluso emanaba un olor fétido.

Pero... al mismo tiempo había algo muy intrigante en su estado. Parecía un animal herido, vulnerable e inmovilizado por su propia debilidad. Y me inspiraba cierta familiaridad, como si no fuera realmente un extraño.

Había algo en él.

En su aparición.

E incluso en su nombre cuando lo pronunció.

Pero...

¿Era una víctima?

¿O era él quien había hecho algo muy malo?

Supongo que ya era muy tarde cuando descubrimos la verdad...

1

El chico que aparece de la nada

—Nos van a matar, Mack.

—Si sigues hablando, sí —me quejé.

De acuerdo, probablemente sí nos iban a matar, porque había algo en mi jardín. Algo... ¿malo?

No estaba segura, pero tan solo unos minutos atrás estábamos sentados en el sofá de mi casa viendo series. Una noche relajada y tranquila hasta que de repente se había cortado la luz y luego, como si estuviéramos en una película, escuchamos un ruido muy extraño. Nos asustamos, pero salimos a ver qué era. El problema era que allí todo era oscuro, silencioso y aterrador, y nuestros pasos crujían sobre la hierba del enorme jardín a medida que explorábamos.

—Nos van a matar como a unos pendejos —continuó él en un tono agudo y asustado—. Tengo dieciocho años, Mack, no me quiero morir todavía. ¡Ni siquiera he hecho mi primer trío!

—¡Que te calles, Nolan!

Pero, por supuesto, no se calló. Si en verdad nos mataban, iba a ser culpa suya.

—Estamos aplicando la estúpida lógica de los protagonistas de las películas de terror —siguió, quejoso, mientras apuntaba con la linterna en todas las direcciones—. Sabemos que esto va a terminar mal y no echamos a correr. Dime por qué aún no hemos echado a correr.

Solo tenía paciencia con él porque Nolan era mi mejor amigo. Podía verse como alguien muy valiente: alto, esbelto, parecido a un personaje bohemio de una película europea, un poco exótico en el color de ojos y en el perfil por su ascendencia griega materna, pero cuando estaba nervioso se comportaba como un grano en el culo.

—Seguimos aquí porque no somos tan cobardes —repliqué, mirando hacia los lados.

—Oh, sí lo somos —refutó él. Yo sabía que tenía razón, pero no iba a dársela—. Todavía tenemos que ver dibujos animados después de una película de terror para poder dormir. ¿A quién quieres engañar?

Quise refutarle, pero de nuevo escuchamos algo y nos paramos en seco. Esa vez, lo que fuera había sonado como un quejido humano.

Miramos en todas direcciones. Alrededor, arbustos espesos que llevaban mucho tiempo sin podar, la hierba un poco alta, oscuridad, algunos árboles, un amplio y aterrador jardín...

—Dime que tú también escuchaste eso y que no se me quemó un cable en la cabeza —susurró Nolan un momento después, muy nervioso.

Por supuesto que lo había oído, y sabía que era tan real como que estaba cagadísima.

—No se te quemó otro cable —susurré—. ¿Qué habrá sido?

Nolan volvió la cabeza. Tuvo intención de decir algo, pero cerró la boca de golpe y se quedó mirando en dirección contraria a mí con los ojos como platos, brillando de asombro y temor.

—Mira —musitó con temor—. Hay algo ahí.

En cuanto me giré también para saber qué lo había dejado tan pasmado, vi que se movía una acumulación de arbustos. Las hojas y las ramas se agitaban de un lado a otro como si algo dentro de ellas las sacudiera. Justo como en las películas de terror. Justo como cuando los personajes estaban a punto de ser atacados por algo que saltaba furioso de entre la oscuridad.

Un escalofrío me recorrió como un latigazo. Con la mano temblando, saqué el móvil del bolsillo muy rápido y estuve a punto de llamar al 911...

Cuando de pronto algo me cogió el tobillo.

En el instante en que sentí la mano aferrarse a mí, solté un potente grito. Un grito como de la película *Psicosis*, cuando la chica está en la ducha a punto de ser asesinada. Y un segundo después, tras mi reacción, Nolan también gritó, y entonces todo fueron gritos y caos, tanto que las cosas sucedieron demasiado rápido.

Traté de correr, pero la mano me agarró con fuerza, como diciendo: «No te vas a escapar». A Nolan se le cayó la linterna por el susto. Mientras él la buscaba, yo intenté liberar mi pierna con desespero. Lo peor era que ni siquiera veía nada y no sabía qué era lo que me estaba agarrando. No sabía si podía escapar o si me iba a caer o si eso me iba a arrastrar hasta la oscuridad para despedazarme mientras yo gritaba de dolor...

Hasta que Nolan por fin encontró la linterna, alumbró hacia el suelo y ahí estaba.

No era un eso.

Era una persona.

De un último y fuerte tirón logré zafar el pie, y el individuo retrocedió hasta encogerse como un gusanillo. Se colocó las manos en puños a la altura de la cara como si quisiera ocultarse. No saltó a atacarnos, solo se quedó ahí, temblando.

Entonces comprendí que la situación no era en nada como creíamos que era.

El cuerpo encogido, jadeante, brillante de sudor y sangre. El temblor en las extremidades, el hecho de que la única ropa que llevaba puesta era un pantalón roto y muy viejo... Esa persona no podía atacarnos o matarnos. No en ese estado.

—Llama a la policía, Mack —susurró Nolan por detrás de mí, moviendo la luz de la linterna sobre el cuerpo.

Al escuchar la voz de Nolan, el desconocido se encogió mucho más en el sitio donde estaba, hasta hacerse una bola humana. Me desconcertó tanto su gesto que no pude marcar el número.

¿Intentaba esconderse? De... ¿nosotros? ¿Los dos seres más patéticos y débiles del mundo?

Nolan y yo nos miramos por un instante, estupefactos. Lo vi asustado y desconfiado. Bueno, ¿y quién no? Estaba segura de que pensaba que debíamos alejarnos de ese desconocido lo más rápido posible, pero su comportamiento me hacía sentir que el peligro no era tan grande. Es decir, se estremecía espasmódicamente y, a medida que Nolan lo alumbraba, su aspecto se revelaba cada vez peor.

Ni siquiera lograba adivinar de dónde venía toda la sangre que le cubría el torso. ¿Y por qué no podía levantarse si a simple vista se veía fuerte? ¿Por qué ocultaba la cara? ¿Creía que íbamos a hacerle daño?

Extendí la mano hacia él para moverlo, pero se contrajo y emitió un gruñido. Aparté entonces la mano en un gesto rápido, pensando por un instante que me la mordería.

—¿Qué demonios...? —reaccionó Nolan, confundido.

—Intenta alumbrar aquí —le pedí.

Apenas la luz me permitió ver mejor, señalé el espacio sobre el que el desconocido estaba tirado. Justo por debajo de él brillaban unas líneas rojizas que intentaban formar un charquito de sangre. Tenía una herida en alguna parte. Hmm...

—No creo que este chico vaya a hacernos daño —le dije a Nolan.

Luego, arriesgándome, me aproximé un poco más, pero con cautela, como para dejarle claro que iba en buen plan.

—Eh... —le susurré al extraño—. Estás sangrando y no te ves nada bien. Debemos llamar a una ambulancia. ¿Puedes decirnos cómo te llamas?

Al decir la última palabra, él con rapidez apartó las manos y nos dejó ver su cara.

Y por todo lo que era posible jurar, la impresión inmediata que me dio no fue de terror, sino de familiaridad. Hubo una fracción de segundo que transcurrió lenta y se transformó en algo insólito y abrumador. Algo indeterminable, como si me hubieran golpeado el pecho mil sensaciones, y entonces lo supe, llegó a mí tan rápido y tan confuso que quise retroceder.

Lo conocía.

Yo conocía a ese chico, solo que no sabía con exactitud de dónde.

Él suspiró, emitió unos quejidos y entreabrió los labios con una lentitud angustiante para responder a mi pregunta:

—Ax.

Ese era su nombre.

O eso creímos.

2

Aquí

—Lo conozco.

Las palabras salieron de mi boca sin pensar. No podía identificarlo, pero ya estaba segura de dos cosas: lo conocía, y no iba a hacernos daño.

—¿Sí? ¿Y quién es? —inquirió Nolan, intrigado y desconfiado al mismo tiempo.

—No lo sé —admití en un tono más bajo y pensativo—. Pero lo he visto antes.

Él se acercó más, para ver si también lo reconocía, porque nuestro círculo social de conocidos era el mismo. Deslizó el círculo de luz de la linterna desde las puntas de los pies del extraño hasta la cara mientras le echaba un vistazo pesado, analítico y suspicaz.

—¿Lo conoces, pero no sabes quién es? —replicó como si fuera estúpido—. Yo no lo he visto nunca antes ni me suena, y ambos conocemos a la misma gente.

Sonaba estúpido, así que quise decirle que estaba segura de que había visto a ese chico antes, que no era solo una sensación; pero, cuando traté de recordar su apellido o darle una respuesta más concreta, me fue imposible. Mi cabeza de repente se convirtió en un lío.

—¿Llamo a la ambulancia o lo llevamos directamente al hospital? —decidí preguntar.

Nolan abrió la boca para responder, pero Ax emitió un gruñido bastante claro que lo interrumpió:

—¡No!

Ni siquiera el tono de su voz me ayudó a recordar algo sobre él...

—¿No? —soltó Nolan, mirándolo como si estuviera loco—. ¡Estás sangrando! —enfatizó—. No te morirás en este jardín. Podrían culparnos o qué sé yo. He visto muchos casos así. —Me señaló con el dedo a modo de advertencia—. ¡Ni lo toques, Mack! Que tus huellas no aparezcan en él...

—¡Nolan! —le reproché para callarlo.

11

Pero él continuó, como siempre, porque así era Nolan: directo e incapaz de guardarse nada.

—¿Qué? —Lo señaló—. Es un desconocido, está sangrando... ¿Y si viene de matar a alguien?

Gran punto.

No sabíamos qué había pasado con Ax ni por qué se encontraba en ese estado. De hecho, ahí parados en la oscuridad del jardín en el que la mayoría de las plantas estaban marchitas y contraídas en espirales macabras, no sabíamos nada. Desde alguna perspectiva, éramos Mack y Nolan, dos muchachos asustados y curiosos que habían hallado a otro chico en condiciones alarmantes.

Loquísimo.

Pero había algo extraño en Ax, además del hecho de no recordar de qué lo conocía. No me parecía peligroso, ni siquiera veía en él una actitud amenazante. Parecía más bien confundido, nervioso...

—¿Qué fue lo que te pasó? —le pregunté.

Esperé a que respondiera, pero se limitó a mirarme de reojo, quizá estudiándome para tratar de identificar si iba a atacarlo o a ayudarlo.

Sentí pena de verdad. Era un cuerpo jadeante y tembloroso en esa posición, y sí, la sangre le daba una mala pinta a la situación, pero sus ojos... Podía jurar que aquellos ojos que proyectaban una sombra bajo sus párpados estaban cargados de temor.

—Hay que llevarlo adentro —dictaminé, irguiéndome.

Nolan me puso una mano en el hombro, como si así pudiera detener hasta mis pensamientos.

—Ya, va. ¿De verdad vas a hacer eso? —me preguntó, aturdido.

—No sé qué es eso —repliqué, ceñuda.

—¡Eso! —exclamó, volteándome por los hombros para que lo mirara—. Recogerlo y meterlo en tu casa como si fuera un animal.

—No es un animal, es una persona —le corregí.

—Y por esa razón no puedes llevarlo dentro, limpiarlo, ponerle una correa y un bonito nombre —protestó, haciendo énfasis en las últimas palabras.

—Por suerte ya tiene nombre —contesté de forma irrefutable, y me volví hacia Ax—. Mejor ayúdame a llevarlo.

Chistó, pero no se atrevió a negarse. Nos conocíamos desde bebés. Desde que tenía memoria, ambos éramos un equipo en todo. Además, se suponía que los mejores amigos apoyaban las estupideces de sus mejores amigos, ¿no? Aun cuando esas estupideces implicaban mover un cuerpo..., ¡¿no?! Pues ese era el concepto de amistad que yo tenía.

Trasladamos al muchacho entre los dos. Nolan tenía mucha fuerza, a pesar de que lo negaba. Ax trató de resistirse un par de veces en el trayecto del jardín a la sala de estar, pero, en su estado, resistirse no era algo que le fuera a dar resultados.

Cuando finalmente lo dejamos sobre el sofá de cuero negro, la electricidad había vuelto, así que, con toda aquella iluminación, logramos verlo mejor.

Dios santo, pero ¿de qué lo conocía? ¿De dónde?

Todo en él me resultaba familiar: su nariz recta, sus cejas espesas, sus labios delgados y resecos, el cabello muy negro... Debía de ser tan solo un par de años mayor que nosotros. Además, el desastre era aún peor. Su estado era aún peor. Manchas de algo oscuro y sangre seca en varias partes del cuerpo, una herida sangrante justo a un lado del ombligo, y lo más alarmante: marcas en la piel. Marcas de las que solo quedaban luego de ser lastimado.

¿Qué demonios le había pasado? Ni idea, pero tenía rasguños frescos en el pecho, hematomas como colas de pavo real en los brazos y un montón de viejas cicatrices esparcidas en el torso y las extremidades. Pequeñas, largas, grandes, abultadas, todas muy extrañas.

Sentí una punzada en el estómago, pero... ¿de temor o de lástima?

—Listo, ya hicimos de buenos samaritanos, ahora llamaré a la policía —anunció Nolan.

—¡No! —exclamó Ax.

Fue un sonido ronco, doloroso, suplicante.

Nolan se quedó paralizado con un dedo a medio camino de tocar la pantalla del teléfono. Hundió las cejas. Todo su rostro era demasiado expresivo con las emociones.

—¿Que no llame a la policía? —le preguntó con detenimiento. Ax asintió con la cabeza, afirmando—. Amigo, eso es sospechoso.

—No —repitió Ax.

En mí, la duda había despertado y me carcomía.

—¿Por qué no quieres ayuda? —intervine, acercándome al sofá—. ¿Hiciste algo malo?

—Y ya nos va a decir —resopló Nolan, poniendo los ojos en blanco.

Le dediqué una mirada de reproche, porque supuse que no era así como debíamos manejarlo si queríamos respuestas. Después suavicé la expresión para Ax, comprensiva.

—Danos una buena razón para no hacerlo —le propuse en un arrebato de locura.

—¿Qué? —soltó Nolan como si acabara de escuchar algo demasiado irracional, y me señaló en forma de advertencia—. Escúchame, Mack Josefina, no necesitamos ninguna razón, es algo que hay que hacer.

Suspiré, insegura. Lo lógico era llamar a la policía, sí, pero la mirada de Ax era casi suplicante. Y... considerando que, a diferencia de Nolan, yo ya no sentía miedo, no sabía cómo proceder, porque quería pedir ayuda, pero al mismo tiempo sabía que no era peligroso, y quería recordar algo más de él...

Siempre quería recordar.

La idea de que esto también se volviera algo difícil de descifrar me inquietó.

—¿No has visto que a veces la policía solo empeora las cosas? —le recordé a Nolan, tratando de convencerlo—. Ambos lo sabemos muy bien.

—No estamos en una serie —argumentó con hastío.

—Lo conozco. No es peligroso —aseguré.

Nolan se cruzó de brazos y me miró con severidad.

—Si lo conoces, dime: ¿dónde lo has visto antes?, ¿cuándo has hablado con él?, ¿sabes dónde vive? —preguntó sin hacer pausa alguna entre las preguntas.

Bueno, no sabía nada de eso, pero, si tenía esa sensación de familiaridad, debía de significar algo.

—No lo sé, pero ¡sé que lo he visto antes! —solté, abrumada—. ¡Sabes que no me resulta fácil recordar las cosas!

Nolan frunció los labios y se lo pensó un momento, mirando mi cara de aflicción.

Casi le supliqué con los ojos...

Él sabía todo sobre mí. Sabía el gran conflicto que yo tenía con mi mente. Sabía que en ocasiones no podía explicar mis emociones. Así que, si había una sola persona en el mundo que podía apoyarme en ese momento, con la que podía ser sincera y en la que podía confiar, era él.

Finalmente apagó la pantalla del teléfono y exhaló.

—Bien, Ax, ¿por qué no quieres que llamemos a la policía? —inquirió Nolan por encima de mí.

Esperamos su respuesta. Ax se estremeció sobre el sofá como si sus pulmones no funcionaran bien y paseó su mirada alerta y colmada de desconfianza por nosotros.

Entonces, observándolo fijamente, me di cuenta de algo.

Sus ojos.

Eran de colores diferentes. El ojo izquierdo era tan negro que la pupila podía pasar desapercibida, mientras que el derecho era de un claro y brillante gris que casi podía ser transparente. Una diferencia demasiado marcada, casi hipnotizante. Sabía que eso se llamaba heterocromía, pero nunca había visto que llegara a ser tan... impresionante.

—No —pronunció Ax. Seguidamente señaló la herida en su abdomen—. No.

¿Eh?

Hubo un silencio de desconcierto que se rompió con la protestona voz de Nolan.

—Vale, ¿nos hablas en idioma teletubi o qué? —se quejó, medio molesto—. Necesitamos más que un simple no.

Nolan a veces era muy brusco. Yo tenía poca paciencia para ciertas cosas, pero él me superaba.

De todas formas, seguía pensando que debíamos manejarlo de forma diferente, con calma.

—Ax, si quieres que hagamos lo que dices, debes contarnos lo que te pasó —le expliqué, suavizando la actitud de Nolan.

Pero su expresión cambió a una de incertidumbre, como si no nos entendiera un rábano.

—Listo, voy a llamar.

Nolan sonó decidido. Encendió la pantalla del móvil y procedió a marcar el nueve, luego el uno y...

Me fui sobre él para impedirlo.

—Espera —le pedí, cubriendo la pantalla del teléfono con las manos—. No nos ha hecho daño.

—Ah, claro, mejor espero a que nos lo haga para llamar —replicó él con sarcasmo.

—Me refiero a que... ¿y si el daño se lo hicieron a él? —susurré.

Nolan giró esos estúpidos ojos de un color entre marrón, verde y un halo amarillo que le daban un aspecto extraño y exótico.

—Mack, no es un perro —me dijo, como si me estuviera explicando una clase de primaria—. Es una persona, y las personas lastiman, hacen cosas malas. Es decir, secuestran y mutilan a otros, lo que creo que nos va a pasar si seguimos haciendo el tonto con este asunto.

Exhalé.

Tenía razón, pero por algún —quizá loco— motivo no creía que Ax fuera a mutilarnos ni a atacarnos en ese momento. ¿Cómo podía hacerlo en ese estado? No podía ni parpadear sin estremecerse.

En un impulso me acerqué y me agaché frente al sofá.

Ax se arrinconó más contra el respaldo, aunque no había demasiado espacio hacia donde alejarse. Me sorprendió su gesto, porque, a pesar de estar herido y débil, con su complexión parecía muy capaz de defenderse con facilidad de un par de idiotas como nosotros. Además, a pesar de que parecía temernos, su mirada reflejó un destello fiero, como si estuviera listo para morir protegiéndose.

—Ax, ¿la policía te busca? —le pregunté.

No hubo respuesta.

—¿Estás huyendo de ellos? —probé de nuevo.

Tampoco respondió.

—¿Hiciste algo tan peligroso que no puedes decírnoslo?

Solo recibimos un profundo silencio de su parte.

Como cabía esperar, Nolan perdió la poca paciencia que le quedaba.

—¡Esto es ridículo! —soltó, molesto—. ¿Crees que nos va a decir qué demonios hizo? Podría estar fingiendo ser estúpido y matarnos en cuanto nos despistemos. Llamaré a la policía y ya está. Ni siquiera puede decirnos por qué entró en tu jardín y qué hace aquí.

—¡Aquí! —reaccionó Ax de pronto, para nuestra sorpresa.

Al escuchar algo nuevo de su boca, Nolan y yo lo miramos, atentos.

Ax se removió sobre el sofá con dificultad, soltó un quejido, hundió una mano en el bolsillo de su pantalón y sacó algo de él. Extendió la mano temblorosa y ensangrentada, y de ella cayó una bola arrugada de papel.

—Aquí —repitió.

Me apresuré a coger el papel, alternando la mirada entre él y la bola. Estiré el papel con cuidado. En cuanto se formó una hoja el doble de grande, la impresión se reflejó en mi rostro.

Era una fotografía de mi padre.

Y él ya llevaba un año muerto.

3

—¡Debemos quedárnoslo!
—¡Que no es un puto perro!

De acuerdo, delante de mí tenía una fotografía de mi padre, y era como si el mundo se me viniera encima.

Ni siquiera recordaba haberla visto antes. Pudo haber sido tomada en la universidad en la que trabajaba. Se veía justo como lo recordaba mucho antes de enfermarse y morir. Buen peso, el cabello marrón bien peinado, la piel sana y color oliva. Muy vivo, fuerte, el hombre filosófico, culto y altruista que había sido. Un modelo a seguir. El ejemplo de lo que yo siempre había querido ser de adulta.

Alcé la mirada hacia Ax, esperando hallar una explicación.

—¿Conociste a mi padre? —le pregunté en un hilo de voz, sorprendida y afectada.

Ax respiraba pesadamente, en silencio. Se aferraba al sofá con ambas manos y lo hacía con tanta fuerza que las venas brotaban desde sus nudillos sucios hasta su antebrazo.

—¿Venías a buscarlo? —inquirí ante la falta de respuesta.

Nada.

—¡Contesta! —grité con brusquedad, arrugando la hoja.

Nolan me puso las manos sobre los hombros y me frotó en modo tranquilizador.

—Eh, sin alterarse —me advirtió.

—Pero ¡si tú estabas alterado antes! —bufé.

—Sí, pero tú te pones peor —asintió con voz suave, aún tratando de calmarme.

Tomé aire. Cierto, yo era peor si perdía los estribos. Lo intenté de nuevo.

—¿Eras uno de sus alumnos? —le pregunté a Ax en un tono más calmado.

Pero tampoco respondió y, a pesar de que me esforcé, empecé a desesperarme por su silencio.

Cuando estaba vivo, mi padre había trabajado como profesor de filosofía en una importante universidad. El problema era que yo seguía alterándome cuando encontraba cosas de él. Mi madre las había sacado y donado todas, y durante todo ese tiempo había sentido como si lo superara, pero ahora todo parecía regresar y, además, tampoco podía recordar a ese chico.

¡Más complicaciones para ti, Mack Cavalier!

Me levanté y me aparté del sofá. No podía. Sola no podía. Me guardé la foto en el bolsillo y me froté los ojos con frustración.

—Mira —suspiró Nolan, tomando mi lugar para hablar con Ax—. No sé si es que no quieres hablar o qué, pero, si no cooperas, no nos quedará otra que llamar a la policía, quieras o no.

—No —se limitó a decir Ax. Luego volvió a señalar la herida y añadió—: Aquí.

Nolan y yo nos mostramos confusos. Adivinar por qué no respondía por completo era difícil. Podía no querer hacerlo o..., simplemente, no poder hacerlo.

Pero sus reacciones me parecían auténticas...

—No creo que se esté haciendo el estúpido —opiné, ya más calmada. Luego me dirigí a Ax—. ¿Qué quieres decir con eso? —Señalé su herida.

Él hizo lo mismo que un momento atrás.

—Aquí —repitió.

—¿«No» y «aquí» son las únicas cosas que sabes decir? —bufó Nolan, perdiendo la paciencia de nuevo.

—Sí —emitió Ax, con ese tono ronco y bajo.

—Ah, y «sí» —resopló Nolan.

Se irguió, resignado, y se alejó del sofá para acercarse a mí. Me empujó con suavidad hacia una esquina de la sala, y la cercanía se volvió un círculo de confidencialidad en el que solo se podía discutir un problema.

—De acuerdo, ¿qué debemos hacer? —me preguntó con seriedad—. Y olvídate del hecho de que crees que lo conoces, pero no te acuerdas de qué.

Me mordí la uña del pulgar y evalué, dudosa, la situación, que había dado un gran giro al descubrir que Ax llevaba una foto de mi padre en el bolsillo. Ya no se trataba solo de lo que yo creía acerca de ese desconocido, sino de que tenía algún tipo de relación con mi padre. La cuestión era: ¿cuál?

¿Por qué Nolan no lo veía como yo?

—Si también conoció a mi padre, no creo que sea un criminal —objeté—, porque él no estaba relacionado con ese tipo de personas, pero no quiere que lo llevemos al hospital ni que llamemos a la policía. Ese es el problema, lo que lo hace sospechoso.

Nolan pareció pensar algo y después habló como si estuviera compartiendo un secreto que nadie debía saber:

—¿Por qué no quiere hablar más?

—No tengo ni idea... ¿Y si no sabe decir nada más que esas palabras? —susurré también.

—¿Cómo no va a saber? —refutó—. Ni que fuera un bebé.

Susurramos varias cosas al mismo tiempo, cada uno mostrando su desacuerdo con el otro..., hasta que lo silencié.

—Hay algo diferente en él —finalicé, y lo miré con severidad—, y tú lo notas, ¿verdad?

Nolan no dijo nada porque se esforzó en pensar cómo rebatir lo que acababa de soltarle, pero lo aparté unos pasos y lancé la pregunta en dirección al sofá:

—Ax —le llamé—, ¿puedes hablar como nosotros?

No emitió sonido alguno, se mantuvo callado y atento, y luego sus ojos se movieron por la sala con tanta precaución que entendí que no se sentía seguro allí.

Nolan y yo volvimos a crear un círculo de confidencialidad.

—¿Y si tiene algún impedimento? —sugirió él, gesticulando con las manos—. Por ejemplo, algunas personas autistas no hablan mucho, ¿no?

—Entonces sus padres lo deben de estar buscando —repliqué, y de nuevo le lancé otra pregunta—: Ax, ¿tienes padres?

No dijo nada.

Nolan se volvió con violencia hacia él, como si cuando repartieron la tolerancia y la paciencia, él hubiera decidido no estar presente.

—Ax, ¿has recibido un golpe por no responder como lo puede hacer cualquier tipo de tu edad? —le preguntó, amenazante.

—Nolan, por Dios, no le hables así... —Le pellizqué con disimulo.

Él apartó el brazo de mala gana.

—En realidad es lo más lógico que le hemos preguntado hasta ahora.

Me preparé para refutarle y él para contradecirme, pero de pronto el desconocido emitió un quejido ronco, agónico, que llenó la sala.

Nos volvimos hacia él, sobresaltados. Ax apretó la mandíbula con mucha fuerza y luego se arqueó unos centímetros sobre su cuerpo. A pesar de la mezcla de mugre y sangre que lo cubría, alcancé a ver que cada fibra de su cuerpo se tensó a causa de un dolor genuino.

Era la herida en el abdomen.

Debido al movimiento brusco, la herida sangró más. Me fijé en que él tenía un aspecto mucho peor que antes. Más pálido, más débil, más alarmante.

Ambos nos acercamos rápido y nos agachamos junto a él. En un primer momento, no supe qué hacer, ni dónde mirar, ni dónde poner las manos, así que las moví sobre él sin detenerme en ninguna parte hasta que solté:

—¡Hay que curarlo!

—Ah, sí, como llevo años estudiando medicina, claro que podemos curarlo... —ironizó Nolan, y de repente estalló en gesticulaciones nerviosas—: ¡¿Cómo diablos vamos a curar una herida así?! No sé hacer nada que no aparezca en tutoriales de YouTube, y no creo que ponerle una tirita lo solucione.

Respiré hondo para que él hiciera lo mismo, a pesar de que no éramos los heridos. Y luego, en busca de un plan, me incliné hacia delante por encima de Ax. Él intentó apartarse, pero se rindió al ver que no tenía posibilidades.

Observé mejor la herida. Era una raja larga y carnosa junto al ombligo. Estaba fresca e incluso lucía grotesca, pero se notaba que no era demasiado profunda y que la pérdida de sangre no era excesiva. Al menos no estábamos ante un órgano perforado o algo más grave.

—Ax, ¿con qué te hiciste esto? —intenté averiguar, pero, como debí suponer, no obtuve respuesta.

—Gracias, Ax, nos lo pones facilito —refunfuñó Nolan.

Puse mi cerebro a trabajar al máximo. Nosotros nunca nos habíamos hecho daño de esa forma, pero habíamos recibido unas clases de primeros auxilios cuando íbamos a secundaria. El problema era que la herida lograba intimidar.

—¡Un botiquín! —solté de repente—. Mamá tiene un enorme botiquín en su baño.

—Yo iré por él —se ofreció Nolan con rapidez.

Se levantó y corrió escaleras arriba hasta perderse.

Por su parte, Ax cerró los ojos y continuó luchando contra aquello que lo debilitaba. Debía de ser la herida, aunque me pareció que también le molestaba el hecho de que le doliera, de que no pudiera moverse con facilidad para alejarse de nosotros. Por la forma en que apretaba los dientes y hundía las cejas, quizá contenía tanto el dolor como el enfado. Pero, por más que se esforzara en estar alerta, era evidente que se encontraba mal. Se quejaba por lo bajo, se estremecía. Y a mí, siendo sincera, me dolía ver a alguien sufriendo así.

Desde la muerte de papá no sabía cómo reaccionar ante el sufrimiento ajeno. Yo era dura. Me consideraba una chica dura. Pero no era imposible que no te afectara ver a Ax tal como estaba: sus lesiones, lo mal que pintaba su cara...

Era alguien tan diferente y al mismo tiempo tan familiar.

Era un desconocido conocido. Fácilmente lo asociaba con esos animalitos enfermos que necesitaban un techo, pero no podían exigirlo a voces. Pero... ¿era por su estado? ¿Quizá por sus heridas? ¿O por esa mirada defensiva que tenía?

Nolan regresó agitado. Su pelo color miel estaba revuelto y tenía una expresión de frustración estampada en la cara. Se acercó y me ofreció el botiquín al mismo tiempo que se arrodillaba a mi lado.

—Ajá, aquí está. Pero ¿cómo le vamos a curar? Yo no tengo ni puta idea.

—Bueno, debemos... —dije, revisando el botiquín.

Había alcohol, yodo, algodón, hisopos, tiritas, antiséptico, cicatrizantes, ungüentos, antibióticos, vendas esterilizadas e incluso sutura, y no sabía en qué orden usar todo aquello, a pesar de que hasta un niño conseguiría hacerlo.

Sentí la cabeza embotada.

—No lo sé, Mack, la idea del hospital me parece la más adecuada —comentó Nolan, dudoso—. Solo podríamos empeorarlo...

—¡No! —gruñó Ax.

Fue tan inesperado como su reacción. Me arrancó el botiquín de golpe, se lo puso sobre el pecho y comenzó a rebuscar dentro.

Lo que hizo luego nos dejó estupefactos.

Abrió los frascos, los ungüentos y se los acercó a la nariz. Primero no entendí por qué rayos lo hacía, pero unos segundos después lo tuve claro: los olfateaba para... ¡para reconocerlos! Y no me equivoqué. Ax olió cada uno de ellos. Luego cerró unos y apartó otros. Sacó, guardó y descartó. Los elegidos los dejó a un lado: algo que tenía agua, un ungüento antibacteriano, sutura y vendas.

Entonces lanzó el botiquín al suelo y empezó a utilizar lo que había escogido.

Tuve que repetírmelo para creerlo: él mismo iba a curarse.

Comenzó a limpiar su herida sin un atisbo de duda. Sus dedos temblaban por la debilidad; sin embargo, su esfuerzo era admirable. De alguna manera, había reunido energía, como los guerreros que, a pesar de ser golpeados, lograban levantarse para seguir atacando, y se estaba atendiendo como si fuese su propio doctor.

En cierto momento abrió la caja de suturas, sacó una aguja de una bolsita y, para más sorpresa por nuestra parte, se suturó.

Nolan y yo observábamos la escena, anonadados. Solo podíamos seguir sus movimientos, oír sus quejidos cada vez que la aguja atravesaba la piel del abdomen, y esperar expectantes a que finalizara. En cuanto la piel quedó unida en una línea abultada con una forma de sutura no muy perfecta, cogió una venda esterilizada y limpió la sangre de toda el área que la rodeaba. Aplicó un ungüento, rompió una caja más grande de vendaje y, sin ningún tipo de ayuda, se envolvió el torso con ella.

Finalmente, lo dejó todo en el suelo, inhaló tan hondo que hizo una mueca de dolor y nos echó una mirada de advertencia al mismo tiempo que dijo en un tono de demanda:

—Aquí.

A Nolan y a mí nos pudo entrar una mosca en la boca abierta.

Nos miramos, perplejos, y nos levantamos del suelo con cuidado.

Ax se desplomó, exhausto, con el pecho agitado. Luego cerró los ojos mientras Nolan y yo nos alejábamos hasta la entrada de la cocina para formar un nuevo círculo de confidencialidad.

—Antes pensé que era estúpido y que su cerebro no funcionaba bien, pero ya no lo creo —confesó Nolan, aún asombrado—. A lo mejor no sabe hablar, pero sí que sabe curarse.

—Quiere quedarse aquí —susurré, alternando la vista entre Ax y Nolan—. ¿Por qué olió las cosas? —inquirí, intrigada, mirándolo de reojo con cierta... incomodidad—. Fue como ver una representación en vivo del chico ese de *El perfume,* pero menos grotesco.

—No lo sé, ¿lo normal no es leer las indicaciones? —replicó, pensativo, y después sacudió la cabeza, confundido—. ¿Por qué creo que la palabra «normal» no se le puede aplicar a este chico?

Lancé una posibilidad:

—¿Y si no sabe leer?

Nolan se pasó la mano por el cabello y volvió la cabeza para mirar a Ax, como si necesitara observarlo para convencerse de que lo que acababa de pasar había sido real.

—No sabe hablar, no sabe leer, pero sí sabe suturar una herida. Es muy lógico, sí —expresó, frustrado.

De acuerdo, no lo era. Todo era tan raro que comenzaba a abrumarme.

—No sé qué está pasando, Nolan —murmuré—. ¿Quién es este tipo? ¿Por qué tiene una foto de mi padre? ¿Venía a buscarlo?

Se encogió de hombros.

—Pues no creo que vaya a decírnoslo, pero podrías preguntarle a tu madre si lo conoce.

—Llega mañana por la tarde y lo primero que hará será llamar a la policía. No creo que sea la mejor opción...

Nolan se me quedó mirando. Me había mirado así muchísimas veces. Siempre lo hacía antes de que yo hiciera algo que a él no le parecía correcto.

—No... no estás pensando en dejarlo aquí, ¿verdad?

Seguro que ansiaba un «no». Y en verdad quise dárselo. Pero todo lo que estaba sucediendo era tan extraño, y yo necesitaba respuestas...

—¿Tienes alguna idea mejor? —le pregunté, porque sabía que no argumentaría nada bueno.

Pero si algo tenía Nolan Cox era respuestas para todo.

—¿Qué tal si hacemos lo que haría cualquier persona con dos dedos de frente? Lanzarlo a la calle y que vea cómo se las arregla —señaló con obviedad.

Fruncí el ceño.

—Pero eso no es algo que nosotros haríamos.

—No es lo que haríamos con animales —me corrigió con detenimiento—, con seres que en verdad necesitan ayuda y no nos pueden apuñalar mientras dormimos para llevarse todo lo que tenemos en nuestra casa.

Me crucé de brazos.

—¿Y cómo sabes que Ax no necesita ayuda?

—¿Cómo sabes tú que sí? —rebatió, desafiante.

Me pareció ridículo estar iniciando una pequeña discusión por eso, así que recurrí a una medida más... directa. Lo tomé por los hombros para girarlo y obligarlo a mirar a Ax.

—Míralo, Nolan, míralo —insistí—. ¿No notas cómo se aleja cuando nos acercamos? ¿Crees que alguien en ese estado puede hacernos daño?

Lo pensó con inquietud.

—Podría estar fingiendo —soltó.

Resoplé y giré los ojos. ¿Por qué rayos trataba de convencerlo? Era mi casa, y Ax podía quedarse si a mí me daba la gana. Ah, pero quería que Nolan me acompañara en esto. Teníamos ese poder de adivinar lo que pensaba el otro con tan solo mirarnos. No me cabía duda de que muchas cosas le pasaban por la cabeza, como que mi idea era una locura, cosa en lo que yo también estaba de acuerdo, pero Ax necesitaba ayuda y al mismo tiempo, por alguna razón, estaba relacionado a mi padre, y yo necesitaba saber por qué.

Intenté hacérselo entender con mi mirada, de nuevo suplicando un «no me dejes sola».

—Bien —aceptó finalmente con resignación y mala cara—. Déjalo aquí esta noche, pero no pegaré ojo. No pienso darle la oportunidad de que me apuñale veinte veces.

—Créeme, yo tampoco dormiré.

Cuando nos acercamos para decirle a Ax que podía quedarse en el sofá hasta mañana, ya se había quedado dormido con una mano sobre la venda del abdomen y la otra colgando hacia el suelo.

Así que empezamos una especie de vigilia.

Nolan decidió no separarse del cuchillo, y para que no nos quedáramos dormidos, subió a mi habitación a buscar el portátil. Al bajar, ambos colocamos dos pufs en la sala, ni muy lejos ni muy cerca del desconocido, para no perderlo de vista.

Abrimos Google y optamos por investigar un poco.

—Solo sabemos que crees que lo conoces y que se llama Ax —señaló Nolan con el portátil sobre las piernas—. Es un nombre rarísimo.

—Revisa mi vieja agenda —le sugerí.

Sí, ajá, en algún momento tuve una agenda con muchas cosas por hacer, pero ya era cuento pasado.

Nolan puso «Ax» en el buscador de la agenda.

Ninguna persona con ese nombre.

Luego escribió «Ax» en el buscador de Google.

No arrojó ningún resultado relevante.

—Ni siquiera es un nombre —se burló de manera nerviosa.

—Prueba a buscar si se escapó de su casa o algo —sugerí.

Nolan tecleó, pero al final no había nada sobre ningún chico llamado Ax. Ni una imagen, ni un perfil, ni una noticia. Bueno, era como si en internet no existiera.

—¿Sabes qué sería muy útil en estos casos para identificar personas? —preguntó Nolan, bastante serio.

Me entusiasmó que tuviera una buena idea.

—¿Qué?

—La policía.

Fruncí los labios y lo miré con dureza. Él desvió la vista hacia el cuerpo dormido de Ax. La sala adquiría otro ambiente con él allí, como si hubiera ocurrido algo horrible en una de las habitaciones y el causante se hubiera echado a descansar un rato.

—Nunca lo había visto —susurró—. ¿Acaso será de aquí? —De repente pareció aclarársele algo—. ¡Ajá! ¿Y si es eso? ¿Si no habla nuestro idioma?

—¿No habría intentado hablar entonces en su idioma? —pregunté de vuelta.

El triunfo desapareció del rostro de Nolan.

—Bueno, pues no.

Suspiré con agobio.

Nolan pensaba que mi actitud era estúpida, pero él no sabía lo impreciso que era lo que experimentaba al ver a Ax.

—Es... esa sensación de familiaridad —murmuré, observando a ese desconocido durmiendo en mi sofá—. Pero no logro ubicarlo.

Nolan formó una línea con los labios y me pasó el brazo por detrás de los hombros para acercarme a su pecho en un gesto de cariño y consuelo. También podía ser un amigo muy comprensivo.

—Mejor esperemos a mañana. Estará menos alterado, y le podremos hacer más preguntas —sugirió.

Aunque intentamos distraernos con Twitter y fotografías de Instagram, hubo un momento en el que Nolan se quedó dormido sin darse cuenta.

Conque no iba a pegar ni ojo, ¿eh?

En cualquier otra ocasión con cualquier otra persona en el sofá, lo habría despertado, pero aun siendo Ax un total desconocido y, por lógica, un posible loco que podía matarnos, no me sentía en peligro.

De hecho, pronto me descubrí deslizándome con sigilo desde el puf hacia el sofá.

Me agaché junto a él. Ax dormitaba igual que Nolan, tan profundamente que parecían muertos. En ese momento, el ritmo de sus respiraciones era sereno, casi coordinado, pero las diferencias entre ambos eran muchas.

Por ejemplo, estaba segura de que Nolan estaba soñando algo agradable, como que su madre le decía que había decidido aceptarlo tal como era; pero Ax..., ¿qué podía soñar Ax? Me daba la leve impresión de que nada bueno, porque tampoco debió de ser nada bueno lo que le había sucedido antes de llegar a mi jardín.

Esas cicatrices, esa herida, esa actitud... eran de alguien que había sido lastimado y que se había enfrentado a algún peligro.

Lo miré detenidamente para saciar mi curiosidad.

Su cabello me había parecido muy oscuro, pero tal vez tenía unos raros reflejos cobrizos, muy sutiles. Sus cejas, en cambio, eran puramente negras. No tenía ni una peca, ni un lunar visible. Más abajo se le notaba la clavícula. Sus hombros eran anchos. Su complexión era normal, pero había rastros de algún tipo de ejercicio frecuente.

No imaginaba ninguna historia acorde con su aspecto y su estado.

Parecía un chico normal.

Pero ¿cómo un chico normal terminaba cubierto de sangre, herido e incapaz de pronunciar más de cuatro palabras?

Llegué hasta sus pies. También tenían heridas y ampollas. La planta estaba enrojecida y la piel rasguñada y sangrante. ¿Había caminado descalzo? ¿Durante cuánto tiempo? No, caminado no, corrido... ¿Huyendo de algo? ¿De alguien?

Tomé las cosas del botiquín que habían quedado en el suelo y cogí unas vendas esterilizadas para limpiarle. Con sumo cuidado, deslicé y presioné una sobre las ampollas de la planta del pie para que no se le infectaran. Pero alcancé a limpiar muy poco porque de repente Ax se apoyó en sus codos, apartó el pie y soltó un gruñido.

Me miró, molesto, como si perturbara su espacio.

—Intentaba curarte las ampollas —me excusé—. No es para que me ladres, ¿sabes?

Una pequeña mancha de sangre se formó en la venda y volvió a tenderse, derrotado.

Me moví hacia un lado del sofá y él me siguió con sus peculiares ojos, alerta, desconfiado, e incluso listo para defenderse, aunque se le volviera a abrir la herida.

Si quería que me dijera algo, debía hacerle entender que no iba a atacarle.

—Puedes contarme lo que te sucedió, y prometo dejar que te quedes aquí —le susurré tratando de inspirarle confianza, y ofreciéndole refugio para ver si le sacaba información.

Ax ni siquiera movió los labios. Se mantuvo inexpresivo. Solo se oía su respiración.

—¿No quieres explicarme qué te ha pasado?

Ninguna respuesta.

—¿No puedes?

Cero respuestas.

—¿No... sabes cómo explicármelo?

—No —dijo, tan bajito y con la mandíbula tan apretada que apenas le escuché.

Me removí en mi sitio, repentinamente interesada, y los ojos de Ax siguieron hasta el más pequeño de mis gestos.

—De acuerdo, ¿cuántos años tienes, Ax? —pregunté.

Silencio total.

—¿Sabes cuántos años tienes?

—No.

—¿Sabes lo que es... tener años?

—No.

Guardé silencio un minuto para que no se sintiera tan abordado, aunque las dudas que ya tenía eran casi infinitas.

Entonces se me ocurrió algo más.

Cogí la imagen de mi padre que él había sacado de su bolsillo y se la mostré.

—¿Lo conoces? —inquirí, señalando la hoja.

—Aquí —se limitó a decir.

—¿Quieres hablar con él?

¡Ajá!

Ax trató de incorporarse con apremio, a pesar de que sus músculos se contraían por el esfuerzo. Detecté un brillo extraño en sus ojos, un remolino de emociones reflejado en aquellos iris. Sí estaba interesado en mi padre. Al menos era una vía que podía tomar.

—No puedes hablar con él, porque está muerto —le dije, y fue como si tratara de expulsar hierro por mis cuerdas vocales—. El profesor Godric murió hace un año.

Un leve pero significativo gesto arrugó su entrecejo.

Confusión.

Eso había en su cara: una genuina confusión.

—¿Sabes lo que es morir? —pregunté con apenas un hilo de voz.

Entonces Ax asintió lentamente con la cabeza.

—Ya te dije que él era mi padre —continué. Ax alternó la vista entre la imagen y yo, como si quisiera buscar similitudes entre ambos—. Me llamo Mack. Todo el mundo dice que me parezco mucho a él, así que, si viniste a buscarlo porque necesitas ayuda, yo te puedo ayudar de la misma forma que él lo hubiera hecho. Ax, ¿quieres que te ayude?

Permaneció en silencio como el resto de las veces. Creí que había vuelto a fracasar en mis intentos de hablar con él, y me pregunté mentalmente qué había hecho mal. Mi tono era amigable y permanecía quieta para demostrarle que no era una amenaza.

Pero Ax entreabrió los rosados labios y pronunció con mucha claridad:

—Sí, aquí.

Una sensación de entusiasmo me atenazó, pero traté de disimularla.

—Bien, Ax, lo haré, voy a ayudarte. Solo dime una cosa: ¿tienes algún tipo de identificación?

No dijo nada. Esperé y esperé, pero no obtuve ninguno de sus monosílabos. Por un instante volvió la vista hacia la imagen de mi padre y luego la fijó en mí con curiosidad.

Entonces se me ocurrió algo. ¿Y si realmente no tenía idea de lo que le preguntaba? ¿Y si en verdad no sabía qué responder? Cada gesto que hacía parecía auténtico, a pesar de su aspecto terrorífico.

—Ax, ¿sabes quién eres? —le pregunté con detenimiento.

Y su respuesta fue sorprendente:

—No.

4

Hay que averiguar qué pasa sin importar a qué idea estúpida recurramos para lograrlo

«Ayer, alrededor de las 10 horas 50 minutos un apagón oscureció una cuarta parte del pueblo. Según los trabajadores de la central hidroeléctrica estatal, fue causado por una pequeña explosión de fusibles. Sin embargo, el problema logró resolverse rápido al sustituir...»

Nolan apagó la televisión que transmitía el canal local y se volvió hacia mí.

—Sabe que se llama Ax, pero no sabe quién es —dijo, resumiendo lo que le había contado sobre mi conversación a solas con el desconocido, como si estuviera exponiendo un tema ante una clase—. Es como si yo supiera que me llamo Nolan, pero no supiera que Nolan es un chico que aún ha escogido una universidad y que es una vergüenza para su madre.

Se paseó pensativo por la cocina, sosteniendo una taza de café recién hecho. Sus pantalones de pijama tenían algunas manchas de sangre seca, pero aún no se había dado cuenta de eso. Había amanecido hacían un par de horas. El cielo estaba nublado y el ambiente, frío. Era sábado y seguíamos con la incertidumbre de qué hacer con Ax antes de que mi madre llegara de su conferencia en Seúl.

—No, él sabe que se llama Ax, pero no sabe su apellido, su edad ni de dónde viene —le corregí. Tomé un sorbo de café y luego exhalé—. Y yo tampoco me decido por lo de la universidad. Mamá me permitió tener un año sabático tras la muerte de papá, pero ahora debo tratar de encajar en algún sitio...

Nolan soltó una risa irónica.

—Eso de encajar no va con nosotros —comentó entre dientes—. Es una auténtica estupidez.

—Tenemos que intentarlo —le dije—. De nuevo.

Hubo un tiempo en el que Nolan y yo éramos *cool*. *Cool* de verdad, como toda la gente de Hespéride, la urbanización privada en la que vivíamos. Íbamos a fiestas, conocíamos a muchas personas, recibíamos muchas llamadas e invitaciones a eventos, no nos preocupábamos por nada más que hacer desastres o gastar dinero. Pero prefería no pensar en cuántas veces habíamos tratado de volver a ser eso sin conseguirlo. Graduarnos en secundaria había sido genial, pero también fue dar un paso al vacío. Nos habían sucedido cosas horribles que lo cambiaron todo. Ahora no sabíamos qué hacer, adónde ir o cómo definirnos. Y era agotador. El pasado nos pesaba tanto... Ya no éramos los mismos.

—Bien, dejemos los problemas existenciales para más tarde —suspiró Nolan—. ¿Qué vamos a hacer con Carrie?

—¿Carrie? —repetí.

Nolan reprimió una sonrisa friki.

—Sí, es que nos lo encontramos cubierto de sangre y mirándonos con los ojos muy abiertos... —Se mordió el labio inferior con emoción—. Me recuerda a *Carrie* de Stephen King.

De acuerdo, aquello me hizo reír.

Ambos nos apoyamos en la isla de la cocina, casi en un movimiento coordinado. Desde allí se podía ver la sala, así que observamos un momento a Ax. Seguía dormido en el sofá desde la noche anterior. Se le había salido una pierna y la sangre ya se le había secado en la piel.

—Bueno, sí que debemos admitir una cosa —comentó Nolan de repente sin apartar la vista de él—. Aun con las capas de mugre y sangre, es guapo.

Le golpeé el hombro con el mío.

—Ya tardabas en decirlo.

Me devolvió el golpecito con el hombro.

—¿Así que tú también te habías dado cuenta?

—No es algo que se pueda ignorar —musité con la taza a pocos centímetros de los labios.

—Está bueno —concluyó Nolan, ladeando la cabeza—, y esos ojos le dan un aire intrigante y misterioso.

—¿Y eso de que podía apuñalarte veinte veces? —le recordé en tono de burla.

Una sonrisita juguetona se formó en su rostro.

—Bueno, nunca dije con qué.

—¡Dios, podría ser un muchacho con problemas! —exclamé, reprimiendo las risas.

Sostuvo su opinión con indiferencia:

—Aun así, no deja de estar muy bueno.

Casi se me sale el café por la nariz. Ahogué una carcajada y de inmediato me puse seria.

—Joder ya, no importa si es feo, guapo o lo que sea. No puedo echarlo a la calle así. Venía a buscar a mi padre y quiero saber por qué. Eso es todo en lo que debemos concentrarnos.

Tomamos un largo trago del humeante café, hasta que de golpe me acordé de algo y casi me atraganté.

—¡Dios mío! ¡Qué tontos somos! —exclamé después de toser y recuperarme—. ¡Podemos averiguar quién es!

Él se interesó rápidamente por mis palabras.

—¿Cómo?

—¡Tu hermano!

El interés se esfumó de su rostro, y fue él quien se puso muy serio esa vez.

—No. Definitivamente no, Mack. No.

Lo miré suplicante.

—Pero es agente de policía.

—Por esa misma razón, no —sostuvo, negando—. Si no llamamos a la policía anoche, ¿qué le vamos a decir a mi hermano ahora?

Resoplé e hice un gesto con la mano para volver a apoyarme en la isla.

—No seas estúpido, no le vas a decir nada.

Ceñudo, parpadeó con rapidez y me miró como si estuviera loca.

—¿Disculpa? ¿Tu idea es peor de lo que pienso?

Dejé la taza de café sobre la isla y suspiré.

—Podrías buscar información sobre Ax en su portátil —le expliqué—. Todavía me acuerdo de cuando hicimos una fiesta de pijamas en tu casa y descubrimos que tenía instalado el programa informático de la policía.

Nolan negó con la cabeza y tensó la mandíbula. Sabía muy bien que él no se llevaba bien con su hermano, que apenas hablaban porque él prefería evitarlo, que su relación era igual de complicada que la que tenía con su madre, pero tener acceso a un sistema policial nos podía dar muchísimas respuestas.

—Eso que viste fue a los quince años —dijo—. Ahora toda la información la tiene en su oficina de la comisaría, no guarda nada en nuestra casa.

La idea sonó muy simple de mi boca:

—Entonces irás a la comisaría.

—Nunca voy a verlo a la comisaría —refutó con obviedad.

—Bueno, dile que es el día de llevar a su hermanito al trabajo o algo así.

En su rostro había desaprobación total.

—Esa idea es estúpida. Es mala y muy estúpida.

—Bien, iré yo.

Exhaló, evidentemente molesto.

—Si lo haces, la vas a cagar —me advirtió.

—Más vale intentarlo y cagarla, que cagarla sin haberlo intentado —dije, encogiéndome de hombros.

Nolan tenía la cara contraída, tipo «a ti te falla todo el sistema operativo cerebral».

—¡Eso no tiene sentido! —exclamó. Se frotó el rostro con frustración y suspiró—. De acuerdo, intentaré ver qué puedo hacer, pero no prometo nada.

Sonreí ampliamente y le di un fraternal e inocente beso en los labios, como solíamos hacer siempre en momentos importantes o de celebración o de manipulación para lograr calmar las aguas... Pero era demasiado natural para nosotros, sin ningún significado emocional, solo un cariño puro.

Él giró los ojos.

—Solo necesitamos información sobre cualquier Ax —le dije para demostrarle que no sería muy complicado—. No creo que haya muchas personas llamadas así.

Unos veinte minutos después, logré convencer a Nolan de que fuera a ocuparse de eso. Le pedí que me mantuviera informada de sus pasos y que volviera en cuanto averiguara algo. Y aceptó de mala gana. No quería dejarme a solas con Ax, pero ya no me cabía duda de que no me haría daño.

Cerré la puerta tras despedirme de Nolan. En cuanto volví a la sala vi que Ax estaba de pie frente al ventanal, muy quieto. Con toda esa luz se veía aún más alto y las manchas de sangre aún más rojas. Los rayos de sol que venían desde fuera resaltaban los reflejos cobrizos en su cabello, y sus brazos tenían un aspecto poderoso. Su único ojo claro se veía casi transparente. La venda que le envolvía el abdomen tenía una gran mancha de sangre. Parecía un soldado que acababa de llegar de una mortífera batalla.

Me pregunté cómo podía estar parado teniendo esas ampollas en los pies, pero no había ni una mueca de dolor en su rostro. Lo más raro era que la sombra que proyectaba en el suelo era tan oscura y espesa que resultaba intrigante, como diferente a una normal. Volví un poco la cabeza para ver la mía, pero mis ojos se detuvieron primero en el sofá.

Mierda.

Había manchas de sangre en los cojines.

En los impecables cojines de mi madre.

Si ella veía eso...

No. Traté de pensar en algo rápido hasta que se me ocurrió darles la vuelta para ocultarlas. Corrí hacia el sofá.

—Escucha, Ax —le dije mientras giraba los enormes cojines—. Mi madre y yo vivimos aquí, y no creo que ella acepte que te quedes con nosotras, sobre todo porque no sabemos nada de ti.

No respondió.

Se apartó del ventanal y, como si no le hubiera dicho una sola palabra, comenzó a caminar por la sala mirándolo todo, desde el suelo hasta el techo. No entendí su curiosidad, pero fue una conducta interesante porque examinó las esquinas y las puertas como si esperara encontrar algo. En su mirada había expectación y cautela. Por un momento fue divertido verlo sobresaltarse al darse cuenta de que se le había olvidado revisar un rincón. Pero en verdad no comprendí qué creía que encontraría.

Cuando ya no tuvo más que explorar en la sala, continuó hacia la cocina. Lo seguí. Admiró el suelo de mármol, la isla, los estantes, la estufa, y entonces se detuvo cerca de los cuchillos. Reaccioné rápido y metí la mano en mi bolsillo en busca del móvil por si acaso debía hacer una llamada de emergencia, pero él los ignoró y decidió ir hasta el refrigerador. Palpó la superficie como si no supiera qué demonios era, y en cuanto descubrió cómo abrirlo contempló el interior, inexpresivo.

Se inclinó hacia delante y empezó a coger cualquier cosa para abrirla y olfatearla.

—¿Tienes hambre? —le pregunté.

Él se interrumpió con el kétchup en la mano.

Su expresión fue de cierta confusión.

—Hambre —repetí, abrí mi boca y la señalé—. Comida. ¿Quieres comida? —Asintió con la cabeza—. De acuerdo. Te prepararé algo.

Se apartó cuando me acerqué, mirándome con curiosidad y desconfianza. Quise decirle que la que debía estar asustada y recelosa por tener a un desconocido en mi cocina era yo, pero su actitud era tan curiosa que quería captar cada uno de sus gestos.

Hasta ahora solo tenía una observación clara: era como un animal, uno que necesitaba reconocer olores para saber si algo era seguro o no.

—Puedes sentarte a esperar —le sugerí mientras sacaba jamón, queso y tomates del refrigerador para un sándwich. —Volví la cabeza para mirarlo. Seguía de pie detrás de mí, desconcertado—. Siéntate, Ax —aclaré—. ¿Sabes? Siéntate.

Fue incómodo, porque de inmediato se agachó para sentarse en el suelo, tal y como si le hubiera dado una orden a un perro.

—No, no —me apresuré a decir—. En una silla, no en el suelo. —Señalé uno de los bancos en la isla—. Allí. Silla. Las personas usan sillas.

Estudió la silla y luego se dirigió a ella. Se sentó y miró hacia abajo, examinando lo que acababa de hacer.

Coloqué los ingredientes frente a él y comencé a preparar el sándwich, alternando la vista entre mis acciones y las suyas. Ax observaba el jamón y el queso con unas ansias chispeantes, como si jamás hubiera visto algo tan apetecible, y estudiaba los movimientos de mis manos con una curiosidad genuina.

Así que ese tipo de órdenes simples como «siéntate» las procesaba rápido... Interesante.

—¿Nunca te has comido un sándwich? —pregunté, tratando de iniciar una conversación.

Alzó la vista y luego volvió a centrarse en el pan.

Sabía que no aclararía ninguna de mis dudas, así que cogí el mando del televisor que colgaba en una de las paredes y lo encendí.

Mala idea.

En cuanto aparecieron las noticias, Ax saltó del banco como si le hubieran gritado «¡fuego!». Cogió uno de los cuchillos que había sobre la isla y, en una posición de defensa, miró hacia todos lados, buscando el origen del sonido.

Retrocedí hasta que choqué con la encimera. Por un microsegundo sentí que iba a atacarme, que finalmente había dejado de fingir para hacer lo que había venido a hacer: matarme. Pero no se dirigía a mí, no me apuntaba a mí, sino a la nada, a todo, a algo que no sabía qué era.

—Ax... —dije, con el corazón acelerado, aferrada a la encimera—. Ax, es la tele —le expliqué, y la señalé—. La televisión. Mira. Mira allí.

Su pecho subía y bajaba con violencia. Sus ojos estaban muy abiertos, atentos, dispuestos. Sostenía el cuchillo con una firmeza amenazadora. No tuve duda de que era capaz de usarlo. Había una destreza fiera en su postura, en su expresión, en cómo cerraba la mano sobre la empuñadura.

Si alguien se acercaba en ese momento a él, recibiría un cuchillazo, incluida yo.

—Mira la televisión, Ax —volví a decir.

Él dudó. Intentó voltear, pero luego se arrepintió. Estuvo así unos segundos hasta que su atención se centró en el aparato. Una mujer rubia de la CNN estaba hablando de política.

—Solo es eso. No es nada peligroso —añadí, nerviosa—. Están en un estudio, alguien los graba y nosotros vemos la transmisión. Esa mujer está a kilómetros de aquí. Lejos, muy lejos. Es una periodista.

Lo estudió como un cavernícola estudiaría el fuego recién descubierto: temeroso pero fascinado.

Así que jamás había visto una televisión.

Bajó el cuchillo con lentitud y me miró como si quisiera compartir su descubrimiento conmigo.

—Sí, es muy interesante la tele —le dije, y me esforcé por regalarle una sonrisa.

Frunció ligeramente el ceño cuando notó que estaba asustadísima. Mi temor lo confundió. Comprendí que si quería tranquilizarlo debía tranquilizarme.

Tragué saliva y di un paso adelante. Temblaba un poco, pero cogí de nuevo el pan y comencé a untarle mayonesa como si nada. No levanté la vista, pero supe que reconoció mi acto de indiferencia. Un segundo después, dejó el cuchillo sobre la isla y volvió a sentarse en el banco.

Exhalé en silencio.

Terminé de preparar dos sándwiches y los puse en un plato. Lo deslicé hacia él sin soltarlo, y apenas extendió la mano con desespero para cogerlos, lo aparté.

—Un momento —le dije. Él me miró, cauteloso—. Quieres comer, ¿no?

Asintió con la cabeza.

—Yo también quiero algo. ¿Qué tal si hacemos un intercambio? Respondes lo que te voy a preguntar y te doy la comida. ¿Sí?

Ax se lo pensó.

Miró el plato con los sándwiches y luego me miró a mí con los ojos entornados, como si se debatiera entre confiar o no. Repitió el gesto un par de veces más hasta que detecté una intención positiva.

Iba a aceptar. Lo convencería.

Sus labios se entreabrieron para responder, pero en ese preciso momento una voz femenina llenó la estancia:

—¡Mack! ¡Ya he llegado!

Me quedé pasmada.

Mier-da.

Era mi madre.

Había llegado cinco horas antes.

5

—Toc, toc.

—¿Quién es?

—¡La persona que sí va a avisar a la policía!

Escuché las llaves cayendo sobre la mesita junto a la puerta.

Ax volvió la cabeza en un microsegundo como un robot que acababa de detectar un sonido inesperado. Temí que reaccionara como con el televisor, pero su movimiento fue precavido e interesado, como si la voz le causara curiosidad.

Mi cerebro procesó la situación de golpe: Ax estaba sucio, ojeroso, rasguñado, herido y, lo peor, cubierto de sangre seca. El olor que expedía se percibía a distancia. Parecía un completo demente salido de una película de terror. Si mi madre lo veía, tendríamos un problema de proporciones colosales.

Debía sacarlo de allí. Rápido.

Pensé. Mi casa era tan grande que ella tenía que pasar por el pasillo para llegar a la cocina. Es decir, que, si no me quedaba como una tonta ahí parada, podía esconder a Ax.

—Ax, escúchame —le susurré, mirando hacia la entrada de la cocina con nerviosismo—. Tienes que esconderte. Si quieres quedarte aquí, mi madre no debe verte, ¿entiendes? ¿Lo entiendes? Si te escondes, te quedas. Si te dejas ver, mi madre te entregará a la policía.

Más claro no pude decírselo, y de otra forma de seguro no lo habría entendido. Su respuesta fue inmediata: un asentimiento de cabeza.

Era todo lo que necesitaba.

Rodeé la isla, cogí a Ax por la muñeca y atravesamos la entrada más cercana que daba a la sala de estar. Allí pegué el oído a la pared para tratar de escuchar. Si algo caracterizaba aquella enorme casa, era que cada habitación se conectaba con otra, así que debíamos ser en extremo cuidadosos.

Podía escuchar los tacones de mamá resonando por su adorado suelo de mármol mientras avanzaba por el pasillo.

—¿Mack? —me llamó.

Mi madre llegó a la cocina. Ax y yo nos deslizamos hacia un lado. Ella caminó cerca del refrigerador, justo por detrás de la única pared que nos separaba. Entonces aproveché para movernos en dirección al pasillo.

—¿A qué demonios huele aquí? —se quejó mamá—. ¿Mack? ¡¿Qué has hecho?!

Mis latidos aumentaron su ritmo. Por precaución, me llevé el índice a la boca y le hice un «chisss» a Ax. Él me miró de reojo y se mantuvo quieto. Al mismo tiempo, los tacones de mi madre se movieron hacia la sala mientras ambos regresábamos agachados a la cocina.

Pasamos ocultándonos gracias a la isla, mirando hacia atrás. La escuché moverse al otro lado, tratando de encontrarme. Si nos levantábamos un poco, sería capaz de vernos, pero continuamos en cuclillas hacia la puerta de cristal que daba al jardín.

Con sumo cuidado y una lentitud casi desesperante, quité el seguro para abrirla. Sonó un clic y de inmediato los tacones de mamá reanudaron su marcha. Abrí la puerta, la atravesamos y la cerré con rapidez.

Conduje a Ax a través del jardín, aún sin cantar victoria. Mi primera idea había sido meterlo en el sótano, porque creí que tendría tiempo de prepararlo, pero ahora la única opción viable era la casa de la piscina.

Por primera vez en mi vida agradecí vivir en un lugar tan grande.

Seguimos el caminillo que daba a la casita. Lo bueno era que estaba a una distancia considerable de la casa principal, que no tenía ventanales y que una formación de arbustos repletos de flores la rodeaban ocultándola.

Llegamos hasta ella, abrí la puerta y metí a Ax allí. Él estaba totalmente desconcertado, pero también alerta.

—Iré a saludar a mi madre para que no sospeche nada —le expliqué. Sus ojos se fueron desde mi rostro hacia el techo, desde el techo hacia mí, y desde mí hacia las paredes—. Volveré rapidísimo. Tienes que quedarte aquí. No salgas. No hagas ruido. Nada. Espera a que regrese, ¿sí? Si sales, ella llamará a la policía. No intentes salir. Solo... escóndete.

Esperé un asentimiento, pero en cuanto mi madre gritó:

—¡Mack! ¡¿Es que tienes los auriculares puestos?! ¡Que vengas ya mismo!

Supe que no podía esperar más. Había un noventa y cinco por ciento de probabilidades de que la situación terminara mal por una cosa o por la otra. Ax podía actuar de forma inesperada y joderlo todo, pero tenía que arriesgarme.

Cerré la puerta de la casita de la piscina y corrí de nuevo hacia la casa grande. Antes de entrar en la cocina, inhalé hondo para calmarme.

—Eh —saludé con ánimo al tiempo que cruzaba la puerta como si nada, como si no tuviera a un desconocido escondido a solo unos metros de distancia.

—¿Dónde estabas? ¿Por qué huele tan mal? —preguntó ella rápidamente.

Dejó unas bolsas con nombres de diseñador sobre la isla, y de inmediato me repetí sus datos en la mente. Considerando lo defectuosa que era mi memoria, a veces temía olvidar quiénes eran las personas que me rodeaban.

Así que mi madre era Eleanor Cavalier.

Edad: cuarenta y uno.

A simple vista, era la mujer de siempre: alta, voluptuosa, con una adorada colección de faldas de tubo, cabello largo de color azabache y las mejillas redondeadas y contorneadas. Ya no había muchas similitudes entre nosotras. Compartíamos los labios curveados y la nariz recta, nada más. Ella era todo maquillaje, ropa y perfumes, y yo ahora era..., bueno, simple existencialismo: sudaderas, camisetas...; casi un ente contrario.

Llevaba cinco días sin verla. Se suponía que nada cambiaba en ese corto periodo de tiempo, pero con cada viaje que hacía, a su regreso, mi madre parecía una persona distinta.

—No he sacado la basura desde hace días —dije, tratando de sonar lo más convincente posible. Aproveché entonces para cambiar de tema muy rápido—: ¿Qué tal Seúl? ¿Es cierto que no puedes mirar a los empresarios a los ojos?

Su expresión se suavizó. Desconfiar de mí no entraba en sus prioridades.

—Fantástico, logré firmar un nuevo proyecto, y sí que los miré a los ojos —informó, y deslizó las bolsas hacia mí—. Me dio tiempo de hacer unas compras y me vine rápido. Tengo que comenzar a trabajar ya mismo. Pero mira, te he traído algo de la colección de temporada.

—Genial, me lo probaré todo —mentí. En realidad, tenía toda la ropa que me regalaba colgada en el armario desde hacía mucho—. Gracias.

Ella miró el plato de sándwiches.

—¿Desayunas a esta hora? —me amonestó—. Sabes que no me gusta que comas a deshoras...

—Ah, no, es que Nolan ha estado aquí... —me apresuré a decir—, y ya sabes que come como por diez. Luego su madre lo llamó y tuvo que irse antes de terminarlos.

Asintió.

Después hubo un silencio en el que ella se dedicó a revisar su teléfono.

Los silencios eran comunes entre nosotras desde la muerte de papá.

—Estuve en el jardín —dije.

Ella elevó la mirada y sonrió.

—Eso es un gran avance.

Desde la muerte de mi padre tampoco pisaba el jardín, y al hacerlo había encontrado a un extraño ensangrentado que no decía más de cuatro palabras. Pero, claro, eso no iba a decirlo ni loca.

—Y está todo muerto —añadí—. Se puede hacer un ritual satánico allí.

—No piensas hacer uno, ¿o sí? —bromeó ella.

—Creo que hay que... arreglarlo —me atreví a decir.

Desvié la mirada y pensé en lo genial que era el mármol.

—Bueno, sabes que puedes contratar a alguien si quieres —dijo mamá.

Sabía que su mirada estaba fija en el móvil.

—Sí, quizá lo haga.

Otro silencio.

Pasé el dedo por los dibujos del mármol.

—¡Bien! —dijo ella, y me dedicó una sonrisa condescendiente—. Estaré en el estudio. Pruébate la ropa. Más tarde hablaremos de la universidad.

—De acuerdo.

—Y saca esa basura —añadió en tono de orden—. Huele como si hubiera un cadáver en la alacena.

Se alejó haciendo resonar los tacones. Su estudio se encontraba en la última planta de la casa y, cuando se metía en él, no salía ni aunque se estuviera incendiando medio país. Aguardé unos segundos por precaución, luego cogí el plato con los sándwiches y salí apresurada al jardín.

Esperaba que Ax todavía estuviera en la casita. Al igual que Nolan, yo tampoco sabía si se le podía aplicar la palabra «normal», por lo que era probable que se hubiera escapado al tener esa oportunidad perfecta, para así no tener que responder a nuestras preguntas.

De pronto me sentí algo nerviosa.

Bueno, no podía hacer nada en caso de que se hubiera largado, pero entonces sería como perder todas las posibilidades de aclarar mis dudas.

Sería como perder de nuevo una respuesta y caer en ese constante vacío que había en mi mente cuando trataba de recordar ciertas cosas.

Abrí la puerta de la casita y entré echando un vistazo.

Aferré el plato con fuerza.

Ax no estaba.

Fue extraño entrar de nuevo en la casita de la piscina.

Como volver al sitio donde tuviste un accidente que te dejó grave.

Como volver a hablar con alguien que te hizo daño.

Como rascar la costra de un rasguño que intenta sanar. Más de doce meses sin pisarla. Eso llevaba. Es decir, que durante todo un año había dejado de hacer muchas cosas por miedo a que me lastimara el hecho de que en el pasado me habían hecho feliz y ya no lo harían jamás. Retomar algo, pasar de pausa a *play*, era raro. Sin duda habría echado a correr de no ser por el asunto de Ax, pero él ahora no estaba por ningún lado.

La casita era más o menos grande: dos pisos, suelo de madera, acogedora, bien equipada con cocina, nevera, televisor y calefacción. Cualquiera podía vivir a gusto allí. Solo que allí no vivían más que el polvo y unas escalofriantes telarañas de recuerdos.

—¿Ax? —le llamé.

No había ni rastro de él en la salita ni en la cocina que formaba parte del mismo espacio. Revisé el baño, y tampoco lo encontré. La única habitación con cama de matrimonio estaba vacía, y bajo ella no había más que oscuridad.

Se había ido.

Estaba segura.

Había escapado.

Se había llevado la verdad sobre por qué buscaba a mi padre. Me había dejado con una duda que me atormentaría para siempre.

O eso creí hasta que escuché un estornudo y me giré rápidamente.

Había olvidado un lugar. En la cocina, justo en la pared, había una puerta secreta que daba a un pequeño cuarto del pánico.

Fui hasta allá y en cuanto abrí la puerta, que aunque estaba camuflada podía detectarse si se miraba bien, ahí lo encontré. Estaba sentado contra la pared, entre el polvo y el olor a cerrado, compactado de forma incómoda en ese espacio tan pequeño con los antebrazos sobre las rodillas y una mirada neutra e indescifrable, fija en el vacío, como si no hubiera nada delante ni dentro de él.

Permanecía tan quieto que con facilidad se confundía con un maniquí que alguien había doblado sin piedad y guardado, y había algo frío y perturbador en su expresión.

Me arrodillé frente a él y entonces sus ojos encontraron los míos. Me tranquilizó verlo. Todavía tenía una oportunidad de aclarar mis dudas.

Le regalé una sonrisa sin despegar los labios.

—Pensé que te habías ido —le confesé.

—Aquí —respondió con desconfianza.

—Sí, te quedaste aquí —asentí mientras me sentaba en posición de indio—. Eres extrañamente obediente, Ax. ¿Quién te enseñó a serlo?

Sin respuesta.

Me levanté para que él saliera. Lo hizo con cuidado para no lastimarse. Luego, de pie frente a mí, tuve que mirar hacia arriba porque era un poco más alto. Tomé entonces uno de los sándwiches y se lo ofrecí. Él dudó un instante, pero luego no pudo más. Me lo arrancó de la mano y comenzó a devorarlo de tal manera que me pregunté cuánto tiempo llevaba sin comer, pues comía con ansiedad y salvajismo.

Se lo terminó en un minuto casi sin masticar. Tosió un poco y miró ansioso el otro que quedaba en el plato. Ahora en sus ojos sí había algo: un hambre voraz. Pero ¿y el resto dónde estaba? ¿Dónde estaba ese casi imperceptible reflejo que hacía a uno humano?

Intentó agarrar el sándwich, pero lo aparté.

—Te daré este si respondes mis preguntas —le propuse.

No le agradó la idea. Su mirada se endureció y sus cejas se hundieron. Me dio la impresión de que quiso protestar, pero al final asintió con la cabeza.

—Bien, te diré lo que haremos —le indiqué—. Puedes decir «sí» o «no» si sabes la respuesta, pero, si no sabes cómo responder o no tienes ni idea de lo que te estoy preguntando, harás esto. —Encogí los hombros para mostrarle el gesto—. Significará «no sé». ¿Lo pillas?

—Sí —aceptó.

Sentí un pequeño entusiasmo.

—Muy bien. —Tomé aire—. ¿Tienes familia, Ax? ¿Un padre y una madre?

—No.

—¿Tienes una casa donde puedes dormir cada noche?

—No —respondió.

Señalé la venda en su abdomen.

—¿Esa herida te la hizo una persona?

Asintió ligeramente con la cabeza.

—¿Una persona mala? ¿Una persona peligrosa?

—Sí.

—¿Huiste de esa persona?

—No.

—¿Huías de alguien y así llegaste a mi jardín?

Se encogió de hombros tal y como le indiqué.

—Supongamos que no huías. ¿Llegaste hasta aquí buscando a mi padre?

—Aquí.

Con la palabra «aquí» la cosa era confusa. Me parecía que se refería a que mi padre vivía aquí, pero no estaba segura. ¿Podía significar algo diferente? Era en verdad frustrante que no hablara más, pero la indeterminable sensación que me aseguraba que conocía a Ax me empujaba a creer que las cuatro palabras que pronunciaba eran lo único que podía decir.

—Bien. Ten.

Le di el sándwich y se dedicó a devorarlo.

Dejé el plato en la cocina y saqué mi móvil. Había un mensaje de Nolan.

NOLAN: ¿Sigues viva?

MACK: Para tu desgracia, sí. ¿Averiguaste algo?

NOLAN: No, la Bestia está histérica. Tengo que encargarme de esto primero. Intenta socializar con Carrie mientras tanto.

MACK: Lo intentaré.

La Bestia era su madre. La llamábamos así porque, cuando notaba actitudes en Nolan que ella consideraba «extrañas e incorrectas para un chico», se ponía igual que una bestia, gritando que todo el mundo estaba enfermo menos ella y que no sabía qué había hecho en la vida para tener un hijo «dañado».

Cuando aparté la vista del teléfono, Ax se hallaba de pie junto a la mesa de la cocina. Tocaba el plato vacío de los sándwiches. Lo movió un poco hacia un lado y luego hacia el otro. Apenas notó que lo miraba, volvió la cabeza hacia mí, frunció el ceño y con el dedo índice presionó el centro del platillo.

—¿Qué? ¿Quieres más? —le pregunté.

Él asintió con la cabeza.

Me crucé de brazos.

—Pídelo —le ordené con firmeza.

Sus ojos se movieron hacia todos lados, como si no supiera qué hacer. Fue un gesto casi gracioso, pero no me reí, sino que me mantuve firme y dura. Si tenía tanta hambre y eso de no hablar era una excusa para no responder mis preguntas, lo pediría.

—Si quieres más, di: quiero más —le expliqué.

Silencio.

Su cara denotó incertidumbre y duda, como si acabara de decirle algo demasiado complicado de entender, y lo imaginé como una máquina que debía procesar los datos recibidos antes de hacer algo. Una máquina lenta y vieja que necesitaba leer los 0 y los 1, uno a uno.

41

En la mente de Ax podía estar sucediendo algo como:

Recibido: 01110001 01110101 01101001 01100101 01110010 01101111 00100000 01101101 01100001 01110011.

Procesado: 1%..., 2%..., 3%..., 4%..., 10%..., 45%..., 50%..., 100%.

Acción a ejecutar: decir, hablar, pronunciar, emitir.

Ejecutando acción: 1%..., 2%..., 3%..., 3,1%..., 3,2%..., 3,3%..., 3,3%..., 3,3%..., 3,3%...

¡¡¡Error!!!

Ax entreabrió la boca y la cerró.

No dijo nada.

Quizá fue por el cansancio que producía tratar de comprenderlo a él y a su situación, pero por un instante perdí la paciencia.

—¿Cómo puedes decir cuatro palabras nada más? —le pregunté de golpe.

Sonó a bronca y Ax reaccionó. Fue un gesto de molestia. ¿Le molestó mi tono? Ni idea. ¿Cómo podía deducir algo? Su rostro siempre reflejaba lo mismo: inexpresividad, ceño fruncido o confusión.

Deseé que me refutara como cualquier persona normal, algo tipo: «¿Y quién te crees que eres para hablarme así?», pero avanzó hacia el sofá de la salita que tenía un televisor enfrente y con cuidado se recostó en él.

—Hay una cama en la habitación, puedes usarla —le dije.

Escuchó mis palabras, claro que sí, pero en un gesto odioso y frío, se dio la vuelta en el sofá y me dio la espalda.

—Ah, de acuerdo. —Giré los ojos—. Como quieras. Igual te vas a tener que ir —bufé.

Como ni siquiera le importaron mis palabras y ese hecho también me molestó, lo dejé allí durmiendo.

Regresé a la casa grande, limpié la isla de la cocina y saqué la basura para no tener problemas con Eleanor. Como toque final, rocié ambientador para matar la fetidez de la sangre y que no sospechara.

Me pregunté cómo reaccionaría si le hablara de Ax. Seguramente que muy mal, además de que llamaría a la policía y quizá me recluiría en un manicomio por meter a un desconocido con tan mal aspecto en casa.

Aunque tal vez el camino no era ese... Tal vez lo que debía hacer era ignorar mis estúpidos impulsos y solucionar ese problema cuanto antes, llamando a la policía.

Pero... ¿podría vivir tranquila si hacía eso?

La respuesta era no. Lo que pensaba era que, quizá, si descifraba su conexión con mi padre, eso me llevaría a recordar de qué lo conocía. Además, cada vez me convencía más de que lo había olvidado como el resto de los momentos importantes, y todavía me negaba a aceptar que...

No.

No pasaría de nuevo.

Debía buscar la forma de recordar a Ax.

Conseguí echarme una siesta de menos de una hora para recuperar fuerzas por el desvelo, pero fue incluso peor que la realidad.

Terminé soñando con una figura pálida y delgada que me miraba desde los conductos de ventilación de casa. Su rostro estaba borroso y mi objetivo era tratar de identificarlo. Creía que era un monstruo, pero al final descubrí que en realidad era mi padre.

Me despertó un extraño ruido.

Primero me pareció un bullicio, pero como no pude asociarlo a un bullicio humano, me intrigó. Cuando me acerqué a la ventana aún somnolienta, observé la verja eléctrica que permitía la entrada a la casa. Al otro lado había una manada de perros histéricos.

Los reconocí. Eran de los vecinos de la calle, pero jamás los había visto tan alterados. Había un pitbull, un pastor alemán, un rottweiler, un bóxer y un dóberman, y ladraban y gruñían furiosos mientras embestían en dos patas la malla de la verja, como si quisieran atravesarla a toda costa.

Era una escena tan rara que me inquietó. Su rabia canina era tan feroz que si alguien se acercaba podían darle un mordisco.

¿Por qué estaban atacando mi verja?

Para hacer la escena más rara, de repente alguien pasó caminando frente a la verja. Tanya, mi vecina.

Esa chica era perturbadora. Tenía unos ojos enormes y el cabello corto, pero mal cortado. Sus padres eran empresarios importantes que viajaban y por esa razón ella solía vivir sola en su casa, pero a pesar de que parecía tener mi edad, nunca salía más que para pasear a su pequeño poodle. Las veces que me veía me echaba una mirada de desprecio. Al parecer me odiaba. O tal vez a mi familia. No estaba segura, pero siempre había emanado mucho desprecio hacia nosotros.

Sus pasos fueron lentos, como de película de suspense, y la forma en la que miró en mi dirección como si supiera exactamente que yo estaba en la ventana, me inquietó demasiado, por lo que solo me aparté y la ignoré.

Me di un baño y luego salí de la casa porque necesitaba ir a una farmacia. Siempre iba a una pequeña y poco conocida que estaba en el pueblo. El sitio no era muy grande, pero eso no significaba que no fuera bueno. De hecho, solo estaba mal ubicado.

Detrás del mostrador había una mujer con bata blanca que parecía aburrida mientras miraba la tele colgada en una esquina de la pared. Alrededor de sus ojos aparecían unas arrugas cuando sonreía, pero tenía solo treinta y tantos. Llevaba el cabello recogido en una coleta y siempre tenía un aspecto duro, justo como era en realidad.

Aunque conmigo siempre era amable.

—Necesito alguna cosa para que no se infecte una herida de unos siete centímetros de largo y poca profundidad que fue suturada —dije, poniendo los antebrazos sobre el mostrador.

—¿Qué te pasó ahora? —inquirió, alzando las cejas.

—A mí nada, a Nolan —mentí con tranquilidad—. Un ex medio loco quiso desquitarse. No queremos que su madre se entere, así que estamos tratando de curarle la herida a escondidas.

—¿En qué parte fue?

—En el abdomen.

—¿Se acuesta con narcotraficantes o qué?

—Algo así creo yo. —Me encogí de hombros—. ¿Puedes prepararme un kit?

—Claro.

Tamara salió de detrás del mostrador con una pequeña cesta y comenzó a coger cosas de los estantes repletos de medicamentos. Cogí una cajita de caramelos de la parte baja del mostrador y la abrí mientras escuchaba lo que decían en la televisión.

«... se reporta que el terremoto fue de 7,9 en la escala de Richter. Las zonas afectadas están siendo registradas. Es posible que cientos de personas estén atrapadas entre los escombros. Es la primera vez que un sismo de tal magnitud afecta un país europeo. No solo es trágico, sino sorprendente...»

—Uau —exclamé, metiéndome las bolitas de caramelos en la boca—. Sí que están sucediendo cosas.

—Desde hace un tiempo —comentó Tamara, paseando por los estrechos pasillos—. Hace una semana hubo un sismo de 7 en la misma ciudad.

—No sabía que podían suceder tan pronto y tan cerca.

Tamara sonrió con pesar.

—No te diré que no pueden, pero sí que no se ha visto algo así nunca.

Regresó al mostrador y puso la cesta frente a mí para revisar los productos.

—En caso de que se llegara a infectar, ¿qué debemos hacer? —aproveché para preguntar.

—Límpiale la herida muy bien, ponle vendas limpias, déjalo reposar y eso no pasará —explicó—. Pero, como Nolan tiene la suerte en el culo, si se infecta dale antibiótico y sigue limpiándole la herida. Elimina todo el pus y controla la fiebre. Te daré algo para eso. Aunque, ya sabes, ir al hospital sería lo mejor...

Buen consejo, pero no nos servía en este caso.

Marcó los precios en la caja y lo metió todo en una bolsa oscura. Mientras le pagaba y bromeábamos un poco sobre los ex de Nolan, la puerta de la farmacia se abrió y nuestra conversación se interrumpió. Entraron unos tipos vestidos con pantalones de traje y camisas de manga larga. Sus expresiones eran impasibles y me dieron una impresión de amargura.

Miré a Tamara algo preocupada, pero ella solo sonrió.

—Son proveedores —dijo—. Debo atenderlos.

—Oye, si necesito algo de ayuda, ¿puedo llamarte? —me apresuré a decir, cogiendo la bolsa.

—La batería de mi teléfono explotó de forma extraña con el apagón de ayer cuando se estaba cargando —respondió—. Pero puedes escribirme un mail y te responderé rápido. —Señaló un papel pegado en una de las paredes—. Ahí está mi mail, anótalo.

Le tomé una foto con mi móvil. Los hombres se habían detenido a mirar unas cosas en los estantes.

—Oye, Tamara —la llamé antes de irme—. ¿Sabes algo sobre perros?

Ella sonrió divertida.

—Lo que sabe una chica que se ha acostado con muchos.

—No sobre ese tipo de perros —aclaré, riendo—. Hace un rato había cinco ladrando y golpeando la verja de mi casa. Estaban furiosos, como si tuvieran rabia o algo así, y nunca habían hecho eso.

Tamara curvó la boca hacia abajo y encogió los hombros, dándome a entender que no tenía ni idea.

—Yo no es que sepa demasiado —intervino de repente uno de los hombres con voz gruesa. Su comisura derecha se elevó un poco, como si estuviera sonriendo para sí mismo—, pero si estaban ladrando hacia tu casa, debe de haber algo nuevo en ella que no les guste.

Tamara miró al tipo con suspicacia y luego a mí. Su sonrisa había desaparecido y su expresión ahora era como la de una madre a la que no le gustaba que su hija estuviera muy cerca de un extraño.

—Llévale eso a Nolan, Mack —me dijo—. Y avísame si tienes cualquier problema.

Entendí que quería que saliera, así que lo hice.

Me acerqué al auto y en cuanto me senté al volante solo pensé en dos cosas:

1. No había ningún camión de proveedores estacionado cerca.
2. Lo único nuevo que había en mi casa era Ax.

El cielo seguía nublado e incluso se escuchaban algunos truenos.

Llegué a casa y descubrí que todo estaba a oscuras por culpa de otro apagón. Los perros ya no estaban atacando la verja, así que fui directo al jardín. Entré en la casita y la encontré sumida en una negrura espesa. Encendí la linterna de mi teléfono y eché un vistazo.

El cuerpo de Ax seguía tirado en el sofá, tan inmóvil que me asustó. Me apresuré a acercarme a él para examinarlo y, en cuanto noté que respiraba, me sentí aliviada.

No habíamos conseguido entendernos, pero eso ya era agua pasada. Debía concentrarme en buscar la manera de hacerlo hablar, no de callarlo más. Ahora venía con toda la intención de hacerle otras preguntas. Quería saber de dónde venía. Quién lo había herido. Y por qué.

—¿Ax? —le llamé con suavidad, dejando la bolsa en el suelo—. Creo que deberíamos intentarlo de nuevo, y tendré más paciencia, te lo juro.

Pensé que todavía me estaba ignorando, pero su posición era demasiado rígida. Dudosa, puse una mano sobre su hombro desnudo para despertarlo.

Entonces sentí la piel ardiendo.

—¡Joder, estás hirviendo!

Se movió por mi chillido, pero fue un acto débil, minúsculo, lastimero. Entreabrió los ojos e intentó incorporarse, pero no lo logró.

—No te muevas —le ordené—. He traído algo por si esto pasaba.

No me lo pensé mucho. Saqué el medicamento que Tamara me indicó para la fiebre y luego corrí hacia la casa grande. Busqué pañuelos, un bol con hielo y agua, y un termómetro que hacía mucho que no usábamos.

En cuanto regresé, empapé un pañuelo y se lo puse en la frente. Se estremeció por el frío. Luego intenté ponerle el termómetro en la boca. Fue difícil. Iniciamos una pequeña pelea porque no quería abrir la boca y apretaba los labios, pero de alguna forma logré persuadirlo.

Esperé unos minutos. Él me miraba, enojado y débil al mismo tiempo. Finalmente comprobé la temperatura.

Cuarenta y dos grados.

—¡¿Qué demo...?! —solté, alternando la vista entre su cara y el termómetro—. Pero ¡si me fui hace solo unas pocas horas! ¡Tu cerebro está a punto de freírse!

Él parpadeó pesadamente como si tratara de comprenderme.

—¿Sientes algo además de la fiebre? —le pregunté, preocupada—. Vamos, Ax, esto no es una simple calentura. Podrías morirte, ¿entiendes? Debes ser tratado en un hospital...

—¡No! —bramó con voz ronca—. No, aquí.

Y empezó a alterarse. Intentó levantarse con todas sus fuerzas, pero como eran tan pocas, su cuerpo se tensó hasta tal punto que las venas violáceas brotaron por debajo de su piel y un manchón de sangre se acumuló en la venda.

Claro, tampoco habíamos cambiado la venda.

Ax repitió una serie de insistentes: «no, no, no», y comenzó a ponerme nerviosa.

—De acuerdo, de acuerdo —le tranquilicé—. No hospital. Te quedarás aquí.

Se dejó caer de nuevo con el pecho agitado. Mojé los pañuelos que restaban y se los puse todos encima: sobre el pecho, el cuello, el abdomen y los tensos brazos. Lo cubrí de pañuelos helados; le puse incluso en los pies.

Sin embargo, seguía hirviendo y temblando.

—Esto no será suficiente... —murmuré.

Entonces se me ocurrió una idea.

Saqué el móvil y llamé a Nolan. En cuanto atendió, dije:

—Ax está ardiendo de fiebre, tenemos que meterlo en la bañera.

6

Adiós, sangre y mugre.
¡Hola, chico condenadamente atractivo!

—Entonces... desnúdalo.

Nolan enarcó una ceja ante mi orden.

Habíamos iluminado el baño con una lámpara de emergencia y luego habíamos llevado entre los dos a Ax hasta allí. Ahora, mientras yo lo sostenía sobre el retrete, Nolan llenaba la bañera con el agua más fría que podía salir, pero se detuvo un momento para mirarme.

—¿Debo hacerlo yo porque soy el hombre? —inquirió, divertido.

Me rasqué la nuca, nerviosa.

—Bueno, es que... yo...

—Tú nunca le has quitado el pantalón a un chico, lo sé —completó en un tono burlón para luego erguirse—. ¿Quieres que te diga lo que vas a encontrar o...?

—No seas imbécil —resoplé con apremio. Fruncí los labios y miré la costosa cerámica del suelo—. Es que es raro —admití.

—¿Que tú desnudes a un chico de veinte años sin que esté consciente de ello? Uy, sí —replicó, utilizando su adorado tono de sarcasmo—. Ahora dime por qué si lo hago yo sería menos raro.

Titubeé mientras buscaba una buena respuesta.

—Pues no sé, porque a ustedes no les importa desnudarse juntos —recurrí, no tan segura de lo que decía.

Nolan frunció casi toda la cara con rareza.

—¿De dónde rayos sacas esas teorías sobre el género masculino? —dijo, gesticulando con las manos—. Si yo me quito el pantalón frente a un tipo puede que acabe con la nariz rota. Y si intento quitarle el suyo, puede que me rompa el cráneo. —Resopló con fastidio—. Sería más lógico que lo hicieras tú. A menos que sea algo que te ponga nerviosa...

Cogí una piedrita que adornaba el lavamanos y se la arrojé.

—Cómo te gusta romperme las pelotas que no tengo. ¿Qué te cuesta?

Se cubrió con torpeza y soltó una risa.

—Ya, vale... Yo lo hago.

Nolan se inclinó hacia Ax, le desabrochó el viejo y mugriento pantalón y luego le bajó la cremallera.

—Levántalo —me ordenó.

Lo cogí por debajo de los brazos y con todas mis fuerzas lo impulsé hacia arriba. Parecía un muñeco de trapo. Tenía los brazos lánguidos, los ojos cerrados y emanaba un calor intenso por la fiebre.

Nolan tiró de los pantalones y yo decidí mirar el techo del baño.

Hola, techo.

—¡Ah, bueno! —soltó Nolan con sorpresa.

Se irguió y se puso los dedos en la barbilla mientras miraba a Ax en un gesto pensativo y analítico. Alterné la vista entre el techo y él, nerviosa.

—¿Qué? ¿Qué? —pregunté.

La cara de Nolan pasó a ser el fiel retrato de la diversión y la picardía.

—Tenemos un gran muchacho aquí.

Puse los ojos en blancos al entender qué quería decir con «gran muchacho».

—¡Nolan!

Él soltó una risa.

—Mejor míralo por ti misma...

—No voy a mirar nada —bufé—. Quítale la venda y metámoslo en la bañera rápido.

Nolan desenvolvió la venda de su abdomen y puso cara rara al ver la herida. Sentí curiosidad, pero no me atreví a bajar la vista.

Aunque Ax era diferente y la sensación de familiaridad no desaparecía, seguía siendo un tipo de aproximadamente veinte años muy atractivo. Y yo, con mis diecisiete años (dieciocho en cuatro meses), había visto menos chicos desnudos que el resto de las chicas de mi edad. No por poca suerte, tampoco por mojigata, sino porque me habían sucedido tantas cosas durante esos años que acostarme con alguien no había entrado en mi lista de prioridades.

Una vez tuve la oportunidad, pero ya no sabía por qué rayos no lo había hecho.

Mack, la virgen visual y carnal, esa era yo.

Sostuvimos a Ax entre los dos y lo metimos en la bañera. Apenas tocó el agua helada se estremeció con fuerza. Tembló, abrió los ojos y nos miró, desconcertado.

—Es desagradable, pero es para que te baje la fiebre —le expliqué antes de que se enojara.

—No te preocupes, Mack te dará el mejor baño de tu vida —comentó Nolan, reprimiendo una sonrisa.

Pero Ax estaba demasiado ido como para entender eso, así que solo intentó que no se le cerraran los ojos.

Nolan se sentó en el retrete mientras yo le echaba agua por encima a Ax. Y sí, en todo momento evité mirar más de lo necesario y me lo tomé como algo profesional. Empapé su cabello, le froté la cara y, poco a poco, el agua fue tiñéndose de un rojo intenso. Unos minutos después desaparecía toda aquella sangre que se había secado sobre la piel.

Cogí una esponja que hacía mucho que nadie usaba y le froté los hombros encorvados. Pasé a su cuello, luego a su pecho y, cuando intenté limpiar más abajo cerca de la herida, me detuvo con su mano en un movimiento rápido.

Tragué saliva.

—Estás sucio —le aclaré.

Él bajó la mirada.

Sí, sucio, pero también estaba desnudo, y quizá no tan ido como pensaba.

Soltó mi muñeca y me quitó la esponja para comenzar a hacerlo él. Todo su cuerpo tiritaba de debilidad y aún desprendía calor, pero decidió encargarse él mismo de restregar las áreas más íntimas.

Sentí algo de vergüenza y me aparté de la bañera.

—¿Puedes terminar de bañarte tú solo? —le pregunté. Después de todo, el frío lo estaba espabilando.

Respondió con un simple asentimiento.

Le hice un gesto con la cabeza a Nolan para que saliéramos del baño. Ya en la sala, creamos un círculo de confidencialidad.

—Estoy segura de que, sea donde sea que estuviera, lo hirieron y huyó —dije, compartiendo mis pensamientos con él.

—No he podido averiguar nada —me dijo Nolan—. Mamá... —Bajó la mirada y se rascó la nuca—. Se alteró porque llegué tarde. Está paranoica, no lo sé. Pero pienso ir a la comisaría más tarde. Dan está de guardia esta noche. ¿Ax no te dijo más nada?

—No... —contesté en un tono bajo para que no nos escuchara—. Me parece que intenta hablar, pero no lo logra.

—¿Y lo vas a dejar aquí más tiempo? —inquirió, entornando los ojos.

—Le dije que tendría que irse, pero no puedo echarlo así. Se quedaría tirado en una acera.

Nolan negó con la cabeza en desaprobación.

—Estás de manicomio.

Me apoyé en la pared y me di un golpecito en la parte trasera de la cabeza en un gesto de frustración.

—Quiero saber por qué venía a buscar a mi padre. ¿Quería ayuda? ¿Y para qué? —admití—. También necesito recordar cuándo lo conocí. Si llego a recordar eso, será suficiente.

Nolan presionó su dedo índice en el centro de mi frente con suavidad.

—Tu padre era un hombre profesional, inteligente y de puta madre. No podrías hacer lo que él haría, ¿entiendes? —Apartó el dedo y se encogió de hombros—. A lo mejor, no sé, era un secreto entre Ax y él.

—Si es así, quiero saberlo —sostuve.

Nolan giró los ojos.

—Ax tiene fiebre, pero es a ti a quien se le han achicharrado las neuronas.

—Trata de averiguar algo en la comisaría de policía —le pedí, suplicante—. Tal vez podemos devolverlo a su casa antes de lo que creemos.

—Bien, iré a ver qué puedo hacer —suspiró.

Nolan se aproximó al sofá y señaló una mochila que había dejado allí al llegar.

—Le traje a Ax un par de camisas y pantalones —dijo—. Si comparamos cuerpos, soy un pelele en comparación con él, pero seguramente le servirán.

—Gracias, y cuídate.

Nos despedimos y antes de cerrar la puerta eché un vistazo hacia la casa grande. El último piso tenía la luz encendida, es decir, que mamá seguía en el estudio. Bien. Por el momento no tenía que preocuparme por ella. Ahora lo que me preocupaba era que Ax empeorara. No podía llevarlo al hospital porque él insistía en que era mala idea, y yo le creía. Creía en sus gestos y en su silencio como si lo conociera tan bien como a Nolan, como si fuera un viejo amigo que necesitaba mi ayuda. Pero Ax también era un desconocido. Así que de esa forma estaba la cosa: cincuenta y cincuenta.

Me asomé con cuidado al interior del baño, tratando de ser respetuosa con su privacidad. Estaba quieto como si fuera un maniquí, mirando el vacío de nuevo con esos ojos fríos, distantes...

Y me seguía pareciendo que faltaba algo importante, algo difícil de explicar. Que en ellos faltaba lo que encontraba en los ojos de mi madre, de Tamara, de Nolan, de mí. Quizá las emociones. Tal vez el reflejo característico de sentir, de ser, de estar vivo...

Eso.

Ax parecía muerto. Muerto por dentro.

Ni siquiera se estaba echando agua como se suponía que debía hacer. Solo estaba inmóvil, un poco encorvado, con el cabello aplastado goteándole por la cara. Además, había algo que no encajaba. Su fiebre era alta, pero no parecía delirar. Se veía débil, sus parpadeos eran lentos, sus ojos estaban enrojecidos, pero ya lograba mantenerse sentado. Con cuarenta y dos grados de fiebre, cualquier persona normal habría estado retorciéndose y quejándose. Sin embargo, él permanecía inactivo, con la expresión impasible.

Quizá Ax no era tan normal...

—Eh —dije al mismo tiempo que entraba al baño—. Tienes que mojarte para que el agua fría te baje la temperatura. Mejor déjame ayudarte, ¿sí?

Esa vez no se negó. Me senté en el borde de la bañera, cogí la ducha de mano y la coloqué por encima de su cabeza.

Cerró los ojos. Durante un rato solo se escuchó el agua fría cayendo. El suave silbido de nuestras respiraciones. Y, en mi cabeza, mis caóticos pensamientos.

Hasta que la luz se restableció de golpe y fue como si también trajera un rayito de realidad.

—Ax —dije. Él no abrió los ojos, pero yo sabía que me estaba escuchando—. Puedes quedarte aquí hasta que mejores, pero si luego no me dices lo que te sucedió, tendrás que irte.

Tragué saliva. Lo que en realidad le decía era que quería que me lo dijera todo, que me explicara por qué no podíamos llamar a la policía y de quién había estado huyendo. Pero necesitaba darle una razón para hacerlo.

Así que ese era el trato: si no hablaba, tendría que marcharse.

Le eché el cabello empapado hacia atrás para apartarlo de su cara y él inclinó la cabeza al mismo tiempo. Abrió los ojos finalmente, y entonces contemplé de nuevo el profundo vacío que había en ellos.

Nada.

¿Podía alguien tener una oscuridad tan infinita en los ojos? ¿Podía una persona tener una mirada tan vacía, como si no hubiera alma dentro de su cuerpo?

Nunca había visto a alguien como él. Por alguna razón también me hacía sentir que debía protegerlo, ayudarlo, no lanzarlo a la calle a su suerte. Eso tampoco lo había sentido antes. Nunca...

—¿Por qué no puedes hablar? —susurré en un hálito de voz.

Me respondió. Se encogió de hombros como le había enseñado.

«No sé.»

—¿No sabes cómo hacerlo? —inquirí.

—No —dijo.

—Pues hazlo como acabas de hacer ahora —señalé, sin comprenderlo del todo. Él volvió a encogerse de hombros y una pequeña idea me cruzó por la mente—. ¿Te refieres a las otras palabras?

Asintió con la cabeza.

—Las reconoces, pero ¿no sabes cómo pronunciarlas? —pregunté.

Volvió a asentir con la cabeza.

De repente vi como si un caminillo se abriera. Era pequeño y no prometía ampliarse, pero podía permitirme el paso. Aún más importante: la idea me entusiasmó.

—Así que..., si yo te enseño a hablar, ¿me dirás todo lo que te sucedió?

—Sí.

7

La extraña figura entre el fuego

Ax estaba quieto en la salita, envuelto en la toalla.

Y no envuelto de la cintura para abajo, sino desde los hombros hasta las piernas. No supe por qué rayos lo había envuelto así, como las madres envolvían a los niños después de los baños, pero tal vez era porque ya no estaba cubierto de sangre ni de mugre, y daba otra impresión que me tenía algo sorprendida. Una nueva impresión.

Era como si, por puro aburrimiento, excavaras el suelo sucio y casi muerto de un terreno olvidado, sin esperar encontrar nada, y de repente saliera un chorro de petróleo.

Ax era puro y auténtico petróleo.

Sí, no era buena con las comparaciones.

El punto es que todo había cambiado. El cabello le caía sobre la frente y su expresión era inalterable, neutral; pero la piel limpia tenía un tono cremoso. Se le veían las cicatrices esparcidas por los brazos, el pecho y el torso. Algunas eran tan viejas que solo le aportaban un aire de rudeza. Quise averiguar cómo se las había hecho porque sus formas eran parecidas a las de las quemaduras, pero preguntarle era gastar aliento.

Su rostro estaba intacto, a excepción de una pequeña herida de menos de un centímetro que le cruzaba el labio superior, cerca de la comisura. Estaba roja, pero no sangraba. Y seguía percibiendo algo imponente en él que me hacía pensar en soldados de guerra.

—Bueno, aquí hay pantalones y camisas —le indiqué.

Señalé con el dedo índice la mochila sobre el sofá. Los ojos de Ax se deslizaron hacia ella y luego de nuevo hacia mí.

—Te la tienes que poner —aclaré, y me esforcé por sonreírle sin despegar los labios.

Él no se movió.

—Ropa, Ax —intenté de nuevo con mayor detenimiento—. Vístete.

Una orden simple. Olvidé lo rápido que obedecía las órdenes simples.

Dejó caer la toalla como si le estorbara y en un segundo estuvo totalmente desnudo, con todo al aire, con cada centímetro y detalle por completo visible.

—¡Maldición, Ax! —solté, tapándome la cara. Lo hice rápido, pero mis ojos alcanzaron a registrar algo y la imagen quedó grabada en la oscuridad de mis párpados—. ¿No sabes lo que es tener vergüenza? —me quejé.

—No —respondió. Un simple, seco y frío no.

Todo el rostro me ardió. Me obligué a pensar solo en que estaba en una excelente forma física, en que era delgado y atlético, pero varias otras cosas más me pasaron por la mente...

Pero ¡pensar así estaba mal!

Ax podía estar loco o enfermo. Y no sabía quién era. No sabía qué había hecho. No sabía nada de nada. Así que debía verlo desde un punto sensato y lógico. De modo que alejé cualquier idea de estúpida adolescente y me centré en ser la chica madura que tenía que resolver aquel lío.

No escuché que se estuviera moviendo, por lo que creé un espacio con los dedos que aun cubrían mi cara y entreabrí los ojos lentamente. Por suerte, ya se estaba subiendo la cremallera. Los tejanos le quedaban perfectos. Un poco holgados, pero no demasiado. Cuando hubo terminado, se volvió hacia mí como si esperara otra orden.

—Falta la camiseta —le dije.

No hizo nada.

—Camiseta —pronuncié—. Póntela.

Tampoco se movió.

Traté de ayudarlo, así que me acerqué al sofá, cogí la mochila y vi lo que había dentro: un jersey negro, una camiseta de manga corta y otra de tirantes de color gris. Le ofrecí esta última.

—Ten, ponte esto.

Miró la camiseta de tirantes y luego a mí. Miró de nuevo la camiseta y se quedó pensando. Volvió a mirar la camiseta de tirantes y extendió el brazo. Pensé que iba a cogerla, pero con sus dedos empujó mi mano con suavidad, rechazando mi ofrecimiento. Noté que seguía caliente.

¡La fiebre! ¿Le había bajado? Ya no temblaba, pero si su piel continuaba a esa temperatura, tenía que hacer algo.

—¿No quieres esta camiseta? —le pregunté.

Negó con la cabeza.

—Vale, pues sin camiseta —asentí, y la guardé de nuevo en la mochila.

Cuando dejé la mochila en el suelo, Ax pasó junto a mí y se recostó en el sofá. Me pareció que no quería estar de pie. Debía de ser por lo mal que se sentía, aunque sin duda seguía viéndose mejor que cualquier otra persona que sufriera un cuadro de fiebre como el suyo.

Me arrodillé junto a él y procedí a hacer de enfermera. Primero le acerqué el termómetro a la boca para tomarle la temperatura. Separó los labios apenas un poco sin dejar de observarme. Evité su mirada en esos momentos. Por alguna razón se me antojaba extraña, vigilante, como si estuviera escrutando cada uno de mis poros.

Conté los segundos que mantenía el termómetro bajo la lengua. Mientras tanto sentía el peso de su atención sobre mí. Por un pequeñísimo instante, me fue difícil ignorarlo, y mis ojos se encontraron con los suyos.

Los desvió con amargura, frunciendo el ceño en un gesto minúsculo.

Odioso.

—Vaaale —dije en cuanto saqué el termómetro y lo alcé para verlo mejor—. Treinta y nueve —le informé—. Esto está muchísimo mejor. Sigues teniendo fiebre, pero va bajando. Sabía que el baño te sentaría bien. Cuando mi padre estaba... —Ax comenzó a removerse como si esa mención encendiera algo en él—. Te dije que no puedes hablar con él. Murió. Ya no está. —Ax, poco a poco, volvió a su posición—. Bueno... —le resté importancia a lo anterior—. Voy a limpiarte la herida, te pondré un vendaje nuevo, te daré antibiótico, un pañuelo con agua fría y podrás descansar.

Limpiar la herida resultó fácil. Hice una simple presión en la carne unida por la sutura y salió una línea de pus. Ni siquiera hizo un gesto de dolor, se limitó a mirar todo lo que hacía como si estuviera evaluándome. Luego hice lo que me indicó Tamara para desinfectar la herida y él mismo me ayudó a envolverle el abdomen con la venda. Finalmente, le di un antibiótico, y aunque insistí en que fuera a dormir a la cama, no me obedeció y se quedó en el sofá, dándome la espalda de nuevo.

Otra cosa estaba clara: Ax era obediente, pero también muy terco.

Quizá en su misteriosa mente los cojines eran más cómodos que un colchón. No había manera de saberlo. Lo que pasaba por su cabeza debía de ser como lo que había en el interior de un agujero negro: se hacían suposiciones, pero era imposible de determinar.

Al final, nadie lo sabía con exactitud.

Como se quedó dormido tan profundamente, cerré la puerta de la casita y decidí pasearme un rato por la casa grande para no despertar sospechas. En cuanto atravesé la puerta de la cocina, me encontré con mi madre.

Me puse nerviosa. Por un segundo creí que lo descubriría todo, pero entendí que solo estaba haciendo una llamada desde el teléfono de la cocina. Hablé o intenté hablar con ella unos minutos, pero mi madre se limitó a reprocharme que no hubiera enviado aún las solicitudes a la universidad. Terminé diciéndole que lo haría. Pero no lo hice. Solo podía pensar en qué le había podido pasar a Ax y de qué manera estaba relacionado con mi padre.

Quizá había sido alumno suyo. Quizá habían desarrollado una gran amistad. Era posible. Papá solía decirme que eso pasaba, que a menudo sus estudiantes veían en él una figura paterna. Era un hombre muy interesante, divertido y demasiado empático. Comprendía tan bien a la gente que era imposible no sentir cierta admiración hacia él.

Pero Ax no hablaba, actuaba de forma muy extraña y... ¿cómo un estudiante de filosofía terminaba en un estado así?

A eso de las nueve de la noche decidí pasar de nuevo por la casita para comprobar que todo estuviera en orden.

Cuando abrí la puerta, Ax no estaba en el sofá. No entré en pánico. Revisé todos los posibles lugares en los que sospeché que se le ocurriría meterse por alguna de sus raras razones. Sin embargo, cuando no lo encontré ni en el rincón más pequeño, comencé a asustarme.

Estuve a punto de entrar en la casa grande para ver si había ido allí...

Y entonces mi teléfono emitió una notificación.

Tenía un mensaje.

**NOLAN: SOS. COMISARÍA DE POLICIA.
!!!**

Tres signos de exclamación.

Nolan estaba en graves problemas.

Lo llamé, pero no me respondió.

En nuestro lenguaje de textos, SOS era un pedido de auxilio urgente, pero añadirle los tres signos de exclamación era un pedido de auxilio ultraurgente: se necesitaba la ayuda del otro, o las cosas podían salir muy mal.

Sabía que irme sin saber antes dónde estaba Ax era una malísima idea, pero no estaba muy segura de qué hacer. Empecé a ponerme nerviosa. Nolan necesitaba mi ayuda. Era mi amigo y encabezaba mi lista de prioridades, incluso si entre ellas estaba no permitir que mi madre descubriera a Ax.

No me quedó otra que ir a ayudarlo, así que robé el auto de mi madre. Sí, todavía no tenía permiso para conducir, pero era la única forma de trasladarme a esas horas. Lo saqué del garaje, lo encendí y arranqué sin dudar. Apenas llegué a la verja de entrada, me encontré con que de nuevo los perros estaban atacándola a ladridos, gruñidos y mordidas. Toqué el claxon varias veces hasta que se apartaron, descargando su furia contra las puertas del auto. Finalmente me libré de ellos y aceleré.

La comisaría de policía quedaba en el centro del pueblo. Me tomó unos diez minutos llegar allí. Aparqué al otro lado de la acera y bajé dándole una patada a la puerta.

¿Qué podía haberle pasado a Nolan para que enviara ese mensaje?

Sentí una corriente helada de preocupación.

La calle estaba vacía, alumbrada por los faroles. Los únicos vehículos a la vista eran un trío de coches patrulla aparcados frente a la comisaría. Subí la escalerilla a toda prisa hacia la entrada, pero de pronto escuché un siseo y me detuve a medio camino.

Miré hacia todos lados. Tardé unos segundos en descubrir la silueta que estaba de pie en medio de la oscuridad que envolvía los alrededores del edificio. Por un instante retrocedí. No lograba ver bien su rostro. Era una persona alta, y me pareció intimidante, tanto que incluso durante una fracción de segundo creí que se trataba de Ax, pero en cuanto me hizo una señal con la mano, lo reconocí.

Era Nolan.

Corrí hacia él.

—¿Qué pasa? ¿Estás bien? —pregunté con rapidez al tiempo que le palpaba los hombros, los brazos, el pecho y la cara con desesperada preocupación.

—Sí, estoy bien. Deja de manosearme ya —respondió divertido, apartando mis manos.

Fruncí el ceño y lo miré de arriba abajo.

Estaba bien.

¡Estaba bien!

Le di un porrazo con fuerza en el pecho.

—¡¿Qué narices te pasa?! ¡¿Cómo me mandas un mensaje con tres signos de exclamación?! ¡Pensé que te había pasado algo horrible! ¡Pensé que estabas...!

De inmediato me tapó la boca, exigiéndome que no hablara muy alto.

—Cómo chillas, joder —susurró, mirando hacia ambos lados—. No quiero ni saber cómo será cuando folles. —Le contesté airada, pero mis palabras salieron amortiguadas por la presión de su palma—. Necesitaba que vinieras urgentemente porque no puedo hacerlo solo —comenzó a explicar, apartando lentamente la mano—. Tengo un plan para averiguar algo de Ax, pero solo funcionará si tú me ayudas.

—Pues hay un gran problema —solté, todavía algo disgustada—. ¡Ax se ha escapado!

Nolan abrió los ojos, estupefacto.

—¡¿Qué?! ¿Estás segura? ¿Lo has buscado bien?

Exhalé y me llevé una mano a la frente, inquieta.

—Estaba a punto de hacerlo cuando recibí tu mensaje y salí corriendo para aquí.

Nolan me observó de hito en hito hasta que su expresión se suavizó y se convirtió en un gesto conmovido.

—Oh, en verdad me amas —soltó, sonriente.

Quise sacarme el zapato y darle en la frente.

—¡No seas estúpido! —exclamé, porque no era momento para esas tonterías—. ¡¿Qué demonios vamos a hacer?!

Nolan se puso serio por fin. Se quedó pensativo. Yo esperé, inquieta, ansiosa, con mil preguntas rondándome por la cabeza, todas relacionadas con Ax y por qué se había ido.

—Bien, tenemos que regresar a buscarlo cuanto antes —dijo finalmente—, pero, en serio, creo que debemos aprovechar que estamos aquí para intentar averiguar algo. Es la oportunidad perfecta.

Le dediqué una mirada dura, pero me interesó lo que decía.

—Habla.

—A esta hora solo hay cuatro agentes en la comisaría —me explicó en voz baja, mirando hacia todos lados para asegurarse de que seguía sin haber nadie cerca—. El resto salió hace diez minutos porque ha pasado algo al otro lado del pueblo. Dentro está mi hermano. Necesito que hables con él mientras yo me cuelo por la puerta de atrás y entro a su despacho para mirar en su ordenador.

Mi mente quiso evaluar las posibilidades de que algo saliera mal, y de repente tuve muchas preguntas:

—¿Cómo te vas a colar por esa puerta? O sea, ¿te vas a meter sin permiso? ¿Al menos sabes usar el sistema informático de la policía?

Nolan sacó algo del bolsillo.

—La puerta suele estar cerrada, pero le robé la llave esta mañana —murmuró, victorioso, mostrando una llavecita plateada—. Y sí sé usar el sistema informático de la poli. He visto a Dan buscando en él de todo, así que algo se me ha quedado. Entonces ¿has entendido lo que tienes que hacer?

—Entiendo que te quieres colar en la comisaría y que si te descubren estarás metido en un lío del tamaño del pene de una ballena —dije de golpe, mostrándome no muy convencida.

Él frunció los labios con severidad.

—Bueno, ¿quieres saber quién es Ax o no? —murmuró, apretando los dientes como si él fuera el adulto que sabía exactamente qué hacer y yo la niña malcriada.

—Sí, pero si te...

—Que no me van a pillar —aseguró—. Confía en mí, ¿vale? Esta es la mejor forma de averiguar si estás ocultando a un psicópata asesino en tu casa.

Y puso esa cara. Esa cara de convencimiento, con los ojos fijos en los míos, presionando indirectamente.

Asentí con la cabeza.

—Entro y distraigo a tu hermano —repetí.

—Distráelos a todos.

—¿Durante cuánto tiempo?

Nolan hizo cálculos mentales.

—Hasta que te dé una señal.

—¿Qué señal?

—Una señal cualquiera. Lo sabrás.

Se le dibujó una sonrisa diabólica en el rostro, como si aquello fuera una travesura muy divertida. Entonces nos separamos, listos para actuar. Él se perdió por algún sitio hacia la oscuridad y yo volví a subir las escalerillas, tomando todo el aire posible para reunir valor.

¿Qué demonios estábamos a punto de hacer?

¿Qué íbamos a descubrir sobre Ax?

¿Por qué sentía que todo podía salir muy mal?

Dentro de la comisaría todo estaba tranquilo. Un olor a café se concentraba en la sala. Alcancé a ver que venía de un pequeño almacén en el que una cafetera vieja y plateada hervía sobre un hornillo de fuego azul. Los cuatro agentes estaban sentados en la recepción. Ni siquiera interrumpieron su charla, solo me observaron con poca curiosidad.

—Me gustaría hablar con el agente Dan Cox —dije apenas me acerqué.

Dudaron unos segundos, tal vez sospechando algo de alguien tan joven, pero luego:

—¡Eh, Cox, te buscan! —gritó uno de ellos hacia las oficinas.

Unos segundos después, él apareció.

—Mack. —Me miró con cierta extrañeza, como a una visita muy inesperada—. Qué raro verte por aquí.

En verdad, cada vez que lo veía —que era poco— me costaba creer que ese hombre era Dan. En el pasado había sido un chico desgarbado, con granos en la cara, callado y obsesionado con los superhéroes y las series policiacas, muy raro. El poli que tenía enfrente no tenía nada que ver con esa imagen, era un hombre muy distinto: la musculatura de alguien que entrena a diario, un uniforme impecable que le quedaba justo, ojos de un azul grisáceo. Alguien a quien veías y pensabas: esta persona puede patearle el culo a cualquiera y honrar a la justicia. Lo más impresionante, sin duda, era que no se parecía en nada a Nolan, sobre todo en el hecho de que Nolan tenía el pelo oscuro y el de Dan, sin embargo, era de un inconfundible rubio.

Ante mi falta de respuesta, Dan habló:

—Bueno, ¿en qué puedo ayudarte? ¿Te ha sucedido algo?

Vale.

Estaba en blanco.

Mi creatividad estaba en cero. Traté de pensar en algo lo más rápido que mi mente podía trabajar, pero no se me ocurría nada que sonara creíble. Además, escuchaba cómo hervía el café y eso interfería en mis pensamientos. ¿O era que estaba nerviosa?

De pronto noté un calor extraño en el aire...

Entonces vi que una sombra se deslizaba por uno de los pasillos y supuse que era Nolan escabulléndose hacia la oficina.

Debía ayudarlo.

Las palabras salieron de mi boca sin conectar con mi cerebro:

—Vengo a decirte que tu madre es una perra.

Tanto Dan como los policías de la recepción se me quedaron mirando desconcertados. No les causó risa a todos. Solo a uno de ellos, que reprimió una sonrisa burlona mientras se apoyaba en la mesa, como si todo empezara a ponerse interesante esa noche.

Acababa de insultar a la madre de un policía. Eso estaba mal, pero los mantendría concentrados en mí. Y... tampoco es que fuera una mentira.

Dan frunció ligeramente el ceño con asombro y confusión.

—Sabes que lo es, ¿verdad? Sabes cómo trata a Nolan —continué, apelando a la loca y estúpida idea que había desarrollado de pronto—. ¿Por qué no haces algo para que deje de tratarlo así?

Dan miró de reojo a sus compañeros y luego dio unos pasos hacia delante para apartarnos un poco.

—Mira, Nolan tiene dieciocho años —dijo en tono bajo—. Es un hombre y, según ha dicho, uno independiente y maduro. No entiendo por qué te ha mandado a decirme esto.

—Él no me ha mandado venir, he venido yo por mi propia cuenta —aclaré firme—. Ya que con tu madre no se puede hablar, pensé que podría pedirte que le dijeras que deje de culpar al mundo por sus propios errores.

Formó una fina línea con los labios. Quizá intentaba no perder la paciencia.

—Nolan nos ha dejado claro que no quiere que ni mi madre ni yo intervengamos en su vida, así que respetamos su voluntad —replicó Dan.

Quizá pensó que esa aclaración sería suficiente, pero no me detendría aún.

—No, no lo hacen —rebatí, y sentí que ahora comenzaba a hablar con sinceridad—: ¿Qué culpa tiene él de que su padre abandonara a su madre y se fuera a otro país? Ninguna. Y si fuera culpa suya, ¿por qué no es tuya también? Ah, porque tú sí haces todo lo que tu madre quiere, ¿no? Tú eres el hijo perfecto y Nolan el defectuoso.

Vaya, aquello era incluso liberador.

—Mack, Nolan no está en casa nunca, no nos dice nada y se ha esforzado mucho en desligarse de nosotros como familia —dijo como si intentara calmarme.

Detrás, uno de los polis estaba encantadísimo con la escena. A los otros no parecía gustarles mi actitud. Debían de estar pensando que era una loca.

—Que su madre lo trate mal le afecta más de lo que creen —le dije, volviendo la mirada hacia Dan.

—¿Y cómo podemos saberlo nosotros si nos aparta de su vida? —puntualizó él. Después exhaló, mirando a sus compañeros de reojo como para comprobar si seguían tratando de escucharnos o no—. Escucha, siempre has sido una buena amiga de Nolan, pero no creo que dependa de ti arreglar algo como esto.

Me crucé de brazos y adopté una pose severa. Dios santo, estaba haciendo el ridículo, pero era necesario para mantenerlos distraídos.

—Entonces ¿he perdido el tiempo viniendo aquí? —pregunté, desafiante.

—¿Qué quieres que haga exactamente? —murmuró, impaciente por terminar aquella conversación.

Se me pasaron un montón de ideas por la cabeza que en verdad sentía que ayudarían a Nolan en su dura vida con las actitudes de su madre, pero no podía llevar la escena a otro nivel.

—Evita que tu madre le siga haciendo daño de esa forma, rechazándolo y presionándolo —preferí decir—. Nolan no tuvo nada que ver con lo que sucedió con tu padre.

Dan apretó los labios. Se estaba conteniendo, sabía que se estaba conteniendo.

—Bien, lo intentaré, lo intentaré. —Carraspeó y asintió con incomodidad.

La conversación parecía haber terminado, por lo que me pregunté, ¿cuál sería la señal para acabar con el teatrillo? Desvié la mirada hacia el pasillo, pero Nolan no había salido todavía.

¿Necesitaba más tiempo?

—También vine a poner una denuncia —agregué con nerviosismo, y traté de que no me fallara la voz.

—Eso es algo que sí podemos resolver aquí —afirmó Dan, aliviado.

—Desde ayer varios perros han estado atacando la verja de mi casa —expliqué—. Eso es perturbar el orden público o algo así, ¿no?

Dan parpadeó, casi perplejo.

Vale, estaba diciendo chorradas.

—No lo creo —dijo con detenimiento, ahora mirándome con ligera suspicacia—. Estoy seguro de que tienen dueños, deberías hablarlo con ellos.

—No puedes resolver un problema ni tampoco otro —me quejé, resoplando—. Vaya policía.

Uno de los agentes hizo un gesto con la boca al estilo: uhhh, golpe duro. Y hasta yo pensé que eso había sido horrible, pero Dan soltó una risa incómoda, tal vez para destensar la situación.

—Bien, Mack —dijo, manteniendo la postura cordial—. Si tienes más problemas, creo que deberíamos discutirlos en mi despacho.

Dio un paso adelante como para invitarme a pasar, pero retrocedí, alarmada.

—No, no; tengo todo el derecho de permanecer donde estoy —dije.

Dan hundió ligeramente las cejas, y luego se puso serio, muy serio. Oh, no.

—Entonces me parece que deberíamos hablar después —dictaminó.

Dio otro paso adelante para invitarme a salir, más decidido que nunca, pero antes de que se me ocurriera alguna otra cosa para distraerlo, se produjo un ruido en alguna parte de la comisaría. Un ruido muy parecido a cuando a alguien se le cae algo.

Los agentes miraron hacia el pasillo con curiosidad, y luego se observaron entre ellos con confusión e inquietud. Supe de inmediato lo que estaban pensando: si solo eran cinco polis de guardia y los cinco estaban ahí, ¿quién había dentro?

Mierda. Mierda. Mierda.

¡Piensa rápido!

Miré a mi alrededor y de pronto fui consciente de que lo que había percibido no había sido a causa de mi imaginación. El calor sí había aumentado en la sala. De hecho, era un calor extraño, repentino... Se me ocurrió que podía usarlo a mi favor.

Quizá podía fingir un desmayo...

Sí, estuve a punto de desplomarme en el suelo, a punto de llevar mi particular espectáculo a un nivel más alto, cuando de pronto todo quedó a oscuras. Las luces se atenuaron y luego cesaron por completo.

Un apagón.

—¿Qué? ¿Otra vez? —escuché decir a uno de los policías—. Ya van tres veces en el día.

—Un momento, ¿no deberían encenderse las luces de emergencia? —preguntó Dan en un tono suspicaz.

Logré ver las siluetas de los policías moverse con duda y desconfianza. El apagón había sido perfecto para distraerlos, pero también me había distraído a mí. Dan tenía razón. Las luces de emergencia estaban apagadas y, cuando había un apagón, estas debían encenderse.

Pero no lo habían hecho.

El único destello que se veía era el del fuego azul que hacía hervir el café, pero el burbujeo que se escuchaba era extrañamente intenso. ¿Cuánto líquido tenía esa cafetera?

—Dan, ve a revisar las oficinas —ordenó de repente uno de los policías de mayor edad—. Nosotros comprobaremos las baterías de las luces de emergencia y llamaremos a la central para averiguar qué ha pasado.

—¡Son los fusibles! —me apresuré a decir, colocándome delante del hermano de Nolan para impedir que avanzara—. Lo han dicho por las noticias. Son simples fallos eléctricos.

—Sí, pero ha sonado algo ahí dentro y debo ir a ver qué es —me explicó Dan, y me apartó con la facilidad que le permitía su fuerza. Luego sacó una linterna de su cinturón, pero no pudo encenderla—. ¿Qué demonios? La cargué esta mañana —dijo, extrañado.

Me interpuse de nuevo en su camino, pero capté algo nuevo, extraño, y mi mirada se desvió hacia otro lado.

—¿Qué es eso? —pregunté.

Todos se volvieron hacia donde señalé.

El almacén. En el interior, la tapa de la cafetera se abría y se cerraba por el vapor, pero lo que me había llamado la atención era el fuego. Las llamas azules tenían unos peculiares y raros destellos amarillos. Y eran... ¿más grandes? Juraría que al entrar las había visto normales para un hornillo tan pequeño como ese, pero ahora eran más gruesas, más intensas.

Dan se aproximó con lentitud y curiosidad. También notó el extraño comportamiento del fuego, y luego los demás también parecieron muy interesados en ello.

Entonces estalló.

Sucedió en un parpadeo.

La cafetera produjo un fuerte silbido como si llegara a un punto máximo, y de forma inesperada las llamas se expandieron como un manto. Cubrieron el hornillo, luego la mesa que había debajo y comenzaron a extenderse por el almacén como si las hubieran avivado con gasolina.

El ruido de la explosión fue fuerte, pero la expansión no tanto. Todos retrocedimos y nos cubrimos las caras con los brazos. Apenas los bajamos, quedamos estupefactos.

Ni siquiera nos dio tiempo de asimilar cómo demonios una pequeña cafetera había desencadenado aquello, porque las llamas azules se transformaron. De un momento a otro, pasaron a ser un poderoso fuego naranja, y como si fueran enredaderas creciendo a una velocidad anormal, empezaron a deslizarse por las paredes de la recepción de la comisaría.

—¡Cuidado! —grité.

Tuve que lanzarme sobre Dan para empujarlo, porque un chorro de fuego salió disparado en su dirección. Ambos caímos al suelo y él recibió todo el peso de nuestros cuerpos.

—¡Los extintores! —bramó uno de los policías—. ¡Busquen los extintores!

Apenas me incorporé y contemplé el escenario, lo único que pude pensar fue: «¡¿Qué demonios está pasando?! ¡¿Qué demonios estoy viendo?!».

Tuve la impresión de que los extintores no lograrían apagar ese fuego. Era violento, poderoso y crepitaba ruidosamente. Las llamas parecían moverse como si tuvieran consciencia de ello, como si las hubieran despertado de un sueño y estuviesen furiosas por ello. La onda de calor que emanaba de ellas era otro nivel. Distorsionaba parte de la sala e incluso me golpeaba la piel, causándome cierto ardor.

Dan y los policías se movieron rápidamente en distintas direcciones para actuar como profesionales. No dudé de que lograrían extinguir el fuego, así que me preocupé por correr hacia la puerta de entrada para ponerme a salvo, pero entonces varias llamas saltaron hacia ella y la cubrieron como diciendo: «¿Adónde piensas que vas, niñata?».

—¡La alarma de incendios no funciona! —anunció uno de los policías.

Retrocedí y busqué alguna esquina que no estuviera cubierta de fuego. Mientras, los policías cogieron los extintores y no tardaron en manipularlos contra las llamas.

Creí que al fin controlarían la situación, que el fuego no seguiría creciendo, que la fuerza misteriosa que me agitaba el corazón haciéndome sospechar que esto era algo anormal solo estaba causada por el miedo de achicharrarme.

Hasta que lo vi.

Fue impresionante.

Si me lo hubieran contado, no me lo habría creído.

El fuego se resistía. A pesar de que los policías disparaban los extintores contra él, las llamas luchaban para no extinguirse y seguir expandiéndose. Intentaban consumirlo todo. Querían acabar con todo. ¿Lo peor? Parecía que lo lograrían, porque me di cuenta de que la sala se estaba volviendo más pequeña.

Había llamas por todos lados.

El calor causaba un picor doloroso.

El humo era fuerte y pesado, y resultaba difícil respirar.

Me moví en todas las direcciones, buscando un espacio, aunque fuera pequeño, libre de llamas, pero allí donde miraba solo veía fuego.

Parecía no haber salida.

O eso creí hasta que, mientras tosía, capté algo.

Al otro lado del pasillo, donde empezaba la zona de las oficinas, se había formado un camino libre. Una silueta estaba de pie allí. Era difícil reconocerla, porque las ondas de calor distorsionaban nuestro campo visual, pero podía jurar que no era un policía y que me llamaba con la mano.

Pensé que era Nolan, pero tampoco estaba segura. De todos modos, quienquiera que fuese hizo ese gesto un par de veces y luego se dio vuelta para correr por el pasillo.

—¡Tenemos que salir! —grité al comprenderlo—. ¡No vamos a poder apagar el fuego! ¡Hay que salir!

Uno de los extintores se vació por completo y el fuego estalló en una llamarada. El chorro dio directo en el brazo de uno de los policías y el grito fue desgarrador. El hombre comenzó a retorcerse con desespero. Creí que me quedaría paralizada mirándolo, pero uno de sus compañeros se apresuró a rociarlo con el extintor que sostenía.

Reaccioné rápido.

—¡Por aquí, tenemos que salir! —le grité a Dan.

Él asintió. Me apresuré a seguir por el pasillo que las llamas aún no habían bloqueado. Dan ayudó al policía herido y luego ambos me siguieron. No conocía en absoluto aquella comisaría. Ni siquiera podía ver bien. Sentía el pecho dolorido y mis pulmones clamaban por oxígeno limpio. La garganta me ardía de tanto toser y la cabeza me daba vueltas. Pero aquella silueta me señalaba el camino hacia la salida. Lo hacía; no me cabía duda.

Corrimos por los pasillos con desesperación y terror.

Detrás de nosotros, el fuego se deslizaba por las paredes como si intentara atraparnos.

—¡Rápido, rápido! —gritó Dan a sus compañeros.

Uno de los chorros salió disparado en mi dirección. Logré agacharme a tiempo para esquivarlo. Sin embargo, cuando me di cuenta, una chispa había encendido la tela de mi pantalón, justo por debajo de la rodilla derecha.

Sentí el calor abrasarme la piel y emití un grito ronco.

Dan corrió hacia mí y comenzó a golpear las llamas con la mano, tratando de apagarlas. No tuvo mucho éxito, pero disminuyeron.

—¡Ahí viene! —gritó uno de los policías.

Reuní todas mis fuerzas para levantarme. No supe dónde las tenía guardadas, pero se despertaron con la misma potencia que mi necesidad de vivir. Seguí doblando esquinas y corriendo por los pasillos, buscando algún destello de la silueta que me guiaba. Pero ahora no la veía por ningún lado, y tanto Dan como sus compañeros parecían desorientados por la toxicidad del ambiente.

Pensé que no lograríamos salir de allí, que el fuego nos tragaría o que mis pulmones colapsarían antes.

Hasta que escuché la voz de Nolan:

—¡MAAAAAAAACK!

Y supe de inmediato hacia dónde correr.

—¡Por aquí! —les grité a los demás.

No estuve segura de cuánto tardamos en llegar a la puerta de emergencia. Todo se veía distorsionado y ondeante, pero sentí el aire fresco cuando lo respiré. Entendí que habíamos logrado salir... Pero, a continuación, una explosión nos lanzó contra el suelo del aparcamiento trasero de la comisaría.

También vi el rostro de Nolan mientras intentaba apagar lo que continuaba chamuscando mi pantalón.

Y luego nada.

8

Si miras fijamente a Ax, te das cuenta de que hace cosas extrañas

Cuando recuperé la consciencia, estábamos en movimiento.

Volví la cabeza de un lado a otro, preguntándome por qué lo último que recordaba era la comisaría. Reconocí a Nolan conduciendo el auto de mi madre. Fue bueno ver que se encontraba bien, aunque tenía el rostro sudoroso y algunos mechones de cabello pegados a la frente, y parecía aferrarse al volante con fuerza. Pero la buena sensación no duró casi nada, porque en cuanto me moví sobre el asiento del copiloto solté un quejido al sentir un ardor doloroso en la pierna.

—Tienes una quemadura, pero no se ve profunda, ya la revisé —se apresuró a decirme en cuanto notó que ya estaba despierta—. Es más bien como cuando te quemas con una plancha. ¿Te has quemado alguna vez con una plancha?

Eché un vistazo hacia abajo. Me faltaba pantalón desde la rodilla. Había piel roja y abultada. Y me ardía, la zona circular que abarcaba la quemadura me ardía como si me estuviera revolcando sobre una parrilla.

—No me jodas, Nolan, no parece hecho con una plancha, sino con un asador —escupí, y eché la cabeza hacia atrás en el asiento, exhausta—. ¿Adónde vamos?

Él dirigió una mirada a mi pierna y luego volvió a mirar la carretera.

—A la farmacia de Tamara para que te cure.

Percibí algo extraño en su voz. Sonaba un poco más aguda, y él solo hablaba así cuando tenía miedo.

—¿Qué pasó con la comisaría? —decidí preguntar.

—Para cuando llegaron los bomberos, se había quemado casi por completo. Todos están bien. Dan está bien. —Hizo una pequeña pausa, casi dudosa—. Yo... te saqué de ahí antes de que te llevaran al hospital.

—¿Por qué? Habría estado bien que me revisaran. —Emití un quejido ronco—. Siento que me arde hasta el hueso de la pierna.

—Ya casi llegamos, aguanta —se limitó a responder.

No volví a preguntar nada mientras íbamos en el coche, pero le pediría una respuesta después. Confiaba en él más que en nadie, así que debía de tener una buena razón para no hablar en ese momento. Aunque luego tuve la impresión de que no era buena, porque me di cuenta de que también había algo raro en su rostro: comprimía los labios con la misma fuerza que apretaba el volante y parecía... ¿nervioso?

Cuando aparcamos frente a la farmacia, estaba de turno. Nolan me ayudó a salir y me hizo de muleta para caminar. Atravesamos la puerta y escuché el sonido del televisor encendido.

—Joder, ¿qué ha pasado? —soltó Tamara con sorpresa.

Había estado sentada con los pies sobre el mostrador, pero apenas nos vio dio un salto y corrió hacia nosotros.

En su rostro apareció una genuina preocupación.

—Necesitamos ayuda sin tener que dar explicaciones sobre nada —pidió Nolan, y señaló la quemadura en mi pierna.

Tamara alternó la vista entre ambos, porque aquello tenía muy mala pinta. Tan mala como cuando has hecho algo en extremo peligroso.

—Por favor... —susurró Nolan.

Ella formó una fina línea con los labios y asintió.

—Llévala atrás mientras cierro —le indicó.

Nolan me condujo a la parte trasera de la farmacia, donde se guardaban todos los medicamentos, una habitación llena de estantes y cajones. Me sentó en una silla de metal que había en una esquina y se quedó cerca. Tamara llegó segundos después de haber cerrado la puerta principal y corrido las persianas.

—Saben que no soy una jodida doctora, ¿verdad? —dijo, examinando la quemadura—. Y que sería mejor que esta quemadura se la curaran en un hospital.

—Sabes que no podemos ir a un hospital sin que avisen a nuestros padres... —replicó Nolan, casi impaciente.

—¿Por qué no quieren que los avisen? ¿En qué diablos se han metido? —quiso saber Tamara, mostrando por primera vez un atisbo de responsabilidad como adulta al interrogarnos—. Nunca les pregunto nada, pero hasta esto es alarmante para mí.

Esperó a que alguno contestara, pero no dijimos nada porque al final ni yo sabía qué había sucedido con el fuego. Además, no podíamos contar que habíamos hecho un plan en la comisaría para averiguar algo sobre el extraño que había estado escondido en mi casa.

—¿Es algo que tenga que ver con drogas? —agregó ella ante nuestro silencio.

—¿Qué? ¡No! No se trata de nada relacionado con drogas, ni con nada de lo que estás pensando —soltó Nolan, ceñudo—. ¿Puedes curarla, por favor? No fuimos al hospital precisamente para no responder preguntas.

Tamara nos echó un largo vistazo y luego suspiró.

—Veré qué puedo hacer.

—Eso —asintió él.

Nolan dio un par de pasos mientras Tamara preparaba lo que necesitaba para curarme. Se apoyó en la pared y luego se deslizó hacia el suelo con una exhalación.

Ahora que lo veía con más claridad, la expresión de su rostro era nerviosa y perturbada. La piel de Nolan era blanca, pero en ese momento sus mejillas tenían un tono rojizo, agitado, tenso. Y su mirada era interrogante y confusa, un tanto perdida, como si estuviera tratando de procesar demasiadas cosas en su mente.

Entonces casi que vi el diablo y me olvidé de él.

Solté un grito que me rasgó la garganta en cuanto sentí algo frío presionándome la herida.

—Voy a limpiarla —dijo Tamara, arrodillada frente a mí. Me había colocado algo, pero no me molesté en adivinar qué—. Y esto te va a doler... bastante. Así que aguanta.

Pareció durar una eternidad, pero el ardor disminuyó un poco gracias a las curas de Tamara. Pese a que no era doctora, lo hizo con extremo cuidado. Limpió, lavó y aplicó ungüento. Finalmente, me dio unos analgésicos y volvió al mostrador para anotarme ciertas indicaciones.

Una vez solos en el almacén, decidí hablar.

—Nolan, ¿por qué me sacaste de la comisaría así?

Había estado mirando el vacío y entonces volvió de pronto, al notar que le hablaba.

Tomó aire.

—Escucha, Mack —empezó a decir, y me lo quedé mirando con cierta preocupación, como si estuviera a punto de soltar algo que no me iba a gustar—. Cuando estaba en la oficina, se fue la luz. Como no podía utilizar el ordenador, intenté revisar los papeles que había por el escritorio por si había algún informe que nos pudiera ayudar a saber quién es Ax que se les hubiera olvidado archivar. Entonces escuché la explosión. Fui a ir buscarte, sin importarme que Dan me viera o me pidiera explicaciones, pero alguien... algo, no lo sé, no me dejó pasar.

—¿Cómo que alguien o algo? ¿Quién? ¿Qué? —pregunté, removiéndome sobre el asiento.

—¡No lo sé! —exclamó. Se pasó la mano por el cabello con frustración—. Era como... Dios, quizá inhalé mucho humo, quién sabe, pero juro que vi a alguien y juro que entendí que quería que saliera de allí. No podía ver bien por el humo. Parecía una persona, pero al mismo tiempo una... una sombra, qué se yo. —Hablaba muy rápido y sin pausas—. Bueno, la cosa es que igualmente traté de apartarlo, y me empujó. —Nolan me mostró su brazo izquierdo. Había un moretón cerca de su hombro—. Cuando me levanté, lo tenía justo enfrente y, por un segundo..., por un segundo, fue como ver a Ax.

—¿A Ax? —emití, desconcertada—. Pero ¿cómo Ax iba a...?

—Es lo que no sé, ¿de acuerdo? —continuó, igual de apresurado al hablar—. Fue una impresión. Bueno, primero fue una certeza, pero después no podía asegurarlo del todo. Ahora mismo, la cara de esa persona está borrosa en mi mente, como una mancha negra, pero tengo la sensación de que era él. Y me sacó de allí. Quedé tan aturdido que no entendí nada hasta que te escuché.

Ambos nos quedamos en silencio, como si el tema fuera demasiado descabellado para seguir comentándolo, aunque quizá solo queríamos creer que lo era.

Lo cierto era que nada de lo que había sucedido en la comisaría fue normal. Ni el inicio del incendio, ni cómo se extendió, ni mucho menos cómo se resistió a ser apagado y, aun así, nosotros logramos salir casi ilesos.

Recordé la figura que había visto en medio del fuego. Ahora tampoco estaba segura de qué era. Lo único seguro es que debió de tratarse de una persona. En ningún momento logré ver bien su rostro, pero a mí no me pareció que fuera Ax.

—Ni siquiera sabemos dónde está Ax —añadió Nolan con cierta inquietud—. Dijiste que había desaparecido antes de ir a ayudarme. ¿Es posible...?

—¿Que fuera él? —completé, algo aturdida—. Pero ¿cómo podría haberlo hecho? ¿Tiene siquiera sentido?

—Ya no sé ni qué tiene sentido —resopló.

Tamara nos dio indicaciones exactas para cuidar la quemadura y que no se infectara. Me mostró cómo limpiarla y me dejó llevarme una caja de analgésicos por si me dolía. Intentó hacernos más preguntas, pero no las respondimos porque ni siquiera nosotros entendíamos qué había pasado.

—¿Y cómo está tu herida en el abdomen? —le preguntó a Nolan—. Déjame revisarla.

Trató de acercarse a él, pero Nolan retrocedió y tiró de mí.

—Está muy bien, ya ni siquiera se ve —mintió—. Así que no te preocupes, ya nos vamos —se apresuró a decir.

Salimos de la farmacia y subimos al coche. Nolan empezó a conducir muy rápido. No dijimos nada en todo el camino. Él parecía demasiado inquieto y yo solo pensaba en que debíamos buscar a Ax, pero al mismo tiempo sospechaba que ya no teníamos oportunidad de encontrarlo.

Cuando llegamos a mi casa, lo primero que hice fue comprobar si mi madre estaba. Resultó que se había ido y había dejado una simple nota sin percatarse de que había robado su auto. Aunque era normal, ella nunca notaba nada. Le era muy fácil solo pedir un taxi porque ni siquiera le gustaba conducir. Así que lo siguiente que hicimos fue revisar las habitaciones y luego el jardín. Estuvimos al menos media hora mirando por todas partes. Pero me dolía mucho la pierna y, al final, necesité un descanso.

Entramos en la casita de la piscina. Dentro, todo estaba oscuro y se había quedado estancado el extraño olor de Ax. Era una mezcla agria y leve de sangre y humedad. Me abordó una sensación de impotencia. ¿Cómo demonios había dejado que escapara? Me regañé mentalmente.

Hasta que encendimos la luz y ahí estaba él.

Estupefactos, contemplamos el cuerpo tendido sobre el sofá. Ax reposaba de lado, casi acurrucado, justo como lo había visto por última vez, justo como si no se hubiese movido nunca.

Me acerqué a él y descubrí que estaba profundamente dormido, tanto que le corría un hilillo de baba por la comisura.

Nolan y yo nos miramos como si buscáramos una respuesta en nuestro rostro, pero no teníamos idea de nada. Nuestro cerebro pudo haber explotado en ese instante. Todo se volvió más confuso. Cualquier tipo de suposición se esfumó de repente porque no había manera de que Ax hubiera podido levantarse de ahí, pero yo había visto ese mismo sofá vacío...

Me volví hacia el sofá más pequeño y me dejé caer, conteniendo un quejido.

—¿Qué diablos ha pasado? —exhalé, y cerré los ojos con fuerza.

Nolan se sentó en el suelo, recostando la espalda de la pared.

—No lo sé —murmuró—, pero fue real. Fue real.

Al día siguiente me desperté de un sobresalto.

Mi teléfono vibraba en el bolsillo. Cuando lo saqué, había un mensaje de Nolan: «He ido a comprar el desayuno. No te muevas demasiado».

La quemadura palpitó en mi pierna y sentí la necesidad de presionar algo frío contra ella. Sin embargo, caí en la cuenta de que estaba sola en la sala de la casita.

El sofá de Ax estaba vacío de nuevo. Y esa vez lo miré con fijeza e incluso lo toqué para asegurarme de que no estaba alucinando.

Al comprobar, algo helado me recorrió el cuerpo. Revisé otra vez el escondite secreto, esperando encontrarlo arrellanado entre el polvo, pero no había nada más que oscuridad. También revisé el resto de las habitaciones y me topé con una absoluta soledad.

—¿Ax? —le llamé.

Pero ¿adónde se iba? ¿Adónde se había ido anoche? Porque juraba que sí había desaparecido.

Una punzada de nervios me atenazó. Dejar a Ax sin supervisión, siendo tan impulsivo y curioso, era peligroso. ¿Y si mi madre había regresado temprano, lo había encontrado y lo había llevado a la policía? Bueno, en ese caso me habría enterado, porque habría armado un escándalo antes de hacer eso. Así que, ¿en serio había huido o estaba rondando por ahí?

Salí al jardín. Eran las nueve de la mañana y el sol hacía resaltar la amplitud de los terrenos traseros de la casa. Comencé a explorar la zona con la esperanza de encontrarlo. Me adentré en el jardín que había sido de mi padre con una mala y fastidiosa sensación, y solté una maldición cuando un conjunto de malezas se me enredó en el zapato, casi haciéndome caer. La quemadura me ardió. Tamara había dicho que tuviera cuidado de no lastimarme porque me dolería más, pero tenía que encontrar a Ax si no quería sufrir algo peor.

Sacudí la pierna ahogando los quejidos y me apoyé en un árbol. Cuando miré hacia abajo, observé unos manchones de sangre seca sobre las hojas.

Aquel era el lugar donde habíamos encontrado a Ax.

Alcé la vista y advertí un movimiento cercano. Avancé un poco más y contemplé un cuerpo detrás de unos arbustos.

Era él. Estaba sentado sobre el césped. Su espalda torneada, la piel pálida y su mata de cabello oscuro y despeinado era lo único que veía.

Me acerqué con cautela para no alarmarlo, intrigada.

En cuanto le di un toque en el hombro, se volvió hacia mí.

Retrocedí.

—¡¿Qué estás haciendo?! —exclamé, horrorizada.

Ax me miró con incredulidad. Mi cara expresó todo el espanto que sentí. Alterné la vista entre su rostro y lo que tenía en las manos, y me pregunté si estaba viendo bien.

¿Eso eran gusanos? ¿Gusanos muertos? ¡Muertos!

En sus manos había sangre y unos grotescos cadáveres de gusanos. Algunos desaparecían entre sus dedos mientras que otros estaban aplastados y separados junto a unos restos lodosos y viscosos.

Algo se me revolvió en el estómago produciéndome una gran arcada.

Ax me observó, desconcertado e intrigado.

—¡Suéltalos! —le ordené, cogiendo sus muñecas para sacudirle las manos. Los gusanos cayeron al suelo—. ¡¿Qué estabas haciendo?! —le pregunté a gritos.

Me miraba sorprendido.

No lo entendía.

Parecía no entenderlo.

¿Cómo era posible?

Solté un quejido nervioso y lo impulsé para que se levantara.

—¡¿Por qué hiciste eso?! —solté. Él miró los gusanos en el suelo, luego a mí y de nuevo a los horribles gusanos—. Es cruel, es asqueroso, es malo, es... ¡es matar!

Ax entreabrió los labios. Por un segundo creí que diría algo, pero los cerró y endureció su expresión.

Tiré de él y lo llevé conmigo de regreso a la casita de la piscina. Metí sus manos en la bañera y abrí el grifo.

—No puedes salir así como así, si es que quieres quedarte aquí —le reproché mientras le enseñaba a frotarse las manos para quitar la suciedad—. ¡Mi madre podría verte!

En lo que estuvieron limpias, me levanté para coger una toalla. Le sequé las manos. Él alternó la vista entre mis acciones y mi cara. Al secarlas por completo dejé la toalla a un lado y lo miré a los ojos.

—Ahora dime, ¿dónde estuviste anoche? —inquirí.

Ax se miró las palmas y luego dijo:

—Aquí.

—No estabas aquí porque vine a comprobar cómo estabas y no te encontré.

Él asintió con la cabeza, vaya a saber por qué. Y luego pestañeó, como perdido. Ni siquiera insistí, sabía que no obtendría nada. Salimos del baño hacia la salita. Allí, Ax se recostó en el sofá y yo me senté en el borde para revisar su herida y tomar su temperatura. Él se quedó muy quieto y cooperó cuando llevé el termómetro a su boca. La temperatura era normal. Luego no puso objeción cuando desenvolví la venda del abdomen y la herida quedó al descubierto.

Me quedé perpleja.

Estaba ahí, sí, pero ya comenzaba a cicatrizar. Era una buena señal, pero, al mismo tiempo, ¿era normal que se curara tan rápido considerando que solo unas horas atrás su cuerpo temblaba por la fiebre? Qué raro...

—¿Te duele? —le pregunté.

Ax negó con la cabeza.

—Creo que has mejorado, y mucho —le hice saber.

Guardé el termómetro y le cambié la venda. En cuanto terminé, miré el trabajo realizado con satisfacción y exhalé. Entonces sucedió algo curioso: Ax me imitó.

Exhaló ruidosamente tal y como yo acababa de hacerlo.

Lo observé, asombrada y fascinada al mismo tiempo. Era una nueva reacción.

Lo hice de nuevo para saber si había sido un simple gesto, pero Ax volvió a exhalar. Mmm... estaba imitándome.

Solté una pequeña risa por ese juego tan inesperado. Él se mantuvo circunspecto pero atento. Probé con otro gesto. Esa vez arrugué la nariz. Ax entonces arrugó la suya, pero lo hizo con su característica seriedad, y fue inevitable no reírme.

Me cubrí la boca con la mano para que no pensara que me estaba burlando, y carraspeé para disimular mi risa. Una idea mejor llegó a mi mente. Si Ax podía copiar gestos, también debía poder copiar sonidos.

—A —pronuncié, haciendo referencia a la primera de las vocales.

Aguardé ansiosa. Ax entreabrió los labios y, cuando creí que volvería a cerrarlos, emitió:

—A.

—¡Genial! —exclamé entusiasmada—. ¿Qué tal algo más? ¿Qué tal: hola? —le indiqué—. Ho-la.

Su ceño se hundió levemente. Hizo un movimiento con los labios como si pronunciara las palabras sin sonido, y con torpeza y algo de inseguridad dijo:

—Ho-la.

—¡Sí! —le felicité.

La puerta de la casita se abrió de pronto y me levanté de un salto. Pero era Nolan quien entraba sosteniendo dos bolsas blancas. Ya no había rastro del chico nervioso y perturbado de la noche anterior. Se veía descansado.

—Se oye todo muy feliz por aquí —comentó, mirándonos con divertida curiosidad—. ¿Qué pasa que no me entero?

—Ax acaba de decir hola —le conté.

—Pues hola, Ax —dijo Nolan en tono afable, sonriéndole—. ¿Ya puedes contarnos a quién mataste?

Una de las suyas nunca faltaba, por supuesto.

—Qué estúpido eres... —resoplé.

Nolan negó con la cabeza con sabiduría.

—Hasta que se demuestre lo contrario, él pudo haber hecho cualquier cosa. Pero bien, ¿comemos? He traído comida china.

Ax se incorporó rápidamente. Si se trataba de comida, lo entendía muy bien.

Nos sentamos en el suelo y dejamos a Ax en el sofá. Nolan le entregó una caja con fideos y camarones, y él metió las manos para sacar los fideos con los dedos, ansioso. Intenté enseñarle a usar los palillos, pero gruñó con molestia cuando me acerqué.

Recordé lo de los gusanos y me pregunté cómo era posible que pudiera comer ambas cosas. ¿No sentía asco? ¿Había comido cosas así de asquerosas antes?

De todas formas lo dejamos comer a sus anchas como un salvaje.

—Entonces, ¿hay noticias de la comisaría? —le pregunté a Nolan.

—Lo del incendio ha salido en el telediario, pero no han dado una explicación lógica sobre cómo se inició el fuego —respondió, seleccionando camarones—. No he visto a Dan, así que no sé mucho.

Nos quedamos en silencio un instante. Recordar lo que había sucedido era demasiado raro, sobre todo porque yo sabía que el fuego había estallado de repente en un simple hornillo eléctrico. Primero el fuego estaba normal, luego pasó de azul a amarillo y después las llamas estaban por todos lados.

¿Cómo demonios se explicaba eso?

—¿Así que no encontraste nada en el ordenador? —decidí mencionar.

—No hay ningún informe de chico perdido llamado Ax, ni tampoco de ningún peligroso asesino suelto. Así que parece que no escapó ni huyó de nada que hizo... Y tú sigues sin recordar de qué lo conoces. Estamos igual que al principio. No sabemos quién es este individuo.

Miramos a Ax de reojo. Estaba muy concentrado metiéndose los fideos en la boca mientras miraba las noticias en la televisión.

Al menos ya no se exaltaba cuando la veía.

—Bueno, por lo que acaba de pasar, creo que hay una solución —propuse.

—¿Cuál?

—Ax deberá aprender a hablar para contarnos qué le sucedió.

Nolan giró la cabeza y volvió a mirarlo. Usaba sus dedos como garras para coger los fideos y se los metía en la boca casi todos al mismo tiempo con unas ansias salvajes, como si fuera un cavernícola.

—¿Cómo le enseñaremos a hablar a eso? —preguntó, enarcando una ceja.

—Sospecho que será difícil...

De pronto, Ax dejó a un lado la caja de fideos vacía y se levantó del sofá. Nolan y yo lo miramos sin saber qué lo había alarmado. Ax miró hacia ambos lados. Luego, con cautela, se acercó a la puerta y se pegó a la pared de la misma forma que haría alguien para intentar oír algo.

¿Había alguna persona fuera?

¿Mi madre?

Me levanté de un salto y corrí hacia la puerta, la abrí ocultando a Ax y entonces una bola blanca entró disparada en la casita, ladrando de forma histérica.

Era Snake, el perro de mi vecina Tanya. A pesar de que cada casa de Hespérida estaba protegida y cercada por unos muros altísimos, yo sabía que ese perrito siempre conseguía entrar en nuestra casa excavando algún agujero. A veces incluso lo encontraba cagándose en el jardín. Ahora se dio la vuelta sobre sus patas y gruñó en dirección a Ax. Un segundo después, se fue contra él con toda su furia.

Nolan saltó con agilidad y lo cogió antes de que se enganchara a la pierna de Ax.

—Dios mío, está tan loco como la dueña —dijo Nolan, sosteniéndolo mientras el animal gruñía y se removía en dirección a Ax.

Este se mantuvo inexpresivo, con la mirada atenta al poodle.

—¡Llévaselo antes de que venga a buscarlo! —le dije a Nolan, desconcertada por la situación.

Salió con el peludo furioso y cerré la puerta. Ax seguía pegado a la pared, circunspecto.

—No te preocupes, es pequeño, pero odia a todo el mundo —le aclaré.

Y sucedió algo de lo más raro.

Ax comenzó a sangrar por la nariz.

Me apresuré a conducirlo al sofá y cogí el botiquín de primeros auxilios, que aún no había devuelto al baño de mamá. La verdad es que no me preocupaba que se diera cuenta de su ausencia.

Los hilillos de sangre se deslizaron hacia su labio superior y Ax se palpó con los dedos. Me arrodillé frente a él, tan cerca que percibí su nuevo aroma a jabón.

—No te preocupes, voy a limpiarte —le informé, buscando la cajita de algodón—. ¿Qué ha pasado? ¿Te has asustado? ¿Te encuentras mal?

Ax observó sus dedos relucientes de sangre con una pasmosa curiosidad.

No parecía asustado, pero sí un poco confundido.

—Ya, descuida —susurré—. No es nada.

Con detenimiento llevé el algodón a su labio superior, y él no me lo impidió. Sentí el peso de su mirada. Mis dedos fluctuaron durante un segundo, pero luego me concentré en hacer lo que debía.

Nolan entró de repente.

—¿Qué ha pasado? —preguntó al ver la escena.

—No lo sé. Ha empezado a sangrar —respondí.

—Creo que necesita salir —opinó Nolan mientras yo seguía limpiando la sangre.

Ax no se movía. Dejaba que me encargara del asunto.

—¿Y si lo están buscando? Si sale, pueden encontrarlo —comenté—. ¿Qué dijo Tanya?

Di pequeños golpecitos con el algodón y él frunció el ceño. Le sonreí en modo de disculpa.

—Nada, ¿cuándo dice algo esa chica? —resopló Nolan—. Me miró como si fuera caca de vaca, cogió a Snake y se metió a su casa. —Se acercó y echó un preocupado vistazo a Ax, quien pasó a mirarlo con atención—. Pero te lo digo en serio, si Ax se va a quedar aquí, no lo puedes tener encerrado en este lugar todo el tiempo. Además, si no hay informe policial, no hay búsqueda.

—Si lo dejo estar en el jardín, mamá lo puede ver.

Nolan pensó. Entornó los ojos contemplando a Ax, y Ax entornó los ojos para contemplarlo a él. Casi me dio risa. Me hubiera reído de no ser porque mi confusión era más grande. No le encontraba explicación a su sangrado nasal y menos a la locura de Snake.

—Saquémoslo de la casa un rato —sugirió Nolan—. Podemos ir al centro comercial del Este. Es pequeño y, como no hay demasiadas tiendas, nunca va nadie. —Lo dudé. Lo dudé tanto que Nolan agregó con hastío—: Que tiene que tomar un poco de aire, mira lo pálido que está. Es casi Edward Cullen, qué horror.

Muy buena razón para sacarlo.

—De acuerdo, busquémosle algo para que se vista.

Fue un lío ponerle una camiseta. Por alguna razón no le gustaban, pero tuvimos que explicarle que si alguien lo veía semidesnudo en la calle podían llamar a la policía. Así que se la puso, pero en varios momentos se estiró el cuello de la camiseta como si le apretara.

Ya vestidos, salimos de la casita de la piscina para atravesar el jardín hacia el interior de la casa.

—Oye, Ax —comentó Nolan de repente mientras caminábamos, mirándolo con curiosidad—. ¿Te gustan los chicos o las chicas?

Le solté un manotazo en el hombro, y Nolan soltó un «auch». Ax nos observó con desconcierto.

—¡¿Qué?! ¡Era broma! —expresó, reprimiendo una risa—. Podría estar abierto a todas las posibilidades.

—Ni siquiera sabe hablar bien —le recordé—. No lo acoses.

—Ah, porque tú no lo haces —rebatió Nolan—. Estás encima de él como mamá gallina.

—Pero es distinto —me limité a decir.

—Ajá, distintísimo —rio él con burla.

Claro que lo era. Yo ni me preguntaba qué le gustaba. Aunque ahora que lo mencionaba... ¿le gustaba algo en específico?

Me sentí culpable por pensar eso, así que lo alejé.

Entramos en casa. Ax lo observó todo con mucha atención, como si tuviera que comprobar que todo estaba... ¿despejado? antes de dar cada paso. Continuamos por el pasillo, abrimos la puerta de entrada y pasamos el caminillo hacia el enrejado.

El coche de Nolan estaba aparcado junto a la acera. Al otro lado se veía el resto de las verjas de la urbanización. Teníamos vecinos, pero, ahora que lo pensaba, no los conocíamos a todos, porque pocas veces se les veían las caras.

La privacidad era algo fundamental allí. Papá me dijo muchas veces que las personas que se mudaban a aquella urbanización lo hacían para no relacionarse con nadie. Eso explicaba los muros altos, electrificados y protegidos. Nosotros no vivíamos allí por esa razón, porque él había sido muy sociable. Él me había explicado que el motivo era la seguridad. Siempre había querido la mayor seguridad posible para su familia. Así que la sensación de encierro en Hespéride era, al mismo tiempo, una muestra de respeto y lujo.

Nolan accionó el mando a distancia del coche y los seguros cedieron automáticamente. Abrí la puerta trasera para Ax.

—Entra —le dije—. Iremos a dar un paseo.

Pero no se movió. Se mantuvo de pie en la acera, mirando el interior del vehículo con desconfianza.

—Es un coche —le aclaré con tranquilidad, por si se trataba de un momento igual al del televisor de la cocina—. Nos lleva a cualquier sitio. En él iremos a un centro comercial. Te gustará. Compraremos un helado o alguna otra cosa de comer.

Pero la mención de la comida tampoco hizo efecto en él. Ax alternó la vista entre la puerta abierta y yo, junto a ella.

—Quizá no sabe cómo hacerlo —comentó Nolan, quien esperaba con las llaves en la mano. Dio un par de pasos hacia delante y le puso una mano en la espalda a Ax—. Mira, te voy a enseñar.

Lo que pasó luego duró solo unos segundos, pero en mi mente pareció suceder como a cámara lenta: Ax dio un paso siguiendo las instrucciones de Nolan y luego negó con la cabeza para retroceder como si no quisiera, en ninguna circunstancia, subirse. En ese momento escuché que un coche se aproximaba y miré en dirección a la calle. Así que mientras Ax decía «no, no, no», y Nolan, «es solo un coche, te tienes que sentar dentro», alcancé a ver los vidrios ahumados y la poca velocidad a la que iba el vehículo desconocido.

Cuando me volví de nuevo, vi el espanto en el rostro de Ax y cómo, de inmediato, reaccionó: le dio un empujón a Nolan, que cayó de culo en la acera, y salió corriendo hacia el interior de la casa.

Para cuando miré de nuevo a la calle, el auto había pasado y solo se veía la placa al otro lado, alejándose.

Nolan me miró con los ojos muy abiertos, entre asustado y sorprendido.

Y, de repente, la sensación de familiaridad me angustió. Era como si hubiera algo en un sitio determinado al que, aunque corría hacia él, no podía llegar. Como si trepara una montaña y viera la cima, pero jamás llegara a ella.

Lo tuve tan claro como cuando vi a Ax encogido en el jardín.

Yo conocía ese coche, y eso era lo único que sabía.

9

Y si ves a Mack de pequeña, también descubrirás que guardaba cosas raras

Las lagunas mentales son una poderosa nada. Es como si una mano fuerte e invisible te robara una pieza del rompecabezas de tu mente y dejara un espacio vacío en el que ninguna otra pieza logra encajar.

Sabes que hubo algo allí y que ahora no hay nada.

Era exactamente lo que me sucedía: no había nada y al mismo tiempo sabía que algo había. Sabía que conocía a Ax y también sabía que había visto aquel coche antes. Pero ¿cuándo había conocido a Ax? ¿Y por qué conocía ese auto? ¿Había estado en él?

Algo era seguro: ambos estaban relacionados.

Nolan y yo entramos en la casa después del fallido intento por sacar a Ax y descubrimos que no había luz. La única iluminación era la que entraba por las ventanas. ¿Era el cuarto o quinto apagón de la semana?

—Que estoy bien —repitió Nolan ante mis insistentes preguntas—. Me he caído de culo, pero no he resultado herido. Lo que te diré es que Ax tiene mucha fuerza, y su reacción fue abrupta y peligrosa.

—¿No te has dado cuenta de que se ha puesto nervioso al ver ese auto? —dije mientras íbamos por el pasillo que conectaba la entrada con la sala.

Nolan me detuvo, colocó sus manos sobre mis hombros y escrutó mi rostro.

—¿De verdad no recuerdas nada? —me preguntó con preocupación.

—No, es justo como antes...

Me dedicó una mirada de compresión.

—Entonces hay algo ahí, y puedes tardar mucho en recordarlo o puede que no lo recuerdes nunca.

No recordar nunca era lo que más me agobiaba.

—Mejor busquemos a Ax.

No lo encontramos en la casita de la piscina ni en las extensiones del jardín, así que iniciamos una inspección por todas las habitaciones del interior de la mansión. Era un trabajo difícil considerando que era enorme. Había salas en las que no entraba desde hacía muchos años y otras que de seguro había olvidado que existían.

Como, por ejemplo, esa donde encontré a Ax.

Cuando abrí la puerta, estaba oscuro. Olía a cerrado y a abandono. Era un espacio amplio con un par de ventanales cubiertos por cortinas. Apenas entraba la luz del mediodía e iluminaba los objetos arropados por el polvo.

Era un cuarto de juegos.

Un cuarto para una niña; una niña que ahora tenía casi dieciocho años.

Había una enorme alfombra de piezas de rompecabezas. Un estante repleto de juguetes junto a una fila de muñecas de porcelana con la piel blanca como el papel y los ojos vidriosos, fijos y espeluznantes. Una mesa con un juego de té encima y un laberinto de toboganes armables.

Detrás del tobogán, Ax se hallaba encogido mirando algo.

Me arrodillé frente a él.

—¿Qué es eso? —pregunté, extendiendo la mano para que me dejara ver lo que tenía.

Ax dudó, pero me ofreció lo que había estado mirando. Y entonces lo reconocí. Era un cuaderno. La tapa estaba vieja y medio suelta. Tenía un recuadro de color crema donde se leía: MACK. Estaba escrito con caligrafía infantil. Algunas hojas apuntaban en todas las direcciones.

Sentí una punzada en la cabeza.

«Esto es mío. Fue mío.»

—¿Dónde lo encontraste? —pregunté, sosteniéndolo con nostalgia y cierta extrañeza. Ax señaló la mesita del cuarto de juegos—. Seguro que un día lo dejé ahí y luego lo olvidé —murmuré, y me senté en el suelo en posición de indio—. Olvido muchas cosas desde que era pequeña. A veces las recuerdo de repente y otras veces no logro hacerlo.

Ax frunció el ceño y me miró con completo desconcierto.

—Sí, yo tampoco tengo idea de por qué me pasa —admití con algo de vergüenza—. Supongo que es un fallo en mi cerebro. Nací un poquito defectuosa.

La expresión de Ax se suavizó y yo emití una risa.

—Mira, vamos a ver lo tonta que era mi yo de... ¿siete u ocho años? —propuse.

Abrí la primera página del cuaderno y me encontré con un esplendoroso dibujo de personas hechas de palitos. Había un papá, una mamá y una niña pequeña. El papá y la mamá parecían normales, les salían unas gruesas orejas y sus ojos eran grandes, al igual que sus sonrisas contagiosas, pero la pequeña tenía un garabato oscuro en forma de remolino en la cabeza.

—Creo que esta es la mejor representación gráfica de lo que sucede en mi mente —bromeé, señalando a la niña para que Ax la viera—. Un caos total.

Pasé la página. Había algunos recortes de periódicos. Casi todos eran noticias sobre las asombrosas casas que había hecho mi madre, aunque también había algún artículo sobre mi padre. Continué hasta que llegué a lo que parecía un dibujo de mi casa. Había pintado la fachada con la técnica infantil y sobre ella había colocado unas largas líneas verticales como si la atravesaran.

Ax puso el dedo sobre el dibujo.

—Aquí —pronunció.

—Sí, es esta casa, creo.

—Aquí —repitió con insistencia.

Pasé a la otra página y encontré algo escrito con la misma caligrafía torpe e infantil:

> *Mira entre las sombras,*
> *se arrastra por el laberinto de aire,*
> *baja por encima del caracol*
> *y sabe que hacia atrás nunca va el reloj.*
> *Pero hacia atrás sí puede salir el sol.*
> *El suelo es de su color favorito.*
> *La encrucijada sí que no.*
> *El agua.*
> *El aroma.*
> *Ahí está la broma.*
> *Ve cómo nacen.*
> *Son pequeños y son frágiles.*
> *Conocen a Dorothy*
> *y su camino amarillo.*
> *Son pequeños y son frágiles.*
> *Nacen del dolor,*
> *nacen siendo cómplices del...*

—¿Del qué? —solté al finalizar de leer.

Esa última parte había sido arrancada. Pasé a la siguiente hoja y descubrí que también había sido arrancada. El resto estaba igual. Ya no había más páginas.

Ax me miraba con los ojos muy abiertos, expectantes, curiosos.

—¿Yo escribí esto? —susurré con cierta inquietud, alternando la mirada entre él y el cuaderno—. Es mi letra, pero no recuerdo haberlo escrito.

Cerré los ojos y los apreté con fuerza. Intenté recordar, traté de escarbar entre los inhóspitos terrenos de mi mente, pero la excavación no dio resultado. Nunca daba resultado.

La puerta del cuarto de juegos se abrió y Nolan asomó la cabeza.

—¿Por qué no gritas que lo has encontrado? —se quejó—. He estado buscando como un bobo. —Decidió entrar y miró alrededor con una expresión perturbada—. ¿Qué es esto? ¿El cuarto de juegos de donde salieron Chucky y Anabelle? —comentó, y luego se estremeció exageradamente.

Se acercó a nosotros y le ofrecí el cuaderno.

—Mira.

Nolan lo tomó con desconfianza y comenzó a hojearlo. Cuando llegó a la parte escrita, sus ojos se movieron al ritmo de la lectura.

—Bueno, esto es macabro —admitió, alzando las cejas con sorpresa—. Yo te habría encerrado en uno de esos psiquiátricos para niños. ¿Veías muertos o qué?

—No lo recuerdo —confesé. Una extraña sensación de inquietud me atenazó—. No recuerdo haberlo escrito, ni sé lo que significa, pero no creo que se trate de muertos.

—¿Mira entre las sombras? ¿Se arrastra por el laberinto de aire? ¿Nacen del dolor? —inquirió, releyendo y haciendo énfasis en las frases—. Si esto no habla de un ser maligno y sobrenatural como las películas hechas por los japoneses, esas que dan un puto miedo, no sé qué podría ser.

—Aquí —dijo Ax.

Nolan se inclinó hacia él y le ofreció una sonrisa.

—Sí, Ax, estamos aquí —le dijo, utilizando burlonamente un tono suave—. Ahora, ¿me puedes explicar por qué me empujaste?

Ax lo miró, serio. No mostró ni un rastro de culpa o arrepentimiento.

Decidí tomar la palabra, porque yo era más paciente.

—¿Viste ese coche negro? —le pregunté—. ¿Conoces ese coche, Ax?

—Sí —dijo.

Nolan y yo nos miramos. Sentí un ligero entusiasmo que luego se transformó en temor.

—¿Es peligroso? —le preguntó Nolan, adoptando un tono serio.

—Sí —contestó con seguridad—. Aquí.

—¿El auto es de aquí? ¿Aquí qué? —soltó Nolan, preocupado.

—Aquí —repitió Ax.

Y luego se quedó en silencio.

Vale. Él no iba a decirnos más de lo que sabía decir, pero era suficiente con que admitiera que conocía el auto. Ya no nos quedaba duda de que Ax entendía, que no tenía ningún tipo de discapacidad mental. El problema era que no sabía formar las oraciones, y eso podía arreglarse.

—De acuerdo, Ax —dije, levantándome del suelo—. Empecemos a practicar palabras.

Cada día era como si tuviera que conocerme a mí misma.

Me repetía mentalmente las cosas que temía olvidar, todo aquello que había marcado mi vida y me había transformado en el desastre que era. Y entonces llegaba a la conclusión de que tan solo dos sucesos me habían empujado a un agujero negro:

La muerte de mi padre.

Y el asunto de Jaden.

Lo peor era que ni siquiera lo sabía todo sobre esos acontecimientos. Por alguna razón, mi memoria fallaba y terminaba sufriendo lagunas mentales, así que solo sabía lo que me contaban o yo alcanzaba a recordar.

Lo demás era nada.

—Venga, es: yo-me-llamo-Ax —repitió Nolan por cuarta vez—. Una oración. Puedes decir palabras separadas, pero debes juntarlas.

Ax se hallaba sentado en el sofá de la casita de la piscina. Habíamos traído una pizarra del cuarto de juegos del terror, como lo había denominado Nolan, e intentábamos enseñarle a hablar.

Él lograba decir palabras cortas, pero cuando debía formar una oración se le complicaba mucho.

—Mira, es que lo sabes —suspiró Nolan con cansancio, de pie junto a la pizarra—. Sabes las letras, su sonido, su significado, pero no logras pronunciarlas de manera fluida. Y no lo entiendo, ¿de acuerdo?

—Acuerdo —imitó Ax, dudoso.

Nolan se puso una mano en la frente.

—Gracias a los dioses eres guapo —resopló.

Los miré a ambos, pensativa. Nolan no tenía demasiada paciencia, pero se esforzaba. Sin embargo, el esfuerzo de Ax parecía mucho mayor. Cuando quería pronunciar una palabra, sus labios se movían de forma extraña y su cuello se tensaba. Era como si el problema fuera la voz, como si le costara muchísimo que sus cuerdas vocales funcionaran. Era el hecho de hablar, de emitir, lo que se le complicaba.

Pero hablar no era la única forma de comunicarse.

Me levanté del suelo y me acerqué a la pizarra. Le quité la tiza a Nolan e hice un gesto con la mano a Ax.

—Ven —le pedí. Se levantó del suelo y se aproximó. Escribí en la pizarra las vocales—. Ahora escríbelas tú —le dije, ofreciéndole la tiza.

Ax dudó. Observó la tiza y luego a mí. Pensé que no lo haría, pero la cogió con la mano derecha y se quedó inmóvil como si no estuviera muy seguro de hacerlo.

—Solo tienes que escribir las mismas letras —lo animé.

Entonces nos sorprendió de nuevo. Cambió la tiza a su mano izquierda y comenzó a hacer trazos sobre la pizarra. Durante una fracción de segundo, creí que de verdad escribiría las vocales, pero terminó por hacer algo totalmente distinto y sorprendente.

Dibujó. Ax dibujó la fachada de mi casa con una precisión y una habilidad asombrosa. Tardó unos minutos, pero lo logró: el techo plano, los ventanales en diagonal, la puerta, las distintas elevaciones de los pisos, el caminillo que llevaba al enrejado..., e incluso agregó detalles de sombras.

Cuando finalizó, el dibujo llenaba toda la pizarra. Se volvió hacia nosotros y nos miró esperando alguna reacción.

—Ah, es zurdo —fue lo que dijo Nolan, estupefacto.

Lo miré con rareza.

—¡Y dibuja como los dioses! —enfaticé.

No podía creerlo. Era impresionante. Aunque al parecer Nolan no pensó lo mismo.

—Vale, Ax, está genial el dibujo, muy bello, muy bonito—le dijo—, pero lo que necesitamos es que hables de una vez por todas y nos aclares qué ocultas.

Ax lo miró con evidente molestia. Extendió la mano hacia el pizarrón y, sin dejar de observarlo, trazó tres líneas verticales por encima del dibujo de la casa, como diciendo: punto final.

Nolan ladeó ligeramente la cabeza ante la acción, pero a mí se me ocurrió algo de inmediato, así que fui hacia el sofá y cogí el viejo cuaderno que me había traído del cuarto de juegos, ese que alguna vez me había pertenecido. Lo abrí, busqué la página con el dibujo de mi casa y lo comparé con el que acababa de hacer Ax. Eran iguales, el mismo dibujo; la única diferencia era que uno parecía haber sido hecho por un experto y el otro por la inexperta mano de una niña.

—Nolan, creo que esto significa algo —anuncié, sosteniendo en alto el cuaderno, de forma que el dibujo que había en él pudiera compararse con lo que había en la pizarra—. Esas tres líneas, ¿qué son?

—¡Extraterrestres! —exclamó Nolan de repente con un pánico genuino.

Bajé el cuaderno y giré los ojos, pero al ver la cara de Nolan supe que en verdad lo creía, y si él lo creía, ¿podía ser posible? Lentamente volví la mirada hacia Ax, quien esperaba con expectación.

—Ax... ¿eres un extraterrestre? —inquirí con cautela.

Primero frunció el ceño como si le hubiera dicho algo demasiado confuso, y después puso mala cara.

—No —respondió con hastío.

Nolan pareció algo aliviado.

—Pero ¿se trata de extraterrestres? —preguntó él en un susurro.

—¡No! —soltó Ax con furia.

—Bueno, ya, no te enfades —replicó Nolan, riendo con cierto nerviosismo—. Es que todo esto es muy raro y hay que contemplar cualquier posibilidad... —Respiró, cruzó los brazos y entornó los ojos, pensativo y analítico—. Entonces, ¿qué significan las líneas?

Ax señaló el dibujo con énfasis.

—Aquí.

Intenté decir algo, pero, como debí haber esperado, Nolan perdió la paciencia, dio un paso adelante para enfrentar a Ax y en el mismo tono firme le dijo:

—Hablar.

Ax presionó la tiza contra el pizarrón y pronunció en un tono más alto y más tenso:

—Aquí.

Nolan rebatió en una postura desafiante:

—¡Hablar!

Y entonces sucedió algo que no nos esperamos. Ax emitió un gruñido claro y violento al mismo tiempo que le daba un golpe a la pizarra, lanzándolo con fuerza contra la pared:

—¡¡¡Aquí!!!

La brusquedad de su movimiento nos tomó por sorpresa y, en un acto reflejo, retrocedimos como si fuéramos a salir heridos. El corazón se me aceleró. Incluso esperé que se lanzara sobre nosotros, pero no se movió y los tres quedamos inmóviles en una escena que pudo haber sido mucho más violenta. Incluso quedó un silencio pasmoso en el que solo se escuchaba la respiración de Ax, cargada de furia. Fue una imagen totalmente nueva. Miraba el suelo y cada músculo de su cuerpo se veía tenso, como si delgadas pero potentes corrientes recorrieran sus venas. Tenía los labios entreabiertos y los ojos más sombríos que nunca.

Durante un momento elevó la mirada y me observó.

No sé qué vi.

No sé a quién vi.

Pero no era el chico asustado y débil que habíamos encontrado en mi jardín.

En él se percibía una profunda y desconocida oscuridad.

Y toda la capacidad de lastimar.

10

Siete días para entender el pasado de Mack, siete días para admirar la belleza de Nolan, siete días para humanizar a Ax

De forma inesperada, Ax salió de la casita de la piscina, dando un portazo que me sobresaltó. Nolan y yo nos observamos, perplejos. Ni siquiera necesitaba leerle la mente para saber lo que estaba pensando: por un instante creyó que Ax iba a lastimarnos. Yo no creí lo mismo; sin embargo, me asombró su brusca reacción. Había sido sorpresiva, violenta, intimidante y nueva. Y muy aterradora, como si algo peligroso hubiese estado dormido dentro de él y por la rabia hubiera despertado.

Nolan exhaló y negó despacio con la cabeza.

—Te digo, Mack, que, por un lado, pienso que estamos haciendo bien ayudándolo porque tú estás segura de que lo conoces, pero, por otro lado, creo que nos estamos echando la soga al cuello porque tu cerebro está jugando contigo.

Sí, mi mente siempre jugaba conmigo, pero a esas alturas ya sospechaba tantas cosas que no faltaba casi nada para que se convirtieran en una certeza.

Intenté calmarme, porque mi corazón aún estaba acelerado.

—No es un chico común —aseguré, otra vez aferrándome a mis sensaciones—. Hay algo más en él. Hay algo que... ni siquiera nos imaginamos. No solo se trata de ayudarlo porque siento que lo conozco. Esto es diferente.

Nolan formó una fina línea con los labios y me miró con gran severidad. Atisbé una chispa de disgusto en su expresión.

—¿Y por qué, según tú, es diferente? A ver, ¿por qué? —inquirió con una nota obstinada.

—Por lo que pasó en la comisaría —respondí con obviedad—, por lo de ese auto, por las circunstancias en las que lo encontramos, ¡por todo! Incluso por lo que todavía no sabemos. Dime, ¿por qué crees que no sabemos nada de él? No encontrar nada sobre él es lo que hace que todavía sea más extraño este asunto.

En vez de parecer confundido o interesado, su disgusto aumentó.

—¿Dices que ahora el coche y el incendio también están relacionados con él? —soltó en un resoplido absurdo—. Claro, ahora es el protagonista de la novela de la noche. Todo gira alrededor de él.

—Pero ¿es que no lo notas? —le pregunté, desconcertada.

—Lo que noto es que Ax puede lanzarnos una pizarra en la cara si lo hacemos enfadar —rebatió al instante.

Dio algunos pasos por la salita. Se pasó la mano por el cabello, frustrado. Negó con la cabeza y murmuró algunos reproches que no entendí. En pocas palabras, empezó a rezongar.

—Le enoja que no lo entendamos —dije finalmente, intentando tranquilizarlo. Pero no funcionó. Nolan se volvió con violencia y me encaró.

—¡Y a mí me enoja que no hable! Así que ¿qué hacemos? —refutó.

Me miró desafiante, con los ojos entornados y retadores. Entonces yo también sentí una corriente de disgusto. Entendía su frustración porque no teníamos respuestas y porque Ax había sido violento, pero también lo conocía más que a mí misma y me era fácil deducir por qué reaccionaba así.

—¿Estás seguro de que ese es el verdadero problema con él? —escupí, no menos firme.

—¡El problema! —soltó Nolan junto a una risa amarga—. ¿Ahora crees que yo tengo un problema con él? —agregó, falsamente ofendido—. No, claro que no, ¿cómo iba a tener un problema con el desconocido mudo/agresivo que metiste en tu casa a escondidas de tu madre?

Abrí la boca para rebatirle, pero me salieron palabras entrecortadas por lo sorprendida que me había quedado.

—¿Por qué lo dices así, como si..., como si...? —me interrumpí antes de terminar la frase. Me pasaron muchas cosas por la mente, pero a veces discutir con él era entrar en un bucle—. ¡Lo hicimos porque necesita ayuda!

—No, lo hicimos porque tú crees que necesita ayuda —me corrigió con un detenimiento afilado, y el ceño fruncido como si le hubiese dicho algo demasiado absurdo—. Y solo «crees» porque la verdad es que no sabes nada de él. Es un extraño y en cualquier momento puede hacernos daño.

Fue como si hubiera presionado el botón que encendía mi furia. Eso es lo complicado de las amistades tan dependientes. Uno siempre sabe cómo hacer daño al otro con simples palabras. Y sí, siempre había tenido muy claro que Nolan y yo estábamos demasiado atados, pero no conocíamos nada más que eso. Habíamos aprendido a reducir nuestro mundo a nosotros mismos para protegernos de todo lo que nos había intentado dañar. Entonces, nos conocíamos tan a fondo que sabíamos adónde apuntar si es que nos enojábamos.

—¡Sé lo que digo! —me defendí, y le eché una mirada de «No puedo creer que estés diciendo estas cosas»—. ¡No es peligroso! ¡Lo conozco!

Nolan perdió la paciencia apenas escuchó que subí el tono. Soltó un «ja» amargo, irónico.

—¿En serio, Mack? ¿Es que no lo has entendido? —dijo. Quise rebatir, pero él agregó—: ¡Crees que sabes muchas cosas, pero eso es todo! Siempre estás sintiendo que sucedió algo, que conociste a alguien o que estuviste en algún lugar, pero es tu cabeza la que te hace pensarlo porque no funciona bien. ¡Te falla! ¡No es fiable! Ni siquiera puedes... —se interrumpió un momento. Pensé que no lo diría, pero sí lo dijo—: Ni siquiera puedes recordar lo que le pasó a Jaden, y eso que tú estuviste allí.

Auch.

Apreté con fuerza los dientes, tragándome el nudo que se había formado en mi garganta. Era cierto que todos los días batallaba con mi propia mente. Era cierto que ni siquiera podía recordar qué le había pasado a Jaden. Pero lo intentaba. Todas las jodidas noches lo intentaba. Todas las noches trataba de recuperar lo que había perdido.

—Nolan... —susurré. No quería discutir con él, no por Ax, no por nada de eso.

Él se frotó la cara con frustración y negó. Dio pasos hacia la puerta y puso la mano sobre la manija. Luego se volvió hacia mí. Sus ojos brillaban de enojo y decepción. Su mandíbula estaba tensa como si contuviera algo, algo grande.

—Intento tener paciencia por ti —dijo en un tono más bajo—, lo intento de verdad, pero no sé si puedo seguir. Ax es peligroso y avisaré a la policía para que se ocupe de él.

Entonces salió y desapareció.

Inhalé hondo, esperé unos segundos y salí también para ir a buscar a Ax, porque si Nolan contaba todo, entonces debía decirle que escapara. No lo encontré cerca, así que recorrí el jardín desde la piscina hasta el cobertizo de herramientas que mi padre había usado muchas veces cuando quería reparar algo. Por esa parte, unos pocos metros a la derecha, volví a ver el estanque en el que de niña lanzaba monedas.

El estanque tenía forma circular y desaparecía detrás de un cúmulo de rocas. En el borde, sobre las enormes y húmedas piedras, estaba sentado Ax. Miraba el agua, se inclinaba ligeramente y el cabello le caía sobre los ojos. Movía un pie adelante y atrás como si le gustara la fricción provocada por la hierba. Los moretones en su piel cremosa parecían brillar como una paleta de colores.

Me aproximé con cuidado y me senté junto a él. No me miró, así que me dediqué a observar el agua. Tenía una tonalidad clara, pero algunos renacuajos nadaban en ella.

—Cuando era pequeña, no entendía cómo todo esto se mantenía limpio —comenté, sonriendo con nostalgia y diversión por mi inocencia—. Resulta que el agua limpia viene de alguna parte de las tuberías de la residencia. Cuando se ensucia, se abren unas rejillas al fondo y se vacía. Luego las rejillas se cierran y vuelve a llenarse. —Señalé el espacio que desaparecía hacia lo profundo—. Mi padre lo hizo para mi madre. Él lo diseñó y lo construyó. Le puso nombre incluso. Se llama El Pozo de los Deseos Atrapados.

Ax no mostró interés por mi pequeña historia. Sus ojos seguían con atención y casi con gesto depredador a un renacuajo que nadaba en círculos.

—¿Quieres pedir un deseo? —le pregunté, animándolo a hablar.

—No —me respondió, seco.

—¿Quieres contarme por qué te enfadaste con Nolan? —inquirí.

Negó con la cabeza. A pesar de estar distraído en algo más, aún había un destello de molestia en sus ojos y en la forma en que sus labios se fruncían en una línea.

—Se llama renacuajo —le informé, señalándole la cría que aún no se había desarrollado del todo.

Ax apretó los labios y luego los entreabrió. Hundió un poco las cejas y pareció debatirse entre cómo mover la boca y cómo no.

—Renacuajo —pronunció finalmente.

Le sonreí por el logro. Verlo intentar hablar resultaba interesante, pero al mismo tiempo podías perder un poquito la paciencia por sus gestos de duda y esfuerzo; aun así, cuando lo lograba era... fascinante.

—Antes de que te encontráramos aquella noche —comencé a decir de pronto, quizá por la tranquilidad y la serenidad que transmitía aquel lugar—, sentí que algo raro pasaba. Tenía miedo. Nolan estaba tranquilo, pero yo estaba asustada y quería llamar a la policía. Entonces salimos a ver qué sucedía y te encontramos. Cuando me miraste, todo desapareció: el miedo, el temor..., porque tuve la sensación de que te conocía. Sentí lo que se siente cuando has visto a alguien, pero hace mucho tiempo, y ya no lo recuerdas con exactitud.

Mientras contemplaba su rostro inexpresivo y neutral, mi mirada le pesó. Toda su atención pasó del renacuajo a mí, y me observó con curiosidad, moviendo los iris a medida que escrutaba mi rostro.

—Te conozco y al mismo tiempo no, Ax —le confesé. Mi voz se escuchó agobiada, temblorosa—. Eso es lo que siento, es lo que creo, pero es posible que solo sea un juego de mi mente. No lo sabré si no me lo dices. Necesito que me lo digas.

Aguardé en silencio. La expresión de Ax se tornó pensativa pero curiosa. Quería que dijera algo, una sola palabra que me confirmara mis suposiciones; sin embargo, al mismo tiempo no sabía qué podía decir para lograrlo. ¿Qué esperaba? ¿Que soltara toda una frase: «Sí, Mack, nos conocemos de...»? ¿O: «No, Mack, estás loca»?

De todas formas, como siempre, no dijo nada. Volvió la cabeza hacia el agua, se centró de nuevo en el renacuajo e ignoró mis palabras. Me sentí más abrumada que nunca. Abrumada por el lío en mi cabeza, mis dudas, mis recuerdos olvidados y la confusión...

Hasta que Ax se inclinó más hacia el estanque con el brazo extendido. Temí que fuera a caerse al agua, así que, ni siquiera lo pensé, me lancé para sostenerlo por los hombros. Y entonces apenas lo toqué, recordé:

Mi habitación. Noche. Las luces estaban apagadas. La única iluminación entraba por el ventanal, y yo decía entre risas:

—Cállate, Jaden.

—Cállate tú, haces más ruido que yo.

—¡Claro que no!

Nos tapamos la boca para aguantar las risas, pero sabía que debían de escucharse hasta en el pasillo. Era la una de la madrugada y mis padres debían de estar durmiendo. Pensaba que, si se enteraban de que Jaden estaba en mi cuarto, iban a cabrearse bastante, pero al mismo tiempo no les temía a las consecuencias de eso. Solo me importaba que él me había acorralado contra la pared, y que notaba el calor que desprendía su cuerpo. El cuerpo de mi novio.

Él apoyó una mano en la pared e inclinó la cabeza hacia delante para darme un beso en la punta de la nariz. Luego me observó con una sonrisa amplia y juguetona. En sus ojos verdes había picardía, como siempre.

—Salgamos —propuso en un susurro de entusiasmo.

A Jaden siempre se le ocurrían planes. Cada uno era más descabellado que el anterior.

—¿A esta hora? —inquirí, dudosa—. No, es muy tarde.

—Pero si es tempranísimo.

Me encantaba su entusiasmo, su optimismo, su actitud de «¡hay que follarse la vida!». No había preocupaciones en su mirada, nunca había conflictos en sus palabras. Jaden era vida, alegría, riesgos...

—Nos van a descubrir —le dije con cierta preocupación—. Mi padre está alerta; trata de pillarte.

Él resopló. Era condenadamente atractivo. Y era mío. Lo había logrado. La competencia había sido dura. En cada evento, cada fiesta, cada presentación, las chicas habían intentado captar su atención. Ahora me satisfacía saber que su atención era solo para mí.

—Vengo casi todas las noches y nunca me ha pillado —me recordó con esa chispa de seguridad y decisión en los ojos—. Soy muy sigiloso. Anda, salgamos.

Siempre terminaba convenciéndome.

—¿Adónde?

Se encogió de hombros.

—No sé, a conducir por ahí. —Su voz adquirió una nota de adrenalina—. ¿Nunca has querido solo salir y conducir, conducir sin pensar en llegar a ningún sitio?

Me mordí el labio inferior con cierta emoción. No entendía cómo conseguía que cada proposición que me hacía sonara emocionante.

—¿Estás hablando de que nos escapemos?

—Pero solo un rato —dijo sonriendo—. Eres una menor de edad, y yo no me veo en la cárcel. Vamos, será divertido —insistió. Era muy bueno insistiendo con esa sonrisa encantadora. Te hacía sentir que no había peligro en nada, aunque te propusiera algo de lo más arriesgado.

—Sabes que iría adonde sea contigo —suspiré.

Ensanchó la sonrisa, satisfecho.

—Donde sea son muchos lugares —murmuró.

—¿Me llevas a todos? —le pregunté.

—A todos.

Salimos por la ventana de la habitación. Jaden descendió primero y luego me cogió cuando yo salté. Ambos caímos al suelo conteniendo las risas. Después nos levantamos y echamos a correr al auto.

Una vez dentro, coloqué los pies sobre la parte delantera y Jaden encendió el iPod para reproducir nuestras canciones favoritas.

Y pisó el acelerador...

El sonido de algo emergiendo del agua me sacó de mis recuerdos.

Fue confuso por un segundo, pero luego comprendí el cambio de situación. Ax había metido la mano en el estanque y ahora la estaba sacando. Solté sus hombros con brusquedad y me levanté para alejarme unos pasos de él, consternada.

Entonces él abrió la mano y arrojó al suelo lo que había cogido del agua con agilidad: el renacuajo. Se puso de pie y ambos vimos cómo el animalito se retorcía fuera de su hábitat, confundido.

Luego, sin más, lo pisó con el pie descalzo.

En un movimiento rápido aplastó el renacuajo, pisándolo con fuerza mientras tensaba lo labios. Cuando apartó el pie y observé el cuerpo deforme, ensangrentado y viscoso, me sentí horriblemente mal por lo que acababa de pasar...

Y porque había recordado.

Había recordado una parte de la noche en la que había muerto Jaden, y solo por tocar a Ax.

Hay veces en que las personas olvidan cosas, pero siguen recordando ciertas partes de ellas. Es algo así como la conversación que tuviste con tu madre dos semanas atrás. No recuerdas todo lo que dijiste, pero sabes que era algo relacionado con alguien que te encontraste en la calle después de mucho tiempo.

El recuerdo olvidado siempre deja un rastro, siempre queda un trocito de él para que sepas que sí sucedió.

Excepto en mi caso. Mi mente lo borraba todo.

El asunto de Jaden era algo que había logrado formar en mi mente gracias a otros. Había muerto, y yo lo sabía solo porque me lo habían dicho. Me habían explicado que yo estaba con él esa noche. Nada más. No tenía ni idea de por qué estábamos juntos y qué había pasado... Hasta que recordé una parte luego de tocar a Ax.

¿Cómo era posible?

Me terminé con calma el trago de whisky que había cogido del mueble bar de mi padre, lugar que no se había tocado hasta ese momento. Sentada al borde de las escalerillas que daban al jardín, miré el cielo. La luna parecía una uña. Había pocas estrellas. El invierno estaba cerca. La brisa fría era relajante, pero pronto tendría que buscar un abrigo para mí y para Ax. La cuestión era: ¿cómo lo convencería de ponerse un abrigo?

—Las chicas decentes toman vino —dijo una voz de repente.

Nolan se sentó junto a mí en la escalerilla. Llevaba una camisa de manga corta, unos pantalones rotos y un gorro de lana gris. Parecía el chico del que te enamorarías perdidamente por primera vez..., hasta que abría la boca y descubrías que en realidad era el chico que te rompería las pelotas con su sarcasmo y su ironía.

—No veo a ninguna chica decente por aquí —respondí en un tono agrio.

Me quitó el vaso y se bebió el último trago de un tirón. Luego soltó un sonido ronco y carrasposo mientras contraía el rostro.

—Dios santo, ¿qué es esto? ¿Las lágrimas de Rocky Balboa, Chuck Norris y Terminator juntas? —dijo, mirando el vaso con extrañeza al tiempo que se sacudía.

—No sé, es algo que tenía mi padre en su mueble bar —contesté con un encogimiento de hombros—, pero sí que está fuerte.

Nolan dejó el vaso a un lado y exhaló con cierta aflicción.

—Si ha sido culpa mía que buscaras en el mueble bar de tu padre, perdóname. Me pasé de imbécil —se disculpó. Sonó realmente arrepentido—. Dije cosas estúpidas, lo siento.

Hice un gesto para restarle importancia.

—Solo dijiste la verdad, y para eso te pago.

Él me golpeó el hombro con el suyo y me balanceé.

—No me pagas una mierda nunca —se quejó.

Le devolví el golpecito y no pude evitar sonreír. Me había bebido dos vasos y medio de ese whisky y me sentía más relajada, pero, aunque hubiera estado sobria, le habría perdonado lo que fuera a mi mejor amigo.

—Tú crees que no —resoplé, divertida—. Pero ¿quién paga las cuentas de series en *streaming*? ¿Eh?

Nolan extendió el brazo por detrás de mí y me atrajo hacia él. Su cuerpo era duro y acogedor, así que me arrellané contra él como si fuera un cachorro buscando protección. Siempre me había gustado abrazarlo, a pesar de que él solía rechazar ese tipo de muestras de afecto. Éramos tan diferentes y, sin embargo, nuestros mundos eran tan trágicamente iguales que separar nuestras desgracias significaba romper todo lo que nos unía.

—¿Por qué no eres heterosexual? —pregunté, cerrando los ojos para disfrutar de su cercanía.

—¿Por qué tú no eres un chico? —inquirió él como respuesta.

—Me puedo poner un arnés, ¿sabes? —dije entre risas.

—No sé por qué lo imagino perturbador y sexy al mismo tiempo.

Nuestras bromas raras lo eran todo.

Se echó a reír y me besó el cabello. Sentí cómo sus brazos me presionaban más. Estaba tratando de consolarme. Aunque no se lo dijera, él percibía mi aflicción.

Apoyó la barbilla sobre mi cabeza.

—Si no fuéramos quienes somos, ni siquiera nos conoceríamos —agregó después de un suspiro.

—Y eso sería peor —dije.

No imaginaba mi vida sin él. Ni siquiera veía posible sobrellevar algo si él no estaba junto a mí para al menos escucharle soltar sus comentarios estúpidos y sarcásticos.

—Pero no te preocupes, te lo prometí cuando teníamos quince años, ¿no? —dijo, firme—. Si llegas virgen a los cuarenta, te follaré. Como mejor amigo, no puedo dejar que mueras en desgracia.

—Ay, Nolan, solo vivo por esa promesa —bromeé.

Nos quedamos en silencio unos minutos. Nos mantuvimos así, juntos, callados, sin pensar demasiado. Hasta que me preguntó en un tono más serio:

—¿De verdad tienes la sensación de que lo conoces?

Sus dudas tenían sentido. Hubo ocasiones en las que le aseguré cosas que no eran ciertas. El problema es que no eran mentiras, sino juegos de mi mente. Por ejemplo, una vez le dije que había enviado una solicitud a una universidad y, cuando revisé mi correo electrónico, me di cuenta de que no era verdad, que solo había creído hacerlo.

¿Cómo podía confiar en mí? ¿Cómo él podía confiar en mí con ese historial?

—No, no solo tengo la sensación de que lo conozco —empecé a decir en un tono más bajo—, es algo punzante e insistente. Sé que lo conozco, que no va a hacernos daño y que es diferente. —De pronto, las palabras salieron solas de mi boca—: He pasado estos años luchando por recordar, experimentando estas sensaciones de conocer a alguien o de haber vivido algo que luego desaparecen porque me rindo, me canso de indagar sobre ello, pero ya no quiero rendirme, ¿sabes? Esta vez quiero ganarle la partida a mi mente y descubrir lo que me está ocultando. Quiero saber qué es lo que he olvidado. Quiero saber qué demonios me pasó. Quiero saber qué le sucedió a Jaden.

—Lo de Jaden fue... —suspiró Nolan, pero le interrumpí.

—Hoy he recordado algo.

Me apartó con suavidad para mirarme a la cara. Tenía el ceño fruncido y una expresión de asombro y confusión.

—¿Sí?

Asentí. Incluso me costaba decirlo. Siempre me esmeraba en tirar de los recuerdos. Era sorprendente y al mismo tiempo desconcertante que aquello llegara sin yo haber intentado nada.

—Jaden estaba en mi habitación esa noche, tonteando como siempre. Me propuso salir y yo acepté. No íbamos a ningún sitio, solo conduciríamos por ahí, sin rumbo.

—¿Y luego...?

—Luego no sé —susurré.

Desvié la mirada hacia donde se avistaban los dos caminos que, como encrucijada, dirigían al jardín y a la casita de la piscina. De pronto sentí miedo de que eso fuera lo único que lograra recordar. ¿Dónde estaba todo lo demás? ¿Qué había sucedido después? ¿Había sido un simple accidente de coche?

—Pero ¡has recordado algo! —exclamó Nolan, entusiasmado.

—Y lo he hecho cuando estaba con Ax —le expliqué, no muy contenta por ese hecho. Solté aire por la nariz y luego me froté la cara con las manos en un gesto de frustración—. Fue rarísimo. Él estaba sentado en el estanque, se inclinó hacia el agua y de repente pensé que iba a caerse y lo agarré de los hombros... Apenas lo toqué, me llegó ese recuerdo de Jaden. Su voz, sus palabras, sus besos...

Se me debilitó la voz al pronunciar esa última palabra.

—Ay, Mack... —susurró Nolan con pesar.

Me mordí el labio inferior con fuerza para reprimir el nudo en la garganta.

—Fue culpa mía, Nolan. Si le hubiera dicho que no...

Él me cogió el rostro con las manos y me obligó a mirarlo.

—No podías hacerlo. Eso era imposible, ¿verdad? ¿Quién le podía decir que no a ese tonto? —dijo, sonriendo con nostalgia—. No fue culpa tuya, lo sabes. Ambos quisieron salir esa noche.

—Pero ¿y después qué? —pregunté en un aliento débil.

—Si has recordado lo que me acabas de explicar, es que puedes recordar más —me aseguró. Luego suspiró y el arrepentimiento surcó su rostro—. Sé que dije que tu cabeza falla, pero si encontraste una parte de tu recuerdo, el resto debe de estar ahí. Apareció cuando...

—¿Toqué a Ax?

Nolan bajó las manos y amplió la sonrisa hasta que se le formaron los hoyuelos del demonio. Miró hacia el jardín y trató de reprimir un gesto de picardía, pero fue inútil. Lo observé con curiosidad hasta que entendí su cambio de expresión. Sin embargo, fue el tono de burla en que respondió lo que me lo confirmó:

—Vaaale...

—¡No saques nada sexual de esto! —exclamé, horrorizada.

Él se encogió ligeramente de hombros, pero notaba cómo fruncía los labios para no reírse.

—No lo hago —mintió. Entonces me miró de reojo con complicidad—. Pero intenta tocarlo de nuevo, quizá pase algo más que dar con un recuerdo.

Giré los ojos y resoplé.

—No se te puede contar nada...

Me cogió por los hombros con brusquedad, me rodeó el cuello con el brazo y comenzó a frotar sus nudillos en mi cabeza. Forcejeé para librarme, pero era más fuerte.

—Cállate, chiflada —dijo riéndose mientras luchaba contra mi force-jeo—. A mí siempre me lo tienes que contar todo.

Sin embargo, había cosas que no le estaba contando...

—¿Dónde está Ax, por cierto? —añadió cuando me liberó—. Ya lo perdoné, estamos bien de nuevo.

Me pasé la mano por el cabello enredado e intenté tranquilizarlo. Me quedó un ligero ardor en el cuero cabelludo por la fricción.

—En la casita, viendo la televisión. La encendí para que se distrajera y escogió el canal de noticias. Al parecer le gustan mucho.

—Mira, tú, qué curioso —murmuró él, pensativo y divertido al mismo tiempo.

En ese momento recordé lo que había hecho con el renacuajo. Había sido tan raro como lo de los gusanos. Me intrigaba y me perturbaba un poco, pero posiblemente no era nada importante. Ax era curioso en extremo. Aunque parecía entender muchas cosas, sospechaba que no siempre sabía qué era correcto y qué no. Sin embargo, quise la opinión de Nolan.

—Sabes que cuando estábamos en el estanque él... —empecé a decir.

—¡Nolan, qué alegría verte!

La voz de mi madre me interrumpió y nos cogió a los dos por sorpresa, tanto que casi sentí que se me saldría el corazón por la boca. Fue automático, incluso miré hacia todos lados para asegurarme de que Ax no estaba cerca, aunque ella no prestó atención a su alrededor. Como la puerta corrediza detrás de nosotros estaba abierta, la vimos justo cuando entraba en la cocina. Sostenía unas bolsas que dejó sobre la isla.

Nolan y yo nos levantamos y entramos.

Husmeé un poco en las bolsas mientras ellos se saludaban con un abrazo.

—Cada día estás más guapo —le dijo ella, cogiéndolo por el rostro para mirarlo mejor.

Nolan sonrió complacido.

—¿Para qué decirte que no si tienes razón? —respondió él, hinchado de orgullo, porque le gustaban los halagos.

Existía la gente con buena autoestima y luego estaba Nolan, con su autoestima y amor propio volando con fuerza por la estratosfera. Para ayudarlo, mi madre era como su fan número uno.

—¿Para qué es esto? —pregunté, mirando las bolsas, ignorando al club de Admiremos la Belleza de Nolan Cox.

Había muchos materiales de dibujo en el interior junto a algunos cuadros y marcos.

—Es para el trabajo —respondió mamá, liberando a Nolan de sus garras—. Tengo que acabar un proyecto en dos días porque dentro de una semana organizo un evento para celebrar el nuevo contrato.

Ella se movió hacia el refrigerador y sacó una botella de agua saborizada.

—¿Un evento? ¿Dónde? —pregunté, ceñuda.

—¡Aquí! —exclamó ella con obviedad. Parpadeó con desconcierto y se le batieron las pestañas cargadas de rímel—. ¿Dónde, si no? Los clientes vendrán de Seúl y los recibiremos en el jardín. Será algo muy veraniego.

—Pero estamos casi en invierno —le aclaré con rapidez—, y el jardín está hecho un desastre.

—Lo arreglaremos todo —dictaminó sin darme derecho a réplica.

Nolan y yo nos miramos con disimulo y preocupación. Una corriente de nerviosismo me recorrió el cuerpo y me heló las manos. Eso no era bueno. No era nada bueno. Hacía tiempo que mi madre no participaba en ese tipo de eventos y de repente, en el peor de los momentos, se le ocurría organizar uno.

—Contraté a Elena, ¿sabes? La organizadora —prosiguió con una nota de entusiasmo en su voz clara y empresarial—. Durante esta semana vendrán a limpiar el césped y a podar los arbustos.

Mamá bebió un largo trago y dejó la botella sobre la isla. Llevaba el cabello peinado en una coleta y el maquillaje como de salón.

—Necesitaré la ayuda de ambos para que todo quede perfecto —continuó, alternando la vista entre nosotros con seriedad. Luego la fijó en mí como cuando estaba preparada para darme una orden irrefutable—. He invitado a un par de rectores de universidad. Te conocerán ese día y quiero que les des una buena impresión.

Quizá fue por el alcohol, pero sentí que la expresión de mi rostro fue exagerada.

—¡Te dije que no quiero que uses tus influencias para meterme en una universidad! —exclamé.

—Pero tú no estás haciendo nada —replicó con seriedad—, y cuanto antes empieces a solucionar este tema, mejor. Así que ese día te vestirás como antes, sonreirás y le mostrarás al mundo que eres una Cavalier.

Miré a Nolan buscando apoyo, pero él no iba a decir nada. A Eleanor de Cavalier no se la contradecía nunca. Si alguien lo intentaba, no tenía éxito. Ella siempre ganaba cualquier discusión. Además, en su mirada brillaba una incuestionable y severa decisión, como la de esos maestros de antaño que castigaban a los niños golpeándolos con una enorme regla de madera.

—Tu madre habló conmigo, Nolan —añadió, pasando a fijarlo como objetivo. Él parpadeó con desconcierto—. Quiero que tú también conozcas a

99

los rectores. Es la oportunidad perfecta para que los dos empiecen a darle forma a su vida.

—Ah, bueno, está... está bien —titubeó él, incapaz de decir lo que en verdad estaba pensando, que debía de ser: NOOOOOOO.

Mamá nos sonrió con suficiencia y nos señaló a cada uno.

—Una semana —nos dijo—. Yo les elegiré la ropa.

Seguidamente, cogió las bolsas y salió de la cocina dejando un rastro de Chanel N.º 5 en el aire. Cuando ya no se escucharon sus pasos, me acerqué a Nolan con rapidez y puse cara de que aquello era un desastre.

—¿Cómo vamos a esconder a Ax durante un fiestón en el jardín? —susurré. La voz me salió más agitada y nerviosa de lo que había querido.

—Mierda, que mi madre hable con tu madre es como si Samara, la de la película *El aro*, hablara con el payaso Pennywise de *It* —dijo él, haciendo un mohín de pánico—. Una conversación entre el más puro mal.

Le di un golpe en el pecho. ¿Por qué se iba a otros temas?

—Ax, ¿qué demonios haremos con Ax? —enfaticé con los dientes apretados—. Ni siquiera podemos sacarlo de aquí. No quiere salir.

Él se encogió de hombros. Parecía no entender el riesgo que había detrás de aquella situación.

—Bueno, ¿por qué tienes que esconderlo? —dijo, dudoso—. Es una fiesta, ¿no? Puede estar ahí.

—¿Sí? ¿Oliéndole el culo a cada invitado para saber si es fiable o no? —rebatí, dándole otro golpe.

Nolan se apartó unos pasos al tiempo que soltaba un quejido y se cubría el pecho con los brazos.

—Pues le enseñamos a comportarse —dijo con simpleza—. Lo sabe hacer todo, menos hablar, ¿no? No tiene que hablar, solo estar ahí con nosotros, fingiendo ser un chico normal. Tu madre no le prestará atención, creerá que por fin has decidido volver a juntarte con tus amigos.

Me lo pensé. Sonaba muy arriesgado, pero podía funcionar. Ax parecía normal cuando no hacía sus extraños movimientos de olfateo. Esconderlo durante la fiesta podía resultar más peligroso. Tenerlo al lado, vigilándolo, nos daba la oportunidad de no arruinar nuestra presentación a los rectores.

—De acuerdo, ¿qué tenemos que hacer? —suspiré.

—Pues... ¿qué haces con un cachorro rebelde? Lo educas —respondió Nolan con una sonrisa divertida—. Tenemos siete días para educar a Ax.

—Siete días —repetí, tratando de convencerme.

Nolan asintió con lentitud.

—Sí, como los siete días que te da Samara antes de morir...

Le di un tercer golpe en el pecho; esta vez más fuerte. Dios santo, a veces parecía un niñito asustado.

—Basta, olvídate de Samara —le dije con hastío.

—Lo siento, me traumó cuando era niño —murmuró, rascándose la nuca con nerviosismo—. Lo digo como si nada, pero hasta cuando pronuncio su nombre siento miedo.

Me froté el rostro con frustración.

—Siete días para educar a Ax. Si no funciona, la habremos cagado del todo.

11

Primer acto: un títere sonriente.
Segundo acto: el títere ya no sonríe.
Tercer acto: el títere desaparece.
¿Cómo se llama la obra?

Lo cierto era que, a primera vista, si no te fijabas demasiado, Ax parecía un muchacho bastante común. De hecho, si obviabas su extraña costumbre de oler las cosas para identificarlas o explotar en repentinos ataques de furia, podía considerarse un tipo guapo.

Nolan y yo estábamos seguros de que, como mucho, Ax debía tener veinte años, no más. Toda su anatomía nos los decía. Era alto como alguien de esa edad; su complexión era la adecuada para un chico que hacía ejercicio; su rostro era limpio y considerablemente atractivo, y su porte, su presencia, su mirada... eran imposibles de pasar por alto.

Ax tenía algo llamativo, algo fascinante...

Quizá los ojos de colores distintos; quizá el cabello entre cobrizo y negro; quizá la piel cremosa, plagada de moretones y cicatrices, o quizá... simplemente él. No lo sabía con exactitud, pero había algo en él, desconocido y al mismo tiempo imponente, que llamaba la atención, estuviese donde estuviese. No podías ignorar su presencia; resultaba magnético de una manera inquietante.

¿Quién era Ax?

¿De dónde había salido?

¿Qué le había sucedido?

¿Por qué se comportaba como se comportaba?

¿Había hecho algo muy malo o era la víctima de alguien?

No lo sabíamos. A esas alturas seguíamos sin saber nada de él, pero comenzamos a enseñarle cómo funcionaban las cosas, cómo se conectaban las palabras, y luego a tratarlo como uno de nosotros, como si formara parte de nuestro trágico y sombrío mundo...

Primero, le explicamos lo que representaba una fiesta para una familia como la mía. Le mostramos vídeos de eventos pasados y la curiosidad reflejada en su rostro fue digna de fotografiar. Luego le dijimos que todas esas «personas» no eran peligrosas, que no hacían daño, y que si explotaba en un arranque de ira solo conseguiría que llamaran a la policía.

Finalmente, le dejé claro que nadie podía saber que él vivía en la casita, porque entonces la policía se lo llevaría.

Estábamos progresando mejor de lo esperado. Ya habían pasado tres días desde que mi madre nos dijo lo de la fiesta. Nolan y yo habíamos trabajado sin mucho descanso para enseñarle a comportarse y a expresarse. Ax seguía aprendiendo palabras y había logrado conectar un par, lo cual era un avance, pero quedaba mucho por hacer. Todavía tenía ciertos problemillas que buscábamos cómo corregir.

De modo que una tarde, mientras repasábamos las oraciones, por fin empezó a llover.

Todo el frío y las noches nubladas que se habían acumulado estallaron en una lluvia torrencial que golpeaba con violencia los cristales empañados de las ventanas. Incluso dentro se oía el repiqueteo. Incluso dentro se percibía un frío casi invernal. Ese ambiente nostálgico pero acogedor que producía un buen aguacero flotaba en cada rincón de la silenciosa mansión Cavalier.

Nolan ya se había ido. Ax y yo nos encontrábamos en mi habitación porque Eleanor había ido a Miami y no regresaría hasta el día siguiente. Por el momento, era más seguro tenerlo allí que en la casita. Durante la tarde hacían limpiezas en el jardín y aparecían organizadores a comprobarlo todo. A él le causaron curiosidad el primer día que llegaron, por lo que no podía arriesgarme a que Ax saliera y lo vieran.

Así que justo ahí, esa misma tarde fría y lluviosa, le dije algo que no olvidaría jamás...

—Eres un secreto —le expliqué, sentada en posición de indio frente a él—. Tú eres un secreto.

—Secreto —repitió él, sosteniendo mi mirada.

Los días transcurrían sin que nada cambiara en Ax físicamente. Llevaba unos tejanos que Nolan le había regalado y continuaba sin usar camiseta. No me había parecido extraño hasta ahora. Yo estaba envuelta en un suéter porque hacía mucho frío, pero él parecía muy cómodo con el torso desnudo, como siempre. Los moretones de su piel se veían más tenues, pero seguían ahí. Una venda limpia le rodeaba el abdomen. Tampoco llevaba zapatos. Le gustaba estar descalzo, a pesar de que las ampollas y rasgaduras en sus pies estaban sanando.

A veces, cuando veía esas heridas, notaba algo que me punzaba en mi interior. Me preguntaba si no le dolían, si, al verlas, no recordaba cómo se las había hecho... Pero Ax no expresaba mucho. Era difícil identificar algún sentimiento en él, ya que siempre estaba serio.

—Un secreto es algo que nunca, por ningún motivo, le dices a nadie; algo que ocultas —continué con detenimiento.

Sus ojos grandes e inquietantes me miraron con fijeza y con una ligera confusión.

—¿Aquí? —dijo él con cierta duda.

—Sí, tú vives aquí y nadie debe saberlo —le aclaré, asintiendo en modo de aprobación—. Eso es un secreto. Hay secretos malos y secretos buenos, aunque a fin de cuentas son solo secretos, y el hecho de ocultarlos ya es... —Me di cuenta de que su confusión aumentaba, así que decidí no darle muchas vueltas—: Para que todo salga bien, te presentarás en la fiesta y actuarás normal.

—Normal —repitió, dejándome claro que lo entendía.

Aprendía con éxito y lo hacía rápido. Ax no era tonto, su mayor problema se concentraba en hablar. Era como si..., como si las palabras se negaran a salir de su boca. Sin embargo, el progreso era notable, pero de igual modo le recordé el significado de «normal».

—Normal significa estar tranquilo, callado, sin oler cosas y sin enojarte, ¿de acuerdo?

Ax frunció el ceño en un gesto de enfado y su expresión se volvió obstinada. Bajó la mirada hacia los libros que descansaban entre nosotros: libros de letras, de caligrafías, de todo lo que pudiera ayudar a aprender. Eran libros para niños, aunque Ax no era, evidentemente, ningún niño. Lograba escribir lo que podía copiar, pero cuando le pedía que escribiera lo que pensaba, no podía hacerlo. Tampoco había vuelto a dibujar, como si su habilidad se hubiera agotado en aquel dibujo extraño de mi casa que hizo en la pizarra.

Los ataques de furia no se habían repetido.

Y en cuanto a aquel coche extraño que habíamos visto, Ax parecía haberlo olvidado.

—¿Esto...? —dijo, señalando uno de los libros.

Estaba abierto. La página derecha era de caligrafías, pero en la izquierda había unos dibujos para colorear. Él señalaba el dibujo.

—¿Qué es esto? —le corregí—. Para saber qué es algo, dices: «¿Qué es esto?». Anda, repítelo.

—¿Qué es...? —intentó repetir él, pero no pudo pronunciar la última palabra.

El dibujo que señalaba era de un títere. Por encima de él, unas manos gruesas y masculinas tiraban de las cuerdas. El muñeco parecía un payaso de madera que sonreía con calidez. Era un dibujo muy bonito.

—Es un títere —le aclaré, alternando la mirada entre él y el dibujo.

—¿Qué es «títere»? —preguntó igual de neutro.

—Un muñeco que se puede controlar. —Señalé las manos que tiraban de las cuerdas en el dibujo—. ¿Ves esas manos? Son del titiritero, la persona que hace que el títere se mueva como él quiere.

Las cejas de Ax se hundieron un poco con algo de extrañeza.

—Títere... ¿persona? —preguntó sin mucha seguridad al pronunciar las palabras.

—No, el títere no es una persona, es solo un muñeco. No tiene vida. Las cuerdas son su motor y, si nadie las mueve, el títere no hace nada.

Ax observó el dibujo con una fijeza indescifrable, pero no fue hasta que tocó la hoja con las puntas de los dedos que tuve la ligera sospecha de que aquello significaba algo para él. Esperé detectar alguna emoción en su rostro, algo que me lo confirmara, pero los ojos de Ax expresaban un vacío que en ocasiones era difícil de sostener.

Muchas cosas diferenciaban a Ax del resto de las personas, desde ese aire enigmático que lo rodeaba hasta el inquietante estado de inmovilidad que adoptaba a veces, pero lo más raro estaba en sus ojos. Esos ojos parecían una ilusión. Parecían hermosos si no te detenías demasiado en ellos; pero, si los mirabas con atención, podían llegar a ser aterradores.

—Ax —pronuncié con suavidad y luego le señalé el dibujo—. ¿Esto significa algo para ti?

No pudo responderme, porque al instante se escuchó el timbre de la casa. Era una melodía de siete segundos algo melancólica para que pudiera oírse en cada rincón. Ax no se alertó, pero yo me levanté con rapidez. Por un momento temí que fuera mi madre, pero era obvio que ella no tocaría el timbre. Quizá era algún organizador, aunque con esa lluvia era raro que alguien estuviera trabajando en el jardín.

—Debo bajar a ver quién es —le avisé a Ax—. Recuerda lo que hemos hablado, ¿vale? Quédate en esta habitación y no salgas por nada del mundo. En caso de que alguien entre, ocúltate en el armario.

Él asintió con la cabeza. Ya lo habíamos repasado varias veces, no le era difícil. Además, las órdenes simples eran muy sencillas de obedecer para él.

Bajé las escaleras a toda velocidad. La casa en realidad tenía todo un sistema de seguridad con cámaras dispuestas en puntos estratégicos, algo así como esa casa de la película *La habitación del pánico*. Cada vez que la verja de entrada se abría, sonaba un pitido de aviso. Cada vez que alguien nos visitaba, debía tocar el timbre, y podías ver de quién se trataba desde el cuarto de control.

El cuarto de control era nuestra habitación del pánico. Tenía pantallas, un teléfono de emergencias y una reserva de comida e incluso había una caja fuerte con armas, pero yo no me sabía la contraseña. El punto era que todo lo que el sistema de seguridad grababa, yo lo borraba cada noche para que mamá no se diera cuenta de que Ax vivía en la casita de la piscina.

Entré y contemplé las cuatro primeras pantallas de las cámaras de seguridad. Mostraban la verja, la puerta de entrada, una pequeña parte del jardín y los muros que rodeaban la casa. Detrás de la verja, bajo la lluvia torrencial, esperaba una patrulla de policía.

Me quedé rígida por un instante. Un frío mucho más helado me recorrió el cuerpo y se asentó en las manos, haciéndolas sudar. Me pasaron por la mente mil suposiciones, y todas concluían en que venían a buscar a Ax.

Intenté elaborar un plan rápido. Me hice las preguntas más importantes: ¿cómo lo sacaba de la casa?, ¿adónde iríamos?, ¿cuánto dinero tenía en mi cuenta bancaria para poder sobrevivir?, ¿en verdad escaparía con él?

Mis pensamientos se rompieron cuando el intercomunicador pitó. Dudé por un momento, pero insistió de nuevo. Entonces lo presioné para escuchar:

—Buenas tardes, soy el oficial Dan Cox, quisiera hablar con Mack.

La voz al otro lado sonaba afectada y algo distorsionada por el aguacero. Que fuera Dan no me alivió mucho. ¿Qué demonios hacía en mi casa? ¿Qué quería? Asumí que Nolan no tenía ni idea de que su hermano había venido a casa, pero de todos modos saqué mi teléfono y le envié un mensaje rápido: «Dan está aquí. SOS».

Ya enviado, presioné de nuevo el intercomunicador:

—Hola, Dan, ¿qué tal? —dije sin apartar la vista de la pantalla que reflejaba la verja.

El brazo cubierto por el uniforme azul se extendió hacia el panel del intercomunicador. Dan sacó un poco la cabeza por la ventana para poder responder:

—Mack, ¿abres la verja, por favor?

—¿Sucede algo?

Mi pregunta fue tranquila, a pesar de que la inquietud comenzaba a llenarme de sospechas y suposiciones. Me hubiera gustado saber si había alguna otra patrulla cerca, pero ninguna cámara apuntaba hacia la calle.

—Solo quiero hablar contigo un momento —respondió, sereno.

Me pregunté cuánto tardaría en coger el coche y salir con Ax por la puerta trasera. Nunca la usábamos. Era de hierro y para abrirla había que introducir una combinación desde ese mismo cuarto de control. Ni siquiera vi a mi padre salir por ella alguna vez. Ni tampoco recordaba que la hubiéramos abierto en alguna ocasión.

—Podemos hablar por aquí —repliqué—. Te oigo muy bien.

—Mack... —insistió.

—Mi madre no está —le informé por si acaso quería que estuviera presente.

—No es con ella con la que quiero hablar, así que no hay problema. —Como no respondí rápido, añadió—: Es una visita amistosa.

—¿Hay algún amigo tuyo aquí? —expresé con falsa incredulidad.

—¿Hay alguna razón por la que no quieras que entre? —rebatió en el mismo tono.

—A lo mejor estoy fumando un montón de hierba —dije, consciente de lo que eso podía provocar, pero si Dan venía en el plan que aseguraba, si en serio estaba ahí como el hermano de mi mejor amigo y no como el policía que se llevaría a Ax, no le daría importancia.

Y no se la dio.

—A lo mejor tengo la nariz algo constipada y no distingo olores —contestó con indiferencia y complicidad.

Si le ponía muchos peros, sospecharía que ocultaba algo. Y no quería que eso pasara. Era mejor que me mostrara calmada y diera la cara para transmitir inocencia.

Accioné uno de los botones que abría la verja automática. Observé la imagen en la pantalla hasta que el coche entró y la verja comenzó a cerrarse de nuevo. Salí del cuarto de control y me coloqué frente a la puerta de entrada. Apenas escuché los toques, abrí.

Dan apareció ante mí. Con ese uniforme de policía, de nuevo no podía creer que fuera él. Maldición, qué cambio. Parecía incluso amigable, como la del poli bueno en las series de detectives. Era como si nunca hubiera tenido la cara grasienta y una voz rara. De hecho, ahora su voz era grave y clara.

—¿Puedo pasar? —me preguntó, y me dedicó una sonrisa ancha sin despegar los labios.

Con esa actitud, era imposible desconfiar de él. Y con lo guapo que era, ni se te ocurría hacer nada que lo alejara de ti, pero la verdad era que no conocía a Dan. Lo que sabía era lo que había visto en su casa, cuando iba a ver a Nolan, pero con aquel cambio sospechaba que ya no existía nada de aquel chico escueto y obsesionado con *CSI*. Se veía más equilibrado, más maduro, más... propenso a actuar según la ley si se enteraba de que ocultaba a Ax en mi habitación.

—Creo que necesitas una orden para entrar —dije.

Soltó una risa tranquila. Algunos mechones de su cabello rubio se le habían mojado por la lluvia, y en los anchos hombros se veían pequeñas manchas de humedad.

—Si hubiera venido a registrar tu casa, sí, pero, como te he dicho, solo vengo a hablar.

—¿A hablar de qué? ¿De cómo nunca hablamos desde que nos conocemos? —señalé, y me apoyé en el marco de la puerta, como si no tuviera intención de moverme.

Él mantuvo la sonrisa, nada afectado por mi actitud.

—Sería un buen tema, considerando la escenita que me hiciste el otro día en la comisaría.

Buena respuesta... Me quedé en silencio como si me estuviera pensando si dejarlo pasar o no. Él miró hacia los lados y luego se cruzó de brazos como si quisiera darse algo de calor. La verdad es que no estaba nada mal. Podía quedarme un ratito mirándolo congelarse.

—Hace frío, Mack, y este uniforme no es que abrigue mucho —dijo, ante mi silencio.

—De acuerdo —suspiré.

Me aparté para que entrara y luego cerré la puerta con firmeza.

Ax esperaría en la habitación, pero no pude evitar preocuparme. Si veía a un agente oficial de policía en casa, podía reaccionar como un loco. Confié en que obedecería mis indicaciones, en que la habitación estaba lo suficientemente lejos y en que las voces no llegarían hasta allá.

—¿Cómo está tu madre? —preguntó Dan mientras echaba un vistazo al vestíbulo y a la sala, como si quisiera iniciar una conversación e inspeccionar al mismo tiempo.

Lo seguí con la mirada, atenta a sus movimientos. Ni siquiera me cambié de lugar o lo invité a sentarse en el sofá. Me quedé de espaldas a las escaleras como tratando de hacerle saber que lo que había más allá era territorio prohibido.

—Estamos bien —me limité a responder. Intenté sonar amigable, aunque todavía no me encajaba mucho la situación—. Pero estaré mejor si me dices a qué has venido, porque hay una razón concreta, ¿no es así?

Dan se giró y me dedicó una media sonrisa. Me escudriñó con la mirada. Me sentí algo incómoda por varias razones, empezando por el hecho de que, desde la muerte de Jaden, ningún tipo atractivo ponía los ojos en el opaco y soso desastre en el que me había convertido. Claro que Dan me miraba de otra manera, de forma más profesional, más analítica. Lo confirmé cuando bajó la vista hasta mi pierna.

—¿Qué tal la quemadura? —inquirió con tranquilidad.

¿Por qué no lo supuse? Venía a hablar del día que se incendió la comisaría de policía. Él vio cuando el fuego me quemó parte de los tejanos, incluso me ayudó a apagarlo. Todo había sido muy raro, y él también lo pensaba.

Mis nervios aumentaron, pero traté de disimular.

—Me molesta a veces, pero cada vez va mejor —respondí sin darle mucha importancia.

—¿En qué hospital te atendieron? —volvió a preguntar con un interés genuino—. No fue en el mismo que a nosotros, porque no te vi llegar en la ambulancia.

Que Nolan me sacara de la comisaría antes de que llegara la ambulancia, más policías y los periodistas del canal local fue una buena idea, pero también un error. De hecho, ahora este asunto de Ax era mucho más delicado. No estábamos seguros de si hacíamos lo correcto escondiéndolo, pero de momento era mejor ocultarle su existencia a la policía, sobre todo a Dan.

—Me asusté mucho, así que me fui —contesté, fingiendo inocencia.

—¿Pudiste conducir en ese estado?

Sus palabras eran tranquilas, no parecía estar culpándome de nada, pero aquello era un interrogatorio.

—No entiendo a qué vienen estas preguntas —repliqué con el entrecejo hundido, cruzándome de brazos—. ¿Por qué es importante que me fuera de la comisaría?

—No me importaría si Nolan no hubiera estado allí también.

Lo dijo directo. No en un tono acusatorio, no en un tono amenazante: era una afirmación. Traté de mantener la calma. De no mostrar asombro. De fingir que no me estaba preguntando cómo demonios él lo sabía.

—¿Y qué hacía Nolan allí? —pregunté con naturalidad.

Dan se encogió de hombros.

—Dímelo tú.

—No sé todo lo que hace tu hermano. Somos amigos, no siameses —me defendí, como si su pregunta fuera muy ridícula.

La expresión de Dan cambió un poco. De repente se tornó más... informal, como si ante mí no tuviera a un agente de policía, sino a alguien con quien estuviera acostumbrada a hablar. Aun así, no bajé la guardia.

—Tu madre no sabe lo que ocurrió esa noche, ¿verdad? —dijo.

Resoplé y giré los ojos.

—Mi madre no sabe muchas cosas de mí desde que nací, Dan —aseguré con indiferencia—. Es muy posible que, si me amputaran un pie, ella se enterara tres años después. —Le dediqué una mirada entornada, algo suspicaz—. ¿A eso has venido? ¿A preguntar por qué no me quedé chamuscándome dentro de la comisaría?

Él dio un paso hacia mí. Me pareció que quería ganarse mi confianza.

—Probablemente, yo no te caiga bien porque crees, según dijiste, que mi madre tiene algún tipo de preferencia por mí y que desprecia a Nolan —empezó a decir en un tono más bajo, casi afable—, pero quiero ayudarlos a ambos, Mack.

Eso fue inesperado. Pensé que Dan lo sabía todo sobre Ax, que de alguna manera lo había averiguado. A eso había venido, a hablar del desconocido que tenía escondido en mi casa. El corazón empezó a latirme muy rápido. Y desconfié. A pesar de que decía que quería ayudar, no me lo creí.

—¿Y en qué se supone que quieres ayudarnos? —le pregunté como si no entendiera ni un poco de a qué se refería.

No fue la respuesta que él esperaba, porque tensó los labios como si acabara de cumplirse lo que él habría querido evitar: que yo me pusiera terca y lo negara todo.

—Si Nolan está metido en algún tipo de problema, puedes decírmelo. Buscaré la forma de ayudarlo.

Casi exhalé. Creía que se trataba de Nolan, no sabía nada de Ax. El alma me volvió al cuerpo.

—No entiendo por qué piensas que está metido en algún problema —comenté, y apliqué todo mi talento para mentir.

Dan suspiró con paciencia.

—Me robó la llave de la puerta trasera de la comisaría, y mientras tú me preguntabas tonterías, él entró, ¿no es así? —Me dirigió una mirada de reproche. Esperó que yo respondiera, pero seguí ignorando sus acusaciones, así que añadió—: No tenemos una buena relación, pero lo conozco muy bien. Además, fue tan idiota que luego dejó la llave en su lugar.

Hice una nota mental para pedirle a Nolan explicaciones por ese fallo tan tonto. ¡¿Cómo se le ocurría devolver la llave?! A veces era tan estúpido para algunas cosas...

—Te digo que no sé nada —alegué, y le sostuve la mirada para que mis palabras adquirieran más firmeza—. Solo fui a la comisaría para hablar contigo.

Dan pensó un momento. O, más bien, intentó captar algún tipo de debilidad en mis ojos, pero los entorné, reafirmándome en lo que acababa de decir.

Al final suspiró.

—Están investigando las causas del incendio —me informó, como si no le quedara más remedio que hacerlo—. Todas las personas que estuvieron allí son sospechosas. Nosotros estamos descartados, pero si descubren que Nolan estuvo en la comisaría y que se escabulló, tendrá serios problemas.

Una chispa de preocupación casi me obligó a removerme, pero cualquier movimiento podía delatarme. Dan no apartaba la vista de mí, como si quisiera captar hasta el número de veces que parpadeaba. Tenía que mostrarme firme, sin vacilaciones.

—Pueden investigar lo que quieran, pero no hay pruebas de que él estuviera allí, solo es algo que tú crees —rebatí, ceñuda.

Dan dio otro paso adelante.

—No lo creo, lo sé —dijo, y me pareció bastante sincero—. Tienes que decirme qué buscaba.

En realidad, no estaba segura de qué podía pasar si se lo contaba todo. Dan parecía tener buenas intenciones, pero seguía siendo un policía. Por una parte, resultaría de gran ayuda para descubrir de dónde venía Ax, pero, por otra, si el origen de Ax era más oscuro de lo que ya sospechaba, solo íbamos a empeorar su situación. Además, no le contaría nada sin antes hablarlo con Nolan.

—Te lo diría si supiera que estuvo allí, pero no lo sé. —Me encogí de hombros con indiferencia—. Estaba delante de ti, ¿no? Ambos tenemos la misma versión de los hechos. ¿O también crees que Nolan incendió la comisaría?

—Lo que creo es que ustedes están metidos en algo y no quiero que terminen en una situación peor.

Dan intentó acercarse más, pero de pronto se detuvo y miró por encima de mí. Apenas me di la vuelta para saber qué lo había intrigado tanto, me quedé helada.

Era Ax.

Lo contemplé, estupefacta. Estaba de pie en mitad de las escaleras, pero más sorprendente aún era que llevaba puesta una de las camisetas que le había dejado Nolan en la mochila.

Lo di todo por perdido. Me preparé para lo peor. Ax tendría un ataque de furia y Dan intentaría detenerlo y llevárselo. Yo trataría de impedirlo y se crearía un caos. ¿Cómo terminaría? No se me ocurría un buen final.

Sin embargo, Ax permaneció quieto, inalterable, con los ojos fijos en Dan como si lo vigilara. Al mismo tiempo, Dan alternó la vista entre él y yo, algo confundido, como si intentara entender quién era ese chico que estaba en mi casa. En cuanto noté que Ax comenzaba a bajar las escaleras, decidí intervenir, hacer algo, cualquier cosa para tratar de arreglar el momento.

—Dan... —logré decir, aunque con la boca seca—. Él es... Axel, un amigo.

Ax llegó al último escalón. Avanzó, todavía descalzo, pisando el borde de su propio pantalón, y se detuvo a mi lado sin dejar de mirar a Dan, que extendió la mano hacia él.

—Soy el oficial Dan Cox —le dijo a Ax con el entrecejo algo hundido.

Ax miró la mano. Su expresión neutra, indescifrable, hizo que empezara a temblar. No sabía qué haría. No sabía cómo reaccionaría. ¿Y si saltaba sobre él? ¿Y si buscaba un cuchillo? Dan tenía un arma en su cinturón, la miré con cierto temor. Presencié todo con algo de pánico, pero...

Nuevamente, Ax me sorprendió.

—Axel —respondió, y estrechó la mano de Dan.

Fue un apretón firme por parte de ambos. Me esforcé por no quedar boquiabierta como una estúpida. Ese «Axel» había sonado demasiado fluido, sin dudas, con completo control, como lo pronunciaría alguien normal.

—¿Eres nuevo en Hespéride? —le preguntó Dan después de finalizar el apretón, otra vez con ese tonito analítico y curioso—. ¿Y usas lentes de contacto? —añadió con cierta extrañeza.

Los ojos, claro. Seguía siendo una característica demasiado rara. Hasta yo me preguntaba todavía cómo era posible tal diferencia.

—Axel es de Alemania —me apresuré a mentir—. Lo conocí hace años en un viaje de vacaciones. Me enteré de que estaba en el país y le pedí que me visitara. No es muy bueno con el español, solo dice algunas cosas. Y sí, son lentes de contacto.

Dan asintió hacia mí, pero luego se fijó solo en Ax.

—Entiendo, ¿por cuánto tiempo te quedarás, Axel?

Lanzó la pregunta como si esperara que solo él la respondiera, no yo. Mis nervios llegaron al tope. Quise intervenir, pero temí que se resultara demasiado sospechoso. No obstante, temí mucho más que Ax no supiera qué decir y eso despertara en Dan una curiosidad peligrosa. No sabía si Ax lo entendía, pero que estuviera frente a un agente de policía ya era en extremo peligroso.

—Siete días —respondió Ax, tajante.

Siete días. Eso nos lo había oído a Nolan y a mí. Lo estaba repitiendo. Muy bien. Estaba repitiendo todo lo que le habíamos enseñado. Nolan le había explicado lo que era un apretón de mano para el momento de la fiesta, pero no era seguro que tuviera respuestas para todo.

—Son muy pocos —me apresuré a intervenir, acercándome un poco más a Ax como si hubiera cierta intimidad entre nosotros—, por eso aprovechamos cada minuto que estamos solos, como ahora.

Lancé ese comentario directo a Dan, y él lo entendió. Le dedicó una mirada analítica y algo desconfiada a Ax, luego me miró a mí como si quisiera dejarme claro que tendríamos otra conversación, y finalmente asintió con la cabeza.

—Entonces hablaremos en otro momento —dijo, y se dirigió a la puerta, pero antes de salir se volvió hacia nosotros y preguntó—: ¿Axel qué?

—Müller —aclaró Ax para mi entero asombro.

Dan agregó otro asentimiento, abrió la puerta y la cerró tras de sí. Corrí al cuarto de control y observé las pantallas. Dan se subió al coche patrulla y unos segundos después arrancó. Abrí la verja para él y me aseguré de que se cerrara por completo. Cuando no quedó rastro del auto, cerré los ojos y exhalé ruidosamente, liberando todos el nerviosismo contenido.

Salí del cuarto de control todavía temblando, todavía con la idea de que Dan regresaría y diría: «Este chico oculta algo, debe venir conmigo», pero intenté calmarme.

Me detuve en el espacio que conectaba el vestíbulo con la sala de estar. Ax estaba frente al ventanal. Parecía que miraba la lluvia, pero estaba segura de que estaba mirando el sitio en el que había estado aparcado el coche patrulla. Lo contemplé con estupefacción. Ni siquiera podía creerlo por completo. Llevaba puesta una camiseta y había hablado con fluidez y sin hacer movimientos extraños con la boca. ¿Qué era más impresionante? ¿Que Dan no sospechara nada o que Ax fingiera tan bien?

—¿Qué demonios acabas de...? ¿De dónde sacaste ese apellido? —fue lo que pude soltar, todavía asombrada.

—Televisión —respondió con simpleza—. Noticias, periodistas...

—Por un momento creí que tú... —intenté confesar, pero él me interrumpió:

—Aprendo —contestó con un encogimiento de hombros.

Asentí. Tenía sentido. Todo lo que él veía en la televisión eran los canales informativos; nada más. No sabía que podía aprender algo de eso, pero fue un alivio. Debía ver mucha más televisión entonces. Y lo del apretón de mano, lo de los siete días, todo eso se lo habíamos enseñado Nolan y yo.

Me sentí algo orgullosa del éxito de nuestras horas de trabajo, hasta que me di cuenta de algo.

—Espera un momento, ¡¿por qué me desobedeciste?! Te dije que te quedaras en la habitación, pero bajaste —empecé a sermonearle—. ¿Cómo te has atrevido a plantarte delante de Dan? ¿No se supone que no debe verte la policía? ¡Tú mismo lo has dado a entender muchas veces!

Ax formó una fina línea con los labios como si le fastidiaran mis palabras; sin embargo, no paré de hablar. Lo regañé de todas las formas posibles hasta que se apartó de la ventana, se acercó a mí, se sacó la camiseta de un tirón y me la tiró a la cabeza. Fue como un «¡cállate!» bastante directo. Quise reírme, pero me contuve.

Cerré la boca de golpe y, con indignación, me quité la camiseta de encima. Para entonces Ax estaba subiendo las escaleras.

—Enseñar —me exigió.

Volvimos a la habitación a continuar con las prácticas. Pasamos horas con ello hasta que se hizo de noche. La lluvia disminuyó, hasta convertirse en una llovizna fría y apática, capaz de causar gripe. El olor a tierra mojada era penetrante, y lo único que apetecía era sentarse fuera y fumar un cigarrillo, pero acompañé a Ax de regreso a la casita de la piscina.

Estaba de mal humor por no lograr pronunciar frases completas, pero en realidad el mal genio era su humor habitual. Últimamente, el mío era la inquietud. No dejaba de pensar en lo que había recordado sobre la noche en que murió Jaden. Mi estado se parecía mucho al de un adicto en recuperación. Había pasado muchísimo tiempo tratando de recordar, y lograr recordar algo había sido como probar de nuevo las drogas. Quería más y más. Quería saber el resto de lo que sucedió esa noche.

Las palabras de Nolan no me parecían muy absurdas: «Intenta tocarlo de nuevo...».

Ax estaba allí...

—No me has mostrado tu herida —dije con afabilidad mientras le preparaba un sándwich en la cocina de la casita. Él se había quedado frente al televisor, cambiando los canales—. Ahora te bañas tú solo, te vendas tú solo y no sé si has mejorado. ¿Me dejas verla?

Ax dudó un instante, pero accedió. Se dirigió al sofá y se recostó como un paciente al que el doctor le ordena subirse a la camilla para ser examinado. Me limpié las manos, fui hasta él y me arrodillé a su lado. Con mucho cuidado, él mismo desenvolvió la venda. Cuando finalizó, contemplé la herida con estupefacción.

Había cicatrizado por completo. Era extraño y desconcertante, como si hubiera pasado ya un año desde que se hirió. Ahora tenía un parche carnoso con ligeras arrugas donde se había unido la sutura. Mirándolo con más detalle, parecía una quemadura, como si lo hubieran marcado con hierro.

Acerqué mi mano a la herida, asombrada. Con temor y duda, rocé la superficie cicatrizada con las yemas de los dedos. Entonces una ligera y chispeante corriente se produjo desde la punta de mis dedos hasta mi piel.

Y recordé.

—¿Qué es esto?

Apenas lo toqué con las yemas de los dedos, una sonrisa pícara y maliciosa se formó en el rostro de Jaden.

—¿Cómo haces ese tipo de cosas y al mismo tiempo me pides que esperemos un poco más? —me preguntó, y condujo mi mano hasta su pecho para dejarla allí, como si ese fuera un mejor y menos tentador lugar para ella.

Después de conducir durante veinte minutos, habíamos parado en las colinas del pueblo. Estábamos recostados en la hierba, respirando agitados tras habernos besado durante mucho rato. Yo reposaba sobre él, descalza, con el cabello hecho un lío; y él permanecía debajo de mí, sin camiseta, con la cabeza apoyada en el brazo. A un lado había una caja de cigarrillos, un encendedor y un paquete de bombones de distintos rellenos que habíamos comprado en una gasolinera.

El cielo seguía oscuro y repleto de estrellas. El pecho de Jaden parecía el mejor sitio para apoyarse. Sentía que lo conocía de pies a cabeza, que no se me pasaba ni uno de sus lunares, pero había visto por primera vez que tenía una larga y rosácea cicatriz donde se iniciaba la uve de su vientre.

—Pero ¿con qué te la hiciste? —insistí, curiosa.

—La tengo desde los quince —respondió sin mucho interés—. Me la hice una noche mientras intentaba escapar de casa para ir a una fiesta. Me descolgué desde el cuarto piso de mi habitación y me quedé enganchado en el enrejado.

Me incliné un poco para besarlo. Jaden me apretó contra su cuerpo y recorrió mi espalda con sus suaves manos hasta llegar a mi cabello. Al mismo tiempo jugamos con nuestros labios.

Sus besos siempre lograban encender un calor muy tentador dentro de mí. Sí, yo le había pedido que esperáramos un poco para tener sexo, pero mi razón era simple: no quería ser como todas las chicas que se le entregaban apenas lo conocían. Una parte de mí sentía que, si lo hacía, toda aquella magia terminaría. No quería perder nada, y menos perderlo a él.

Jaden intensificó un poco el beso, apegándome con fuerza a su cuerpo. Lo disfruté tanto que comencé a sentirme vulnerable...

Hasta que lo detuve. De pronto, me aparté de sus labios y miré por encima de nosotros hacia los árboles. Jaden había aparcado el coche al borde de la carretera, podía verla desde ahí, sin embargo, mi atención se fue de nuevo hacia las densas acumulaciones de arbustos que indicaban el inicio de los bosques del pueblo.

Noté que nos estaban mirando. Experimenté la perturbadora e incómoda sensación de estar siendo observada fijamente desde algún punto.

—¿Qué pasa? —inquirió él, elevando la cabeza para morder con suavidad mi cuello.

Quiso que siguiéramos besándonos, y permití que de nuevo mi boca se uniera a la suya. Intenté convencerme de que eran solo ideas mías y concentrarme en los movimientos de los labios de Jaden, pero la sensación no desapareció.

Me aparté, y otra vez observé los árboles por encima de nosotros. Las hojas y las ramas se movían con ligereza por la brisa nocturna. Algún que otro grillo silbaba de manera intermitente. Todo parecía normal, pero la oscuridad se me antojaba vigilante...

—Quiero irme —solté de golpe al tiempo que me incorporaba.

Jaden se apoyó en sus codos. El cabello despeinado, el torso desnudo, los tejanos a la altura de las caderas, todo le daba un aire relajado, pero su expresión pasó a ser de confusión mientras miraba cómo yo buscaba mis zapatos.

—¿Por qué? Volveremos en una hora, aún hay tiempo —replicó, despreocupado.

Hice un repaso panorámico a los alrededores: cada árbol, cada arbusto, el movimiento de las hojas... La oscuridad era tan espesa que no permitía ver más allá, y me fue imposible seguir mirando.

Nos estaban observando.

—No lo sé, no... no me gusta este lugar —respondí al tiempo que intentaba ponerme los zapatos sin mucho éxito.

Como no lo logré, los cogí y luego recogí los bombones y los cigarrillos. Jaden tenía el entrecejo hundido, no se había movido, solo me seguía con la mirada.

—Pero es tranquilo. Créeme yo... —trató de decir, pero no le dejé terminar.

—¡Quiero irme, Jaden! —exclamé con fuerza y exigencia, volviéndome hacia él.

Me miró con desconcierto, quizá pensando que me había vuelto loca, pero no pensaba cambiar de idea y no relajé mi postura. Él lo entendió. Soltó un suspiro y luego se levantó del suelo.

—Bueno, vale, larguémonos de aquí.

Cogió sus zapatos, su camiseta y el encendedor.

Y entonces algo crujió entre los arbustos.

La corriente llegó a algún punto de mi cuerpo, estalló junto a mis pensamientos y se desvaneció en una explosión de realidad.

Nada.

Nada más.

—No... —murmuré en un jadeo.

Parpadeé, perpleja, y contemplé la casita de la piscina. El recuerdo se había esfumado y ahora me encontraba allí. Me tomó unos segundos entender que Ax me miraba con una expresión curiosa, expectante, como si mi cara fuera uno de esos renacuajos del estanque que le gustaba contemplar. Me di cuenta de que aún tenía los dedos sobre su piel y los aparté con brusquedad. Me miré las manos. Me temblaban. Incluso sentía sudor en la frente. El corazón me golpeaba el pecho con furia.

Y estaba abrumada, confundida, con un torrente de dudas fluyendo en mi cabeza.

¿Algo había sucedido en las colinas esa noche? ¿Qué había entre los arbustos? ¿Por qué creí que nos estaban mirando?

De repente, mi corazón latió con desespero. Me sentí apabullada por los recuerdos, por lo que había olvidado, por lo que me sucedía al tocar a Ax, por el hecho de que él no fuera consciente de ello... ¿O sí lo era? ¿Sabía lo que pasaba por mi mente? En ocasiones, me parecía que sí, que con tan solo mirarme lograba adivinar mis desgracias.

Entonces, ¿era él? ¿Es que era él el que escarbaba en mi mente y sacaba mis recuerdos a la luz? ¿Cómo era posible? Si Ax conseguía lo que yo no..., si él ponía esos recuerdos en mi cabeza de nuevo...

—¿Quién demonios eres? —susurré con aflicción.

Y de pronto, en un arranque impulsivo e ilógico, me incliné hacia delante para colocar mis manos sobre su abdomen. Palpé, toqué, presioné de un lado a otro con insistencia, con exigencia. Quería recordar de nuevo, quería saberlo todo, quería que él me lo mostrara.

—¿Qué demonios pasó esa noche? ¿Qué sucedió después? —pregunté con rapidez.

Pero él no dijo nada, solo observó mis manos y luego me miró a mí con confusión. Esperé una respuesta, esa corriente que me transportaba a los recuerdos, pero como no obtuve nada perdí la paciencia. En un iracundo intento por encontrar lo que necesitaba, cogí su rostro con mis manos y lo acerqué al mío. Lo sostuve con los dedos temblorosos, con la mente nublada por la desesperación. Mi cuerpo se sacudió en un escalofrío, mi respiración se agitó, pero no lo solté.

Ax me miró con completo desconcierto y sorpresa por el hecho de que yo estuviera tan cerca. Mis dedos se afincaron alrededor de su cara. Sus ojos fijos en los míos. Busqué algo en ellos, busqué respuestas, busqué el reflejo de lo que yo había olvidado. Y no había nada, absolutamente nada.

—¿Qué es lo que no recuerdo? —inquirí, ansiosa, agitándolo—. ¿Qué había entre los arbustos? Tú lo sabes, ¿no? ¡¿No?! ¡¿Cómo murió?! ¡Dime cómo murió! —solté en un chillido.

Insistí tanto, le exigí tantas cosas casi a gritos, que él, al final, reaccionó y apartó mis manos. Lo hizo con tanta fuerza y tan repentinamente que me caí de culo al suelo.

Me quedé rígida, con las palmas apoyadas en el suelo. No me dolió, pero el impacto me trajo de vuelta a la realidad. Entonces noté su expresión horrorizada, confundida, molesta, y me di cuenta de que le había clavado las uñas en la cara. Ax se llevó los dedos a las mejillas y palpó las marcas hundidas. Un poco más y lo habría rasguñado. Volvió a observarme como si no entendiera por qué había invadido su espacio, por qué había actuado como una histérica desequilibrada, exigiéndole cosas que él no sabía.

Dios santo, ¿qué estaba haciendo?

Me levanté del suelo y salí corriendo de la casita.

12

Hay algo donde parece no haber nada

Sufrí algo parecido a un ataque de histeria.

Entré en la casa grande, subí a mi habitación y empecé a caminar de un lado a otro, furiosa. Esa era mi manera de reaccionar cuando algo me desequilibraba emocionalmente: enfadándome conmigo misma. Ahora estaba frustrada, confundida, desesperada. Las manos me temblaban por la brusquedad del recuerdo.

Pateé el puf que había junto a la cama y luego me tiré en ella, derrotada. Habría dado la vida por tener a papá allí. Habría hecho un pacto con cualquier demonio para escucharlo, porque él me habría dicho qué hacer, dónde buscar, cómo encontrar lo que había perdido.

Aún tenía recuerdos de él, pero había uno que muchas veces me intrigaba demasiado:

—*Papá, no recuerdo haber venido a este lugar.*

—*Viniste, pero eras mucho más pequeña.*

—*¿A qué edad?*

—*Nueve, quizá.*

—*¿Por qué no puedo acordarme? A veces ni siquiera recuerdo lo que comí en la cena...*

—*No lo sé, Mack, pero un relato griego que leí una vez dice que para que entren nuevos conocimientos, hay que empujar los viejos. Quizá sabes tantas cosas que las menos importantes desaparecen...*

Las palabras se desvanecieron en la oscuridad de la habitación. No lograba recordar en qué momento tuvimos esa conversación, si antes de que se pusiera enfermo o después. Habíamos ido a algún lugar, pero tampoco recordaba a cuál. Intenté encontrarlo. Traté de formar la imagen de nosotros ese día, hablando, en ese sitio. ¿Cuántos años tenía? ¿Qué hora era? ¿Qué día era? ¿Qué aspecto teníamos?

Nada.

Volví a intentarlo durante mucho rato. Ni siquiera me di cuenta de que me quedé dormida hasta que un estrepitoso trueno, que retumbó de tal manera que parecía que se hubiera partido el cielo en dos, me despertó. Los cristales de las ventanas repiqueteaban por la lluvia. De nuevo era gruesa, furiosa, helada.

Me incorporé en la cama algo desorientada. Había tenido un sueño con mi padre. Él estaba en su despacho y me pedía que le llevara un café. ¿Lo raro en ese sueño? Mi padre jamás me había pedido tal cosa, porque él nunca me dejó entrar a su despacho. Era su santuario, su lugar de trabajo y reflexión, y si alguien se atrevía a husmear en él, se enfadaba bastante.

Me levanté y salí de la habitación. Avancé por el solitario pasillo decorado con cuadros de pintores contemporáneos. Se me antojó tenebroso. El silencio era denso, casi fúnebre. No se percibía más que un frío de abandono, como si mamá y yo, las únicas personas que caminaban diariamente por aquel suelo, fuéramos solo fantasmas habitando un lugar que no nos pertenecía.

Ni siquiera había un rastro, un olor, una chispa. Estábamos ahí por estar. Dormíamos ahí por dormir. No sentíamos que fuera un hogar. Quizá antes tampoco lo fue, pero con papá vivo las cosas eran más sencillas. Él reía y todo se iluminaba, yo me iluminaba.

Seguí mi impulso. En ese piso solo había habitaciones, así que tuve que subir al tercero para llegar adonde de repente se me había ocurrido ir: el despacho. Al fondo del pasillo vi la puerta. La puerta prohibida. Nunca había sentido curiosidad por ese lugar, pero ahora necesitaba conocerlo.

Entré y cerré detrás de mí. Estaba oscuro, así que busqué el interruptor. En cuanto encendí la luz, me sentí decepcionada. Era un despacho normal: escritorio, estantes con libros, un globo terráqueo en una esquina, algunos cuadros y más estantes con papeles y carpetas. El ventanal que dejaba ver gran parte del jardín no tenía cortinas y la lluvia azotaba el cristal como espectros que exigían entrar.

Me paseé con cuidado por la estancia. Ya nada olía a él. No se percibía su perfume ni su esencia, sino un fastidioso hedor a encierro y olvido. Me senté en la que había sido su silla y con la mano aparté las partículas de polvo que se levantaron. Luego me quedé un momento ahí sentada, frente al escritorio, haciendo nada, como buscando consuelo en un sitio viejo y sucio.

Abrí alguna que otra gaveta y jugué con los lapiceros, los sobres, y después coloqué todo en su lugar. Pasé a abrir el último cajón y encontré un portátil. Se lo había visto un par de veces a papá, aunque no era el que usaba todo el tiempo. Su portátil personal se lo había quedado mamá.

Husmeé de todas maneras. Enchufé el cargador, y cuando pude encender el portátil, apareció una foto de ambos de fondo de pantalla. Él y yo, sonriendo en el zoológico.

Se me formó un nudo en la garganta. Siempre había pensado que nos parecíamos. Su cabello era oscuro y liso como el mío. Sus ojos eran amables, cargados de conocimientos y experiencias. Fue un hombre alto, sencillo, con una sonrisa encantadora a la que nadie podía resistirse. Era tan injusto que hubiera muerto a los cuarenta y seis años.

Admiré la foto durante un rato hasta que algo llamó mi atención. Unos treinta accesos directos llenaban la parte izquierda en el escritorio, y entre ellos había una carpeta llamada STRANGE.

Hice doble clic sobre ella y emergió una ventana. Pedía una contraseña de seis dígitos. Me pareció de lo más extraño. Revisé el resto de las carpetas y encontré cosas bastante normales: informes sobre sus clases en la universidad, horarios, programas, tareas para sus alumnos y fotografías familiares.

Esa era la única carpeta bloqueada.

Antes de intentar poner contraseñas al azar, mi teléfono sonó y me sobresalté como si me hubieran pillado haciendo algo muy malo. Atendí. Era Nolan. Me dijo que acababa de ver mi mensaje y me pidió que le explicara por qué Dan había ido a mi casa. Se lo conté con todo lujo de detalles y finalmente dijimos que lo hablaríamos mejor mañana, porque ya era tarde y, por la lluvia, las carreteras no eran seguras a esas horas como para que él viniera.

Apenas colgué, me sentí extrañamente exhausta, así que tomé aire y le saqué una foto al mensaje con los números extraños. Después apagué el portátil y lo devolví a su lugar. No obstante, antes de cerrar el cajón, una idea flotó por mi mente. ¿Y si...? Lo pensé un poco hasta que lo decidí. Tomé el portátil y salí del despacho con cuidado, como si alguien fuera a escucharme.

Ya en el pasillo, justo antes de bajar las escaleras, me detuve en seco.

Alguien venía.

Una sombra se deslizó por la pared. El corazón me latió rapidísimo al recordar que era la única que estaba en la casa. Di un paso hacia atrás, asustada...

Pero era Ax.

Apareció y me observó desde el último escalón, tranquilo, neutro. Tenía los hombros mojados y algunos mechones del cabello húmedos por haber cruzado el jardín. Me pareció que entreabrió los labios con toda la intención de decirme algo, así que bajé un peldaño. El susto se transformó en un ligero entusiasmo. Esperé que las palabras brotaran de su boca, que formara una oración completa y, por primera vez, se expresara sin imitar a nadie.

En realidad, no supe exactamente qué quería que dijera. Tampoco entendí por qué mi corazón latió con ansias al verlo abajo, contemplándome con interés. Fue una buena sensación. Tuve la impresión de que oiría algo importante, algo sobre lo que había sucedido en la casita de la piscina, quizá algo sobre él... Entonces habló:

—Tengo hambre.

Y solo quise lanzarle el portátil a la cara.

En la cocina, Ax comía sándwiches.

Se había sentado frente a la isla a mirar la televisión. Estaba muy concentrado en masticar y en cambiar de canal. Yo cortaba trocitos de queso para mí, porque no me había alimentado mucho. Eran alrededor de las dos de la madrugada, y de tanto pensar ni siquiera tenía ganas de dormir. El sonido de los programas, del agua hirviendo y de algún que otro trueno nos acompañaban.

En cierto momento, él dejó de zapear y observó la pantalla con el ceño fruncido. Cuando volví la cabeza para saber qué lo había intrigado, vi que se trataba de la escena de una película en la que un hombre y una mujer se besaban.

—¿Qué es? —preguntó Ax sin dejar de contemplar la escena.

Era sorprendente todas las cosas que no conocía. Admití que en algún momento pensé que fingía, pero el desconcierto y la curiosidad en su rostro eran genuinos. A veces una cosa lo intrigaba, otra lo fascinaba, unas cuantas no le agradaban... En este momento estaba confundido. Veía la escena como si no la entendiera en absoluto.

—¿Cómo que no sabes qué es? Es un beso —le respondí, extrañada—. Se están besando. ¿Nunca has visto a nadie besarse?

—¿Para qué sirve? —volvió a preguntar él.

En ningún momento de mi vida esperé encontrarme allí, en mi cocina, dando ese tipo de explicaciones a alguien que no fuera un niño.

—Bueno, te besas así con tu novia o con tu novio para demostrar afecto —contesté, tratando de sonar lo más clara posible.

Ax pareció más intrigado aún. No dejaba de mirar la pantalla, pero era como si demasiadas cosas intentaran adquirir sentido para él, sin conseguirlo.

—¿Qué es novio? —preguntó esa vez.

—Es, mmm..., una persona con la que pasas casi todo el tiempo —expliqué con simpleza.

Entonces su mirada se dirigió lentamente desde la televisión hacia mí y la fijó con tanta insistencia que entendí a la perfección lo que quería decir.

Un cuadrito de queso me salió cortado de manera extraña.

—¡Ah, no! —aclaré, riendo, y la risa me sonó algo nerviosa—. Tú y yo pasamos mucho tiempo juntos, pero no somos novios. Los novios se gustan y se besan. Esa es la diferencia. Tú y yo somos... —Carraspeé—. Somos amigos. Nolan ya te ha explicado lo que es ser amigos, ¿no?

Ax pensó un momento.

—Pero... —dudó. Intentó decir otra cosa, aunque, después de abrir y cerrar la boca como si supiera las letras pero no consiguiera emitirlas, desistió.

A veces lo entendía. No saber algo era casi igual a no recordarlo. Si yo me frustraba un montón cuando no conseguía recordar, imaginaba cuánto estrés debía de producirle a él no comprender algo o no poder expresarse.

Y también era un poco raro, porque yo no era una persona paciente, pero con él conseguía serlo.

—Mira, te lo explicaré con ejemplos —suspiré. Él se reacomodó en el taburete, interesado. Los ejemplos eran métodos más fáciles de hacerle entender ciertas cosas—. A una novia o a un novio lo quieres de una manera romántica. A un amigo lo quieres de una manera fraternal. Los besos sirven para demostrarle a alguien que lo quieres, pero hay distintas maneras de querer. Ejemplo: yo quiero a Nolan como a un hermano y con él no me besaría así, como ves ahí. —Señalé la pantalla con el cuchillo. Los actores se besaban entre jadeos—. Nos damos un toquecito en los labios en un gesto casi de costumbre y significa que nos tenemos cariño fraternal. Ahora quiero a Michael Fassbender de manera romántica y con él sí que me besaría de esa forma. ¿Entiendes?

—¿Michael Fassbender? —me preguntó como si tratara de ubicarlo en todo lo que le habíamos enseñado, pero la búsqueda no diera resultados.

Solté una risa.

—Es un actor, podemos ver una de sus películas si quieres.

Ax asintió con la cabeza y volvió la atención al televisor. La pareja se besaba con más efusividad, y el tipo ya estaba tratando de quitarle la ropa. Él lo contemplaba todo con interés, pero como si fuera una cosa más que debía aprender.

—No es posible que no sepas nada de esto —comenté—. A tu edad claro que debes saberlo.

El actor se apartó un instante de los labios de la mujer y se lanzó a por todas. Entre besos, le quitó el pantalón y el resto fueron escenas donde simulaban tener sexo. Pensé en quitarle el mando a Ax para cambiar el canal, pero de nuevo su expresión fue de total confusión. Hundió las cejas como si no entendiera por qué ahora estaban uno arriba del otro actuando de manera tan salvaje. El rostro de la protagonista era una expresión de delicioso dolor.

—¿Qué es? —preguntó Ax, alternando la vista entre la pantalla y yo.

—Están teniendo sexo —solté sin más, como mi madre me lo había revelado a mí.

Quizá fue por lo extraño que me resultaba estar explicándole a un chico de veinte años lo que era aquello, pero al cortar el último cuadradito de queso también me corté el pulgar. Fue un corte muy pequeño, apenas una línea, pero me dolió.

Emití un quejido y me presioné el dedo en un gesto inconsciente. Observé los puntitos de sangre que aparecieron. Me giré para poner el pulgar debajo del grifo, pero entonces me topé con Ax.

No supe en qué momento se movió, pero ahora estaba frente a mí. Lo curioso era que observaba con fijeza el dedo que me había cortado. ¿Por qué? Ni idea, pero di un par de pasos hacia atrás para apartarme. Al mismo tiempo, él avanzó, embelesado. Extrañada, di otros cuantos pasos hacia atrás, pero mi espalda chocó con la encimera y no pude seguir retrocediendo.

—Ax, ¿qué...? —solté, pero sus ojos seguían centrados en mi minúscula herida.

Se detuvo muy cerca, tanto que tuve que echar la cabeza hacia atrás para mirarlo. Alcancé a escuchar su acompasada respiración. Su pecho desnudo y plagado de cicatrices se movía al mismo ritmo. Podía incluso sentir el calor que emanaba su piel.

Me distrajo tanto que me sorprendí cuando él colocó una mano detrás de mí, sobre la encimera, y me acorraló. Fue tan repentino que una corriente de nerviosismo me aceleró los latidos. Quise decir algo, pero no lo conseguí. Solo pensé que, aunque era extraño, problemático y peligroso, seguía siendo un misterio por descubrir que me atraía.

No logré ignorar eso. En esa posición, mis diecisiete años querían tomar control de mi mente. Por más que tratara de centrarme, de recordarme que debía poner distancia con ese desconocido, mis ojos adolescentes se encontraban con aquel chico sin camiseta, bien formado y guapo de una manera inusual, y algo se removía en mí.

Durante un instante incluso creí que éramos dos chicos normales a punto de besarse, pero en realidad él tenía puesta toda su atención en mi pequeña herida. Apenas me di cuenta, traté de apartarme, pero él me lo impidió.

Ax cogió mi muñeca y me detuvo. Su mano la envolvió con una firmeza que me heló. Fue un movimiento repentino y brusco, pero no me retiré. Una poderosa sensación entre temor, intriga y fascinación me dejó inmóvil. Eso era nuevo. Era una nueva reacción de su parte.

Pero ¿qué estaba haciendo?

¿Qué quería hacer?

¿Y por qué demonios se lo permitía?

De igual modo esperé, intrigada. Entonces él acercó mi mano a su rostro y, cuando mi corazón parecía a punto de colapsar, hizo que mi pulgar acariciara su labio inferior. Fue un contacto suave que dejó un pequeño rastro de sangre en su boca. Después soltó mi mano y se relamió los labios con lentitud. En ningún momento me miró de verdad. Sus ojos estaban fijos en mí, pero concentrados en algún pensamiento.

Lo que pasó por su cabeza al momento de probar la sangre debió de ser confuso, porque primero pareció perdido, luego analítico y, finalmente, un tanto asombrado. Le quedó un pequeñísimo rastro de sangre cerca de la comisura, algo mínimo que solo era posible ver estando tan cerca. Tal vez era una locura, pero quise limpiárselo, quise volver a sentir cómo ardían sus labios.

Pero, si lo hacía, ¿cómo reaccionaría?

En Ax nada era normal. Podía ser uno de sus extraños comportamientos para reconocer el mundo o podía no ser nada.

¿Era nada?

Entreabrí la boca para preguntárselo, incluso me incliné un poco hacia delante como si deseara explorar cuáles eran los límites de nuestra cercanía...

Hasta que sonaron unos pitidos y Ax movió la cabeza en un gesto violento y curioso. Solté el aire que había estado conteniendo. Era el sistema de seguridad de la casa que avisaba cuándo se abría la verja de entrada. No me asusté. Para que se abriera debía de ser alguien conocido que tuviera el acceso requerido: contraseña, llaves o control remoto. Así que le indiqué que no se moviera de ahí y fui a ver si era Eleanor, que regresaba antes de lo que me había dicho.

Entré en el cuarto de control y miré las pantallas de las cámaras de seguridad. Como era tan tarde y todo estaba oscuro y lluvioso, habían pasado a modo nocturno. Las imágenes eran verdes e inquietantes, como si fueran escenas de películas de terror. Igualmente traté de averiguar quién había entrado. La puerta de entrada, el patio y los muros que rodeaban la casa se veían bastante tranquilos y en orden.

Sin embargo, en una de las pantallas, la verja se deslizaba hacia un lado. ¿Lo raro? No había ningún auto. No había nadie entrando. Entonces, ¿por qué demonios se abría la verja?

Apoyé las manos en la mesa de control, me incliné hacia delante como quien observa algo con una lupa y me quedé mirando fijamente la imagen de la pantalla. Entorné los ojos y me pareció ver un reflejo deslizarse hacia el interior.

El reflejo de una persona.

En ese momento sí me asusté. Salí disparada fuera del cuarto de seguridad y, a partir de ahí, las cosas sucedieron con una rapidez abrumadora.

Entré agitada a la cocina, pero antes de poder decirle a Ax que algo extraño sucedía, alguien tiró de mí y me cubrió la boca con fuerza. Abrí los ojos de par en par y solté un grito que se ahogó por la presión de la palma. No tardé ni un segundo en comenzar a forcejear para que me soltara. No veía a Ax por ninguna parte y eso me causó un miedo que reflejé con agresividad. Manoteé y pateé con toda mi energía. Enterré las uñas en las manos del desconocido hasta que de pronto las reconocí.

Era él. Quien me agarraba era Ax. Pero ¿por qué? Miró hacia todos lados, alerta, cauteloso. Sentí una corriente de inquietud porque eso solo significaba que percibía peligro. Pero ¿de qué tipo?

Un golpe seco y potente, como si hubieran derrumbado la puerta de entrada, me sobresaltó entre los brazos de Ax.

Y justo en ese momento se cortó la luz.

El televisor destelló apenas y se apagó. Las bombillas parpadearon un segundo y luego dejaron de funcionar. El apagón causó un sonido agudo y luego todo se sumió en una profunda e inquietante oscuridad.

Ax comenzó a moverse y me arrastró con él. Miré el espacio en el que se conectaba el pasillo con la entrada de la cocina. De pronto, unos pasos resonaron en el suelo de mármol y una corriente de temor me heló las manos. ¿Quién estaba ahí?

No pude verlo porque Ax abrió la puerta de la alacena y me metió con él en su interior. Cerró la puerta delante de mí, me giró por los hombros hasta que quedamos frente a frente y luego me acorraló contra ella. Apoyó una mano en la madera y se inclinó un poco hacia mi rostro. Ahí, con esa mínima y claustrofóbica cercanía, me miró a los ojos y se llevó un dedo a los labios para indicarme que no hiciera ningún ruido. Fue el mismo gesto que yo le hice el día que queríamos evitar que mamá nos viera.

Ok, me quedé en silencio.

Los pasos se oyeron más cerca, y con ello un sonido nuevo.

Un sonido perturbador, extraño, como un montón de palabras pronunciadas sin sentido en murmullos, imposibles de entender. Me hizo pensar en alguien desequilibrado, peligroso. Muy peligroso.

El rostro y la postura de Ax me lo confirmaban. Estábamos pegados el uno al otro, pero no me sentía incómoda. De alguna forma me sentí... protegida. Además, hubo algo en sus ojos que de repente me hizo creer que él sabía qué hacer en esos casos. Era como si sus problemas para expresarse o sus dudas sobre ciertos aspectos humanos no existieran. En su rostro solo se veía la determinación fiera de una persona dispuesta a defenderse a toda costa.

Traté de respirar lo más calmada posible. No me moví ni un centímetro. Empecé a escuchar muchos ruidos: cosas que se movían, que se arrastraban, que se caían o con las que esa persona tropezaba. ¿Caminaba con torpeza? Se movió de un lado a otro durante un buen rato sin parar de emitir esos sonidos perturbados, rápidos y confusos, hasta que dejó la cocina. Sin embargo, Ax no me indicó que ya era seguro movernos. Su cabeza se volvió hacia los lados y luego hacia arriba. Sus ojos se movieron en distintas direcciones, como si siguiera algo que flotaba con lentitud sobre nosotros y solo él pudiera ver. Tuve la impresión de que podía escuchar cada paso aunque estuviera lejos, y que, a pesar de que yo no los oía, esa persona seguía ahí, en alguna parte.

Después de lo que me pareció un rato eterno, él miró el vacío por un instante, no con distracción, sino muy concentrado en algo... ¿Quizá en los sonidos? No había manera de saberlo. Esperé alguna indicación de su parte hasta que dio un paso adelante, abrió la puerta y salió. Todavía había una chispa precavida en sus ojos, pero ya no se escuchaban los pasos, de hecho, solo se oía la lluvia.

Ax salió de la alacena y cuando salí yo también, casi vomito, porque un olor horrible, putrefacto, como de algo muerto había quedado impregnado en el aire de la cocina. Tuve que taparme la nariz, aunque a él no le afectó en absoluto y siguió hacia el vestíbulo. Lo seguí, y ahí encontramos que la puerta de entrada estaba abierta de par en par, rota la cerradura como si alguien le hubiese dado un golpe muy fuerte.

Un gran charco de agua sucia, de un color negruzco, se extendía desde allí hasta el interior. Fuera, la lluvia golpeaba el suelo con salvajismo, produciendo ese ruido característico de una tormenta. Por último, había un montón de huellas en el suelo de mármol, formadas por esa mezcla oscura. También olía muy mal.

Entendí entonces que Ax nos había salvado a ambos.

La pregunta era: ¿de qué?

13

Un gramo de misterio es suficiente para envenenar la mente... y estrellarse contra la verdad

Al mismo tiempo que regresó la luz, Ax cayó a cuatro patas al suelo del vestíbulo. Me apresuré a ayudarlo a levantarse, pero apenas estiró una pierna volvió a desplomarse como si no le funcionaran los músculos. Se quedó a gatas, con el pecho subiendo y bajando de la misma forma que alguien a punto de vomitar. Solo que de su boca entreabierta solo salió mucho aire y un hilillo de saliva. Sus dedos se aferraron al suelo y, como sus brazos temblaban demasiado, reuní mucha fuerza y lo enderecé hasta ponerlo de rodillas.

Empleé todo mi peso para sostenerlo y busqué alguna respuesta en su cara. Lo que percibí me indicó que algo no iba bien en él. Sus parpadeos eran lentos y sus ojos heterocromáticos estaban desorbitados. Su piel, que un rato atrás percibí caliente, ahora estaba fría, sudorosa.

—Ax, ¿qué te pasa? —pregunté, preocupada, todavía sujetándolo para que no se desplomara.

Sostuve su rostro con mis manos, pero su cabeza se tambaleó con debilidad. Dios santo, estaba más pálido de lo normal. Era tan grande y fuerte, pero parecía como... como si de pronto hubiera perdido toda la energía, como si se la hubieran succionado en un segundo. Y cuando creí que ya era suficientemente malo, empeoró. Unas súbitas líneas de sangre asomaron por sus orejas, tan carmesí que me alarmó.

—¡Ax, dime algo, por favor! —insistí con exasperación—. ¿Qué sientes? ¡¿Qué debo hacer?! —le exigí, nerviosa. Al no saber qué le pasaba y no poder ayudarlo, estaba entrando en pánico.

Entonces habló:

—Buscar... —pronunció con dificultad. Fue un susurro ronco y forzado. Le salió entre los dientes apretados y la mandíbula tensa.

—¿Buscar qué? ¿Qué debo buscar? —pregunté con mayor insistencia. El corazón me latía con tanta rapidez que me sacudía el pecho.

—Nolan —contestó él—. Seguridad.

Lo entendí a la perfección. Lo dejé sentado en el suelo un momento y corrí al cuarto de control. Allí activé las cerraduras automáticas de la verja, el portón trasero y los accesos a la casa. Los mecanismos actuaron con un zumbido rápido y fluido. Una rejilla se desplegó desde la parte superior del marco de la puerta de entrada que los desconocidos habían destrozado, y cerró con una lámina de metal. Si había cualquier otro acceso estaría bloqueado hasta que yo ordenara lo contrario.

Luego llamé a Nolan. Estaba dormido, así que le tuve que explicar lo que pasaba de la peor manera posible. Me aseguró que llegaría muy rápido. Mientras esperaba, como pude arrastré a Ax hacia la sala y lo recosté en el sofá. Intenté hacerle preguntas, pero al instante en que escuchó mi voz se cubrió las orejas con las manos y cerró los ojos como si un ruido muy fuerte le molestara. Finalmente, inquieta, preocupada y algo asustada, aguardé.

Nolan llegó en diez minutos. Tuve que desbloquear la seguridad para que entrara. Estaba en pantalón de pijama y camiseta, y con el cabello revuelto y húmedo por la lluvia que todavía tronaba el cielo. Una expresión de pánico estaba estampada en su cara. Se le habían marcado unas ojeras y lo envolvía un aire agitado por la rapidez de los acontecimientos. Me abrazó con tanta fuerza que pensé que nos fundiríamos de miedo.

Después de comprobar que no nos faltaba ninguna parte del cuerpo y que seguíamos enteros y a salvo, nos reunimos en la sala junto a Ax.

—¿Lo viste? ¿Le viste la cara? —me preguntó Nolan, preocupado y nervioso.

—Oímos los pasos y lo escuché, nada más —respondí, arrodillada junto al sofá—. Sonaba como si estuviera desesperado, enojado y confundido al mismo tiempo, pero las palabras eran ininteligibles...

Ax seguía en la misma posición fetal, tapándose los oídos y con los ojos apretados. Los hilillos de sangre que se le habían escapado por las orejas le habían manchado los dedos y las mejillas.

—¿Qué clase de persona crees que era? —preguntó Nolan, perturbado por esa descripción.

—No lo sé... —admití— pero por un momento sentí que buscaba algo, por la forma en la que desordenó todo.

Nolan caminó por la salita, intranquilo y pensativo. Se pasaba la mano por el cabello en un gesto de inquietud. Por un instante consideré llamar a mi madre, a la policía, pero todo era tan raro y hablar sobre Ax... No, no podíamos hacerlo. No todavía.

—¿Qué podría estar buscando? —murmuró como si se hiciera la pregunta a él mismo—. ¿Dinero? Ni siquiera hay crímenes en esta zona... ¿y cómo logró abrir la verja? —Sacudió la cabeza—. Dios santo, esto es demasiado extraño, otra cosa que no entendemos a la lista...

No lográbamos encajar ninguna de las piezas que teníamos... Pero, de pronto, miré a Ax y las cosas comenzaron a tomar forma en mi mente, como si esa pequeña pieza del rompecabezas me permitiera entenderlo todo.

—¿Y si no buscaban algo, sino a alguien? —solté apenas lo pensé.

Nolan detuvo su caminata inquieta y repetitiva, y alternó la vista entre Ax y yo con una mueca de horror y pasmo en la cara.

—¿Y si fue ese coche negro que dijiste que conocías? —inquirió—. ¿Y si la persona que estaba dentro entró porque sabe que él está aquí?

Ese punto era importante, pero al intentar darle respuestas solo surgían preguntas que lograban aturdirnos a ambos. Todo alrededor de Ax era tan extraño que tratar de descifrarlo asustaba. Asustaba no saber de dónde venía y quién era, pero asustaba muchísimo más no estar seguros de que, en efecto, lo que esa persona buscaba era a él. Nolan y yo no lográbamos dar con una explicación lógica.

—Ax —le habló Nolan—. ¿Esa persona está relacionada con el auto que vimos rondar la casa? ¿Ellos son las personas que te hirieron?

Esperamos, pero no dijo nada. Dudé que pudiera. Seguía en esa posición extraña y tapándose las orejas. Apenas entendimos que no obtendríamos respuesta, Nolan me tomó del codo y me llevó a la cocina. Ya solos, me echó una mirada severa, aunque en ella todavía destellaba la preocupación.

—Nada más dime que entiendes lo peligrosa que es esta situación —susurró, bastante serio—. No sabemos quiénes son esas personas, pero, si lo buscan a él y nosotros estamos en medio...

Recordé el miedo que había sentido al estar oculta en la alacena, la forma de hablar de aquella persona, el olor repugnante e inexplicable que quedó en la casa...

—Sí, lo entiendo —dije al tiempo que soltaba una exhalación.

—Entonces, ¿qué demonios vamos a hacer?

Ambos nos habíamos metido en problemas muchas veces. Habíamos sido cómplices y ejecutores astutos de distintos planes para burlar a los demás. Pero aquello era distinto. Era un asunto que ni el dinero de nuestros padres, ni sus contactos, ni la indiferencia adolescente a la que estábamos acostumbrados podrían arreglar.

Ahora tenía mucho miedo, y estaba algo arrepentida por haber creído que era lo suficientemente fuerte como para afrontar el enigma de Ax. Aunque al menos me alivió que Nolan hubiera dicho «vamos». Era una confirmación de que estábamos juntos en eso, a pesar de que fuera algo peligroso y que podía terminar mal.

—Yo creo que...

No completé lo que pensaba decir. De pronto, Ax soltó un quejido fuerte y agónico que llenó los fríos pasillos de la casa. Corrimos de inmediato hacia él. Apenas nos acercamos, descubrimos que ahora le salía sangre por la nariz.

La preocupación me invadió. ¿Por qué su cuerpo daba señales tan alarmantes de repente? Pensé en una conmoción, pero Ax no se había golpeado la cabeza en ningún momento. No había hecho nada más que... protegerme y protegerse.

—¿Qué pasa, Ax? Dímelo —le exigí, arrodillándome frente a él. Quise coger su rostro con mis manos, con la ingenua esperanza de liberarlo así de su sufrimiento. Pero entonces él abrió los ojos y con los dientes apretados emitió la palabra más desgarradora que nunca le había oído decir:

—¡Duele!

—¡Le duele! —enfatizó Nolan un segundo después.

—¡Ya sé que le duele! —exclamé, airada.

Nolan se movió de un lado a otro como si fuera un robot que persiguiera algo que solo él podía ver. Al igual que yo, no tenía ni idea de qué hacer, qué buscar, pero salió disparado escaleras arriba sin darme tiempo de preguntarle adónde iba. De todos modos, no tardó nada. Volvió tan rápido como se había ido, solo que esa vez sostenía la misma caja de primeros auxilios que habíamos usado la noche que encontramos a Ax.

Agitado por la carrera, la puso junto a él.

—Aquí está, coge lo que necesites y haz lo tuyo —le dijo a Ax.

Admití que yo también esperé que eso funcionara. Él nos había sorprendido la primera noche al curarse. Ahora, Nolan confió en que hiciera lo mismo, en que comenzara a rebuscar, oler cosas y aplicárselas. Solo que en esta ocasión no era igual. Lo que le dolía no era una herida externa, visible, palpable. Era algo que no entendíamos, algo que él tampoco lograba saber qué era.

—¡Agh! —siguió quejándose Ax, encogiéndose en el sofá, apretándose la cabeza entre las manos, retorciéndose.

Era desesperante verlo así. Parecía que la piel se le iba a reventar de tanto que se tensaba. No podía continuar viéndolo sufrir así. Era horrible. Helada y paralizada por lo mucho que me impresionaba su estado, se me ocurrió algo de pronto.

—¡Tamara! —grité, como si su nombre fuera la luz en la oscuridad—. Voy a escribirle. No tiene móvil, pero me dijo que está conectada todo el tiempo. Podría ayudarnos.

Nolan asintió y se quedó vigilando a Ax. Mientras, busqué el portátil de mi padre, que lo había dejado en la cocina. Me lo llevé de nuevo, abrí la página del correo electrónico y decidí usar el suyo para no gastar segundos entrando en el mío. Empecé a escribir con los dedos temblorosos y la boca entreabierta por la respiración agitada y nerviosa: «Tamara, ¿qué debo hacer? Síntomas: sangra por los oídos y la nariz; siente dolor; temperatura: helada; está débil; reacción de rechazo ante cualquier sonido; apenas puede mantenerse en pie». En el asunto, escribí: «Emergencia», y procedí a buscar en mi teléfono la foto que le había hecho al papel pegado en la pared de la farmacia donde estaba escrito su correo electrónico. En la casilla del remitente escribí las primeras tres letras y, de forma inesperada, me apareció la sugerencia de la dirección de correo electrónico.

Me quedé mirando la pantalla con extrañeza. Que yo supiera, mi padre no conoció a Tamara, ni siquiera estuvo nunca en su farmacia. Pero ahí estaba su *e-mail*, lo cual indicaba que en algún momento tuvo que haberle enviado algo.

Revisé todos los mensajes enviados a esa dirección de correo electrónico. Encontré una conversación entre ellos:

> ¿Cuándo lo recibiré?

> Los tiempos de espera son un poco largos, eso si queremos que llegue con discreción. Creo que estará aquí el martes, te dejaré de una vez las instrucciones:
> Tres gotas cada día. No más de ahí o podría ser peligroso. Hará efecto en seis meses. Será lento pero efectivo.

¿Gotas de qué? ¿Qué quería recibir mi padre de Tamara?

Un nuevo y más largo quejido de Ax nos hizo saltar. Se presionó los oídos con mucha fuerza al mismo tiempo que su rostro se contrajo en una expresión de dolor. Las venas de su cuello brotaron. Su piel se tensó hasta el punto de enrojecerse mientras apretaba, desesperado, los dientes. No se oía nada más que sus quejidos, pero parecía que un sonido fuertísimo dentro de su cabeza lo estaba acribillando.

—Pero ¡¿qué demonios le pasa?! —soltó Nolan, muy preocupado—. ¡Hay que hacer algo ya, Mack!

Sí, eran muchas las dudas relacionadas con mi padre que tenía ahora mismo, pero primero debíamos encargarnos de Ax.

Me levanté de la silla con decisión.

—Iré a ver a Tamara y la traeré aquí —anuncié.

Nolan me miró como si estuviera loca, pero al mismo tiempo como si la idea no fuera tan absurda. Implicaba contárselo todo, aunque quizá podríamos buscar la forma de omitir o alterar algunas partes para no revelar toda la verdad. Si no podíamos llevar a Ax a un hospital, si fuera lo estaban buscando, desde luego Tamara era nuestra única opción.

—Pero ¿y Ax? —me preguntó, todavía dudoso.

—Sabes que no saldrá de aquí —le dije. No noté que me estaba apretujando las manos hasta que me dolieron—. Tenemos que traerla, quizá... quizá pueda ayudarnos más de lo que creemos.

Nolan torció el gesto con indecisión. Miró a Ax con espanto y luego a mí como si ante sí tuviera algo de lo que temiera encargarse.

—¿Y qué hago mientras tanto? —inquirió finalmente en una exhalación.

—Cuídalo, límpiale la sangre. Y si sucede algo, estoy muy segura de que es posible que él te cuide a ti. No tardaré.

Nolan me dedicó una mirada de preocupación e hizo un ligero asentimiento de cabeza. Después no perdí más tiempo. Busqué un abrigo y salí disparada de la casa. No era muy buena la idea dejarlos, pero si Ax no podía salir a recibir ayuda, debía llevar la ayuda hasta él. Además, Tamara debía explicarnos muchas cosas.

Tuve que desactivar el sistema de seguridad para poder salir, y luego le avisé a Nolan que lo cerrara desde dentro para que ambos estuviéramos a salvo. La lluvia me empapó nada más salir para correr hacia el coche de mi madre. Era gruesa, agresiva y fría. El viento soplaba helado. El cielo parecía una enorme mancha oscura y uniforme. No pretendía escampar pronto. A pesar de eso, conduje rápido. Los faros delanteros iluminaban la carretera mojada y solitaria. Los limpiaparabrisas se deslizaban en un abanicado rítmico. Me aferré al volante con fuerza, todavía nerviosa y con una estampida de preguntas sacudiéndome los suelos de la mente.

¿Tres gotas de qué?, ¿para qué?

Llegué a la farmacia. Estaba abierta porque le tocaba guardia. Cerré el coche de un portazo y corrí hacia la puerta. El cabello me goteaba y el frío había traspasado el grosor de mi abrigo, pero avancé entre los estantes. En la tele, encendida, hablaban de un enorme y alarmante incendio forestal en el pueblo vecino. Tamara no estaba detrás del mostrador, así que me detuve frente a él y le llamé.

—¿Tamara? —Hablé lo suficientemente fuerte para que me oyera si estaba dentro—. ¡Hola? ¡Emergencia!

No respondió. Lo intenté un par de veces más, pero nada. La voz de la periodista en el canal local era lo único que se oía, además de mis gritos.

Asumí que debía de estar en la parte trasera ordenando cosas. Quizá tenía los audífonos puestos. Rodeé el mostrador y empujé la puerta que daba al almacén. En el interior, la bombilla parpadeaba.

Un segundo, todo era oscuridad, y al segundo siguiente, el horror tenuemente iluminado.

Parecía el escenario de la típica película de terror en la que el asesino persigue a su víctima y la ataca sin parar con un hacha. Había salpicaduras de sangre por todas partes, y grandes manchas rojas y espesas en las paredes. Lo contemplé todo con estupefacción. Una cosa era ver aquello en una pantalla y otra estar donde posiblemente había sucedido un crimen de verdad. ¿Qué había pasado? Notaba los latidos de mi corazón en los oídos. Estaba a punto de salir corriendo cuando noté que algo se movía, un cuerpo encogido y débil que se fundía con la oscuridad cuando la bombilla se apagaba.

Era Tamara. Estaba sentada en el suelo, apoyada contra un estante. No entendí la situación hasta que me acerqué lo suficiente. Entonces tuve que cubrirme la boca para no gritar. Una cantidad de sangre bastante alarmante brotaba de su estómago, donde tenía una herida que ella misma se estaba presionando con el antebrazo.

Pero ¡¿qué demonios había pasado?!

Me apresuré a agacharme frente a ella. Fue una imagen espantosa. Tenía el cabello enredado y empapado de sudor y sangre. La bata de farmacéutica estaba rota y manchada de sangre. Había medicinas, frascos, píldoras y jeringuillas desperdigados por el suelo. Había forcejeado, quizá había luchado contra la persona que la había atacado, pero eso no fue lo que más me impactó. Lo que me aterró fueron sus ojos, lo que vi en ellos: muerte. Se estaba muriendo.

—Tamara, ¡¿qué ha pasado?! ¡¿Quién te ha hecho esto?! —le dije con desespero, recorriéndola con la mirada mientras mi corazón me martilleaba el pecho.

Sus parpadeos eran lentos, le costaba enfocarme. Tenía moretones en los pómulos.

—¿Mack? —soltó. Le costaba hablar, su voz era débil—. Ve... vete. Vete de aquí, rápido.

Tamara estaba sentada en un amplio charco rojizo y todo me indicaba que había llegado demasiado tarde, que probablemente llevaba mucho rato desangrándose, pero no podía irme y dejarla así.

—¡Llamaré a la policía y a una ambulancia! —exclamé, y comencé a buscar mi teléfono en los bolsillos.

—¡No! —dijo ella. Trató de decir otras cosas, pero solo movía los labios y las pocas palabras que salían de su temblorosa y magullada boca eran como sus últimos alientos—: Debes... irte... él...

Me quedé paralizada.

—¿Él? —pregunté, desconcertada.

Entonces ella hizo un débil pero claro asentimiento de cabeza, y al miedo se le sumó una helada inquietud. Pensé en preguntarle por qué, pero la bombilla, en su parpadeo agónico, se apagó en ese momento, y al volver a encenderse al segundo siguiente, vi que Tamara había vuelto la cabeza y estaba mirando una trampilla abierta en el suelo: la entrada al sótano de la farmacia. Me di cuenta de que había un rastro de sangre que formaba una línea, un camino, que iba desde donde estaba Tamara hasta la trampilla, y me volví hacia ella.

—¿La persona que te hizo esto sigue aquí? —pregunté en un susurro de alarma.

Tamara movió la cabeza de un lado a otro en un gesto lánguido y agónico. Cerró los ojos con fuerza y un par de gruesas lágrimas rodaron por sus ensangrentadas y sudorosas mejillas. Sentí como si me golpearan el pecho con un enorme mazo.

—Vete, Mack, por favor —respondió, suplicante y llorosa—. Si te ve... no sé qué haré... y luché pero es... es fuerte.

Se interrumpió al toser. A pesar de que fue una tos suave, expulsó una mezcla de sangre y saliva que se escurrió desde el labio inferior hasta la barbilla. Luego se estremeció como si le estuvieran desgarrando el estómago por dentro. Con Ax había intentado mantener la calma, pero ahora, viendo así a Tamara, estaba a punto de entrar en pánico, y no pude quedarme ahí sin hacer nada. Intenté sostenerla por debajo de los brazos.

—Debo llevarte al hospital, estás perdiendo mucha sangre —dije mientras impulsaba mi peso hacia arriba para levantarla y conducirla hasta el auto.

Sin embargo, no me lo permitió. Con las pocas fuerzas que le quedaban, puso resistencia y colocó sus manos frías, que temblaban como si su cuerpo ya no resistiera la vida, en mi cara para obligarme a mirarla. Intenté no desmoronarme de pavor, pero fue tan difícil que comencé a respirar agitada. Percibí el agrio hedor de la sangre y también un ligero olor a chamuscado...

—Escúchame —me pidió, mirándome a los ojos. Sus manos me sostenían con mucha debilidad. El alma entera se me sacudió de angustia—. Tienes que irte y no puedes... no puedes decirle a nadie que estuviste aquí, ¿entiendes? ¿Entiendes lo que te digo?

Sacudí la cabeza. Los ojos me escocían. Un nudo se me formó en la garganta.

—No sabes lo que estás diciendo, tú no... —intenté decir con la voz quebrada. Me negada a aceptar que Tamara se estuviera muriendo.

—Iba a suceder —me interrumpió, asintiendo como si, a pesar de que tiritaba de dolor, quisiera hacérmelo entender de la manera más paciente—. De cualquier forma, iba a suceder porque yo estuve... ayudándole... escondiéndolo... Hay muchas cosas que no te he contado, Mack, pero...

No logró completar la frase porque sus manos no pudieron seguir sosteniéndome. Las dejó caer al tiempo que se encogía para toser. La sangre le chorreó en hilos. Intenté ver su herida, pero la ropa y la sangre no me permitieron ver si le habían clavado algún objeto o si le habían disparado.

—Sé que conocías a mi padre, si a eso te refieres —le dije—. He visto en su correo electrónico que se comunicaba contigo —le aclaré al tiempo que volvía a fallar en mi intento de levantarla, porque ella afincaba todo su peso para impedírmelo—. Sé que él te encargaba ciertas cosas, como esas gotas que no sé para qué sirven, pero eso me lo puedes explicar después...

De nuevo quise alzarla. De hecho, reuní mucha fuerza y me sentí decidida a soportar su peso, pero su respuesta me dejó helada:

—No, Mack, no es lo que crees.

—Pero en su mensaje... —aseguré, ya más confundida que nunca.

—No fue él —me aclaró, exánime—. Fue tu madre.

¿Mi... madre? Intenté encontrarle sentido a eso, y solo pensé: ¿era posible que la cuenta de correo electrónico que estaba abierta en la laptop fuera la de ella y no la de mi padre y yo no me había fijado?

Me arrodillé frente a Tamara, desconcertada...

Tuve mucho miedo de la respuesta, pero hice la pregunta:

—¿Para qué eran las gotas?

—Veneno —respondió.

Lo que pude soltar fue una exhalación de pasmo.

Tres gotas...

Tamara se movió un poco entre quejidos y rebuscó en sus bolsillos.

—Ve a mi casa y busca... búscalo... —dijo mientras con su mano temblorosa me ofrecía una llave manchada de sangre—. Lo necesitan... Se necesitan...

En el instante en que la tomé, la bombilla se apagó de forma definitiva. El almacén quedó sumido en una oscuridad tan espesa que me causó un escalofrío. Y de pronto se escuchó algo. Moví la cabeza con brusquedad. Provenía del fondo de la escalera que bajaba al sótano del almacén. No estuve segura de qué era. Era como... era como un... Eran como... ¿pasos?

Y entonces, de nuevo esa voz.

De nuevo los murmullos incoherentes, las palabras rápidas, desequilibradas, aterradoras...

Era esa persona otra vez, la que había entrado en la casa.

—¡Vete, Mack, rápido! —insistió Tamara, mirando en dirección a la entrada del sótano con el pánico en la voz.

Al instante, se retorció en un espasmo que le hizo escupir fluidos y sangre. Empezó a balbucear unos incesantes «vete, vete, vete...». Entendí que hiciera lo que hiciera, ella moriría, que intentar llevármela sería una pérdida tiempo porque además los pasos en el sótano y los murmullos se hacían cada vez más audibles. Incluso empecé a percibir algo más: el putrefacto y repugnante hedor. La gran advertencia de que esa persona venía, que se acercaba, porque ese era su olor.

—¿Qué es lo que debo buscar? —le pregunté a Tamara rápidamente.

Los pasos. Los murmullos.

—¡Vete de una vez, Mack! —me ordenó en un grito desgarrador—. ¡Tienes que irte!

Más murmullos. Más intenso el hedor.

—Pero...

—¡Rápido!

Le dediqué una mirada de disculpa y salí corriendo del almacén. Atravesé la puerta de la farmacia a toda velocidad, me subí al coche y aceleré. Las llantas chirriaron, pero con éxito cogí la carretera. No pasaba ningún otro auto. La noche ahora era más oscura, más lluviosa, más aterradora. Me aferré al volante, sintiendo que todo mi mundo se estaba desmoronando. Lágrimas gruesas y de desespero se me escaparon y no logré aguantar el llanto sonoro y cargado de miedo.

Mi cabeza era un caos. Eleanor había pedido veneno. Tamara, la persona con la que había hablado durante muchísimas tardes, se lo había conseguido.

Tres gotas.

Haría efecto en seis meses.

Sería lento pero efectivo.

Matar. Lo había usado para matar a alguien. Estaba muy claro.

La idea de quién había sido la víctima me cruzó la mente y se me nublaron los pensamientos. ¿Por qué haría ella eso? ¿Era capaz? ¿Mi propia madre?

De pronto me di cuenta de que iba a toda velocidad cuando estuve a pocos metros de arrollar a una irreconocible silueta que estaba de pie en medio de la carretera.

Y recordé.

Jaden y yo nos quedamos paralizados, mirando los arbustos con una expectación extraña. Sentí miedo de la oscuridad, de lo que pudiera haber más allá en la densidad de las montañas y los bosques que bordeaban el pueblo.

Pero nada volvió a moverse. Nada volvió a oírse.

Sacudí la cabeza como si quisiera despojarme de la absurda idea de que había algo allí y caminé en dirección al auto. Jaden se apresuró a seguirme, todavía sin camiseta. Escuché sus pasos detrás de mí. Me repetí mentalmente que él estaba conmigo, que podía protegerme de cualquier cosa, pero la sensación no desapareció, aunque traté de apartarla. Sentí algo extraño. Había algo raro en ese sitio, pero no sabía decir por qué tenía esa sensación.

Esa certeza...

Rodeamos el coche y nos subimos. Le quise pedir a Jaden que arrancara lo más rápido posible, pero él dejó su camiseta sobre su regazo y se tomó un momento para mirar el volante. Quise decirle que no se trataba de él, por si lo había malinterpretado. De hecho, abrí la boca para hablar, pero en ese mismo instante giré la cabeza de manera abrupta, como si lo hubiera hecho de forma involuntaria, y vi los dos círculos de luz de otro auto.

De un auto que venía a toda velocidad.

Hacia nosotros.

—¡Jaden, arranca! —le grité. Era una orden firme, pero cargada de terror.

No supe si fue por la urgencia de mi grito o por lo asustada que soné, pero Jaden encendió el motor, como si por fin fuera consciente de que existía un peligro, y pisó el acelerador. Me tambaleé en el asiento apenas las llantas salieron del terreno del bosque y rodaron por el asfalto.

Jaden miró por el retrovisor.

—Nos siguen —dije, demasiado segura—. Nos han estado siguiendo todo el tiempo.

El atractivo rostro de Jaden se contrajo de confusión.

—¿Qué? —preguntó, desconcertado—. ¿Quiénes nos siguen? ¿Es tu padre?

—No, no es él. Son otros. Son ellos.

Si había un nivel más allá de la confusión, algo como «de verdad no entiendo ni el idioma en qué hablas», él lo alcanzó.

—¿Ellos? ¿A quiénes te refieres, Mack? —me preguntó, alternando la vista entre la carretera y el retrovisor.

De repente me dolió mucho la cabeza. Me cubrí los oídos con las manos.

«Sé lo que está sucediendo. Sé que nos siguen. Sé quiénes son. Pero no me salen las palabras para explicarlo.»

—¡Tenemos que despistarlos! —logré soltar.

Ahora Jaden paseaba la mirada entre la carretera y yo, preocupado.

—¡¿Hay algo que no me hayas contado?! —exigió saber con exasperación.

—Yo... Estaban pasado cosas. Es decir, algo malo. Sé algo, pero no tengo toda la información.

—¡No entiendo una mierda, Mack, explícate!

—Estoy en peligro. En mi casa estoy en peligro.

El recuerdo se esfumó de pronto. Apenas regresé a la realidad, me di cuenta de que iba conduciendo a toda velocidad. La distancia entre mi coche y la figura alta y oscura en medio de la carretera ya era mínima. No tuve tiempo de actuar de manera segura. En un intento de esquivar a esa persona y frenar, perdí el control del auto. El vehículo giró de forma abrupta, zigzagueó, me zarandeé y todo se movió demasiado rápido a mi alrededor hasta que me golpeé contra algo.

El *crash* de algo que se rompió y aplastó fue igual de sonoro que la violenta fuerza con la que me estrellé. La gravedad me obligó a pegar la frente contra el volante. Fue un golpe seco que me hizo rebotar la cabeza, me sacudió la consciencia y me nubló la vista por un momento. El dolor se extendió como un latigazo por mi cráneo, pero aun así traté de comprender la situación en la que me encontraba.

Escuchaba la lluvia golpear el techo. El auto había colisionado contra un árbol. El accidente había sido grave, pero parecía que, aun así, había tenido suerte. Vi que el capó se había levantado, intenté encender el motor, pero descubrí que las llantas se habían hundido en un lodo denso que podía ser una trampa mortal.

Aun estando aturdida, saqué mi móvil. Apreté los ojos con fuerza para distinguir la pantalla, pero de igual modo la veía borrosa. Presioné sin saber bien qué presionaba hasta que encontré la opción de llamar. Tenía a Nolan en marcado rápido, así que presioné el 5.

—¡¿Mack?! ¡¿Dónde estás?! —contestó con preocupación. Sus gritos me hicieron daño en los oídos—. ¡Acabo de escuchar las noticias y ha habido un incendio en el pueblo!

—Estoy... —Me costaba pensar, hablar e incluso respirar—. Ruta 6. El auto...

—¡¿El auto qué?!

—Me he estrellado...

Después, todo fue oscuridad.

14

Chico extraño + chica extraña = ¿...?

—¿Mack? ¿Mack? ¡Gracias al cielo que te has despertado!

Cuando abrí los ojos lo primero que vi fue ese espacio oscuro y vacío que había en el techo, cubierto por una rejilla, justo encima de mi cama. Estaba en casa, en mi habitación, rodeada de mis cosas, y me sentía algo desorientada. Los párpados me pesaban y un ligero pálpito en la cabeza me estaba molestando mucho. Sentía el cuerpo cansado y un fuerte dolor en el muslo izquierdo.

—¿Cómo estás? ¿Cómo te encuentras?

La persona que me hablaba era mi madre, que en algún momento había vuelto de su viaje. Estaba sentada en el borde de la cama con los ojos delineados cargados de preocupación. Llevaba ropa elegante, de trabajo, lo cual indicaba que no tenía la intención de quedarse en casa mucho tiempo. ¿Ni siquiera porque su hija estaba magullada? Por supuesto que no.

—Bien —me limité a responder. La voz me sonó seca, carrasposa.

—Déjame comprobarlo —dijo alguien más, con una manera de hablar cálida.

Era el doctor Campbell, mejor amigo de mi padre y encargado de las urgencias desde que tenía memoria. No lo veía desde el funeral, en donde había dado un discurso de despedida muy sentimental. Era un hombre de cabello canoso, barba bien recortada y ojos pequeños, pero amigables. La impresión que siempre me daba era de que tenía demasiada bondad.

Se acercó y comenzó a examinarme. Me apuntó a los ojos con una linternita y luego procedió a tomarme la tensión. En ese momento me di cuenta de que tenía una intravenosa en el brazo derecho y que una bolsa con un líquido transparente colgaba de un trípode a mi lado. No estábamos en una habitación de hospital, pero me sentí como si lo estuviera.

—Mack, has sufrido un grave accidente —comentó mi madre mientras tanto. Sus ojos alternaban entre la intravenosa y los movimientos del doctor—. Te he dicho mil veces que no puedes conducir todavía, que no puedes usar mi coche, pero tú nunca obedeces. Campbell me ha dicho que pudiste... que pudiste...

No logró completar la frase, y cuando en mi mente yo pronuncié la palabra «morir», me llegó el recuerdo de lo que había sucedido en la farmacia con Tamara. Pero fue como una detonación de imágenes fugaces y aturdidoras en mi cabeza.

Veneno...

Tamara...

Mucha sangre...

Una silueta en medio del camino...

El auto...

«Estoy en peligro.»

—Si fue tan peligroso, ¿por qué no estoy en un hospital? —pregunté.

No quise sonar desconfiada, a pesar de que eso era con exactitud lo que sentía. Ahora todo me parecía diferente. Tenía una nueva y más cautelosa perspectiva de aquella casa, de mi situación y, sobre todo, de la mujer que estaba sentada en el borde de la cama.

—¿Crees que deberías estarlo? —me preguntó Campbell como respuesta, examinándome con sus ojos pequeños y cansados.

—Bueno, parece que estoy bastante bien... —aseguré.

—¿Te duele algo? —volvió a preguntar, y se quitó el estetoscopio.

—Solo un poco la cabeza.

Hizo un leve asentimiento y cogió una carpeta que había sobre mi mesita de noche. Sacó un bolígrafo del bolsillito de su bata blanca con su nombre cosido en la tela y comenzó a escribir algo. En cuanto mi mirada se encontró con la de mi madre, ella hizo un intento de sonrisa de apoyo sin despegar los labios. Me esforcé por fingir una también.

—Te diste un golpe muy fuerte —me explicó Campbell al terminar de escribir, con ese tono profesional y analítico que lo caracterizaba—. Te quedaste inconsciente, quizá por el shock, pero no tienes heridas mayores. Es una contusión menor y ya he monitoreado todos tus signos.

De repente recordé a Ax. ¿Dónde rayos estaba en ese momento? ¿Qué había sucedido con él? Ni siquiera había logrado conseguirle ayuda. Una punzada de preocupación me aturdió, pero disimulé.

—Quiero hablar con Nolan —exigí con decisión.

—Está en su casa, donde debe —respondió mi madre—. Pero vendrá, porque tanto él como tú tienen algunas cosas que explicarme, como, por ejemplo, por qué la puerta de entrada está rota y por qué el suelo del vestíbulo está hecho un desastre y por qué parece que querían destrozar la cocina.

El vestíbulo empapado de agua sucia, la cocina desordenada y la puerta rota, lo había olvidado... Contarle que alguien había entrado en la casa no era una opción. Todo la llevaría a Ax, y ya estaba más convencida que nunca de que su existencia debía seguir siendo un secreto, al menos hasta que diéramos con la verdad, con la gran verdad que al parecer se escondía a nuestro alrededor.

—Quiero que Nolan venga ahora —insistí, sin dar más explicaciones.

Intenté acercarme a la mesita de noche para coger mi teléfono y llamarlo, pero ella fue más rápida y lo alcanzó antes. Lo protegía la contraseña, pero de igual modo me inquietó que lo tuviera bajo esas uñas con manicura francesa.

—Por ahora necesitas descansar —dictaminó, y se levantó de la cama.

Guardó el teléfono en el bolsillo de su falda de tubo de color azul oscuro. Sentí una punzada de enfado. Ya no tenía doce años, no podía hacer eso.

—¿Qué sabes tú sobre lo que necesito? —rebatí.

Las palabras me salieron duras y odiosas, y cerré la boca al darme cuenta. No quería que sospechara que yo sabía lo del veneno y que por esa razón mi perspectiva sobre mi propia madre había dado un gran giro; debía ser cuidadosa. Ella me miró con severidad y con los labios ligeramente fruncidos. Jamás me había dado cuenta de que esa postura intimidante tan característica en ella la hacía parecer una perfecta villana.

—Eleanor —intervino Campbell, paseando su mirada entre nosotras dos con cierta incomodidad—. ¿Por qué no dejamos que Mack descase? Quiero darte las indicaciones necesarias, y, mientras, tú puedes prepararle un té. Le sentará bien. Necesita todo el líquido posible.

Mi madre me observó durante un momento más y yo no desvié la vista, todo lo contrario, se la mantuve para dejarle claro que no iba a seguir sometiéndome a sus órdenes, que la Mack obediente que aceptaba cualquier cosa solo para no causar problemas había desaparecido. Hasta que asintió y, junto con el doctor Campbell, avanzó hacia la puerta para irse.

De repente se me ocurrió algo.

—Doctor —le llamé, todavía en la cama. Él se giró para mirarme—. Usted atendió a mi padre cuando estaba muriendo, ¿verdad?

De seguro fue muy inesperado para ambos que yo mencionara algo sobre la muerte de mi padre, porque solía tenerle temor a pronunciar esas palabras, pero Campbell hizo un asentimiento sutil.

—Así es.

—Yo nunca he sabido de qué murió exactamente. Mamá me dijo que contrajo la enfermedad en su viaje a El Cairo, y yo estuve tan preocupada por sus síntomas que nunca pregunté más. ¿Podría decírmelo ahora?

El doctor, cansado y un tanto dudoso, esbozó una sonrisa serena.

—Botulismo —dijo—. Tu padre ingirió alimentos contaminados en El Cairo y llegó aquí bastante enfermo.

—Gracias.

De nuevo, antes de salir de la habitación, mi madre me miró de una forma que no supe interpretar.

En cuanto desaparecieron, esperé unos minutos para quitarme la intravenosa. No podía quedarme ahí. Tenía que hablar con Nolan y saber cómo estaba Ax. Me levanté de la cama y busqué en el cesto de la ropa sucia el pantalón que llevaba la noche anterior. Cuando lo encontré, busqué con rapidez en los bolsillos hasta que di con lo que buscaba. La llave seguía ahí, perfecto.

Luego me asomé a la puerta. No había nadie en el pasillo. Avancé hasta el inicio de las escaleras y miré hacia abajo con sigilo. Bajé los peldaños hasta el recibidor y me llegaron las voces de mi madre y el doctor. Ambos estaban reunidos en la sala.

—¿Cuánto le llevará recuperarse? —preguntaba ella.

—Necesita descanso, líquido y no alterarse —respondió Campbell—. Que su amigo esté con ella sería mucho mejor que traer a un extraño a que la vigile mientras no estás, la mantendría en calma. Vendré pronto para ver cómo progresa.

—Pero tú sabes que ella...

—Eleanor, no hay de qué preocuparse —la interrumpió el doctor en un tono tranquilizador—. Esto no ha sido como el incidente pasado.

Estuve segura de que se refería al incidente en el que me había despertado en el hospital sin recordar nada. El incidente en el que había muerto Jaden.

—Tienes razón.

Ignoré el resto de la conversación y me escabullí hasta la cocina. Sobre el fuego se calentaba la tetera. El televisor estaba apagado. Cogí el teléfono que colgaba de la pared junto al refrigerador y marqué el número de Nolan.

Mientras esperaba, me apoyé en la pared. De pronto sentí una ligera punzada de dolor y por instinto me toqué la frente. Solté un quejido apenas palpé la piel un tanto abultada y algo parecido a hilos. ¿Qué demonios tenía ahí? Me moví con el teléfono en la oreja para mirarme en el vidrio del horno de la cocina. Genial, tenía tres puntos de sutura rodeados por una mancha amarillenta que parecía yodo.

—¿Hola? —dijo Nolan al fin.

—¿Dónde demonios estás? —solté. Me aseguré de no hablar demasiado alto y pegué el teléfono a mi boca lo más que pude.

—En casa... —contestó con obviedad—, donde tu madre me dijo que me quedara, cosa que no refuté porque ella me da miedo...

—¿Ax está contigo? —pregunté aún más bajo.

—A menos que uno de sus inexplicables talentos sea hacerse invisible, no.

Fruncí el ceño y tuve ganas de darle un golpe en la frente. Escogía los peores momentos para ser irónico.

—Explícate —le exigí.

Lo escuché suspirar.

—No sé nada de él desde anoche, ¿de acuerdo? Cuando te fuiste a buscar a Tamara, yo fui a la cocina a coger algunos paños para limpiarlo y, al volver a la sala, él ya no estaba. Lo busqué por todos lados, lo juro, pero..., no sé, desapareció.

Me quedé helada. ¿Desapareció justo después de que yo me fui? Pero ¿cómo pudo desaparecer en aquel estado en el que lo había dejado? Sostuve el teléfono con fuerza.

—¡¿Qué demonios...?! —solté, y miré hacia todos lados por si venía mi madre—. ¡¿Y no ha vuelto a casa?!

—Estuve en tu casa desde que me llamaste para avisar del accidente y ni rastro de él.

Me coloqué una mano en la cabeza y me moví sobre mis pies sin saber qué hacer. Empecé a hacer suposiciones y a buscar opciones.

—Maldición, te pido que te encargues de él y lo pierdes —le eché en cara a Nolan—. Felicidades, acabas de superar el límite de tu inutilidad.

—¡Venga, no puede ser mi culpa! —exclamó, tratando de defenderse—. ¡Quizá se escapó!

—¡O quizá está muerto en algún rincón de la casa! —solté con rapidez—. Ven aquí ya mismo, tenemos muchas cosas que hablar.

Colgué y subí de nuevo a la habitación. Esperé a que mi madre apareciera otra vez con el té. Me sermoneó un rato sobre lo de la puerta rota y el vestíbulo sucio, cosa que de ninguna forma conseguí explicar y ante la que mantuve un religioso silencio. Luego se hartó, exhaló y me dijo que Nolan podía quedarse todo el tiempo que fuera necesario, que hablaría con su madre. También dijo que Campbell vendría a verme cada día al menos una hora. Después me dijo que tenía que volver a Miami de nuevo, que no podía cancelar el viaje y no lo agregó, pero yo lo pensé: ni siquiera porque yo había tenido un accidente.

No era nada sorprendente en realidad. Desde pequeña estaba acostumbrada a que ella desapareciera sin remordimiento. Solo que antes me cuidaba mi padre. Ahora lo hacía Nolan.

Apenas escuché que se fue en un taxi, corrí escaleras abajo hacia la casita de la piscina. El cielo era un manto gris y melancólico, y el agua de la piscina estaba tan quieta como si la hubieran congelado. Lo peor era que los organizadores del futuro evento estaban por todas partes, poniendo mesas, adornos, sillas. Casi me mata el pánico al ver tanta gente desconocida que podía ver a Ax si es que él aún andaba por la casa. No quise apresurarme a concluir lo peor, pero considerando el mal estado en el que lo había dejado cuando fui a buscar a Tamara, no podía pensar nada bueno.

Disimulé la forma acelerada en la que estaba caminando, y tuve que esperar unos minutos a que nadie me estuviera prestando atención para poder entrar a la casita de la piscina. Cuando pude atravesar la puerta, vi un cuerpo tirado en el suelo.

Era un cuerpo vestido únicamente con unos tejanos. La piel pálida estaba sucia de hojitas, ramitas, tierra y sangre seca.

—¡Ax! —grité, al tiempo que lanzaba un suspiro de alivio.

Estaba vivo.

En un horrible estado, pero ¡vivo!

Me agaché con rapidez y lo ayudé a incorporarse. Le costó enderezarse. Soltó quejidos y gruñidos. En cuanto se quedó sentado, examiné su cara. Lo que encontré fue una mirada desorbitada y unas líneas de sangre seca debajo de los orificios de la nariz y sobre el labio superior.

—¿Qué haces aquí tirado? —le pregunté con preocupación.

Esperé que respondiera, pero no lo hizo.

—Vamos adentro.

Hizo lo que pudo para que pudiera ayudarlo. Se puso en pie con mucho esfuerzo. Por un instante creí que de nuevo le fallarían las piernas porque perdió el equilibrio, pero se apoyó en mi hombro y comenzó a dar pasos. Mientras lo conducía hacia la casita, percibí que otra vez despedía un hedor extraño y poco soportable, casi igual al que tenía cuando lo encontramos aquella noche. Era como de sangre y de algo más que no lograba identificar.

Lo dejé caer en el sofá. Se quedó sentado con la cabeza caída sobre el pecho. Apretaba los ojos con frecuencia, como si quisiera aclarar su visión. Me agaché frente a él para poder verlo mejor. Entonces noté que una gran capa de sangre seca le cubría los dedos, los nudillos y parte del antebrazo. Antes, con la emoción de haberlo encontrado, no había reparado en ello. Lo había visto sangrar por la nariz y por los oídos, pero ¿había sangrado tanto como para estar manchado de esa forma?

Sentí una punzada de inquietud al pensar que no era posible.

Tuve un mal presentimiento...

—¿Dónde has estado? —volví a preguntarle, y esa vez, por alguna razón, temí oír la respuesta.

Ax alzó la vista. Me contempló un instante y un ligero gesto arrugó su ceño.

—Heridas —me dijo. Sus ojos se movieron a medida que contempló cada centímetro de mi cara.

—Cuando fui a buscar ayuda, tuve un accidente —le conté. Él continuó mirándome. Me habría sentido nerviosa de no ser porque todavía estaba esperando que me respondiera—. ¿Dónde estuviste, Ax? —repetí—. Desapareciste a pesar de que estabas muy mal. Nolan te buscó, pero no dio contigo, y ahora te encuentro tirado aquí, sucio. ¿Qué ha pasado?

Bajó de nuevo la vista. Fue inevitable no fijarme otra vez en la sangre de sus manos. Era como si las hubiera hundido en un balde lleno de pintura roja. Durante un instante me llegó el recuerdo de Tamara bañada en sangre, muriendo, y de ese caminillo rojo en el suelo que conducía al sótano.

Ax no dijo nada. Todavía agachada, me acerqué un poco más a él. Su mirada estaba fija en el suelo, pero me atreví a coger su rostro y elevarlo. Me miró. El corazón se me aceleró un poco. Tenía la piel caliente de nuevo.

—¿Anoche saliste de aquí? —le pregunté con suavidad.

La puerta de la casita se abrió de golpe. El susto que sentí fue tan grande que me caí de culo al suelo.

—Aquí estoy, aquí estoy —dijo Nolan, acelerado. A pesar del sobresalto, verlo, con su cabello alborotado y las mejillas coloradas por el frío, fue un enorme alivio—. Vine rápido. ¿Estás bien? Cuéntamelo todo.

Exhalé. Había mucho que explicar. Le di hasta el más mínimo detalle de lo que había sucedido desde que salí de la casa hasta que el auto se estrelló y perdí la conciencia. Nolan lo escuchó todo, horrorizándose con cada detalle impactante. Al finalizar, con lentitud y perplejidad, se echó hacia atrás en el sillón. Se pasó la mano por el cabello y me miró con los ojos muy abiertos.

—Entonces Tamara y tu madre, y el veneno...

Se silenció antes de completar la frase, como si le asustara decirlo.

—Quise pensar otra cosa, quise pensar que no podía ser posible, pero antes de que el auto se estrellara, recordé otra parte de la noche en que murió Jaden y algo tuvo mucho sentido —dije.

Estaba sentada junto a Ax en el sofá grande. Él nos escuchaba, pero a veces cerraba los ojos en un gesto de cansancio.

Nolan se removió, interesado.

—Suéltalo.

Tomé aire. Recordar y hablar de ello era igual de difícil. Me obligaba a apretujarme los dedos en un gesto de nerviosismo, aunque traté de calmarme a mí misma y lo expliqué con rapidez y sin hacer pausas:

—Un coche nos seguía. El mismo que vimos fuera de casa hace unos días. Por eso tuve la sensación de que lo conocía. Antes del accidente, yo sabía quiénes eran las personas que iban en ese vehículo. Sabía que no debía dejar que nos atraparan, y le dije a Jaden que en mi casa me sentía en peligro.

La expresión de Nolan se tornó preocupada. Se inclinó hacia delante y apoyó los antebrazos sobre las rodillas, expectante.

—¿Por qué te sentías en peligro aquí, en tu propia casa?

—Esa fue la pregunta que me hice —dije, presa de una mayor inquietud—. Y tengo la fuerte sensación de que era porque yo lo sabía. Yo sabía lo que mi madre hizo.

Hubo un silencio.

—¿Qué crees que hizo? —me preguntó Nolan.

—Mató a mi padre.

No podía ser más fuerte de lo que era para mí. Sabía que sonaba irreal, pero lo sospechaba con fuerza: mi madre había matado a mi padre. De alguna manera lo había envenenado, y ahora que lo pensaba, había cosas que no encajaban en su muerte, había incluso ciertas pistas.

La primera de ellas: mi madre nunca había mostrado afecto a mi padre. Visto desde cualquier otro lado, su matrimonio había sido frío y distante. Ella siempre se había ido de viajes, y cuando volvía jamás pasaban demasiado tiempo juntos. Nada de besos, nada de palabras cariñosas, nada. Recordaba haber escuchado algunas peleas entre ellos, pero eran vagas en mi cabeza. Jamás la vi llorar tras su muerte. Jamás la vi llorar por nada o siquiera demostrar algo de tristeza.

Lo siguiente: su cambio fue bastante brusco. Mi padre comenzó a perder peso y cabello. Su piel se tornó pálida y seca. Vomitaba mucho, sufría dolores y debía estar conectado a intravenosas y máquinas todo el tiempo. Los últimos meses los pasó en su cama, en la habitación que habían convertido en un hospital. Yo casi nunca podía entrar ahí, porque era riesgoso para él, porque podía contaminarse la habitación. Una tarde fui a visitarlo, pero no me dejaron entrar. Entonces me dijeron que ya había muerto.

—¿Qué tal si su viaje a El Cairo fue bastante conveniente para decir que había contraído el parásito que causaba el botulismo? —argumenté de pronto—. Porque después su empeoramiento y su muerte parecieron consecuencias lógicas de la enfermedad. No le encuentro otra razón a que mi madre haya pedido veneno.

Nolan soltó aire y se echó hacia atrás, abrumado.

—Eso es demasiado fuerte, Mack... —susurró como si fuera mucho para procesar—. ¿Por qué lo hizo entonces? ¿Qué motivos tenía? ¿Lo odiaba? ¿Es una psicópata? ¿Qué?

—Esa parte es la que no sabemos, pero algo muy malo está pasando. Y casi todo parece estar conectado a...

—Ax —completó Nolan.

Ax nos miró a los dos y luego, en un gesto extraño, bajó la cabeza. De nuevo su aspecto era horrible, como si hubiera salido de una película de terror, pero no había maldad en su mirada. De hecho, se mantenía neutra, indescifrable.

—Mack, si tu madre mató a tu padre no puedes quedarte aquí —añadió Nolan, sacándome de mis pensamientos. Parecía muy preocupado—. Quién sabe si...

—No —me apresuré a decir, volviendo la vista hacia él—. Debo quedarme aquí. Tenemos que descubrir qué pasa, Nolan. Por qué mi madre mató a mi padre, por qué un auto nos perseguía a Jaden y a mí, y por qué todavía ronda por las cercanías de la casa.

Nolan exhaló con fuerza. Se pasó las manos por el cabello y se quedó así un momento, mirando algún punto, como si sus pensamientos fueran demasiado caóticos como para entenderlos.

—Dios santo, qué maldito enredo —murmuró con frustración.

—Mira —le dije después de un suspiro pesado. Yo también me sentía frustrada, pero estaba decidida a llegar al fondo de todo aquello—. Si todo tiene relación, los tres estamos en peligro. Lo que hay que averiguar es dónde está la conexión. Por el momento sabemos una cosa: Ax se tiene que quedar con nosotros, porque él es... es diferente de una manera que todavía no podemos explicar, pero lo es, y yo lo sé.

—De acuerdo —aceptó Nolan, todavía con cara de aflicción.

—Y no me iré de la casa.

—De acuerdo.

—Y comenzaremos a investigar.

—De acuerdo.

—¡Ya deja de decir «de acuerdo»!

—¡Lamento estar cagado de miedo, joder!

—Cagado —repitió Ax de repente.

Parpadeamos como unos estúpidos y luego estallamos en risas nerviosas.

—Sí, mamá, Nolan se va a quedar aquí esta noche. Nos vemos mañana.

Colgué el teléfono. Nolan se quedaría, pero ahora no estaba, había salido a comprar la cena hacía un rato. Fuera, la lluvia había decidido empezar a caer poco a poco, con cierta calma. El frío era intenso.

Yo estaba en mi habitación, sentada sobre una banqueta que tenía una mesita enfrente que me servía de tocador. Acababa de bañarme. Me había puesto una camiseta azul y un pantalón corto para poder aplicarme ungüento en la quemadura, que seguía sanando. Más arriba, en el muslo izquierdo, tenía un moretón enorme con un rasguño que me había hecho en el accidente. Estaba fresco y me dolía cada vez que caminaba, pero decidí ignorarlo.

Cogí un cepillo. Todavía tenía el cabello húmedo. Siempre me peinaba con los dedos, hacía tiempo que no me preocupaba por mi aspecto en ningún sentido. Antes de Jaden, sí. Usaba maquillaje, iba a la peluquería para probar cortes distintos, compraba ropa cara; era una chica de élite. Era como si Jaden fuese el antes y el después en mi vida. No era la misma chica que había escapado con él aquella noche. La que se reflejaba en el espejo con sombras debajo de los ojos verdes, semblante opaco y cabello descuidado era como un fantasma.

Empecé a peinarme y, de manera inevitable, se me escaparon un par de lágrimas. No me gustaba perder el tiempo llorando, pero todo era demasiado terrible: sospechaba que mi madre había matado a mi padre, los fugaces recuerdos de Jaden eran como vivirlo de nuevo...

Interrumpí el cepillado en cuanto la puerta de mi habitación se abrió y Ax entró. Ya caminaba normal, aunque con un poquito de lentitud. Se había bañado y no había rastro de sangre ni de mal olor, así que de nuevo era el impresionante desconocido que habitaba a escondidas en mi casa. Quiso decir algo, pero se detuvo en cuanto vio mi cara a través del reflejo.

Dejé el cepillo sobre la mesita para limpiarme las lágrimas, pero él se apresuró a acercarse. Se agachó frente a mí, y yo me giré sobre el pequeño taburete. Incluso la manera en la que se agachaba era extraña, con las rodillas flexionadas a ambos lados y las manos apoyadas en el suelo. Solo había visto eso en las clases de biología, cuando hablaban de la evolución, los monos y las teorías de Darwin. Aquella posición también era propia de un animal en modo de defensa.

Me miró con una profunda curiosidad y atención. Como si me estuviera preguntando: «¿Qué es eso?». Ya conocía muchas de sus expresiones, era más fácil entenderlo de ese modo, pero lo que más me gustaba era ver su reacción en esos instantes en los que descubría algo nuevo, así que aguardé y lo observé.

Ax extendió una mano hacia mí, hacia mi rostro, y con tan solo las puntas de sus dedos índice y medio tocó mi mejilla derecha. Una lágrima se pegó a su piel. Él la observó sobre sus dedos y luego la frotó al mismo tiempo que la examinaba como quien veía hormigas con una lupa. Luego hundió las cejas, pensativo y algo confuso. Había momentos en los que se quedaba en blanco y ponía una cara de error 404, pero me sorprendió su respuesta:

—¿Emociones? —preguntó, como si no estuviera muy seguro de estar diciendo lo correcto.

—Tristeza —asentí—. ¿Has experimentado alguna vez más emociones? ¿Miedo, tristeza, felicidad...?

Ax negó con la cabeza.

—No siente.

Fue un poco confuso para mí durante un momento, y tal vez muy inesperado.

—¿Tú...? ¿Quieres decir «no siento»? —inquirí, tratando de dar coherencia a sus respuestas.

—No sentimientos —asintió. Luego levantó la mano y me enseñó los dedos con los que había tocado mis lágrimas. Con lentitud se los llevó a la nariz y se tocó la punta tres veces, como si me quisiera indicar algo en específico—. Olor. Lo conozco.

Me sentí un poco emocionada. No sabía si era posible o si tenía algún sentido, pero Ax me estaba explicando algo por propia iniciativa, y eso era un enorme paso. Traté de no mostrarme demasiado entusiasmada para no cohibirlo.

—¿Conoces los sentimientos por el olor, pero no los sientes? —le pregunté para comprobar si no estaba equivocada en mi interpretación.

Asintió de nuevo. Era correcto. Alcé las cejas con ligero asombro.

—Eso es... asombroso, y algo perturbador, pero asombroso —admití, entre divertida y confusa. Luego la confusión ganó por lógica—. Pero no es posible que no sientas nada; es decir, eres humano. Eres humano, ¿no?

Ax giró los ojos como si estuviera cansado de esa pregunta. Y lo entendía, porque Nolan le había preguntado muchas veces de qué especie era. No hacía mucho le había preguntado si era un reptiliano. Pero volvió a asentir con la cabeza, indicando que sí era humano, y ahí era donde las dudas se agravaban y las respuestas desaparecían, porque los humanos normales no podían reconocer sentimientos por el olor, era imposible.

—Entonces, ¿de dónde vienes? —me atreví a preguntarle—. ¿Cómo es que eres capaz de reconocer cosas y sentimientos solo por el olor?

Ax bajó la mirada y su rostro se ensombreció. Me sentí algo decepcionada. En ese punto solíamos perder la conexión. Él nunca lo aclaraba. Era capaz de decir algunas cosas, pero si le preguntábamos sobre su pasado, sobre su verdad, mantenía silencio. Nolan y yo habíamos decidido tomárnoslo con calma. Habíamos notado que, si lo presionábamos, se quedaba callado durante horas y se alejaba de nosotros, aunque estuviera en la misma habitación. Sin embargo, cuando no le exigíamos nada, nos contaba cosas como las que acababa de decirme.

Pensé en hacerle otra pregunta, en desviar el tema para enfriarlo un poco, pero entonces el gran paso se convirtió en un enorme salto.

Ax se alzó unos centímetros y se inclinó hacia mí, acortando la distancia que nos separaba. Pude haberme echado hacia atrás, apoyar la espalda en el borde de la mesa de tocador, pero no me moví porque me di cuenta de que pretendía explicarme algo. Elevó una mano y la dirigió a mi rostro. Para mi sorpresa, lo que hizo fue cubrirme los ojos con ella. Los cerré y mis pestañas rozaron su palma.

—Oscuridad —dijo Ax, tan cerca de mí que percibí su respiración y el olor a jabón del baño impregnado en su cuerpo.

Apartó la mano, volvió a agacharse y su mirada bajó con lentitud en una invitación a que siguiera sus movimientos. Lo siguiente fue aún más inesperado. Colocó una mano debajo de mi pantorrilla. Su palma se acopló a ella. Mi pierna parecía pequeña y frágil en comparación con su mano. Fue algo tan inesperado que ni siquiera logré definir la corriente que se extendió desde esa zona hacia el resto de mi cuerpo. Abrí la boca para decir algo, pero nada de lo que pensé salió de ella. No sentí rechazo ni quise poner objeción. ¿Por qué? ¡¿Por qué?!

Los pensamientos se me nublaron cuando deslizó la palma hacia abajo. La fricción piel con piel me dejó sin aire, desconcertada por los latidos que se me aceleraron. ¿Qué demonios...? Me pregunté si era miedo por el hecho de que me tocara, pero, Dios, no; lo que sentía no era miedo. Todo lo contrario...

Ax elevó un poco mi pierna. Me aferré a los bordes de la banqueta sobre la que estaba sentada y comprendí lo que pretendía. La quemadura. Era una mancha de piel distorsionada y rosácea. Con el ungüento iba sanando bien, pero todavía me ardía si alguna tela la rozaba. Por supuesto, me ardió en cuanto Ax tocó uno de los bordes con su pulgar y acarició el centro de la herida. Sin embargo, fue un roce suave y cuidadoso que me embelesó hasta que de forma inesperada presionó y solté un quejido.

—Y dolor —pronunció.

Tuve que tragar saliva para poder hablar, porque por un instante las palabras parecieron impronunciables y atascadas en mi garganta. No tenía la mente muy ordenada, pero comprendí que acababa de responder a mi pregunta anterior sobre cómo era capaz de reconocer cosas y sentimientos solo por el olor.

—¿Así aprendiste? —le pregunté en voz baja y entrecortada—. ¿Con oscuridad y dolor? ¿No podías... ver?

Ax asintió con la cabeza, indicando que era correcto.

—¿Podías oír?

Negó.

El pecho se me contrajo de compasión. Oscuridad, dolor y silencio. Allí donde estuvo, no podía ver ni podía escuchar, pero podía oler. Por esa razón lo olfateaba todo. Era el único instinto que había desarrollado. Pero ¿bajo qué circunstancias? ¿Dónde? ¿Y por qué?

Me incliné un poco hacia él con intención de preguntárselo, pero todavía tenía la mano en mi pantorrilla y se me hizo imposible obviar ese hecho. Por un momento sentí que... sentí que...

La puerta se abrió de golpe.

—El restaurante chino estaba cerrado, así que me metí en uno árabe y oh... —Nolan se detuvo y nos miró. Su boca quedó en una pequeña «o» graciosa, y su expresión en un gesto de impacto y confusión. Alternó la vista entre Ax, su mano en mi pierna y yo—. No estoy en Brazzers, ¿o sí?

Afortunadamente, Ax no preguntó qué era Brazzers.

Servimos la comida en la cocina. Primero le entregamos su plato a Ax y él se sentó frente al televisor a comer mientras veía el telediario, su programa favorito. Mientras tanto, el muy estúpido de Nolan no dejó de echarme miradas extrañas y pícaras, y de reprimir sonrisitas. En verdad intenté ignorarlo hasta que no pude más.

Solté el faláfel que me estaba comiendo y lo miré muy seria.

—¿Qué? Escupe de una vez lo que quieres decir —dije, mirando de reojo a Ax, que estaba algo apartado, dándonos la espalda, muy concentrado en tragar y ver la tele.

A Nolan lo tenía justo enfrente, en la isla de la cocina, sentado, comiéndose un enrollado de carne y pollo que sostenía con ambas manos. Masticó lentamente al mismo tiempo que trató de no ampliar su sonrisa burlona. Fingió no entender a qué me refería y se encogió de hombros.

—¿Qué estaba pasando en la habitación antes de que yo llegara? —preguntó en un tono un poco bajo, pero de falsa incredulidad.

—Nada de lo que está pasando por tu puerca mente —zanjé en un susurro teñido de odio. Miré mi comida, porque, por alguna razón, no quise verle la cara a Nolan, por alguna vergonzosa razón...—. Me explicó por qué puede oler cosas y reconocerlas. Al parecer, en el lugar en el que estuvo no podía ni ver ni oír, así que su nariz era lo único que podía usar y por ello ha desarrollado tanto el sentido del olfato.

—Pero desarrollar esa habilidad le habrá tomado... —Nolan se asombró y horrorizó de su propia deducción, y lo siguiente lo dijo en un susurro—. ¿Años?

Le dedicó una mirada fugaz a Ax, para comprobar si nos escuchaba, y en otro susurro añadió:

—¿Lo tendrían secuestrado?

Había pensado en muchas posibilidades de dónde había podido estar, pero no tenía ninguna bastante sostenible.

—Creo que lo que le sucedió es más horrible de lo que pensamos —fue lo que contesté.

Desde mi lugar contemplé su espalda. Se le marcaban las líneas de la columna, pero seguía viéndose fuerte. Las cicatrices desperdigadas por su cuerpo eran pruebas de su pasado, pero no indicaban nada concreto. No ver ni oír parecía una tortura. ¿Lo era? ¿Habría sido torturado?

En cuanto volví la vista a mi plato para seguir comiendo, me topé con la cara de Nolan. Tenía las cejas alzadas y una sonrisa amplia, divertida, pícara y chocante en el rostro.

—¿Quieres parar? —me quejé.

—¿Quieres aceptar que te gusta? —respondió en el mismo tono.

Eso me dejó sin palabras. Quise defenderme, pero solo balbuceé hasta que logré soltar:

—Claro que no, lo cuido como... como si fuera su jodida madre.

Nolan tragó y negó con la cabeza. Puso esa expresión de «ay, Mack, eres tan tontita». Temí que Ax entendiera algo de nuestra conversación, pero seguía concentrado en la televisión y la comida.

—No, solo quieres verlo así —me corrigió Nolan. La sonrisa de sabelotodo y de pícara diversión seguía en su cara—. Ya hace mucho que te has dado cuenta de que es un chico atractivo. Además, pasas mucho tiempo con él y te encanta esa rareza tipo..., no sé, Eleven de *Stranger Things*.

Si no hacía una comparación, no era él. Giré los ojos y resoplé con hastío. Cogí mi faláfel y lo mordí de mala gana.

—Literal, fastidias más que las hemorroides, lo juro —me quejé.

Nolan soltó el enrollado como si hubiera ofendido su inteligencia y su capacidad de deducción para ese tipo de cosas.

—Mack, cuando abrí la puerta, tenías esta cara. —Transformó su expresión en una embobada con la boca entreabierta y la mirada embelesada. Un segundo después volvió a la normalidad—. Un orgasmo se habría notado menos.

Casi me atraganté con lo que tenía en la boca. Tuve que pasarlo con agua y luego tosí mientras me golpeaba el pecho. Miré a Ax. A veces escuchaba lo que decía Nolan y luego empezaba a preguntar. Por suerte, ni siquiera mi tos lo había perturbado.

—¿Qué demonios pasa contigo? —le susurré, molesta. Él reprimió la risa—. No es cierto lo que dices. Además, él dijo algo importante: no siente emociones.

—No siente —repitió Nolan en un resoplido de burla—. Ponle una mano en la entrepierna y ahí me dirás si no siente.

Quise lanzarle las bolitas de faláfel a la cara, pero la comida no se merecía ese trato.

—Por estas cosas es por lo que no tienes novio, por si te lo has preguntado alguna vez —le dije.

—Solo avísame cuando quieras admitirlo y hablar de ello —se limitó a contestarme él, y luego se dedicó a comer.

Después de que llenamos nuestros estómagos, ambos practicamos con Ax durante un rato la pronunciación de las palabras y la formación de oraciones. Nolan le habló sobre series, películas y videojuegos, y así estuvimos hasta que decidimos ir a dormir a eso de las doce. Bueno, Nolan se quedó dormido enseguida, con los brazos extendidos y la boca abierta. Compartimos la cama porque me dijo que no quería dejarme sola.

Ax se quedó en el sofá de abajo. Después de que hubieran entrado en casa con tanta facilidad, me parecía demasiado peligroso que durmiera solo en la casita de la piscina si mi madre no estaba. Aquí solo nos separaba un piso de distancia. No pude evitar pensar en lo que Nolan me había dicho en la cocina: «Ya hace mucho que te has dado cuenta de que es un chico atractivo».

Claro que sabía que Ax era atractivo. Solo que... me concentraba en ignorarlo. Había muchas más cosas en él que me había esforzado en ignorar desde el día que lo encontramos. Me agradaba enseñarle, conectábamos, él aprendía y yo buscaba la manera de entender sus intentos de comunicarse. De algún modo, incluso me identificaba con él. Su incapacidad para hablar era como mi incapacidad para recordar. Pero sí, debía admitir que en el instante en que me tocó no logré ignorar nada. La realidad era tan simple como abrumadora: me había tocado y a mí me gustó ese contacto.

Me senté en la cama y puse los pies en el suelo. Dios, no tenía sentido. Era ridículo. Con tantos líos, tantas cosas que resolver, lo menos que debía hacer era preocuparme por si Ax me ponía nerviosa o no. Estábamos juntos por razones que todavía no entendíamos, algo como «atracción» no había lugar.

¿O... sí?

Yo le había preguntado si era humano y él había dicho que sí. Y todo humano, bueno..., sentía esas cosas... Pero ¡Ax me había asegurado que él no sentía! Además, ¿qué iba a sentir? ¿Qué estupidez estaba insinuándome a mí misma?

Avancé por la habitación hacia la puerta. Necesitaba agua, y echarle un vistazo a Ax, por si acaso. Salí y bajé las escaleras sin hacer ruido. Pasé por la cocina, pero me detuve al ver el reflejo de la televisión encendida que iluminaba las paredes en tonalidades azules intermitentes. ¿Estaba viendo la tele a esas horas? Pero si, cuando lo dejamos, ya estaba tendido en el sofá casi dormido... Con sumo cuidado, me oculté detrás de la pared que separaba la cocina de la sala y eché un vistazo.

El sofá estaba vacío, con la manta arrugada en la esquina. Ax estaba sentado en el suelo con las piernas cruzadas. Desde donde estaba, podía verlo de perfil: la espalda ligeramente encorvada y la piel blanca bañada por el reflejo de la pantalla. Sin embargo, había algo raro. No había mucha distancia entre él y la televisión. Era como si estuviera muy concentrado en la programación. Y lo más perturbador, su boca se movía. Sus labios pronunciaban algo sin emitir sonido alguno, y el televisor tampoco sonaba, como si lo hubiera silenciado.

Extrañada, me moví con cautela y entré en la sala, avanzando de puntillas. A medida que me acerqué, fui captando algo de lo que transmitía la televisión. Los labios de Ax no dejaron de moverse, pero me concentré en la pantalla del televisor.

Los canales cambiaban a toda velocidad.

Moví la cabeza hacia él, desconcertada y en un estado de perplejidad absoluta. A pesar de tenerme cerca de repente, seguía concentrado en ello. Sus ojos estaban bien abiertos y fijos, sin parpadeos, como los de un muñeco de porcelana. Sus labios continuaban moviéndose rápidamente, pero sin sonido. Era lo más raro que le había visto nunca. No, más que raro, era aterrador, extraño, sin sentido.

De pronto, los canales se detuvieron en uno en específico. Miré la pantalla, pero lo que vi no fue una transmisión normal de alguna cadena. Estaba mezclado con interferencias, como una señal débil, y era difícil distinguir algo, pero vi como... vi como... ¿Un cuerpo? ¿Acostado? ¿En una especie de habitación? ¿Y sangre? ¿En el suelo?

Me acerqué tanto con ansias de entender qué estaba mirando.

Pero entonces se apagó. La imagen se contrajo en una línea destellante y el televisor quedó en negro. Al instante, Ax parpadeó y me miró, y fue como si ninguno de los dos entendiera nada por un instante.

—¿Qué estabas haciendo? —le pregunté con voz turbia y afectada al cabo de unos segundos—. Ax, ¿qué hacías con la televisión?

Hundió el ceño en un gesto de completa confusión, como si no comprendiera. No, evidentemente, no me entendió. Lentamente, me levanté y retrocedí unos pasos. Después solo hice lo que debía hacer.

Corrí escaleras arriba, entré en mi habitación y sacudí a Nolan para despertarlo.

—¡Despierta, Nolan!

Él se ahogó con su propia saliva, tosió, se removió en la cama como un pez y abrió los ojos al tiempo que miraba hacia todos lados, alerta.

—¡¿Qué?! ¡¿Dónde están?! ¡Yo te salvo, Mack, tengo un hacha! —soltó mientras se acababa de despertar y se incorporaba. Su mirada se detuvo en mí y frunció el ceño—. ¿Eh?

—Levántate —le ordené mientras me dirigía al armario para buscar un suéter y unos tejanos—. Nos vamos.

—¿Qué coño? ¿Adónde?

—A casa de Tamara a buscar respuestas.

15

Parece que he visto un lindo monstruito

Intentamos hacer que Ax nos acompañara al apartamento de Tamara, adonde ella misma, antes de morir, me había enviado a buscar respuestas, pero obviamente no lo logramos ni aun rogándoselo.

Sabía que a Ax no le gustaba salir de casa y, por esa razón, al final me rendí, pero Nolan —que, cuando quería, era muy cabezón— trató de meterle miedo para que cambiara de opinión. Se le plantó enfrente, con los brazos cruzados y los ojos entornados y retadores, e intentó presionarlo con preguntas muy rápidas:

—¿Y si vuelve esa persona que entró en la casa? —le preguntó.

—Aquí —respondió Ax con firmeza.

Tenía los ojos igual de entrecerrados y se mantenía en la misma postura que Nolan, como si ambos fueran unos vaqueros del Lejano Oeste a punto de enfrentarse en plena sala de la mansión Cavalier.

Nolan no se rindió.

—¿Y si se empieza a quemar la casa?

—Aquí.

—¿Y si se rompen las tuberías y comienza a inundarse?

—Aquí.

—¿Y si fallan los cables eléctricos y explota todo?

—Aquí.

—¿Y si de repente hay un terremoto y las paredes y el techo comienzan a desmoronarse y de manera inevitable se produce un incendio que se extiende con mucha rapidez haciendo que todas las salidas se cierren por los escombros?

A pesar de la rapidez de esas palabras y de lo aterradoras que sonaban, Ax no se inmutó en absoluto. Su expresión se mantuvo igual.

—Aquí.

Nolan entornó un momento más los ojos. Ax hizo lo mismo. Pensé que terminarían discutiendo, pero de pronto Nolan se volvió hacia mí con una expresión relajada en el rostro.

—Creo que no quiere venir con nosotros —anunció con un encogimiento de hombros.

Ah, y por si habían quedado dudas: Nolan era un poco estúpido a veces.

Giré los ojos y fui a mi habitación a ponerme una sudadera con capucha. Luego volví a darle algunas instrucciones a Ax.

Mi madre no volvería hasta el día siguiente, pero aun así le recordé que debía esconderse muy bien en caso de que alguien apareciera. Él asintió para demostrar que había entendido. Confié en que sabría cómo actuar en cualquier circunstancia imprevista.

Con todo listo, nos aseguramos de dejar a Ax dentro de la casita de la piscina y Nolan y yo nos fuimos; éramos un equipo.

A pesar de que era de madrugada, de que el cielo seguía denso y de que caía una lluvia perezosa y fría, consideré que era el momento perfecto para salir a buscar respuestas. Cuando mi madre llegara, seguro que no me quitaría el ojo de encima, así que dejar la casa sería imposible. Además, estaban sucediendo demasiadas cosas, y estaba segura de que sucederían muchísimas más si no llegábamos al fondo de aquel misterio. Para rematar, algo me decía que todo tenía que ver con Ax. Era una sensación indeterminable pero insistente que me empujaba a creer algo que no podía confirmar.

Y..., por cómo iba todo, parecía que no estaba equivocada.

Nolan condujo. Cuando llegamos, avanzó lentamente mientras mirábamos con cierta inquietud, a través del vidrio delantero, lo que teníamos enfrente. Un conjunto de nueve edificios se alzaba por debajo de un cielo negro y apocalíptico. Tamara una vez nos había mencionado que vivía allí, pero nunca la visitamos, porque la zona no tenía muy buena reputación. Cada bloque era de al menos doce pisos. Ni siquiera parecían pertenecer al pueblo. Estaban descuidados y su aspecto era sobrio, gris; la idea de vivir allí asustaba y deprimía un poco.

Nolan aparcó junto a un farol cuya bombilla se había fundido y el vehículo quedó entre las sombras. Salimos de él a paso apresurado y nos dirigimos a la entrada del edificio. El candado de la verja estaba roto y los barrotes oxidados.

Para empeorar las circunstancias, cuando entramos en el bloque de Tamara descubrimos que tampoco había ascensor, así que tuvimos que subir unas escaleras silenciosas, oscuras y tenebrosas hasta el piso once. Nolan no paró de enumerar las posibles maneras en las que un asesino en serie o un espíritu sobrenatural nos podría matar ahí mismo. Estuve a punto de gritarle que se callara porque me ponía más nerviosa de lo que ya estaba.

Ya en el piso once, fuimos hasta el apartamento 30-2 e introdujimos la llave que me había entregado Tamara.

Entramos.

El interior del apartamento estaba casi en penumbra. Tan solo la débil luz del único farol de la calle que funcionaba se colaba por los laterales de un ventanal cubierto por una gruesa cortina gris. Algunos objetos se delineaban de manera sombría: muebles, televisor viejo, mesita de café, estante, maceta con planta y una horrible moqueta.

El espacio se veía pequeño en comparación con el tamaño del edificio. Y, de hecho, lo era. La cocina era un pasillo corto y estrecho que estaba conectado con la sala. Al fondo, otro pasillo daba a las habitaciones. Era todo tan reducido que sentí claustrofobia. En un intento por obtener al menos alguna luz, me moví para accionar el interruptor junto a la puerta, pero Nolan me detuvo al sostenerme la muñeca.

Su agarre fue tan repentino que di un saltito y el corazón se me aceleró.

Sí, estaba nerviosa.

—No, no la enciendas —me ordenó en un susurro.

—¿Por qué no? —susurré también.

No le podía ver bien la cara —en medio de aquella oscuridad, solo era una silueta esbelta y tenebrosa—, pero alcancé a ver lo que pudo ser un gesto de obviedad.

—Pues porque Tamara está muerta y ya nadie vive aquí. Si alguien ve una luz encendida sabrán que vinimos y obviamente lo que menos queremos es ser sospechosos de algo.

—¿Y cómo vamos a ver entonces? ¿Con nuestro superpoder de visión nocturna?

Nolan me soltó la muñeca al mismo tiempo que emitía un resoplido de hastío, como si hubiera algo obvio que yo todavía no captaba. Hundió la mano en uno de los bolsillos de sus tejanos, sacó su móvil y encendió la opción de la linterna.

—¿Por qué crees que la linterna es una herramienta esencial en un teléfono moderno? —dijo mientras me apuntaba toda la luz en la cara—. Porque las compañías telefónicas saben que en algún momento de nuestra vida tendremos que infiltrarnos en un lugar oscuro y aterrador y esto es lo único que tendremos a mano.

Resoplé y le di un manotazo para que alejara la luz que no me permitía ver nada.

—Ya estás diciendo tonterías.

Él apuntó la linterna en otra dirección, pero alcancé a ver cierta aflicción en su cara.

—Sí, es que tengo miedo —murmuró.

Pero tenía razón en lo de no encender la luz, así que también saqué mi teléfono, encendí la linterna y, desde donde estaba, moví la mano para hacer un escaneo panorámico del apartamento. A medida que la luz iluminaba los espacios y dejaba otros en oscuridad, entendía que Nolan tuviera miedo.

El sitio estaba tan descuidado como la fachada del edificio, como si allí hubiera vivido alguien que nunca limpiara ni ordenara. Los muebles eran viejos, oscuros y daban la impresión de haber sido sacados de una venta de garaje. Como plus, el silencio era tan denso que realzaba el hecho de que ahora Tamara estaba muerta y esas habían sido sus cosas. Todo desprendía un aura lúgubre y fría. Incluso en la cocina habían quedado un par de sartenes sobre los fogones. En el lavaplatos había unos cuantos vasos sucios. Si no los sacaban pronto de ahí, el piso terminaría oliendo fatal.

El apartamento era, en pocas palabras, una pocilga.

—Bien, ya estamos aquí —dijo Nolan a mi lado—. ¿Qué te dijo Tamara que buscaras?

Durante un segundo había olvidado que estaba allí, de modo que me giré hacia él de forma maquinal. Tardé un momento en procesar su pregunta. Estaba pensando que jamás me habría esperado que Tamara viviera en un lugar tan... decadente.

—No me lo dijo —admití.

Nolan se volvió con brusquedad. Frunció las cejas, entre desconcertado y pasmado. Seguro que había pensado que yo lo tenía todo claro. Que aquello sería llegar, encontrar el «algo» que Tamara me había enviado a buscar y salir felices y contentos.

—¿Qué? ¿No te lo dijo? —soltó en un susurro exasperado—. ¡Pensé que teníamos un objetivo!

—¡Estaba muriéndose, Nolan! —me defendí—. ¡Se lo pregunté, pero solo escupió sangre y me dijo que me fuera antes de que también me mataran a mí!

Exhaló, y de nuevo alumbró la salita entera. Se pasó la mano por el cabello con frustración ante lo que tenía enfrente. Lo entendía: ¿qué había que encontrar en ese lugar tan horrible? ¿Cuánto tiempo tardaríamos? ¿Cómo reconoceríamos lo que teníamos que encontrar?

—Ajá, perfecto, solo en una puta película alguien te manda que busques algo, pero no te dice qué —murmuró entre dientes—. Igual se pensó que éramos como Hermione, que lo resuelve todo mágicamente, o como Sherlock Holmes, que acaba descubriéndolo todo...

Comenzó a caminar inquieto mientras refunfuñaba. Cuando dejé de entender lo que decía, le puse una mano en el brazo y lo detuve, para que dejara de moverse y se concentrara, y, también, para tranquilizarlo un poco.

—Mira —dijo ella—: ve a mi casa y busca, búscalo. Lo necesitan. Se necesitan.

Nolan hizo una mueca de «esto será difícil».

—Busquemos cosas raras, y la primera que encontremos, esa podría ser —propuso.

Las ideas de Nolan que sonaban más estúpidas al final resultaban ser las mejores.

Nos separamos, aunque tampoco había mucho espacio que explorar. Él se quedó en la sala hurgando en el estante de libros y yo decidí adentrarme en el oscuro pasillito en dirección a las habitaciones.

Avancé, apuntando la linterna hacia el frente. No había nada en las paredes. La pintura blanca se veía sucia. Conté las puertas. Solo tres: la primera que abrí, de un baño; las otras dos debían de corresponder a las habitaciones. Entré en una.

Contra una pared había un armario de madera gastada. Las paredes estaban igual de sucias y vacías. Una cama, algunos zapatos, la cortina cubriendo la ventana.

Y... nada más.

En aquella habitación lo único que había era tristeza y soledad; volví a sentir claustrofobia. No había ninguna nota de color en ella. Era el lugar perfecto para alguien que no tenía ganas de vivir, lo cual me llevó a preguntarme por qué Tamara se había confinado en un sitio así.

¿Acaso estaba deprimida?

¿Acaso nunca habíamos conocido a la verdadera Tamara?

¿Quizá sonreía para nosotros detrás del mostrador y cuando llegaba a su casa se hundía en la suciedad y el silencio?

Pero ¿por qué? ¿Siempre había vivido así o había empezado a hacerlo a causa de algo?

Salí del dormitorio rumbo a la segunda habitación, pero la voz de Nolan me detuvo en el oscuro y estrecho pasillo.

—Mira esto, Mack —me llamó con algo de entusiasmo.

Me giré hacia él y apunté con la linterna del teléfono en su dirección. Estaba agachado en el espacio que separaba la gastada estantería de la única pared de la cocinita, como si mirara algo en ese punto. Me recordó a los niños acuclillados observando un hormiguero. Volvió la cabeza hacia mí con una sonrisa de chiquillo que acaba de descubrir algo supergenial.

—Hay un agujero aquí y se ve lo que hay al otro lado —añadió, y de nuevo volvió la cabeza para observar a través del agujero.

Seguía en el pasillo, sin moverme. No me interesaba mucho un agujero si no contenía algo importante.

—¿Y qué hay al otro lado? —pregunté.

—El apartamento vecino, pero está oscuro. No logro distinguir bien. —Nolan soltó unas risas cómplices y pícaras—. ¿Crees que Tamara usaba esto para espiar?

—Quizá ni siquiera sabía que estaba ahí —opiné.

—No, está muy bien hecho. Es evidente que lo hicieron expresamente por algo, y me corto un testículo si no era para espiar. —Sin girarse, alzó una mano y me hizo un gesto para que me fuera—. Tú sigue buscando por allá.

Asumí que lo del agujero no era relevante y fui a la puerta de la siguiente habitación. Intentar girar el pomo, pero estaba cerrada con llave, y una puerta cerrada con llave está gritando a todo pulmón: «¡Oculto algo!». Hurgué en los bolsillos de mi sudadera y probé con la llave que me había dado Tamara, pero, a pesar de que la giré en todas las direcciones, no encajó en la cerradura.

Miré a Nolan. Seguía en el mismo sitio.

—Nolan, tenemos que entrar aquí, pero está cerrado —le dije.

Esperé que se levantara y viniera a echarme una mano, pero como no se movió, no me quedó otra que gritarle:

—¡Deja de mirar por ese agujero, chismoso!

—Voy, voy —refunfuñó.

Se puso de pie y se detuvo a mi lado. Iluminó la cerradura y pensó un momento. Intentó abrir la puerta también, pero el pomo no cedió.

—Si no podemos abrirla, ¿qué haremos? —dije—. Podría haber algo importante ahí dentro. Las puertas cerradas siempre... ¡Nolan! ¡¿Qué demonios haces?!

Ya no estaba a mi lado. Había retrocedido y ahora venía a toda velocidad hacia mí como un auto con el acelerador pisado a fondo. Claro que un segundo después comprendí que no venía hacia mí, sino hacia la puerta.

Me aparté con rapidez a un lado y un segundo después el brazo y el hombro de Nolan impactaron contra la madera de la puerta con una fuerza que jamás en la vida le había visto utilizar; ni sabía que tenía tanta fuerza. Pero funcionó, porque la puerta se abrió súbitamente y chocó con la pared del otro lado, produciendo mucho ruido.

Dejó a la vista una oscuridad espesa. Antes de mirar dentro, me giré hacia Nolan con los ojos muy abiertos.

—¿Qué demonios...? —solté, sin disimular mi asombro.

Él levantó la barbilla con suficiencia y se infló un poco. Alzó los puños cerrados, imitando la postura de un superhéroe.

—¿Qué? ¿Nunca esperaste que yo pudiera tumbar una puerta? Gay no significa débil —contestó con orgullo, pero me crucé de brazos y le miré inquisitiva. Nolan se desinfló y se pasó la otra mano por el brazo—. Además, me di cuenta de que era madera muy fina y que con un golpe bastaría...

Lo miré un momento más con cara de «okeeey...» y luego me detuve debajo del marco de la puerta. Tomé aire y di unos pasos hacia el interior. Todo estaba tan oscuro que daba la impresión de que era un lugar vacío. Entendí que no había ventana. Nolan entró detrás de mí. En cuanto las luces de nuestras linternas se juntaron y ampliaron la zona iluminada, me quedé de piedra.

—Oh, mierda.

Nolan sonó igual de pasmado y perplejo que yo.

Aquella habitación era una mezcla muy extraña. Las paredes estaban pintadas de color verde manzana con un par de líneas decorativas. Había cuadros de dibujos de animalitos, un pequeño armario blanco, una alfombra amarilla con patitas de gato, pero al otro lado había un enorme estante con un montón de cajas y botellas de lo que podían ser... ¿medicinas? Las cajas no tenían identificativo, solo unos cuantos símbolos de peligro químico. A un lado también había un escritorio con un viejo portátil encima y un montón de carpetas. Y arriba, en la pared, una cartelera con muchas notas adheridas. Y lo más raro estaba en una esquina: una cuna.

Nolan y yo nos miramos con total estupefacción. Quise preguntarle si su corazón latía tan rápido como el mío, pero el terror estaba estampado en su cara.

—No entiendo qué es este lugar... —intentó decir él.

Deslicé la luz de la linterna por el escritorio, y luego por la cartelera. Las notas adheridas tenían escritas diferentes horas y días junto a dos letras que parecían distintas iniciales. Eché un vistazo a una de las carpetas y, cuando la abrí, vi una larga lista de facturas a nombre de la farmacia con nombres de sustancias que no pude identificar, y algunos números telefónicos, pero había algo demasiado raro en aquello, demasiado raro en los símbolos de las cajas...

—¿Enviaba medicinas? —lanzó Nolan como una teoría, también mirando.

—No creo que fueran medicinas —susurré, y volví a mirar las cajas—. Algunas indican peligro químico y las otras nada. Si ella pudo conseguirle veneno a mi madre, ¿no crees que...?

Ni siquiera tuve que completarlo, él lo entendió:

—¡¿Tamara tenía un pequeño mercado negro?!

Esa era la impresión que me daba. Me moví un poco más por la habitación, esa vez fijándome en todo.

—Parece que este era el cuarto de un niño y al mismo tiempo su despacho —dije, intentando conectar mis sospechas—. ¿Tenía un bebé? Nunca lo dijo.

Nolan soltó una risa nerviosa, nada divertida.

—Mira, Mack, a estas alturas creo que nunca llegamos a conocer a la verdadera Tamara —replicó—. Así que es posible. La pregunta es... ¿está con su padre? ¿Está muerto? Y si es así, ¿por qué todavía tenía esta habitación? ¿No es de...?

«¿Locos?», completé en mi mente. Sí, mucho.

Nolan se quedó en el escritorio haciendo no sé qué y yo me dediqué a inspeccionar el resto. Todo era aterrador, perturbador. En el armario había ropa de bebé, incluyendo calcetines pequeñitos y peleles que habrían despertado nuestra ternura en otro momento. Todo tenía polvo, y resultaba escalofriante. ¿Cuánto tiempo llevaba todo eso colgado ahí?

En un cajón encontré un álbum.

Lo iluminé con la linterna y lo examiné. Era de tapa verde y tenía unas letras decorativas que decían: MIS PRIMEROS AÑOS. Tomé aire, preparándome mentalmente para lo que apareciera. Pero apenas lo abrí... nada. Estaba vacío. Las secciones no tenían ninguna fotografía.

¿No había vivido sus primeros años?

Tuve la fuerte sospecha de que ese bebé jamás llegó a esa habitación.

No recordaba a Tamara embarazada. La había conocido cinco años atrás, así que lo de su bebé debió de suceder antes. Pero ¿cuántos años tenía Tamara entonces? ¿Ya se lo había preguntado? No lo recordaba...

—Eh, Mack, ven a ver esto —me llamó Nolan de pronto, nervioso.

En cuanto me giré hacia él me di cuenta de que se había sentado en el escritorio y que había encendido la laptop. Me detuve a su lado. Había logrado acceder al email de Tamara porque estaba anclado a la barra de tareas en la pantalla.

—Escribí la dirección de email de tu madre —me explicó él— y hay un solo mensaje que Tamara le envió.

El email decía:

Estuve pensando mucho en lo que me pediste. Tal vez es justo. Él me quitó algo, y lo sabes. Lo sabes desde hace seis años. Confié en lo que él me prometió. Juró que podría tener lo que tanto quería si seguía su tratamiento y si aceptaba la inseminación. Creí que eso me ayudaría, pero al final quien me ayudó fuiste tú al permitirme ver que todo fue un engaño de su parte, que nada más me usó como rata de laboratorio. Te conseguiré lo que necesitas y te diré cómo usarlo. Espera mis instrucciones.

Y había sido enviado dos años atrás. El mes, febrero.

—¿No fue esto antes de que...? —dijo Nolan, señalando la fecha.

—De que mi padre empezara a enfermar, sí —completé.

Escuché a Nolan soltar mucho aire, tal vez atónito.

—Cuando dice «él» supongo que habla de Godric —intentó entender—. Significa que... ¿ambas conspiraron y luego usaron el veneno para matarlo?

Así que, mi madre sí había matado a mi padre. Con ayuda de Tamara.

Pero ¿a qué se refería ella con «rata de laboratorio»? ¿Y por qué mi padre le propondría un tratamiento de fertilidad? Entonces, ¿Tamara lo odiaba por eso? ¿Cuál era la verdadera historia? Dios santo, me podía explotar la cabeza de la repentina confusión. No tenía sentido, no lo tenía. O... ¿solo yo no lo entendía?

Perpleja, me moví, pero esa vez hacia la cuna. Era espantosa, vieja, de color amarillo. En un microsegundo el corazón se me aceleró tanto que lo escuché golpearme el pecho y los oídos. Un miedo súbito y helado me erizó la piel. Fue un miedo que no surgió en forma de grito, sino de parálisis. Me quedé pasmada, con la boca entreabierta. Las palabras permanecían atascadas en la garganta, y mi brazo, rígido, mientras apuntaba con la linterna lo que acababa de descubrir.

En el interior de la cuna, sobre la pequeña almohada con una impecable y brillante funda blanca que parecía de seda, reposaba un bebé. Durante un segundo, y estuve segurísima de que a Nolan le pasó igual, creí que se trataba de un cadáver embalsamado, como esos animales que la gente disecaba y ponía en su sala de estar. Pero me acerqué más y, al verlo con mayor detenimiento, me di cuenta de que era de juguete. Lo más inquietante sin duda alguna era que sobre su rostro estaba adherida la fotografía del rostro de un bebé real.

—Es su bebé —murmuré, todavía paralizada.

Hubo un momento de silencio que solo se rompió con la voz de Nolan, quien se había detenido detrás de mí, nervioso:

—Tamara estaba para camisa de fuerza y electrochoque —dijo, mirando el interior de la cuna también—. Es que ¡¿qué demonios es eso?! ¡¿Qué persona normal hace eso?! —Extendió un brazo sobre mi hombro y señaló el muñeco con la mano—. ¡Me siento en *American Horror Story*, Mack, y sabes que a mí ya me asustaba mucho la intro!

Habló tan rápido que cuando cerró la boca pude oír cómo se le había acelerado la respiración. Si le ponía una mano en el pecho, seguro que sentiría su corazón martilleando como el mío. Tenía justificación. Tenía sentido. Pero estábamos allí para hallar las respuestas y no huiría sin ellas, por muy muerta de miedo que estuviera.

Reuní valor y me acerqué más a la cuna hasta que choqué con los barrotes de madera pintada.

—¿Qué haces? —me preguntó Nolan.

Me incliné sobre ella.

—¿Lo vas a tocar? —dijo con algo de exasperación.

Extendí los brazos y cogí al bebé.

—Sí, por supuesto, ya lo has tocado. —Suspiró con decepción por detrás de mí—. Y mira que ni sabes qué tiene, ¿eh? ¿Y si tiene un espíritu dentro como Anabelle? Ya no habrá quien nos lo quite de encima. —Su voz adquirió una nota de inquietud—. Seguro que te posee. Avísame si te posee porque, en cuanto lo hagas, en un segundo solo verás la estela que dejaré al correr, ¿lo has entendido? ¿Lo has entendido, Mackdeleine Cavalier?

Odiaba cuando usaba mi nombre completo porque era un error al igual que toda mi existencia. En realidad, iba a ser Magdeleine, pero la persona encargada de redactar mi certificado de nacimiento tenía algún tipo de deficiencia visual y lo escribió muy mal. Por lástima, mis padres me permitieron usar solo Mack hasta que cumpliera los dieciocho años y yo misma pudiera cambiar mi nombre. Ignoré a Nolan porque además el temblor de su voz y la rapidez con la que hablaba me ponían los nervios a mil.

Me centré en sostener al bebé. Le presioné el cuerpecito. Sí, era de juguete. Examiné la fotografía del rostro. El recién nacido de la imagen tenía los ojos bien abiertos y eran de un color parecido al zafiro. Hermosos, vivos, tiernos. Miraban a la cámara. La nariz era un botoncito. Los labios, dos líneas separadas; debió de estar balbuceando mientras le fotografiaban. Solo que había algo... Estaba envuelto en mantas blancas y no se veía más que su carita, pero había algo..., algo que...

—Era una niña, no un niño —le dije a Nolan.

—¿Y cómo lo sabes? —preguntó él, y se atrevió a acercarse un paso, algo dudoso—. Los recién nacidos son todos muy raros. Hasta los seis meses no puedes diferenciar bien si son niña o niño.

—Solo lo sé —dije.

—Bueno, entonces nació, Tamara le hizo la foto, murió, ella se quedó traumatizada y pegó la imagen en un muñeco para sentir que su hija seguía viva. ¿Es así?

—Sí —asentí.

—Y tan normal que se veía... —suspiró.

Volví a inclinarme para dejar el muñeco en su lugar. De acuerdo, ya sabíamos lo de su pérdida y el estado mental tan destrozado en el que la había dejado. Pero ahora habíamos pasado a otro punto, uno repleto de nuevas dudas.

—¿Ya podemos salir de esta jodida habitación? —dijo Nolan de repente—. Estoy que me cago encima, lo juro.

No parecía haber nada más ahí. Al menos no algo importante.

Salimos de la habitación y cerramos la puerta. Mucha frustración me abordó. Ahora era más real: mi madre había envenenado a mi padre y no había encontrado nada que explicara por qué, que era lo que más me interesaba saber. Lo de la hija de Tamara era interesante, pero ahora solo era un punto más sin conexión alguna.

Me dirigía a la puerta haciendo absurdos intentos en mi mente de conectar la información, cuando Nolan se detuvo junto a la estantería y me apuntó con la linterna para que me detuviera también.

—Antes de irnos, ¿echamos una ojeada más? —me propuso con cierto entusiasmo.

Se refería al agujero, claro. No quería mirar, sino irme rápido de allí, pero su cara era una invitación casi infantil. Me pregunté por qué mi mejor amigo era tan chismoso y luego me pregunté por qué lo quería tanto como para aceptar unirme a sus estupideces solo para complacerlo unos segundos y hacerlo feliz, que era justo lo que pensaba hacer.

Suspiré. Él lo entendió como un sí, se agachó y me pidió que me acercara. Me agaché junto a él. El agujero en la pared tenía unos cuatro centímetros de grosor. Se veía totalmente negro y en verdad no parecía ningún desperfecto causado por el tiempo o el mal material del edificio, sino algo hecho con un propósito. Nolan lo iluminó con la luz de su teléfono y ambos acercamos el rostro, mejilla con mejilla, para mirar al mismo tiempo.

Un ojo inyectado en sangre de color verde amarillento, bien abierto al otro lado de la pared, nos devolvió la mirada.

Y una voz pronunció un:

—Bu.

Gritamos.

Gritamos tan fuerte que la intención de pasar desapercibidos se fue al carajo. Salimos disparados hacia atrás por el susto. Yo me caí de culo, pero con rapidez intenté levantarme. Nolan se puso en pie de un salto, todavía gritando. El miedo me invadió en forma de adrenalina. Casi me resbalé con mis propios pies, casi me fui de boca contra el suelo, pero de pronto sentí una mano agarrarme con fuerza el antebrazo. Pensé que algo me había atrapado, el ojo, un monstruo, la sombra de la comisaría de policía, el fuego, lo que nos perseguía a Jaden y a mí, todo al mismo tiempo, pero en lo que me apuntó con la linterna me di cuenta de que era Nolan.

—¡¡¡Vámonos de aquí, Mack!!! ¡¡¡Vámonos yaaa!!! —gritó, presa del pánico.

Me dio un tirón y echamos a correr. El tiempo se ralentizó un segundo y al siguiente estalló a una velocidad asfixiante y antinatural. Atravesamos la puerta del apartamento en dirección a las escaleras. En el cruce del pasillo, Nolan se resbaló y se cayó de rodillas, pero sus piernas se movieron tan rápido como las de un dibujo animado y logró enderezarse en menos de un segundo. Bajamos los escalones en una carrera horrorizada y jadeante. Las linternas apuntaban en todas las direcciones. Solo vi peldaños, mis pies y a Nolan delante de mí. Me pareció una escalera interminable hasta que llegamos a su fin. Entonces, por un instante no supe dónde estaba la salida del edificio. Miré hacia todos lados y al ver solo oscuridad me sentí desorientada.

Fue la voz de Nolan, que ya estaba cerca de la salida, la que me orientó:

—¡Por aquí! —me llamó en un grito agitado. Eché a correr en su dirección, mientras él continuó exigiéndome haciendo un movimiento con la mano—: ¡Rápido! ¡Ráááápido, Mack, que seguro que viene detrás de nosotros!

—¡Voy lo más rápido que puedo! —me defendí también gritando.

Cruzamos la puerta y pisamos el exterior. Sentí la lluvia helada golpearme la piel y de inmediato un escalofrío. Aire. Hacía mucho aire, y yo tenía la sensación de no poder respirar bien. Era como si mis pulmones tuvieran alguna dificultad o ya estuvieran demasiado cansados para procesar más. Aun así, seguí corriendo. Corrí todo lo rápido que pude, centrada en la distancia entre el auto aparcado bajo las sombras y yo. Primero larga, luego más corta, más corta, más corta, y finalmente, de tan solo unos centímetros.

Abrí la puerta. Nolan la abrió del otro lado. Nos lanzamos hacia el interior. Cerramos las puertas de un golpe.

—¡¿Qué demonios era eso, Mack?! —soltó Nolan al instante.

Sobre su asiento, miró hacia todas las ventanas como si temiera que algo apareciera en ellas. El pecho le subía y bajaba con fuerza. Tenía el rostro rojo, algunas gotas de lluvia en él, los ojos cargados de pánico, los dedos temblando tanto como los míos. Respiraba con la boca entreabierta por el esfuerzo de la huida.

—¡Un ojo! —respondí en un jadeo—. ¡Era un ojo!

—¡El ojo más horrible que he visto en mi vida!

—¡Habló!

—¡La voz más horrible que he oído en mi vida!

—¡Nos vio!

—¡Sabe quiénes somos! —chilló—. ¡Nos va a matar!

—¡¿Y si arrancas de una vez?! —chillé también.

Nolan arqueó las cejas y todo su rostro se contrajo de miedo y angustia, pero asintió rápidamente como si mi chillido le hubiera recordado que eso era lo que tenía que hacer. Desesperado, hundió las manos en sus bolsillos. Cuando encontró las llaves y las sacó, temblaba tanto que las escuché golpear unas contra otras.

—Pero ¡¿era un monstruo, un fantasma, una cosa?! ¡¿Qué?! —volvió a soltar mientras trataba de encajar la llave en su lugar—. ¡¿Qué era?! ¡¿Qué demonios era eso!? ¡¿Nos persiguió?! ¡¿Venía detrás?!

Sentí la necesidad de arrancar yo misma el coche porque sus intentos de introducir la llave fallaban debido al temblor en sus manos. Sí, yo también tenía miedo. También creía que ese ojo con ese extraño tono amarillo había sido horrible, impropio de un humano, pero no podíamos quedarnos allí. Debíamos irnos cuanto antes.

Una oleada de impaciencia comenzó a invadirme.

—¡¡¡Arranca de una vez, Nolan!!! —volví a exigirle.

—¡¡¡No me grites!!! —chilló en el mismo tono de desespero, susto y nerviosismo.

Cerró los ojos con fuerza como si estuviera batallando contra el miedo en su cabeza y la realidad del momento. Quise decirle que era el peor escenario para que decidiera hacer eso, pero en un segundo los abrió y tomó aire. Su pecho se infló y luego se desinfló. Dirigió la llave a su lugar y logró introducirla. La giró.

El motor no se encendió.

Nolan abrió los ojos de par en par con una estupefacta cara de «no puede ser posible, no en este momento, no ahora...» y volvió a girar la llave.

Nada.

—No se enciende —dijo en un aliento de perplejidad.

—Inténtalo, inténtalo hasta que arranque —le pedí.

Un escalofrío me recorrió la espina dorsal. Contuve la respiración para no entrar en pánico. Nolan probó de nuevo. Entre el sonido del motor reaccionando unos segundos y luego apagándose, se escuchaban nuestras respiraciones como acelerados jadeos de miedo. De fondo, había un silencio denso y aterrador. Al menos estábamos dentro del vehículo, pero...

Miré por las ventanas. Miré por las de atrás y luego a través de la mía. Los cristales estaban repletos de gotas y el panorama fuera era negro, nocturno y solitario. ¿Aquello... nos había seguido? No lo sabía, dado lo rápido que había sucedido todo. No había escuchado pasos, solo nuestros gritos. Miré hacia el bloque de apartamentos por el cristal delantero. Tampoco había señales de fuego. Todo en el edificio, a solo unos metros de nosotros, parecía tranquilo. La entrada estaba igual que...

Me quedé helada en el asiento.

Estaba mirando la fea verja de entrada y vi que se estaba abriendo. Apareció una figura, que salió a paso tranquilo hacia la calle. Justo en ese momento, casi al ritmo de esos pasos, el único farol de la calle que funcionaba se apagó. La figura era ahora una silueta negra, alta, delineada por las luces delanteras del vehículo. La lluvia le caía encima como un halo. Se giró en nuestra dirección y se quedó mirándonos.

—Nolan... —dije lentamente y con precaución.

Él seguía inclinado sobre el volante, girando la llave. Se detuvo y alzó la cara. Miró hacia delante. Se quedó inmóvil, con los ojos tan grandes como los de un búho.

—Ay, Dios... —dijo, suspirando.

Fueron un par de segundos los que nos quedamos en plan «tú nos miras y nosotros a ti», paralizados, aterrados, imaginando los mil horribles finales que tendría aquello, porque lo que fuera que estaba allí parado inspiraba una sola cosa: miedo. Era como si solo con su postura nos transmitiera un mensaje: «Témanme».

Reaccionamos cuando de repente las luces del auto empezaron a parpadear. Miramos el abanico de luz proyectado sobre el asfalto. Las luces se encendían y se apagaban. Se encendían y se apagaban. Una avería. ¿Y alguien la había provocado?

Antes de que Nolan pudiera soltar un chillido o yo pudiera volver a exigirle que pusiera el motor en marcha, la silueta comenzó a avanzar hacia nosotros.

A partir de ahí todo sucedió demasiado rápido y fue demasiado abrumador.

Nolan gritó:

—¡¡¡Ahí viene!!!

Yo grité:

—¡¡¡Enciende el coche ya!!!

Él volvió a gritar:

—¡Que no se enciende! ¡Que no se enciende! ¡Ahí viene!

Entonces la necesidad de supervivencia estalló dentro de mí. Reaccioné de forma súbita e improvisada. Me lancé hacia el lado del conductor y giré la llave yo misma. El motor sonó y se apagó. La giré de nuevo. El motor reaccionó igual. Al mismo tiempo miré hacia delante. La figura, el tipo, la cosa, lo que fuera avanzaba por el centro de la calle en nuestra dirección. Los faros delanteros parpadeaban como locos. Mi corazón era un propulsor potente contra mi pecho. Una corriente de adrenalina me exigió seguir intentándolo.

No sentía gran parte del cuerpo y me estaba quedando sorda con los gritos de Nolan:

—¡Ahí viene! ¡Ahí viene!

Giré la llave.

El auto se encendió.

—¡¡¡Aceleraaaaa!!!

El pie de Nolan pisó a fondo el acelerador. El vehículo salió disparado hacia delante y yo salí disparada hacia atrás en el asiento. Las llantas chirriaron. Por un momento no pude dominar los movimientos descontrolados de mi cabeza, debido a las sacudidas, y tuve que apoyar las manos en el salpicadero. Nolan agarró el volante cuando el auto ya estaba avanzando. Un grito se alargó por encima de nosotros. Quizá mío, quizá de Nolan. Vi al tipo más y más cerca, más y más cerca. ¿Y su rostro? Solo pude ver sus ojos brillantes y amarillos. Luego el miedo. Luego la posibilidad de la muerte.

Y luego el impacto.

Sucedió en segundos, pero me dio la sensación de que todo pasaba a cámara lenta. El auto colisionó contra esa figura. Produjo un sonido seco e impresionante que me sobresaltó. Había pensado que sería como atravesar una sombra, pero el cuerpo golpeó contra el vidrio delantero con tanta fuerza que el cristal se resquebrajó. Una mancha de sangre marcó el lugar exacto del golpe. La silueta parecía un bulto oscuro, indefinido y extraño mientras daba vueltas. Después rebotó por encima del capó y cayó sobre el asfalto. Las llantas pasaron por encima de él. Lo supimos porque el vehículo se elevó y se tambaleó debido a la gran protuberancia.

Luego pasamos de largo a toda velocidad. Al instante, como una reacción automática, me giré sobre el asiento para mirar hacia atrás. Nada. Lo que fuera que habíamos atropellado, destrozado y aplastado como una calcomanía —quién sabía cómo había terminado— no estaba ya en el asfalto.

Me enderecé en el asiento con el pecho convulsionándome por la impresión. Nolan tenía los brazos extendidos y rígidos mientras agarraba con fuerza el volante. También estaba presionado contra el asiento, como si estuviera conteniendo la respiración porque algo le impedía moverse. Luego giré la cabeza hacia delante. Me quedé mirando la mancha de sangre que ahora resbalaba en una línea recta por el cristal. Era tan roja, tan viva, tan humana...

Nolan la miró también.

—Acabamos de matar a alguien —susurró.

16

Ten cuidado con lo que deseas recordar...
o con lo que recuerdas

Eleanor regresó muy temprano al día siguiente. Vino con todo su equipo de organización de eventos. La casa de inmediato se llenó de gente que planeaba, quitaba y traía cosas, así que ver a Ax fue imposible. Sabíamos que estaba en la casita de la piscina, pero no nos acercamos. Al contrario, nos quedamos en mi habitación, lejos de los gritos y las órdenes.

Yo estaba tendida en mi cama. Nolan se había tendido en el suelo con los brazos extendidos, mirando fijamente el techo. Era como si ambos estuviéramos intentando procesar lo que había sucedido la noche anterior en el apartamento de Tamara, y estuviéramos demasiado asustados para hablar de ello.

Nolan tomó valor en cierto momento, pero sonó como un zombi:

—Era una persona, y la hemos matado. Somos unos asesinos.

—Cuando miré hacia atrás, ya no había nadie —intenté tranquilizarle—. No sabemos qué era en realidad.

—¿Y qué otra cosa podía ser? —soltó—. Que yo sepa solo hay humanos en este mundo, Mack. Y asesinos, que es lo que somos nosotros ahora.

—Deja ya de decir eso —lo regañé—. Con lo raro que es Ax ya hasta he estado pensando que hay más que humanos, y que eso tal vez no lo era.

Se apoyó en los codos para mirarme. Tenía unas ojeras violáceas bastante marcadas, parecidas a las que yo tenía siempre y a las que ya me había acostumbrado. Llevaba un bañador y una camiseta de manga corta. Había dicho que se daría un baño en la piscina, pero terminó por no salir de la habitación como el buen cobarde que era.

—¿Qué crees entonces? ¿Qué era un vampiro tipo los hermanos Salvatore? —me preguntó con aire pensativo—. Porque no tendría ningún problema con eso. ¿O quizá hombres lobo como los de *Teen Wolf*? Con los cuales tampoco tendría problema.

Admití que algo así en definitiva habría sido muchísimo mejor incluso para mí.

—Creo que como ninguno de esos —suspiré.

Volvió a recostarse con los brazos y las piernas extendidas para admirar el techo. Lo escuché exhalar ruidosamente.

—Sí..., yo también lo creo —dijo en un tono bajo y desanimado.

Volvimos a sumirnos en el silencio.

Nolan habló de nuevo después de un rato de contraseñas fallidas.

—Entonces ¿Ax no es humano? —me preguntó.

—No tengo ni idea de qué es —admití.

Otro suspiro sonoro de su parte.

—Tuve que haberme escapado con ese circo a los dieciséis años, de verdad... —se lamentó con tono teatral, derrumbado, destrozado—. Mis únicas preocupaciones ahora serían el color de las mallas y cuánto papel higiénico me metería entre las piernas para que el paquete se me viera grande durante la función. No criaturas extrañas, ni ojos, ni chicos guapos que aparecen ensangrentados en un jardín...

Cerró los ojos con fuerza, sin completar su trágico monólogo. Puso una de esas exageradas expresiones de abatimiento, como si fuera a llorar en cualquier momento. En realidad, no iba a llorar, el drama lo calmaba más que las lágrimas. Se colocó un brazo sobre la cara en un movimiento dramático y trágico.

Abrí la boca para decirle algo, pero entonces oímos un grito proveniente de abajo, que subió las escaleras, atravesó los pasillos y se coló en mi habitación.

—¡Mack! ¡Ven ahora mismo!

Eleanor, mi madre. Bueno, lo de «madre» ya se me estaba haciendo difícil de pronunciar. Desde que sabía que había envenenado a mi padre, cada vez que escuchaba su voz me recorría el cuerpo una onda caliente de rabia y resentimiento. Me entraban ganas de ir a la policía y contar lo del veneno, pero luego pensaba que así no lograría resolver todo lo que estaba sucediendo a nuestro alrededor.

Dejé a Nolan hundirse en su tragedia y fui a ver para qué me llamaba. Caminé a paso lento para tomarme mi tiempo y hacerla esperar, algo así como un pequeño gesto de venganza, pero cuando empecé a bajar los escalones que daban al vestíbulo y se fueron haciendo visibles esos zapatos, ese pantalón, ese uniforme, el arma enfundada en el cinturón, la placa de policía, el cabello rubio..., el corazón y todo dentro de mí se aceleró por el susto.

Dan, el hermano de Nolan.

Joder. Eleanor estaba frente a él con su falda de tubo, sus zapatos altos y su tableta en una mano. Nada le molestaba más que la interrumpieran cuando estaba planeando algo que ella consideraba importante, pero cuando Dan alzó la vista hacia mí y ella se giró y vi esas cejas fruncidas y esa mandíbula tensa, supe que lo que menos la había enfadado había sido la interrupción; era evidente que le acababan de decir algo sobre mí que no le había gustado nada.

Más problemas.

—El agente Dan está aquí haciendo algunas preguntas que no entiendo —dijo con rapidez, apenas llegué al último peldaño.

Le dediqué una mirada cargada de desconfianza y recelo a Dan. Muy guapo y todo con el uniforme ajustado y esa cara de actor de algún *CSI*, sí, pero un metomentodo. Me habría gustado darle una patada ahí mismo.

—¿Ah, sí? —pregunté.

—Dice que no deberíamos perder de vista a nuestro huésped. —Eleanor enarcó una ceja y me observó con severidad—. ¿A qué huésped se refiere?

«Mierda. Mierda. Piensa algo, y que sea inteligente. O mejor solo piensa algo.»

Entreabrí los labios para soltar lo primero que me llegara a la cabeza, pero Dan se me adelantó:

—Axel Müller, ¿no? —dijo con esa voz de policía pragmático, alternando la vista entre Eleanor y yo—. Me tomé la molestia de investigar un poco y encontré bastantes chicos con ese nombre, Axel Müller, pero ninguno coincidía con la imagen de tu amigo.

Eleanor lo miró entre algunos parpadeos de perplejidad y luego se volvió hacia mí. Sus ojos, enmarcados por una espectacular capa de rímel, estaban abiertos de par en par, confundidos y enfurecidos por esa misma confusión.

—¿Quién rayos es Axel? —me preguntó con algo de exasperación.

Durante un momento no supe qué decir. Mi mente se quedó en blanco. La verdad se me deslizó hasta la punta de la lengua. Podía contárselo. Podía contarles que lo encontramos en el jardín y que no sabíamos de dónde venía. Si era una víctima, quizá todo sería más fácil con ayuda experta. Sentí ganas de soltarlo, pero entonces vi a Eleanor y recordé a Tamara muriendo. Recordé lo del veneno. Eleanor también tenía secretos, secretos horribles. Y si ni siquiera podía confiar en la mujer que me había parido, las únicas personas que me quedaban eran Nolan y ahora, de algún modo, Ax.

Fruncí el ceño. Supe con exactitud cómo contestar. Miré a Dan con dureza.

—Bueno, gracias, Dan, supongo que desvelar una mentira adolescente es de las cosas más interesantes que has hecho como policía —le solté.

Eleanor volvió a parpadear con estupefacción y desconcierto, como si no creyera que eso acababa de salir de mi boca.

—¿Qué mentira de adolescente? —preguntó.

—Pues que solo lo metí aquí para follar con él.

Ambos se quedaron igual de impactados. No por la palabra, y quizá tampoco por lo que significaba, sino más bien por la naturalidad con la que la dije, como si también pudiera decirlo delante de todas las personas importantes e influyentes que nuestra familia conocía. Era la primera vez que Eleanor me oía decir «follar». Ni cuando Jaden era mi novio.

—Maaack... —dijo, alargando mi nombre como una advertencia de que controlara mis palabras.

Dan carraspeó y se removió sobre sus pies.

—Señora Cavalier...

—No —le interrumpí a Dan con firmeza—. Mi vida sexual debía saberla mi madre y la comisaría de policía entera, porque supongo que debe de ser muy sospechoso y poco corriente que una chica de diecisiete años meta a un chico en su casa a escondidas, ¿no?

Dan se llevó una mano a la nuca para rascársela, totalmente incómodo.

—Bueno, el caso es que... —intentó decir, pero volví a interrumpirle con rapidez.

—¿O necesito una especie de coartada? ¿Debo buscar en la basura el condón que usó para confirmar que estoy diciendo la verdad? ¿O quieres que te dé detalles sobre qué me hizo y qué le hice y, sobre todo, en qué parte de esta casa lo hicimos?

Eleanor intervino al instante.

—¡Mack Cavalier, ya basta!

Fue un grito alto, demandante, con tanta autoridad materna que llamó la atención del equipo de organizadores que estaban en la cocina, porque una cabeza se asomó furtivamente por la entrada, asombrada. Algunas cosas dejaron de sonar, como si la gente se hubiera detenido para aguzar el oído y enterarse de lo que estaba pasando.

Ella se volvió hacia Dan con los labios tensos al igual que el cuello.

—Agente, gracias por su preocupación —le dijo en un tono moderado y cordial—. Ahora me ocuparé de todo yo misma. —Me miró de reojo con la misma inclemencia que advertía un buen castigo—. Hay algo de cierto en lo que ella acaba de decir: los adolescentes hacen cualquier cosa para tener sexo. Solo... esperaba algo mejor de mi hija.

Le devolví la misma mirada, una que transmitía un «conoces poco a tu hija».

Dan asintió, evidentemente incómodo. Había quedado por completo descolocado.

—Tiene razón —aceptó, y se esforzó por dedicarnos una sonrisa profesional de buen poli a ambas—. Me retiro entonces. Que tengan un buen día. Y lamento las molestias.

Se giró y fue hacia la puerta. Apenas la cerró al salir, Eleanor se volvió hacia mí. El reproche, el enfado y la consternación se arremolinaron en su cara. Me miró como si quisiera buscar un cinturón y pegarme con él como se hacía antaño. También pude ver decepción en su cara. Me habría sentido mal si su decepción hubiese estado causada por ver frustradas sus altas expectativas respecto a mí. Pero no era sí; su decepción se debía a que yo no era como ella quería. No le gustaba nada de mí, ni mi actitud, ni mi aspecto, ni mi estilo, ni mi cara, ni nada de mi vida. Lo entendía. Yo también habría deseado tener otra madre en ese momento. Una que, al menos, no fuera una asesina.

—Así que de eso se trata todo —dijo con lentitud y perplejidad—. Estás con un chico.

—No exactamente.

—¿No exactamente? Entonces, ¿qué es?

—Solo nos divertimos —dije con simpleza, encogiéndome de hombros.

Apretó la boca con gravedad. La severidad fue lo único reconocible en su expresión. Dio un par de pasos hacia delante, haciendo resonar los tacones con lentitud, como si ese fuera el sonido de la furia acercándose.

—Te di tiempo, Mack —me dijo al detenerse. La forma en que lo dijo, tan bajo y con tanta seriedad, pudo haberme asustado en el pasado, pero ahora no—. Te di todo el tiempo que creí que necesitabas tras la muerte de tu padre, tras la muerte de Jaden, después de todas las tragedias que ha vivido nuestra familia... Así que, si has tenido las agallas para meter a un chico en esta casa y acostarte con él, estás más que lista para enfrentarte a lo que significa madurar y ser una adulta. Se acabó el tiempo. Se acabaron las niñerías. Vas a ir a la universidad que yo diga, y no pienso discutirlo de nuevo.

Me dio la espalda y se fue. En cuanto sus tacones resonaron con mayor rapidez, todos los ruidos de la casa producidos por los organizadores se reanudaron.

Me dirigí a las escaleras, pensando que en realidad no había salido tan mal, pero entonces ella se detuvo y se giró hacia mí. Sus palabras, autoritarias e inflexibles, me sorprendieron en el tercer escalón:

—Y a ese chico, Axel, lo quiero aquí en la fiesta —exigió—. Quiero verle la cara para saber a quién tener que buscar en caso de que se te ocurra meterte en algún problema más grande o, peor aún, en caso de que se te ocurra arruinar tu vida con un embarazo.

Dicho esto, se fue y yo me quedé plantada en las escaleras.

Pues sí, sí había salido muy mal.

Nolan se tuvo que ir a su casa porque su madre tenía un ataque de histeria. Eleanor salió a una cena importante con unos colegas. Al final del día la enorme mansión Cavalier quedó completamente sola, silenciosa y fantasmal, justo como más me gustaba.

Pedí una pizza grande, saqué un *pack* de Coca-Cola del refrigerador y luego fui a la casita de la piscina para cenar con Ax. Acababa de descubrir que había estado esperando ese momento durante todo el aburrido día: hacer algo con él, ver si estaba bien, revisar su herida, compartir la comida... Era lo único que me entusiasmaba un poco después de toda la mierda que había sucedido.

Mientras atravesaba el jardín, me fijé en que el cielo no tenía ni una estrella. Estaba completamente nublado y la brisa nocturna era tan fría que amenazaba con que seguiría lloviendo durante un tiempo. Alrededor de la piscina y del jardín, habían dejado arreglos, telas, mesas y sillas para colocarlos al día siguiente. Solo faltaba un día para la estúpida fiesta. La fiesta en la que Eleanor quería conocer a Ax.

Eso era un gran problema al que no sabía qué solución darle.

Abrí la puerta de la casita con la llave (la había dejado cerrada por si a alguien se le ocurría husmear dentro) y entré. Me las arreglé para presionar el interruptor de luz aun sosteniendo la caja de pizza y la Coca-Cola. No vi a Ax, pero como podía estar en el baño o en la habitación, no le di mucha importancia.

—¡He traído pizza y Coca-Cola! —anuncié con ánimo.

Lo dejé todo sobre la mesita de la sala. Se me ocurrió encender la tele, pero preferí esperar a que él apareciera hambriento y desesperado por tragar sin masticar demasiado, como solía hacer. Acababa de descubrir también que eso me parecía muy divertido.

Miré hacia los lados, esperando.

Pasó medio minuto.

—Es de la que te gusta, con anchoas y un montón de *pepperoni* —agregué en un canturreo para provocarlo.

Aguardé un momento. Las palabras «cena» y «pizza» solían atraerlo de inmediato. Pensé que decir «pepperoni» y «anchoas» funcionaría para que dejara lo que estuviera haciendo y viniera de inmediato, pero de repente fui consciente de que el lugar estaba demasiado silencioso y tranquilo. De hecho, sospechosamente silencioso y tranquilo.

Fui a la habitación y me asomé. Vi la cama vacía. Fui al baño y me asomé con mucho cuidado por si estaba desnudo, pero tampoco estaba allí. La idea de que se había escapado se me pasó por la mente, pero luego recordé que ni siquiera le gustaba salir de la casa. Probablemente, estaría deambulando por el jardín o tirado entre los arbustos o... Se me ocurrió algo mucho peor. ¿Y si aquello de los ojos amarillos había venido y Ax...?

Una corriente de nervios y temor me atenazó. Salí disparada hacia la puerta, dispuesta a recorrer todo el jardín para encontrarlo, pero entonces me detuve a medio camino y volví la cabeza.

El armario. No había mirado dentro del armario.

Al abrir la puerta unos centímetros, vi su cuerpo acurrucado en la oscuridad. Se abrazaba las piernas y tenía la cabeza hundida entre ellas.

—¿Qué haces metido aquí? —le pregunté.

Como sabía que no iba a responder, me giré para ir otra vez a por la pizza, abrir las latas y prepararlo todo.

—Hoy solo cenaremos tú y yo porque Nolan tuvo que irse —comenté mientras iba a la sala—. Ya sabes, su madre. Si no aparece durante un par de días por casa, cree que se ha fugado con una secta homosexual. Ella lo dice así, secta homosexual. Suena horrible. Esa mujer es horrible, en serio. Si te contara que una vez ella...

Pero no completé la anécdota al darme cuenta de que todo seguía en silencio. Cerré la boca y miré de nuevo hacia el armario. La puerta estaba abierta, pero Ax no se había movido. Qué raro. Si acababa de decirle que íbamos a cenar... ¿Acaso no me había escuchado?

Intenté otra cosa. Me incliné y abrí la caja de pizza para que el delicioso y tentador olor se liberara. Volví a mirar hacia el armario. Esperé un momento a que detectara el aroma, pero se mantuvo en la misma posición, encogido e inmóvil. Y en ese instante sí empecé a preocuparme.

—¿Ax? —le llamé dando unos pasos hacia él—. Es hora de cenar.

Enfaticé la palabra «cenar»; pero nada. Permaneció estático con la cabeza oculta entre las piernas.

—Ax, ¿es que no tienes hambre? Al menos mueve la cabeza para decir sí o no.

No lo hizo. Me detuve bajo el marco de la puerta. Con lentitud me acuclillé frente a él y lo miré durante un momento. ¿Estaría dormido? ¿Se había dormido en esa posición? Era posible. La conducta y las reacciones de Ax eran rarísimas la mayoría de las veces. Quizá...

—¿Te sucede algo? —pregunté por tercera vez.

Y al no obtener ninguna respuesta, todavía en cuclillas, coloqué ambas manos sobre su cabeza y la impulsé hacia atrás para que la levantara. Apenas vi su rostro, casi me caí de culo hacia atrás. Solo logré equilibrarme porque apoyé una mano en el suelo.

Su rostro..., no, todo él tenía un aspecto impactante. Dios santo... Tenía la boca entreabierta y jadeaba. La piel se le había enrojecido de un modo parecido al que adquiría la cara durante un estrangulamiento. Algunas venas se le marcaban en las sienes. Las cejas estaban arqueadas. Su respiración era acelerada. Respiraba por la boca como si, haciéndolo por la nariz, no obtuviera el suficiente aire. El pecho le subía y bajaba con violencia. Tenía las manos inflamadas, entrelazadas y aferradas alrededor de sus piernas. Y sus ojos... estaban inyectados en sangre, húmedos, abiertos desmesuradamente, más que nunca, cargados de miedo, de espanto, de horror.

—Ax, ¿qué tienes? ¿Qué...? —le susurré con preocupación al tiempo que dirigí una mano hacia él.

Cuando intenté tocarlo, su reacción fue abrupta y violenta. Se echó hacia atrás con rapidez como si hubiera tratado de hacerle daño. Sacudió la cabeza de un lado a otro y se acurrucó más al fondo del armario para protegerse y resguardarse.

—No —empezó a decir entre balbuceos—. No. No. No. No...

Me quedé paralizada. No entendía qué estaba sucediendo.

Ax me observó, pero la manera en la que lo hizo me dejó aún más atónita y asustada, como si yo fuera algo atroz, algo abominable, algo temible y me tuviera muchísimo miedo. Tampoco comprendí su desesperación por acurrucarse contra el fondo del armario, como si quisiera ponerse a salvo, como si pensara que iba a morir...

Un ataque de pánico. Eso era. ¡Estaba teniendo un ataque de pánico! A veces, Nolan los tenía también, por esa razón sabía con exactitud qué hacer. Pero Ax era diferente a Nolan... ¿Y si no funcionaba? De todos modos, lo intenté.

En cuclillas retrocedí un poco para que entendiera que no tenía ninguna intención de abordarlo o de hacerle daño. Debía darle espacio y hablarle con calma. Debía recordarle que todo pasaría, que quizá podía intentar relajar su estómago para respirar un poco mejor. Podía recordarle que estaba a salvo, pero la situación variaba según la persona. Por ejemplo, a Nolan le tranquilizaban los ejercicios de respiración y contar. No sabía cómo funcionaría con Ax. Jamás lo había visto así. Siempre parecía fuerte, intimidante, y ahora... ahora se veía tan débil, tan vulnerable, tan... tan víctima.

—Ax, soy yo, Mack —empecé a decirle con mucha suavidad y cuidado—. Estoy aquí contigo.

Intentó alejarse más de mí. Se impulsó hacia atrás con los pies. Su cuerpo golpeó la pared con algo de fuerza y levantó una nube de polvo.

—Estamos en mi casa. Los dos —proseguí—. No estás solo y estás a salvo.

Continuó respirando con fuerza por la boca. Trató de retroceder todavía más. Soltó las manos de las piernas y las aferró a la pared. La palpó con desespero y entendió que no podía seguir retrocediendo. Los ojos, desorbitados y grandes, me recorrieron con horror. Tenía miedo. Estaba asustado. Probablemente, ni siquiera me reconocía. Quizá me confundía con alguna de las personas que lo había lastimado y, si no dejaba de hacerlo, las cosas podían ponerse feas.

Debía calmarlo cuanto antes, hacerlo regresar a la realidad.

—Sé que tienes miedo, y eso es porque estás teniendo una crisis, pero va a pasar. Va a pasar muy rápido. ¿Qué tal si cierras los ojos y dejas que tu cuerpo se libere de todo ese miedo?

Aguardé un momento. Sin embargo, su pecho empezó a subir y bajar aún más agitado. De nuevo palpó la pared detrás de él y comenzó a darle golpes como si quisiera tumbarla para crear una vía de escape. Mi corazón se aceleró. Tragué saliva. Estaba en extrema crisis. ¿Y si no se controlaba? ¿Y si se asfixiaba? ¿Y si se ponía violento? ¿Y si yo no era capaz de ayudarle?

Lo intenté de nuevo. Los golpes que daba a la pared eran sonoros y me asustaban y me ponían aún más nerviosa. Traté de controlarme para que la voz no me saliera temblorosa.

—Sé que es difícil y que no puedo imaginar lo que sientes —seguí hablando—, pero puedo asegurarte que estás a salvo, que la persona que te hizo daño en el pasado no está aquí. Solo estoy yo, acompañándote. Estás a salvo, Ax. Nadie va a lastimarte. Yo nunca haré nada que te perjudique, ¿de acuerdo?

Continuó golpeando la pared. Un golpe seco tras otro. La mirada fija en mí. Aterrorizado. La respiración convulsiva, caliente, exigente. Quise tocarlo, pero sabía que empeoraría las cosas si lo intentaba.

—Soy Mack —le susurré, y le dediqué una sonrisa de empatía—. ¿Recuerdas? ¿Me recuerdas? Mack...

Eso pareció funcionar. El siguiente golpe que dio fue débil. Y el siguiente, más débil. Y el siguiente, apenas un toque en la pared. Aguardé. Dejó las palmas quietas. Le temblaban bastante. Se dedicó a respirar y a mirarme. Pecho arriba, pecho abajo. Solo se escuchaban sus jadeos, salvajes y desesperados. Seguí esperando. Poco a poco, sus cejas arqueadas fueron relajándose. Volví a tragar saliva, esperanzada y muy nerviosa. Mantuve la pequeña sonrisa para transmitirle seguridad y compañía.

Permaneció así durante un momento.

Esperé.

Siguió mirándome, inmóvil.

Esperé, esperanzada.

Quise decirle algo más, pero lo vi mover un poco la boca. Extrañada, me incliné unos centímetros hacia delante para verlo mejor. ¿Qué hacía? ¿Decía algo? ¿Estaba hablando? Me incliné un poco más...

—Recuerda... —dijo en un susurro demasiado bajo y débil—. ¿Me... recuerdas? —repitió.

Por un instante sentí que era una pregunta, pero comprendí que solo estaba repitiendo mis palabras. De cualquier modo, me alivió. Había funcionado. Se estaba relajando. Lo miré con atención. Sí, se mantuvo quieto. La respiración comenzó a apaciguarse poco a poco. Me atreví a dar un pequeño y cauteloso paso hacia él. No se alteró. Di otro. Tampoco se alteró. Muy bien.

—Estoy aquí —le susurré con afabilidad—. Y estás a salvo.

Era el momento del contacto, cuando solía abrazar a Nolan, pero Nolan no estaba traumatizado como Ax, así que no me atreví a hacerlo. Debía ser cuidadosa, limitarme a mostrarle afecto y seguridad. Me decidí por tomar una de sus manos, cuyos dedos temblaban.

Extendí mi mano con lentitud y precaución. Él seguía mirándome fijamente el rostro. Me aseguré de mantenerle la mirada, de no apartarla por mucho que me inquietaran sus ojos. No quería que sintiera rechazo ni abandono. Seguí acercando mi mano a la suya. Descubrí que mis dedos también temblaban un poco, de modo que tomé aire para tranquilizarme.

La extendí más, más, más, más, y entonces...

Apenas las puntas de mis dedos tocaron sus nudillos, el recuerdo atravesó mi mente en una ráfaga clara e inconfundible:

Una mano hacia otra. Una mano pequeña, de una niña. Una niña de ocho años, de piel clara y cabello largo y negro. Yo. Yo era la niña. Mi mano estaba extendida hacia delante, en dirección a alguien, y sonreía.

—*Ahora sí* —*dije con una voz aguda, infantil y muy animada*—. *Soy Mack, ¿y tú cómo te llamas?*

Una mano se extendió hacia mí. Una mano de un niño. No sabía cuántos años tenía... Su mano era blanca y tenía las uñas sucias y algunas magulladuras. Solo veía la mano y el antebrazo. Nada más.

—*Ax.*

Y nuestras manos se unieron.

El recuerdo desapareció tras un resplandor. Cuando volví a concentrarme en la realidad, la vi borrosa por las lágrimas acumuladas en mis ojos. Los apreté con fuerza. Las lágrimas cayeron. Descubrí que todo el miedo y los nervios se habían desvanecido de repente. Solo había una cosa dentro de mí, una sola sensación: emoción.

Ax seguía delante de mí, acurrucado contra la pared, con la mirada desorbitada, aunque menos horrorizada que un momento atrás. Su respiración era más tranquila. Observé mis dedos sobre sus nudillos y completé el agarre de su mano. La sostuve y, en cuanto la envolví como había hecho cuando éramos niños, solté una risa. Y seguí riendo, feliz y conmovida. Era una risa de entusiasmo: acababa de entender algo que llevaba esperando entender desde hacía tiempo, algo muy valioso.

—Te recuerdo —le dije—. No del todo, pero te recuerdo.

Ax echó la cabeza hacia atrás y cerró los ojos. Soltó mucho aire por la nariz.

Volví a mirar nuestras manos. ¿Así que nos habíamos conocido hacía años? ¿Por qué ese recuerdo estuvo tan bloqueado? Y... ¿qué más había pasado? Quería recordarlo todo. Quizá muchas respuestas estaban en ese recuerdo. No había logrado ver el resto de Ax en ese trocito de memoria, tan solo el momento en el que nos dijimos nuestros nombres. Tenía que haber más. Posiblemente..., posiblemente yo sabía dónde estuvo él durante todo este tiempo. ¿Sabría también quién le había hecho tanto daño?

Logró calmarse. Tardó unos minutos, pero luego lo animé a salir del armario. Le mandé un mensaje a Nolan para contarle lo que había sucedido y luego le pregunté a Ax si quería comer, pero vio la caja sobre la mesita, desvió la vista hacia el suelo y negó con la cabeza.

Después se quedó en un estado de ausencia absoluta. No se movió, se limitó a quedarse mirando el suelo y a respirar. Así que lo conduje hacia la habitación. Allí le pregunté si quería que le cambiara la venda del abdomen. No dijo nada tampoco. Entonces me ocupé de eso.

Busqué el botiquín, me senté en la cama y lo dejé sobre mi regazo. Ax se quedó frente a mí, de pie. Comencé a desenvolver la venda con cuidado. En cuanto la retiré, me quedé mirando con curiosidad la herida, o lo que quedaba de ella. Ya era una línea cicatrizada de color de la piel y estaba mucho menos abultada. No necesitaba nada, ni ser limpiada, ni ponerle ninguna venda. Era asombrosa la rapidez con la que se había curado. Era tan impresionante que tuve que tocarla para comprobar que mi vista no me engañaba.

La palpé con el dedo índice y el de en medio. Por un instante, una nueva y extraña sensación de nervios me recorrió el cuerpo. La misma que cuando Ax me tocó la herida, la misma que cuando había tomado su mano anoche en la oscuridad, la misma que cuando admití que estar en ropa interior frente a él me hacía sentir a gusto. Sí. Me gustaba tocarlo...

La voz de Nolan sonó en mi cabeza: «¿Quieres admitir que te gusta de una vez?». Pero me había negado a ello porque Ax era... un extraño, ¿no? Un total desconocido. Sin embargo, ahora que sabía que no lo era del todo, me sentía diferente, como si la... ¿atracción? hacia él tuviera más sentido. Recordé incluso la mentira que le había dicho a Eleanor por la mañana. «Lo metí aquí para follar con él», y una especie de cosquilleo, de corriente, de algo nuevo, se despertó dentro de mí.

Estaba emocionada porque la sensación de familiaridad no había sido falsa. No me había equivocado. Lo conocía, pero mis recuerdos estaban tan borrosos... Siempre estuvieron borrosos, pero con él, de alguna forma, conseguía recordar. No sabía si estaba agradecida, feliz o en deuda con Ax. No sabía con exactitud qué sentía por él.

Así que la tercera cosa de la que acababa de darme cuenta era de que Ax me confundía como un chico normal lograba confundir a una chica normal.

Miré hacia arriba con los dedos todavía sobre su herida. Él seguía inmóvil con los brazos lánguidos y la mirada fija, exhausta y perdida en algún punto del vacío. La mano del niño de mi recuerdo era tan pequeña... Ese niño se había convertido en el chico que tenía delante, en alguien impresionante y atractivo de una manera extraña. Quizá yo... Quizá sí... Quizá...

No. Quizá nada. No era correcto. Ax no sabía nada sobre relaciones, atracción u hormonas adolescentes. No podía pensar en él de esa forma. Solo debía ayudarlo. Solo era su amiga. Nada más.

Sacudí todos esos pensamientos. Suspiré y cerré el botiquín de primeros auxilios. Me levanté y la dejé sobre la mesita de noche. Luego tomé la mano de Ax y le indiqué que se acostara en la cama. Se quedó boca arriba, todavía ausente. Apagué la luz y luego volví a la cama con él. Me acosté también, de lado para mirarlo con atención. Si tenía otro ataque, estaría ahí para ayudarlo.

Me quedé dormida, pero no mucho rato después una voz me despertó. Era Nolan. Asomó la cabeza por la puerta y nos observó con una sonrisa amplia y pícara:

—Supe que alguien tuvo una crisis —canturreó— y vine corriendo para traer los dos remedios ideales para superar una crisis. —Entró de un salto mostrando una bolsa—: ¡Helado y películas!

Esa noche pusimos comedias románticas. Nolan y yo buscamos cucharas y comenzamos a comer. Ax se quedó tendido en la cama, ausente. Entonces, decididos a acabar con el ambiente de tristeza, desánimo, preocupación y miedo, empezamos a contarle de qué iban esas películas, quiénes eran los actores y cómo habían sido icónicos en sus tiempos.

En cierto momento, a Ax se le antojó comer helado. Y a las tres de la madrugada, ya estaba sentado junto a nosotros en el suelo, tragándose un bote él solo y preguntando qué significaban las cosas. Mientras Nolan le explicaba con esa efusividad que lo caracterizaba, los miré.

Por primera vez, no me faltaba nada. Ni un recuerdo, ni una verdad, ni una emoción. Me sentí completa. Sentí que estaba en el sitio donde quería estar, y que esas eran las personas con las que deseaba compartir mi tiempo.

Entonces llegó el día de la fiesta.

Y todo, finalmente, comenzó a conectarse...

17

El chico raro es atractivo,
pero ¿y si sus secretos son horribles?

—¡Vas a morir, Ax, porque yo mismo te voy a matar!

El amenazante grito salió de Nolan, que estaba frente a la puerta de la habitación de la casita de la piscina, golpeando la madera a puño cerrado en un intenso nivel de furia. Gracias al cielo, Eleanor había salido a ocuparse de algunos asuntos, porque probablemente el escándalo que estaba montando se debía de oír hasta en los garajes.

Yo estaba sentada en uno de los sofás de la salita con la barbilla apoyada en la mano, mirando la escena. Nolan sostenía un traje de gala cubierto por una bolsa protectora y quería entrar en la habitación, pero estaba cerrada.

—¡Es un puto traje, no una jaula de hierro caliente! —volvió a gritar Nolan, tan alterado que se le marcaban algunas venas en el cuello—. ¡Sal ya o te juro que echo la puerta abajo y te lo pongo a la fuerza! ¡Y mira que no me va a importar cuántos objetos me lances!

Suspiré. Llevaban así un par de horas. Nolan había llegado muy animado con el traje que había alquilado para que Ax lo llevara en la fiesta, pero en cuanto este vio las tres piezas, alternó la mirada entre Nolan y yo, desconcertado. Nolan había sacado la chaqueta y se le había acercado para probársela. Entonces Ax retrocedió, Nolan avanzó, Ax rodeó los sofás, Nolan lo persiguió, Ax empezó a esquivarlo, Nolan corrió tras él más rápido y... Ax terminó encerrado en la habitación, negándose a ponerse «eso».

Nolan golpeó varias veces más con bastante fuerza. La puerta se sacudió con estrépito. Aguardó un momento por si Ax entraba en razón y finalmente decidía abrir, pero, como no sucedió nada, se giró hacia mí, furioso.

—Ya está, ve a buscar la llave —me ordenó.

Se lo dije en un tono monótono:

—Si entras así se va a enfadar y luego tú te vas a enfadar también, y van a terminar los dos enfadados, y hoy es el peor día para que discutan, porque Eleanor estará pendiente de todo, sobre todo de Ax.

—No me importa —refutó Nolan con el ceño fruncido.

Volvió a golpear la puerta con el lateral del puño. Cuando se cansó, pegó la oreja y la mejilla a la madera para escuchar. Resopló con hastío.

—¿Qué demonios tiene en contra de la ropa? —se quejó, todavía con la oreja pegada a la puerta.

—Quizá no le gusta porque no está acostumbrado a vestirse —respondí—. A lo mejor le dijeron que ponerse una camiseta también lo mataría. No lo sé, parece que le metieron muchas cosas en su mente.

Como si eso le hubiera recordado algo importante, Nolan se apartó unos pasos de la puerta, dejó el traje sobre la primera superficie que vio cerca y luego apretó los labios y se frotó los ojos con dos dedos. Respiró hondo como si intentara reunir paciencia y calma.

—Bien —exhaló—. Bien. Está traumatizado, está traumatizado.

No era que Nolan fuera un insensible. En realidad, tenía muy poca paciencia para todo. Había sido así siempre. En primaria solía colorear con tanta efusividad que terminaba pintando fuera de la línea y se enojaba mucho por eso. Ahora era lógico que con Ax, siendo tan terco e impulsivo, saliera lo peor del Nolan, cuya tolerancia era cero.

Decidí intervenir. Me levanté de la silla y fui hasta la puerta. Di algunos toques suaves antes de hablar:

—Ax, recuerda lo que hablamos de la fiesta —le dije—. Si mi madre detecta algo raro, van a sacarte de aquí. No puedes ir solo con tejanos y con el torso desnudo, la gente no lo entendería.

Esperé un momento, pero su silencio fue una negación total.

Nolan se apoyó en la pared, al lado de la puerta y suspiró. Tenía las cejas ligeramente hundidas en una infantil expresión de enojo.

—Lo que yo no entiendo es por qué puede usar tejanos, pero no una camiseta —puntualizó con hastío—. No tiene ningún puto sentido. —Y giró la cabeza y agregó aquello en un grito—: ¡Eres un estúpido, Ax, esa es la verdad!

Le dediqué una mirada de reproche, pues esa actitud y esa manera de expresarse no servirían para nada con Ax. Nolan giró los ojos, negándose a ceder. Entonces, viendo que aquello podía extenderse, me acerqué más a la puerta hasta que hundí la nariz y los labios en el filo que la separaba del marco por unos milímetros.

—¿Nos quieres contar por qué te sientes incómodo con la ropa? —le pregunté sin gritar, tratando de favorecer una conversación.

Pasó un momento de entero silencio hasta que escuché su voz al otro lado, firme y fría:

—No.

—¡Es increíble! —exclamó Nolan al instante, indignado.

Me preparé para soltarle que se callara y me dejara intentar convencerlo, pero entonces mi teléfono vibró en mi bolsillo y supe de quien se trataba. Ese día, Eleanor llamaba y llamaba a cada momento. Por lógica, y para que no sospechara nada, había decidido no ignorarla y atender a sus peticiones al instante, así que lo saqué para saber qué quería ahora. Era un mensaje. Decía que ya me estaban esperando en su boutique favorita del pueblo para probarme la ropa que usaría esa noche, que debía ir ya.

—Tengo que ir a probarme los vestidos —resoplé con fastidio—. Eleanor estará allí.

—De acuerdo, ve —se apresuró a decir Nolan.

Guardé el teléfono en mi bolsillo y miré de nuevo la puerta. Sentí cierta preocupación: temía que al irme las cosas se descontrolaran. Temí que Nolan se pusiera furioso, Ax se pusiera mucho más furioso y ambos se pelearan en serio. Eso sería una ¡catástrofe! Bueno, confiaba en Nolan, por supuesto, pero la verdad era que Ax solía ser algo impredecible. Aquel día que había golpeado la pizarra había sido muy extraño. Si yo no estaba allí para calmarlos, las cosas podían ponerse feas. Pero si no iba con Eleanor, podía encendérsele la chispa de intriga e intentar averiguar qué hacía...

No sabía qué hacer.

—Pero... —musité, dudosa.

Nolan se apartó de la pared, se detuvo frente a mí y me colocó las manos en los hombros. Me dedicó una sonrisa tranquilizadora como si no hubiera estado enojado un momento antes.

—Nos conviene tener contenta a tu madre, ¿de acuerdo? —me dijo con una suavidad aterciopelada y serena—. Ve, que yo me ocuparé de Ax.

—Procura no ponerte histérico —le advertí.

Resopló como si esa fuera una posibilidad absurda y ridícula.

—No me pondré histérico —me aseguró, haciendo un gesto con la mano—. Él cree que escondiéndose en la habitación se salvará de no ponerse el traje, pero yo tengo una idea porque... —Volvió la cabeza de manera abrupta hacia la puerta—: ¡¡¡puedes estar más que seguro de que te lo vas a poner!!! ¡¿Me oyes, Ax?!

Volvió a girar la cabeza hacia mí y me sonrió ampliamente como un chico que nunca había roto un plato.

—Nolan... —pronuncié en tono de advertencia.

Me dio un empujoncito en los hombros para que empezara a caminar.

—Ve, vamos, vamos —insistió—. Todo estará listo para la fiesta.

Comencé a avanzar a paso dudoso, pero él continuó empujándome en dirección a la puerta.

—Fingirás llegar junto a él, ¿no? —le pregunté.

—Claro, todo como lo planeamos.

—Por favor, no se maten entre ustedes.

—Tranquila.

Abrió la puerta por mí, todavía con una mano sobre mi hombro y me empujó con rapidez afuera. Iba a decir algo más, pero entonces la cerró en mi cara sin duda ni contemplación. ¡Adiós!

Me quedé ahí parada un momento, parpadeando como una tonta. Tardé al menos unos minutos en entender que estaba a punto de irme y de dejarlos solos. A Ax y a Nolan. Posiblemente, la combinación más incierta del mundo. Por esa razón, en un impulso de preocupación, pegué la oreja a la madera para escuchar algo. Juré que si oía a Nolan gritar me quedaría, pero logré captar unas cuantas palabras en un tono normal:

—A ver, Ax, abre la puerta y hablamos tranquilos. Estoy tranquilo. Anda, confía en el tío Nolan...

Tomé aire y di un paso atrás. Recé para que al regresar no los encontrara muertos a los dos.

Para las seis de la tarde, la mansión ya estaba impecable y lista para la fiesta. Un guarda de seguridad se plantó en la verja de entrada para identificar a los invitados. En la puerta, había una persona que se encargaba de cogerles los abrigos. Había flores, cintas y camareros impecables con bandejas plateadas paseando por cada rincón ofreciendo bocadillos y copas con champán.

En la parte trasera del jardín, totalmente iluminada y llena de mesas, sillas y más camareros, estaba el DJ al que Eleanor le había exigido que solo pusiera música instrumental acorde para un evento lleno de gente seria y prestigiosa. Y eso era justo lo que sonaba, algo parecido a una flauta o a un piano o qué sabía yo. Música muy aburrida y ancestral.

La gente también era ancestral y aburrida. Hombres trajeados que representaban a empresas y sociedades, y mujeres con vestidos elegantes que también representaban a empresas y a más sociedades. Todos eran personas que podían firmar contratos para hacer edificios, que era lo que le generaba un montón de dinero a mi madre.

Pero lo peor no era toda la gente en sí, sino la manera en la que empezaron a mirarme cuando bajé las escaleras y empecé a caminar por ahí. Me sonreían y me saludaban con cortesía, pero en cuanto los dejaba atrás sentía el peso de sus miradas en mi espalda. Sentía el peso de sus murmullos: «Mírala, su padre murió, su novio murió, ella estuvo en el hospital un tiempo, ahora ni siquiera sale de casa...». Ni mi caro vestido, ni el hecho de que me habían cubierto las ojeras con maquillaje o de que había crecido un poco más desde el ultimo evento celebrado en casa eran tema de conversación. El tema principal era mi desgracia.

Por culpa de todo eso, empecé a sentirme inquieta y furiosa, así que se me antojó una copa. Detuve a uno de los camareros, pero antes de coger la bebida de la bandeja, una mano de uñas pintadas color coral se me enganchó a la muñeca. Eleanor apareció ante mí con su intimidante postura maternal, me apartó la mano y casi que sopló al camarero para que se alejara con rapidez.

—Cuando llegue el rector de la universidad, no puede verte bebiendo alcohol —me dijo. Era una orden, más que un comentario—. Compórtate como una chica amable y responsable. Quiero que des buena imagen para que aprueben tu solicitud de inmediato.

Puse cara de ligero desconcierto.

—Pero si todavía no he enviado la solicitud.

Ella sonrió ampliamente.

—Qué suerte que tienes una madre que se ocupa de esas cosas, ¿no?

La miré boquiabierta.

—¿La has enviado por mí?

—Te di la oportunidad, pero preferiste hacer otras cosas.

Enfatizó «otras cosas» con lentitud y severidad, para que recordara que se trataba de lo que supuestamente había hecho con Ax. Un pensamiento pasó de manera fugaz por mi cabeza: «Ojalá sí hubiera follado con él...», y luego desapareció.

Mantuve la calma. No pretendía hacer un drama por mucho que se lo mereciera por su atrevimiento. La Mack de antes, la que no sabía de lo que su madre era capaz, tal vez habría aceptado sin protestas para no tener que volver a hablar del tema ni causar un lío. Pero esa Mack ya no existía.

—¿Al menos puedo saber qué carrera he solicitado o se lo pregunto al rector? —dije en un tono intencionalmente suave.

—Arquitectura.

—Arquitectura —repetí en un gesto pensativo, asintiendo—. Literal, no sé dibujar ni una mierda.

Los ojos de Eleanor se abrieron de par en par, sorprendidos. En un instante, sus cejas se hundieron. Miró hacia todos lados con disimulo y trató de mantener su postura.

—¡Habla bien! —exclamó en un susurro de reproche—. ¡Habla bien, Mack!

Decidí entonces expresarme de forma más correcta, si eso era lo que quería:

—Madre, no sé dibujar ni un excremento.

Tomó aire para reunir paciencia. De nuevo esbozó esa carismática y perfecta sonrisa para aparentar que todo iba bien si cualquier invitado miraba hacia nosotras. Sabía lo que estaba pensando: «Las apariencias son importantes; la normalidad es importante».

—Aprenderás —dijo con firmeza—. Se trata de líneas y de creatividad, y de ser hija de una arquitecta influyente. Todos confiarán en ti, te lloverán los contratos.

—También la miseria y la infelicidad —repliqué.

Su sonrisa se quedó un poco rígida, como si tras mi comentario quisiera perder fuerza y transformarse en una mueca de enojo. Pero no iba a enfadarse allí, no delante de toda esa gente.

—Una buena impresión —aclaró de manera conclusiva—. Eso es todo. Y nada de alcohol. Ahora llama a Nolan, lo quiero aquí ya. Su madre también se ha encargado de su solicitud.

Dio punto final a la conversación con una de sus severas miradas, tipo «te arrepentirás si te atreves a estropear las cosas». Luego se dio la vuelta y se alejó muy alegremente a saludar a más personas, como si no acabara de amenazarme.

De pronto me sentí frustrada y muy preocupada. Que ella hubiera enviado mi solicitud ni siquiera me pareció algo importante en ese momento. En lo único que podía pensar era en Nolan y en Ax. ¿Dónde estaban? ¿Por qué tardaban tanto? ¿Acaso Nolan no lo había logrado? Por un segundo se me ocurrió ir a comprobar si estaban bien, pero no podía entrar en la casita de la piscina tan a la ligera. Había gente por allí, y si me veían, podían querer husmear dentro. No. Debía quedarme donde estaba y esperar.

Aunque... ser paciente no era precisamente una de mis virtudes. Saqué mi teléfono para llamar a Nolan. Marqué y me lo llevé a la oreja. Sonó un tono, dos, tres, cuatro y, de repente, con tal rapidez que me desorienté, alguien me tomó por la cintura y me hizo dar la vuelta. Unos brazos me rodearon y me inclinaron hacia atrás como en una de esas viejas películas románticas en blanco y negro.

—¡Demonios! —exclamó Nolan, adoptando una voz grave y muy masculina mientras me dedicaba una amplia y encantadora sonrisa—. Estoy viendo a la chica más hermosa de la velada. Si fuera heterosexual, ya te estaría taladrando contra la pared, preciosa.

Agregó un «grrr» coqueto y gracioso, y yo le di un empujoncito para que me soltara. Me alivió que ya estuviera ahí. Se había puesto un traje muy elegante de color azul oscuro con corbata incluida que se le ajustaba perfectamente en las partes correctas y aun así lo hacía parecer juvenil, atlético y fresco. Su cabello, normalmente salvaje, estaba peinado hacia atrás, lo cual le otorgaba un aire sofisticado y al mismo tiempo destacaba esos asombrosos rasgos faciales. Los ojos, de un color exótico, tenían un brillo travieso. Estaba guapísimo. Era el sueño de cualquier chico y de cualquier chica. Y sabía de lo que hablaba. Nolan tenía escondido un interesante historial de bisexualidad.

Por su agarre, se me arrugó un poco el vestido, así que me ocupé en alisármelo. Entonces recordé que faltaba alguien más y como una tonta miré por detrás de Nolan, como si pudiera estar oculto tras su espalda.

—¿Por qué has tardado tanto? —le eché en cara—. ¿Y Ax? ¿Dónde está? —Una súbita corriente de pánico me recorrió como un escalofrío. Me cubrí la boca con las manos—. Ay, no me digas que no...

El miedo me impidió completar la frase.

—Chisss —me interrumpió él. Luego, con una sonrisa amplia y un movimiento de la cabeza hacia la dirección contraria a mí, añadió—: Mira allí.

Me giré como si me hubiera dicho que mirara algo horrible que venía hacia nosotros. Pero me quedé paralizada, y no de miedo, sino de asombro. Aunque tal vez la palabra correcta era «embelesada». O quizá había otra palabra... Lo único seguro fue la explosión mental en mi cabeza porque lo que se acercaba no era espantoso ni aterrador, era una revelación, un esclarecimiento, era... era... Ax. Pero no el mismo que habíamos encontrado en el jardín cubierto de sangre, repleto de heridas y con un olor asqueroso emanándole del cuerpo. Tampoco el que metimos en la bañera y luego sacamos limpio. Estuve convencida de que aquel era el Ax que habría sido si su destino hubiese sido diferente.

Durante un momento, el tiempo se ralentizó. Mientras lo revisaba de pies a cabeza, una especie de canción lenta sonaba en mi cabeza. Llevaba traje negro y camisa blanca, que también se le ajustaban a la perfección en las partes correctas, destacando su complexión atlética. Sin duda, Nolan le había hecho algo en el cabello, quizá le había cortado algunos mechones, porque en lugar de la mata rebelde y oscura cuyas puntas le caían hasta la nuca, ahora llevaba un perfecto corte de pelo, muy masculino.

Pero no solo era su aspecto. También era su aire. Caminaba con elegancia hacia nosotros. Tenía, y ahora lo notaba, una altura y un porte casi aristocrático y distinguido. Con esa expresión seria incluso intimidaba. Pero lo más impresionante era, sin duda alguna, los ojos. Le destacaban más que nunca. El brillo del más claro era atrayente, pero la oscuridad del otro era misteriosa y tan enigmática que me hacía pensar en todas las cosas «malas» del mundo que hacían que una se sintiera fenomenal.

La canción que sonaba en mi cabeza podía ser *Call Out My Name* de The Weeknd, con esas notas lentas, y esa letra y...

Moví la cabeza en una abrupta salida de mi embelesamiento. Pues claro que estaba pensando en esa canción. Nolan estaba a mi lado, inclinado hacia mi oreja, cantándola dramáticamente solo para que yo la escuchara.

—¡¿Qué estás haciendo?! —le solté en un chillido moderado para no alertar a los presentes.

Lo miré, horrorizada. Él dejó de cantar y apretó los labios disimulando una risa.

—Le pongo ambiente al momento —dijo, al borde de una carcajada. Se enderezó, carraspeó y puso esa mirada de complicidad y picardía antes de susurrar—: ¿O me dirás que mi música de fondo no era perfecta para lo que estabas pensando?

¡Lo que estaba pensando! En verdad, lo que estaba pensando no podía ser posible. Devolví la atención hacia Ax, convencida de que al segundo vistazo la impresión no sería tan fuerte, pero sentí el mismo asombro, la misma fascinación, e incluso me faltó el aire y sentí un cosquilleó en el estómago.

—Dios mío, es... —susurré, todavía embelesada.

—¿Normal? —completó Nolan a mi lado—. ¿Apuesto? ¿Atractivo? ¿Guapo? ¿Perfecto? ¿Seeexy?

Alargó la palabra «sexy» en una insinuación pícara.

—Asombroso —exhalé.

—Lo sé, soy un jodido Dios —se pavoneó Nolan, orgulloso—. Todo lo que toco lo perfecciono. He transformado a Tarzán en... esto.

En ese instante, como si Nolan le hiciera la presentación, Ax se detuvo frente a nosotros. Estaba tan deslumbrada por su altura que no capté que tomó mi mano hasta que la vi alzarla con la suya. Al ser consciente del calor de sus dedos, me quedé paralizada, sin entender nada. Observé, atónita, cómo se inclinó un poco hacia delante y dejó un beso sobre mis nudillos.

¡Un beso!

¡¡¡Un beso!!!

Bueno..., no fue un beso, en realidad, sino más bien una suave presión de sus labios, pero aun así su roce en mi piel me causó un estremecimiento, algo parecido al nerviosismo, como si mis sentidos se descontrolaran de forma automática. Para empeorar, en cuanto soltó mi mano percibí el exquisito olor a perfume masculino que emanaba de él. Mis sentidos quedaron todavía más aturdidos. KO.

Me lo quedé mirando fijamente, asombrada, y él ni se dio cuenta de ello. Permaneció imperturbable y serio. Tan solo juntó las manos por delante y se quedó ahí parado, mirando por encima de nosotros hacia la gente, como si necesitara hacer un repaso analítico de los rostros.

Me volví hacia Nolan, quien era la única explicación posible para lo sucedido.

—¿Le enseñaste eso? —le pregunté, entre aturdida y fascinada.

Hizo un ligero encogimiento de hombros. Si la suficiencia hubiera sido aire, lo habría inflado hasta hacerlo explotar. No le cabía en el cuerpo.

—Le di algunos consejos —se limitó a contestar, haciéndome un guiño.

—O sea que le dijiste que lo hiciera.

Nolan contuvo la sonrisa de presunción con todas sus fuerzas.

—Ya sabes que yo he podido proponérselo —intentó defenderse—, pero que, si él no hubiera querido, no lo habría hecho...

Pero Ax siempre terminaba haciendo todo lo que le enseñábamos. No debía de tener ni idea de lo que significaba el gesto que acababa de hacer, o peor... de lo que ese gesto acababa de causar en mí.

—Bien, lo lograste, felicidades —le dije a Nolan, refiriéndome a su éxito en dejar a Ax como una persona decente.

Él se removió sobre sus pies, orgulloso y con la barbilla en alto. Se ajustó un poco las mangas del traje y en ese momento me llamó la atención que tenía algunos moretones y enrojecimientos en las muñecas.

—Hubo algunos... obstáculos, no mentiré —confesó sin perder la sonrisa—, pero al final Ax y yo nos pusimos de acuerdo. Ahora ya estamos aquí y todo saldrá bien, que es lo que importa, ¿no, Ax?

Nolan extendió la mano en un puño hacia Ax, que lo miró un momento y luego formó un puño con la suya. Ambos los chocaron como si fueran dos grandes amigos desde la infancia. La verdad, no quise ni tratar de adivinar cuántas cosas le había enseñado en esas pocas horas. Era cierto, lo que importaba era esforzarnos para que todo saliera bien.

Claro que, como si fuera una señal de que eso sería difícil, una voz intervino de pronto en nuestra conversación:

—¡Aquí están!

Tuvimos que abrir nuestro círculo para que Eleanor entrara. Venía enganchada del brazo de un hombre bajito y robusto que lucía un espeso bigote plateado, pero que no tenía ni un pelo en la cabeza. Sus ojos eran pequeños y usaba unas gafas de pasta redonda. No llevaba traje, sino más bien una combinación de chaqueta de cuadros y pantalón caqui que le daba un aire excéntrico y casi chistoso. Una sonrisa amigable estaba dibujada en su rostro, como si se lo estuviera pasando genial e ignorara lo aburrido que era aquello. Intenté reconocerlo durante un momento. Me costó un poco, pero terminé recordando que lo había visto en una de las páginas de las universidades.

Era el rector de una de ellas.

—¿Recuerdas a Mack? —le preguntó Eleanor al hombre.

—¡Por supuesto! —respondió él—. El tema de conversación preferido de Godric.

Su voz era algo carrasposa, pero sonaba alegre y animada. A simple vista, el tipo inspiraba cosas buenas. Eso sí, tenía un aura pintoresca como si en cualquier momento fuera a soltar un dato curioso, pero no era nada que incomodara.

Eleanor señaló a Nolan con la mano. La sonrisa en su rostro era tan amplia —y a mi parecer tan falsa e hipócrita— que parecía el Joker. Obviamente, intentaba impresionar al hombre. En otro momento habría sido increíble arruinárselo, pero Ax estaba con nosotros y la prioridad era mantener su secreto.

—Y él es Nolan Cox —lo presentó ella. Volvió la cabeza hacia el rector—. ¿Recuerdas a Teodorus Cox? Es el profesor de historia inglesa que fue a la universidad con Godric. Bueno, Nolan es su hijo pequeño.

El rector elevó las cejas con cierta sorpresa y asintió al extender la mano hacia Nolan.

—¡Vaya, sí! —exclamó mientras él y Nolan estrechaban las manos—. ¿Teodorus sigue dando clases? ¿Qué es de su vida?

A veces, la gente que se enteraba de la historia familiar de los Cox creía que a Nolan no le gustaba hablar de su padre. Pero la verdad era que le encantaba decirles a todos lo que su padre había hecho. Su madre lo contaba como una tragedia, un pecado, un crimen, pero Nolan no. Él creía que su padre había sido valiente al revelar su verdad y abandonar a la vieja loca religiosa de su esposa.

—Ah, se mudó a Australia con su novio —le contó con simpleza y entusiasmo—. Da clases allí. —Como el rector se quedó aparentemente consternado, Nolan añadió con un gesto de poca importancia—: Pero hablamos de vez en cuando, es un buen padre.

Eleanor parpadeó y asintió con lentitud al mismo tiempo. Luego, como si acabara de reparar en que éramos tres y no dos, se fijó en Ax.

Una corriente de temor estalló dentro de mí. Antes de saber que ambos nos conocíamos desde pequeños, una de mis teorías era que Ax había sido un alumno muy apegado a mi padre. Esa teoría todavía no era del todo descartable. Pudo haber sido su alumno o ser hijo de un amigo y por eso nos habíamos juntado alguna vez. Cuando mi padre daba clases en la universidad, mi madre solía ir mucho por allí. Si alguna de las dos cosas era cierta, entonces ella lo reconocería, y si eso ocurría en ese instante, no sabía si sería algo bueno o malo. De lo único que estaba segura era de que no dejaría que se llevaran a Ax a ningún lado sin resolver todo ese asunto.

Pero Eleanor no dio señales de reconocerlo.

—Y este debe de ser Axel Müller, ¿no? —dijo, todavía observándolo de pies a cabeza, como solía hacer con cualquier desconocido—. Es amigo de los chicos —le informó al rector, y de inmediato dirigió otra vez su atención hacia el hombre—. Bueno, Paul, como te estaba diciendo, Mack ha querido seguir mis pasos y ha solicitado entrar en la misma universidad a la que fui yo. Me halagó mu...

—¿Eres americano? —la interrumpió el rector de repente.

La súbita y curiosa pregunta se la había lanzado directamente a Ax. Eleanor se quedó con la boca abierta al no poder terminar lo que iba a decir. Rígida, alternó la vista entre el rector Paul y Ax, algo tipo: «¿Estás hablando con él? ¿Por qué?». Nolan y yo nos quedamos igual de sorprendidos. El nerviosismo aumentó dentro de mí. Era lo que tanto me temía, las preguntas. Nunca había una forma de preparar las respuestas.

—Porque juraría que esa característica tan especial la he visto sobre todo en los alemanes, los africanos y los rusos —agregó el rector. Su mirada se entornó con inquisición en dirección a Ax y supe que hablaba de su heterocromía—. Es que soy profesor de ingeniería genética, y uno bastante curioso.

—Axel nació en Alemania —intervine con rapidez, tratando, eso sí, de no sonar asustada.

El rector me miró por un segundo, asintió y luego volvió a mirar a Ax.

—¡De mis países favoritos! —exclamó junto a una sonrisa como si le hubiera respondido Ax y no yo—. Voy a Frankfurt al menos dos veces al año. ¿De dónde eres concretamente?

—Berlín —dijo Nolan esa vez.

También se aseguró de sonar tranquilo, como un comentario cualquiera. De nuevo, el rector observó a Nolan un segundo y devolvió la vista hacia Ax como si la conversación estuviera dándose solo entre ellos dos.

—¿Estás en la universidad? —le preguntó.

—Viaja mucho —dije yo, amable.

—Ah, un cosmopolita —replicó Paul con cierta admiración. Sus ojos curiosos se entrecerraron un poco más y lanzó aquello únicamente para Ax—: *Haben Sie andere Länder viel mehr als Deutschland genossen?*

Casi que se me salieron los ojos de lo mucho que los abrí. ¡¿Qué acababa de decir?! Mierda. No había nada que delatara más una mentira sobre una nacionalidad que no saber el idioma de ese país. Si Ax ni siquiera podía soltar demasiadas palabras en nuestro idioma, ¿cómo respondería a eso? Me puse muy nerviosa al instante. Nolan también. Traté de buscar una solución rápida. Se me ocurrió desmayarme. ¡Sí! Iba a hacer eso.

Pero entonces...

—*Es gibt kein Land genießt viel mehr als das meine* —respondió Ax—. *Aber ich genieße wirklich jede Kultur.*

Si no se me cayó la mandíbula, fue porque era físicamente imposible. Me quedé pasmada. La cara de Nolan fue un grandioso «Pero ¡¡¿qué coño?!!». Me pregunté si había oído bien, si aquello acababa de pasar, si lo que había dicho era de verdad alemán. ¡¿Ax acababa de hablar alemán?! Había sonado como que sí. Su respuesta había sido tranquila y muy fluida. Y, en definitiva, eso desde luego no lo habíamos practicado.

—Es bastante cierto —asintió el rector, confirmándonos que había dicho lo correcto—. Esto es más personal, pero ¿tus abuelos o alguno de tus padres también nacieron con ese tipo de heterocromía?

—No que yo sepa —contestó Ax, pronunciando cada palabra con serenidad y una elegante pausa.

El rector se rascó el bigote en un gesto inconsciente.

—Interesante —murmuró, pensativo.

Advertí que Eleanor pensaba decir algo. Abrió la boca para hacerlo, pero antes de que dijera nada, el hombre siguió hablando, esa vez dirigiéndose a todos:

—Este tipo tan definido y desigual es muy raro, ¿saben? —nos informó con bastante entusiasmo, como si estuviera en plena clase y debiera explicarle algo a sus alumnos sobre uno de sus temas favoritos—. Es hereditario, pero diría que también puede darse por influencia de... La cuestión es: ¿de qué? ¿Padeces alguna enfermedad o tomas algún tipo de medicamento?

Esas preguntas fueron directas hacia Ax, quien no respondió al instante, sino que pareció un poco confundido. Ahí sí decidí que sería mejor buscar una forma de abandonar la conversación y alejarnos antes de que las cosas se pusieran extrañas o notaran algo raro, pero fue la propia Eleanor quien nos salvó con su rápido comentario entre risas algo incómodas:

—Paul, ¿le harás una ficha al pobre muchacho? —Alternó la mirada entre el hombre y Ax, a quien evaluó de nuevo concienzudamente—. Yo diría que sí, que su... peculiaridad es bastante rara, pero le da cierto encanto.

Dios santo, ¿Eleanor acababa de decir eso? Sentí la urgencia de empujar a Ax y a Nolan para ponernos a salvo los tres. Sin embargo, fue imposible. El rector, más sumido que nunca en la conversación, miró a Eleanor con las cejas blanquecinas ligeramente hundidas, como si acabara de hacer algún comentario un tanto estúpido.

—¿Sabías que las bacterias más peligrosas tienen muchísimo encanto? —le preguntó, pero no fue una pregunta para la que esperaba respuesta, sino una de esas preguntas con las que pretendes hacer notar el poco conocimiento de tu interlocutor—. Un veneno peligrosísimo puede tener un color hermoso. Las plantas venenosas son absolutamente bellas. Y las enfermedades mortales... Vaya, son un adictivo y tentador objeto de estudio. Sus ojos pueden ser admirables, Eleanor, incluso atrayentes para las chicas, pero podrían ser un síntoma de algo terrible.

Eleanor se quedó casi boquiabierta y sin palabras. Sus labios balbucearon algo con total rigidez y elegancia para defenderse o salir del paso, pero de nuevo el hombre no le permitió hablar. Se giró directo hacia Ax, como si ella no existiera, y volvió a dedicarle una sonrisa de ánimo.

—Te recomiendo que vayas a ver a algún especialista —le dijo. Rápidamente hundió una mano en el bolsillo interior de su chaqueta de cuadros, sacó una pequeña tarjeta y se la ofreció—: Es decir, a mí. Guárdala.

Ax miró la tarjeta, extendió la mano y la cogió.

—Gracias —asintió.

Nos dejó a Nolan y a mí el triple de atónitos. El rector, por su parte, no se dio cuenta de nada.

—Y si en algún momento quieres establecerte y formarte en algo, tengo muchos contactos para que elijas una buena universidad —añadió, dirigiéndose también a Ax.

Eso fue como un balazo para Eleanor. No pudo abrir más los ojos por el impacto porque sus párpados no se lo permitieron. Fue inevitable; fruto de la satisfacción por su chasco y de los nervios, quise reírme. Ella trató de recuperar la compostura al instante, claro, pero, como si el rector ya hubiera perdido el interés en la conversación, miró hacia un lado y dijo con entusiasmo:

—¡Oh! ¿Esas son croquetas de cangrejo?

Y empezó a perseguir a un camarero. Sin perder tiempo, Eleanor corrió también.

—¡Paul, espera!

Ambos se perdieron entre la gente. Nos quedamos solos los tres. La música de fondo, igual de aburrida, pareció regresar a mis oídos, como si el mundo se hubiera puesto en marcha de nuevo al no haber ya peligro alguno. Me costó creer que hubiera sido tan fácil. Estaba algo consternada. Ax, por su parte, permaneció igual de serio, como si nada hubiera sucedido. Nolan y yo nos miramos como dos estúpidos.

—¿Qué acaba de pasar? —pregunté con lentitud.

Él miró hacia atrás como si necesitara ver de nuevo a Eleanor persiguiendo al rector para confirmar que todo había sido real.

—Creo que Ax realmente es alemán y acaba de enamorar al rector... —dijo, algo dudoso y desconcertado.

Miré a Ax de pie a cabeza. Ahí estaba, tan tranquilo.

—¿Naciste en Alemania? —le pregunté, atónita.

Ax negó con la cabeza.

—Pero, joder, hablaste como si hubieras vivido allí —le dijo Nolan, igual de estupefacto que yo.

Ax se encogió de hombros. Todavía tenía la tarjeta del rector en la mano, así que se la quité para quedármela.

—Escuché, pensé y respondí —fue lo que nos contestó con bastante simpleza.

No encontré manera de salir de mi asombro. Nolan tampoco. Ni siquiera pudimos evitar mirarlo como si fuera un bicho raro.

—¿Respondiste? —repetí—. ¿Así de sencillo?

Asintió, alternando la mirada entre ambos como si no entendiera nuestro desconcierto.

—Tuve que... normal —dijo—. Ser normal.

—Claro, fuiste supernormal... —replicó Nolan con exageración y desconcierto—. Es supernormal saber alemán fluido de repente. Me pasa todo el tiempo. De hecho, puedo hablar ruso justo ahora.

La gracia de su comentario desapareció al instante porque fue más bien perturbador pensar en ello. Por un momento nos sumimos en un silencio extraño, un silencio pensativo como para procesarlo todo. Yo miré algún punto del vacío y Nolan miró el suelo. Sabía que él, al igual que yo, debía de estar buscando una explicación o quizá un modo de no sentirse tan impactado. Todo había sido muy «WTF?».

No supe ni cuántos minutos pasamos callados como unos tontos hasta que el propio Ax rompió el silencio:

—Tengo hambre.

Nolan y yo nos miramos de nuevo como si no pudiéramos creerlo.

De cualquier forma, de manera maquinal fuimos hasta la mesa de los bocadillos. Mientras Ax cogía uno de cada bandeja y los apilaba sobre un plato, Nolan me tomó suavemente por el codo y me apartó un poco para que creáramos un pequeño círculo de confidencialidad y empezamos a susurrar muy rápido, atentos a que nadie nos escuchara.

—Eh, dime que también estás pensando que eso del alemán no fue nada normal —empezó él.

—Sí, pero ya sabemos que Ax no es nada normal, ¿no?

—Okey, pero estamos intentando resolver todo esto, y resulta que él sabe ciertas cosas, pero decide soltarlas solo en momentos así.

—A ver, ¿cuál es tu teoría?

Nolan suspiró y por un momento dudó en decírmelo o no.

—Me agrada Ax, en serio —dijo finalmente, muy bajito—. Pierdo la paciencia con él, pero con todo lo que ha sucedido ya es imposible no estar ligados a él. Solo que esto me acaba de dar muy mala espina, Mack. Quizá él... está jugando con nosotros para su conveniencia. Y más vale que no sea así. Más le vale que no.

Dicho esto, a Ax se le desbordó el plato de bocadillos, cayeron en el suelo y él se los quedó mirando en silencio.

En serio, ¿cómo alguien así podía estar jugando con nosotros?

Pasamos un par de horas sentados en una de las mesas del jardín, mirando pasar a la gente, escuchando las tediosas canciones que el DJ estaba obligado a reproducir y viendo cómo Ax se comía el montón de bocadillos que había cogido. En cierto momento, Eleanor, que había estado persiguiendo al rector por toda la fiesta, se nos acercó con una expresión de frustración en la cara. Pensé que venía a interrogar a Ax, pero no fue así.

—Nolan, cariño, ¿podrías hacer algo por mí? —le preguntó directamente—. Sé que cantas muy bien. ¿Podrías cantar algo para los invitados? Así quizá llamarás la atención de Paul. Le encanta la música.

Nolan no se lo pensó dos veces. Le adoraba cantar y, además, lo hacía muy bien.

—Claro que sí —aceptó.

—¡Perfecto! —exclamó Eleanor, aliviada—. Lo que quieras, pero que lo impresione bastante.

Ella se fue rapidísimo. Nolan se levantó de la silla y se perdió en dirección al DJ. En la mesa solo quedamos Ax y yo, así que apoyé la mejilla en la mano y decidí mirarlo. Estaba sentado justo a mi lado, un poco inclinado hacia delante mientras cogía otro bocadillo, se lo metía a la boca, masticaba, tragaba y luego volvía a hacer lo mismo en un movimiento casi coordinado.

No pude evitar pensar en lo que había dicho el rector, eso de que sus ojos podían ser síntoma de algo terrible. A decir verdad, yo pensaba igual que Eleanor, que le daban cierto encanto. Los colores eran tan diferentes y al mismo tiempo tan vibrantes que llegaban incluso a embelesar. Y ahora lograba captar mucho la atención de cualquiera. En serio, algunas mujeres se habían girado descaradamente hacia nuestra mesa para mirarlo. Y no podía culparlas. Con esa ropa y ese aire tan pulcro, parecía uno de esos modelos cotizados y famosos precisamente por su rareza y su atractivo poco convencional.

Lo cierto era que ni en el pueblo, ni en otras ciudades a las que había viajado con amigos años atrás había visto a un chico que se le pareciera ni un poco. Estaba impresionada por ese cambio tan radical, por lo que no había advertido en él hasta esa fiesta y que debía admitir que me gustaba, como sus labios, naturales y nada gruesos o nada delgados, y su nariz, recta y masculina, o la cicatriz sobre su labio superior, o la forma en que fruncía las cejas y parecía molesto por algo indescifrable...

Pero también me sentí muy pero que muy nerviosa por lo que debía comentarle.

Moví un poco mi silla para acercarme a él y que mis palabras no fueran escuchadas por oídos indiscretos.

—Ax —le llamé en un tono algo bajo—. ¿Recuerdas cuando hablamos de...? ¿De...? —Carraspeé—. ¿De sexo?

No se inmutó. Siguió con la vista fija en la comida, pero asintió.

—Bueno —proseguí—, es posible que mi madre venga en cualquier momento a hacernos preguntas sobre el tema porque ella cree que tú y yo tenemos... sexo.

Ax se metió una galleta decorada en la boca. Miró al vacío mientras masticaba.

—¿Por qué? —preguntó sin tragar.

—¿Recuerdas al hermano de Nolan?

—Dan Cox —repitió él, como si fuera algo que hubiera aprendido.

—Sí, vino de nuevo y dijo que te investigó y que no encontró nada sobre ti. Entonces, para desviar las preguntas, dije que yo te metía a escondidas en casa para... —me interrumpí por un momento con la palabra en la punta de la lengua, pero al final decidí soltarla sin rodeos—: follar. Así que, si Eleanor te hace alguna pregunta, solo respóndele que nos estamos divirtiendo y que volverás a Alemania dentro de unos días, ¿de acuerdo?

Ax me miró, algo pensativo. Masticó lentamente. Esperé a que dijera algo o a que procesara mi petición, pero solo se dedicó a observarme de una forma inquietante. Ser el foco de su atención de repente me causó una punzada de nerviosismo. Experimenté algo nuevo, como todo lo que estaba sucediéndome esa noche. Tuve la ridícula necesidad de girar la cabeza y apartar la mirada para luego ruborizarme como una estúpida.

Me enfadé un poco conmigo misma por no ser capaz de controlarme y me lo exigí de inmediato. Pero lo intenté un segundo y fracasé al siguiente, porque Ax actuó de manera inesperada. Extendió una mano hacia mí y por la dirección que tomó me dejó por completo paralizada. Lo único que vi fue su mano escabullirse por debajo del mantel de la mesa y luego deslizarse por encima de mi muslo.

Sí, mi muslo.

En ese instante, aunque la tela del vestido separaba el tacto de sus dedos de mi piel, algo estalló dentro de mí. Primero fue una corriente y luego se dispersó por todo mi ser y me debilitó cada músculo. Me fue difícil creer que estuviera pasando. Me pregunté si de verdad estaba pasando. Lo estaba. La punzada que sentí en distintas partes del cuerpo me lo confirmó. Pensé en que debía apartársela, pero en realidad no quería hacerlo. En realidad, me gustaba. Así que permanecí quieta. Su mano continuó avanzando como quien toca un objeto para comprobar su textura. Y yo, pasmada y suspendida en el momento, solo pude entreabrir los labios. Una sola palabra pasó por mi mente: bésame. No fui consciente de cuánto deseaba que lo hiciera hasta ese momento. Imaginé un beso perfecto: Ax inclinándose hacia mí y luego besándome, y después yo perdiendo la consciencia del mundo.

Claro que esa fantasía se rompió en cuanto bajé la mirada. Había una pequeña galletita sobre mi regazo, que de seguro se había caído cuando coloqué todos los bocadillos frente a nosotros. Esa era la razón por la que había alargado la mano. De hecho, la cogió y de inmediato se la metió en la boca. Luego giró la cabeza para masticar y volvió a parecer lejano a mí.

—Okey —dijo mientras miraba de nuevo todos sus bocadillos.

El mundo se resquebrajó como una desilusión súbita. Nada. No había sido nada. Me mantuve rígida durante un momento, tratando de calmar la explosión de emociones en mi interior. Mientras, la música instrumental de fondo se detuvo. Los invitados miraron con curiosidad hacia la cabina del DJ. El muchacho se inclinó hacia el micrófono y los amplificadores emitieron su voz:

—Señoras y señores, Nolan Cox —anunció.

Volví la cabeza de manera automática para ver a Nolan. Ya se había ubicado en la pequeña tarima. Sostenía un micrófono y parecía un artista listo para su actuación. La gente se interesó en él y algunos incluso comenzaron a acercarse. Otros prefirieron ver el asunto desde su mesa. Yo tomé aire y me esforcé en ignorar lo que acababa de suceder, para concentrarme en la aburrida canción que fuera a cantar. En el fondo, me sentí muy decepcionada y algo frustrada, e incluso un poco molesta.

El DJ hizo algunas cosas en su panel y en un segundo la música empezó a sonar. Si ya estaba algo rígida, en cuanto reconocí la canción, sentí como si mis músculos se transformaran en plomo. Nolan empezó a cantar con su in-

creíble voz y ese carisma pícaro pero natural que les agregaba a sus interpreta-
ciones. Yo solía decirle que su tono era parecido al de Charlie Puth, y él sabía
que tenía razón, pero le gustaba decir que no para que yo insistiera. La verdad
era que se desenvolvía asombrosamente bien en un escenario, y era lo bastante atractivo para que se volviera imposible dejar de mirarlo. Pero en ese momento lo único que quise fue correr lejos de allí, porque la canción era *Call
Out My Name* de The Weeknd, la misma que me había susurrado al oído
cuando Ax había aparecido.

   ¿Estaba tratando de burlarse de mí? Sí, lo estaba haciendo. Lo confirmé
en el instante en que Nolan me echó una mirada traviesa mientras cantaba.
En cuanto Eleanor entendiera la letra, iba a indignarse y tal vez a enfadarse,
pero sabía que él la había escogido a propósito para el momento. Lo peor era
que resultaba superapropiada: tenía a Ax justo al lado y mis sentidos estaban
enloquecidos. No era solo por su aspecto, sino por el beso en los nudillos, el
toque en la pierna, todo el tiempo que pasábamos juntos, el contacto con su
piel, la forma en que habíamos conectado, la enorme preocupación que sentía
por su bienestar, lo increíblemente guapo que era a su extraña manera, su voz,
el hecho de que nos conocíamos y yo no era capaz de recordarlo...

   Demonios. Me gustaba. Me lo había estado negando porque no le veía el
sentido, pero descubrir que no era un total desconocido había ampliado las
posibilidades y me había dado nuevas perspectivas. Hacía mucho tiempo que
no me sentía atraída por nadie. La muerte de Jaden me había dejado fatal.
Ahora... Jaden era un recuerdo que dolía, pero ahí sentada, admitiendo sentirme atraída por Ax, Jaden parecía superable. Es decir..., Ax era un mundo
nuevo. Sí, era raro. Sí, era diferente. Sí, tenía ciertas dificultades, pero era un
chico, y cada parte de su cuerpo que había visto al meterlo en la bañera me lo
había demostrado. Tenía todo lo necesario para fascinar. ¿Por qué debía pensar que estaba mal? ¿Por qué no podía estar bien?

   Quizá fue el ritmo de la canción o que de verdad no pude contenerme,
pero me giré sobre mi asiento para mirarlo de frente. Ax tragó una galleta y
me observó con su desinterés natural por la repentina atención que le di. Oh,
por Dios, él no tenía ni idea. Debía de estar esperando que le dijera algo, que
le diera alguna instrucción o intentara enseñarle alguna cosa. Lo que me pasó
por la mente fueron varias cosas totalmente distintas. Quise acercarme más y
ver su reacción. Quise tomar su mano y dirigirla de nuevo a mi pierna. Quise
poner mi propia mano sobre su pecho para saber si su corazón latía tan rápido
como el mío. Si lo hacía, significaría que, al igual que yo, también sentía algo.
Y si lo sentía, tal vez podíamos intentar otra cosa..., a lo mejor yo podía enseñarle de qué se trataba, cómo enfrentarlo, qué hacer...

Pensé en la posibilidad de hacer cualquiera de esas cosas, como si ansiar un contacto más íntimo con él fuera emocionante y no absurdo, aunque en realidad lo era, porque Ax era extraño, era diferente, tenía secretos... Había todo un misterio flotando alrededor de él, y quizá no sentía o no podía sentir atracción por otra persona. De todos modos..., ¿y si intentaba comprobarlo? ¿Y si me atrevía a acercarme de la misma manera que él lo había hecho aquel día en la cocina? ¿Y si probaba su reacción ante tal cercanía y luego, al ver que no mostraba rechazo, me inclinaba un poco y rozaba mis labios con los suyos? Porque era justo lo que habría hecho una chica normal con un chico normal, ¿no?

Nolan estaba cantando el estribillo. Hacía algunos movimientos muy masculinos y sensuales, y la gente parecía encantada. Algunos lo miraban sonrientes ante el descubrimiento del talento de ese chico tan guapo, y otros incluso se movían con lentitud en un disimulado baile sensual.

Mi mente era un nubarrón cuando arrastré la silla unos centímetros hacia Ax. Él todavía me miraba con cierta curiosidad y calma, a la espera. Con mis ojos fijos en los suyos para transmitirle seguridad, me incliné un poco hacia delante para eliminar la distancia entre nosotros. Si hubiera querido, habría podido apoyar mi mano en su pierna para mayor estabilidad, pero solo deslicé mi mano por encima de la mesa en dirección a la suya, que también reposaba allí. Pretendía tocar sus dedos, entrelazarlos con los míos, mantenerme cerca durante un momento y luego aproximar mi boca a la suya. Sería inesperado, pero su reacción sería importante. Él ya sabía lo que era un beso. Juré que, si se separaba de mí al instante, reprimiría mis sentimientos y no los dejaría salir nunca más. Me limitaría a ser su amiga, y ese sería el límite, aunque estuviera muriéndome por no tener límites con él.

Estaba a pocos centímetros de tocar sus dedos y a una corta distancia de su rostro cuando se levantó de golpe de la silla. Fue un movimiento rápido y ágil, como un reflejo. Lo primero que se me ocurrió fue que había advertido mi intención y se había asustado o que se negaba totalmente a participar, pero en el momento en que vi su rostro y me di cuenta de que tenía la mirada fija en un punto por detrás de mí, supe que su reacción había sido causada por algo más.

Todavía aturdida, me giré sobre la silla para mirar hacia atrás.

Allí, entre la gente, estaba de pie una figura vestida con una larga gabardina negra y unos intensos ojos amarillos.

Y antes de que se escuchara el grito, se fue la luz y el jardín se sumió en una densa y aterradora oscuridad.

18

La fiesta se puso sangrienta e interesante...

Primero fue el apagón.

Todo el jardín y el interior de la enorme mansión Cavalier se quedaron a oscuras, y la figura de aquellos ojos amarillos que había visto entre las personas desapareció de inmediato en medio de aquella negrura.

Después escuchamos un grito.

Femenino, asustado. Al escucharlo, los invitados comenzaron a moverse con inquietud de un lado a otro y a levantarse de sus mesas. Las voces se elevaron en muchos comentarios, preguntas e incluso temores: ¿qué estaba pasando?, ¿por qué se había ido la luz?, ¿había algún problema?, ¿quién había gritado de esa forma?

Y, por último, la explosión.

Fue en los cables que se conectaban con el tendido eléctrico de la casa. El sonido fue el de una explosión, sí, pero la causa fue un cortocircuito. Una lluvia de chispas amarillentas iluminaron el cielo por un segundo y luego desaparecieron. Debido a eso, se formó una especie de caos. La gente gritó y algunos incluso corrieron de manera caótica para refugiarse. Yo me giré hacia Ax inmediatamente, y descubrí que ya no estaba detrás de mí, que había desaparecido.

Me sentí presa de un temor helado. Me giré sobre mis pies para mirar alrededor. Quise agacharme para comprobar si se había metido bajo la mesa, pero la situación era obvia. Él también había visto a la cosa de los ojos amarillos. ¿Ax podía haber ido a enfrentarse con él o tal vez a...? ¿A qué?

De cualquier modo, era peligroso. La idea me hizo reaccionar de golpe. Busqué mi móvil en el pequeño bolsito de mano a juego con el vestido. Desbloqueé la pantalla e intenté activar la opción de linterna para guiarme mejor, pero no pude encenderla. Presioné varias veces el icono, extrañada, pero nada. Entonces alcé la cabeza y volví a mirar alrededor. Por lógica, alguna persona tenía que haber sacado su teléfono para hacer lo mismo que yo, pero no se veía ninguna linterna encendida. ¿Tampoco les funcionaban?

Bueno, no me quedé a darle muchas vueltas. Rodeé la mesa a paso apresurado. Mi primer objetivo era encontrar a Nolan porque: a) podía estar en peligro, ya que la cosa de los ojos amarillos nos conocía, y b) porque había que encontrar a Ax lo más rápido posible y sería más efectivo si ambos lo hacíamos juntos.

Empecé a abrirme paso entre la gente. Mis ojos se acostumbraron a la oscuridad, pero aun así todo estaba demasiado fundido con la negrura como para tener claro el camino. Mi cuerpo chocó varias veces con algunas personas a las que traté de reconocer sin que el montón de voces me hiciera entrar en pánico, pero no pude distinguir ninguna cara. Era como si se las hubieran cubierto por completo con un manto negro. Veía las bocas moverse, emitir sonidos, pero no los ojos ni la nariz ni ningún rasgo destacable. Me causó un escalofrío. La inevitable sensación de que la situación era grave y de que iba a suceder algo extraño me hizo avanzar a pasos algo desesperados.

En cierto momento escuché a Eleanor hablando desde algún lugar:

—¡Mantengamos la calma! ¡Las luces de emergencia tampoco funcionan! ¡Voy a llamar a la central eléctrica para preguntar qué ha pasado!

Por encima de ella, alguna persona gritó:

—¡El apagón afecta a toda la urbanización!

Un apagón general. Eso era peor aún.

—¡¿De dónde vino ese grito?! —preguntó alguien más.

Me preguntaba lo mismo, pero continué moviéndome por el jardín con un brazo extendido hacia delante para tantear lo que se aproximara y avisar de mi presencia. Intenté ubicar la tarima, que era el último sitio donde había visto a Nolan, pero... me sentí más desorientada que nunca, como si la derecha, la izquierda y el norte y el sur fueran conceptos imposibles de determinar. Me enojé conmigo misma por eso. Era mi propia casa, un momento atrás había visto la tarima, y ahora por el súbito miedo no recordaba dónde estaba ubicada cada cosa.

—¡Nolan! —grité mientras avanzaba.

Me di la vuelta. No poder distinguir los rostros me asustó. No saber si uno de ellos era la cosa de los ojos amarillos fingiendo ser normal me hizo sentir indefensa. Pensé que en cualquier momento aparecería por detrás de mí y me arrancaría el cuello, que ni siquiera tendría tiempo de gritar, que nadie vería mi cuerpo degollado hasta que la luz se restableciera. Pero ¡¿adónde demonios se había ido Ax?!

—¡Nolan! —grité de nuevo.

Alcancé a ver algo en cierto momento. ¡Era la tarima! Respiré mejor durante un instante porque había una persona allí y parecía un chico. Apresuré el paso hasta que llegué al borde.

—¿Nolan? —pregunté, aunque sonó más como una petición, como si obligatoriamente debiera ser él.

—Ah, estaba por aquí hace un momento, pero se fue detrás de la tarima —me respondió la persona.

No era Nolan, sino el DJ. Joder.

A tientas, avancé frente a la tarima, guiándome por el borde. Logré rodearla para ir hacia la parte trasera y tuve que pasar por el espacio que la separaba de la mesa de mezclas del DJ. El suelo estaba repleto de cables que conectaban cosas. En el instante en que intenté no tropezar con una maraña de ellos, pisé algo resbaladizo, los tacones de mis zapatos no lograron estabilizarse, perdí el equilibrio y me caí de culo. Me apoyé en las palmas para disminuir el impacto, pero apenas tocaron el suelo se me empaparon de algo líquido y un tanto caliente.

Las alcé de inmediato en un gesto de repulsión. Pensé que era algo que se había derramado, pero al acercármelas al rostro para mirarlas, incluso con la oscuridad, percibí el agrio olor que desprendían y supe enseguida que era...

¡Sangre!

Me miré las manos, perpleja, y luego las piernas y el vestido, y después me removí un poco y sentí el trasero empapado. ¡Había caído sobre un charco de sangre y la tenía por todas partes! Quise gritar con todas mis fuerzas, salir de mí, pero me contuve y lo único que logré hacer fue cerrar los ojos, apretar los dientes y chillar internamente.

«No grites. No grites, o todos sabrán que algo horrible ha sucedido. No grites porque podrían culpar a Ax. No grites.»

Mantuve los ojos cerrados y aguanté la respiración hasta que me quedé sin aire. Después exhalé con fuerza y en silencio, con el pecho convulsionado y el corazón martilleándomelo. Pese a la conmoción, intenté levantarme, y no me quedó otra que volver a apoyar las manos en el charco de sangre.

Una vez de pie, miré hacia abajo. El charco sobre el que había caído era enorme y oscuro. Estaba hecha un desastre. La sangre incluso chorreaba de la parte de atrás de mi vestido... ¡Qué asco! Entré en un estado de desesperación. Me giré sobre mis pies y busqué algo para limpiarme la sangre de las manos. No encontré nada, así que terminé deslizando las palmas contra la pared de la tarima y el resto me lo quité con la parte delantera del vestido. Aun así, todavía percibía el olor y todavía sentía que estaba algo caliente.

Ese detalle me dejó paralizada. El charco era reciente, es decir, que la persona a la que pertenecía la sangre acababa de ser atacada. La primera víctima que se me vino a la mente fue Nolan y lo conecté todo con la cosa de los ojos amarillos. Lo tercero que pensé fue que aquello era nada más y nada menos que su venganza por atropellarlo y que nos mataría a ambos.

Se me formó un nudo en la garganta, pero el grito salió de mí con una fuerza exigente:

—¡¡¡Nolan!!!

Esperé recibir respuesta, por si estaba tirado en algún lugar. Deseé con todas mis fuerzas que, si la sangre le pertenecía, si de verdad estaba tendido en algún sitio, siguiera vivo. Sin embargo, no hubo respuesta. Aterrorizada, me quedé mirando fijamente un punto del vacío, con la mano en el estómago. Tenía miedo y la repulsión de estar cubierta de sangre me provocaba ganas de vomitar.

Inspiré hondo y volví a cerrar los ojos. Intenté pensar con claridad. Estaba muy asustada y sabía que yo sola no podía desafiar ni detener a esa cosa, pero debía hacer algo, debía hacer algo por Nolan, por Ax...

Reuní una gran carga de valor —no supe de dónde— y abrí los ojos. En ese instante, vi la escena con mayor claridad. Había un caminillo de sangre que salía del charco, como si el cuerpo del herido hubiera sido arrastrado. Ese caminillo se perdía hasta donde comenzaba el césped del jardín. Hacia allá estaba el jardín de mi padre, un tanto lejos del centro de la fiesta. Si la cosa había arrastrado a Nolan...

No lo pensé demasiado. Me agaché, me quité los zapatos de tacón —en el césped solo serían un estorbo—, los dejé allí y sin dudarlo un segundo seguí aquel rastro de sangre.

Por esa zona, todo estaba más oscuro todavía. Percibí el viento de la noche, más frío que un momento atrás. ¿Acaso había cambiado? Encima, el cielo era un manchón denso y nubloso, ni una estrella se dejaba ver. De nuevo intenté encender la linterna de mi teléfono, pero seguía sin funcionar, otro indicativo de que lo que sucedía no era nada normal.

Volví a guardarlo en el bolsillito de mi vestido y me adentré entre los arbustos y los árboles que rodeaban la mansión. Nuestra casa tenía el terreno más grande de todo el conjunto residencial. De pequeña, me encantaba porque sentía que estaba en un bosque abierto, en el que, por más que me adentrara, no hallaría nunca el final y siempre descubriría algo nuevo. Me gustaba tanto que, de hecho, olvidaba los muros electrificados de cemento que rodeaban el perímetro. En ese instante, aquella inmensidad me pareció una enemiga. Ya ni siquiera escuchaba el rastro de las voces de los invitados que de algún modo también estaban en peligro, aunque estaba segura de que la cosa primero se encargaría de Nolan y de mí.

El oscuro camino me llevó al jardín, amplio, de distintas secciones aradas en fila y otras en círculos decorativos. La mayoría de las plantas estaban descuidadas, cargadas de maleza e incluso muertas. El olor era semejante al de un cementerio. En una parte solo había flores, pero también había algunos árboles detrás de los que era fácil ocultarse. Hice un escaneo panorámico del sitio, exigiéndole a mis ojos identificar algo extraño. En concreto, busqué algún cuerpo, pero no vi más que plantas. Sin embargo, al dar algunos pasos más, mis pies pisaron algo.

Me agaché. Era una camisa blanca con algunas manchas de sangre. Reconocí el olor que emanaba de ella. Sin duda alguna era uno de los inconfundibles perfumes de Nolan, pero esa camisa era la que Ax llevaba puesta un momento atrás.

La solté y seguí avanzando por el jardín. Pasé algunos árboles, hasta que el camino comenzó a llevarme en dirección al Pozo de los Deseos Atrapados. Justo antes de llegar allí, en medio de la oscuridad, en una sección repleta de pequeñas flores, vi algo en el suelo que me obligó a detenerme. Primero me dio la impresión de que eran dos enormes bultos, pero tras unos cortos y cuidadosos pasos, noté que se movían y que en realidad era una persona tendida en el suelo y otra inclinada de cuclillas sobre ella. Tuve que avanzar un poco más en silencio para lograr ver la escena por completo.

En el instante en el que reconocí a ambas personas, me quedé paralizada de horror. La persona tendida en el suelo, inmóvil, con los brazos y las piernas extendidas no era Nolan, pero de igual modo me impresionó verlo así. Era un cuerpo robusto, vestido con una chaqueta de cuadros que a leguas se veía empapada de sangre. A su alrededor, un charco oscuro resplandecía a la débil luz de la luna. La sangre detrás de la tarima era de él.

Del rector Paul.

Y quien estaba sobre él tenía la cabeza hundida en uno de sus brazos, y estaba arrancándole la piel con los dientes. No me fue difícil identificarlo. Me había grabado su imagen desde que lo habíamos encontrado en ese mismo jardín. Los hombros anchos y desnudos, el cabello espeso y revuelto, la piel algo pálida, la postura casi animal...

Exhalé tanto aire que creí que me quedaría sin nada y que mis pulmones no podrían volver a recuperarlo.

—Ax... —solté en un jadeo de horror.

A pesar de que lo dije en un susurro, me oyó. Alzó la cabeza y la giró hacia mí, en un gesto que me recordó mucho la forma en que lo habría hecho un títere movido por su titiritero. Fue como si sus articulaciones fueran de madera y solo pudieran moverse en una dirección. Lo que vi cuando se volvió a mirarme fue espantoso y me aterrorizó. Su boca estaba entreabierta y de ella chorreaban varias líneas de la misma oscura y espesa sangre que me goteaba por el vestido. La oscuridad y la iluminación nocturna creaban un efecto de sombra en su ojo oscuro y producía la ilusión de que solo tenía uno, el más claro. Tenía el mismo aspecto de uno de esos monstruos de las películas de terror.

Alterné la vista entre él, de cuclillas, sin camisa, en esa posición de animal que tanto detestaba, y el cuerpo —sin duda alguna ya muerto— del hombre que un rato atrás nos había dado la mano a todos. El tiempo se ralentizó un momento mientras entendía lo que aquello significaba. Cuando volvió a reanudarse, noté que Ax me observaba fijamente con esos ojos enormes y, esa vez, no atisbé ninguna ingenuidad en ellos, como el día que lo había encontrado aplastando insectos. Porque lo que estaba haciendo era más que aplastar insectos. Era más que cualquier otra cosa que él no entendiera, porque sí lo entendía. Eso era acabar con la vida de un ser humano.

Era matar.

Ax había matado al rector y, por si eso no fuera poco, se estaba comiendo su brazo, mordisqueándole la piel como un caníbal, como un ser... atroz e inhumano. ¿Esa era su naturaleza? Lo que había estado escondiendo, lo que tanto habíamos estado intentando resolver, ¿era esto?

Di un paso hacia atrás, instantáneo, cauteloso, como el movimiento previo a echar a correr.

—¿Por qué has hecho eso? —salió de mi boca también.

Una parte de mí deseó que dijera que no era culpa suya, pero no podía dejar de mirar el cuerpo y mirarlo a él, mirar el cuerpo y mirarlo a él...

Esperé una respuesta, pero él simplemente miró hacia ambos lados y luego de nuevo hacia mí, en silencio.

Unas súbitas corrientes de impulso me dominaron.

—¡Habla! —le exigí de pronto con mayor fuerza—. ¡Habla como lo hiciste antes, cuando él te hizo las preguntas!

Señalé el cuerpo del rector y me di cuenta de que mis dedos temblaban sin control. Noté que todo mi cuerpo temblaba sin control. Escuchaba mi corazón latir contra mis oídos a toda velocidad. Era como si el mundo entero acabara de derrumbarse sobre mí y estuviera aplastada bajo los escombros. Me costaba respirar, me costaba ver... Pero traté de mantenerme en pie... Darme cuenta de que había estado protegiendo a un monstruo me hizo sentir culpable y estúpida.

Ax entreabrió los labios. Creí que algo saldría de su boca, pero la cerró al cabo de unos segundos. Alrededor de ella tenía manchas de sangre. La imagen era repugnante y espantosa.

—¡Sabes hablar, hazlo! —le grité al tiempo que di otro par de pasos hacia atrás—. ¡Explícamelo!

Quería correr, pero, por más que les enviaba la orden a las piernas, lo único que hacían era retroceder. Ax volvió a mirar hacia los lados como un animal en alerta y luego, con cierta lentitud, se puso de pie junto al cadáver. Lo vi tan alto, tan amenazador, tan capaz de arrancarme la piel con los dientes. Empezó a caminar hacia mí y sentí miedo. Mucho miedo. Habían desaparecido mis deseos de estar con él de una forma más íntima. Solo quería alejarme antes de que me hiciera daño.

—No te acerques, Ax —le advertí, todavía retrocediendo.

Pero él siguió avanzando. Sus pies descalzos pisaron el césped sin ninguna incomodidad. Tenía los brazos lánguidos y las manos oscuras por la sangre que las cubría. Había manchas incluso en su cuello y en su pecho repleto de cicatrices. Quise cerrar los ojos y al abrirlos descubrir que Ax no estaba acercándose a mí para lastimarme, que aquello no estaba sucediendo, pero fui incapaz de cerrarlos.

—Nolan tenía razón... —me lamenté sin detenerme—. Y yo no quise escucharlo desde el principio.

Contemplé de nuevo el cadáver del rector y fue como si mil cuchillos me atravesaran el pecho. Me llevé una mano a la frente y negué con la cabeza.

—Yo te ayudé... —susurré en un aliento débil y derrotado—. Y te cuidé, te enseñé muchas cosas, te creí...

Mi voz se quebró en la última palabra, pero me negué a llorar como una estúpida. Las comisuras de Ax se extendieron, moviéndose como si alguien estuviera tirando de cuerdas atadas a su boca. Intentaba hablar, y me pareció todavía más aterrador.

—Esto... —dijo, sin dejar de acercarse.

El resto se quedó atrapado en su garganta tras algunos movimientos dificultosos.

—¿Esto? ¿Te refieres a esta aberración que acabas de hacer? ¿Es que acaso eres...? —Ninguna palabra me pareció la correcta o ni siquiera pronunciable—. ¡¿Qué demonios eres?!

Lo solté en un grito exigente y cargado de rabia. Ax cerró los ojos con fuerza como si mi voz hubiera lastimado sus oídos o alguna parte de él.

—No tú... —continuó, haciendo notorios esfuerzos. Fue un sonido ronco y extraño, pero reconocible—. No soy... yo hi-hi... no es... ¿Cómo...?

Se esforzó en completar lo que pretendía decir, pero solo logró balbucear, y soltó un sonoro gruñido de rabia, llevándose las manos a la cabeza con frustración. Se dio unos cuantos golpes con la muñeca, como reprendiéndose a sí mismo. En otra ocasión, habría pensado que le molestaba mucho no poder hablar, pero ya no sabía a quién o qué tenía enfrente y el gesto solo me pareció demencial y absurdo.

De pronto, Ax cerró la boca con fuerza y se quedó quieto. Su expresión pasó a ser de alerta, y de nuevo miró hacia los lados. Bueno, dada la oscuridad, solo vi que su ojo claro se movía en distintas direcciones escaneando el lugar. Se me ocurrió aprovechar el momento para regresar a la fiesta y avisar a todo el mundo antes de que yo terminara muerta; pero, cuando reuní el valor para correr, no logré dar ni un paso.

Solo tuve tiempo de darme la vuelta. De inmediato los fuertes brazos de Ax me atraparon por detrás y me inmovilizaron. Me cubrió la boca con una mano. Sentí la humedad de la asquerosa sangre del cadáver pegarse a la piel de mi cara. Quise gritar al percibir el olor que me revolvió el estómago, pero no pude porque mis labios estaban sellados por la presión de la palma. De manera automática intenté zafarme. Me removí con todas mis fuerzas como un pez desesperado, pero era como estar envuelta con unas gruesas e irrompibles cadenas de hierro.

Pensé que me mataría de esa forma. En esa posición, con mucha facilidad, podía torcerme el cuello o incluso arrancarme la piel como al rector, pero lo que hizo fue empezar a arrastrarme en dirección a los arbustos más altos y espesos, pegada a él.

Ax se agachó en cierto momento, se sentó en el suelo y me obligó a que yo hiciera lo mismo. Escuchaba su respiración, serena contra mi oreja. Su cuerpo era más grande que el mío, por lo que igual debía verse entre los arbustos, pero se quedó quieto, presionándome contra él. Mis ojos se movían en todas las direcciones, abiertos de par en par. Ya algunas lágrimas me los habían empapado. Debajo de la palma húmeda de sangre, que presionaba con fuerza mi boca, lo que yo intentaba decir era: «Ax, suéltame, por favor. No me hagas daño...».

Y como si él hubiera leído mis pensamientos, acercó la boca a mi oreja y en un susurro cálido y cargado del agrio olor a sangre me dijo:

—Chisss.

La mano con la que me sostenía el cuerpo disminuyó el agarre y se alzó para señalar el cadáver del rector, indicándome que mirara justo allí. El cuerpo seguía tendido, pero al otro extremo de nuestra posición los arbustos comenzaron a moverse. Mi respiración volvió a acelerarse. Ax continuó quieto, presionándome contra él. No comprendí nada. Los arbustos se sacudieron otra vez. Mi corazón se aceleró aún más.

Algo venía.

Algo se acercaba...

Algo salió de entre la maleza. En un primer momento, no pude identificarlo. Fue como si los arbustos expulsaran primero una larga proyección de oscuridad, luego otra conectada a esa, y después una mucho más larga... Parecía una masa oscura, pero poco a poco fue tomando forma. Poco a poco, fui descifrando el movimiento. No eran entidades oscuras separadas. Era una figura, pero primero había sacado un brazo, luego una pierna, luego otro brazo y después todo el cuerpo, y lo había hecho de la misma forma extraña y perturbadora en que se movía un contorsionista de circo. Me recordó a una araña y también a esos movimientos tan horribles que hacía la niña de la película de *El aro* al salir del pozo. La había visto con Nolan, que pasaba mucho miedo con este tipo de filmes.

Por primera vez, la imagen me asustó también. Me dejó suspendida en una nube de asombro, como se quedaría un niño que descubriera que todos los cuentos de terror que le contaban sus padres son ciertos.

Al cabo de un momento, lo que había salido de los arbustos se quedó en cuclillas sobre la hierba. Era una figura humana, pero lo que debía ser su piel era completa negrura. En el rosto no tenía facciones, solo una horrible rendija por boca que se abría y cerraba de forma errática porque de ella salía algo que reconocí muy rápido.

Susurros.

Palabras.

Todas imposibles de entender, perturbadoras, con una incoherencia desequilibrada.

Entonces lo entendí. Aquella persona que había entrado en la casa; también la sombra de la comisaría de policía, aquella figura oscura y extraña en medio del fuego que me había indicado la salida. Luego lo que había estado en el sótano de la farmacia de Tamara, pero también la sombra en medio de la carretera que había provocado mi accidente. Y finalmente: la sombra entre los arbustos. ¡Eso era lo que había entre los arbustos la noche en la que Jaden y yo estábamos juntos, la noche en la que él había muerto! Lo que me había asustado, lo que sentí que nos estaba mirando era aquello que estaba a metros de nosotros.

Sentí que comprender todo con tanta rapidez me quitó aire.

Así que se había tratado de un mismo ser todo ese tiempo. Pero, ¿era un asesino y al mismo tiempo un salvador? ¿Cómo era posible?

Avanzó a cuatro patas. Cada movimiento resultaba perturbador. Llegó hasta el cuerpo del rector, se inclinó sobre él y lo rodeó, todavía mirándolo. Me dio la impresión de que lo estaba examinando. Se detuvo junto al brazo mordisqueado y acercó el rostro. Por cómo permaneció allí unos segundos, parecía estar oliéndolo. Después hundió la cara en él de la misma forma que lo había hecho Ax. Por las sacudidas de su cabeza, entendí al instante que le estaba arrancando la piel y también se lo estaba comiendo.

El miedo me hizo removerme de nuevo y, sin poder evitarlo, solté una especie de chillido.

Error.

La sombra alzó la cabeza, alerta. Y Ax, que no se esperaba eso, reaccionó y me presionó con mayor fuerza la boca y el cuerpo para inmovilizarme aún más.

—No —me susurró en advertencia contra la oreja—. Quieta. Es peligroso.

Pero ya era tarde, la sombra había detectado algo. Miró en todas direcciones, todavía en cuclillas. Un hilillo de sangre le chorreaba hasta la barbilla. Un trozo de algo se le cayó al suelo desde lo que debía de ser su boca, una horrible rendija entreabierta. Madre mía, ¿aquella era la cosa que me había salvado de morir en el incendio? Sentía que sí, pero era horrible.

Me paralicé, tal vez por la orden de Ax o tal vez porque finalmente entendí que la idea era que no nos viera.

Pero la cabeza de aquel ser se volvió hacia nosotros y nos lanzó una mirada tipo «¡os tengo!». Sentí el cuerpo helado, los músculos tiesos. Quise chillar, pero me esforcé por no hacerlo. También quise cerrar los ojos, pero entonces, lo que denominé como «la Sombra» se apartó del cuerpo del rector, con las manos apoyadas en el suelo, y empezó a avanzar en nuestra dirección de esa forma tan contorsionada y poco natural.

Sentí que la respiración de Ax, contra mi oreja, se aceleró un poco, atento, listo...

La Sombra se acercaba...

Y se acercaba...

Y se acercaba...

Y cuando estuvo a tan solo unos pocos metros de nosotros, cuando sentí los brazos de Ax aflojar un poco como si estuviera preparado para ejecutar alguna maniobra rápida, otra figura salió disparada desde algún lugar y empujó con fuerza a la Sombra.

Sucedió demasiado rápido y fue demasiado impactante. La derrumbó en un segundo, y rodaron por el suelo, fundiéndose como una masa oscura sin forma definida y chocando finalmente contra un árbol. Se escuchó la sacudida de las ramas al mismo tiempo que llovieron unas cuantas hojas. A mí se me escapó un jadeo de horror, que quedó ahogado porque Ax seguía presionándome la boca con la mano.

Aquello pasó a ser otra escena. La Sombra se incorporó en un segundo, de cuclillas y totalmente alerta. Un sonido salió de ella. Fue un chillido extraño que me hizo daño en los oídos, como si alguien hubiera distorsionado la voz humana a un nivel sobrenatural. Al otro lado, la figura que había entrado en acción se puso en pie y se dejó ver por completo. Era alta, imperiosa, poderosa y poseía un inconfundible par de ojos amarillos.

¡Era la cosa!

Llevaba una larga gabardina, botas trenzadas, ropa oscura y una capucha que le cubría la cabeza. Lo único que se veía de su rostro eran esos ojos aterradores; nada más.

Ah, y lo que de pronto se desplegó desde una de sus manos: un largo látigo, pero no uno común, sino uno recubierto de una corriente de electricidad que chispeaba e iluminaba la oscuridad entre colores azul y amarillo. Si no hubiera tenido la mano de Ax sobre mi boca, se me habría caído la mandíbula de la impresión.

Sin más, la cosa se lanzó contra la Sombra, y todo se convirtió en un caos de ataques, uno contra el otro. La cosa arrojó ganchos, ayudándose con el látigo, de una forma impresionante y muy ágil, y la Sombra los esquivaba con contorsiones rápidas y algunos saltos. La cosa conseguía golpear a la Sombra con cada uno de sus puñetazos y latigazos, pero esta no se detuvo, y se defendió con patadas y golpes igual de potentes. Fue la lucha más extraña que había visto en mi vida. No sabía ni quién era uno ni quién era el otro, pero ambos parecían fuertes, peligrosos e imposibles de derrotar.

En cierto momento, la cosa golpeó en el estómago a la Sombra, que salió disparada hacia atrás, deslizándose por el suelo por el impacto. Cayó de espaldas, apoyada en los codos. Intentó levantarse, pero se retorció por un momento. Me pareció que era para atacar, pero de pronto entendí que parecía estar teniendo arcadas. Y así era, porque de repente se inclinó hacia delante y expulsó un chorro oscuro y espeso que no podía ser más que vómito.

La cosa de los ojos amarillos, viéndolo vulnerable, comenzó a aproximarse a su rival. En un movimiento de la mano, recogió el látigo en su mano, haciendo que la electricidad en él se desvaneciera, y lo guardó en el interior de su gabardina. Vi que se preparaba para proporcionarle el golpe final, pero entonces, como si la escena de las arcadas hubiera sido un engaño, la Sombra dio una vuelta hacia atrás, propia de un acróbata, se puso de pie y a una velocidad extraordinaria huyó en dirección a los arbustos. Todo sucedió tan rápido que lo único que pudo hacer la cosa fue permanecer ahí, viendo cómo se alejaba.

Todo volvió a quedar en absoluto silencio.

Pero los sucesos extraños no habían terminado, porque de repente la mano de Ax que cubría mi boca aflojó el agarre. Entonces, él se desplomó hacia atrás en el suelo y su cuerpo empezó a sacudirse. Primero fueron unas sacudidas leves, pero rápidamente se agravaron; estaba convulsionando.

Lo que yo hice fue reaccionar de manera abrupta, asustada e intuitiva. Casi me caí, pero logré ponerme en pie y estabilizarme. Con las manos temblando y el pecho agitado, retrocedí y contemplé a Ax tirado en el suelo. Sus ojos estaban entrecerrados, completamente en blanco. Una larga línea de sangre le brotaba de la nariz para morir en las repugnantes manchas de alrededor de su boca. Su cuerpo, cubierto solo por el pantalón del traje, se retorcía de una manera horrible.

El miedo me oprimió la garganta y me dejó paralizada. Una parte de mí quiso agacharse a su lado, preocuparme por su estado, como siempre, gritar, pedir ayuda, pero la otra parte, la que me enviaba su imagen sobre el cuerpo del rector arrancándole la piel, me obligó a retroceder más, porque no sabía si debía correr, gritar o qué demonios hacer.

Ni siquiera me di cuenta de que la cosa de los ojos amarillos pasó a toda velocidad por mi lado hasta que lo vi agacharse junto a Ax. Un terror frío, tembloroso, igual al que sentí al verlo en medio de la calle cuando lo atropellamos, me abordó. Durante un momento me pareció que iba a matarlo, pero...

—No, no, no —empezó a decir, con preocupación.

Me quedé perpleja. Su voz sonó tan humana, tan poco aterradora. La cosa cogió el cuerpo de Ax por los hombros y lo sostuvo, a pesar de las graves y espantosas sacudidas.

—No, Ax, machote, aquí no, ¿de acuerdo? —volvió a decirle con una confiada exigencia.

Le empezó a dar algunas bofetadas en la cara. Los ojos de Ax seguían en blanco, la sangre se deslizaba por uno de los orificios nasales, sus dientes castañeteaban. Yo quería hacer algo. Quise abrazarlo y ocuparme de él..., pero no podía. Mi corazón latía de miedo.

Lo único que logré hacer fue soltar un jadeo de estupefacción.

—¿Qué...? ¿Qué le está pasando? —pregunté.

La cosa alzó la cabeza. Esos ojos me observaron fijamente. Me dio tanto miedo que no me sentí capaz de moverme. Muchísimas cosas horribles me pasaron por la mente, imágenes que yo jamás había presenciado pero que tal vez podían convertirse en una realidad: mi madre intentando envenenarme justo como a mi padre, Nolan tendido en el suelo, muerto, porque aquella sombra horrible lo había atacado; yo perdiendo el control de mi mente, cayendo en una profunda locura, olvidando hasta mi propia existencia. Todo tan vívido, tan tormentoso, hasta que me di cuenta de que ese ser al que estaba mirando no tenía ninguna intención de hacerme daño. Tenía los ojos inyectados en sangre y las pupilas de un amarillo intenso, sí, pero advertí que no podía verle el resto de la cara porque llevaba una especie de pañuelo viejo y sucio que le cubría la mitad del rostro, hasta la altura del tabique de la nariz. Tenía cejas, piel, dedos... Sí, era una persona, aterradora, pero era una persona.

—Se va a morir, y todo por querer salvarte —me informó—. Y no puede morir, ¿entiendes? Él es el número uno. Si él muere, nos iremos muriendo todos. Todos.

Ay, mierda.

19

La verdad sobre la cosa de los ojos amarillos

Ax se estaba muriendo.

La cosa, que todavía lo sostenía, lo sacudía tratando de hacerlo reaccionar. De nuevo, quise abrazarlo para ayudarlo, pero la cercanía de eso que hasta hace un momento creí que era un enemigo seguía aterrorizándome. Tenía tanto miedo que pensé que mi corazón dejaría de funcionar o que me asfixiaría. No podía mover ni un músculo. Estaba fría y paralizada.

—Joder, no me queda otra... —dijo la cosa al ver que Ax no reaccionaba.

De repente hundió una mano —que tenía cubierta por un feo y sucio guante oscuro— en uno de los bolsillos de su gabardina y sacó un largo tubo de color blanco, que de inmediato asocié con esas inyecciones de adrenalina que usaba la gente para tratar las alergias mortales. En un movimiento rápido, la cosa elevó la inyección y se la clavó con fuerza en el pecho, justo por encima de donde debía de estar su corazón.

Los ojos de Ax se abrieron de par en par en cuanto empezó a fluir el líquido por su cuerpo. Las convulsiones se detuvieron al instante. En su ojo claro, una línea negra ondeó a toda velocidad y luego desapareció, algo que nunca había visto en él y que me dejó aún más atónita. No supe si ese era el efecto esperado, pero entendí que funcionó, porque Ax se impulsó hacia delante, apoyó los antebrazos en las rodillas y, tras una gran y sonora arcada, expulsó un espeso, oscuro y grotesco chorro de vómito, justo como lo había hecho la Sombra durante su pelea con la cosa.

Me quedé pasmada y horrorizada, viendo cómo esa sustancia salía de su boca. Me pregunté si era posible que alguien normal vomitara algo así. Ni siquiera logré definir qué era. ¿Sangre? ¿Partes de la carne del brazo del rector?

A su lado, la cosa le palmeó la espalda.

—Eso..., sácalo todo. No dejes nada —le dijo, animándolo a seguir vomitando.

Ax tosió, vomitó un poco más, tuvo otra arcada y luego se quedó muy quieto con la cabeza hundida entre las piernas, temblando y respirando agitadamente.

—Uf —exhaló la cosa con alivio—. Por poco te mueres, amigo.

Amigo.

La pregunta salió de mi boca de manera automática y estupefacta:

—¿Qué?

La cosa alzó la cabeza. Esos ojos de pupilas amarillas e inyectados en sangre me observaron con curiosidad. Un montón de emociones extrañas e incómodas me hormiguearon la piel. El miedo se intensificó. Pero no sabía por qué, si no parecía tener intenciones de lastimarme.

—Pues que casi se muere... —me aclaró con una divertida obviedad. Como me lo quedé mirando con una intensa expresión de horror y desconcierto, añadió—: O sea, que casi estira la pata, suelta el último aliento, se queda con la lengua afuera...

¿Era en serio?

—¡Lo entiendo! —solté casi chillando—. Me refiero a que... ¿son amigos?

La cosa volvió a mirar a Ax, que seguía en la misma posición, tosiendo como si fuera a vomitar más.

—Ah, sí, nos conocemos —asintió con rapidez.

Le palmeó otra vez la espalda en un gesto de camaradería. Físicamente, el tipo parecía intimidante y tenía una voz algo carrasposa, masculina, pero en ella había una nota relajada, confiada y divertida. Era como uno de esos amigos de toda la vida en extremo fiesteros y bromistas. Justo eso hizo que saltaran algunos tornillos y fallaran algunos engranajes en mi cerebro. No supe expresar mi estupefacción, y me quedé con la boca abierta.

—¿No lo sabías? —me preguntó, algo confundido.

—Yo no... —balbuceé—. Es que ni siquiera entiendo qué está pasando.

La cosa hizo un movimiento con la mano quitándole importancia a mi desconcierto, como si fuera normal.

—Lo que pasa es que teníamos que matar de una vez por todas a esa sombra que viste hace un momento. —Miró en dirección al cuerpo inerte del rector, como si temiera que la Sombra volviera a hacer acto de presencia—. La trampa era ese cuerpo porque le gusta mucho la carne humana, pero apareciste tú, y Ax trató de salvarte. Si no lo hubiera hecho, habría sido más fácil vencer al imbécil ese...

Miré de nuevo a Ax. Sus hombros anchos se movían al ritmo de su respiración algo acelerada, pero ya en proceso de calma. Con la cabeza hundida entre las piernas, escupió algo espeso y asqueroso al suelo. Después se limpió la boca con el dorso de la mano.

Volví a mirar a la cosa, perpleja.

—¿Plan? ¿Salvarme? —repetí—. Pero ¡si se estaba comiendo al rector!

La cosa vaciló un momento.

—Sí, bueno, eso era necesario para que el fallo percibiera el olor de la sangre y viniera —explicó, un tanto apenado—. Si te tranquiliza, fui yo quien mató al rector. Ax hizo el resto.

—Pero ¿tú quién rayos eres? —le solté.

Él se puso de pie y yo automáticamente retrocedí porque creí que me saltaría encima, pero hizo un gesto cordial junto a una ligera y caballerosa inclinación.

—Tengo muchos nombres —se presentó—, pero mi favorito es Vyd.

Seguidamente, se echó la capucha de la gabardina hacia atrás. Mi frecuencia cardiaca aumentó con una fuerza sofocante y dolorosa. Su cabello era tan blanco como la mismísima nieve, revuelto y un tanto sucio. Su piel era del mismo tono pálido que el de Ax, aunque tenía un tinte ligeramente enfermo y opaco, casi como el de un cadáver. Pensé que también se quitaría el pañuelo que le cubría la mitad de la cara, pero no lo hizo. En definitiva, tenía un extraño y perturbador aspecto, pero sus horribles ojos eran lo que más resaltaba. Me esforcé por no centrarme solo en ellos, pero resultaba inevitable. El brillo, la anomalía, todo atraía y al mismo tiempo espantaba, como lo habría hecho una voz sobrenatural en medio de un sótano oscuro.

—Son los ojos —dijo Vyd.

Salí de mi batalla mental con el pánico. Me di cuenta de que me hormigueaban las manos, de que tenía el cuello sudoroso y de que me pesaban los pies como piedras.

—¿Eh?

El pañuelo estaba tan pegado a su rostro que logré ver cómo la boca se ensanchaba debajo en una sonrisa.

—Lo que te hace sentir asustada y te llena la cabeza de imágenes horribles son mis ojos. —Se los señaló con un dedo—. Producen eso, un miedo paralizante. Procura no mirármelos y te sentirás mejor.

Después de todo lo que había visto, no tuve intención de cuestionar nada. Desvié la vista con rapidez y decidí fijarla en Ax. No parecía encontrarse bien. Me costó creer que me había protegido y, también, que le había arrancado la piel al rector, pero al mismo tiempo sí lo creía...

—De acuerdo, Vyd —hablé, esforzándome en no mirarlo a la cara—. Entonces ¿no eres peligroso?

—No para ustedes —afirmó en un tonillo cantarín.

En ese caso...

Era momento de sacar toda la información posible.

—¿Puedes decirme qué era esa sombra que tenían que matar?

—Un fallo.

—¿Un fallo de qué?

—De STRANGE, por supuesto. Ese nombre...

Un recuerdo llegó a mi mente. Había visto esa palabra antes.

Una chispa de interés se encendió en mi interior. Vyd, más que dar miedo, podía dar respuestas.

—¿Qué es STRANGE? —pregunté.

—Yo, el fallo, Ax... —enumeró él, muy relajado.

Ax. ¡Algo más sobre lo que Ax era en realidad!

Aunque... sentí que no entendía casi nada.

Vyd tenía razón. No mirarle a los ojos me hizo sentir un poco mejor. Todavía estaba asustada, pero recuperé la movilidad. Ahora me sentía sobre todo intrigada.

—Tú eres igual que Ax, entonces —le pregunté a Vyd.

—Algo así —afirmó él.

—Entonces sabes de dónde viene, ¿no? ¿Qué le sucedió? ¿Puedes decírmelo?

Lancé las preguntas con rapidez. Mi voz sonó entusiasmada, pues era la primera cosa sólida que encontraba conectada a Ax, a su verdad.

—En realidad, todos venimos de sitios distintos... —empezó a decir.

Pero automáticamente volví la cabeza hacia él. Me di cuenta de que el color amarillo de sus ojos no era tan llamativo y fosforescente como había creído, sino más bien claro, mezclado con verde.

—Espera —le interrumpí—. ¿Todos? ¿Cuántos son?

Vyd pensó un momento con los ojos entrecerrados. Me pareció que el tono amarillo se profundizaba y aumentaba, y volví a desviar la vista. ¿Cambiaban si los mirabas?

—En total éramos doce —calculó—, pero ahora solo quedamos siete.

¿Doce personas como Ax? Uau... Pero ¿en el mismo pueblo? ¿O en diferentes lugares? ¿Y qué les había sucedido para que solo quedaran siete?

—¿De qué se trata exactamente STRANGE? —decidí preguntar esa vez.

Pero Vyd mató todas mis esperanzas de tener la verdad completa:

—Eso no puedo respondértelo, guapa.

—¿Por qué no?

—Porque no lo recuerdo. —Se encogió de hombros con simpleza.

Pestañeé, desconcertada.

—Por alguna razón no recuerdo nada de mi pasado, y casi nada de STRANGE —admitió—. He estado teniendo este problema desde que me escapé, que es lo único que recuerdo justo ahora. Ah, pero estoy seguro de que Ax debió de hacer lo mismo, y el fallo también.

Ax tampoco podía decir nada de su pasado. ¿Le pasaba entonces lo mismo que a Vyd? ¿No podía recordar y por esa razón nunca nos había dado las explicaciones?

—¿No recuerdas de dónde te escapaste? —le pregunté con curiosidad.

—No —contestó Vyd con animada simpleza—. Hay muchas cosas que no recuerdo, a decir verdad.

Yo también sabía lo que se sentía al tener un hueco en la mente, pero me preocupó que si él, que podía expresarse con fluidez y se veía más orientado y claro en su situación, no recordaba de dónde había salido, que Ax lo hiciera parecía más imposible.

A lo mejor ambos venían del mismo sitio...

—¿Es muy peligroso ese fallo? —pregunté.

—Uf, más que cualquiera de nosotros —dijo—. Es un error, algo que salió mal, que perdió toda su humanidad, por esa razón no tiene conciencia de la realidad y no distingue entre los que somos como él, la gente inocente o la peligrosa. Puede matar a cualquiera.

—¿Y cómo dices que me salvó Ax?

Vyd soltó una risilla algo traviesa. No entendí qué era lo que le parecía tan divertido.

—Bueno, mientras estaban ahí juntitos... —señaló el sitio donde Ax estaba sentado todavía—, el fallo no podía verlos. A lo mejor lo olía a él, pero no podía verte a ti.

Ahora que lo analizaba, era lo mismo que había hecho en la alacena de la cocina, cuando nos ocultamos. Demasiado intrigada ya, volví a mirarlo a la cara.

—Nos hizo... ¿invisibles? ¿A eso te refieres?

Vyd negó con la cabeza con cierta lentitud.

—No —dijo en un tono casi sombrío—. Los ocultó con la oscuridad, con la negrura, con las sombras...

En la última palabra alzó la mano y movió los dedos con dramatismo. Luego soltó una carcajada repentina que le quitó toda la seriedad y el misterio al momento.

—Pero ¿qué mierda...? —solté, confundida y extrañada.

La carcajada de Vyd se convirtió en una sonrisa que pude percibir debajo del pañuelo. Se movió hacia Ax, se inclinó un poco y le puso una mano en el hombro.

—¿Es que no lo entiendes? Él es el número uno, el cabecilla, el más fuerte, guapa —me dijo con mucha obviedad, como si yo no tuviera conciencia de algo fantástico—. Él es el número uno. ¿Ves esos colores en sus ojos? —Señaló los ojos de Ax—. Hay dos núcleos en su interior. Juntos son ¡boom!

Pero... ha estado bastante débil desde que lo encontraste. ¿Acaso le has exigido que hable?

Vyd me miró con las cejas fruncidas. Sus ojos de repente parecieron más amarillos. Comencé a sentir algo de temor, así que miré el suelo.

—Él no habla casi —respondí.

—¡Porque no debe hacerlo! —exclamó Vyd, horrorizado—. Hablar lo debilita.

Miré a Ax de hito en hito. Cada cosa que descubría de él era más espantosa que la anterior. Lo habían lastimado, cegado y privado de su oído para que desarrollara el olfato, lo cual explicaba por qué solía oler las cosas para reconocerlas y por qué su cuerpo estaba repleto de cicatrices. ¿Y también habían logrado que el hecho de hablar lo debilitara?

Vyd tuvo que haber notado que yo no tenía ni idea de nada y que toda esta información me tenía perpleja, porque amplió su explicación:

—Mira, si habla, sus habilidades van desapareciendo. Es decir, puede hablar, pero cuanto más aprende y más lo haga, más se va descomponiendo su cuerpo, porque esa es una característica humana y él no fue preparado para vivir como uno.

¿Preparado? Oh, Dios... Una gran teoría se formó en mi mente.

—Entonces, esto de STRANGE... ¿es algo que hicieron ciertas personas? —le pregunté a Vyd—. ¿Las personas que lo lastimaron para que aprendiera a reconocer las cosas por el olor?

Esperé su respuesta con ansiedad, nerviosa.

Vyd pensó un momento, como buscando las respuestas también.

—Puede ser, tiene sentido, recuerdo personas, y nosotros fuimos hechos, no somos como tú... —Sacudió la cabeza—. Agh, pero ¿por qué no puedo recordarlo todo?

Sentí un nudo en la garganta, quise golpearme a mí misma. Desde el primer día le habíamos exigido a Ax que hablara. Nos habíamos enojado incluso porque no lograba hacerlo. Nosotros buscábamos respuestas, pero, para él, era un castigo.

De repente tuve una nueva duda.

—¿Por qué tú sí hablas? —le pregunté a Vyd.

Él suspiró. La respuesta sonó triste:

—Porque cada uno de nosotros tiene un objetivo diferente y una maldición distinta.

—Yo no tenía ni idea... —intenté explicar.

Pero Vyd me interrumpió:

—¿De que, mientras intentas humanizarlo, lo estás matando? Pues es así. Él es bastante fuerte. Usar las sombras estando así de débil es tener las pelotas de uranio; pero, si sigue debilitándose y perdiendo su energía, no lo soportará durante mucho tiempo.

Mucho tuvo sentido. Por esa razón se desplomaba de repente. Por esa razón, aunque su herida había sanado, él no parecía mejorar en salud nunca.

Demonios. Durante todo ese tiempo había creído estar protegiendo y ayudando a Ax, cuando en realidad solo lo estaba matando al exigirle respuestas para resolver mis dudas. Lo peor era que, aun sabiendo que hablar lo mataría, él lo había intentado. Tuvo el interés de aprender. Aquello me hacía sentir tan cruel, tan egoísta... Debía enmendarlo.

—¿Cómo puede recuperarse? —quise saber.

Vyd enumeró las opciones:

—Bastante comida, no hablar y mucha relajación mental.

Bueno, no sonaba tan difícil.

—¿Y cómo relajamos su mente?

—Mmm..., viendo la televisión —sugirió Vyd—. Nunca nos permitieron verla, pero descubrí que nos ayuda bastante. Se lo dije a él.

De inmediato entendí por qué todos los días Ax veía tanto la televisión. Había seguido el consejo de Vyd, pero...

—¿Se han visto antes? —tuve la duda.

—Llevamos semanas viéndonos a escondidas —asintió Vyd—. Yo lo encontré y luego empezamos a planear este ataque que, bueno, falló patéticamente.

¿Por esa razón siempre desaparecía de repente? ¿Para verse con Vyd?

Vyd se movió, así que intenté captarlo de reojo. Lo vi inclinarse frente a Ax.

—Mejorarás si haces todo eso que mencioné —le aseguró—. Yo estaré cerca. Tendremos que reunirnos de nuevo para planear algo. Sabes que ese fallo no puede estar suelto por mucho tiempo.

Luego Vyd se enderezó y se giró hacia mí. Con rapidez fijé la vista en el suelo, pero él avanzó hasta que vi sus botas viejas y sucias a poca distancia de mis pies descalzos y mugrientos por la tierra. Alcé un poco la mirada hasta su barbilla con cuidado de no llegar a sus ojos. Para no fallar, pensé en que su ropa parecía la de un vagabundo.

Vyd metió la mano en el interior de su gabardina y sacó de nuevo un tubito largo como una inyección de adrenalina. Lo extendió hacia mí.

—Los robé para mí cuando me escapé, es muy valioso y es lo único capaz de salvar nuestra vida —me informó—. Ten este por si Ax vuelve a necesitarlo. Recuerda: úsalo solo si empieza a convulsionar y no reacciona, porque no hay manera de encontrar más.

No lo dudé ni un segundo. Cogí el tubito.

—A Ax hay que mantenerlo vivo, sea como sea —agregó Vyd con muchísima seriedad—. Justo ahora, los que quedamos de STRANGE estamos en peligro por distintas razones. Hay gente que nos está buscando, y no les será tan difícil capturarnos. Antes teníamos un chip rastreador, pero nos lo sacamos. Estaba justo aquí. —Señaló un punto en su vientre. Luego volvió la cabeza en dirección a Ax—. Amigo, ¿te lo sacaste?

Todavía con la cabeza hundida entre las piernas, Ax asintió. Me quedé boquiabierta. ¡Ahora entendía por qué tenía esa herida cuando lo encontramos en el jardín! No lo habían acuchillado, él mismo se había abierto la piel para sacarse el chip.

—El fallo es el único que no recuerda que tiene el rastreador todavía —continuó Vyd, dirigiéndose a mí—. Va a estar de aquí para allá causando incendios, asesinando gente, haciendo estupideces sin control ni razón. Como sus capacidades mentales están en constante error y conflicto, y está demente, en algún momento su comportamiento será predecible y les será fácil atraparlo. Si no lo matamos, nos rastrearán al resto por su culpa.

Lo dijo con la suficiente gravedad, para que entendiera que si los atrapaban los matarían.

—Pero ¿quiénes son las personas que los buscan? —pregunté, todavía confundida por esa parte.

Vyd soltó una especie de risa.

—Bueno, ahí está el punto, guapa, tendrás que ayudarme a descubrirlo. —Hizo un repentino gesto de dolor en el cuello—. Ahora debo irme. Tengo que recuperar fuerzas. Desde que tú y tu amigo me atropellaron no he estado muy... bien.

Ah, esa parte... Nolan y yo a veces éramos un poco estúpidos. Sentí algo de vergüenza.

—Lo siento mucho —me excusé con sinceridad—. Nos asustamos, es decir, tú...

Él hizo un ademán de poca importancia.

—Lo entiendo —me tranquilizó en un tonillo divertido—. Son los ojos. Ser tan asombroso es una gran maldición. Yo solo estaba bromeando. No pensé que se asustarían tanto. Al ver que salieron corriendo intenté acercarme, pero, joder, fueron de lo más agresivos.

—Teníamos mucho miedo... —admití, no muy orgullosa de ello.

Vyd chasqueó la lengua como si no fuera problema ya.

—De todos modos, yo le puse bastante teatro, ya sabes, caminando de forma aterradora en medio de la calle... —Emitió unas cuantas risas—. Soy un poco exagerado.

Vyd avanzó en dirección al cuerpo inerte y rodeado de sangre del rector Paul. Me apresuré a seguirlo. Evité mirar el cadáver, que seguía con los brazos extendidos y uno de ellos mordisqueado hasta el hueso.

—Una cosa... —empecé a decir, muerta de curiosidad—. ¿Los ojos de Ax pueden tener algún efecto sobre los demás?

Vyd se detuvo junto al cuerpo y lo examinó.

—Sí, pero ahora mismo no —me respondió, pensativo—. Ax funciona un poco diferente... A él le falta algo... Está incompleto, pero no recuerdo de qué se trata. He estado intentando recordarlo, pero solían manejar nuestra memoria a su antojo, ¿sabes? De todas formas, haré lo posible por encontrar alguna manera de acordarme; lo necesita. —¿Ax estaba incompleto? ¿Cómo rayos podía estar incompleto?—. Bueno, eso será en otro momento —suspiró Vyd, y después señaló el cuerpo—. Ahora voy a llevarme a este señor para que no lo encuentren y no haya problemas.

Se inclinó y agarró al rector por las muñecas con la misma facilidad que si fuera un muñeco.

—Otra cosa... —me apresuré a preguntar antes de que se fuera—. Esto de STRANGE... ¿puede ser algún experimento?

Vyd suspiró y guardó silencio un momento. Pensé incluso que no me respondería, pero al final habló:

—Guapa, STRANGE no es nada de lo que te imaginas —dijo con condescendencia—. Solo sé que cuando descubras la verdad, no sé si podrás seguir cuerda. Nos vemos, Mack.

Arrastró el cuerpo. Vyd era bastante alto y fuerte, pero no sabía cómo iba a sacar ese cadáver sin que nadie lo viera, sobre todo si la casa estaba rodeada de muros electrificados. Sin embargo, como se había enfrentado de manera tan asombrosa a la Sombra y había visto sus «habilidades», lo creí capaz de todo.

Se detuvo un momento.

—Ah, y dile a tu amigo Nolan que me gustó mucho su interpretación en la tarima —agregó, divertido y con cierta... ¿picardía?—. Espero conocerlo la próxima vez que nos veamos.

Luego siguió arrastrando el cuerpo como si no pesara absolutamente nada.

Apenas se perdió de vista en la oscuridad y los árboles, me di cuenta de que Ax se estaba moviendo. En realidad, intentaba levantarse, pero no podía. Tenía una rodilla apoyada en el suelo y la otra flexionada. Estaba hecho un desastre: la cara y las manos manchadas de sangre, el pantalón sucio, la respiración acelerada, el cabello revuelto... En cuanto me acerqué a él para ayudarlo, su cuerpo se balanceó hacia mí. Tuve que envolver su torso con mis brazos para que no se desplomara. En el instante en que su piel desnuda hizo contacto con la mía, percibí que estaba hirviendo. ¡Debía de tener cuarenta de fiebre!

—Agua —dijo de repente con voz carrasposa y jadeante, todavía apoyado de mí—. Necesito... agua.

Pero no había agua cerca. No... ¡sí la había! ¡La fuente! ¡El agua de la fuente siempre estaba limpia!

—Te daré agua, vamos —le dije.

Tuve que utilizar toda mi fuerza para no soltarlo. Hice que enganchara su brazo alrededor de mi cuello, lo sostuve por la cintura y lo impulsé para que camináramos. Él dio algunos pasos lentos, difíciles y torpes. Avanzamos, pero la temperatura de su piel comenzó a quemarme. Pero no me rendí. Con esfuerzo lo conduje hasta la fuente.

Ya allí, Ax se apoyó con ambas manos en el borde. No lo solté en ningún momento. Lo ayudé a inclinarse y, como sus brazos temblaban de debilidad, yo misma formé un cuenco con ambas manos, cogí el agua y se la di a beber. Cuando tomó la suficiente, volví a coger agua y le empapé la cara. Al mismo tiempo me aseguré de quitar la sangre alrededor de su boca hasta que quedó considerablemente limpio, y el tono rojizo se fundió con los chorros que expulsaba la fuente.

Finalmente, lo ayudé a sentarse en el suelo, con la espalda apoyada en las piedras que conformaban la estructura de la fuente. Él echó la cabeza hacia atrás y cerró los ojos. Mantuvo los labios entreabiertos, respirando agitadamente. No pude evitar recordar el momento en el que lo vi agachado sobre el cadáver, arrancándole la piel al rector. Me pareció que era un monstruo, algo abominable e inhumano, pero ahora ni siquiera estaba muy segura de qué pensar... De lo que no dudaba era de que no lo dejaría morir.

En un impulso, tomé una de sus manos. También estaba manchada de sangre, pero no me importó. Entrelacé sus dedos con los míos y luego coloqué mi otra mano sobre sus nudillos. Sentí que temblaba. Me rompió el corazón verlo así, tan débil, tan derrotado, con el pecho estremecido y los ojos inyectados en sangre por la fuerza de las convulsiones. Todo por salvarme.

—Lo siento mucho —le susurré—. No tenía ni idea de que al pedirte que hablaras te estaba lastimando. Prometí ayudarte y..., al parecer, es lo que menos he hecho.

La mano de Ax apretó la mía. Fue un gesto algo débil, pero suficiente para sentirlo. Alcé la mirada hacia su rostro. Él tenía los ojos entreabiertos. Eran apenas unas rendijas y se veían exhaustos, cargados de un peso insoportable.

Entonces recordé:

La voz de Jaden, en el interior del auto en el que íbamos a toda velocidad, sonó alarmada y confundida:

—¡¿En tu casa estás en peligro?! ¿Por qué?

Volví a mirar hacia atrás. El par de luces del vehículo que nos seguía se habían hecho más grandes. Estaban más cerca. Siempre estaban cerca, pero esa vez estaban decididos a atraparme para silenciarme. Ellos querían callarme. Querían eliminar la posibilidad de que yo dijera lo que sabía. Por esa razón había empezado todo y, si se lo decía a Jaden, entonces él estaría implicado y también querrían acabar con él. No podía... Lo amaba. No podía permitirlo.

—¡Tenemos que despistarlos! —dije, desesperada—. ¡¿Puedes hacerlo?!

Jaden tenía ambas manos aferradas al volante. Miró hacia el frente. La preocupación surcó su rostro de facciones atractivas, el rostro del chico que todas querían tener.

—Es una carretera lineal, Mack... —dijo. La verdad es que no había muchas posibilidades.

—¡Si nos atrapan, jamás volveremos a vernos!

Jaden me miró de golpe.

—¡¿Qué...?! Pero ¡¿qué es lo que pasa?! —preguntó, exaltado—. ¡¿Quién es esta gente?!

Le iba a decir que eran personas peligrosas, capaces de matar. Pero él vio entonces algo en medio de la carretera y frenó.

A continuación, todo pareció suceder a cámara lenta: Jaden frenó, las llantas chirriaron, y él, en un intento por protegerme extendió el brazo hacia mí como si fuera un muro capaz de evitar que me hiciera daño, pero luego su cuerpo salió disparado por el cristal delantero y aterrizó varios metros por delante del auto, sobre el asfalto.

Ni siquiera grité. Quedé impactada por dos cosas: el suceso y la fuerza magnética con la que mi cuerpo quedó en su lugar. Una cadena de pensamientos se desató en mi cabeza: yo no había salido volando por los aires, aunque debí haberlo hecho, dada la velocidad a la que íbamos y la brusquedad del frenazo; lo que había obligado a Jaden a frenar ya no estaba en la carretera.

En ese punto desperté del aturdimiento, abrí la puerta del auto y salí corriendo hacia él. Mientras corría, grité. Grité tan fuerte que fue como si me rajaran la garganta con un cuchillo. Llegué hasta donde estaba y me lancé de rodillas al suelo.

Apenas vi su estado, empecé a llorar y a gritar. Su rostro estaba empapado en sangre. Tenía muchísimos pedazos de cristal roto enterrados en él. Uno muy grande le había atravesado el ojo derecho. Por una herida oscura y ancha que dejaba a la vista un trozo blanco de cráneo, salía sangre a borbotones desde la frente. El brazo izquierdo estaba roto y la piel de su cuello y de su pecho estaba repleta de raspaduras profundas y sangrantes.

Respiró un momento. Su pecho subió y bajó a un ritmo pausado, pero dificul-
toso. Me miró. Su ojo, verdoso, me contempló con debilidad. Grité mucho. Le
exigí algo. Lloré. Pero era el final. Su mirada reflejó el peso de un dolor insopor-
table, de un adiós irremediable, y luego se quedó muy quieto, muerto.
  Detrás de mí, alguien me golpeó la cabeza y perdí el conocimiento.

El sonido de mi teléfono sonando me devolvió a la realidad. Tenía la respiración acelerada y los músculos inmóviles tras revivir aquel recuerdo. Así
que yo había salido ilesa del accidente, pero al final esas personas peligrosas
me habían atrapado. No me había lastimado la cabeza como para perder mis
recuerdos, justo como me habían dicho. Solo Jaden había resultado mortal-
mente herido. Pero ¿por qué me habían mentido? ¿Por qué entonces había
despertado un año y medio atrás en una habitación de hospital con heridas de
un accidente?

Miré a Ax, débil frente a mí. Todavía me observaba, pero su mano había
perdido fuerza. El móvil seguía sonando. Actué de manera automática. Lo
busqué, apresurada, entre la abertura de mi vestido. Al parecer ya se había
restablecido la señal. En la pantalla aparecía el nombre de Nolan. Me alivió
mucho que estuviera bien. Atendí de inmediato.

—¡¿Dónde estás?! —me preguntó al instante, con una voz desesperada.

Tomé aire para que mi voz pudiera salir.

—Estoy con Ax —le informé—. Mi vestido está empapado de sangre, así que
necesito que busques uno en mi armario y vengas al jardín, cerca de la fuente.

—¿De sangre? —soltó en un chillido—. ¿Qué te ha pasado? ¿Y qué haces ahí?

¿Qué había pasado? Ni yo lo entendía todavía. Lo único de lo que estaba
segura era de que Ax necesitaba un baño frío para hacerle bajar la fiebre y
acostarse en una cama.

—Han pasado muchas cosas, pero estoy bien —le resumí—. Ahora es
importante llevar a Ax a la casita de la piscina porque él sí está muy mal. Hay
que terminar la fiesta y sacar a toda esa gente.

—Bueno, creo que va a ser un poco difícil eso —vaciló Nolan.

—¿A qué te refieres?

—A que la policía viene de camino. Tu madre los ha llamado.

Pensé en el enorme charco de sangre que había junto a la tarima. La sangre del rector Paul. Si la policía la encontraba, iniciaría una problemática investigación.

Pero sobre todo pensé en que STRANGE era el nombre de aquella carpeta bloqueada con contraseña en el portátil de mi padre.

20

Ten cuidado si besas a la oscuridad
o si la oscuridad te besa a ti

Nolan apareció más rápido de lo esperado.

Venía apresurado y muy nervioso, todavía vistiendo su traje azul oscuro. Traía en el brazo el vestido limpio que le había pedido e incluso un par de zapatos y una linterna de mano. Agradecí esos momentos de inteligencia suprema en los que él pensaba con más claridad que yo.

Lo primero que hizo al detenerse frente a nosotros fue apuntar a Ax con la linterna. En cuanto la luz aclaró su figura, Nolan se quedó pasmado.

—¡Joder, parece salido de *Holocausto Caníbal*! —exclamó con horror.

Y, bueno, no iba desencaminado. Con la luz, su aspecto era peor de lo que había creído. Sentado, encogido y apoyado en la fuente, tiritaba. A pesar de que le había lavado la cara, todavía tenía algunas manchas de sangre seca alrededor de la barbilla, pero las manos estaban cubiertas por completo de sangre, como si llevara puestos unos guantes rojos. La piel de sus hombros, espalda y abdomen estaba sucia por haber convulsionado sobre la tierra. Incluso medio dormido, su pecho se movía de manera irregular.

Nolan me apuntó a mí con la linterna. Su expresión se llenó de mucho más espanto.

—¡Y tú pareces haber salido de un ritual para invocar a un demonio! —exclamó también, para terminar con un chillido—. ¡¿Qué ha pasado, Mack?!

Sí, todo se había ido al carajo. Mi vestido angelical de chica responsable había perdido su pureza con tanta sangre. Estaba descalza, tenía los pies sucios de tierra mojada y seca, y las manos manchadas de sangre por haber tocado a Ax, y el cabello hecho un desastre. Parecía una loca de carretera que había cometido un horrible crimen, pero no era momento para analizarnos ni para detenernos a dar explicaciones. Había que actuar.

Empecé a quitarme el vestido en pleno jardín. La noche enviaba una brisa helada que me hizo temblar, pero me esforcé en soportarlo. No me preocupé de que Ax me viera semidesnuda. Estaba demasiado mal como para prestarme atención, y con Nolan ya no tenía vergüenza alguna. No después de que una vez me llamara al baño para mostrarme que había hecho una caca gigante que le había hecho doler el culo. Nuestra amistad era oro puro.

—Esto es lo que vamos a hacer —le dije al mismo tiempo que sacaba las piernas del vestido—. ¿Recuerdas a Tyler?

Nolan puso cara rara.

—¿Tyler el reprimido de secundaria que quería chupármela cada cinco minutos?

—Ese mismo —asentí—. Necesito que le llames y le pidas un favor.

Incluso con la oscuridad logré ver la exagerada expresión de espanto en el rostro de Nolan.

—¡¿Por qué?! —protestó con indignación—. ¡Me costó mucho quitármelo de encima! ¡No quiero hablar con él!

Me quedé en ropa interior y me acerqué a la fuente. De un salto me metí en ella. El agua estaba muy fría, tanto que me erizó la piel. Por suerte, me llegaba hasta los muslos, de modo que pude quitarme toda la sangre y la tierra. Tenía que evitar que la policía pudiera deducir lo que había sucedido con la Sombra y el rector Paul.

—Tyler fue el único que se enamoró de ti hasta el punto de hacer cualquier tontería que le pedías sin pensarlo —continué explicándole—. Debes pedirle que se haga pasar por un empleado de la central eléctrica, que llame a mi madre y le informe de que la electricidad no se restablecerá esta noche, que es posible que haya más apagones, y que lo mejor es quedarse en casa con velas y kits de emergencia. Eso acabará con la fiesta.

Nolan se rascó la cabeza y se quedó pensativo por un momento.

—Vale, es una buena idea —admitió, aunque no muy contento—. ¿Y la policía?

—Yo me encargaré de eso —aseguré.

—Pero ¿cómo?

La verdad es que no lo sabía, pero algo se me ocurriría, o algo debía ocurrírseme.

—Tú ocúpate de llamar a Tyler —le ordené.

Salí de la fuente y me puse el vestido limpio y los zapatos. Nolan me apuntó con la linterna en busca de manchas de sangre. En cuanto nos aseguramos de que no había ninguna, me agaché frente a Ax. Tomé su rostro entre las manos. Estaba muy débil y su piel, muy caliente por la fiebre. Apenas logró entreabrir los ojos para mirarme y se estremecía, tal vez de frío, tal vez de dolor.

—Iré a encargarme de que todos se vayan —le dije en un susurro—. Debes quedarte aquí y esperar a que yo vuelva, ¿de acuerdo?

En un movimiento débil, Ax asintió. Al menos podía entenderme. Al menos se habían detenido las convulsiones con esa rara inyección que le había puesto Vyd.

Lo dejamos ahí. Cuando atravesamos el jardín, vimos que seguía sumido en la oscuridad y ahora también en un denso silencio. Por un momento pensé que la fiesta había acabado y que la gente se había ido, pero apenas entramos por la puerta de la cocina, descubrimos que todos se habían trasladado al interior de la casa. Los camareros se habían encargado de poner velas por todas partes, y el vestíbulo y los pasillos de la planta baja estaban abarrotados de personas e iluminados por una débil luz naranja. Las sombras se alargaban en todas las direcciones y las voces se mezclaban formando sonidos incomprensibles.

De manera inevitable recordé a la Sombra peleando con Vyd. Me inquietó pensar lo fácil que podía camuflarse allí si se le antojaba. Pero se había ido. Me repetí que se había ido.

Empecé a buscar a Eleanor entre la gente. Justo cuando la vi hablando con un par de personas, se abrió la puerta principal y nada más y nada menos que Dan, el hermano de Nolan, entró en casa.

Genial. Lo que faltaba.

Llevaba su habitual uniforme de policía y el cabello rubio bien peinado. Venía con un compañero que, a su lado, quedaba opacado porque Dan parecía un agente salido de *Chicago P. D.* Eleanor también los vio y se dirigió inmediatamente hacia ellos. Yo me apresuré a acercarme.

—Señora Cavalier, aquí estamos —le saludó Dan.

Ella empezó a contarles con preocupación y dramatismo todo lo que había sucedido desde que había empezado la fiesta.

—... entonces, con las explosiones, escuchamos un grito —dijo al final—, y no sabemos de quién pudo ser. Hay mucha gente, evacuamos el jardín, pero no se ve nada, y no hemos podido comprobar si ha habido algún herido.

Dan asintió como si anotara todo en su libreta mental de policía experto.

—¿No tiene luces de emergencia? —le preguntó.

—¡Por supuesto! —exclamó Eleanor—. Pero, cuando quisimos encenderlas, resultó que todas estaban fundidas.

Eleanor parpadeó con cierto desconcierto. ¿Todas nuestras luces de emergencia estropeadas? Eso parecía igual de raro que el que los móviles dejaran de funcionar y no pudiéramos ni llamar ni usar la aplicación de la linterna.

—Debió de ser por el apagón —comentó Dan—. Haremos una revisión. Por favor, mantenga a los invitados aquí dentro.

Eleanor asintió. Me pregunté si se había dado cuenta de que el rector Paul no estaba por ningún lado. Parecía demasiado inquieta para notarlo, y mejor así porque si se daba cuenta todo podía complicarse.

Dan se giró hacia su compañero.

—Revisa los cableados y mira a ver si hubo algún daño mayor —le ordenó—. Yo irá al jardín.

El tipo acató la orden y se perdió entre la gente.

Se me ocurrió algo de golpe.

En cuanto Dan empezó a caminar en dirección al jardín, me interpuse en su camino. Se sorprendió un poco al verme aparecer tan de repente.

—Yo estaba cerca de la persona que gritó —le dije.

Hundió ligeramente las cejas.

—¿Viste quién era? —me preguntó.

—No, pero lo escuché todo como si hubiera sucedido a mi lado —aseguré, y como Dan se quedó en silencio, agregué—: Puedo llevarte al lugar exacto. A lo mejor hay alguien desmayado ahí.

Lo miré con bastante seriedad y disposición para que entendiera que hablaba en serio.

—Muy bien —terminó por aceptar.

Avanzamos entre la gente, yo al frente y él detrás. Me ocupé de hacerlo salir por la cocina. Mi idea era mantenerlo lo más lejos posible de la tarima. Pretendía llevarlo al otro extremo del jardín, y después no tenía muy claro qué debía hacer. Confiaba en que, al no encontrar nada, Dan diera por concluida su investigación y se largara.

Apenas pisamos el oscuro jardín, sacó una linterna de su cinturón y la encendió. Demonios, emitía una luz blanca e intensa, suficiente para ver perfectamente a pesar de la oscuridad. Empezó a apuntar con ella en todas las direcciones mientras caminábamos por entre las mesas que habían quedado vacías. Rogué para que no hubiera sangre en otro sitio que no fuera la parte trasera de la tarima, la cual no podíamos ver desde donde estábamos.

—Por cierto, fue muy ingenioso —comentó de repente.

—¿Qué? —repliqué, extrañada.

Estaba nerviosa. Me esforcé por ocultarlo.

—Lo que le dijiste a tu madre cuando vine a hablarles de tu amigo —aclaró con naturalidad.

Claro, el tema de Ax y su falso nombre Axel Müller.

Traté de mantener la calma.

—Dije la verdad —mentí.

—Supongo que ya sabes que ese no es su nombre y lo estás protegiendo —prosiguió Dan, igual de tranquilo.

A lo mejor ese truco del policía relajado que intentaba entablar una agradable conversación le funcionaba con otros chicos. Conmigo no.

—En realidad, no —volví a mentir, fingiendo desinterés por el tema—. Lo conocí en un viaje y estuvimos demasiado ocupados en otras cosas como para hacernos preguntas personales.

—¿Te dijo a qué vino al país? —trató de averiguar.

—Ya te he dicho que estuvimos demasiado ocupados como para hablar —insistí, haciendo énfasis en «demasiado ocupados» para que entendiera el mensaje sexual oculto en ello—, y tampoco era que me interesara su vida.

Eché un cuidadoso vistazo hacia atrás. Dan me seguía y al mismo tiempo apuntaba la linterna en un escaneo panorámico. Nada raro a la vista. Ninguna persona, ninguna sombra, ningún cadáver, tan solo sillas vacías, copas que habían quedado llenas, decorados y pastelillos en los centros de mesa.

—Así que te acuestas con un chico sin saber si es un psicópata o no —dijo él, pensativo.

Bueno, ojalá me hubiera estado acostando con algún chico. Lo único que hacía era esconder a uno que tenía ojos de distintos colores y, al parecer, también habilidades sobrenaturales o sobrehumanas, o como se dijera. ¿La líder de las patéticas? Por supuesto.

—Si no lo volveré a ver... —canturreé al estilo de la chica fría a la que no le importaba más que ligar. Y de inmediato cambié el tema—: Mira, yo estaba aquí cuando escuché el grito.

Dan rodeó la mesa que acababa de señalarle y dirigió la linterna en todas las direcciones para examinar el perímetro. En realidad, yo no había estado allí en el momento en que se escuchó el grito. Ese era el extremo más alejado de la tarima, casi cercano al inicio del jardín. Estaba lo suficientemente lejos del sitio donde había visto el cuerpo del rector, así que no podía encontrar nada extraño allí.

—Creo que deberías tener cuidado con ese chico —dijo él—. El hecho de que dé un nombre falso es un mal indicio, y si utiliza ese nombre con una identificación, ya es un delito. No creo que quieras meterte en un lío así por encubrirlo, ¿o sí?

Considerando que habían matado a un hombre en mi jardín, que había una sombra malvada correteando por ahí, que existía un tipo capaz de causar miedo con los ojos y que yo ya tenía una relación directa con cada una de esas cosas..., se podía decir que ya estaba metida en un gran lío. Y sí, estaba asustada y nerviosa por todo eso, pero lo importante era no delatarme.

—Nada más estaba divirtiéndome con él —aseguré, sin darle mucha importancia—. Eso es todo.

Dan no se rindió. Se agachó, apoyó una rodilla en el suelo y movió la linterna para que la luz se colara por debajo de las mesas.

—¿Puedes decirme dónde se aloja mientras está en el pueblo?

—No lo sé —dije, encogiéndome de hombros—. Literal que solo llegó aquí, lo hicimos y ya.

Dan estudió un momento más el suelo, el césped y cualquier lugar en donde alguien pudiera haberse desmayado, y luego se puso en pie. Suspiró.

—Bueno, Mack, creo que...

Cerró la boca de golpe. Me quedé esperando a que acabara de hablar, pero, en su lugar, se giró con brusquedad hacia la derecha y apuntó la linterna hacia los arbustos.

—¿Qué ha sido ese sonido? —preguntó, ya entrando en modo alerta.

¿Un sonido? No había oído nada, pero también miré en esa dirección. Una punzada de pánico me atenazó. ¿La Sombra había vuelto? ¿Qué demonios iba a hacer si Dan la veía? ¿Y si nos atacaba? Vyd ya se había largado. ¡¿Quién nos iba a defender?!

La mano de Dan se movió instintivamente hacia la culata del arma enfundada en su cinturón. Me pregunté si lograría derribar a la Sombra con ella.

—Yo no he oído nada —aseguré con rapidez.

Pero eso no convenció a Dan. En silencio, avanzó un par de pasos cautelosos con las piernas algo flexionadas y la mano todavía sobre la culata, preparado para sacar el arma en cualquier momento.

—Por los arbustos... —susurró.

Miré hacia allá. El punto iluminado por la intensa luz de la linterna estaba despejado, ni una hoja de los arbustos se movía. Estaba segura de que, si se trataba de la Sombra, no aparecería por allí, sino por el sitio más inesperado, así que miré en dirección contraria, hacia la oscuridad.

Y allí, entre los arbustos, alcancé a ver un par de ojos mirándonos fijamente. Por un instante me asusté. Estuve a punto de gritar porque vi la silueta oscura y masculina. Pero en cuanto la súbita onda de miedo se despejó, entendí que eran ojos familiares, exhaustos y al mismo tiempo curiosos.

Ax.

¡Estaba de pie allí!

Por un momento, la idea de que Dan lo viera me paralizó. Alterné la vista entre Ax y él, sin saber qué demonios hacer. Mi mente chispeó en fallo por un momento, pero en cuanto una de las manos de Ax salió del arbusto para apartarlo, reaccioné y tuve que actuar rápido.

—¡Dan! —le llamé para obtener su atención, y avancé a paso rápido hacia él. Me detuve enfrente, a centímetros de su cuerpo, le puse una mano en la nuca y en un movimiento repentino me puse de puntillas y le planté un beso.

Bueno, era lo mejor que se me había ocurrido. Tal vez no lo más inteligente, pero sí lo más rápido. Rogué para que no se apartara de inmediato. Presioné mis labios contra los suyos. Durante un momento, solo fue eso, presión. Ambos nos mantuvimos inmóviles. Aproveché y abrí los ojos. Dan tenía los suyos cerrados con el ceño algo fruncido. Moví ligeramente la cabeza hacia un lado al mismo tiempo que intenté abrir su boca con la mía.

Miré sobre su hombro hacia los arbustos. Ax seguía allí parado mirándonos. Alcé una mano y le hice un gesto de que se fuera lo más rápido posible. Ya le habíamos enseñado qué significaba eso, así que estuve segura de que lo entendería. Sin embargo, no reaccionó al instante, de modo que tuve que empezar a hacer movimientos sobre los labios de Dan para ganar tiempo. Él me siguió, paralizado, tal vez desconcertado, pero sin duda alguna ya atrapado por el contacto de nuestras bocas.

Mientras, seguí agitando la mano, indicándole a Ax que se fuera.

Solo unos segundos después se dio la vuelta y se perdió en la oscuridad.

De pronto, las manos de Dan me tomaron por los hombros y me apartaron con brusquedad. Su expresión era de perplejidad total: los muy ojos abiertos y la boca entreabierta.

—¡Mack! —exclamó, horrorizado—. ¡¿Qué demonios haces?!

Miró por encima de mí en dirección a la casa para comprobar si alguien nos había visto. Bueno..., no había considerado eso, pero ya estaba hecho. Ahora solo quedaba salir del paso.

—Lo siento —escupí con una vergüenza fingida—. Siempre he tenido un *crush* contigo, así que yo...

¿*Crush* por él? Mentira. Aunque el beso no había estado tan mal...

—¡No puedes hacer eso! —gritó de nuevo, todavía atónito—. Tienes diecisiete años y yo soy un policía. ¡Es un...! ¡Es un...!

Ni siquiera completó la frase. Parecía que le daba miedo pronunciar la palabra.

—¿Delito? —dije yo, dubitativa—. ¿No lo es solo si follas con un menor?

Parpadeó como un estúpido, incapaz de decir algo. De hecho, tan solo abrió la boca y balbuceó asustado y sorprendido.

—No se lo diré a nadie —agregué para tranquilizarlo. Luego esbocé una sonrisa pequeña y demoniaca—. No diré que me seguiste el beso durante un momento...

Fue como si le hubiera revelado la manera en la que iba a morir.

—Oh, mierda... —susurró con espanto, y salió disparado en dirección a la casa.

¡Éxito!

Eché un último vistazo hacia los arbustos. No vi a Ax por ningún lado, así que me apresuré a seguir a Dan para no quedarme atrás en la oscuridad. Apenas entramos de nuevo en la gran sala, Eleanor lo interceptó. Lo había dejado tan aturdido que eso lo tomó por sorpresa.

—¿Encontró algo? —le preguntó ella, todavía preocupada.

Yo me detuve junto a mi madre. Disimulé una expresión normal, pero en un gesto intencional me pasé el pulgar por la comisura del labio inferior como si me limpiara con delicadeza el resto de algo. Tal vez habría sido interesante que él le dijera: «Sí, señora Cavalier, encontré la boca y casi la lengua de su hija», pero eso habría sido demasiado para él. Podía notarlo. Estaba asustado, impactado y probablemente aturdido, aunque se esmeró por mantener la compostura.

Carraspeó y se centró en Eleanor.

—Todo está bien, señora Cavalier —le aseguró con voz controlada—. No hay problemas ni heridos.

—Me llamaron de la central eléctrica —informó ella—. La electricidad no se restablecerá todavía y podría haber más apagones. Yo creo que...

—Entonces lo mejor será que pida a sus invitados que vuelvan a sus casas —le interrumpió Dan con su estúpido profesionalismo, exageradamente amable y recto.

Lo bueno era que, por el caos mental que de seguro tenía, no puso en duda eso de la llamada desde la central.

Eleanor, por su parte, no comprendió.

—Pero...

—Así evitará problemas mayores —insistió Dan, y después se esforzó por sonreírle—. Buenas noches, señora Cavalier.

Sin perder más tiempo y sin tan siquiera mirarme, avanzó hacia la puerta, donde lo estaba esperando su compañero. Finalmente, ambos salieron de la casa.

Resignada y decepcionada, Eleanor empezó a despedirse de todo el mundo.

Objetivo cumplido: fiesta terminada.

Además, estaba segura de que el agente Dan ya no sería un problema.

La casa se quedó totalmente vacía a eso de la una de la madrugada.

Todavía no había vuelto la luz, así que Eleanor, muy frustrada porque según ella su fiesta había sido un fracaso total, cogió una de las botellas de vino, una copa y se encerró en su estudio en el último piso. Sabía que se emborracharía y se quedaría dormida sobre sus planos, de modo que, apenas oímos la puerta cerrarse, Nolan y yo actuamos.

Primero cogimos un par de baldes con agua y jabón, trapos húmedos, cepillos y guantes. Nos dirigimos a la parte trasera de la tarima y empezamos a limpiar el charco de la sangre del rector. Aproveché para contarle todo lo que me había dicho Vyd. Tan impresionados como estábamos, costó un poco la limpieza, pero al final el agua arrastró los restos de sangre hacia el césped y no quedó más que una mancha oscura en el suelo que podía ser de cualquier cosa.

—Las imágenes de «un verdadero amigo te ayuda a enterrar un cadáver» jamás habían quedado tan claras para mí como ahora —opinó Nolan, exhausto, viendo la mancha.

Después buscamos a Ax por todo el jardín. Lo encontramos sentado y casi dormido entre unos arbustos, lejos de la fuente donde lo habíamos dejado. Lo sostuvimos por los brazos y con esfuerzo lo llevamos a la casita de la piscina.

Él ayudó caminando. Al parecer, no estaba tan desorientado después de todo. Lo condujimos al baño para limpiarle la sangre en la bañera y hacer que le bajara la fiebre, pero antes de atravesar la puerta nos apartó a Nolan y a mí para que lo soltáramos. Como eso demandaba, eso hicimos. Dimos un paso atrás. Luego Ax avanzó hacia el interior del baño y, dándonos la espalda, cerró la puerta en nuestras caras.

Nolan y yo nos quedamos inmóviles frente a la puerta. Nos miramos.

—¿Está cabreado por haber usado sus superpoderes o qué? —preguntó Nolan, desconcertado.

Suspiré.

—Que no tiene superpoderes —le aclaré al mismo tiempo que le saqué la linterna que se había guardado en el bolsillo trasero—. Y no lo sé, siempre es muy raro.

Me acerqué un momento a la puerta y pegué la oreja a la madera. En unos segundos escuché el agua correr. Luego encendí la linterna y me dirigí a la cocina para buscar en los cajones algunas velas. Todo estaba a oscuras y los ruidos provenientes de la noche se oían con mayor claridad: los grillos, las sacudidas de los árboles por el viento frío, y algo que se arrastraba y que posiblemente eran las pequeñas iguanas del jardín.

—A mí eso de la oscuridad y de la negrura me parecen superpoderes —opinó Nolan, moviéndose en dirección al sofá—. Puede que sea un puto X-Men y nosotros ni nos hemos dado cuenta. Admito que llegué a pensarlo, pero dije: «No, vas a parecer un estúpido, Nolan, mejor no lo digas». ¡Zas! —Palmeó las manos—. Resulta que era lo más lógico.

Encontré algunas velas pequeñas y redondas en uno de los cajones de abajo.

—No tiene nada de lógico —le contradije.

Resopló de manera exagerada.

—¿Y qué es lo que sí tiene lógica en todo este asunto? —replicó de manera absurda—. Ahora la cosa de los ojos amarillos...

—Vyd —le corregí.

—Ahora ese tal Vyyyd —continuó, pronunciando el nombre con cierta molestia— no es el enemigo. El enemigo es la Sombra porque es un fallo de STRANGE. Tampoco sabemos qué rayos es STRANGE, claro, pero los encargados de eso están buscando a Ax, a Vyd y a las otras... ¿cinco? personas que son como ellos.

Finalmente, encontré una caja de cerillas. Me dirigí a la sala y empecé a colocar las velas en lugares estratégicos para que pudieran iluminar el lugar.

Tenía grabada cada palabra que había dicho Vyd, y todo se resumía a una sola cosa.

—Tenemos que descubrir qué es STRANGE —dije de manera decisiva—. Ahí están las respuestas, así sabremos cómo ayudar a Ax.

—¿Vyd ni siquiera pudo darte una pista?

—No, nada. No lo recuerda.

La luz de las velas iluminó de forma tenue la sala de la casita. Nolan tomó aire y lo soltó con fuerza y frustración.

—Bueno, empezaremos a investigar con las herramientas básicas de los simples mortales: internet, bibliotecas... —Soltó un bostezo y echó la cabeza hacia atrás en el sofá para ponerse cómodo—, pero hoy ya estoy cansado hasta el culo.

Elevó las piernas y las colocó a lo largo del sofá. Sí, había sido un día de locos. Yo también estaba algo cansada, pero de pronto me acordé de Dan. Y del beso. Y de lo que, en cierto modo, eso significaba. Lo había hecho para salir del paso, pero seguía siendo raro. Obligatoriamente debía contárselo a Nolan. No acostumbrábamos a tener secretos entre nosotros. Tenerlos ahora solo iba a empeorar las cosas.

—¿Nolan? —dije, rompiendo el silencio.

No abrió los ojos, permaneció recostado del sofá.

—¿Mmm...?

—He besado a Dan.

Se incorporó de golpe con los ojos abiertos como dos faroles. Buscó el atisbo de broma en mi rostro, pero al no encontrarlo exhaló con fuerza y perplejidad.

—Esta amistad va a llevarme a la tumba, en serio.

Hablamos del beso y de mis razones para hacerlo. Le molestó mucho, pero ya nada podía hacer. También le conté lo que había recordado sobre la noche en la que había muerto Jaden. En cierto momento, Ax salió del baño, ya limpio y con la toalla envuelta alrededor de la cintura. Yo ya tenía lista una píldora para ayudarle a bajar la fiebre, pero en cuanto se la ofrecí negó con la cabeza y se fue a su habitación. Por último, cerró la puerta y con eso nos dejó muy claro que no quería hablar ni interactuar con nosotros.

Lo respetamos. Permanecimos en la sala. Nolan no tardó en quedarse dormido en el sofá. Yo me acosté en el otro porque acordamos no despegarnos de Ax esa noche, pero no conseguía dormir. No era que estuviera incómoda, sino que estaba preocupada y todavía aturdida por lo que había recordado.

Con eso se completaba el recuerdo. Eso había sucedido aquella noche que tanto me había costado rememorar. Ahora tenía un montón de preguntas. Si yo había salido ilesa del accidente, ¿por qué al despertar tenía heridas? Me habían dicho que me había golpeado muy fuerte la cabeza y que eso había afectado mi capacidad de recordar. Así que... me habían mentido. Y sospechaba que mi madre había estado de acuerdo con eso. Después de todo, ella no era nada de lo que yo había creído.

Pero ¿por qué? Eso era lo que no paraba de preguntarme. ¿Cuál era la razón? ¿Cómo daba con ella? Por lo visto, yo sabía cosas. Sabía que mi madre era una asesina. Sabía quiénes nos perseguían y que iban en ese auto negro. Después de lo que me había dicho Vyd, tenía la leve sospecha de que tal vez esas personas eran las mismas que ahora buscaban a los que se habían escapado.

Tal vez en el momento del accidente yo sabía lo que era STRANGE...

Tal vez también lo había olvidado.

Me tuve que levantar del sofá. Fui por un vaso de agua y luego me asomé con sumo cuidado a la habitación para ver cómo estaba Ax. A pesar de la oscuridad, alcancé a verlo tendido de lado en la cama. Había un gran espacio junto a él. Sentí el impulso. La idea me pasó por la mente, pero dudé un minuto. Bueno..., llevaba ya horas dormido, ¿no?

Fue inevitable. Me acerqué y me acosté con cuidado a su lado. Quedamos frente a frente. Apoyé la mejilla sobre mi mano y lo miré. Parecía profundamente dormido. Lo mejor de todo era que no se veía adolorido ni tembloroso.

Saber que me había salvado la vida me hacía sentir... protegida. Claro que de igual modo no olvidaba que había mordisqueado el brazo del difunto rector Paul. Era un tanto frustrante no poder saber qué era Ax. Primero me había parecido un monstruo. Ahora, dormido tan plácidamente, con la respiración serena, la expresión relajada y sin restos de sangre, no lo parecía. Tenía el aspecto de un chico normal, un chico en el que podía fijarme, el chico que había querido besar en la mesa mientras Nolan cantaba su estúpida canción...

Me tomó por sorpresa su pregunta:

—¿Dan Cox es tu novio o novia? —susurró.

Habló sin abrir los ojos. Me quedé paralizada un segundo, atónita por la fluidez con la que me había hecho la pregunta, pero recordé nuestra conversación en la cocina sobre los besos y, de golpe, no pude evitar soltar una risa.

—Es gracioso cuando repites todo tal cual te lo digo.

Pero él no compartió mi diversión. Se mantuvo igual de serio a la espera de una respuesta más clara.

—Y no, no es mi novio —le aclaré en un suspiro suave—. Lo besé para distraerlo y que no te viera. Si te hubiera pillado, te habría llevado a la comisaría para hacerte preguntas por tu nombre falso. Fue como... una estrategia.

Ax frunció las cejas, todavía con los ojos cerrados.

—Estrategia es defensa y ataque —dijo, como si repitiera algo que había aprendido probablemente de Nolan o de la televisión.

—Sí, fue un método de defensa —afirmé.

La expresión de Ax se relajó. Esperé otra pregunta, pero se quedó callado. Asumí que se dormiría, así que yo también cerré los ojos. Para ser sincera, no quería dormir en el sofá. Me sentí más cómoda allí, sobre todo porque si la Sombra volvía a aparecer, y tenía la sensación de que lo haría, con Ax cerca tal vez sería más fácil hacerle frente. Por otro lado, me gustaba su compañía. Ya estaba acostumbrándome.

La nueva pregunta de Ax rasgó el silencio de la fría y oscura habitación:

—¿Cómo se siente?

Abrí los ojos. Esa vez yo fruncí el ceño. Lo había escuchado, pero por un momento no lo entendí. Lo único con lo que lo relacioné fue con...

—¿El beso? —pregunté, algo dudosa.

Ax, aún con los ojos cerrados, movió la cabeza en un ligero asentimiento. Mi confusión se transformó en algo de extrañeza y luego en un poco de diversión. Que me preguntara eso... Bueno, Ax era demasiado curioso y siempre quería saber para qué funcionaban las cosas. Solo que aquella era la primera pregunta personal que me hacía, pero no me incomodó.

Busqué la forma de explicárselo como le explicaba otros conceptos, aunque era bastante difícil.

—Bueno, los besos son algo magnífico cuando se los das a alguien que te gusta —intenté explicarle—. Si no te gusta esa persona, solo es una boca contra otra, un intercambio de saliva y... ya. Dan no me gusta, así que no fue gran cosa.

Silencio de su parte. Era el silencio posterior a las explicaciones, cuando él procesaba cada palabra, pero aún quedaba algo que no entendía. Supe que todavía tenía dudas, pero que no sabía cómo expresarlas.

—Sabrás todo eso cuando esta extraña y peligrosa situación termine, empieces a llevar una vida normal y conozcas a alguien que te guste —agregué para ayudarle a comprenderlo mejor—. Puede ser una chica, puede ser un chico... —Me costó un poco pronunciar las palabras—. ¿Has pensado en eso alguna vez?

Ahora yo lo estaba pensando también, y no me sorprendí demasiado al sentir cierta inquietud al imaginar a Ax en plan romántico con otra persona. Por un lado, porque él no era nada normal en esos aspectos y, por el otro, porque..., bueno, sí, porque yo ya sentía algo por él. Lo admitía. No podía negar la atracción. Puto Nolan y sus comentarios.

—No —contestó Ax con simpleza.

—¿Tampoco puedes sentirte atraído por alguien?

Volvió a hundir las cejas en un gesto de desconocimiento absoluto.

—¿Qué es...? —Apretó los labios por un momento con cierta dificultad y luego lo intentó de nuevo—. ¿Qué es eso?

De nuevo me costó encontrar las palabras adecuadas para explicarlo. No era como mostrarle la forma en la que se podía encender una tostadora o leer la definición de una palabra en un diccionario. Era complejo. Eran cosas que se sentían. Eran, a fin de cuentas, las cosas que yo ahora sentía por él. Era lo que me latía en el pecho por estar acostada en la misma cama, a poca distancia. Así traté de exponérselo.

—Es cuando ciertas cosas de otra persona te llaman mucho la atención. Atracción es cuando quieres mirar sus ojos durante mucho rato, cuando te preguntas cómo sería besar su boca, cuando huele tan bien que te dan ganas de abrazarlo sin soltarlo, cuando esa persona te roza la mano y experimentas un montón de reacciones efervescentes en tu piel o cuando su sola cercanía te hace temblar y las partes más sensibles de tu cuerpo reaccionan...

Suspiré al pronunciar lo último. Tenía la vista fija en su rostro y cada cosa que había dicho había encajado perfectamente con lo que sentía en ese momento, sobre todo la última. Justo como había pasado en la fiesta. Había sentido el impulso de querer besarlo. Ahora mi corazón latía un poco más acelerado. De nuevo me atacaba esa sensación, esa necesidad estúpida y adolescente de dar un paso... ¿Qué paso? Aquella no era una situación normal. Yo estaba ahí para ayudar a Ax, no para andar pensando en tontadas de besos.

Tragué saliva y cerré los ojos para serenarme. Le pedí a mi corazoncito que se calmara.

—Algo así —finalicé en un suspiro—. ¿Has sentido eso con alguien?

—No —admitió, pensativo.

—¿Y has querido besar a alguien?

Hacer esa pregunta me causó nervios. Sinceramente, quería que dijera mi nombre.

—No —fue lo que dijo—. ¿Y tú?

Solo me moría por decirle: «He querido besarte a ti».

Pero tuve que callarme la respuesta.

—Querer a alguien es imposible de describir por completo —dije en su lugar junto a una risa nerviosa—, pero es una buena sensación. Ya te sucederá. Conocerás a alguien y lo besarás, y lo entenderás todo.

Pero, para ser sincera, no quería que conociera a nadie. Es decir, si sucedía eso de sentirse atraído por alguna chica, iba a soportarlo y a aceptarlo, pero en el fondo la idea me causaba malestar. En el fondo, la idea me ponía...

Casi escuché la voz burlona de Nolan en mi mente: ¿celosa?

Ax volvió a hablar de repente:

—Enséñame.

No entendí a qué se refería. Hundí las cejas.

—¿Qué?

—Beso.

¿Qué?

Mis pensamientos se detuvieron de golpe.

De nuevo: ¿qué?

Fijé la vista en él, atónita. Descubrí que había abierto los ojos y me observaba. Pensé que estaba bromeando, pero su expresión era seria, y en realidad Ax no tenía mucho sentido del humor. Así que no estaba bromeando. Eso me dejó paralizada por un segundo. Al siguiente, mi corazón empezó a latir con mucha rapidez. Mi cerebro sufrió algunos cortocircuitos. ¿Me estaba pidiendo que lo besara? ¡Sí! Y no supe qué hacer. Tan solo me mantuve inmóvil, parpadeando como una estúpida.

Una risa muy nerviosa y torpe salió de mí. Solo se me ocurrió tomarlo como un juego, no asustarme ni sacar conclusiones apresuradas.

—¿Para qué?

Ax pareció no entenderme. Tan solo me observaba como si no hubiera considerado que yo podía hacerle esa pregunta. Una pregunta que de todas formas no tenía sentido, pero...

—Para entenderlo todo —dijo con cierta lentitud.

—Lo entenderás cuando...

Su mirada penetrante e insistente me interrumpió, dejándome todavía más perpleja. No pude completar mi intento de razonamiento.

—No sé hacerlo —pronunció, pausado y decidido a saber qué era un beso—. Tú sí. Enséñame.

Y me miró fijamente, firme y exigente, como cuando Nolan le advertía que algo era difícil y aun así él no perdía interés en intentarlo. No, no estaba jugando. Estaba hablando en serio.

Me quedé en silencio e inmóvil en la cama. Besarlo. Sí, había tenido muchísimas ganas de hacerlo. Todavía tenía ganas, ¿a quién quería engañar? Pero ahora no podía ni siquiera moverme. Jo-der, ahora estaba el triple de nerviosa. Estaba aturdida por la petición y dudosa por el resultado. Un lado de mí gritaba: «¡Sí, hazlo ya! ¡Él lo desea tanto como tú!»; el otro lado temía por lo que sucedería si lo hacía, porque la realidad era que Ax solo sentía curiosidad por haberme visto besar a Dan.

Él no sabía lo que significaba un beso. No sabía lo que podía significar cuando se lo dabas a alguien al que le gustabas. Él no sabía que yo me sentía atraída por él. No sabía que estaba dejando de verlo como un «amigo».

Un beso. Un beso iba a cambiarlo todo.

Y, sin embargo, no pude negarme. No pude decirle: «No, no voy a besarte nunca porque solo somos amigos». Porque lo que quería era acercarme y hacer eso que venía imaginando durante las noches. Quería ser la primera chica que lo besara. Quería dejarme llevar como si fuéramos normales y aquello fuera correcto.

Mis pensamientos se bloquearon, y a partir de ese momento no actué con claridad.

—En realidad no tiene nada de complicado dar un beso —dije bajando la voz y con los labios algo temblorosos—. Primero, te acercas a esa persona...

Me moví hacia delante, todavía acostada de lado. Se me hizo difícil mover los músculos porque un montón de emociones explosivas acababan de despertarse en mi interior y estaban de fiesta, pero logré disminuir la distancia que nos separaba hasta que quedó tan solo un espacio pequeño entre su cuerpo y el mío. Ninguna parte de nosotros estaba en contacto todavía, pero percibía el calor que emanaba de su torso desnudo. Podía escuchar su respiración, serena y en calma.

¡Ja! Él estaba tan tranquilo y, sin embargo, yo ni siquiera podía ordenar mis pensamientos. Tuve que tragar saliva y relamerme los labios para seguir las instrucciones:

—Luego le miras a los ojos... —continué en un susurro.

Reacomodé la cabeza sobre la almohada para que nuestros rostros quedaran frente a frente. Mantuve mi mirada al nivel de la suya. Me permití admirar sus extraños ojos. Uno demasiado negro, otro demasiado claro. Uno parecía la oscuridad de un abismo y el otro la luz de un paraíso. A veces eran perturbadores y difíciles de mirar, pero en ese momento hipnotizaban. A diferencia de los de Vyd que causaban horror, los suyos incitaban a perderse en ellos. Sin duda alguna, Ax tenía un atractivo muy peculiar.

—Y después miras su boca...

Observé esa pequeña cicatriz que tenía por encima del labio superior. Labios finos y masculinos. La herida de la ceja ya se había sanado; las del resto de su cuerpo, también. Todas eran indicios de experiencias dolorosas, pero le daban un aire de guerrero que había salido triunfante de sus batallas. Bueno, Vyd había dicho que Ax era el más importante de todos ellos, ¿no? Eso significaba que era el más habilidoso. Y lo parecía. Los músculos delgados pero fuertes, los hombros anchos, las líneas que se perdían a la altura de la cinturilla de los tejanos que Nolan le había prestado y que no se quitaba ni siquiera para dormir...

Tomé aire. Estaba nerviosa. Mierda. Mi corazón había empezado a latir a tal velocidad que el pecho me subía y bajaba de forma notoria. Un cosquilleo de entusiasmo recorría mi cuerpo. Pensé en controlarme, en negarme a besarlo, pero ya era imposible. Estaba decidida a hacerlo. Lo necesitaba, y lo mejor era que él seguía quieto y atento, esperando mi beso.

Extendí una mano hacia su rostro y con los dedos algo temblorosos rocé su mejilla. Cálida. Suave. Tocarlo era como meter la mano en un fuego que te hacía arder la piel, pero no te quemaba.

El impulso fue incontrolable.

—Y te acercas y le besas —susurré finalmente.

Me incliné hacia delante, acerqué mi rostro y con lentitud presioné mis labios contra los suyos. El mundo se detuvo. No existió más que ese instante. Alrededor todo fue negro. El contacto fue algo delicado como una lección para principiantes. Dos pasos: el roce y la presión.

Cerré los ojos automáticamente. No pude mantenerlos abiertos. Sus labios estaban calientes y suaves. Su cara desprendía un tenue olor a jabón. Su aliento era fresco. Ya no olía a sangre, ni a tierra, ni a nada que pudiera hacerme imaginarlo como un monstruo. Mi mente se emborronó por completo. Tan solo sentí su respiración golpeando la piel de mi rostro y su boca aceptando mi beso.

Por supuesto, Ax se mantuvo quieto. No sabía que en ese momento lo ideal para seguir el beso era abrir la boca y empezar un jugueteo de labios y lenguas. Quise enseñárselo también, pero primero decidí asegurarme de que se sentía bien con el contacto de labios, así que aparté mi rostro unos centímetros, sin quitar la mano de su mejilla, y lo miré.

Su expresión había cambiado por completo. Nada de seriedad. Tenía el ceño fruncido. Me observaba con fijeza y confusión, pero no era la cara de confusión de cuando no comprendía algo. Parecía perplejo, como cuando descubres algo en ti que no sabías que existía. Sí. No cabía duda de que Ax estaba descubriendo cuánto podía afectar el contacto humano en la piel, en los sentidos, en los pensamientos.

Sonreí. ¿Él quería aprender? Pues yo le iba a enseñar.

—Los besos no terminan ahí... —le susurré muy cerca de su rostro. Él parpadeó con desconcierto—. Se ponen mejor y, para que lo compruebes, ahora intenta imitar los movimientos de mis labios.

Con lentitud volví a acercarme. En cuanto uní nuestros labios de nuevo, con suma delicadeza invité a los suyos a abrirse. Primero no lo captó muy bien, de modo que fue muy inexperto. No obstante, no me apresuré. Le di tiempo para acostumbrarse. La verdad es que pensé que se alejaría, pero bastaron solo unos segundos de pequeños movimientos para que su boca empezara a moverse a un ritmo parecido.

De pronto, Ax comenzó a besarme con verdaderas ganas. Al notarlo, mi corazón latió a un ritmo sofocante. Y a medida que fue mantenido el ritmo sin errores, mi respiración se vio afectada, al igual que el control sobre mí misma. Me perdí tanto en el sabor de su boca que ni siquiera me di cuenta de que había pegado mi cuerpo al suyo y mi pecho estaba contra su pecho. Mi mano se había aferrado a su rostro y nuestras bocas daban y daban besos. No eran apresurados, y a veces no eran perfectos, y otras veces eran cuidadosos. Pero el caso es que no dejamos de besarnos.

En cierto momento pasó lo que inevitablemente pasa cuando empiezas a besarte: que quieres más. En una larga caricia, mi mano bajó desde su rostro, pasó por su cuello y descansó sobre su cálido hombro. Con suavidad, hundí mis uñas en su piel, en la piel que ya estaba convencida de que quería explorar, morder y besar. Al mismo tiempo, mi boca también trató de ejecutar otros juegos. De modo que, entre besos y besos, mi lengua se coló con cuidado hacia el interior de su boca.

Apenas rozó la suya, apenas la humedad y la calidez de nuestras lenguas se juntaron, sentí una intensa punzada en el vientre que...

Y de golpe se rompió el momento.

Fue todo muy rápido, tan rápido que ni siquiera lo procesé al instante. Solo supe que Ax me empujó hacia atrás. No fue un empujón fuerte como para hacerme daño, pero sí logró apartarme. Luego dio un salto fuera de la cama. Un salto torpe, extraño, como si una fuerza invisible lo hubiera empujado a él también o como si hubiera un montón de pulgas en las sábanas de las que estuviera huyendo. Intentó quedarse de pie, pero se tambaleó, no logró mantener el equilibrio y se cayó al suelo, apoyado en una mano.

En ese instante, algo mucho más raro sucedió. La habitación se iluminó de golpe. La electricidad se resableció de una forma súbita y luego, de la misma forma, volvió a apagarse hasta quedar de nuevo todo oscuro.

Una de las bombillas explotó.

Fue una explosión seca y rápida, pero hizo que me sobresaltara. Me incorporé apresurada, con las manos apoyadas en el colchón. Juro que pensé que se trataba de la Sombra. Joder, de hecho, miré en todas las direcciones esperando encontrarla allí lista para matarnos.

Pero no había ninguna sombra. En la habitación solo estábamos Ax y yo. No había ningún enemigo.

Sin comprender nada, miré el rostro de Ax, que estaba inmóvil con una rodilla apoyada en el suelo y el cuerpo inclinado y medio encogido hacia delante. Si no se trataba de la Sombra ni de nada peligroso, ¿qué demonios había sucedido? ¿Por qué tenía los ojos desorbitados y parecía tan asustado? Su pecho subía y bajaba a toda velocidad. No lo entendía.

—Ax, ¿qué...? —empecé a decir, perpleja, mientras me movía para salir de la cama y acudir en su ayuda.

De pronto, la puerta de la habitación se abrió. Nolan, con el pantalón de su traje, descalzo y sin camisa, entró de un salto sosteniendo un palo. Tenía el cabello aplastado de un lado y despeinado del otro. Su expresión era somnolienta y alerta al mismo tiempo.

—¡He oído la explosión! —soltó, sosteniendo el palo como si fuera una espada capaz de cortar enemigos—. ¡Aquí estoy! ¡Yo puedo con esto!

Miró en todas direcciones en busca de algo que atacar, pero, al igual que yo, no encontró nada, me observó a mí inmóvil y boquiabierta en la cama y a Ax en esa extraña posición en el suelo.

Frunció el ceño y con lentitud bajó el palo.

—¿Qué pasa? —preguntó, desconcertado—. ¿Ha aparecido la Sombra?

Apenas dio un paso adelante, Ax soltó una advertencia:

—¡No!

Fue una exigencia clara y asustada. Incluso extendió una mano para pedirle que no se le acercara y fue algo tan abrupto que se cayó de culo en el suelo. Yo me quedé todavía más anonadada. Nolan no dio un paso más, se quedó de piedra, alternando la vista entre ambos.

Intenté comprender por qué de pronto actuaba así. Tuve la impresión de que temía que fuéramos a lastimarlo. Lo único con bastante lógica que pensé fue que había hecho algo mal y que eso de los besos sin duda alguna era igual de dañino para él que el hecho de hablar.

—¿Por qué estás ahí tirado? —le preguntó Nolan en un tono tranquilo para no asustarlo más—. ¿Te duele algo? ¿Sientes que la Sombra está cerca?

Ax no dijo nada, siguió mirándonos con espanto. Nolan buscó la respuesta en mí. Yo no sabía ni cómo explicarlo.

—Pero ¿qué ha pasado? —me preguntó, y lo hizo como si pensara que yo era la responsable de lo sucedido. Y tal vez tuviera razón. No quería decir nada, pero era necesario.

—Nosotros estábamos... —intenté explicar, pero no me resultaba fácil.

Cerré la boca. No me salían las palabras. Nolan esperó, pero al obtener silencio de mi parte, movió la mano para incitarme a hablar.

—Ustedes estaban...

Tuve que carraspear para decirlo:

—Nos estábamos besando y...

Al ver la cara que ponía Nolan no pude terminar de hablar. Primero alzó las cejas hasta el límite y me observó con los labios apretados, tipo «así que besándose, ¿eh?». Sentí que me ardía toda la cara, así que solté una gran exhalación.

—¡Y él se tiró al suelo y la bombilla explotó! ¡No sé qué rayos ha pasado! —Lo dije a toda velocidad y sin respirar.

Listo. Se extendió un silencio espeso en la habitación. Ax seguía inmóvil. No quise mirar a nadie porque me sentía culpable y estúpida por haberme dejado llevar por mis impulsos.

—¿Besándose mucho? —preguntó Nolan de repente.

—Sí —contesté entre dientes.

—¿Pegados?

Mantuve la vista fija en el suelo.

—Sí.

—¿Con lengua?

—¡¿Y eso qué tiene que ver?!

—¡¿Con lengua o no?!

Apreté los labios. Quería golpearme la cara con la pared.

—Sí...

Cuando me atreví a alzar la vista para mirar a Nolan con algo de vergüenza y rabia por haber besado a Ax sin considerar las consecuencias, vi que había apoyado el palo en su hombro y tenía una sonrisa pícara y contenida en la cara.

—Pues es obvio lo que ha pasado —dijo él, riéndose en modo «qué tontita eres, Mack».

Pero yo no le entendí. Solo vi con estupefacción que Nolan dio otro paso hacia Ax, y que Ax retrocedió hasta que su espalda chocó con la pared. Me dolió el pecho al pensar que creía que íbamos a hacerle daño. Me afligió tanto que intenté mantener la boca cerrada para no empeorarlo. Me pregunté incluso si debía buscar la inyección que me había dado Vyd.

Nolan, ya tranquilo, se agachó frente a él.

—No te espantes, Ax —le dijo en un gesto amigable—. Es algo muy normal. No es nada malo ni peligroso.

Me quedé paralizada. ¿Qué?

Nolan se inclinó hacia delante y le dijo algo a Ax en un susurro confidencial. Fruncí el ceño y con cuidado me moví para intentar escuchar. Entonces Nolan se apartó y vi que Ax bajó la mirada con lentitud, todavía algo espantado. Tenía el brazo pegado al estómago. Asumí que debía de dolerle ahí. No me quedaron dudas de nada. Seguramente también había conseguido que no fuera capaz de sentir atracción o de tener contacto con otras personas. Probablemente, lo había empeorado todo al aceptar besarlo.

—¿Qué le pasa? —pregunté en un susurro, sintiéndome muy culpable.

Nolan, todavía agachado, se giró hacia mí. Sus ojos se entornaron con un brillo de diversión.

—Pues que acaba de conocer una cosita llamada «erección».

Plop.

En mi mente me caí hacia atrás.

Pudo habérseme caído la mandíbula de ser eso posible. No le creí. Pensé que Nolan lo decía para reírse de mí; pero, en cuanto lo convenció de ponerse en pie asegurándole «que no se trataba de nada malo que fuera a lastimarlo», alcancé a ver que el bulto en la entrepierna de Ax era notable. Y más notable aún era su cara de desconcierto total. Su cara de «¿qué diablos es esto y cómo funciona?». No fui capaz de decir nada. Tan solo desvié la vista, porque si no lo hacía iba a quedarme como tonta mirándole esa zona.

—Tenía que pasar en algún momento, ¿no? —dijo Nolan, seguro aguantándose un coro de burlas—. Bueno, venga, Ax, te explicaré.

Condujo a Ax hacia el baño y le indicó que se echara agua fría. Luego ambos entraron a la habitación y tuvieron una conversación sobre cómo funcionaba el cuerpo de los hombres, conversación que yo no escuché porque me fui a la sala y decidí fingir estar dormida en el sofá para no hablar del tema ni verle la cara a ninguno de los dos.

Ah, pero por dentro... Por dentro me estaba muriendo por volver a besarlo. Después de todo, ya había quedado claro que a él también le había gustado. ¿No?

21

Me quiere, no me quiere. Me muero, no me muero. Lo sigo, no lo sigo

—¿Vas a hablarme algún día?

Como llevaba haciendo desde que nos habíamos levantado, Nolan ignoró mi pregunta.

Estábamos en la cocina de la casa grande. Eleanor ya se había ido a trabajar. La electricidad había regresado un par de horas atrás y Nolan se había puesto el delantal dispuesto a preparar una «comida especial». Ahora estaba concentrado dándole la vuelta a un filete mientras a mí me daba la espalda.

A decir verdad, olía delicioso. Nolan era muy bueno en la cocina, pero yo estaba superfrustrada porque no me quería dirigir la palabra.

Suspiré con molestia.

—Nolan... —le supliqué.

Continuó cocinando en silencio.

—Nolancito —volví a intentar.

Nada.

Pero no me rendí.

—Nooolan —canturreé—. Nolaaaan. Nolan Cox. Nolancín. ¡Nolan Roberto!

Se dio vuelta de manera súbita y me echó una mirada asesina como la de una furiosa serpiente venenosa.

—No pronuncies mi segundo nombre —me advirtió con lentitud.

Giré los ojos.

—¿De verdad vas a estar enfadado conmigo por lo del beso?

Soltó mucho aire por la nariz y trató de reunir paciencia ante mi actitud insistente. Luego avanzó y colocó las manos sobre la isla de la cocina para mirarme de frente. Entornó los ojos de un verde y miel exótico. Su expresión fue tan seria que entendí que iba a decir algo con bastante gravedad.

—No es por el beso —aclaró con detenimiento—. Es por las consecuencias de ese beso.

No, no era solo por eso. Con Nolan Roberto Cox nunca era por lo que decía a la primera. Lo conocía mejor que a mí misma, así que entrecerré los ojos y le insistí con la mirada hasta que suspiró y sacudió la cabeza.

—Bueno, en realidad es por todo —confesó, derrotado—. Primero porque creo que si los sentimientos empiezan a entrar en juego se van a empeorar las cosas.

Hundí las cejas y puse cara de «¿qué demonios...?».

—Pero si tú no parabas de decirme que me gustaba, que lo tocara, que me acercara a él... —le recordé, desconcertada.

Nolan asintió con lentitud como si entendiera su error.

—Es que la verdad no creí que tuvieras el valor de besarlo —admitió.

El colmo.

—¡Él me lo pidió! —exclamé por enésima vez.

Nolan rebatió de la misma forma por enésima vez también:

—¡Porque te vio besando a Dan y creyó que es lo más normal del mundo!

Bueno, eso era cierto. Antes de verme besar a Dan, Ax no había sentido demasiada curiosidad por eso de los besos. No había querido experimentarlo. A mí me habría gustado decir que en realidad había sentido ganas de besarme porque yo le gustaba, pero Nolan tenía razón: era muy probable que me hubiera pedido que lo besara porque me había visto besando a Dan. Y eso era un poco triste.

Igualmente, intenté defenderme.

—Es normal besarse —murmuré.

Nolan se inclinó más hacia delante y me miró directamente a los ojos.

—Con-gen-te-nor-mal —recalcó haciendo énfasis en cada sílaba—. Y Ax es todo menos normal. No sabe nada de líos sentimentales.

Joder, de nuevo tenía razón. Ax no tenía ni idea de lo que había ocasionado con ese beso, pero yo tenía clara esa parte. No esperaba que él de pronto me dijera que estaba enamorado de mí. Pfff... No era tan ilusa. ¿O...?

Sí, más bien era estúpida.

—Pero es que no me espero tener una gran historia de amor con él —le aclaré, lanzando un resoplido—. No voy a pedirle una cita ni nada por el estilo...

Nolan me señaló con brusquedad, como si hubiera dado en el punto exacto, y me interrumpió:

—Una cita —recalcó—. Ni siquiera pueden tener una porque él no quiere salir de esta casa y, si lo hiciera, probablemente lo atraparían esas personas malas que lo buscan, quienes, de paso, al vernos en medio, nos matarán a nosotros también.

¡De acuerdo, sí, entendía sus argumentos! Entendía incluso que estuviera molesto, pero yo no había planeado nada de lo que había sucedido en la cama. Sí, había sido un momento de debilidad y de inconsciencia, pero nada más. Eso era lo que quería hacerle entender: que, a pesar de que Ax me había pedido que lo besara, lo que había sucedido luego había sido espontáneo. Que, a pesar de que él no sabía nada sobre relaciones, algo había chispeado entre nosotros, algo imposible de ignorar, algo en lo que, por desgracia, ya no paraba de pensar.

—Sé que ha sido un error por lo mal que está la situación en estos momentos —acepté con cierto desánimo en un tono bajo y derrotado—, pero a mí me gustó el beso.

Estaba demasiado acostumbrada a ser sincera con Nolan. Aunque me juzgara o me abofeteara hasta hacerme entrar en razón, no podía evitar decirle la verdad.

Pero ni me abofeteó ni me juzgó. Me dedicó una mirada de entendimiento que me recordó por qué éramos mejores amigos. En cualquier situación, podía contar con él.

—Lo sé, y eso es lo peor —dijo, algo preocupado—. Porque no puedes lanzarte encima de él, al menos no todavía. Tenemos que ser objetivos y cuidadosos.

Se giró para atender lo que había al fuego. Una nube de humo salió disparada hacia arriba cuando le dio la vuelta a un grueso filete.

—Veamos cómo reacciona él a partir de ahora —continuó—. Si intenta buscar algún contacto contigo o no. Recuerda que todavía no sabemos si es un X-Men, un vampiro o un robot.

—¿Y qué hago si lo intenta? —pregunté, dudosa—. ¿Debo rechazarlo?

Nolan pensó un poco su respuesta.

—Si eres capaz de hacerlo...

Tal vez sí lo era, lo que no tenía eran las ganas de rechazarlo. No sentía rechazo ante la idea de que él quisiera volver a besarme, ya fuera un X-Men, un vampiro o un robot. Pero Nolan no iba a entenderlo hasta que saliéramos de la zona de peligro, así que no valía la pena intentar hacerle comprender en ese momento. Además, tenía razón en que debíamos ser cuidadosos.

Cambié de tema para no terminar discutiendo.

—¿Qué se supone que estás cocinando? —le pregunté con curiosidad.

Tenía muchos ingredientes fuera de la nevera y en el fuego había dos sartenes y una cacerola. Además, olía a ajo y a algo hervido. Todavía no captaba el menú.

Nolan se giró con una amplia sonrisa estampada en la cara. Sus ojos brillaron de una emoción demoniaca.

—Bien, dijiste que una de las cosas que Ax necesita para recuperarse es alimentarse bien —empezó a decir emocionado—, pues le voy a dar los alimentos más nutritivos del mundo. —Se giró hacia la cocina y me señaló cada cosa—: Tenemos col rizada, huevos revueltos, un jugoso filete asado sobre trozos de ajo, un buen vaso de leche entera y, finalmente, espinacas, la fuente de poder de Popeye.

Parpadeé repetidamente con mi mejor cara de extrañeza.

—¿Se lo va a comer todo junto?

Nolan asintió con lentitud mientras subía y bajaba las cejas.

—Todo junto.

Mi expresión se transformó en una de cierto... rechazo. Era demasiada comida, y tal vez no una combinación muy atractiva, pero tenía sentido.

—Es raro —me permití comentar.

Nolan dio algunos pasos hacia delante con una graciosa cara de científico maniático. Su sonrisa se ensanchó hasta un punto un tanto perturbador.

—Oh, Mack, soy el doctor Frankenstein y estoy a punto de crear a mi criatura —susurró, entusiasmado—. Voy a alimentarlo como a un mastodonte, voy a entrenarlo como a Rocky y voy a reforzarlo mentalmente como a Cerebro. Cuando esa sombra aparezca, Ax la va a destrozar más rápido de lo que te destroza el primer amor.

No supe si reírme, asustarme o salir corriendo a encerrar a Ax en una burbuja protectora.

—Me parece que estás jugando con él como si fuera tu Max Steel —terminé soltando entre risas.

Nolan se rio también y luego hizo un gesto pensativo. Detecté un brillo perverso en sus ojos.

—Me encantaba poner a Max a follar con Ken —confesó, rememorando su infancia con nostalgia—. Era algo secreto y prohibido para ellos, pero en realidad Barbie lo sabía. Oh, sí, Barbie los espiaba. Barbie era sucia y quería unirse a ellos. Y, al final, ellos terminaban aceptándola...

Empezó a asentir con lentitud y perversidad.

No hubo manera de que me aguantara la risa.

—Estás enfermo —le dije.

Tal vez sí lo estaba, pero ahora solo bromeaba.

A partir de ese momento, empezó a alimentar a Ax con comidas abundantes y cargadas de proteínas. Y Ax, sin protestar ni molestarse, se comía todo lo que Nolan le ponía delante. Eran distintos platos y distintas bebidas mezcladas con cosas que funcionaban en el mundo *fitness*. Algunas tenían un aspecto asqueroso, pero a Ax no se lo parecía. Literal, se lo tragaba todo.

No me creí la parte del entrenamiento físico hasta que dos días después Nolan llegó a las seis de la mañana con chándal, una camiseta y una gorra con el logo de Angry Birds. Fue directo a despertar a Ax y, justo después de que Eleanor salió a trabajar, lo sacó al jardín y lo obligó a trotar para ganar resistencia. Él se quedó parado sosteniendo un cronómetro mientras gritaba a todo pulmón extrañas frases motivacionales.

Ax tampoco se quejó cuando Nolan planificó para él una rutina de barras, abdominales, saltos y trotes. Nos dimos cuenta de que le gustaba muchísimo entrenar, así que era algo a lo que seguro que lo habían acostumbrado.

De esta forma pasó una semana y media.

Ni la Sombra, ni Vyd, ni las personas del auto negro aparecieron. Y... Ax no se me acercó en ningún momento con intención de besarme.

De hecho, primero fue como si nuestro beso en la cama no hubiera sucedido nunca. Él estuvo de lo más normal, justo como antes. Me pedía que le enseñara cosas y luego, si no quería nada de mí, se sentaba a ver la televisión y me ignoraba o se perdía en el jardín y no lo volvía a ver hasta horas después, cuando regresaba.

Pero, según pasaban los días, empecé a notar los cambios. Poco a poco, Ax se mostraba cada vez más distante. La mayoría de las preguntas se las hacía a Nolan. No se acercaba a mí para nada, y prefería dedicarse a hacer ejercicio antes que estar a solas conmigo. Llegué a pensar que eran ideas mías, en verdad deseé que lo fueran, y me dediqué a buscar la manera de comprobarlo.

Antes del beso, solíamos ver películas en el salón. Era algo que le gustaba mucho, y más si yo le explicaba cada cosa, así que fui al jardín, donde él estaba muy concentrado haciendo abdominales, con la intención de proponerle una noche de pelis y mucha comida.

—¿Quieres ver una película hoy? —le pregunté con entusiasmo—. Esta vez te enseñaré el fenómeno *Star Wars*. Deberás preparar tu culo para estar más de seis horas sentado.

No paró de ejercitarse y tampoco me miró. Solo soltó su respuesta de manera inmediata y en un tono seco:

—No.

Que no dijera nada me habría afectado menos. Fue un rechazo indiscutible. Ni siquiera encontré palabras para responderle, simplemente me di la vuelta y me fui.

No me rendí tan fácil. Le di espacio y luego probé de nuevo. Era una tarde lluviosa y fría, y él estaba sentado en el salón viendo la televisión. Hice palomitas de maíz, las eché en un cuenco, me acerqué a él y me senté a su lado. Antes de poder pronunciar palabra, Ax se levantó del suelo y sin decir nada se fue. Yo me quedé sola y paralizada mirando las palomitas, preguntándome por qué rayos había cambiado todo tan de repente. ¿Es que creía que iba a besarlo como una abusadora? ¿O qué demonios pensaba?

Me enfadé, pero no intenté preguntarle nada. También actué normal, a pesar de que su indiferencia y sus rechazos me molestaban. Le di vueltas y vueltas al tema hasta que llegué a la conclusión de que tal vez él se sentía incómodo. A lo mejor no había sentido lo mismo que yo y ahora no sabía cómo estar conmigo, lo cual era un poco absurdo. Yo había creído que sí le había gustado el beso, pero tal vez su erección solo había sido una reacción natural de su cuerpo. Quizá..., en realidad, no le había gustado lo suficiente como para que le interesara repetirlo.

Me convencí de eso. Supuse que sería lo mejor. Traté de olvidar por completo el asunto, tal como había hecho él. Respeté su espacio para no molestarlo.

Aunque... no paré de preguntarme si yo había hecho algo mal. Durante esa noche, Eleanor me envió un mensaje:

¿Viste lo que ha pasado? El rector Paul está desaparecido. Están investigando, pero no hay rastro. Espero que te mantengas en casa, y nada de visitas.

Al parecer, Vyd había hecho un buen trabajo.

—¿La canción de *Rocky* es necesaria? —pregunté, lanzando un suspiro.

Nolan, que estaba en el descansillo de la gran escalera del vestíbulo, me miró con severidad. Llevaba puesto su uniforme de «entrenador», esa vez con una gorra hacia atrás y un silbato colgando del cuello. En su iPhone sonaba la canción de *Rocky* mientras que Ax subía los escalones a toda velocidad por sexta vez.

—Un momento de superación física no es un momento de superación física sin esa canción —replicó, como si fuera una ley natural—. ¿Se entiende?

No, no lo entendía, pero ¿quién era yo para matar su felicidad al entrenar a Ax? Como siempre, solo me limité a observar.

Cuando Ax llegó al descansillo, Nolan detuvo el cronómetro. Luego alzó los brazos con un «¡Lo logramos!» y sonrió satisfecho a Ax.

—Bien, puedes descansar —le concedió.

Ax se apoyó en las rodillas, con la respiración entrecortada y la boca entreabierta. Unos mechones húmedos de cabello le caían sobre la frente y una fina capa de sudor le cubría el torso desnudo. Después de cuatro semanas sin apagones, ni sombras, ni ojos amarillos, el ejercicio estaba haciendo grandes cambios en su cuerpo. Se veía diferente. Algunas líneas de sus músculos se le habían marcado un poco más.

Tuve que desviar la vista y recordar mi intento de no mirarlo como a un chico atractivo.

El contento y efusivo entrenador Nolan se le acercó y le palmeó la espalda.

—Estoy muy orgulloso de ti —le felicitó—. Eres una máquina.

Ax intentó hablar, pero Nolan se apresuró a interrumpirle:

—Chisss —le advirtió—. Nada de palabras. No quiero que pierdas fuerza. Ahora ve a bañarte que hueles como un basurero.

A Ax no le quedó otra que asentir, pues respetaba las indicaciones de Nolan, al que de verdad veía como su entrenador. Luego bajó las escaleras para salir de la casa. Como ya era costumbre, no me miró ni reparó en mi presencia. Me esforzaba por no prestarle atención, pero a veces su actitud me hacía sentir invisible. Al parecer, yo ya no existía para él.

Nolan y yo avanzamos en dirección a la cocina.

—Es impresionante cómo has pasado de «debemos entregarlo a la policía» —le comenté, divertida— a «mi precioso, mi precioso» —imité al icónico personaje de *El señor de los anillos*.

Nolan rio y tomó asiento en uno de los taburetes mientras yo me acercaba al refrigerador para sacar un par de botellas de agua.

—Es divertido entrenarlo —admitió—. Es como manejar lo que yo habría sido de ser totalmente heterosexual.

—¿Un obsesionado por el ejercicio y la comida?

—No, un poderoso pateaculos —aclaró con obviedad.

Me reí fuerte y con ganas.

—No sé en qué universo... —me burlé.

Le lancé la botella para que bebiera, aunque él no había movido ni un músculo.

—¿Ax no ha intentado...? —me preguntó de pronto.

¿Acercarse? ¿Hablarme? ¿Respirar cerca de mí?

—No —dije de manera tajante—. Nada. Ya lo sabes. Tal vez me odia.

Nolan bebió un largo trago y luego apartó la botella de su boca.

—Nah... —resopló—. A lo mejor yo debería preguntarle qué...

Le interrumpí con rapidez.

—¡Chisss!

Acababa de darme cuenta de que en la televisión estaban transmitiendo las noticias locales y que uno de los reportajes era importante. Interesada, alcancé el mando y subí al volumen. Una reportera hablaba sobre un nuevo incendio espontáneo y grave cerca del conjunto industrial a las afueras del pueblo.

Nolan y yo oímos la noticia en silencio hasta que terminó.

—¿Se supone que esas son las travesuras de la Sombra? —preguntó, algo perturbado.

Abrí la boca para responder, pero...

—Travesuras son las mías —dijo alguien por detrás de nosotros—. Eso solo es una estupidez.

Nolan y yo gritamos al mismo tiempo al entender que había una tercera persona en la cocina.

La reacción de Nolan fue instantánea: saltó del taburete y aterrizó junto a mí, totalmente espantado. Yo retrocedí hasta que mi espalda golpeó los estantes. Nos quedamos abrazados.

Pero era Vyd.

De alguna forma silenciosa y un tanto perturbadora, había entrado en la casa y ahora estaba apoyado en la puerta de la cocina. Bajo la luz, la vieja y oscura gabardina que al parecer siempre llevaba puesta se veía peor que la otra vez. Tenía la capucha echada hacia atrás, por lo que el salvaje cabello blanco quedaba a la vista, y por encima del pañuelo que le cubría la mitad de la cara, sus ojos amarillos y un tanto rasgados brillaban como los de un divertido gato sobrenatural. De inmediato desvié la mirada. Ya le había advertido a Nolan del efecto que podían causar, así que él la desvió también.

—¡¿Cómo has entrado?! —solté, todavía con el corazón acelerado.

Vyd dijo con simpleza:

—Después de que descubres los accesos de un lugar, te sorprendería lo fácil que es colarse a pesar de los muros y las cámaras.

Añadió una risa como si fuera un buen chiste, pero yo no podía reírme porque aún estaba recuperando el aliento.

—¡Qué puto susto! —exclamó Nolan, aferrado a la encimera— ¡Uno no aparece así, y menos en estos momentos en los que todos estamos en peligro!

Vyd volvió a reír, pero no dijo nada. De hecho, se hizo un silencio, así que me atreví a echarle un vistazo rápido. Descubrí que estaba mirando a Nolan con curiosidad.

Finalmente habló:

—Lo lamento —se disculpó. En sus ojos se detectaba que estaba sonriendo—. Me gustan las entradas dramáticas para obtener toda la atención. ¿Todo bien por aquí?

—Exceptuando que casi nos da un infarto... —resopló Nolan.

—¿Y el cabronazo de Ax? —preguntó Vyd.

—Está bañándose —contesté.

Vyd avanzó hasta la isla de la cocina. De reojo, vi que metió la mano en el interior de su gabardina y sacó un papel doblado. Empezó a desdoblarlo.

—Bien —asintió—. He venido porque tenemos que hablar sobre el plan que seguiremos para matar al fallo. Tenemos que hacerlo ya, no podemos seguir esperando.

Nolan frunció el ceño y se quedó tipo «¿qué?».

—Espera un momento —interrumpió, como si hubiera oído mal—. ¿Has dicho «que seguiremos»? —repitió en un tono absurdo.

—Exacto —afirmó Vyd.

Nolan resopló y emitió una risa nada divertida.

—Si te refieres al plan que podemos ayudarte a hacer y que Ax y tú ejecutarán, sí podemos hablar —aclaró—. Pero en lo relativo a participar en él, Mack y yo solo serviríamos para aumentar el número de cadáveres en el mundo.

Estaba seguro de que podrían matarnos si participábamos en esa lucha y... tenía razón. Nosotros no éramos especiales como Ax y Vyd. Éramos simples humanos que se asustaban con cualquier ruidito. No éramos héroes ni elegidos. Estábamos jugando un juego en el que teníamos todas las posibilidades de perder.

Vyd se lo quedó mirando en silencio. Lo supe porque le eché un vistazo rápido. Nolan también lo miró para agregar firmeza a sus palabras, pero al cabo de un momento tuvo que apartar la vista para no caer en el miedo.

—No creo que Ax vaya a dejar que maten a la guapura de Mack; no permitió que lo hicieran la otra vez —aseguró Vyd. Había una nota divertida y relajada en su voz—. Y..., si te sirve de algo, yo no permitiría que te mataran a ti. Sería un total desperdicio.

Nolan me miró y parpadeó como un estúpido.

¿Le acababa de decir que era guapo? Yo lo había entendido así, pero...

—Ya —soltó Nolan, adoptando una postura odiosa—. Pero es que nosotros solo confiamos en Ax.

Y tenía la ligera sospecha de que ni en Ax confiábamos del todo a veces, pero era mi mejor amigo y le seguí la corriente. Asentí.

—Bueno, Ax y yo estamos del mismo lado —dijo Vyd, obviando la desconfianza de Nolan—. A mí me basta con que no quieran matarlo para confiar en ustedes. Lo importante es que siga vivo. Ahora...

Le interrumpí de golpe:

—¡Eso! —Me acerqué a la isla echando rápidos vistazos a su cara—. Dijiste que si Ax muere el resto también. ¿Por qué exactamente?

Vyd sabía demasiado, pero por desgracia podía decir poco. Sin embargo, desde nuestro encuentro en la fiesta había decidido intentar sacarle toda la información posible cuando lo volviera a ver.

—Porque todos estamos conectados —explicó—. Nuestras habilidades están diseñadas para servir en grupo. Por separado somos fuertes, pero no tanto como cuando nos unimos. Y Ax es...

Por un momento, Vyd no logró completar lo que pretendía decir. Dejó de sonreír y hablar se le hizo igual de difícil que a Ax cuando intentaba pronunciar oraciones largas.

—¿Es...? —le animé.

Lo intentó de nuevo, pero al final suspiró.

—No lo sé, así funcionamos —se limitó a decir, algo pensativo.

La siguiente pregunta salió de Nolan:

—Y si solo siete siguen vivos, ¿no les afecta la falta del resto?

Vyd volvió a pensar. En la rápida mirada que le eché, detecté una ligera frustración en sus ojos.

—Pues sí, por esa razón todos estamos débiles ahora... —Hundió las cejas, que, al contrario de su cabello blanco, eran negras—. Es que todavía estoy tratando de descifrar algunas cosas... Agh, realmente no lo entiendo. ¡Yo lo tenía todo claro cuando planeé mi escape!

Durante un momento, Vyd se quedó callado mirando algún punto del vacío. Reconocí esa expresión. Era como si te transportaras a las bibliotecas de tu mente. Buscabas algo, pero no lo encontrabas en ningún pasillo. Tal vez él intentaba recordar y no lo lograba. Me pregunté entonces si yo..., si mi mente..., si mis recuerdos también..., habían solo desaparecido como los de Vyd, pero antes los había tenido claros.

¿Podía ser cierta mi sospecha de que yo, antes del accidente con Jaden, sabía cosas sobre STRANGE?

Nolan rompió el silencio.

—¿Cómo murieron los otros?

Vyd despertó de su ausencia.

—Algunos, intentando escapar; otros, justo después de escapar. Creo que el fallo asesinó a un par. —Suspiró en un gesto nostálgico—. Es terrible, por esa razón debemos evitar que siga suelto.

Si ese fallo estaba enloquecido matando gente y nosotros podíamos ser sus próximas víctimas, me parecía bien la idea de detenerlo.

—Bien, ¿y qué hacemos? —pregunté.

Vyd volvió a su actitud normal y enérgica. Con rapidez, extendió por completo el papel que había sacado del bolsillo. Nolan y yo nos apoyamos en la isla para verlo mejor. Era un gran mapa. Estaba algo viejo y roto en las esquinas, pero casi todo era reconocible. En él había algunos puntos marcados con círculos y líneas rojas.

—Estuve siguiendo al fallo durante todo este tiempo y utilicé este mapa del pueblo para hacer más fácil el rastreo de sus pasos —nos indicó Vyd—. Ha actuado con creatividad, de forma impredecible, pero como él no tiene consciencia propia, sus acciones se volverán repetitivas. Solo quema lugares en donde hay muchas personas. Entonces, he deducido que su próximo ataque será en esta zona. —Señaló un punto del mapa encerrado por una serie de líneas que al unirse formaban una figura geométrica parecida a un rombo—. Tenemos que interceptarlo allí. Yo lo atraparé y Ax lo matará. Es fundamental que lo haga él porque es el único que puede matarnos a todos de forma definitiva sin afectar la salud del resto.

—Suena a que Ax es el elegido —comentó Nolan, medio asombrado.

—Se lo dije a Mack, todos dependemos de él —asintió Vyd.

En ese momento, la puerta de la cocina que daba al jardín se deslizó y Ax entró ya sin una gota de sudor encima, tan solo con sus tejanos, sus pies descalzos y el cabello húmedo cayéndole sobre la frente. Nolan se lo había cortado para la fiesta, pero ya le crecía muy rápido. Como una tonta me embelesé al verlo, pero luego recordé cuánto me evitaba últimamente, sus rechazos, su indiferencia, y me sentí extraña, como si yo ya no perteneciera al espacio en el que él se encontraba solo porque tampoco pertenecía a su vida...

Ax no se inmutó al ver a Vyd. Este, por el contrario, pareció más feliz que nunca.

—¡Perrazo! —le saludó con mucho ánimo—. ¡Me encanta verte tan bien! Significa que no me moriré todavía y eso es genial.

Entonces le contó a Ax lo mismo que nos había contado a nosotros sobre el plan para matar al fallo en los almacenes. Ax escuchó atentamente hasta que Vyd terminó. En ese instante, su única y seria respuesta fue:

—No.

Una negación decisiva y firme. Todos nos miramos. Vyd pareció desconcertado.

—¿Qué? —le preguntó.

Ax me señaló y aclaró su respuesta:

—Ella no.

Vyd intentó traducirlo:

—¿Dices que ella no irá?

Ax asintió. Me quedé de piedra por unos segundos. ¿Se refería a que no quería que yo me pusiera en peligro? ¿Se estaba preocupando por mí?

—¿Y por qué no? —quiso saber Vyd—. Creo que sería muy útil, es valiente.

—Y débil —agregó Ax.

Ah.

Por supuesto, no era preocupación, era solo su mente estratégica reaccionando ante lo que podía ser un obstáculo.

—No soy débil, Ax —solté, algo molesta—. Solo no tengo tus habilidades.

No dijo nada, pero me miró fijamente, muy serio, y yo igual a él. ¿Qué? Yo también podía hacer lo mismo si se ponía en ese plan.

Vyd alternó la vista entre ambos, confundido.

—El punto es que necesitamos toda la ayuda posible —le recordó a Ax.

Pero Ax no alteró su expresión. Firme y sin dar derecho a réplica, volvió a decir con mayor detenimiento y severidad:

—No.

Nolan me codeó con disimulo tipo «Mira, mira, yo creo que te está cuidando. ¡Oh, por Dios!». En respuesta le di un codazo más fuerte para que me dejara en paz.

—Entiendo, no quieres que nada malo le pase... —intentó decir Vyd, pero yo me quejé:

—No creo que se trate de eso —dije, aún con los ojos puestos en él, retándolo.

Su respuesta me dio un vuelco el corazón:

—No morirás.

Entonces... ¿sí se preocupaba?

—Lo que yo creo es que...—de nuevo intentó decir Vyd.

—Ya he dicho que no —zanjó Ax.

Casi se me cae la barbilla del asombro con esas palabras tan imponentes.

—Y a mí que me partan el culo, ¿no? —se quejó Nolan al no sentirse incluido en las preocupaciones de Ax.

Quise decir algo para aligerar el momento, pero Vyd se le había quedado mirando con un brillo de fascinación y habló antes que yo:

—Muy salvaje para lo que te mereces, yo lo haría de otra manera —le dijo directamente a Nolan.

Me olvidé de lo que quería decir.

¡Ay, Dios!

¿Acababa de insinuar que él podía hacerle...?

¡Sí!

Casi me dio un ataque de risa, pero me aguanté.

Nolan abrió los ojos hasta el límite y miró a todos lados, tomado por sorpresa con ese ingenioso comentario.

Ax, que no entendía nada de las suciedades de la vida, habló de nuevo:

—Nolan tampoco.

Pero Nolan estaba petrificado e incluso se había sonrojado, así que no fue capaz ni de darle las gracias a Ax por querer protegerlo también.

No hubo modo de que yo pudiera reprimir una carcajada. Admití que Vyd me caía bastante bien.

—Bien, bien, no nos alteremos —le dijo Vyd a Ax con naturalidad, sacudiendo la cabeza—. Podemos ir modificando los planes sobre la marcha. El caso es que deberíamos ejecutar el plan este fin de semana. El fallo suele desaparecer durante cuatro días y luego sale a hacer de las suyas. Si hacemos las cosas con cuidado, será fácil.

Yo no creí que fuera a ser fácil, pero ya estábamos tan involucrados en el asunto que era complicado salirse de él. No nos quedaba otra que ayudar antes de que la Sombra nos matara a nosotros.

Al terminar de hablar sobre los detalles, Vyd aseguró que debía irse. Se despidió de Nolan con un «nos veremos luego, amigo», pero él, que había vuelto a abrir la boca después del comentario de Vyd, solo pronunció un odioso «ujum», y le dio la espalda.

Acompañé a Vyd a la puerta para no ser descortés. Caminando detrás de él, me di cuenta de que su porte era semejante al de Ax, alto y con complexión de guerrero. Las diferencias físicas eran claras, por supuesto. Además, Vyd hablaba mucho y era en extremo animado, pero de todas formas había algo, tal vez un aire, que lo hacía parecerse a Ax. Debía de ser porque ambos pertenecían a «Los Doce». Así había decidido llamarlos, porque no tenía ni idea de qué eran.

—Si de repente necesitamos tu ayuda, ¿qué hacemos? —le pregunté a Vyd una vez que salimos fuera—. ¿Hay alguna forma de...? ¿De...? —No encontré una palabra adecuada—. ¿Invocarte?

Él se detuvo y se giró hacia mí. Los intensos ojos amarillos me hicieron pensar de nuevo en el accidente y en el cuerpo de Jaden saliendo disparado por el cristal delantero.

Vyd soltó una risa.

—Guapa, tengo móvil —dijo, y lo sacó del interior de su gabardina en un movimiento obvio.

Pues yo había pensado en invocaciones o gritos mentales, algo muy sobrenatural. Después de todo, todavía no sabíamos a qué rayos nos estábamos enfrentando, ya que ni él ni Ax podían hablar de STRANGE.

—Un iPhone, guau —comenté, admirada.

Vyd asintió.

—Me lo dio Tamara para comunicarnos —dijo él, lanzando un suspiro—. Cuando escapé, ella me encontró y me ayudó. Alquiló el apartamento junto al suyo para que me quedara allí. Me enseñó muchas cosas. Era buena. Estaba chiflada, claro, pero era buena persona.

Tamara... No había pensado en ella desde que habíamos estado en su apartamento. Su bebé muerto y esa extraña habitación en perfecto estado todavía me perturbaban.

—¿A Tamara la asesinó la Sombra? —pregunté con cierta dificultad.

—Supongo, sobre todo por ser cercana a mí, tenía mi olor —se lamentó Vyd, serio—. Creo que ella lo sabía, porque ese día justo antes de irse me pidió que no saliera, que esperara en el apartamento hasta que ustedes me encontraran.

Entonces lo que Tamara me había pedido buscar antes de morir no había sido «algo», sino a «alguien», a Vyd. Ahora tenía sentido el «se necesitan».

En ese momento, me agradó que Vyd se hubiera unido a nosotros. Estando solo Nolan y yo, habría sido muy difícil avanzar. Tenía la sensación de que ahora estábamos más cerca de la verdad. Claro que todavía había muchas cosas que no sabíamos, pero era evidente que pronto las averiguaríamos. Ax y Vyd representaban STRANGE. Nos faltaba entender qué eran ellos exactamente.

—De acuerdo, dame tu número —le pedí.

Lo agendé en mi celular. Vyd me aseguró que usaba WhatsApp, aunque su único contacto era Tamara y ahora yo. Con Tamara muerta, en realidad solo era yo, así que le dije que podía hablarme cuando quisiera. No podía imaginarme la vida en ese horrible apartamento de esos horribles edificios, solo, teniendo que esconderse.

—Por cierto... —dijo él, rascándose la nuca—. ¿Crees que podrías darme el número de Nolan? Ya sabes, para estar todos en contacto. Es necesario para que el plan funcione.

Me reí. Estaba segura de que a Nolan le molestaría muchísimo que yo se lo diera, así que...

—Claro que sí —acepté—. Tienes toda la razón.

Le anoté el número de Nolan, le dije que podía enviarnos mensajes cuando se le antojara y Vyd finalmente se fue. Al cabo de un rato, Nolan también se marchó. Tan solo unos segundos después, sin decir nada, Ax se encerró en la casita de la piscina y yo me quedé sola, como de costumbre, en la enorme y oscura mansión Cavalier.

Intenté ver alguna serie, pero esa noche fue muy extraña. En algún momento me quedé dormida en mi cama, pero al mismo tiempo me sentí despierta. Era como si aun dentro de mi sueño pudiera ver lo que sucedía a mi alrededor: las cortinas estaban corridas, las luces apagadas, la habitación... ¿vacía? Podía sentir mis sábanas y contemplar la oscura rejilla de ventilación en el techo.

Me desperté de repente. Me senté, sobresaltada, con el pecho y la respiración agitada. La habitación estaba fría, silenciosa y un tanto sombría. Hice un escaneo panorámico y vi a alguien a mi lado. De momento, no me asusté. Seguía algo adormilada, así que pensé que era la persona que me estuvo susurrando las palabras, pero en cuanto acabé de despejarme reconocí los ojos grandes y turbios de Ax.

Estaba arrodillado junto a mi cama, observándome con fijeza. No dije nada. Me mantuve quieta, intentando recuperar el aliento. Tal vez había sido una pesadilla, pero me había dejado bastante alterada. Sentí incluso unas intensas ganas de tomar su mano para comprobar que todo estaba bien, que no había peligro, pero recordé que debía evitar eso si quería volver a ser su amiga.

Iba a preguntarle si sucedía algo o necesitaba alguna cosa, pero entonces él se puso de pie. La débil luz que entraba por la ventana delineó su silueta y se acopló a las líneas de su cuerpo desnudo de la cintura para arriba. Desde esa perspectiva, sus ojos parecieron muy negros.

Extendió una mano hacia mí.

—Ven —me dijo.

Me quedé paralizada un segundo.

Quería llevarme a algún sitio.

Y yo, sin pensarlo demasiado, puse mi mano sobre la suya para aceptar que me guiara.

La gran pregunta era: ¿adónde?

22

La respuesta está en tres años de rareza y locura

Ax avanzó en dirección a la puerta.

Lo seguí como una estúpida adolescente, fascinada por el hecho de que nuestras manos estaban entrelazadas. Me entusiasmó notar que parecía seguro de la dirección en la que me llevaba y que, después de tanto ignorarme, finalmente quisiera pasar un rato a solas conmigo.

En mi mente sonó un: ¡yujuuu!

Pero como las cosas con Ax nunca eran normales, apenas salimos al pasillo que estaba más claro gracias a la luz de los alrededores de la casa que entraba por las ventanas, vi la sangre.

Y mi emoción se evaporó en un segundo.

Me detuve con brusquedad y miré hacia abajo. El borde de su pantalón y sus pies estaban empapados. Eso ocasionaba que cada paso que daba dejara una huella roja y fresca sobre el suelo de mármol pulido.

Una punzada de horror me hizo soltar su mano.

Pasé del entusiasmo al miedo de una manera tan súbita que se me heló la piel.

—Ax, ¿de dónde es...? —intenté preguntar.

Pero él volvió la cabeza hacia mí, se llevó el dedo a los labios y pronunció un «chisss». Luego continuó caminando, indicándome de esa forma que no podía detenerme a hacer preguntas.

Atónita y un tanto asustada, lo seguí. Había alguna que otra luz encendida en el resto de las habitaciones, e iluminaban su silueta de una manera macabra. El poderoso perfil sombreado y las manchas de sangre le daban un aspecto escalofriante, y pensé en esa salvaje parte de Ax que le hacía capaz de arrancar carne a mordiscos y...

Matar.

Pero yo no le tenía miedo.

No le tenía miedo.

No...

¿O sí?

El trayecto por el pasillo a la planta baja fue tortuoso. Como mi corazón se aceleraba con cada paso, cuando atravesamos la puerta de la cocina que daba a la parte trasera de la casa ya me golpeaba el pecho con una fuerza dolorosa.

¿Qué había hecho ahora?

¿Algo parecido a lo del rector Paul?

Contuve el aire en un intento de reunir valor para enfrentar lo que fuera a encontrar. Mis pies descalzos pisaron la grama, que estaba húmeda y fría como mis manos. Sin pronunciar palabra pasamos el área de la piscina y entramos al jardín.

La zona estaba oscura y el débil aroma de las flores muertas flotaba en el ambiente. Asumí que me llevaría hacia la fuente, pero de pronto comenzamos a ahondar más y más en el jardín, en una dirección muy alejada de la casa. Sentí una punzada de nervios. Por allí se llegaba a los muros que rodeaban y protegían el perímetro, pero yo nunca merodeaba esos lares, más que nada porque la cima de los muros estaba electrificada y porque no era una zona que me interesara.

Algo andaba mal.

Y lo comprobé de repente cuando pisé algo.

Me quedé paralizada. Un escalofrío me hizo estremecer. Ni siquiera tuve que mirar dónde había puesto el pie porque supe exactamente de qué se trataba por lo líquido y repugnante que lo sentí en la piel.

Sangre.

Miré hacia abajo y, con lentitud, alcé el pie unos centímetros. El charco oscuro y un tanto reluciente se expandía justo debajo de mí. Delante, Ax siguió caminando sobre el charco sin inmutarse, con la misma tranquilidad con la que me había llevado hasta allí. Se detuvo en cierto punto, se giró hacia mí y señaló algo.

Al principio no vi nada. Había un árbol que me impedía ver el lugar exacto que me señalaba. Tuve que moverme y rodear el charco. En cuanto logré contemplar la imagen, ahogué un grito.

Durante unos segundos, no creí que estuviera viendo algo real. Cinco barras de hierro sobresalían del suelo del jardín. Eran gruesas, intimidantes y se afilaban en la punta como una aguja. Entre ellas había un cuerpo atrapado o, mejor dicho, ensartado.

Y era Tanya, la rara vecina que tenía el perrito pequeño y agresivo que en algún momento había atacado a Ax.

Estaba inmóvil en una posición extraña y dolorosa. Una barra le había atravesado el estómago; otra, el pecho; la siguiente, una pierna; y la otra, el cuello. La quinta no le había alcanzado, pero la imagen era suficientemente espantosa. Se parecía mucho a la escena de una de esas grotescas películas de horror. Sus ojos habían quedado abiertos y vidriosos. Su cabeza estaba en un ángulo que desafiaba las leyes. La sangre que formaba el charco escurría del cadáver. Como todavía goteaban hilos, era fácil deducir que aquello acababa de suceder.

Intenté entender cómo. Lo único que se me ocurrió fue que las barras habían salido disparadas de la tierra, justo como una trampa medieval, pero ¿quién había puesto eso ahí?

De golpe me fijé en algo.

El cuerpo de Tanya llevaba una mochila a los hombros.

De manera instintiva avancé hacia ella. Mi intención fue rodear las barras para intentar sacar la mochila del cadáver, pero no lo logré. Apenas puse un pie delante, otra hilera de barras salió disparada desde la tierra. La punta afilada se detuvo a la altura de mi pecho con un sonido metálico como el de un cuchillo siendo afilado.

Me salvé de ser atravesada solo porque Ax tiró de mi brazo en el momento justo. Lo hizo con tal fuerza y velocidad que me choqué contra su cuerpo y me quedé aferrada a sus hombros desnudos, atónita y con el corazón latiéndome rapidísimo por el susto y la impresión.

—¡¿Qué demonios es eso?! —chillé con el pecho agitado.

—Trampas —dijo Ax.

Su voz sonó tan cerca de mi mejilla que hizo que me diera cuenta de que, si giraba un poco la cara, tan solo un poquito, rozaríamos nuestras bocas.

—Gracias —logré murmurar con la voz algo torpe.

Recordé el beso, y lo que había sentido. Me había gustado tanto que quería besarlo otra vez, pero...

Pero no. Nolan tenía razón. Solo podía empeorar las cosas. Mi objetivo era ayudar a Ax y resolver todos estos misterios que rodeaban a mi familia, no enamorarme como una tonta.

Me aparté de él, tomé aire y traté de centrarme y calmarme.

Ax, como siempre imperturbable e indiferente a nuestros acercamientos, señaló las barras que acababan de surgir de la tierra y luego movió su dedo hacia la derecha en una dirección continua que marcaba el suelo que rodeaba los muros.

Tardé unos segundos en entender lo que me quería decir.

—¿Las trampas están por toda esa línea? —pregunté.

—Sí —asintió Ax.

—¿Por qué? —inquirí, confundida.

—Aquí.

De nuevo el bendito «aquí». Hacía mucho tiempo que no lo decía, así que me quedé mirándolo como una estúpida, esperando que ya tuviera la suficiente capacidad verbal para darme más explicaciones. Pero no añadió nada. Tal vez porque también esperaba que yo lo comprendiera, pero me sentí más confundida que nunca.

Miré el suelo en busca de algo destacable. Como no pillé nada relevante, volví a fijarme en las barras que tenían ensartado el cuerpo de Tanya. Me extrañó que llevara una mochila. ¿Para qué la necesitaba? Me hacía una idea, pero debía confirmarla.

—¿Puedes ayudarme a quitarle la mochila? —le pedí a Ax.

Asintió y se ocupó de sacarle la mochila al cadáver. Era más ágil en... en todo. Si salían disparadas otras barras, él tenía los reflejos para esquivarlas.

Cuando logró sacar la mochila y me la entregó, la vacié por completo en el suelo. Contenía un par de linternas, un móvil viejo con el número 911 en único marcado rápido, vendas, cuerdas, cinta negra adhesiva, un espray de pimienta y un par de navajas grandes de esas capaces de matar a una persona sin mucho esfuerzo.

Solo logré interpretarlo de una manera.

—Linternas, móvil... Venía a buscar algo —le comenté a Ax, desconcertada—, pero ¿por dónde entró? ¿Cómo consiguió burlar el sistema de seguridad?

Ax me señaló un punto del muro cercano al suelo. Estaba algo lejos y se veía muy oscuro, por lo que no pude ver bien de qué se trataba.

—Agujero —me aclaró Ax—. Cavó.

¿Cavó un agujero en el muro de mi casa? Bueno, eso explicaba que Snake, el perro de Tanya, siempre lograra colarse en nuestro jardín para cagar y fastidiar, pero no explicaba por qué ella se había tomado el tiempo para crear un acceso en el punto más alejado y menos vivible desde las ventanas. ¿Para entrar y encontrar qué? Y esas trampas ocultas en el suelo...

Aquello era un complejo rompecabezas.

Había que armarlo.

—Tenemos que llamar a Nolan y a Vyd —decidí.

Hice las respectivas llamadas. Vyd llegó rapidísimo, como si hubiera estado despierto, vestido y entusiasmado esperando mi llamada. Por su aspecto, parecía un vagabundo, sus ojos eran horribles y transmitían un miedo intenso, y además parecía dispuesto a torturarte y degollarte en su sótano como un psicópata, pero en realidad era un tipo gracioso y agradable, lo cual resultaba un tanto irónico.

Con Nolan fue otro el caso. Siempre era otro el caso. Tardó en llegar porque le costó desperezarse y entender lo que le estaba explicando. Luego apareció todavía en pijama y con baba seca en la mejilla. Tuve que hacerlo pasar con mucho cuidado y en silencio para no despertar a Eleanor, que dormía en el segundo piso.

Nos reunimos los cuatro en el oscuro y frío jardín alrededor del escalofriante, inmóvil, pálido y chorreante cuerpo de Tanya.

—Hay que sacarlo antes de que amanezca —dije.

Aunque los terrenos traseros eran muy grandes y desde las ventanas no se veía lo que había allí, mi mayor miedo era que Eleanor lo descubriera. Si eso ocurría, no habría modo de salir de ese lío.

Vyd rodeó las barras con pasos lentos mientras echaba un vistazo analítico a la escena como un agente especial del FBI.

—Eso es lo sencillo —aseguró en un tono muy relajado, como si fuera algo tan simple como lavarse los dientes—. Lo complicado será volver a ocultar las barras.

Nolan ya se había espabilado. De hecho, su somnolencia desapareció justo al ver el cadáver. Se había quedado rígido y asombrado. Ahora estaba desconcertado y nervioso.

—Pero ¿qué carajos hacen estas trampas en los terrenos de una casa? —dijo, presa de la inquietud—. Es la cima de lo ilógico, en serio. Creí que al convivir con Ax ya no me sorprendería por nada, pero esto me ha superado.

Hasta a mí me dejaba en un limbo de confusión. Tampoco lo entendía. Vyd, por su parte, parecía estar más claro. Se detuvo frente al cuerpo, al otro lado de las barras.

Lanzó la pregunta al aire.

—¿Para qué pones trampas?

—Para atrapar algo —dije yo.

—Proteger algo —sumó Nolan.

—O impedir algo —sugirió Vyd, con un énfasis habilidoso.

Lo hizo sonar más lógico, pero aun así sentí que seguía perdida y que no podía encajar las piezas. Me sentí frustrada.

—Esta no es una casa común, y esta chica... —Vyd miró un momento el cuerpo de Tanya y vaciló tratando de encontrar las palabras correctas—: Esta chica no tan guapa lo sabía. Por esa razón entró a hurtadillas, pero las trampas la tomaron por sorpresa.

¿Tal vez mi madre las había puesto? No terminaba de entender para qué, pero si ella había tenido las agallas de envenenar a mi padre, ya todo era posible...

Nolan rompió el silencio:

—Vale, me explotó el cerebro. No entiendo nada. O es que soy muy bruto o la situación ya es un jodido enigma.

De pronto tuve una idea clara.

—Tenemos que entrar en la casa de Tanya —dije.

Nolan se giró hacia mí y me miró como si acabara de decir algo sin ningún sentido.

—¿En serio? —escupió, atónito—. ¿Entrar en la casa de esta loca?

Asentí con obviedad. Tenía todo el sentido si lo pensaba bien. Tanya había entrado con una razón, ¿no? Pues loca y todo podía haber tenido las cosas más claras que nosotros. Además, últimamente todo se estaba conectando: Ax, Vyd, STRANGE, el accidente, las personas del auto negro, la Sombra... ¡Ahora hasta la casa tenía trampas!

Teníamos mucho material, solo había que empezar a darle forma.

—Podríamos hallar algo que nos ayudara a averiguar qué era lo que venía a buscar —aseguré.

Nolan sacudió la cabeza.

—No, es una malísima idea —se opuso rotundamente.

—Nolan... —intenté hacerle entender.

Me interrumpió, decidido:

—No vine preparado para ponerme en peligro, que es justo lo que va a pasar. Ni siquiera... —Dio un paso adelante y se puso una mano junto a la boca para susurrarme con gravedad—: ¡Ni siquiera tengo un bóxer puesto debajo de esto!

Se señaló el pijama que llevaba puesto: un pantalón con estampados de Mario Bros. La verdad, yo no alcanzaba a ver nada claro a través de la tela, pero como era fina y holgada, el relieve sí era un tanto... significativo.

La risilla de Vyd captó nuestra atención.

—Lo sé... —murmuró él, mirando fijamente a Nolan.

Debajo del pañuelo pareció estar sonriendo. De inmediato reprimí una risa. Nolan adoptó una expresión de horror y desconcierto.

—¿Eh? —dijo mirando a Vyd.

Este, cerca de las barras, se encogió de hombros.

—Que yo creo que ese pijama está genial —le dijo, divertido.

Nolan endureció el gesto.

—¿Sí? —le rebatió con un marcado tono de odioso—. Pues yo creo que ese pañuelo que tú usas en la cara no está nada genial. Literal, pareces un jodido psicópata. ¿Acaso te lo quitas alguna vez?

Uy... Con esas palabras tan afiladas y casi insultantes, esperé que Vyd se enojara. Yo lo habría hecho, es decir, acababa de soltarle un «halago» y Nolan respondía como una serpiente venenosa. Pero fue todo lo contrario:

—Lo haría si me lo pidieras —le contestó con naturalidad, y luego agregó con una voz más suave y casi insinuante—: En serio, puedes pedirme lo que quieras.

Nolan lo miró con el ceño hundido, muy al estilo «¿qué demonios pasa contigo, amigo?», y después pasó a mirarme a mí, como si rebatirle a Vyd fuera una pérdida de tiempo.

—¿Es que no has aprendido nada de las películas de terror? —me dijo—. Vamos a morir o a encontrar algo espeluznante que nos matará de un infarto.

Abrí la boca para responder, pero Vyd canturreó bajito:

—Y yo que creí que el dramático aquí era yo...

—Iremos ya mismo —decidí.

Nolan puso una cara de tragedia absoluta. Hizo lo último que le quedaba por hacer: recurrir a Ax en un chillido de auxilio:

—¡Ax! ¿Ni siquiera nos vas a detener para protegernos?

Durante la pequeña conversación, Ax se había mantenido quieto cerca de las barras, mirándolas con muchísima atención. Ignoró las palabras de Nolan. Solo parpadeó, serio. Eso fue una respuesta: «No me interesa».

—¿Para proteger a Mack? —insistió Nolan con un tonillo alargado.

Pero Ax se mantuvo igual de silencioso e indiferente.

Nolan resopló.

—Claro, ni que fueras Patch Cipriano —se quejó entre dientes. Luego me dedicó una mirada asesina—. ¿Por qué no podías atraer a un Patch? —Volvió a resoplar—. Nooo... En vez de eso, atrajiste su versión macabra, muda y retorcida.

Vyd intervino:

—Ax y yo podemos ocuparnos del cuerpo. Ustedes vayan a ver qué encuentran.

Contemplé de nuevo el cadáver en las barras y el enorme y grotesco charco de sangre debajo. Me pregunté cómo lo harían desaparecer y lo limpiarían todo.

—¿No necesitan nada especial para hacer esto? —le pregunté con cierta inquietud.

Vyd hizo un ademán de poca importancia.

—Nah, te sorprendería lo fácil que es para nosotros deshacernos de un cuerpo —aseguró.

Nolan y yo volvimos a la casa y nos armamos con unas linternas y unos guantes de lavar platos para no dejar huellas en lo que fuéramos a tocar. Por si acaso, yo cogí un cuchillo de la cocina y me lo guardé en el pantalón.

Bueno, no es que fuera experta o supiera muy bien cómo rayos atacar de manera efectiva, pero sabiendo que la Sombra era capaz de aparecer de repente y matar, y que había gente peligrosa rondando mi casa, lo mejor era tener algo que agitar a lo loco en el peor de los casos.

Utilizamos el agujero creado por Tanya para pasar al otro lado. Los terrenos traseros de su casa eran igual de grandes. En todo el conjunto residencial, eran así. También la rodeaban unos muros altos, y también había un jardín y una piscina, pero no se veía tan misterioso como mi patio, que ahora incluso me parecía aterrador. Atravesamos todo con las linternas apuntando en todas direcciones para no perdernos nada.

Entramos por la cocina. Nos ocupamos de Snake, el perro, de una forma sencilla: Nolan abrió la nevera, buscó restos de comida y los dejó en el suelo para que eso lo distrajera. Snake atacó aquello con rapidez y se dedicó a comer.

Exploramos la sala. Estaba oscura, silenciosa y un tanto fría. La luz de fuera entraba por las ventanas con un débil brillo plateado. Aparte de eso, todo se veía normal, como una casa común y corriente. La decoración era cara y bonita. Por el momento, nada raro ni escalofriante.

Decidimos no separarnos y fuimos al piso de las habitaciones. También decidimos no tardar demasiado, pues solo faltaban tres horas para que amaneciera. Pero la casa era grande y nos llevaría un buen rato encontrar el cuarto de Tanya.

Empezamos a explorar de habitación en habitación con nuestras linternas y nuestros guantes. Eso de meternos en sitios como lo habíamos hecho en el apartamento de Tamara se estaba volviendo una costumbre algo inquietante. Me estaba poniendo nerviosa, así que empecé a hablar para tranquilizarme.

—¿Por qué eres tan antipático con Vyd?

Nolan estaba mirando debajo de la cama. Aquella debía de ser una habitación de huéspedes, pero habíamos decidido revisar la casa a fondo.

—¿Te refieres al otro desconocido con poderes sobrenaturales que se ha unido a nuestro equipo mortal? —respondió con su adorado sarcasmo—. No lo sé, ¿por qué será?

Giré los ojos ante esa respuesta.

No había nada relevante en el armario de esa habitación.

—Le gustas.

Y se lo dije porque sabía que él ya se había dado cuenta. Nolan siempre se daba cuenta del efecto que causaba en las personas. Sabía que era muy guapo, y lo usaba para coquetear o ignorar. Ese era su lado medio idiota.

—Genial, le gusto al loco —resopló con exageración.

—En realidad, es muy gracioso y agradable —opiné—. En cierto modo, es como Ax.

Me dirigí a la puerta para salir de esa habitación en la que no había nada importante, pero Nolan se detuvo, me apuntó con la linterna y me miró con cara rara.

—No, no es como Ax —aseguró, decidido a contradecirme—. Ax es raro por dentro, pero por fuera parece un chico normal. Vyd parece un zombi o una cosa de esas que se esconden en los sótanos malditos...

Le interrumpí con severidad:

—No digas malditos si estamos solos en una casa a oscuras.

Es que me asustaba.

Empecé a caminar por el solitario pasillo. El suelo era de un mármol oscuro. Me causaba escalofríos ese lugar, a lo mejor por lo que le había sucedido a Tanya...

—Sótanos encantados —corrigió Nolan con cierto hastío—. Bueno, de esas cosas que te succionan el alma.

Entramos en la siguiente habitación. Estaba muy oscura y muy fría, pero lo primero que vimos fue un telescopio ubicado frente a la ventana. De inmediato supe que ese era el cuarto de Tanya. Bueno. Lo supe porque había zapatos junto a la cama y muchos productos de uso personal sobre un enorme tocador, y si ella era la única persona que vivía allí...

Comenzamos a husmear en cada rincón.

—Pero en serio creo que es bastante tierno que le gustes —canturreé.

Nolan, abriendo y cerrando cajones de la cómoda, puso una expresión de total horror.

—¡Me estaba mirando el pijama y no por el diseño, sino por lo que se ve a través de él! —exclamó, indignado a un nivel dramático—. ¿Dónde está la ternura? ¡Me he sentido acosado!

Claaaro, y a mí me ofendía que Ax anduviera sin camiseta todo el tiempo. Por favor..., si eso era un entretenimiento infinito.

—No existe un ser más pervertido mentalmente que tú —le recordé, lanzando un resoplido de obviedad—. No mientas.

Refunfuñó cosas que no entendí y luego soltó:

—Bien, no me creas, no me creas.

Volví a canturrear con cierta burla y diversión mientras revisaba debajo de la cama:

—Los shippeo, y es intenso.

Nolan se giró violentamente:

—Shippéame esta.

Reprimí la risa por su grosería, aunque se me quitaron las ganas de reír cuando fui hasta el vestidor, lo abrí y vi toda la ropa de Tanya colgada. Fue un golpe de realidad: estaba muerta. Esa chica había muerto en mi propio jardín. Era difícil de creer y al mismo tiempo me resultaba espantosamente creíble porque, en los últimos tiempos, la muerte, la sangre y un sinfín de secretos se habían convertido en lo que rodeaba mi vida.

Nolan lanzó un comentario desde el otro lado de la habitación y me sacó de mi parálisis emocional:

—He estado pensando en salir con chicas. Sabes que soy flexible y, la verdad, no he encontrado a nadie interesante...

Me introduje en el vestidor e hice un escaneo panorámico con la luz de la linterna. Abarcaba la mitad de una habitación promedio. Había una pared entera para ropa, otra para zapatos, otra para accesorios... El suelo era de madera. Habría sido genial en otro momento.

—Por mí está bien mientras esa chica sepa que soy como el tumor con el que vivirás el resto de tu vida —le contesté desde donde estaba.

Empecé a abrir todos los cajones que tenía enfrente. Vi ropa interior, relojes, collares, un consolador, algunos libros, que también revisé por si tenían algo entre las páginas...

—O tal vez... —continuó Nolan desde la habitación—. Me gustaría tener un novio y una novia al mismo tiempo, y que los tres estuviéramos de acuerdo. —Soltó una risa maliciosa—. Eso escandalizaría mucho a la gente, pero esa parte es la más divertida. ¿Qué opinas?

De pronto, en uno de los cajones encontré un pequeño mando. No parecía de televisión. De hecho, tenía pocos botones y ninguno estaba identificado con palabras. Eso significaba: raro e importante.

—Opino que voy a tener que comprarte condones para que no dejes tu semilla regada por el mundo —repliqué mientras examinaba el mando—. Aunque eso no pasaría con Vyd...

Nolan apareció con rapidez en la entrada del armario.

—Eres peor que las hemorroides, Mack Cavalier —soltó entre dientes.

Presioné los botones del mando. Escuché un sonido de deslizamiento y me di cuenta de que al fondo del vestidor, un largo y enorme cajón se había abierto automáticamente. Un cajón secreto...

Me acerqué de inmediato para ver de qué se trataba. Lo apunté con la linterna. ¡Bingo!

—Creo que he encontrado lo que buscábamos —anuncié, mirando el contenido.

Nolan se acercó con rapidez para observar también.

—¡¿Es que acaso toda la gente de este pueblo está loca?! —chilló a mi lado.

En el interior del cajón había más de cincuenta dispositivos USB. Todos eran iguales y todos estaban ordenados de una forma tan impecable y perfecta que daba cierto miedo.

—Empieza a cogerlos todos —le dije a Nolan—. Nos los llevamos.

Sacamos los dispositivos USB y luego registramos el resto. No hallamos nada más, de modo que media hora después abandonamos la casa de Tanya.

Cuando volvimos a mi jardín, el cuerpo ya no estaba. Sobre la sangre había un montón de tierra que la ocultaba y las barras también habían desaparecido. Pregunté cómo lo habían logrado, pero Vyd nos dijo que de repente ellas mismas habían descendido hasta ocultarse.

Ax catalogó aquello como: «Fue raro».

¿Cuánto tiempo tardarían en darse cuenta de que Tanya ya no estaba en su casa? No lo sabíamos, pero sospeché que en el momento en que lo descubrieran las cosas iban a ponerse feas.

Vyd se fue. Nolan se quedó a dormir. Cuando introdujimos un dispositivo USB en el portátil, descubrimos que los dieciséis gigabytes de almacenamiento estaban repletos de archivos de vídeo. Para ponerlo más raro, los vídeos eran grabaciones que apuntaban al patio de mi casa y que se habían estado haciendo desde el 2016. Así que teníamos tres años de vídeos recogidos en esas memorias USB. Había que mirarlas para saber por qué Tanya se había dedicado a hacer ese registro, y por qué había intentado entrar en mi casa.

Claro que no lo lograríamos esa noche. Decidimos descansar un poco. Nolan se quedó dormido muy rápido, pero a mí se me hizo imposible conciliar el sueño. Di tantas vueltas que de golpe tuve un impulso, me senté en la cama y luego salí de ella.

Bajé las escaleras, salí de la casa en dirección a la casita de la piscina. Eran alrededor de las cuatro y media de la madrugada. Entré con cuidado. Pensé que pillaría a Ax dormido, pero lo encontré sentado en el suelo frente a la televisión mirando el canal de noticias. Por suerte, no estaba haciendo nada extraño.

Cerré la puerta tras de mí.

—No puedo dormir —le comenté con cierto e inexplicable nerviosismo—, y antes de que se me olvide vine a preguntarte si mañana quieres ayudarme a ver los vídeos. Creo que sería mejor si nos ayudas a visionarlos, ya que son muchos y...

Lo dijo de golpe y sin contemplación:

—No.

De nuevo ese seco, frío y distante «no».

Me quedé con los labios entreabiertos, pero luego los apreté, incapaz de decir nada. Él ni siquiera me miró, mantuvo la vista en el televisor, indiferente y sobre todo duro, justo como hacía últimamente. Es decir, que eso de ir a buscarme y tomarme la mano no había significado que estábamos bien. No había significado nada.

Me di la vuelta para irme con dignidad, pero de pronto una oleada de enojo me hizo detenerme. De acuerdo, lo había aceptado durante todo ese tiempo, pero ya me tenía harta.

Me giré.

—¿Sabes? Esto no es lo que Nolan y yo te explicamos sobre la amistad —le dije—. Esto de ignorar al otro, de rechazarlo, de cambiar la forma de actuar sin dar ninguna explicación... Nosotros no somos así, no hacemos las cosas de ese modo.

Finalmente, desvió su atención hacia mí. Me observó un instante y luego, para mi sorpresa, hundió las cejas en un gesto de clara molestia. ¿Se había enfadado? Pues bien.

—¿Cómo se hacen? —preguntó, serio.

—Si estás tan molesto conmigo desde lo del beso, dímelo —solté de una vez.

Sentí que liberaba algo enorme al mencionar el beso, que de hecho había sido el origen de su odiosa actitud. Creí que podíamos resolverlo al hablar de ello, pero Ax negó apenas con la cabeza, se mostró aún más molesto y volvió a centrar su atención en la pantalla del televisor.

Su voz fue dura:

—Vete.

Sonó desdeñoso y directo, como si yo le fastidiara demasiado, como si incluso me despreciara. Eso fue un golpe inmediato en el pecho, pero en un método de defensa para que no notara que me afectaba, lo proyecté con más enfado:

—Porque te recuerdo que tú me lo pediste —agregué.

—Vete —volvió a decir.

—Y no sé si es que crees que voy a intentarlo de nuevo, pero te equivocas —añadí aún más enfadada—. No voy a lanzarme encima de ti, no...

Me interrumpió de forma brusca:

—¡No se trata de eso!

Tal vez el haber mejorado su condición física y su alimentación le había dado la fuerza suficiente para usar las palabras con mayor fluidez. Me habría alegrado mucho en otra ocasión, pero ahora... ahora cada cosa que me decía y sobre todo su tono desdeñoso me causaba mucho dolor.

—¡Entonces intenta explicármelo! —repliqué, igual de alto y con el mismo enojo—. ¡Intenta explicármelo y yo buscaré la manera de descifrar lo que me digas! ¡Te dije que eso hacen los amigos!

Ax se puso en pie, alto e intimidante, y me lo gritó en un rugido:

—¡Tú y yo no somos amigos!

Me quedé paralizada y asombrada. Golpearme el dedo meñique del pie de manera consecutiva me habría dolido mucho menos que eso.

Ax me miró con el ceño fruncido y la mandíbula tensa. Me miró con tanto enojo que me sentí como el mayor fastidio del mundo. No podía creer que después de todo lo que habíamos pasado, de todo lo que lo había ayudado y protegido, él me estuviera tratando con tal desprecio.

¿Tanto le había molestado el beso? ¿Tanto había cambiado su idea sobre nosotros? ¿Qué concepto tenía ahora de mí? ¿Cómo habíamos llegado a eso?

Toda la situación me dolió un montón, pero endurecí mi gesto.

—Entonces deberías largarte de mi casa y resolver tus malditos y peligrosos problemas tú solo —le escupí con desdén.

Y salí de la casita a paso rápido, dando un portazo.

No quería volver a ver a Ax en mi vida.

23

Los doce de STRANGE

—Lo de la desaparición de Paul ha frustrado temporalmente mis planes para que vayas a la universidad —se quejó Eleanor por sexta vez.

Al oírla, cerré el refrigerador sin medir mi fuerza y tuve incluso que apretar los labios para no soltar una grosería, porque en verdad ya estaba harta de escuchar hablar de la universidad.

Ella ya estaba vestida con su mejor falda de tubo, lista para irse a trabajar y no fastidiar en todo el día, pero por desgracia se había detenido en la cocina a tomar café y yo andaba de mal humor porque solo eran las jodidas seis treinta de la mañana. No había dormido nada. Recordar el cadáver de Tanya, todas las muertes que se habían sumado a este misterio y la discusión con Ax había convertido mi cabeza en un caos de preguntas, pensamientos molestos e insomnio.

En resumen: había pasado las horas preguntándome si él en verdad se había ido, si alguien más moriría, si podríamos detener al fallo y si en algún momento todo esto acabaría siendo todavía más peligroso. ¿Qué íbamos a hacer Nolan y yo en ese caso? A veces era un idiota, pero tenía razón: no teníamos habilidades más que para aumentar el número de cadáveres.

—En fin... —suspiró Eleanor, guardando el móvil en su bolso—. Haré otras llamadas, conozco más gente. No es la única universidad que enseña arquitectura, hay más y...

La paciencia se me acabó y solté con fuerza y decisión:

—¡No pienso ir a estudiar nada de lo que estás planeando!

Eleanor no dijo nada al instante. Se quedó mirándome fijamente a los ojos —los suyos, grandes y atónitos, estaban enmarcados por las pestañas llenas de rímel—. Sabía que estaba sorprendida porque yo nunca le había gritado así en toda mi vida, pero una oleada caliente, irrefrenable y firme me había llevado a hacerlo por fin.

Me había pasado la noche pensando seriamente en muchas cosas sobre mi vida, y había tomado algunas decisiones importantes:

Nunca más volvería a ser la estúpida Mack que no decía nada para no causar discusiones porque no tenía la energía suficiente para defenderse.

Nunca más volvería a ser la estúpida Mack que permitía que la llevaran de un lado a otro como si fuera una muñeca porque estaba sumida en sus aflicciones y no podía moverse ella misma.

Y sobre todo nunca más volvería a ser la estúpida Mack que ayudaba y se preocupaba por todos y que luego solo recibía malos tratos.

Simplemente: esa Mack había dejado de existir.

Antes de que Eleonor pudiera decir algo, añadí:

—No voy a vivir la vida que tú quieres que viva —le dejé claro.

La cocina de estilo moderno quedó en silencio durante unos segundos. Ambas permanecimos cara a cara, cada una en un extremo de la isla. Esperé una ola de gritos inminentes, pero se limitó a enarcar una ceja, desafiante.

—Ah, ¿sí? —replicó junto a un resoplido—. ¿Y qué es lo que has pensado hacer con tu vida?

Mantuve el rostro firme con la intención de parecer una persona adulta a la que no se puede pisotear o mangonear, alguien capaz de tomar las riendas de su vida (a pesar de que justo ahora mi vida era un exasperante y loco caos).

No importaba, inhalé hondo, levanté el pecho y la desafié.

—Lo que se me antoje y en el momento que se me antoje —le contesté, decidida.

Bueno, eso pudo haber sido un acto épico de rebeldía, pero mi madre me soltó una risa nada divertida y un tanto burlona en mi cara. Sus labios pintados de rojo se curvaron de una forma descarada. Si le importaban un rábano mi opinión y mis decisiones, lo demostró en ese instante.

—Es decir que no harás nada nunca —me corrigió, en un intento de sabiduría maternal. Después adoptó una postura de autoridad—. Pero estás loca si piensas que voy a permitirlo.

Que no tomara en serio lo que le acababa de decir me dolió muchísimo. Probablemente, tendría que haber cerrado la boca en ese instante, darme la vuelta e irme, pero no lo hice. Quise enfrentarme a ella, quise que se quitara la máscara frente a mí de una vez por todas.

—Bueno, tal vez sí estoy loca —acepté encogiéndome de hombros. Luego hice un falso gesto pensativo—. Ni siquiera recuerdo mi vida antes de tener el accidente, pero sí recuerdo cosas confusas que todo el tiempo están atormentándome y deprimiéndome. —Hundí un poco las cejas y fingí incredulidad—. Pero tú no sabías que me pasaba eso, ¿verdad?

Eleonor mantuvo su expresión severa de mujer empresaria y al mismo tiempo de madre implacable.

—El doctor dijo que sería nor... —empezó a decir.

Pero la interrumpí, siguiendo con mis palabras anteriores:

—No te preocupes. —Hice un gesto de indiferencia—. Supongo que está bien que no sepas nada de mí, porque a fin de cuentas yo tampoco sé nada de ti, mamá.

Enfaticé «mamá» con unas crueles y furiosas ganas de demostrarle que ese no era precisamente un papel que desempeñara muy bien.

Ante eso, ella apretó los labios y me miró fijamente, tal vez consciente de sus errores, pero reacia a aceptarlos. En cualquier caso, ese era un momento adecuado para disculparse o para comportarse por primera vez en su vida como una madre comprensiva y cariñosa, pero dijo lo esperado:

—Debemos visitar al psicólogo de nuevo...

No la dejé terminar de hablar. La rabia que había querido mantener controlada me tensó el cuello y la mandíbula. Coloqué las palmas sobre la isla y estallé en un grito grosero y exigente:

—¡No, lo que tú debes hacer es dejar de intentar controlar mi vida y, sobre todo, dejar de mentirme!

Su reacción a mis gritos fue inmediata. Abrió los ojos, perpleja y horrorizada. Eso tampoco se lo había esperado, ¿eh?

—¡Mack! —gritó también, con tono recriminador—. ¡¿Qué demonios pasa contigo?! ¡¿Acaso te has olvidado de con quién estás hablando?!

Iba a soltarle otro grito. Juro que las manos me temblaban, la furia me había acelerado el pecho y solo quería gritarle con todas mis fuerzas que sabía que ella había matado a mi padre. Era algo que no podía seguir callando. Lo tenía hincado como una espina y me había estado conteniendo para evitar explotar como una bomba de tiempo.

Pero justo antes de soltar el grito, Eleanor volvió la cabeza y se quedó mirando hacia la entrada que conectaba el pasillo con la cocina. No entendí qué veía hasta que yo también miré. Allí estaba Nolan. Recién levantado, despeinado, con solo un pantalón de pijama puesto, muy quieto y evidentemente sorprendido por la discusión.

Deslizó la mirada desde Eleanor hasta a mí y, gracias a la conexión que había creado nuestra larga amistad, entendí lo que quiso decirme sin necesidad de hablar: «Detente, no digas más nada, ¡no lo digas!», y entonces me di cuenta de que había estado a punto de cometer un gran error.

Bajé la vista. Un silencio denso e incómodo se extendió por la cocina. En una esquina, la televisión estaba encendida en el canal de noticias, pero sin sonido. Me mantuve rígida, tratando de controlar la rabia que me estaba hirviendo debajo de la piel.

Eleanor habló con un tono seco y cortante. Nunca me había hablado así:

—Hablaremos esta noche a solas. Ya es hora de que recibas ayuda especial.

Y se fue. Sus tacones resonaron sobre el brillante mármol hasta que la puerta de entrada de la mansión se cerró con fuerza.

«Ayuda especial.» Estas dos palabras me dejaron congelada en el sitio. Por un instante incluso vi doble, como si fuese a desmayarme. Lo que me trajo de vuelta fue Nolan, que se acercó con rapidez, se detuvo frente a mí, me cogió por los hombros y me observó con horror y confusión.

—¿Qué demonios está sucediendo contigo? —me preguntó, alterado—. ¡¿Por qué le dijiste eso?! ¡¿Sabes lo que ella acaba de decir?! ¡¿Sabes qué es la «ayuda especial»?!

Me sentí como una muñeca mientras me sacudía.

—Le dije la verdad... —logré pronunciar.

Nolan parecía asustado y nervioso.

—¡Es peligroso que ella sepa que tú ya sabes lo que tú y yo sabemos que hizo! —soltó—. ¿Por qué le has dicho nada? ¡Ahora va a llamar a un psicólogo o a un psiquiatra, y si ellos consideran que estás loca podrían internarte! Mierda...

De pronto me di cuenta de mi error. Tragué saliva, intentando controlarme, pero mi cerebro comenzó a procesar mal las cosas y me sentí incapaz de conectar pensamientos. Fue un súbito y raro descontrol sobre mí misma.

Reaccioné sin razón lógica o específica.

—Déjame en paz, Nolan.

Le aparté las manos de mis hombros y me alejé unos pasos. Tuve que apoyarme en la isla de la cocina para respirar mejor. El corazón todavía me latía rápido y mi mente era un desastre.

—¿Qué? —soltó, desconcertado.

—¡Que te vayas a tu casa! —le ordené, todavía con la furia en la voz—. ¡Yo me ocuparé de esto sola!

Nolan me contestó al instante, gritando tanto como yo:

—¡No me iré a ninguna parte! ¡Es obvio que cuando quieres estar sola es cuando menos debes estarlo y cuando más me necesitas!

Silencio.

Me contuve. Las palabras solo estaban saliendo de mi boca sin pasar por el control de calidad para saber si eran inteligentes o estúpidas. Ni siquiera supe si quería que Nolan se fuera. De repente me sentí muy asustada, y al mismo tiempo muy enfadada. ¿Qué demonios sucedía conmigo? Sí, lo había arruinado todo. Eleanor era capaz de cualquier cosa, ¿iba a...?

Me giré hacia Nolan. Mi expresión ya era de vulnerabilidad y miedo.

—Solo somos dos chicos normales —dije. Los labios me temblaban, y el pánico fue claro en mi voz—. No podemos contra todo esto.

Él arqueó las cejas, afligido. Dio un paso adelante y me puso una mano en el hombro. Apretó con intención de calmarme.

—Vamos a resolverlo, ¿de acuerdo? —me aseguró, mucho más seguro de lo que esperaba, e incluso con una sonrisa tranquilizadora—. Somos inteligentes, hemos descubierto muchas cosas sobre este misterio y tenemos un Ax. —Amplió mucho la sonrisa, animándome—. Él es el número uno, ¿no? No sé de qué carajos, pero lo es, y eso significa que tenemos ventaja.

Pues... no supe cómo decirle que había echado a Ax de casa y que no tenía ni idea de si seguía allí o si me había hecho caso. Iba a tratar de explicárselo de algún modo torpe y desordenado, pero entonces su móvil empezó a sonar.

Nolan lo sacó del bolsillo de su pijama y contestó. Habló con alguien durante diez segundos y colgó.

—Era el chico que sabe de informática, hackeos y esas cosas —me contó mientras se guardaba el teléfono en el bolsillo—. Lo llamé ayer para preguntarle si podía ayudarme con lo de la carpeta bloqueada en el portátil de tu padre y me acaba de decir que puedo llevárselo ahora para ver si puede hacerlo.

—Genial... —Fue lo único que pude decir, todavía afectada e intentando procesar mil cosas.

Nolan notó mi nerviosismo y mi malestar, y me miró dándome a entender que sabía lo que me pasaba. Se esforzó por ser el equilibrado y el seguro de los dos, a pesar de que yo sabía que también tenía miedo.

—Trataremos de resolver lo de tu madre esta noche —me aseguró de pronto, con un tono suave—. No sé cómo, pero lo haremos. Me quedaré aquí y los dos le haremos entender que no necesitas ninguna ayuda médica. Si se pone terca y no nos hace caso...

Dejó la frase en el aire, dudoso.

—¿Qué? —le insté a completarla.

No me miró a los ojos. Pareció preocupado.

—Ya se nos ocurrirá algún plan —suspiró mientras asentía con seguridad o, al menos, fingiendo bastante bien—. No importa cuán arriesgado sea o qué implique, pero no va a encerrarte solo para protegerse a ella misma.

Después de eso, se vistió y se fue con el portátil de mi padre a casa del hacker para intentar desbloquear la extraña carpeta de STRANGE.

Yo esperé un poco y luego me armé de valor para ir a la casita de la piscina a ver si Ax estaba allí todavía. No pretendía decirle nada porque seguía enojada y en el fondo soy muy orgullosa, simplemente quería comprobar que no se había ido.

El interior de la casita estaba completamente en silencio. No había nadie. Como a veces él desaparecía, recorrí el patio entero buscándolo. Pasé incluso por los bordes de los muros que protegían los límites. Esperé que alguna trampa saliera de la tierra, pero no sucedió nada, por más que me acerqué a los bordes.

Al final, como no vi a Ax por ningún lado, regresé a la casa grande y también la recorrí de arriba abajo.

Nada. Se había ido.

Bueno, al parecer los dos teníamos cierto orgullo. Pero ¿adónde se había ido si no tenía ningún lugar adonde ir?

No saber dónde estaba me confirmó todavía más que sentía cosas por él, y que esos mismos sentimientos me habían hecho estropearlo todo.

Entré en mi habitación. Me sentí exhausta, triste y preocupada por Ax. Si se había ido, lo más probable era que lo atraparan, y si Eleanor me enviaba a un loquero, ya nadie podría ayudarlo.

Genial, ahora yo parecía la estúpida, y no Nolan.

Me acomodé en la cama, puse mi portátil sobre las piernas, conecté uno de los USB de Tanya que habíamos sacado de su casa y, para distraerme hasta que Nolan llegara, empecé a mirar archivo por archivo.

Todos eran vídeos. A medida que fui chequeándolos, me di cuenta de que todos tenían algo en común: apuntaban a una sección específica de mi patio. Esa zona estaba muy alejada de la piscina, casi cerca de los límites de los muros. Por lógica, debía ser la parte que se alcanzaba a ver desde las ventanas de la casa de Tanya.

Lo que quería saber era por qué Tanya había grabado esa sección de mi patio durante tres años. ¿Qué quería ver? ¿Acaso había visto algo? ¿El qué? ¿O simplemente estaba loca?

Encontrar su cadáver con una mochila preparada para explorar no me había parecido algo muy loco, considerando todo lo que últimamente estaba sucediendo a nuestro alrededor. Después de Ax, de Vyd, de la Sombra, de las trampas que salían de mi suelo y de las muertes, ya podía creerlo todo, incluso que apareciera un teletubbie maligno.

Vi correr minutos y minutos de absolutamente nada en los vídeos. Los minutos se transformaron en horas. Cayó la tarde. Nolan no volvía. Pasé de unos archivos a otros archivos con más grabaciones. Revisé una memoria USB entera y bostecé mucho.

Oscureció. En cierto momento se me ocurrió mirar si había algún archivo con la fecha de la noche en que Jaden y yo habíamos tenido el accidente. Las grabaciones estaban fijas en una misma área del patio que no captaba ni mi ventana ni la zona por la que él y yo habíamos salido de la casa, así que no nos veía a ambos allí, pero sentí unas pequeñas ganas de revisarlo de cualquier modo.

Tuve que conectar varios USB para encontrar los archivos de ese mes y de ese año. Había uno de ese día. Hice clic y empecé a mirar...

Como el resto, no mostraba nada más que el muro del límite del terreno, ese en donde estaba el agujero por el que Tanya había entrado a mi casa antes de que la trampa la matara. Sin embargo, dejé que corriera. Así, los minutos pasaron sin nada relevante, tan solo con las hojas moviéndose por el viento. Llegó el mediodía en el vídeo, luego la tarde y finalmente la noche. Tampoco vi absolutamente nada...

Hasta que el vídeo marcó la hora en la que Jaden y yo debíamos estar saliendo por la ventana para escaparnos hasta la madrugada. En ese momento, algo nuevo apareció en la grabación. No supe exactamente qué era, porque pasó a toda velocidad, se deslizó por debajo del agujero y desapareció de la escena tan rápido como había aparecido.

Solo pensé: «¡¿Qué?!».

Tuve que retroceder los segundos varias veces para volver a analizarlo. Lo primero que pensé fue que era la Sombra. Tenía la misma forma humana y oscura, pero lo que me hizo inclinarme hacia delante para poder verlo mejor fue el hecho de que no se arrastraba ni se movía como un contorsionista, sino todo lo contrario: corría normal y luego se arrastraba normal.

Sin duda alguna, era una persona, y después de revisar ese trozo de grabación varias veces, tuve la desconcertante y temerosa impresión de que era...

¿Ax?

El único problema era que la fecha del vídeo era de mucho antes de que Nolan y yo lo encontráramos...

Repentinamente, sonó el timbre de casa.

Salí del pasmo, pausé el vídeo en el momento justo en el que la figura corría hacia el agujero, y me levanté de la cama. Bajé las escaleras apresurada, crucé el vestíbulo y entré en la habitación de las cámaras para ver quién estaba ante la verja de entrada.

Era una patrulla de policía, y ya sabía a quién le encantaba aparecer por casa así.

—Dan —dije por el intercomunicador con una forzada voz amigable—, estás aquí de nuevo.

Dan, el hermano de Nolan, sacó la cabeza por la ventana del auto y la acercó al intercomunicador. Su cabello rubio bien peinado al estilo del Capitán América fue lo primero que vi.

—Sí, soy yo otra vez —saludó, aunque en esa ocasión su voz sonó más profesional, casi forzada—. Créeme que he querido mantenerme lo más lejos posible, pero han pasado muchas cosas y todo me sigue trayendo aquí.

—Me muero por saber... —suspiré con fastidio.

—El rector Paul ha desaparecido y el sitio donde se le vio por última vez fue en la fiesta de tu madre, aunque eso lo hablaré con ella —explicó—. A ti quiero hacerte algunas preguntas porque recibimos un informe de los padres de tu vecina Tanya, y me gustaría saber qué sabes sobre ella.

Sentí un frío recorrerme la espalda. Menos mal que él no podía verme la cara, porque me quedé algo impactada, y eso le habría hecho deducir que sabía muy bien lo que había pasado con Tanya; pero, por suerte, mi cerebro se puso a funcionar y me obligué a no tardar demasiado en responder para no despertar sospechas.

—De acuerdo —acepté, y presioné el botón que hacía que la verja de hierro se deslizara para permitir el paso.

Salí del cuarto de cámaras y esperé a Dan frente a la puerta de entrada a la casa. Lo vi aparcar enfrente y bajar de su coche patrulla con su impecable uniforme. Mientras avanzaba hacia mí exhalé para liberar cualquier asomo de nervios. También le di vuelta mentalmente a mis posibles respuestas, porque, si fallaba en ese momento, él podía descubrirlo todo.

De pronto se me ocurrió la idea de incomodarlo para que no se quedara mucho rato.

Mack tonta, segura y lanzada: activada.

—Estoy sola, ¿de verdad quieres arriesgarte? —le solté a Dan con sutil diversión apenas se acercó a la puerta.

Pero él hizo caso omiso a mi comentario y subió las escalinatas con su porte atlético y su seguridad policial, yendo directo al grano:

—¿Has visto a Tanya salir de casa estos días?

La imagen de mi vecina ensartada en las barras de hierro atravesó mi mente.

—No —mentí, haciendo acopio de toda mi naturalidad.

Como Dan se adelantó con intención de entrar en casa, me hice a un lado para dejarlo pasar. Él lo explicó mientras pisaba el vestíbulo:

—Hace tres días sus padres nos informaron de que no sabían nada de ella, algo rara porque suelen telefonearse a diario. Entramos en su casa para inspeccionarla y no encontramos a nadie. Sin embargo, todas sus cosas están allí, lo cual es más raro todavía.

Dan se detuvo y afincó sus ojos grises en mí como si estuviera muy seguro de que yo le daría una respuesta que resolviera la desaparición de Tanya.

Un breve silencio se extendió entre nosotros dos: él, alto y profesional; yo, baja, común y ultradecidida a no mostrarme nerviosa ni asustada.

—Quisiera poder darte alguna información —contesté, tranquila e incluso algo indiferente—, pero nunca he tenido una relación amistosa con ella.

Dan usó la velocidad y la astucia de un policía al que se le daba bien interrogar:

—¿Problemas?

—No, es que nunca ha sido sociable. —Me encogí de hombros—. Nos ve a Nolan y a mí como a dos niños malcriados, así que nos ignora.

Adoptó un aire pensativo sin apartar la vista de mí ni un segundo, tal vez para aplicar algún tipo de presión. Me sentí inquieta y con ganas de escapar de mi propia casa, pero no flaqueé.

—¿No te parece que ha podido haberle sucedido algo? —me preguntó—. Sus padres sospechan que sí.

Curvé la boca hacia abajo, fingiendo pensarlo.

—A lo mejor quiso divertirse por primera vez en su vida sin dar explicaciones a nadie, pero, como no la conozco, no sé qué haría o qué no. —Puse cara de extrañeza e ingenuidad—: ¿Es legal que me estés haciendo tantas preguntas siendo menor de edad?

Sus ojos se entornaron un poco al mismo tiempo que la comisura derecha de su boca se elevó en una pequeña sonrisa de «A veces eres ingeniosa, Mack Cavalier».

—¿Cuándo cumples los dieciocho años? —inquirió.

De nuevo traté de ponerlo incómodo y di un par de pasos hacia él para disminuir la distancia que nos separaba en el silencioso vestíbulo. Él observó mis movimientos, inmóvil como una piedra, pero atento, muy atento.

—Dentro de pocos meses... —dije pronunciando lentamente cada palabra y, con tono insinuante, añadí—: ¿Vendrás a mi fiesta?

Obviamente, no habría fiesta. En mi vida, las fiestas ya no encajaban, pero lo dije para sacarlo de su zona de confort y ver si huía como la última vez.

Sin embargo..., no funcionó.

Para mi sorpresa, Dan me miró tan fijamente que de repente tuve la impresión de que llegaría hasta lo más profundo de mí, hasta donde estaban los secretos de las muertes, el misterio de Ax, la falta de recuerdos y la chica caótica, triste, enojada, desesperada por encontrar estabilidad... Y el hecho de que me mirara así, como si no fuera policía, como si no hubiese diferencia de edad entre nosotros, como si yo no tuviera que evitar que descubriera algo que me delatara, me hizo sentir vulnerable.

Di un paso atrás. De repente sentí que desde algún otro punto nos observaban, y miré hacia las escaleras e incluso hacia los pasillos para comprobar si se trataba de Ax, pero no había nadie.

—Escucha, Mack —empezó a decir Dan, sonando apenado y un tanto torpe, todo lo contrario al agente de un momento atrás—, lo que sucedió la noche de la fiesta fue un gran error y me disculpo por ello.

La tortilla se volteó al instante. Si alguien se sintió incómoda, fui yo.

—Yo te besé —le recordé—. No deberías disculparte.

Dan negó con la cabeza y apretó los labios, severo consigo mismo. Entonces avanzó el paso que yo había dado hacia atrás, y quise retroceder de nuevo, pero mis piernas no se movieron, repentinamente intrigada por lo que fuera a decir.

Sus ojos grises parecieron demasiado sinceros.

—Me disculpo porque tuve que haberte detenido al primer segundo —dijo. Dudó un momento, pero reunió valor para seguir—. La verdad es que yo...

Dudó otra vez. Quería saber lo que iba a decir. Nos envolvió un aire expectante.

¿La verdad era que él...?

No lo supe, porque una voz, recriminatoria y disgustada, nos interrumpió:

—Dan, ¿qué haces aquí?

Me giré rápido como si me hubiesen pillado haciendo algo malo tipo: «¡Ajá, has sido sorprendida en pleno momento raro y confuso con el poli atractivo!».

Había olvidado que la puerta de entrada seguía abierta. Ahora bajo el marco estaba Nolan. Traía el portátil de mi padre bajo el brazo, pero mi atención se fue directa a su rostro: cejas hundidas, clara expresión de disgusto, mirada fija en Dan...

Nolan enojado. No, Nolan en la misma habitación que alguien de su familia. No, en realidad era: Nolan frente al hijo favorito de su madre, ese hijo del que siempre alardeaba y del que siempre decía que él debía aprender.

—Estoy... —intentó explicarle Dan, tranquilo.

Pero Nolan volvió a interrumpirlo, directo y afilado:

—¿Acosando a Mack?

Abrí los ojos de par en par por su franqueza, aunque ya sabía lo sincero que podía ser.

Dan quedó consternado.

—No, yo... —trató de explicar de nuevo.

Y otra vez, Nolan atacó:

—Mira, no sé en qué crees que estamos metidos o qué piensas que sucede, pero, sea lo que sea, es falso —zanjó, notablemente molesto y firme. Entornó los ojos, desconfiado—: Ahora aléjate ya de esta casa y déjanos en paz o presentaré una denuncia a tus superiores por molestar a menores.

¡Bam!

Dan: 0-Nolan: 100.

Para darle un toque final a su amenaza, Nolan se hizo a un lado en el umbral y dejó la salida despejada en un claro: «Vete ahora mismo».

Se hizo un silencio. No tuve ni idea de qué decir. Su actitud me dejó impactada, jamás —en serio, jamás en todos nuestros años de amistad— lo había visto hablarle con tanta determinación y poder a alguien de su familia. De todas formas, funcionó. Su amenaza hizo que Dan avanzara hacia la puerta sin decir siquiera «adiós» a ninguno de los dos. Nolan lo siguió con la mirada apenas pasó por su lado. Más que nunca se notó lo poco que se parecían, y no solo porque el color de su cabello y de sus ojos fuera tan diferente. Dan se vio más alto y formado que Nolan, pero Nolan pareció más retador y muy capaz de volver a soltar cualquier nueva genialidad.

Al final, Dan se fue hasta donde estaba aparcado el coche patrulla, se subió a él y arrancó en dirección a la verja, todavía abierta. En cuanto desapareció, se cerró automáticamente.

Nolan cerró la puerta de entrada y comenzó a caminar rápidamente en dirección a las escaleras.

—Ven —me indicó apenas pasó a mi lado.

Lo seguí de inmediato.

—¿Qué fue eso...? —intenté preguntarle mientras subíamos los escalones.

—No hay tiempo de nada ahora —me interrumpió—. Debes ver algo importante.

Iba subiendo muy rápido, así que tuve que apresurar el paso. Apenas lo alcancé, lo detuve por el brazo. Estaba acelerado, un poco sudoroso e incluso todavía algo molesto. Hasta las ondas de su asombroso cabello bohemio estaban más desordenadas de lo normal.

—¿No crees que eso que le dijiste a Dan le hará sospechar que sí hacemos cosas raras? —solté, aún impactada.

Nolan resopló, irritado, y apretó los labios.

—¿Sospechar? —inquirió como si fuera absurdo. Luego negó con la cabeza y apeló a su franqueza—: Lo que está haciendo al venir acá es usar cualquier excusa para verte porque está clarísimo que le gustas.

Pestañeé, incrédula.

—No es cierto.

Nolan frunció más las cejas.

—Es tan cierto como que te palpita todo cuando Ax se te acerca —aseguró, directo y serio—. Y entre Ax y Dan, créeme que prefiero que te lances sobre Ax si se te antoja.

Dicho esto, siguió subiendo los escalones.

La cosa me quedó en la mente por unos segundos: ¿que yo le gustaba a Dan? Bueno, analizándolo..., sí me había seguido el beso, en vez de detenerlo al instante, y la forma en que me había mirado antes de que Nolan llegara, como si hubiese estado a punto de confesar algo así...

Maldición, no era momento para nada de eso. Ni siquiera podía considerarlo. Además, sí pensaba que Dan era guapo, pero nada más. En cambio, si pensaba en Ax...

Seguí rápido a Nolan hasta que llegamos al segundo piso.

—¿Adónde vas? —le pregunté, tratando de alcanzarlo—. ¿Por qué tienes tanta prisa? ¿Qué pasa...? ¡Nolan!

No entendí adónde se dirigía hasta que se acercó al antiguo despacho de mi padre y abrió la puerta sin más. Quise preguntarle qué demonios hacía, pero entonces entró, encendió las luces y fue directo a poner el portátil sobre el escritorio. Yo me detuve a su lado.

—La carpeta ya está desbloqueada —dijo mientras encendía el ordenador— y debes ver lo que hay en ella.

Una corriente de nervios me aceleró un poco el corazón. La pantalla estaba en proceso de encendido. Mientras, tuve que hacer la pregunta:

—¿Es malo?

—Es... —Nolan pareció no encontrar las palabras adecuadas para la respuesta, y se quedó con—: Es más confuso que antes.

Luego me miró con toda la intención de decir algo, pero entonces una grave preocupación surcó su rostro y cerró la boca, indeciso. En ese momento me sentí asustada, pero sobre todo sentí que lo que había estado temiendo desde que había descubierto que STRANGE estaba relacionado con Ax, se haría realidad.

Había querido ignorarlo. Había tratado de convencerme de que no sería así, pero ahora la actitud de Nolan y el hecho de que la carpeta contuviera algo importante apuntaban justo a eso:

—Mi padre lo sabía, ¿verdad? —pregunté sin saber cómo rayos logré pronunciarlo.

Él asintió quedamente y volvió a fijarse en el portátil.

Mi voz interna me habló: «Era algo que ya imaginabas; ahora acéptalo».
Traté de no quebrarme. Mandé a mi yo adolescente inestable, miedoso y con ganas de echarse a llorar por no tener ni idea de quiénes eran sus padres al lugar más profundo de mi ser. Seguíamos todos juntos en esto. Más que nunca había que ser fuerte y llegar hasta el final.

En cuanto el portátil se encendió por completo, Nolan entró en la carpeta y comenzó a explicarme:

—Dentro de la carpeta solo había un archivo de documento. El documento, sin nombre, contiene doce páginas, y lo que hay en esas páginas es esto...

Hizo doble clic en el archivo de documento y doce hojas en PDF se desplegaron. Me incliné automáticamente hacia la pantalla, atónita por lo que eran:

—¿Expedientes?

Nolan asintió.

—Cada hoja es un pequeño perfil de una persona.

Estudié las hojas. No era un registro muy completo, pero tenían información sobre diferentes personas: el nombre, el tipo de sangre, las características físicas, el estado de salud, algunos datos raros que no entendí sobre inyecciones o tratamientos médicos recibidos, y en la parte superior izquierda incluso se mostraba una fotografía del rostro de ese sujeto. Eran de chicos y chicas. Cada uno era extremadamente diferente en cabello, color de piel y rasgos, y estaban registrados por un número del uno al doce.

El número uno era nada más y nada menos que Ax, y el número diez era el mismísimo Vyd.

—Son los doce de STRANGE —dije.

—Vyd no mintió —afirmó Nolan.

Me detuve en el expediente de Ax. En su fotografía se veía igual que ahora, solo que con el cabello más largo, la piel un poco más pálida y unas ojeras violáceas muy marcadas, pero por lo demás tenía el mismo aspecto que ahora. Abajo había una imagen de sus huellas y una palabra las indicaba como «removidas». En la casilla del nombre no había nada.

Comparé este expediente con el de Vyd. En la fotografía tampoco se le veía la mitad de la cara, pero en ella tenía puesta una especie de mordaza de hierro. No obstante, al igual que Ax, el resto de su aspecto era igual que ahora: abundante cabello de color blanco y ojos amarillos, grandes, aterradores e inyectados en sangre que ni siquiera podían mirarse fijamente por mucho tiempo. La casilla de su nombre decía: Bidyut. Busqué algo que dijera: «habilidades», pero no había nada sobre eso en ninguno de los expedientes.

Volví a la información de Ax. Habían anotado su peso, tipo de sangre, su estado físico y también una lista de porcentajes bajo encabezamientos como «desarrollo mental», «objetivos alcanzados», «área dominada», etcétera.

—Sí, sé que es impactante —dijo Nolan, ahora mucho más preocupado e inquieto—, pero esto no es todo, hay otra cosa... ¿Preparada?

El corazón me latía rapidísimo por la expectativa, el asombro y la ola de dudas y preguntas que golpeaban mi mente, pero me armé de valor y asentí. Nolan se inclinó más hacia el portátil y cambió a otro expediente. Al instante señaló la fotografía del sujeto de ese perfil. Era una chica.

—Esta chica representa el número dos —indicó—. Y tiene los ojos idénticos a Ax, pero invertidos.

No di crédito a lo que veía. ¡Era cierto! La chica de cabello largo tenía un ojo claro y un ojo oscuro al igual que Ax. La diferencia estaba en que en donde Ax tenía el ojo negro, ella tenía el claro, y en donde él tenía el claro, ella tenía el negro. Su mirada incluso era avispada y llamativa. Sus rasgos eran asombrosos, delicados y hermosos.

Tampoco tenía nombre.

—Y además... —continuó Nolan.

Movió el cursor hasta una línea del expediente de la chica que estaba marcada en azul. Solo en ese instante me di cuenta de que eso era un enlace.

—Cada expediente tiene su respectivo enlace, pero solo sirve uno —me explicó él antes de hacer clic—. Y lleva a un servidor que requiere una contraseña para poder acceder.

Al hacer doble clic en el enlace, emergió una nueva ventana en la pantalla. Tenía el fondo totalmente negro y un rectángulo verde en el centro con una casilla para escribir. Sobre esa casilla decía: PASSWORD.

—El chico me dijo que era un servidor alojado en otras redes y que no podía entrar sin hacer un hackeo profundo y peligroso —continuó explicándome Nolan. El cursor estaba inmóvil en la pantalla—. Pensé que no tendríamos modo de conseguir entrar, pero probamos con la misma contraseña de la carpeta, y funcionó.

Tecleó algo que en la casilla de la contraseña se reflejó como una serie de asteriscos. Después presionó intro y la pantalla negra desapareció y empezamos a ver un vídeo grabado por alguna cámara de seguridad en modo de visión nocturna; es decir, todo en verde, negro y blanco...

Entonces, en la parte inferior de la pantalla, vi que aparecía la fecha y la hora, y que ambas correspondían al día en el que estábamos, por lo que deduje que aquello era una grabación en directo.

Lo que se estaba transmitiendo en pantalla desde algún lugar del mundo, en ese instante, transcurría en una especie de habitación totalmente negra. Se alcanzaba a ver una cama arrimada a una de las cuatro paredes y que sobre ella reposaba un cuerpo. En el suelo había algo que parecía un charco, y por el color tuve la sospecha de que era sangre.

—Un momento, yo he visto ese lugar —solté.

—Ay, no, ¿otra cosa que no recuerdas?

Nolan sonó afligido.

—¡No! ¡Sí lo recuerdo!

Recordé aquel día en el que había pillado a Ax mirando en el televisor, con una fijeza perturbadora, una imagen difusa y llena de interferencias. Había visto ese lugar y ese cuerpo, y ahora que estaba completamente definido supe, por el cabello largo, que era la chica del expediente.

Estaba encogida en posición fetal, totalmente desnuda. Algunas partes de su cuerpo se veían oscuras, como si tuviese heridas. Aun así, estaba viva. Un contador de latidos lo indicaba en la parte inferior izquierda de la pantalla, aunque eran un poco lentos.

—¿Dónde está este sitio? —preguntó Nolan—. Es el único enlace que funciona, solo se la puede ver a ella.

—No lo sé... —admití.

No se me ocurrió nada coherente que decir. Estaba asombrada, muerta de miedo y desconcertada. Miré de nuevo el expediente de Ax, sorprendida por el hecho de que mucha de la información que habíamos querido tener para saber quién era siempre había estado en esa habitación, muy cerca de nosotros.

De repente me fijé en que había una nota al final de la hoja. Estaba marcada en rojo: «URGENTE: aprobado el traslado inmediato al centro».

Miré a Nolan, totalmente perpleja.

—¿Lo trasladaron desde donde estaba antes o iban a trasladarlo de allí a donde estuviese el «centro»...? —comenté, haciendo suposiciones.

Nolan ya se había fijado en lo mismo.

—Tal vez por esa razón se escapó y terminó en tu jardín.

Puse cara de confusión, de que algo no encajaba.

—Pero, entonces, ¿por qué vino a buscar a mi padre? —solté en un intento de atar los cabos—. Si él tenía esos expedientes, es porque formaba parte de lo que lastimó y retuvo a Ax. ¿Por qué Ax querría ayuda de uno de los hombres implicados en STRANGE?

Nolan y yo nos miramos fijamente a los ojos. Compartimos la misma mirada preocupada, asustada y confusa, pero durante un momento la de él tuvo un brillo de mayor entendimiento.

—Mack —empezó a decir, desconcertado—, ¿estás segura de que, cuando encontramos a Ax esa noche, él estaba buscando ayuda de tu padre? ¿O solo fue algo que creímos?

Iba a responder, pero entonces lo oí.

Escuché algo a lo lejos, algo extraño, algo que me hizo aguzar el oído como si tuviese un superpoder para captar lo que otros no podían captar. Hundí las cejas, intrigada, y luego Nolan también las hundió al percibir lo mismo que yo. Pestañeamos sin saber qué rayos era porque no podíamos determinarlo...

Era algo que estaba en el techo.

No, era algo que estaba en las paredes.

No, era algo que estaba en el suelo.

No.

Era algo que venía.

Ambos miramos hacia la puerta del despacho, que, en un segundo, se abrió abruptamente de una fuerte patada.

Lo primero que vi fue un fusil. Lo segundo: un montón de tipos sosteniéndolos. Lo tercero:

—¡Quietos o disparamos! —gritó alguien—. ¡¿Dónde está el muchacho?!

24

¡Joder, siempre estuvo «aquí»!

Nolan y yo nos echamos hacia atrás en un gesto automático de protección y susto. Alzamos las manos para demostrar que no éramos enemigos, y tal vez lo hicimos así porque habíamos visto mil veces hacerlo en las películas, no porque tuviésemos la inteligencia para hacer lo correcto.

Fusiles, cascos, chalecos antibalas, granadas en los cinturones, alturas enormes... Los enemigos eran ellos; no nos quedó ninguna duda.

—¡¿Dónde está el muchacho?! —insistió con fuerza el hombre armado.

Tenía una voz violenta. Detrás de él había unos seis hombres más, todos vestidos igual: con un uniforme negro. No tenían ningún logo, nada que los identificara como policías o agentes, o lo que fueran. Aunque sospeché que no eran nada de eso. Eran malos, porque nos apuntaban con una firme intención de dispararnos con la más mínima excusa.

—¡No sabemos nada! —respondió Nolan, alertado.

Se veía tan asustado como yo, y supe que también debía de tener el corazón a punto de salírsele por la boca.

—¿Dónde esconden al chico? —repitió el hombre, y esa vez lo pronunció con un detenimiento amenazador, reafirmando al mismo tiempo la posición de la enorme arma.

—¡No está aquí! —grité—. ¡Se fue! ¡No sé adónde, pero se fue anoche o quizá esta mañana!

Nolan volvió la cabeza de manera abrupta y me miró con los ojos muy abiertos y el pecho subiendo y bajando, acelerado, como preguntándome: «¡¿Ax se ha ido?! ¡¿Y tú no me has dicho nada?!».

No contaba con que aquello iba a pasar tan de repente.

—¡Las manos detrás de la cabeza! —nos exigió el tipo—. ¡Rápido!

Obedecimos, sobresaltados. Tener tantas armas apuntándonos me hizo entender que Nolan y yo no podíamos hacer nada más que hacerles caso para que no nos mataran al instante. Sí, Ax habría sido de gran ayuda. En el fondo, incluso deseé que apareciera de repente como los chicos heroicos y sexis de los libros, pero también tuve la sensación de que eso por desgracia no iba a suceder.

El tipo que parecía el cabecilla del grupo de... ¿soldados? se movió hacia un lado, todavía sin dejar de apuntar, y todos detrás de él despejaron el camino hacia la puerta.

—¡Caminen! —ordenó, y señaló con la punta del arma en esa dirección—. ¡Y si hacen algún movimiento extraño, disparen primero al chico!

En lo que soltó esa amenaza hacia Nolan, empecé a caminar como pedía. Nolan me siguió, y deseé con todas mis fuerzas que también acatara las órdenes sin intentar nada raro que lo pusiera en un peligro mayor.

Pero sí lo intentó mientras caminaba detrás de mí:

—Pero ¡es que no sabemos nada! —se defendió.

El tipo ignoró su comentario y nos gritó con mucha más fuerza:

—¡¡¡Caminen!!!

Fue espeluznante. No nos quedó otra que atravesar la entrada del despacho y caminar por el pasillo, en silencio, mientras el grupo de tipos armados nos seguían apuntándonos. Me pregunté adónde nos llevarían. Me pregunté qué haría Eleanor al descubrir que yo no estaba. Me pregunté tantas cosas y a tal velocidad que no me di cuenta de que ya habíamos bajado las escaleras; lo advertí cuando nos ordenaron detenernos en el vestíbulo. Allí me llegó un ligero y extraño olor a tierra mojada...

Dos soldados nos rodearon. Me puse alerta, y en un escaneo me di cuenta de que había más hombres, aparte del grupo que había entrado en el despacho. Había soldados en la sala de estar y, por las voces que venían de más allá, también en la cocina. Incluso había uno en la puerta de entrada, vigilando.

El que nos había amenazado y que parecía el líder se detuvo cerca de las escaleras y empezó a hablar. Por un instante pensé que se dirigía a nosotros, pero hablaba con alguna persona a través de un comunicador en su oreja:

—El chico no está —informó, tal vez a un superior—. Tenemos solo a la hija de Cavalier, y al otro chico. —El tipo escuchó y esperó—. Ya están revisando la casa, tratando de encontrar al número uno. —Esperó de nuevo y dio su respuesta final—. Bien, la interrogaremos antes de llevarla.

Nolan y yo nos miramos muy preocupados, porque en todos los casos eso de «interrogar» implicaba medidas forzosas, y nada me aterraba más que imaginar a alguien tratando de sacarme algo a la fuerza.

El líder del grupo dio un paso adelante con sus gruesas y pesadas botas, y nos observó con una mirada intimidante, dura y un tanto analítica. Le tuve miedo, pero me esforcé por no demostrarlo demasiado. Unos segundos después, se fijó solo en mí.

—¿Cuál es la entrada? —me preguntó.

Mi cara denotó un gran y desconcertado «¿Eh?».

—¿Qué entrada?

—Godric Cavalier tenía un almacén aquí —me aclaró—. ¿Por dónde se entra?

Pestañeé, confundida y atónita.

—¿En esta casa? —volví a preguntar sin poder creerlo del todo—. ¿Un almacén de qué?

El tipo demostró tener cero por ciento de paciencia cuando soltó el grito:

—¡¿Cuál es la maldita entrada?!

—¡No lo sé! —contesté, sobresaltada y gritando como él. Incluso di un inconsciente paso hacia atrás, como si quisiera protegerme de él—. ¡Ni siquiera sabía que tenía un almacén en casa!

Esperé otro grito, pero el tipo avanzó unos pasos lentos y amenazantes hacia mí. Retrocedí más, pero entonces mi espalda dio contra algo puntiagudo. Sentí un frío recorrerme la espina dorsal porque sabía que era la boca de uno de los fusiles. El tipo se detuvo a unos centímetros. Sus ojos chispearon furia contenida, desdén y toda la intención de hacerme daño. Esos hombres habían sido entrenados dura, dolorosa y estrictamente para no tener piedad ni compasión por nadie.

—¿Estás mintiendo? —preguntó con un tono de amenaza.

Me temblaron los labios.

—No —me apresuré a responder—. No miento.

Pero él me lo aclaró al instante, afilado e implacable:

—Porque hay un castigo para cada cosa: mentir, ocultar información y, sobre todo, por hacerme enfurecer.

Iba a reiterar que no sabía nada de ningún almacén ni de cómo entrar, pero entonces Nolan se le acercó para intervenir.

—¡Ella está diciendo la verdad! —me defendió, todavía con las manos en la cabeza, pero aun así con bastante valentía y fuerza—. ¡No sabemos cóm...!

No pudo terminar. En un parpadeo, el tipo le dio un puñetazo. Sucedió muy rápido, justo frente a mí, tan cerca como para ver una salpicadura de sangre caerme en la camiseta.

Fue un golpe tan potente, tan agresivo, tan veloz que le impactó la mejilla y lo empujó hasta que cayó al suelo. Llegué a creer que había caído muerto, así que, con la mente nublada por el susto y el impulso de ayudarlo, traté de lanzarme sobre él para protegerlo con mi cuerpo.

Pero el tipo me cogió por la camiseta con mucha facilidad, me hizo dar la vuelta y me dio una bofetada aturdidora con esa mano grande y dura como una piedra. Aquello me desequilibró y me hizo caer de palmas al suelo. Todo se distorsionó de pronto. Escuché un pitido punzante, como si me hubiese lastimado el oído por un sonido intenso. Intenté levantarme a los segundos para ir con Nolan, pero ante mí las cosas se vieron borrosas y solo alcancé a ubicarlo tendido con la mano contra la mandíbula, los ojos apretados y toda la cara contraída de dolor.

Con esfuerzo también vi que todos los fusiles reafirmaron su postura alrededor de nosotros, listos para disparar. Aun así, todavía a gatas en el suelo, me moví en su dirección...

Y entonces el pitido se hizo más intenso, me puse las manos alrededor de los oídos y caí encogida en el suelo. Noté un fuerte dolor en la parte de atrás de la cabeza, y una rápida y un tanto difusa sucesión de imágenes atravesó mi mente:

Mi habitación. Yo de pequeña, de pie junto a la cama. En mi mano, un cuaderno. Miré hacia arriba. Debía empezar. Empezaba ahí, en el laberinto de aire.

Solo debía seguir el mapa...

De nuevo en el vestíbulo, alguien me gritaba:

—¡Mack! ¡Mack, levántate!

Abrí los ojos, pero me quedé encogida en el suelo. El pitido se había ido, pero las imágenes se habían quedado en mi mente, y lo que podían significar, también. Respiraba aceleradamente, temblaba y estaba cubierta de un sudor frío. La cabeza me palpitaba menos, como si ya se hubiese cansado de trabajar tanto.

Cuando todo dejó de estar borroso, caí en la cuenta de que frente a mí estaba Nolan. Se había levantado, a pesar de que le sangraban la nariz y la boca. Ahora me sostenía el brazo e intentaba levantarme del suelo, desesperado y preocupado.

Todavía nos apuntaban. Hacía frío. Con esfuerzo y la ayuda de Nolan, me puse de pie. ¿Olía más a tierra mojada...?

—¡Llévenselos! —ordenó el tipo que nos había golpeado, aún con las manos en puños y los brazos y el pecho hinchados de adrenalina—. Hagan lo que sea necesario para sacarles la verdad. Si no funciona, déjenmelos a mí, pero...

Y de pronto, antes de que terminara de hablar, sonó el timbre.

Así, tan fuera de contexto, tan alejado de la situación, la melodía se extendió por el vestíbulo y los pasillos. De inmediato, todas las cabezas se volvieron hacia la puerta, y eso que el timbre estaba en la verja de la entrada, no allí. De todas formas, hasta yo tuve la impresión de que esta vez había alguien al otro lado de la puerta.

El líder alzó su arma y apuntó en esa dirección. Luego les hizo señales con los dedos al resto. Yo no entendí nada, pero un segundo después comenzó a caminar con cautela hacia la puerta, sospeché que la orden era «En cuanto la abra, si hay alguien, disparen».

El silencio, expectante, se expandió por el vestíbulo. Nolan permaneció a mi lado, sosteniendo mi brazo y mirando la puerta con los ojos muy abiertos. Yo, a pesar de que todavía había uno de los tipos apuntándonos, aguardé y me aferré a él con pánico.

El líder puso la mano en la manija con cuidado sin dejar de apuntar su fusil. Luego abrió la puerta de golpe, retrocedió y apuntó con más firmeza.

Entró una ráfaga de viento frío. Fuera estaba lloviendo. Sí, a cántaros. Tan fuerte que el olor a tierra mojada era intenso. Me pareció raro porque no recordaba haber visto que el cielo amenazara tormenta cuando Nolan llegó, pero ahora llovía muchísimo y los colores se veían opacos y oscuros por la cantidad de nubes que había esa noche.

Pero lo peor era que había un montón de cuerpos desperdigados por el suelo.

Uno, dos, cuatro, siete... Eran cuerpos de los mismos soldados. Si habían estado vigilando, ahora yacían por toda el área frontal de la casa, inmóviles y con los fusiles lejos de sus manos. A cada uno lo rodeaba un charco de sangre que por la lluvia se deformaba en todas las direcciones.

—Alerta —dijo el líder, cerca de la puerta, mirando el horrible panorama—. Está aquí.

Dicho esto, las luces se apagaron y todo quedó oscuro y mucho más silencioso que antes. El ruido de la lluvia y las manos manipulando los fusiles fue lo único que se oía. Miré a Nolan. Por su mirada entendí que él tampoco comprendía qué estaba pasando. ¿Era Ax? ¿Estaba allí? ¿No se había ido? Deseé con todas mis fuerzas que fuera así, porque si nos llevaban a esa base...

—En posiciones y atentos —volvió a decir el líder, esa vez a través de su intercomunicador—. Miren hacia el techo, disparen a los lugares totalmente oscuros, no se acerquen a las esquinas y utilicen las lámparas para...

Siguió hablando y dando órdenes, pero dejé de escucharlo un instante al darme cuenta de algo: el viento frío y el agua entraban por la puerta abierta de una forma casi antinatural, la lluvia formaba un charco que poco a poco iba entrando hacia el interior de la casa. El charco traía los restos de la sangre de los cadáveres de los soldados e iba mojando el mármol de manera progresiva.

Nadie lo notó. Aquellos hombres empezaron a inspeccionar los alrededores, alertas, listos para disparar. El líder continuó dando órdenes, pero en un tono de voz más bajo. Nolan se aferró un poco más a mí porque alguien todavía nos apuntaba, atento a que no fuésemos a hacer algo estúpido como escaparnos.

Alterné la vista entre los tipos y el extraño charco que cada vez iba haciéndose más grande. En tan solo unos segundos acabó mojando las suelas de los zapatos de los hombres más cercanos a la puerta, luego los de Nolan, los míos y los de los soldados que nos rodeaban y, sorprendentemente, cuando estuvo bajo ellos, se detuvo.

Alcé un pie. Tenía mojada la suela.

El agua goteó.

Y entonces el líder se dio cuenta. Dejó de hablar, me miró un instante y luego miró sus propios zapatos. Abrió los ojos de par en par como si ya lo entendiera todo.

—¡¡¡No es él!!! —advirtió en un grito rápido de aviso—. ¡¡¡No pisen el ag...!!!

Una repentina y potente corriente eléctrica se expandió por el charco. En un segundo, todo el vestíbulo se iluminó de azul y amarillo, y se convirtió en un espeluznante espectáculo de luces y de cuerpos de soldados retorciéndose y convulsionando debido a la gran descarga.

Inmóvil, los escuché soltar gritos. Oí sus dientes castañeteando, vi sus ojos saliéndoseles de las órbitas, sus narices expulsando sangre a chorro, el tono morado que adquirieron sus pieles, que se les agrietaban e hinchaban.

Nolan y yo también estábamos de pie sobre el charco, pero la electricidad no nos afectó.

No.

Nos.

Tocó.

Ni.

Un.

Jodido.

Pelo.

¿Cómo era eso posible? Ni idea. Fue inexplicable pero real. Nos rodeó y electrocutó al grupo de soldados. Ambos nos quedamos petrificados pero intactos mientras la descarga de colores sacudía, sin contemplación, a aquellos tipos delante de nuestros impactados ojos.

A toda velocidad, otro grupo de soldados apareció por el pasillo que conectaba con la cocina. Me di la vuelta, lista para recibir un balazo solo porque todo se había descontrolado, pero entonces un chorro de electricidad salió disparado del cuerpo del tipo más cercano, que seguía convulsionando, y como si tuviese vida propia atravesó la boca de uno, luego de otro y luego de otro de una forma agresiva y sanguinaria.

Los fusiles cayeron al suelo y el grupo de soldados quedó ensartado en el hilo de corriente, sacudiéndose mientras los ojos les estallaban dentro de las cuencas y la sangre les salpicaba el rostro de forma grotesca.

El olor a orina y a excrementos proveniente de los cuerpos flotó por el vestíbulo.

Y, sin más, la electricidad cesó y todos cayeron al suelo mojado.

El silencio volvió a reinar. La lluvia caía con fuerza contra el techo. El agua ya se había mezclado con la sangre y el suelo parecía una repugnante piscina. Se veían trozos de ojos y de piel entre el líquido. Seguía estando todo oscuro, y Nolan y yo continuábamos paralizados.

Solo unos segundos después nos dimos cuenta de que una figura estaba de pie en la puerta. La observamos, atónitos y boquiabiertos.

—A que no sabían que puedo hacer algo tan increíble como esto —dijo Vyd, emocionado por lo que acababa de hacer—. Ax domina las sombras, pero la electricidad es lo mío, amigos.

¡Madre mía! Nos había salvado. De repente, recordé cuando la noche de la fiesta de Eleanor una explosión de los postes de luz había dejado todo el conjunto residencial a oscuras. Por supuesto, el responsable no había sido ni Ax, ni la Sombra, había sido Vyd.

Viendo que no decíamos nada, agregó con los brazos en jarra:

—Bueno, ¿también se cagaron o qué?

—Ax no ha podido irse, no tiene sentido —dijo Vyd después de escuchar nuestro relato de todo lo que había pasado desde que nos pillaron en el despacho.

Coloqué el portátil de mi padre sobre la isla de la cocina. Habíamos dejado los cadáveres y todo aquel desastre tal y como había quedado, y los tres nos habíamos reunido allí. Yo tenía los zapatos mojados, la lluvia todavía caía con fuerza contra el techo y había sangre por todo el suelo de mármol. Eleanor podía llegar en cualquier momento y descubrirlo todo, pero ya no importaba. Lo que importaba ahora era lo que había recordado, lo que el tipo agresivo había dicho sobre el almacén que había en mi casa, y encontrar a Ax; esto último sobre todo.

—¿Esos tipos son quienes los quieren atrapar? ¿Los peligrosos? —le preguntó Nolan a Vyd.

—Exactamente —asintió—. Ellos nos han buscado todo este tiempo.

—Mira, este es tu expediente —le dije a Vyd, señalando la pantalla del portátil—. Eres parte de Los Doce. Los conoces a todos. ¿Sabes por qué esta chica tiene los ojos igual que Ax? ¿Significa algo?

Pasé al expediente de la chica y señalé su foto. Vyd observó la pantalla, atónito por un momento. Luego, como si de pronto le hubiesen iluminado la parte del rostro que sí se le veía, abrió los ojos desmesuradamente, asombrado tal vez por sus propios recuerdos.

—¡Claro, es ella! —exclamó, entendiendo todo lo que nosotros no entendíamos.

Nolan, que había sacado una bolsa de patatas fritas congeladas y se la estaba presionando contra la mejilla y el labio roto, frunció el ceño.

—¿Y quién es ella? —preguntó con severidad—. Te recuerdo que nos sacudieron el cerebro, así que apenas sabemos sumar dos más dos en este momento. ¿Podrías ser más claro?

—¡Ella es lo que le falta a Ax! —aclaró Vyd, como si fuera demasiado obvio.

Me sentí más perdida que nunca y Vyd lo notó, así que hizo acopio de toda su paciencia y comenzó a explicarnos:

—Esta chica —dijo señalando su fotografía— es la otra parte de Ax. ¿Recuerdas que dije que está incompleto? Es porque ambos están conectados. La razón por la que Ax no está completamente fuerte y termina muy débil con frecuencia es porque ella no está a su lado y porque, donde sea que se encuentre en este momento, está herida y está muriendo, entonces eso le afecta a él. Así que si ella llegara a morir, él también.

Me quedé impactada.

Nolan se quedó impactado.

—No sé por qué no esperé que las cosas fueran a peor —murmuró más para sí mismo.

Vyd hundió las cejas, pensativo y un tanto confuso.

—Pero... Ax no ha podido olvidarla como yo —caviló en voz alta, intentando comprender algo más—. Es imposible que la olvide porque la siente. Si uno de los dos está herido, el otro no se encuentra bien. Se necesitan. Deben estar sanos y cerca para sentirse completos, así que él ha debido de intentar llegar hasta ella. En ese caso, ¿por qué no ha podido encontrarla? ¿Dónde estará ella?

De repente...

Un hilo se conectó con otro. Una imagen con otra. Una explicación con otra. Todo se sacudió y cobró sentido. Después del golpe que me había dado el soldado, había visto un recuerdo, pero también una respuesta que me abofeteó la cara, me pateó los pensamientos y se me plantó delante de las narices gritando un «¡Siempre ha estado...!».

—... aquí —solté.

Nolan y Vyd me miraron desconcertados por lo que acababa de decir. Pero ¡todo tenía sentido! Ya lo sabía, ahora lo sabía. Todo había estado tan desordenado, pero las conexiones se estaban creando. Ese lugar que nos había permitido ver el link del expediente, el mismo lugar que yo había visto en la televisión aquella noche, ya sabía dónde se encontraba.

—¿Es posible que ella estuviera intentando decirme durante todo este tiempo que necesita ayuda? —murmuré, pensativa.

—¡Por los clavos de Cristo, Mack, explícanos que no somos superdotados! —se quejó Nolan.

—La noche que encontramos a Ax en el jardín, no decía que quería quedarse aquí ni nada de lo que creímos que podría significar —les expliqué, emocionada por mis propios descubrimientos—. ¡Necesitaba ayuda para sacar a esa chica porque ella está en la casa!

Nolan abrió los ojos, sorprendido, todavía con la bolsa de patatas contra su cara. La luz del entendimiento también lo iluminó y le permitió entenderlo todo. Tal vez pensó, al igual que yo, en todas las veces que Ax nos había insistido, en especial aquella con el dibujo de la casa y las tres barras sobre ella. Las trampas, los muros electrificados, el enorme espacio en el que el orgullo arquitectónico de mi padre había sido construido...

—Tres barras —le recordé a Nolan—. ¿Una cárcel?

—¿Podría estar en ese almacén al que los tipos querían entrar? —soltó—. Si es así, entonces siempre ha estado «aquí».

—¡Genial! —exclamó Vyd, emocionado, frotándose las palmas de las manos con ansias de aventura—. Y... ¿cómo entramos a ese almacén?

El golpe que me había dado el tipo me había ayudado a saber eso también.

—Síganme —les dije.

Salí disparada de la cocina, esquivé los cadáveres, subí las escaleras y entré en mi habitación. Busqué en uno de mis cajones el viejo cuaderno que Ax había encontrado en el cuarto de juegos un mes atrás y que tenía varios dibujos hechos por mí cuando era más pequeña. No recordaba nada de ese cuaderno, pero había una cosa en él que podía ayudarnos en esta situación.

Me detuve junto a mi cama y comencé a pasar las páginas hasta que llegué adonde estaban escritas esas extrañas cosas sin sentido. Lo leí de nuevo:

Mira entre las sombras,
se arrastra por el laberinto de aire,
baja por encima del caracol
y sabe que hacia atrás nunca va el reloj.
Pero hacia atrás sí puede salir el sol.
El suelo es de su color favorito.
La encrucijada sí que no.
El agua.
El aroma.
Ahí está la broma.
Ve cómo nacen.
Son pequeños y son frágiles.
Conocen a Dorothy y su camino amarillo.
Son pequeños y son frágiles
Nacen del dolor,
nacen siendo cómplices del...

Vyd y Nolan me rodearon sin comprender nada.

—Es un mapa... —les expliqué, mostrándoles el cuaderno—. Cuando era pequeña, encontré la forma de entrar a ese almacén y lo anoté todo para no olvidarlo, pero al final lo olvidé.

Nolan miró la hoja durante unos segundos. Luego puso cara rara.

—No entiendo un carajo de este supuesto mapa —admitió.

Leí mentalmente las primeras líneas: «Mira entre las sombras. Se arrastra por el laberinto de aire».

—Ese es el laberinto de aire —dije, y señalé la rejilla de ventilación del techo, justo encima de mi cama—. Significa que el camino empieza justo aquí, en mi habitación.

Entonces me giré y me coloqué delante de la puerta, preparada. Nolan y Vyd hicieron lo mismo, aunque todavía parecían algo perdidos, pero no importaba si no lo entendían, porque mi cerebro estaba trabajando al máximo y sentía que yo sí lo tenía claro.

—¿Ahora? —preguntó Nolan.

—Baja por encima del caracol... —leí, y alterné la vista entre ambos—. ¿No lo entienden?

Ambos pensaron un momento. Vyd pestañeó, perdido. Nolan fingió que seguía analizándolo, aunque era obvio que no sabía de qué hablaba.

—¡La escalera! —les revelé—. No es precisamente una escalera de caracol, pero muchas escaleras son de ese tipo.

Nolan alzó las cejas, al parecer ya más iluminado.

—Entonces, todo ese mapa es un acertijo, ¿no? —dijo, comprendiéndolo por fin.

Volví a mirar lo que había escrito la pequeña Mack. Luego miré la puerta de mi habitación, abierta. Nuestros pasos mojados habían quedado marcados en el mármol. Había vivido ahí durante toda mi vida, pero estuve segurísima de algo que después del accidente no había entendido. Todos esos pasillos, esas habitaciones, esos pisos, esos kilómetros de terrenos, esos muros electrificados, la grandeza exagerada y a veces aterradora de esa mansión llamada Cavalier...

Habían sido construidos con un propósito. Un propósito oscuro.

—Toda esta casa es un acertijo —les expliqué—. Y hay que resolverlo antes de que vengan de nuevo por nosotros, y antes de que sea demasiado tarde para Ax y esa chica.

—Si hay trampas alrededor de los muros, puede haberlas en cualquier parte —señaló Nolan.

Sí, podíamos encontrarnos trampas y cosas que tal vez intentarían impedirnos llegar hasta ese almacén, pero, si esa chica se estaba muriendo allí, teníamos que ayudarla. Además, en cuanto Eleanor regresara, yo ya no tendría escapatoria. Era ahora o nunca, y se lo dije a Nolan.

—No tendremos otra oportunidad —le recordé.

Él dudó, pero luego asintió, asustado y decidido.

—Hay que hacerlo —aceptó.

Tomé aire para darme valor. Mi mente solía fallar todo el tiempo, pero esa vez funcionaría, yo haría que funcionara. Tenía un plan.

—Vyd, ¿puedes apagar todas las luces y el sistema eléctrico de la casa? —le pregunté—. Es mejor si estamos a oscuras y si cualquier posible trampa está desactivada.

Vyd ensanchó su sonrisa debajo del pañuelo que le cubría la mitad del rostro y sus ojos amarillos se entornaron con una chispa de entusiasmo y maliciosa diversión.

—Si eso es lo que quieres —asintió, y de reojo miró a Nolan sin que él lo notara—, soy el hombre que necesitas.

Chasqueó los dedos produciendo una chispita entre ellos, y en un segundo todo quedó a oscuras. Cesaron todos los ruidos de la casa, y únicamente se escuchó la lluvia cayendo alrededor. Incluso se percibió el frío con mayor intensidad. Era como si la casa supiera que íbamos a tratar de desentrañar sus más profundos secretos y no le pareciera buena idea.

Aunque que no eran sus secretos, sino los de mis padres.

Los tres nos quedamos inmóviles un momento, tratando de captar cualquier sonido raro y esperando a que nuestros ojos se acostumbraran a la negrura. Nolan, a mi lado, sacudió los brazos como si quisiera liberarse del pánico.

—Todo sería más fácil si tuviésemos a Ax —susurró, inevitablemente nervioso—. ¿Adónde rayos se fue? ¿Por qué no regresa?

A mi otro lado, Vyd sonó muy confiado y relajado:

—Tranquilo —le dijo a Nolan—. En estos momentos tienen con ustedes algo igual de poderoso.

Nolan y yo lo preguntamos al unísono:

—¿Qué?

Se sacó los feos guantes que siempre llevaba puestos y se los guardó en el bolsillo de la vieja gabardina. Después volvió a chasquear los dedos y una chispa de corriente parecida a una línea —que iluminó una parte de la habitación— se los envolvió hasta formar una sucesión de anillos. Rápidamente, los diez anillos se encajaron en sus dedos y formaron un par de guantes de corriente que incluso producían un sonidito eléctrico peligroso.

Luego nos respondió:

—Un Vyd.

25

La fuente de los humanos atrapados

Los objetivos:
1. Encontrar a la chica número dos.
2. Salir de los terrenos de la mansión porque ya no era segura.

No sabíamos cuánto tiempo teníamos en realidad, pero debíamos hacer ambas cosas tan rápido como nos fuera posible porque en cualquier momento podían aparecer más soldados, y ya era seguro que querían llevarnos quién sabía adónde.

Iba a cruzar la puerta de mi habitación, pero Vyd me detuvo.

—Se ha encendido alguna cosa.

Me volví para mirarlo, confundida.

—Pero si tú desconectaste el sistema eléctrico...

Sus horribles ojos amarillos recorrieron de forma analítica las paredes y el techo, como si pudiera ver a través de ellos el resto de las habitaciones y de los pisos inferiores y superiores de la casa.

—Sí, pero algo con suficiente carga eléctrica se encendió al detectar el apagón... —contestó, cauteloso—. Avancemos con cuidado hasta que pueda percibir mejor qué es.

Eso me preocupó, pero seguí hacia el pasillo para bajar las escaleras. Todo estaba muy oscuro y el ambiente era frío. Lo único que creaba un pequeño campo de luz en medio de aquella oscuridad eran las chispeantes y eléctricas manos de Vyd.

—¿Cómo puede salirte electricidad de las manos? —le preguntó Nolan en voz baja para no hacer mucho ruido—. Una persona normal no podría soportar esa carga eléctrica, ¿no? Son leyes físicas y... —Nolan hizo una mueca—. Bueno, ya nos cagamos sobre todas las leyes físicas, supongo.

Vyd tardó un momento en responder.

—Las leyes físicas están bien controladas —dijo, y esta vez no sonó tan animado como siempre, de hecho, detecté un tono más serio y seco en su voz—. En cuanto a la electricidad, está dentro de mi cuerpo y fluye a través de conductos especiales que no hacen contacto con ningún órgano.

Nolan se quedó entre asombrado y desconcertado, y nos lo hizo saber con una expresión facial exagerada.

—¿Tienes conductos dentro de tu cuerpo? —repitió, boquiabierto—. ¿Cómo es eso posible?

Vyd alzó los hombros.

—Por STRANGE —dijo como si eso lo explicara todo.

Al llegar al primer piso, tuve que aguantar la respiración. La puerta de entrada ya estaba cerrada, y los cadáveres continuaban en el suelo, en medio de un horror de sangre, trozos de piel, fluidos y todo aquello tan asqueroso que habían soltado al reventarse. El olor era repugnante. Nolan puso cara de asco. Solo Vyd no pareció incómodo ni alterado por la horrible visión. De hecho, pateó una pierna que le estorbaba en el camino como si fuese cualquier cosita en el suelo.

—¿Por dónde empezamos? —me preguntó.

Tomé aire para tratar de ignorar el revoltijo en mi estómago y leí en voz alta las siguientes frases del mapa:

—«Y sabe que hacia atrás nunca va el reloj, pero hacia atrás sí puede salir el sol.»

Sentí que debía pensarlo un poco más porque no lo tenía muy claro, pero Nolan alzó la mano como si estuviese en una clase y el profesor hubiese hecho una pregunta cuya respuesta solo supiera él.

—¡Es el reloj que está sobre la puerta de entrada! —señaló.

Encima del marco de la puerta colgaba un reloj cuadrado. Llevaba muchos años ahí. No tenía números, sino líneas para indicar las horas. Justo en ese momento marcaba las ocho y media de la noche. Nolan tenía razón. El mapa se refería a ese reloj porque no solo marcaba la hora, sino también un punto de referencia.

Para explicar mi repentina idea me situé en el centro del vestíbulo, justo entre dos cuerpos que yacían boca abajo, y extendí mis brazos como si fuese una brújula humana. Mi mano derecha quedó señalando la puerta de entrada de la casa y la izquierda apuntando hacia el pasillo que daba a la cocina.

No sabía a ciencia cierta si lo que estaba haciendo era lo correcto, pero sentí que sí.

—Hacia atrás nunca va el reloj —repetí mientras agitaba los dedos de mi mano derecha, señalando la puerta de entrada—. Por lógica, lo que está detrás de ese reloj son las zonas delanteras de la casa, así que el almacén no está por allí.

Nolan asintió, entusiasmado. ¿Lo entendía o solo asentía para apoyarme?

—Hacia atrás sí puede salir el sol —continué, y esa vez agité los dedos que señalaban en dirección a la cocina—. No está detrás del reloj, pero ese es el único pasillo que da a las zonas traseras de la casa. Si vamos por ahí, iremos hacia «atrás», así que debemos ir al jardín.

—¡Justo como lo pensé! —exclamó Nolan apenas pronuncié la última palabra.

Le dediqué una mirada de «¿En serio?». Él se infló con orgullo.

—Por eso señalé el reloj —aseguró, rebosando inteligencia—. Solo quería que tú lo dedujeras para que calentaras el cerebro.

Vyd pestañeó, asombrado.

—Qué inteligente —felicitó a Nolan—. Yo no sé decir ni qué hora marca ese reloj.

Ignoré sus comentarios y avancé hacia la cocina. No podíamos perder el tiempo.

Todo estaba mucho más oscuro y tenebrosamente silencioso. El asqueroso olor de la sala llegaba hasta allí. Algunas cosas estaban fuera de sus sitios y los cristales de la puerta corredera que daba afuera estaban rotos, tal vez por culpa de los tipos que nos habían sorprendido.

Fui directa a la puerta para salir al jardín, pero Nolan me susurró que me detuviera un momento. Se acercó a la puerta de la alacena, donde Ax y yo nos habíamos ocultado la vez que entraron en casa aquellas personas peligrosas, y entró. Abrió uno de los cajones más recónditos y salió sosteniendo un par de mochilas.

Me entregó una. Pesaba un poco.

—Supuse que algo así de malo podía pasar porque estábamos escondiendo a un chico raro y peligroso —me explicó al notar mi cara de desconcierto—, así que hace un mes preparé estas mochilas de emergencia con ropa, cepillos de dientes, toallas, unos zapatos de repuesto, móviles desechables, dinero, herramientas y linternas. Creo que ha llegado el momento de usarlas...

Sacó una linterna de mano de uno de los bolsillos laterales de su mochila y la alzó, triunfante. Me dejó impresionada su capacidad de previsión. Me colgué mi mochila y luego los tres salimos al jardín.

Lo que caía era una suave y fría llovizna, esa que siempre quedaba después del aguacero. Las bombillas de los faroles estaban apagadas, por lo que los terrenos de la gran mansión Cavalier que se extendían frente a nosotros se veían como zonas oscuras y difusas. Y sí, se suponía que lo conocía todo a la perfección, pero en ese momento me sentí a punto de entrar en un laberinto desconocido y peligroso.

Quise que Ax estuviera con nosotros. Su ausencia me causaba tristeza. No tenía ni idea de adónde se había ido, ni si lo volveríamos a ver. Yo quería volver a verlo, al menos para saber si estaba bien. ¿Por qué nunca le habíamos dado un móvil?

—¿Y ahora qué, guapa? —me preguntó Vyd, sacándome de mis pensamientos.

Bien, al leer por primera vez lo escrito en el cuaderno no había entendido nada. Pero luego me di cuenta de que era muy fácil de interpretar. Estando de pie en ese punto específico del jardín de mi padre, todo me resultó obvio, como si un marcador invisible hubiese trazado el camino ante nosotros.

Algunas líneas del poema-mapa al parecer no representaban lugares específicos, pero otras representaban un área del jardín:

El suelo es de su color favorito: línea de relleno.

La encrucijada sí que no: se trataba del punto en el que se dividían dos caminos: hacia un lado el área de la piscina y de la casita donde Ax había estado escondido; hacia el otro lado, el muerto, triste y siniestro jardín que mi padre había cuidado tanto.

El *agua*: la piscina.

El *aroma*: el camino que daba al jardín.

Ahí está la broma: había que decidir si ir hacia la piscina o hacia el jardín.

Y eso también conectó con la siguiente línea de los brotes, ya que en el jardín nacían las flores y sus brotes eran pequeños y frágiles.

Con mucho cuidado, muy atentos y un poco muertos de miedo, seguimos el camino bordeado por árboles que daba al jardín. No dejábamos de mirar en todas direcciones por si todavía había algún tipo escondido, pero todo parecía despejado y silencioso, como si los insectos se hubiesen puesto de acuerdo para callarse y vernos buscar el almacén.

—Esto está siendo más fácil de lo que esperaba —comentó Nolan, algo aliviado.

—Sí, es tan fácil que me da mala espina —replicó Vyd, algo desconfiado—. Quédense cerca de mí, ¿de acuerdo?

Nolan puso mala cara.

—Lo haré porque no quiero que algo extraño salga de la nada y me rebane el cuello —refunfuñó—, pero preferiría no hacerlo.

De reojo vi que se acercó un poco a Vyd para entrar en su esfera protectora, aunque a simple vista no parecía haber nada de lo que defenderse. El jardín estaba todavía más oscuro y el olor a flores muertas, muy parecido al que se percibía en los cementerios, flotaba sobre el espacio circular en el que estaban sembradas las plantas.

Las siguientes líneas decían: «Conocen a Dorothy y su camino amarillo».

—No hay nada amarillo —dijo Nolan, apuntando al suelo con la linterna y moviéndola en todas las direcciones.

No, no lo había. Había un montón de árboles rodeándonos, arbustos apretados por la maleza, ramas caídas, raíces secas y muertas, tierra, pero ningún tipo de color marcado o de camino creado con pintura, así que no nos quedó otra que buscar.

Saqué la linterna de mi mochila, la encendí y empezamos a buscar por separado. Cada uno recorrió una zona diferente del jardín, siempre mirando hacia el suelo.

En cierto momento, Vyd y yo coincidimos.

—¿Así que... —me comentó en voz no muy alta sin dejar de examinar el césped— Ax decidió irse sin más?

Nolan se hallaba al otro extremo del jardín. La luz de su linterna parecía un ente autónomo, porque su silueta apenas se distinguía en la oscuridad.

No quise mentir. Vyd me agradaba lo suficiente como para empezar a confiar en él.

—No, nosotros... —No supe qué palabra utilizar, de modo que solo dije—: discutimos, creo, y le dije que se fuera.

—Pero no lo dijiste en serio, ¿o sí?

En ese momento lo que más deseaba era que Ax estuviera con nosotros, aunque no dijera ni una palabra, así que era obvio que solo me había dejado llevar por el enfado. Me dolió que dijera que no éramos amigos, su rechazo, su distancia; era evidente que no sentía lo mismo que yo, y eso me afectaba.

—No lo sé —suspiré, y en un impulso solté con rapidez—: Es que me molesta no poder entender qué...

Me detuve y apreté los labios. ¿Debía decir algo sobre eso?

Noté que Vyd me estaba mirando con curiosidad, pero no me giré y seguí explorando el suelo.

—¿Qué...? —me animó a terminar.

Quizá sí podía hablar con él.

—Qué o quién es —dije finalmente, y en mi voz se filtró una nota de frustración—. Te veo a ti, y siento que entiendo un poco quién eres, a pesar de que es obvio que no eres un humano común, pero aun así es fácil comunicarse contigo. En cambio, lo veo a él, paso tiempo con él, y no sé..., no sé absolutamente nada de quién es realmente. A veces creo que sí, que lo conozco de verdad, que estoy asumiendo lo correcto, pero resulta que no, porque no hay modo de saber qué siente. Y de verdad quisiera saber qué siente...

—¿Por ti? —completó Vyd, acertando.

Asentí, un poco frustrada.

Vyd se rascó la cabeza.

—Vaya, eso de que te guste alguien es todo un rollo, ¿no?

No dije nada porque me sentí patética. Me gustaba Ax. Me gustaba mucho. Desde que nos habíamos besado pensaba en él de formas que habrían hecho que Nolan me diera una bofetada para que reaccionara y pensara como una chica madura y responsable. Pero tenía ganas de besarlo otra vez, de estar a solas con él. En resumen: en relación con Ax, me había convertido en una adolescente calenturienta.

Sabía que no era un buen momento para hablar, pero aproveché ese instante a solas con Vyd para intentar aclarar algunas cosas.

—Si ambos vienen de STRANGE, si tú eres como él, ¿cómo es que, aun así, pueden ser tan diferentes?

Vyd tardó un momento en responder.

—No estoy seguro, pero sé que nunca se esperó de mí lo que se esperó de Ax, por esa razón yo puedo hablar y él no. Por esa razón yo controlo la electricidad y él las sombras. Cada uno vive con una maldición diferente.

Lo miré con curiosidad. Su cabello blanco resaltaba en la oscuridad.

—¿Cuál es la tuya?

—Pues solo te diré que no uso esto nada más porque me hace ver genial —contestó al señalarse el trapo que le cubría la mitad de la cara.

Tal vez era porque no había un rostro normal debajo de ese pañuelo...

Nolan nos llamó de pronto:

—¡Vengan!

Dejamos la conversación para después —si es que había después— y corrimos hacia Nolan. Al llegar a su lado, iluminó un punto del suelo en el que había descubierto algo.

—Creo que este puede ser el camino amarillo —nos indicó.

Sí, había varios pétalos caídos de los restos de una flor, y eran amarillos. En realidad, era todo un camino creado por el mismo tipo de flor que ahora estaba muerta y seca. Por primera vez en toda mi vida me di cuenta de eso. Se extendían fuera del radio del jardín y llegaban nada más y nada menos que hasta el Pozo de los Deseos Atrapados, esa enorme fuente color marfil que mi padre había mandado construir para mi madre. Era triste pensar en eso, ahora que sabía que ella lo había envenenado. Claramente nunca había estado enamorada de verdad.

En fin, no se veía ninguna entrada por ninguna parte. La fuente estaba en su lugar, y también las mismas rocas detrás de ella, así como el agua, los árboles y los arbustos. Era una sección del jardín completamente normal. No vimos nada raro.

No me di cuenta de que Vyd se había agachado hasta que habló:

—La carga eléctrica viene de abajo.

Tenía una mano puesta en el suelo como si estuviese sintiendo algo que nosotros no podíamos sentir.

—Es muy raro, había estado aquí antes, pero no había percibido nada. —Pensó un momento, todavía tanteando la tierra—. Ahora sí la siento. Proviene de un generador eléctrico, pero no funciona bien. Puede que esté estropeado... —Se puso de pie—. El acceso debe de estar en el suelo. Hay metal cerca, sepárense y búsquenlo entre la hierba.

Empezó a caminar por el perímetro y Nolan y yo hicimos lo mismo. Traté de forzar mi mente para recordar los momentos en que entré en el almacén. Si había hecho el mapa, era obvio que había entrado en él varias veces, pero no logré recordar nada, y eso me frustró un poco.

Estuvimos un rato explorando la zona, palpando el suelo, moviendo rocas e incluso metiendo las manos en el agua, hasta que, varios metros por detrás de la fuente, específicamente entre dos árboles y un tronco hueco, Vyd encontró la entrada.

—¡Aquí está!

Corrimos hacia él. Estaba en cuclillas en el suelo. Al parecer había movido el tronco y en la tierra había aparecido un agujero del tamaño suficiente para que cupiera una persona.

Nolan lo apuntó con la linterna. Era bastante extraño. No era perfecto, sino más bien como un acceso creado sin ser planeado. Además, daba la impresión de haber sido abierto desde el interior, no desde fuera.

—Se ve suelo —informó Nolan, inclinado examinando el acceso.

—El almacén ha estado muy bien protegido y escondido todo el tiempo —comentó Vyd, que lo estaba analizando también—. Debajo de la tierra hay varias capas: una de metal, otra de malla y una de material aislante. Por esa razón estuve en otra parte de los terrenos y no percibí la energía del generador.

—Hay que bajar —dije sin dudar.

Nolan volvió a iluminar el conducto. Era total oscuridad. No tenía ni idea de qué íbamos a encontrar al final cuando bajáramos. Me puse algo nerviosa, pero tomé aire en silencio para reunir valor y me sentí decidida.

—Yo bajaré primero y los atrapo cuando salten, ¿vale? —propuso Vyd.

Nolan le apuntó la cara con la linterna. Los ojos se le vieron tan amarillos y enrojecidos que tuve que apartar la mirada al instante para no sentir miedo.

—No, a mí no vas a atraparme nada, ¿de acuerdo? —le dejó claro, ceñudo.

—¿Prefieres arriesgarte a caer y hacerte daño? —le preguntó Vyd, diverti-do—. Podrías lastimarte partes importantes.

Nolan me miró abriendo los ojos, indignadísimo. Luego volvió a mirar a Vyd y lo señaló.

—Que no necesito que me atrapes cuando salte —repitió, y enfatizó cada sílaba con severidad—. Y punto.

—Bien, bien —resopló Vyd mientras se acercaba al borde del agujero—. ¿Tú, Mack? ¿Te atrapo allá abajo o no?

Yo asentí al instante.

—Sí, por favor —acepté—. No tengo ganas de romperme ningún hueso.

E hice énfasis en esto último a propósito para que Nolan entendiera que negarse a aceptar la ayuda de Vyd era estúpido. ¡No éramos superhéroes! Cualquier golpe fuerte podía dejarnos inconscientes o producirnos una frac-tura grave. Ahora menos que nunca podíamos ir a un hospital.

—Genial —asintió Vyd, entusiasmado—. Sé que a Ax le gustaría que lo que se va a comer esté en buen estado, así que no fallaré.

Sin más, saltó por el agujero.

«¿Lo que se va a comer?» ¿Literal como se había comido al rector Paul o se había referido a...?

Preferí no pensarlo.

Esperamos un momento hasta que escuchamos el aterrizaje, un golpe seco y limpio contra el suelo. Desde nuestra posición, mientras Nolan apun-taba la luz de la linterna hacia el fondo, se vio el brillo amarillo de los ojos de Vyd.

—¡Ya está, Mack, puedes saltar! —me avisó desde abajo.

Me acerqué al borde, me preparé mentalmente y, con la seguridad de que Vyd me atraparía, salté.

La caída fue rápida. En menos de lo que esperé, aterricé con fuerza en sus brazos. Me sostuvo con bastante firmeza y luego me ayudó a poner los pies en el suelo. Me sentí desorientada durante un segundo, pero alcancé a ver el instante en el que Nolan también saltó.

Quiso aterrizar de pie como un atractivo y valiente héroe de serie de Ne-tflix, pero se desequilibró, tropezó y al final cayó boca abajo. La verdad, me reí internamente al verlo con los brazos y las piernas extendidas como si fuera un trozo de jamón que alguien había lanzado desde arriba.

Vyd negó lentamente con la cabeza.

—Si yo te hubiese atrapado... —le comentó mientras lo observaba que-jarse en el suelo.

—¡Cállate! —exclamó Nolan, molesto—. Solo cállate.

Vyd se calló, pero eso no hizo que a Nolan le costara menos levantarse. Se quejó más cuando se irguió por completo y quiso estirar los músculos sin conseguirlo. Luego ignoró el hecho de que había sido estúpido no aceptar la ayuda de Vyd y volvió a sacar su linterna de su mochila para iluminar el lugar.

Era básicamente una habitación subterránea de cuatro paredes contra las que había varios cajones de metal. Todos daban la impresión de haber funcionado en algún momento, pero ahora estaban magullados y apagados.

Vyd los analizó.

—Son generadores eléctricos —nos informó—. Todos dañados.

—Pero ¿qué es esto? —preguntó Nolan, desconcertado, mientras giraba sobre sus pies para mirarlo todo—. ¿Una especie de sala de energía? Pero ¿para qué?

Saqué la linterna de mi mochila para iluminar también y tener mayor visión de lo que era el lugar. Solo que apenas la encendí, el círculo de luz iluminó el suelo y descubrí algo nuevo:

Había sangre.

Era un rastro largo y seco, como si alguien se hubiese arrastrado por allí.

Lo seguí con la luz. Se extendía hasta que se convertía en pequeñas gotas, y luego esas gotas llevaban a la pared que estaba más cerca del agujero de entrada. Al apuntar la linterna descubrí que allí había apilados un montón de cajones parecidos a los generadores, y que en la misma pared había varias grietas que ascendían.

Tuve la repentina impresión de que la función de esa rara montaña de cajas era ayudar a escalar hasta el agujero, y sentí cierta confusión por todo lo que allí se veía: generadores dañados y apilados, sangre en el suelo, grietas para escalar...

Nolan apuntó la linterna en otra dirección e iluminó una gran puerta de hierro. Estaba medio abierta, pero lo más desconcertante fue que la cerradura, que parecía en extremo segura, estaba rota. Muy rota.

—Alguien la ha forzado —dijo. Sonó asustado.

¿Cómo rayos se rompía una cerradura como esa?

Vi que también había gotas de sangre seca en esa dirección.

—Sigamos —propuse.

Vyd fue el primero en cruzar la puerta, por si acaso había algún soldado vivo que hubiese entrado antes que nosotros o por si acaso había alguna trampa. Nolan y yo lo seguimos, cautelosos. Lo que nos esperaba era una escalera con peldaños de metal, así que descendimos por ella.

Llegamos a otra puerta de hierro que también tenía la cerradura rota o, mejor dicho, arrancada, como si lo hubiese hecho una garra enorme o una fuerza inhumana. Después de eso, atravesamos otra puerta forzada y desembocamos en una especie de balcón de metal. A un lado, había unas escalerillas para bajar, pero en un primer momento no pudimos movernos. Permanecimos allí, perplejos, iluminando y mirando el plano del piso inferior que veíamos ante nosotros.

No, eso no era un almacén. Eso era un enorme... ¿laboratorio subterráneo?

Bueno, podía ser una mezcla de ambas cosas, porque las paredes estaban recubiertas de metal y había una larga línea de computadores con diversas pantallas. El resto eran cajones, estantes y archivos. Lo más curioso era que a la derecha había una pequeña sección separada por un cristal. Estaba equipada con todo lo necesario para ser un área esterilizada de procesos quirúrgicos, pero era un desastre.

La camilla estaba volcada y había vidrios rotos, trozos de cosas y sangre en el suelo que formaba un camino hasta las escaleras que teníamos a un lado. El resto del laboratorio también era un caos. Algunas pantallas estaban rotas. La mayoría de los cajones estaban abiertos, en el suelo o fuera de sus lugares. Los archivos estaban desplomados y por todas partes se veían desperdigados utensilios médicos, batas, guantes, contenedores, pequeñas botellas, recogedores de muestras, sobres e incluso máscaras antigás. El suelo era un mar de papeles, libros y pequeños trozos de cosas despedazadas.

Parecía que un huracán hubiera pasado por ahí y arrasado con todo.

—Esto es... sorprendente —murmuró Nolan.

—Aquí pudieron haber trabajado cinco hombres con bastante comodidad —comentó Vyd—. Científicos. Sí, los recuerdo, de toda la vida. Siempre han estado a nuestro alrededor.

Yo también estaba impactada como Nolan. Me moví de forma automática llevada por la necesidad de entender dónde demonios estábamos. Bajé las escalerillas y llegué al piso inferior. Olía muy raro, como a productos químicos, cosas guardadas, hospital, sangre y orina, todo junto.

Apunté la linterna hacia el suelo para comprobar que el rastro de sangre seguía ahí. Di un par de pasos, pero entonces mi zapato arrastró algo. Me agaché para ver qué era y vi que se trataba de una de esas revistas de filosofía donde mi padre había publicado algunos artículos.

La parte en la que iba su foto había sido arrancada.

Me acordé de cuando Ax nos enseñó una fotografía de mi padre, y pensé si era posible que fuera él quien hubiera arrancado su foto de aquella revista.

En ese caso, ¿había estado allí antes?

—La energía que transmite el generador va hacia allá —indicó Vyd al llegar al piso inferior.

Señaló un punto más allá de los paneles de ordenadores. Seguimos en esa dirección. A un lado, había un pequeño pasillo que daba a otro anexo. Para llegar tuvimos que descender por otras escalerillas de metal.

Nada me preparó para ver lo que vi al poner un pie en el escalón final.

Primero no lo entendí, porque la distribución del sitio era confusa. Era como una gran cámara cuadrada con muros de hierro. En el centro había dos habitaciones de cuatro paredes, una a cada lado de la otra, hechas totalmente de cristal transparente. Cada habitación tenía una puerta del mismo material y, junto a esas puertas, había un panel digital protegido por una pequeña cúpula.

Mi mente tardó un par de segundos en comprender que, por cómo estaban hechas y dispuestas, en realidad eran celdas.

Y en una de ellas estaba la chica número dos, encogida en posición fetal sobre la camilla. Un gran charco de sangre se expandía debajo de ella. Tenía el rostro hundido en el cabello oscuro. Mientras, la cámara que transmitía la señal al servidor que habíamos visto en el portátil colgaba de una esquina del techo.

El punto más importante de todos:

Ax también estaba allí.

26

Misión: salvar a la chica que importa más que nadie
(sí, más que la pobre Mack)

Primero, dentro de mí explotó una emoción enorme porque Ax no había desaparecido.

Verlo hizo que casi saltara de felicidad...

Hasta que me di cuenta de que no estaba actuando normal, y entonces mi alegría se transformó en confusión y horror.

Estaba a varios metros fuera de la celda de la chica y, de repente, echó a correr hacia ella. Por un instante, pareció que llegaría hasta la puerta y entraría, pero de pronto su cuerpo golpeó contra algo invisible, el suelo produjo una vibración y luego un crujido de corriente. Ax se sacudió como si acabara de recibir una descarga eléctrica y tras un segundo salió disparado hacia atrás y cayó de espaldas en el suelo. No tardó ni un segundo en levantarse del suelo, tembloroso, agitado, con el cabello revuelto, los músculos tensos, la piel enrojecida y la postura algo encorvada como la de un animal que respiraba trabajosamente. Se le veía enfadado, muy enfadado.

Y, sin más, echó a correr para hacer lo mismo.

—¿Qué está haciendo exactamente? —pregunté, desconcertada.

—Quiere llegar hasta la celda de la chica —me respondió Vyd, igual de estupefacto—. Pero hay un muro eléctrico que se lo impide. No lo vemos, pero, cuando él se acerca lo suficiente, se activa y lo bloquea.

Era cierto. No se veía ningún muro, nada que bloqueara la llegada hasta las celdas, pero en cuanto Ax pisó el mismo punto de un momento atrás, se escuchó el mismo chisporroteo eléctrico, se sintió la misma vibración y su cuerpo salió disparado hacia atrás otra vez. En esa ocasión golpeó el suelo con una fuerza tal que su espalda pareció rebotar, un golpe que sin dudas habría dejado paralizado a cualquier persona normal.

De todas formas, se levantó de nuevo para intentarlo otra vez.

—Oigan —agregó Vyd entre nuestro silencio—. Tengo la fuerte certeza de que Ax ha estado aquí muchas veces antes.

Al ver su rostro sudado, su nariz dilatada por la respiración trabajosa, los dientes apretados y la furiosa determinación con la que miraba la celda, no me pareció absurdo. Además, el agujero, la pila de generadores averiados, las aberturas en la pared para escalar... Todo adquirió sentido.

—¿Cuántas veces se vieron ustedes a escondidas? —le pregunté a Vyd.

—Varias, pero nos aseguramos de hacerlo mientras tú estabas dormida, yo te echaba un vistazo —respondió—. ¿Sabías que duermes con la boca abierta?

Ignoré ese mal detalle sobre mí.

—Ax solía desaparecer en ocasiones —le conté—, pero en esos momentos yo estaba despierta.

—Pues ya sabes adónde venía.

Entonces Ax había estado allí muchas veces. Todas las veces que se escapaba de la casita de la piscina. Durante todo ese tiempo había estado intentado sacar a la chica de la celda, pero ese muro eléctrico que se activaba con el movimiento no se lo había permitido. Por esa razón, al volver, lo había encontrado débil. Había luchado contra el muro, e incluso había estropeado los generadores de la sala para tratar de apagarlo, pero no lo había conseguido, porque ninguno de esos computadores suministraba energía a la trampa que la mantenía atrapada en esa especie de cárcel de laboratorio.

Lo peor era que llevaba tantos intentos fallidos que se notaba que ya no sabía qué hacer. Ax no era tonto como para lastimarse una y otra vez. Sabía que, por más que corriera hacia ella, la electricidad que había en el suelo lo detendría, pero creía que solo le quedaba actuar sin control, que tratar de atravesar el muro con su fuerza era su última opción.

Así que volvió a lanzarse, desesperado y frustrado, pero no iba a lograrlo, porque, aunque fuera el número uno o un jodido maestro de las sombras, seguía teniendo un cuerpo capaz de herirse y sangrar.

—Ax —lo llamó Nolan para avisarle de que estábamos allí—, para, por favor.

No hizo caso. Apenas pisó por tercera vez ese punto específico del suelo, este vibró y él cayó hacia atrás con un quejido ronco. Se sacudió con los dientes muy apretados y las venas marcadas en la piel como si estuvieran a punto de reventársele. Todo él parecía a punto de reventar.

Corrimos para ayudarlo. Yo llegué primero para intentar levantarlo, pero al rozarle el brazo con las puntas de los dedos sentí una corriente de electricidad que me hizo apartar la mano. Solté un quejido de dolor.

—No lo toques —me aconsejó Vyd, apartándome—. Tiene mucha electricidad estática en el cuerpo.

Aun retorciéndose en el suelo, Ax miró con ira la celda. Su único objetivo, lo único en lo que estaba centrado.

—Miren, la electricidad sale desde ahí —nos indicó Vyd, señalando el suelo alrededor de las celdas, donde estaban dibujadas dos gruesas líneas que las rodeaban. Si la electricidad que impedía llegar hasta ellas salía de allí cuando alguien se acercaba, no veía la manera de que pudiéramos acercarnos. El perímetro estaba marcado muy bien.

—¿Qué podemos hacer? —le preguntó Nolan a Vyd con rapidez—. Esta es tu especialidad.

Vyd estudió el problema.

—No lo sé, hay mucha carga eléctrica... —Dudó mientras miraba las líneas, demostrando que captaba cosas que nosotros no—. Más de la que atraviesa mis conductos...

Ax se retorció soltando algunos quejidos y trató de levantarse del suelo, pero volvió a caer en una sacudida hasta que se encogió en posición fetal. Sus manos hechas puños temblaban. Noté que la piel se le veía enrojecida, irritada, de una forma muy parecida a las quemaduras recientes e incluso se veían tonos violetas por casi todas partes. Me pregunté cuánto tiempo llevaba haciendo eso. ¿Desde que había desaparecido?

—Sacarla —dijo con los dientes apretados, luchando contra el dolor—. Se muere. Y no puede... No debe morir.

No entendía cómo era posible o cómo funcionaba su conexión con esa chica, pero sí sabía que, si ella moría, Ax también. Obviamente, debíamos hacer algo, pero no sabía qué. Estaba aturdida por todo lo que estábamos viendo.

Nolan, más despierto que yo, se volvió hacia Vyd.

—¿Y no puedes atravesar la electricidad? —le preguntó, pensando que era mejor actuar rápido para tener una solución inmediata—. Nos protegiste de la electricidad cuando atacaste a esos tipos en la sala de la casa de Mack, ¿no podrías hacer algo así ahora?

Vyd negó con la cabeza. Sus ojos amarillos seguían fijos en las líneas, analizando y detectando cosas invisibles para nosotros.

—No es así de fácil —se lamentó—. Puedo manejar la electricidad, pero sigo teniendo un cuerpo humano. Si intentara atravesar esa barrera eléctrica, me pasaría lo mismo que a Ax. Bueno, en realidad recibiría una potencia mortal por la forma en que está construido mi cuerpo internamente. Me sobrecargaría y...

Podía morir también.

Nolan puso cara de «mierda, ¿ahora qué demonios podemos hacer?», mientras que yo puse una de «qué cosa más complicada», y empecé a pensar que no podíamos hacer nada y nos quedaríamos atrapados allí con Ax y la chica en tan mal estado.

Ax se sacudió en un escalofrío.

—Pero ella es más importante, ¿saben? —dijo Vyd de pronto.

—Todos son importantes —le corregí.

—No, lo digo muy en serio —sostuvo—. Si me pasa algo a mí, no afectará en nada a Ax o a los demás que siguen vivos, pero si le sucede algo a ella... —El pequeño silencio que hizo solo acentuó la gravedad de la posibilidad—. No podemos permitirlo bajo ninguna circunstancia, así que debo hacer algo. Puedo tratar de dirigir la corriente hacia otro punto de la sala para abrir un pequeño acceso... Pero alguien debe entrar y sacar a la chica; yo no puedo hacerlo. —Señaló un punto en el techo y todos miramos en esa dirección—. ¿Ven esas cosas que cuelgan de ahí?

Había cuatro láminas en el techo, gruesas y sobresalientes, justo por encima del cuadrado que contenía las celdas y que encerraban las líneas eléctricas.

—Son imanes —nos explicó—. Si diera un paso delante de las líneas, el imán me atraería por los conductos instalados en mi cuerpo y quedaría estampado como sello, y ninguno de ustedes podría bajarme de ahí.

En ese preciso instante, Ax, que había estado esforzándose para recuperarse, logró sentarse en el suelo con los brazos apoyados en las rodillas y la cabeza entre ellas. Sus músculos se movían en pequeños espasmos; parecía al borde del derrumbe. Aun así, respiró profundamente y se levantó por completo. Por supuesto que se tambaleó un segundo, pero luego se equilibró. Pudo haber sido el último soldado en pie tras una guerra, listo para seguir luchando hasta morir.

—Pasaré —le dijo a Vyd.

Lo dijo como si fuera algo que nadie más que él debía hacer. Quedó decidido. No dije nada.

Vyd asintió y se preparó para explicarnos el plan.

—Bien, primero necesitamos reunir muchas cosas de metal en este espacio, justo fuera de las líneas que forman el muro eléctrico —nos pidió a Nolan y a mí—: mesas, sillas, todo lo que encuentren.

Nolan y yo nos pusimos con ello. Volvimos al primer piso, donde estaban las pantallas y todo el desastre, y comenzamos a coger todo lo que era de metal para luego llevarlo donde estaban las celdas.

En cierto momento, me acerqué a un archivo que abarcaba una pared entera. Varios cajones estaban en el suelo y otros habían quedado medio abiertos. Tenían una cerradura gruesa y reforzada, pero algo muy fuerte la había arrancado, al igual que había sucedido con las puertas. Estaba segura de que había sido Ax, para poder entrar y salir a su antojo. Pero más que su fuerza sobrehumana, me llamó la atención que uno de los cajones del archivo tenía los números 1-2 y 13.

Solo pude asociarlos con Los Doce de STRANGE, pero ¿había un trece? Sabía que Ax era el uno; la chica, el dos, y Vyd, el diez... ¿Quién era el trece?

—¡Solo falta un objeto más! —me dijo Nolan desde otro punto de la sala.

Cogí uno de los cajones vacíos del archivo y lo trasladé a la planta de las celdas.

Al principio, no entendía qué pretendía hacer Vyd, pero él lo colocó todo de tal forma que quedó muy claro. Hizo una fila con los objetos de metal. El primer objeto era una silla, y estaba a medio metro aproximadamente de las líneas de electricidad.

A continuación, los cuatro formamos un círculo para escuchar sus indicaciones.

—De acuerdo, lo que haré será desviar la electricidad. Como es muy fuerte, va a tratar de aferrarse al primer conductor que vea, es decir, al primer objeto de metal de la fila y luego irá pasando al siguiente, y así sucesivamente. Trataré de concentrarla allí todo el tiempo que me sea posible, y eso creará un acceso, algo así como si se abriera una puerta en el muro de corriente. En ese instante, Ax lo atravesará. ¿Entendido?

Yo asentí y Ax también. Nolan se quedó con cara de duda, o sea con una de sus caras favoritas.

—Todo bien —dijo, algo confundido—. Pero ¿cómo entrará a la celda? ¿El cristal se puede romper?

Para nuestra sorpresa, Ax tenía la respuesta eso:

—Irrompible —contestó, muy seguro—. El panel. La puerta.

Claro, el panel digital que estaba junto a cada puerta de cada celda todavía funcionaba gracias al generador eléctrico que debía de estar oculto en el subsuelo, o quizá fuera de la casa. Desde donde estábamos, el panel parecía ser algo así como un lector ocular o uno de esos sistemas de alta seguridad.

Vyd pensó un momento.

—Bien, creo que podría dirigir un chorro de corriente hacia él para sobrecargarlo —propuso, algo dudoso—, pero entonces Ax tendrá menos tiempo para sacar a la chica número dos porque la electricidad podría querer adherirse al muro de nuevo.

Todos miramos a Ax. A pesar de que todavía respiraba con dificultad y de que se veía exhausto y dolorido, no dio señales de dudar o cambiar de opinión. Se le vio más decidido que nunca.

—Lo haré —nos dejó en claro.

Vyd asintió.

—Ustedes manténganse lo más lejos posible, sin tocar nada que pueda atraer electricidad —nos pidió a Nolan y a mí.

Claro, los simples mortales debíamos dejar espacio a esos dos seres tan extraordinarios. Por primera vez me sentí tan diferente a Ax, a Vyd y a la chica que solo quise alejarme para no ser un estorbo, y eso al mismo tiempo me causó inquietud.

Nolan y yo obedecimos; sabíamos que éramos humanos vulnerables. Subimos al primer piso por las escaleras para poder verlo todo a través del gran ventanal que estaba frente a los paneles de ordenadores, aunque a una buena distancia de ellos y sin tocar nada.

Ya seguros, Vyd se situó en el espacio entre la fila de objetos y las líneas del suelo que desprendían la electricidad. No quedó de frente, sino de perfil. Separó las piernas y extendió un brazo hacia los objetos de metal. Después miró a Ax y aguardó un momento mientras que este se ubicaba en otro punto cercano a las líneas, adoptando la postura de un corredor a punto de empezar una carrera.

En cuanto ambos estuvieron preparados, Vyd extendió el otro brazo y su palma quedó al nivel de las líneas.

Al instante, como si se hubiese producido un choque entre dos grandes fuerzas, un destello blanquecino y azul que nos obligó a entrecerrar los ojos rodeó su mano y el muro que había sido invisible se reveló por completo como una compleja enredadera de líneas chispeantes, cargadas de rabiosa energía que llegaban hasta el techo.

Más impresionante que eso fue cómo de repente la electricidad alrededor de la mano de Vyd se sacudió y no tardó en dirigirse hacia sus dedos, que, de inmediato, comenzaron a absorber la corriente. Su cara se contrajo debajo del pañuelo y sus ojos se apretaron con mucha fuerza en un gesto de dolor. Como su piel era tan pálida, alcanzamos a ver que, debajo de los nudillos, las venas se iban iluminando de forma progresiva, hasta que dio la impresión de que, en vez de tener huesos, su cuerpo estaba hecho de cables conductores.

Impresionada y perpleja, puse una mano sobre el hombro de Nolan.

—Le duele —susurré sin poder apartar la vista del cuerpo estremecido de Vyd—, le duele mucho.

Era obvio, y no pude evitar preocuparme. Es decir, parecía estar haciendo el esfuerzo adecuado, parecía que todo estaba yendo como debía ir, pero también parecía que sufría: los ojos apretados, las extremidades vibrando cada vez más, la corriente abriéndose paso por debajo de su piel...

De repente soltó un grito áspero y fuerte. Y luego, en un parpadeo, un grueso chorro de electricidad fluyó de la mano que apuntaba a la fila de objetos, impactó allí e hizo que el metal también comenzara a sacudirse y a producir un sonido de choque.

A un lado de Vyd, las agitadas líneas eléctricas y las luces se fueron reduciendo hasta que quedó un espacio suficiente para una persona.

—¡Ahora! —le gritó Vyd a Ax con esfuerzo.

Ax corrió.

Juro que pensé que el muro lo detendría como había hecho antes, pero esa vez lo atravesó a toda velocidad. Por supuesto, Vyd se mantuvo en su posición, sufriendo para mantener la corriente atrapada en los objetos, cosa que no parecía nada fácil, ya que las chispas, rabiosas y frenéticas, salían disparadas en todas las direcciones fuera del metal.

En una carrera contra el reloj, Ax llegó hasta la celda de la chica, se detuvo frente a la puerta y luego se volvió hacia Vyd. Al momento, de la mano que Vyd tenía contra el muro de corriente salió disparado un delgado chorro de electricidad que estalló sobre el panel digital. Hubo una pequeña explosión de chispas y luego se apagó.

Por un instante, la puerta de vidrio se deslizó para abrirse, pero algo falló y de repente se detuvo.

Solo dejó un pequeño espacio por el que Ax no cabía.

Ante eso, Ax pareció no saber qué hacer.

En mi mente, un «mierda».

En la mente de Nolan, posiblemente un «doble mierda».

Por otro lado, el cuerpo de Vyd estaba sacudiéndose con más fuerza. La electricidad contenida en la fila de objetos empezaba a comportarse de forma errática. Lo que había sido un chorro estable ahora tenía un movimiento caótico, porque, tal como nos había dicho Vyd, trataba de redirigirse hacia el muro.

Lo único que pensé fue «estamos jodidos, la electricidad será más fuerte que Vyd, y Ax y la chica se quedarán atrapados detrás del muro. Pasar será imposible».

Pero de pronto Ax reaccionó. Se acercó a la puerta medio abierta, puso las manos en el borde y con una fuerza sobrehumana —pudimos ver cómo apretaba los dientes y se le tensaban cada músculo del cuerpo y cada vena del cuello— empezó a empujarla para abrirla por completo. Lo más impresionante fue que sus esfuerzos comenzaron a dar resultado, y al cabo de unos segundos logró crear el espacio que necesitaba para entrar en la celda.

Las cosas volvieron a transcurrir demasiado rápido.

Entró a toda velocidad, se acercó a la camilla donde yacía la chica y la cogió en brazos para sacarla de allí. Detrás, fueron dejando un reguero de gotas de sangre. Quise ver dónde estaba herida, pero la chica se hallaba encogida contra el cuerpo de Ax y no pude.

Ax avanzó en dirección al acceso creado por Vyd. La electricidad apresada en la fila de objetos parecía más indomable que nunca. El crujido chispeante de la corriente contra el metal era más fuerte, como si mil rayos estuvieran luchando por escapar.

Y Vyd estaba al borde del colapso. Nos lo confirmó al soltar un grito alto y desgarrador. No podía aguantar más. Tenía que romper la conexión antes de que la conexión lo rompiera a él. Sin embargo, debía esperar un poco porque Ax todavía no había conseguido salir.

Yo estaba apretando el hombro de Nolan mientras me repetía mentalmente: «Todavía no, todavía no, todavía no...».

Pero Vyd no era invencible. De pronto, sus brazos cayeron lánguidos a cada lado de su cuerpo y él se desplomó de rodillas en el suelo.

Eso sucedió justo en el instante en que Ax puso un pie fuera de las líneas que marcaban el cuadrante eléctrico. Todo habría sido un completo éxito de no ser por el hecho de que, mientras la corriente volvía a cerrar el acceso para tejer el muro, varias chispas atacaron a Ax por la espalda.

Tuve que aferrarme a Nolan para no correr cuando él soltó un grito ronco, las piernas se le debilitaron y se desplomó sobre una de sus rodillas. Ax, sin embargo, no soltó a la chica. A pesar de estar soportando aquella carga de electricidad, a pesar de los espasmos y la debilidad, volvió a levantarse como se habría levantado un titán y se alejó lo suficiente de las líneas.

Finalmente, se sentó en el suelo con ella entre sus brazos.

El muro eléctrico desapareció por completo.

Todos los sonidos cesaron.

Solo quedó un desagradable olor a chamuscado en el aire.

Nolan y yo estábamos atónitos, asustados, impresionados, temblorosos y alterados, pero nos apresuramos a bajar las escaleras para llegar hasta ellos.

Corrí, dispuesta a socorrer a Ax, pues estaba preocupada y necesitaba saber si estaba bien, pero me detuve antes de acercarme lo suficiente, ya que de repente me di cuenta de que el momento que se estaba dando entre él y la chica era solo de ellos, y que no había espacio para nadie más. Le apartó el cabello de la cara para por fin verla con tanta delicadeza, con tanto cuidado, con tanta preocupación... Era evidente que, para ellos, en ese instante, el resto del mundo había dejado de existir.

Me contuve, di un paso atrás y me limité a ser una espectadora.

La chica tenía el mismo rostro de la fotografía del expediente, pero ahora estaba muy pálida, débil y enferma. Unos hilos de sangre le corrían por la boca y la nariz. Abrió los ojos ante el contacto, apenas unas rendijas, y enfocó a Ax. Tras unos segundos, tal vez porque era incapaz de hacer nada debido a su estado, los cerró.

—¿Estás bien? —escuché que Nolan le preguntaba a Vyd detrás de mí.

Decidí acercarme a ellos. Vyd seguía encorvado en el suelo, inhalando y soltando aire apresuradamente. Todavía podíamos ver destellos intermitentes bajo la piel de sus manos. Algunas delgadas venitas de su frente estaban algo hinchadas y demasiado azules. Pero lo más preocupante era que los dedos estaban repletos de líneas de sangre. Él se las miró. Absorber tanta electricidad le había abierto heridas en las yemas de todos los dedos y la sangre había descendido hasta sus palmas. Había gotas en el suelo.

—¿Estás preocupándote por mí? —respondió Vyd, jadeando, a Nolan, esforzándose por agregarle un toque divertido a la situación mientras se limpiaba las manos con la gabardina.

Solo yo noté que Nolan forzó una expresión dura.

—Como dijo Mack, todos son importantes —replicó, seco—. Entonces ¿estás bien o no?

—Para ti estoy perfecto —le dijo Vyd.

Nolan arrugó las cejas, dispuesto a decirle algo, pero entonces Ax captó toda nuestra atención:

—¡Se está muriendo! —gritó.

Con notable esfuerzo, Vyd logró enderezarse un poco hasta que se apoyó en sus rodillas, y luego se levantó por completo y avanzó hacia Ax mientras rebuscaba en los bolsillos internos de su gabardina. Sacó un tubito blanco. Era igual que el que había utilizado con Ax aquella vez que la Sombra había atacado.

Se agachó frente a ellos y en un movimiento rápido se lo inyectó a la joven en el cuello.

—Esto la mantendrá viva durante unas horas, pero si está grave no la curará ni la salvará —le explicó a Ax, que la estrechó entre sus brazos con más fuerza. Dio la impresión de que no pensaba soltarla jamás y de que, si alguien intentaba arrancársela, él le arrancaría la mano primero.

—Curarla —exigió, aunque su voz estuvo a una nota de parecer una súplica.

—Podríamos llevarla a un hospital... —sugirió Nolan, pero Ax le interrumpió en un grito alterado:

—¡No! ¡Hospital no!

—Concuerdo —asintió Vyd—. No es algo que puedan manejar en un hospital común y, además, podrían atraparnos más rápido si saben que estamos allí.

—Bien, pero mientras decidimos qué hacer, hay que cubrirla con algo porque la pobre está desnuda —aconsejó Nolan.

Vyd, como un caballero, se quitó la gabardina vieja y remendada que siempre llevaba puesta y se inclinó para tapar el cuerpo encogido de la chica.

Como llevaba una camisa de manga corta, me fue imposible no fijarme en que sus brazos que estaban repletos de profundas cicatrices, todas en forma de ramificaciones, muy parecidas a un enorme árbol sin hojas. Algunas incluso eran muy púrpuras. Una vez había leído en algún lugar que se conocían como figuras de Lichtenberg, y que estaban causadas por descargas eléctricas.

Me di cuenta de que Nolan también lo había notado, porque le miraba los brazos con asombro.

—Sé que no es lo mejor que hay, pero es algo. —Vyd se encogió de hombros, refiriéndose a su gabardina—. Y no tiene pulgas, que quede claro.

Ax volvió a mirar a la chica. Se le veía muy preocupado y sus ojos... Dios, tal vez no conocía nada de su pasado ni de su origen, pero durante todo el tiempo que habíamos pasado juntos había aprendido a interpretarlo. Sabía que se sentía desesperado.

—No puede morir —dijo de repente, negando con la cabeza. Luego alternó la vista entre todos, como si esperara una solución—. No puede.

La dudosa cara de Nolan denotó que no sabía cómo ayudar, y al parecer Vyd tampoco. Solo quedaba yo. Y no era que mi mente estuviera muy clara ni ordenada tras todo lo sucedido, pero necesitábamos una solución rápida, ¿no? Así que solté sin pensar lo primero que se me pasó por la mente:

—La llevaremos con el doctor Campbell.

Nolan me miró de golpe.

—¿El doctor Campbell? —repitió, confundido—. ¿Estás segura?

La verdad, no. Pero ¡era una emergencia! ¿La chica debía vivir o debía morir? Era un momento de decisiones arriesgadas.

—Era amigo de mi padre... —le recordé, pero él me interrumpió señalándome una obviedad:

—No sé si te das cuenta, Mack, pero todo indica que tu padre era el malo, así que ir con un amigo suyo no parece la mejor opción.

Sí, sí, tenía razón. Ese laboratorio/almacén o lo que fuera había sido de mi padre. Mi padre había mantenido a esa chica encerrada en esa celda. No había sido un simple filósofo y todo había sido una gran mentira; pero, si me detenía a pensar en eso ahora, me quedaría paralizada y asustada como una estúpida, que era como en el fondo me sentía.

—¡Sí, pero es la única persona que conocemos que nos puede ayudar a estabilizarla! —recalqué, mirándolos a todos—. Es médico, y siempre he confiado en él porque no se lleva bien con mi madre. No podemos ir a un hospital, así que tal vez él pueda examinarla...

Nolan pensaba objetar algo más, quizá algo con más lógica que la mía, pero Ax tomó fuerza y se puso en pie con la chica encogida entre sus brazos, todavía sangrando.

—Vamos —dijo, decidido.

—Pero ¿y si nos delata? —preguntó Nolan, dudoso.

Jamás habíamos oído a Ax decir lo que dijo en ese momento:

—Lo mataré.

Lo creí posible. La fría y amenazadora seguridad de sus palabras me causó miedo. Busqué sus ojos tratando de leer en ellos, pero él no me miró. Solo tenía un objetivo.

—Necesitaremos un auto para llegar, ¿no? —preguntó Vyd.

—El mío está aparcado afuera —dijo Nolan.

Sin más, Ax avanzó, pasó por mi lado y siguió rumbo a las escaleras. No tuve la oportunidad de decirle nada, aunque en realidad tampoco sabía qué podía decir en ese momento.

Nolan y Vyd también lo siguieron. Yo di un par de pasos con la misma intención, pero de pronto me di cuenta de algo y me di vuelta para mirar las celdas.

Me pregunté: ¿por qué había dos? Dentro de la segunda celda, la camilla estaba tumbada en el suelo, en el que también se veían manchas de sangre seca. Además, la puerta estaba abierta. Es decir, ¿alguien había salido de ahí...?

¿Quién había ocupado esa otra celda?

Las grabaciones de Tanya llegaron a mi mente. Lo que había visto en una de ellas, una figura muy parecida a Ax atravesar el patio.

La posibilidad me dejó fría y algo asustada.

¿Y si era él? ¿Y si Ax había estado encerrado en esa celda? ¿Y si mi padre también lo había tenido cautivo? ¿Y si Tanya siempre supo que en mi casa se escondía algo y por esa razón había decidido espiarnos?

Conecté hilos, y algunas cosas tuvieron sentido. Lo tuvieron tanto que me apretujó el estómago por lo grande que era aquella verdad. Ella había intentado desentrañar el misterio, había captado a la figura salir del patio, y luego había intentado entrar para descubrir el resto, pero entonces las trampas la habían matado. Trampas que, ya era obvio que las habían puesto alrededor de los muros para que la chica y quien también hubiera estado en la segunda celda nunca escaparan.

Toda mi casa había sido una horrible cárcel.

Pero ¿desde siempre?

—¡Mack, vamos! —me llamó Nolan desde las escaleras, sacándome de mis pensamientos.

Tuve que correr para alcanzarlos.

Vyd y Ax se las arreglaron para crear una montaña más alta con los generadores eléctricos dañados que les permitiera subir a la chica hasta la abertura del agujero, de modo que al cabo de unos minutos logramos salir a la superficie.

La lluvia ya había aminorado y las gotas eran débiles, pero el viento frío tenía la suficiente fuerza para mover las ramas. Olía mucho a tierra mojada. De los tipos todavía no había rastro.

Corrimos al interior de la casa. Atravesamos la cocina y la sala repleta de cadáveres, y cruzamos la puerta principal para dirigirnos hacia la verja de entrada. Llegamos a la acera. El auto de Nolan estaba ahí aparcado.

Se apresuró a abrir la puerta trasera y Ax se apresuró aún más a dejar a la chica acostada en el asiento. Nolan corrió entonces hacia la puerta del conductor y Ax hacia la puerta del copiloto. Las abrieron y estuvieron a punto de subirse, todo a una velocidad impresionante. Pero entonces Nolan se dio cuenta de que Vyd y yo nos habíamos quedado ahí parados como unos tontos sin saber qué hacer. ¿Y por qué? Porque en la parte trasera del auto ya no cabía nadie más y adelante tampoco. Es decir: quedamos como piezas que no encajaban en ningún juego.

Repentinamente, sentí que sobraba. Nolan, por ser mi mejor amigo, lo notó. En su expresión se mezcló la preocupación y la confusión de no saber qué hacer para que cupiéramos todos. Pero era imposible, a menos que fuéramos en el techo, y... eso no parecía buena idea.

—Váyanse —dije. Callados no íbamos a resolver nada.

—¡No! —gritó Nolan—. ¡Pensemos cómo podemos ir todos! ¡Pensemos! Es que estamos nerviosos y nuestros cerebros no producen nada inteligente, pero...

—No cabemos, es más que obvio —señalé.

E inevitablemente mi mirada se desvió hacia Ax, que estaba a medio cuerpo de entrar en el vehículo, observándonos a todos a la espera de que nos decidiéramos para poder irse de una vez.

—Sabes dónde vive el doctor Campbell —le recordé a Nolan—. Y él te conoce, puedes explicárselo todo.

—Pero ¡en cualquier momento pueden llegar los malos! —soltó él, y tenía razón.

Miré a Vyd y él me miró a mí. Al igual que yo no tenía ni idea de qué hacer, aunque podíamos improvisar, ¿no?

Justo cuando Nolan iba a volver a protestar y yo empecé a buscar mentalmente algunas soluciones, alguien habló detrás de nosotros:

—¿Adónde van?

Dan.

¡Dan, el que tenía que meter el culo en todo!

Ni siquiera me sorprendí cuando lo vi en la acera, a pocos metros de nosotros, sosteniendo su pistola, sin apuntarla, pero con cierta intención de hacerlo. Había estado en mi casa haciéndome preguntas sobre Tanya, solo que lo había olvidado por completo. Tal vez no se había ido del todo. Me sentí estúpida por haberme olvidado de él.

Ahora nos había pillado en el peor momento: con la chica desnuda y ensangrentada, y con Vyd y con Ax en un estado espantoso. No habría modo de tapar la verdad.

—¿Y tú qué demonios haces aquí? —le preguntó Nolan, molesto.

—¿Quién te golpeó? —le preguntó Dan mientras alternaba la mirada entre todos, serio—. ¿Fueron ellos?

El pobre tenía la cara enrojecida tras lo mucho que habíamos corrido y el cabello revuelto. Además, se le había formado un moretón rojizo donde aquel soldado imbécil lo había golpeado. Supuse que yo también tendría uno.

—¡No! —escupió Nolan, enfadado—. No te metas, ¿vale?

Tuvo intención de acercarse a mí para tirarme del brazo y llevarme a no sé dónde, pero entonces Dan puso una mano sobre el *walkie-talkie* con el que se comunicaba con la comisaría de policía: una clara amenaza de que si lo utilizaba podía atraer a diez patrullas, cosa que no nos convenía.

—Quiero saber qué está sucediendo —exigió Dan con detenimiento, más para Nolan que para el resto—. Estaba revisando de nuevo la casa de Tanya cuando de repente recibí una llamada de la señora Cavalier para decirme que viniera urgentemente aquí, a su casa, y me llevara a mi hermano, ya que ella había encargado a unos agentes federales que buscaran a Mack porque algo peligroso estaba pasando.

Su mirada se detuvo en Ax, analítica, vigilante, suspicaz. Ya debía de saber que no se llamaba Axel Müller y que todo lo que le había contado eran puras mentiras.

—No creas nada a la señora Cavalier —le advirtió Nolan—. Ahora vete de aquí y déjanos en paz. Y no te atrevas a seguirnos o...

—He visto los cadáveres —le interrumpió Dan para que no se esforzara en mentir—, así que díganme qué demonios está pasando y por qué la señora Cavalier insistió en que ese chico —señaló a Ax— y ese otro —pasó a señalar a Vyd, pero sin mirarlo a los ojos— son altamente peligrosos y debo alejarlos de ellos.

Bueno, los cadáveres no se podían tapar con ninguna mentira, pero lo demás no era por completo cierto. Aunque solo una cosa despertó mi confusión: Eleanor había mencionado a Vyd y a Ax. Es decir, que los conocía. Lo sabía todo. ¿Acaso ella había enviado a esos tipos a casa para capturarnos? Dios santo, era peor de lo que había creído.

—No sé qué demonios te dijo Eleanor, pero no es verdad —insistió Nolan, perdiendo la paciencia, claramente molesto por el hecho de que Dan estuviera entrometiéndose—. Además, te conozco, no creerías lo que nos ha pasado. Si te lo explicara, reaccionarías como un estúpido, delatándonos y empeorando las cosas.

Esperé que Dan se alterara, pero pareció más calmado que nunca. Le dedicó una mirada desafiante a Nolan y apartó la mano del *walkie*.

—Prueba a ver —le pidió.

Nolan gruñó. Siempre había tenido más cabello que paciencia.

—Pues bien —aceptó de mala gana y señaló a Ax—. Sí, parece peligroso, pero no lo es, al menos no para nosotros y tampoco para ti si aceptas creernos. Tenemos una chica herida en el auto y hemos de llevarla a cualquier parte menos a un hospital para que la salven.

Dan no pareció muy convencido y temí que, si no lográbamos hacerle entender qué estaba sucediendo, terminara obedeciendo a Eleanor e intentando algo estúpido que pondría su vida en peligro. Ax nos estaba mirando con cierta desconfianza y sin perder su actitud defensiva. Y ya sabíamos que era capaz de comerse a alguien y de matar.

Tuve que intervenir. Noté las frías gotas de lluvia en mis brazos y ello aumentó mi nerviosismo. No quería compartir con Dan toda aquella historia, pero, si no quedaba otra, lo haría, ya que nos sería más útil teniéndolo de nuestro lado.

—Sé que esto se ve bastante mal, pero justo ahora no hay tiempo para explicártelo todo —empecé a decirle a Dan, tranquila y muy seria para que comprendiera la gravedad del asunto—. Mi padre tenía secuestrada a esa chica y alguien más tenía secuestrado a Ax. Pero se escapó y Nolan y yo decidimos ayudarlo. Hace poco descubrimos que Eleanor envenenó a mi padre y ahora me quiere entregar a esos tipos armados. Nos golpearon y, de no ser por Vyd, ya nos habrían matado. Si haces lo que ella te pidió, los ayudarás a conseguirlo. Si nos crees, tal vez tengamos la oportunidad de salvarnos todos y de resolver este asunto.

Mentira. No creía que algo así pudiera resolverse, aunque nos salváramos. Todo aquello era peor de lo que pensaba al principio y más peligroso, y podía tener un final fatal.

—Antes de que digas nada, quiero que sepas que no pienso dejar sola a Mack en esto —añadió Nolan. Sonó a un juramento—. En donde ella termine, terminaré yo también, así que, si alguna vez en tu vida respetaste el hecho de que somos hermanos, ayuda. Si lo haces, jura que no les dirás nada a tus compañeros de policía ni intentarás hacerte el héroe, porque aquí están sucediendo cosas que ni la justicia de Batman podría arreglar.

Tras esas palabras, se hizo un silencio. Supuse que Dan estaba pensando si creernos o no, si llamar a sus colegas o no. En la parte trasera del auto, la chica se estremecía, encogida y moribunda. Sentí más frío. Mil preguntas pasaban por mi mente: ¿Eleanor estaba con esos tipos armados? ¿Mi padre había sido un secuestrador loco? Entonces ¿cuál de los dos era el malo? ¿O es que ambos lo eran?

—¿Quién mató a los hombres que están en la entrada? —preguntó Dan, evidentemente confuso.

A mi lado, Vyd alzó una mano, como lo haría un niño en clase.

—Bien, porque no eran agentes federales —asintió, y guardó su arma en su cinturón—. No diré nada. ¿Adónde tienen que ir?

Quedé impactada.

Le dije que debíamos ir a la casa del doctor Campbell, que estaba al otro lado del pueblo, a unos veinte minutos. Él dijo que sabía llegar. Entonces todos corrieron a sus lugares. Ax y Nolan se fueron en el auto, y Vyd, Dan y yo en el coche patrulla.

Vyd iba de copiloto como una estrategia de precaución. Me lo había susurrado en el oído justo antes de entrar en el vehículo: si por alguna razón Dan se desviaba o revelaba otras intenciones, le freiría el cerebro con sus poderes y echaríamos a correr.

Eso me dio algo de seguridad, aunque aun así estuve algo nerviosa y asustada durante todo el camino, pero Dan apagó la sirena y condujo sin problemas hasta la casa del doctor Campbell.

Era un enorme edificio victoriano rodeado por largas y entretejidas verjas. De pequeña, había ido varias veces allí con mi padre de visita, por lo que sabía que a un lado tenía anexado un amplio y equipado consultorio médico privado para la gente cercana a él. Tenía la esperanza de que hubiese lo necesario en él para ayudar a esa chica sin tener que ir a un hospital.

Dan aparcó justo detrás del auto de Nolan. Salí disparada como si temiera que el vehículo fuera a convertirse en una celda de la que luego no podría salir, y me apresuré a llegar hasta la puerta del consultorio. Toqué el timbre. Sobre él, había un cartel que ponía: LLAMAR SOLO EN CASO DE URGENCIA.

El doctor no tardó en acudir. A través del cristal de la puerta pude verlo acercarse con las gafas torcidas mientras se colocaba su bata blanca. Parecía que lo habíamos despertado, que para nada esperaba tener que atender una emergencia. Su cabello canoso aún estaba despeinado.

Dio la vuelta a la llave y abrió la puerta.

—¡Mack! —dijo al instante, sorprendido—. ¿Qué ocurre? ¿Estás bien?

Me observó de arriba abajo con evidente preocupación, buscando las heridas en mí.

—No podemos ir a un hospital, y necesito su ayuda —dije. La voz me salió algo agitada y nerviosa—. Es grave.

El doctor miró más allá, por encima de mi hombro. Nolan estaba justo detrás. A varios metros, junto al coche patrulla, estaba Dan. Ax estaba inclinado en el interior de la parte trasera del auto, sacando a la chica. Vyd también había bajado ya, pero no se le veía la cara porque miraba hacia la calle como si estuviera cubriendo el perímetro.

Campbell pestañeó sin entender nada.

—Pero ¿qué es lo que ha pasado? —me preguntó, confundido—. ¿Te has metido en problemas? ¿Lo sabe tu madre?

—No —me apresuré a aclararle—. Mi madre no puede saber nada, ni siquiera que estoy aquí, así que, por favor, no la avise.

Antes de que yo pudiera seguir dándole más explicaciones, Ax llegó hasta nosotros con la chica en brazos. De su cuerpo tembloroso, encogido contra él y cubierto con la gabardina de Vyd, caían pequeñas gotas de sangre, en una intensidad que asustaba.

Sin embargo, a quien el doctor miró asustado fue a Ax. Sus ojos abiertos de par en par detrás de las gafas me lo dijeron todo: sabía quién era, sabía lo que era, lo reconocía. Me pregunté si mi padre le había hablado de los chicos secuestrados porque habían sido muy amigos o si sabía de Ax por otra fuente. No obstante, ese momento era el menos indicado para averiguar eso. Todo a su tiempo.

—Necesito que salve a esta chica —le pedí, y señalé el cuerpo que Ax sostenía—. Está herida, pero no sabemos dónde ni qué le han hecho...

El hombre dio un paso atrás y me interrumpió:

—No puedo ayudarles. —Hubo cierto temblor en su voz, pero luego agregó de forma rotunda—: Por favor, váyanse lo más lejos posible.

Tuvo la intención de cerrar la puerta, pero reaccioné rápido y se lo impedí poniendo una mano.

—¡No! —grité—. ¡Usted es el único al que podemos recurrir! —añadí, tratando de demostrarle con mi expresión y el tono de mi voz que estaba en la obligación de ayudarnos.

Volvió a negar con la cabeza. Sin brusquedad, trató de apartarme para poder cerrar la puerta, pero yo me resistí con todas mis fuerzas, sin saber qué más decirle para convencerlo.

Para mi sorpresa, Dan intervino para ayudarme.

—Doctor Campbell —dijo detrás de mí. Se había acercado a la puerta—. Hay una chica al borde de la muerte y usted ha hecho un juramento como médico. Debe ayudarla.

Pronunció las dos últimas palabras con énfasis, para recordarle que ser médico implicaba un gran deber, pero Campbell lo miró con horror y confusión.

—¿Cómo es que estás metido en esto, Dan? —le preguntó sin poder creerlo.

—Claramente algo muy grave está sucediendo —asintió Dan con seriedad—, pero solo diré que, como agente, le doy permiso para proceder y, como vecino, puede contar con mi silencio.

El doctor alternó la mirada entre todos, más nervioso que nunca. En sus ojos brilló una mezcla de preocupación, miedo e indecisión. No cerraba la puerta porque yo seguía impidiéndoselo.

—Es que no se trata de la policía o de lo que puedan hacerme por ayudarles —aclaró, y luego detuvo la vista en Ax—. ¿Es que no saben lo peligroso que es él?

Pues... quizá tenía razón, pero había que recurrir a cualquier cosa para convencerlo.

—Le juro que no lo es —le aseguré—. No va a hacerle nada.

Nolan dio un paso adelante, se cruzó de brazos y le dedicó una expresión dura al doctor Campbell, como si fuera un mafioso que tenía la mejor arma de su lado.

—Si usted nos ayuda, Ax no le hará nada —me corrigió, mirando fijamente a los ojos a Campbell—, pero si intenta llamar a alguien o hacer algo que no sea salvar a esta chica, será tan peligroso como usted dice.

Posiblemente, el doctor tembló. No había manera de saberlo, pero lo sospeché cuando se dirigió a mí, preocupado, ignorando a los demás. Me recordó a mi padre, solo un año más joven que Campbell, ambos hombres en la cuarentena. El rostro de mi padre, con menos arrugas que el del doctor, siempre me había inspirado ternura y confianza.

—No sabes todo lo que puede suceder alrededor de este chico... —me dijo, afligido.

Claro que lo sabía. Y ahora lo que estaba pasando era que su otra mitad se estaba muriendo, y que yo lo quería lo suficiente para entender que esa chica era importante para él. Me dolía que me ignorara, no iba a permitir que muriera ni que Ax sufriera por ello y acabara muriendo también.

La parte oscura de Ax... la conocimos al principio y, aun así, lo ayudamos. Pero ahora eso no importaba.

—Tiene razón —asentí, mirando al doctor a los ojos—. No sé casi nada de él. Sabemos muy poco sobre de dónde viene Ax y qué hizo mi padre, pero sí sé que no puedo confiar en mi madre y que esta chica no puede morir. —Le insistí con una expresión suplicante—: Siempre confié en usted, no puedo estar equivocada.

Él permaneció en silencio. Se lo estaba pensando, de modo que no cambié mi cara de «estamos desesperados». No sabía qué podíamos hacer si se negaba.

Me estaba sumiendo en un mundo de angustia y miedo cuando de repente el doctor Campbell abrió despacio la puerta y dijo:

—Llévala a la camilla.

Ax no esperó ni un segundo. Atravesó la puerta con la chica en brazos y se perdió por el pasillo que Campbell le había señalado. Nolan, Dan y yo pasamos a la pequeña sala de espera. Vyd no entró.

—Me quedaré aquí fuera para vigilar —nos avisó desde la acera.

El doctor cambió el letrero de ABIERTO por el de CERRADO. Antes de pasar a la sala de la camilla —que no se veía desde la de espera—, se detuvo un instante y nos indicó con su expresión que alguien debía entrar con ellos para controlar a Ax, pero algo dentro de mí reaccionó y di un paso atrás.

Nolan me observó, intentando entender por qué no quería entrar, pero simplemente desvié la mirada. Yo no... no quería estar ahí.

—Entraré yo —dijo él, suspirando.

El doctor asintió y, después de que Nolan me entregara su mochila para que se la guardara, se perdieron por el pasillo para ocuparse de la emergencia.

En la salita de espera, todo quedó frío y en silencio. En un minuto la voz del doctor empezó a llegar lejana desde el pasillo, pero era poco entendible. Me froté el brazo para darme calor porque tenía la piel fría por las gotas de lluvia que me habían caído encima. Había una pequeña pero notable tristeza en mi pecho que quería adoptar la forma de náuseas, pero la alejé.

—¿Puedes explicarme quiénes son esos chicos y en qué problema están metidos? —me preguntó Dan.

Me giré hacia él. Tenía una épica cara de confusión. ¿Iba a creerme si le decía que aún no lo sabíamos muy bien?

Le expliqué algunas cosas: cómo había aparecido Ax, cómo lo habíamos ayudado, cómo había aparecido Vyd, cómo habían irrumpido en mi casa aquellos hombres armados, cómo descubrimos que Eleanor había envenenado a mi padre, cómo habíamos descubierto el laboratorio que había debajo de la casa... Pero omití las partes que revelaban que Ax a veces hacía cosas malas; eran un secreto de Nolan, Ax y mío.

Dan escuchó en silencio, en calma, sin alterarse. En ciertos momentos tuve la sensación de que pensaba que todo era mentira, pero cuando hablé de la Sombra, el incendio en la comisaría de policía y del resto de incendios, que seguían un patrón, empezó a verle el sentido.

Fue un poco liberador contarlo todo. Me interrumpí cuando casi una hora después Nolan apareció por el pasillo.

Se apoyó en la pared y se pasó la mano por el cabello. Estaba sudando, tenía algunas manchitas de sangre en la camiseta y una expresión de horror y asombro en la cara.

—Lo que he visto ahí dentro mientras el doctor trataba de salvarla me atormentará durante tres vidas —murmuró.

Me levanté rápidamente de la silla donde había estado sentada mientras hablaba con Dan y avancé por el pasillo. Si ya había terminado, necesitaba hablar con el doctor Campbell. Antes no lo había hecho porque lo importante era la chica, pero su actitud al ver a Ax me había dejado claro que sabía de dónde venía y qué era. Necesitaba hacerle muchísimas preguntas.

En el pasillo había un consultorio y al final una sala a la que le faltaban muchos elementos para ser un quirófano, pero que ahora parecía uno improvisado. La chica yacía completamente desnuda y quieta sobre la camilla del centro. Daba la impresión de estar muerta por el tono tan pálido de su piel, pero podía ver que le habían suturado una herida grande en el vientre, en el mismo lugar en el que Ax había estado herido cuando lo encontramos.

A un lado, vi bandejas con bisturí, pinzas, sutura y otros utensilios cuyos nombres no sabía manchados de sangre. Bueno, la sangre estaba por todas partes. Ax, que estaba de pie junto aquella joven, mirándola como si nadie más existiera alrededor, estaba lleno de sangre.

El doctor Campbell, sudoroso y con aspecto cansado tras haber hecho un trabajo complicado, se quitó los guantes ensangrentados y se volvió hacia mí. Hizo un movimiento con la cabeza para que pasáramos de esa sala al consultorio.

Nolan y Dan entraron también. Una vez allí, Campbell se apoyó en su escritorio y soltó una larga exhalación. Parecía estar en un ligero shock.

—Si ella fuera normal, ya estaría muerta —informó—, pero logré detener la hemorragia y cerrar la herida, lo cual ayudará. De todas formas, todavía hay riesgos.

Bien, lo importante era que teníamos un poco más de tiempo. Ahora había llegado el momento de resolver la duda que tanto nos carcomía desde el principio.

Di un paso adelante, esperanzada y nerviosa.

—Usted sabe quiénes son —le dije, mirándolo directo a los ojos—. Usted lo sabe todo, así que, por favor, díganos qué es STRANGE.

A Campbell no le sorprendió mi pregunta, porque tenía la respuesta. Siempre la había tenido.

De modo que, después de tomar aire, empezó a contárnoslo todo...

27

¡Por fin alguien nos dice qué demonios es STRANGE!

—¿Has visto al chico como en realidad es? —me preguntó Campbell.

Nolan y yo compartimos una mirada confundida. ¿Cómo era en realidad Ax? ¿Qué quería decir? ¿No era como lo veíamos siempre? Empecé a asustarme un poco.

—Supongo que no —contesté, y luego carraspeé—: ¿Cómo es?

—Una criatura...

Según Campbell, todo empezó unos treinta años atrás en un viaje. Los viajeros: un grupo de exploradores pertenecientes a una organización que no tenía registro público o protección gubernamental porque trabajaba en secreto monitoreando manifestaciones inusuales en el planeta. La razón del viaje: investigar una cueva de la que estaba saliendo una cantidad incomprensible de energía oscura.

La energía había lanzado una alerta porque estaba causando caos y desastre. Era la culpable de la muerte progresiva de personas que vivían en el pueblo más cercano. De forma inexplicable, también causaba sismos y fenómenos meteorológicos extraños en un amplio radio. Y afectaba negativamente a los animales.

Bajo órdenes estrictas de ser discretos, los viajeros aterrizaron en la zona y entraron en la cueva a investigar. Allí hallaron algo escalofriante: doce mujeres embarazadas.

Se encontraban presas en lo más profundo de la cueva, inconscientes, paralizadas y atrapadas por una masa viscosa que servía de cúpula protectora. Una tripa oscura y extraña salía de sus panzas, a la altura del ombligo, y las conectaba a un enorme bulbo latente que les suministraba algún tipo de alimento.

La siguiente orden fue trasladar a las mujeres a las instalaciones de la organización para estudiar el caso en secreto.

Bajo esos parámetros, empezaron los análisis, muchísimos y de todos los tipos. No se sabía quién había inseminado a esas mujeres, ni quién era el responsable del bulbo alimenticio. Se sospecharon muchas cosas, pero solo pudieron confirmarse algunas: los embarazos estaban en el sexto mes de gesta-ción, las mujeres estaban dormidas bajo un coma irreversible, las ecografías de los fetos revelaban que algunos eran físicamente normales y otros monstruo-sos, y finalmente que el ADN era una mezcla entre lo humano y lo desconoci-do.

Es decir, esos fetos no eran completamente humanos y no se sabía cómo habían sido engendrados.

Por un tiempo se creyó que todo era un error de la naturaleza, alguna anomalía, algún experimento gubernamental, pero no había manera de sa-berlo. Se intentaron varias cosas para llegar a las respuestas: despertar a las mujeres, hacer preguntas discretas en centros discretos, buscar algún proyecto pasado parecido, pero nada funcionó.

Se necesitó una segunda visita a la cueva para descubrir algo que explica-ra todo aquello. Tal vez lo habían pasado por alto, pero en una inspección más profunda se descubrió el cadáver de una extraña criatura nunca antes vista. Tenía piernas, brazos, cabeza y todos los sentidos, pero su piel era un tejido de masas deformes y rasgos espeluznantes. ¿De dónde había salido? De algún lugar imposible de ubicar. ¿Desde cuándo había estado ahí? Tal vez desde tiempos que no había forma de calcular. ¿Cómo había muerto? No hubo forma de determinarlo.

Se llevaron los restos y los congelaron. Luego lo único que quedó fue es-tudiar la evolución de los embarazos porque, quizá, ese ser muerto era el pa-dre de los individuos de los úteros.

Durante el tiempo que se mantuvieron en los laboratorios de la organiza-ción, la energía que salía de las mujeres era peligrosa. Cada dos semanas, al-gunos empleados morían. Las autopsias revelaban tímpanos y cerebros reven-tados. Las máquinas del laboratorio estallaban en cortocircuitos y en ocasiones se despertaba una rara actividad sísmica que sacudía el suelo. El clima enlo-quecía y, según dijeron luego los empleados sobrevivientes, a veces experi-mentaban episodios psicóticos aturdidores que duraban más de dos horas.

Después de muchos cambios de equipo tras los incidentes, llegó un nue-vo grupo conformado por expertos obsesionados con la ciencia, la evolución y las mutaciones. Lideraron los análisis y, al darse cuenta del poder indefinido que salía de los fetos, decidieron controlarlos para transformarlos en algo que pudiera utilizar cualquier gobierno capaz de pagar.

Se cuidaron los embarazos con muchísima atención hasta que se cumplie-ron los nueve meses.

De una de las doce mujeres salieron mellizos. Al final, los individuos fueron trece.

El doctor Campbell sacó un pañuelo del bolsillo de su camisa y se secó la frente. Su voz se oía nerviosa y afectada, como si el tema le trajera recuerdos y sentimientos espantosos, pero siguió hablando.

—Pocos fueron normales físicamente. A algunos se les descompuso alguna extremidad, algún órgano o alguna sección de piel apenas salieron del útero. Se negaron a dejarlos morir, así que se intentó de todo. Lo único que por sorpresa funcionó fue implantar nuevos órganos. La reconstrucción fue difícil porque extrañamente rechazaban partes humanas, por lo que la mejor opción fue utilizar otro tipo de materiales como metal, hierro o plástico. Y fue casi como construirlos de nuevo...

»Después de eso, el tiempo transcurrió y hubo muchas sorpresas entre los trece. Por ejemplo, Ax, que era uno de los mellizos, vivió normal, sin reconstrucciones, hasta que a los doce meses empezó a deteriorarse. Uno de sus ojos dejó de funcionar por completo, sus pulmones comenzaron a fallar y su sistema auditivo se apagó. Se estaba muriendo, y entonces ella, por alguna razón, comenzó a morir también.

»Fue ahí cuando se descubrió que todos estaban conectados, y que si la salud de Ax se veía afectada, la de ellos también. Si él enfermaba, el resto se iba deteriorando en cadena y todos acababan enfermando igual. Si él moría, todos podían morir.

»En un intento por salvar a Ax y a la chica, les implantaron órganos humanos, pero los rechazaron. Les implantaron materiales, pero los rechazaron. Lo único que funcionó con ellos fueron los órganos congelados de la criatura que habían descubierto en la cueva. Los aceptaron y empezaron a curarse al mismo tiempo. Su ojo negro es de la criatura. Ax tiene uno y la chica tiene el otro. También sus pulmones y su sistema auditivo.

»Tras las operaciones, Ax y la chica sanaron, pero él no quedó con muy buena salud. A duras penas sobrevivió. Por alguna razón, todo su sistema falló y, a medida que creció, sufrió severas y complicadas transformaciones. Su piel se oscureció, sus rasgos se fueron volviendo menos humanos, se fue pareciendo más al cadáver de esa rara criatura...

—¡Él! —le interrumpió Vyd, como si finalmente lo hubiese recordado todo.

Había entrado en la sala sin que yo me diera cuenta y había estado escuchando. Ahora sus ojos amarillos parecían impactados.

—¡El mellizo de Ax es la Sombra! —reveló—. ¡Es el fallo! ¡Es el número trece!

Un pasmoso silencio se extendió en el frío consultorio. Desde el quirófano llegaba el agrio olor de la sangre mezclado con el resto de los medicamentos. Mi mente estaba procesando lo que acababa de escuchar a una velocidad aturdidora.

La primera vez que había visto a la Sombra en la comisaría de policía, pensé por un momento que era Ax. Lo que había visto después en el vídeo que Tanya había grabado del jardín de mi casa, esa cosa extraña corriendo de forma contorsionada, también me pareció que era Ax, pero en realidad siempre fue su mellizo.

Mierda...

Nolan tenía estampada una expresión que dejaba claro que la confusión y el asombro se estaban mezclando dentro de su cabeza como en una licuadora.

—O sea que Ax es... —empezó a decir, impactado.

—Una criatura —asintió el doctor—. Todos lo son, claro, pero Ax y la chica no solo tienen un cerebro modificado en los laboratorios a base de implantes tecnológicos, sino que también tienen órganos de esa criatura, cuyas células sospecho que nunca murieron por completo.

Ahora muchísimas cosas tenían sentido para Nolan y para mí.

Por esa razón, Ax controlaba las sombras y, por esa razón, Vyd causaba miedo con sus ojos. No eran completamente humanos. Eran algo que ni la ciencia había podido entender. Eran el resultado de unos embarazos inexplicables, y sus habilidades oscuras provenían de esa criatura...

—Ahora, el nombre de STRANGE vino cuando ellos empezaron a crecer —continuó Campbell—. Eran individuos sin pasado, sin futuro, sin identidad, con un gran poder sobrenatural. Lo único que harían sería vivir en cautiverio hasta que se les necesitase. Para asegurarse de que no desobedecieran, los criaron como animales y les instalaron chips e inyectaron drogas. Esto permitiría reprenderlos dolorosamente hasta que ellos mismos se sometieran. También les enseñaron lo menos posible sobre conducta humana para que aprendieran lo mayor posible sobre sus habilidades, anularon su capacidad reproductiva haciéndolos infértiles, y les ocultaron el mundo y los aislaron de los conocimientos básicos para que nunca desearan vivir de otro modo.

Claro, al principio, Ax ni sabía sentarse en una silla. Respondía a órdenes claras como un perro. Lo habían mantenido sin visión para que aprendiera a escuchar, y lo habían lastimado para que aprendiera a oler. Nunca había sido criado como un humano para que tuviera miedo de serlo.

Sentí que, a pesar de que eso aclaraba una gran parte de las cosas, todavía había muchas piezas sin encajar.

—Pero ¿cómo es que esto terminó en un laboratorio debajo de mi casa donde mi padre encerró a esa chica? —pregunté—. ¿Hasta qué punto ustedes estaban implicados?

—La organización que creó STRANGE no pertenece a ningún gobierno —dijo Campbell—. Es completamente privada y, como no sigue ninguna ley ni respeta ninguna regla, actúa en secreto. Lo hicieron bien hasta que un día el experimento empezó a escapárseles de las manos, ya que estos individuos no solo reaccionaban mal si alguno se enfermaba, sino que también reaccionaban muy bien si estaban sanos y juntos.

»De alguna forma, sus células intensificaban la energía oscura si todos estaban cerca, por lo que las catástrofes que desataban eran más intensas, más peligrosas y más fáciles de detectar por el gobierno. Para evitarlo, decidieron separar a los trece. Ahí es donde entramos nosotros.

»Sus clases de la filosofía eran solo una tapadera. Tu padre era un ingeniero genético que había formado parte de algunos proyectos gubernamentales. Tal vez por su reputación, fuimos contactados por esta organización clandestina para aportar ideas. Aceptamos sin saber qué nos esperaba. Después de que nos hicieron firmar muchos papeles, nos dijeron que necesitaban «cuidadores» porque, para mantener todo en secreto y despistar al gobierno, debían repartir a los trece individuos por distintos puntos del mundo. Los cuidadores servirían para mantenerlos cautivos, vigilados y sanos hasta que decidieran utilizarlos.

»Leímos todos los informes, toda la historia, todo lo que se había hecho y lo que había que hacer. Por curiosidad, aceptamos verlos. En las celdas, ninguno superaba los once años, así que nos negamos. Nos dijeron que parecían niños comunes, pero que eran capaces de matar sin remordimiento como el peor de los monstruos. Dijimos que lo pensaríamos. Nos dieron veinticuatro horas. Yo estaba decidido a no aceptar. Godric, en cambio, fue más inteligente y dijo que debíamos hacerlo. Me dijo: "Los tienen encerrados como esclavos. Si nos convertimos en cuidadores de al menos seis de ellos, podremos darles una mejor vida, aunque tengan que estar bajo nuestras casas".

»Y tenía razón. Sus entrenamientos al mismo tiempo eran torturas. Unos no hablaban, otros se comportaban como animales, otros comían del suelo, otros no dormían, otros tenían partes de máquinas cosidas al cuerpo y lloraban de dolor o de rabia durante las noches. En definitiva, cualquier cosa iba a ser mejor que el sitio donde estaban y que el trato que les daban. Aun así, yo no acepté. Firmé más papeles de confidencialidad y me fui, sobre todo tras escuchar lo que me harían si llegaba a hablar de esto alguna vez. Lo último que supe fue que Godric sí se había convertido en cuidador y que le habían entregado dos niños. Uno de ellos era la chica.

—¿El otro era Ax? —pregunté inmediatamente.

El doctor negó con la cabeza.

—A Ax lo mantuvieron a un rango seguro de distancia de ella. Estando cerca sus poderes eran tan fuertes que podían ser peligrosos para los cuidadores, así que mientras no los usaban los separaron. No sé quién era el otro niño.

Yo sí.

Una para la chica.

Otra para el número trece.

De nuevo lo recordé. El vídeo de Tanya de aquella noche lo había captado justo cuando se había escapado. Luego había cruzado ese acceso por el que solía escabullirse el perrito de Tanya y había conocido la libertad.

Todo tenía sentido...

Me di cuenta de que Campbell miró en dirección a la entrada del consultorio. Un brillo de temor, rechazo y lástima cruzó sus ojos. Tan inmersa estaba en mis deducciones que no me había dado cuenta de que Ax se encontraba allí parado. Su pecho desnudo estaba manchado de sangre y sus pies descalzos se veían sucios de tierra. Su aspecto era el de un salvaje. No parecía una criatura, excepto por esos ojos tan raros. Su expresión era seria y atenta.

—Vi en tu informe que nunca te enseñaron a hablar para que aprendieras otras habilidades más importantes —le dijo el doctor a Ax—. Has aprendido rápido absorbiendo información gracias a la tecnología instalada en tu cerebro, ¿verdad?

Eso explicaba por qué había hablado en otro idioma...

Pero Ax no dijo nada. Permaneció en silencio.

—¿Qué pasó con tu cuidador? —le preguntó Campbell entonces.

Pensé que tampoco le iba a responder, pero me equivocaba.

—Muerto —dijo. Esa palabra en su boca sonó aún más gélida y espantosa.

Campbell formó una línea de pesar con los labios.

—¿Lo mataste tú?

—Sí —afirmó Ax.

Traté de conectar hilos mentalmente, pero todo era demasiado confuso.

—¿Por qué llegaste con una foto de mi padre? —le pregunté a Ax.

No dijo nada. Me observó en silencio con una expresión neutra.

—Iba a matarlo también —respondió Campbell en su lugar— para sacar a la chica.

Miré a Ax para saber si eso era cierto. Hizo un pequeño asentimiento.

—Pero cuando llegaste ya había muerto —dedujo Nolan.

Ax volvió a asentir para confirmar.

—Tiene sentido que, al escaparse, fuera a matar a Godric, porque él mantenía cautiva a la chica —comentó Campbell, cruzándose de brazos, algo afligido—. Por esa razón me negué a convertirme en cuidador. Aunque lo hiciéramos para darles una vida mejor y tratarlos mejor que los científicos, para ellos, que debían permanecer dentro de una celda, seguiríamos siendo las personas que los mantenían encerrados. Nunca íbamos a poder liberarlos, salvarlos o cambiar lo que estaban destinados a ser.

Se hizo un silencio. Vyd miraba al suelo. Nolan seguía impactado; Ax, inexpresivo... Habíamos estado buscando esas respuestas durante mucho tiempo. Ahora que las teníamos, no nos sentíamos mejor. ¿Cómo escapabas de una organización como esa siendo alguien normal? ¿Estábamos destinados a ser capturados?

—Entonces, entonces... —intervino Dan rompiendo el silencio—, ¿lo que está sucediendo es que esa organización está buscando a los que se escaparon de sus cuidadores? Es decir, a este chico, a la chica y al del cabello blanco.

—Sí, porque les pertenecen —afirmó el doctor Campbell, preocupado—. Y me temo que eliminarán a cualquiera que se cruce en su camino. Pero no vendrán aquí, al menos no hoy. Está dentro de mi acuerdo, no estoy relacionado con nada de lo que hacen y no pueden pisar mi propiedad. Así que pueden quedarse aquí esta noche. Aunque lo mejor es que se vayan lo más lejos posible.

Nolan asintió muy rápido, súbitamente decidido, como si supiera qué debíamos hacer a partir de ahora.

—Sí, nos iremos lejos —anunció—. Huiremos adonde sea.

Dan le dedicó una mirada ceñuda, de reproche, de hermano mayor. Era más alto que el resto de nosotros. Tan alto como Ax.

—Tú no vas a irte a ningún lado —le prohibió.

—Deja de hacer de hermano mayor preocupado y responsable —le soltó Nolan con gravedad—. Las personas de esa organización pueden matarnos. Si nos quedamos, nos matarán. Lo mejor es que nos vayamos lejos con Ax, la chica y Vyd, y ya luego veremos qué hacer.

Dan dio un paso hacia Nolan. El adulto responsable y el adulto impulsivo.

—No, no puedes irte sin un plan —dijo Dan. Luego nos miró a todos—. Tiene que haber otra opción, y puedo tratar de encontrarla, pero tienen que quedarse aquí al menos un día.

Nolan, por supuesto, se enfadó.

—¡No le puedes contar esto a nadie! —le recordó.

Iba a decir algo más, pero Dan también le contestó a gritos:

—¡No lo haré, Nolan, por primera vez en tu vida confía en mí!

Hubo un silencio entre ellos.

Después empezaron a discutir: uno decía que se iba, el otro que era mala idea, que no había tiempo para planes absurdos... Mi cabeza estaba a punto de estallar. Guardé silencio. Sentía que el mundo era aturdidor. Quería aire, quería silencio por un instante para pensar mejor y aportar alguna idea inteligente.

—Mack, acompáñame, debo inyectarle a la chica algunos antibióticos —me dijo entonces el doctor Campbell, ignorando la discusión entre los hermanos, y entonces avancé automáticamente.

Justo antes de que el doctor atravesara la puerta, se detuvo junto a Ax. Lo miró. No ocultaba lo mucho que le inquietaba su presencia, aunque no era para menos: con el pecho y el abdomen manchado de sangre de la chica, Ax lo observó desde su altura, impasible.

—Al fondo hay un baño, y tiene ducha —le dijo, dubitativo, como si no quisiera sonar exigente y al mismo tiempo sí—. Límpiate toda esa sangre. Podrías contaminar el ambiente y aumentar el riesgo de infección.

Seguimos hacia el pasillo. Campbell me dio una mascarilla y una bata de protección. Ya dentro, el ambiente olía a muchos medicamentos. La chica reposaba inmóvil, como un cadáver, aún desnuda. Su piel pálida también tenía muchas cicatrices, como Ax. Era hermosa de una forma extraña y peculiar, como Ax.

El doctor se acercó a uno de los estantes y de algún cajón sacó una manta blanca. Cuando la colocó sobre su cuerpo, me dio la impresión de que en verdad estaba muerta. Pero respiraba. A pesar de todo lo que acabábamos de saber, me alivió.

—Necesito hacerle más preguntas —le dije a Campbell—. Sobre mi padre.

—Mañana —contestó—, y solos. No me siento cómodo con ella aquí, la verdad. Aunque está inconsciente, sabe qué sucede a su alrededor.

Continuó trabajando en silencio. Colocó algunas intravenosas en sus brazos y le suministró antibióticos. No era que yo tuviera mucho conocimiento sobre medicina, pero eché un ojo a los nombres, por si acaso. De todas formas, confiaba un noventa por ciento en Campbell, y en que su miedo hacia Ax le impidiera hacer algo estúpido.

Al cabo de un rato, el doctor fue a buscar nuevas agujas y salió. Yo me quedé. Primero no supe por qué me quedaba, pero luego sí. Quería disfrutar del silencio, pero también mirarla. De cerca. Quería... acercarme a ella. No sabía bien por qué, pero, como mis emociones eran un revoltijo de cosas, lo hice.

Una vez al lado de la camilla, toqué su antebrazo con las puntas de los dedos.

Entonces, dentro de mi cabeza, estalló una descarga de imágenes, una tras otra, irreconocibles, rápidas e intensas, que de repente se detuvieron en un recuerdo, el mismo que había tenido con Ax en el armario, cuando éramos dos niños y nos dimos la mano. Estaba ahí de nuevo, con la mano extendida hacia la suya, también pequeña y pálida. Cuando creí que el recuerdo seguiría como ya sabía que seguía, hubo un flashback, como en las películas.

Esta vez, veía dónde estaba sucediendo aquello. Era mi habitación. Era de día. Mis padres no estaban en casa. Yo tenía exactamente nueve años.

—Entonces no entiendo por qué no tienes nombre —dije. Mi voz aguda, inocente pero alegre, nada que ver con la Mack actual.

Ax estaba inmóvil, cerca de una esquina. Era un poco más alto que yo. Era raro, muy diferente al resto de los niños que conocía, pero su cuerpo era ligeramente más definido, como si hiciera algún deporte. Solo llevaba un pantalón de tela oscura que le llegaba a la altura de los tobillos. Su cabello negrísimo era abundante y salvaje.

Negó con la cabeza.

—Todo el mundo tiene nombre —le dije, divertida—, y si alguien no tiene, se lo ponen. —Hice una mueca—. ¿Quieres tener uno?

Ax asintió algo dudoso.

—Escojámoslo —me alegré—. Puede ser cualquiera, pero ¿cuál te gusta? Se encogió de hombros. «No lo sé.»

—¿Tampoco sabes ningún nombre? —le pregunté.

Él negó.

Pensé. Estaba emocionada. Quería darle un nombre porque ese chico era mi amigo especial. Era el amigo que solo aparecía a veces, que abría la rejilla de ventilación del techo, se deslizaba y pasaba un rato conmigo. No hablaba casi, pero yo intentaba enseñarle. Sabía que en algún lugar le hacían cosas malas, porque siempre aparecía con cicatrices nuevas. A veces quería ayudarlo a escapar, solo que era peligroso.

—¿Qué tal Bruce? —propuse, caminando de un lado a otro por la habitación—. Como Batman.

Él negó con la cabeza. No sabía quién era Batman.

—¿Brad? —propuse entonces—, como el actor favorito de mi amigo Nolan. A mí no me gusta mucho, prefiero a Tom Cruise, pero Nolan dice que Brad es más sexy porque es alto y rubio.

Ax negó también. Se me ocurrían mil nombres, pero era cierto, ninguno parecía irle bien; era tan raro, tan peculiar, tan especial. Además, debía de ser tonto, porque tenía dificultad para hablar.

De repente, vi la golosina sobre uno de mis estantes. Se llamaba Candy Max.

—¿Qué tal Max?

Él pestañeó, curioso. Siempre era muy curioso.

—Aunque es bastante común —dudé, arrugando la nariz—. En mi escuela hay como... seiscientos Max, y la mayoría se sacan los mocos y huelen fatal. Nolan dice que los niños que huelen fatal tienen el culo sucio, y tú no eres así.

Una pequeñísima sonrisa curvó su boca. Le hacía gracia lo que decía Nolan, aunque no lo conocía, porque él no podía conocer a nadie. Eso me entristecía

Miré la caja.

—Max... —murmuré y, tras darle muchísimas vueltas, agregué—: ¿Y si le quitamos la eme? Sería Ax...

—Ax —repitió él al instante.

Nos miramos. Chispeó esa conexión que siempre teníamos. Era una conexión misteriosa que me ayudaba a entenderlo.

—¿Te gusta? —Sonreí ampliamente—. A mí sí.

Él asintió.

—¡Entonces serás Ax! —exclamé, danto un salto de entusiasmo—. Puedo hacerte una partida de nacimiento, y la escondemos en alguna parte. Luego le puedo poner el sello de maestro de mi papá, y estará validado, porque los sellos lo validan todo.

Ax volvió a asentir. En su rostro, otra vez la pequeña sonrisa. Era el niño más raro del mundo. Cuando lo había descubierto por primera vez mirándome desde el conducto de ventilación, me había asustado mucho, pero después había entendido que no daba miedo, porque quien tenía miedo era él.

—Cuando conozcas a alguien, le dirás que te llamas Ax —le indiqué—. ¿Lo practicamos?

Él dio un paso adelante. Extendí mi mano hacia la suya.

—Me llamo Mack, ¿y tú cómo te llamas?

—Ax.

Justo cuando nuestras pequeñas manos se apretaron, la mía suave y cuidada, la de él con las uñas sucias, rotas y los dedos llenos de cayos y rojeces, noté que algo cambió en él. Algo en su cuerpo. Se volvió transparente, y pude ver a través de él. Pude ver que había alguien detrás de él.

Una niña. Cabellos largos, enmarañados, tan negros como un abismo. Y los ojos, iguales a los de Ax, pero invertidos.

Me sonreía.

Me sonreía porque siempre había estado ahí.

—¡No la toques! —exclamó alguien, rompiendo el recuerdo.

Cuando volví abruptamente a la realidad de la habitación médica, tenía la mano de Ax agarrándome el brazo. Me había apartado de la chica. Ahora él estaba frente a mí, y me miraba con los ojos muy abiertos... ¿Por qué me miraba así? ¿Solo por acercarme a ella?

Recordé las palabras del doctor y me zafé de él con brusquedad, retrocediendo. Sabía cuánto protegía y quería a esa chica. El impulso y el aturdimiento me hicieron tropezar con la bandeja de utensilios médicos, que cayeron al suelo con sonidos metálicos, yo me desequilibré y terminé en el suelo sobre un charco de sangre que seguramente se había formado cuando Ax había dejado a la chica en la camilla.

—¡No iba a hacerle nada! —me defendí con rapidez aún en el suelo. Mi voz sonó alterada, asustada, defensiva, jadeante—. La toqué por curiosidad. Fue un error, nada más.

Al alzar la vista, noté que Ax había hundido un poco las cejas y me observaba, extrañado.

—Lo sé —dijo.

El corazón me latía a toda velocidad.

—¿Lo sabes? —solté igual de rápido y con voz desconfiada—. No lo sabes. ¿Por qué me gritas que no la toque?

—Es peligrosa —contestó. Como solía pasarle, le costó un poco pronunciar lo siguiente, pero lo hizo—: Así... se defendería. Hará daño.

Miré mi mano. En las yemas de mis dedos había unas pequeñas quemaduras, negruzcas, como si fueran una rara especie de moho. Descubrí que me dolían. Me ardían. Y también que tenía unas súbitas y raras ganas de llorar, pero me contuve. Era... ¿Qué demonios fue lo que había recordado? Yo le había puesto el nombre a Ax porque era mi amigo, pero ¿y luego? ¿Qué me había mostrado esa chica?

—No lo sabía —dije en un murmullo—. Pensé que creías que iba a hacerle algo.

—Déjame ver... —Miró mi mano, que apoyaba en la muñeca de la otra, y dio un paso hacia mí con intención de ayudar a levantarme.

Pero no se lo permití. Me puse de pie yo sola, rápido, y retrocedí. Esa reacción lo extrañó más. En un primer instante, no entendió por qué, pero luego sí. Podía oler las emociones, ¿no? Sabía que yo sentía miedo, que el temor latía en mi pecho y tal vez pensaba que lo temía a él, aunque no era así...

Dio un paso atrás.

—Estás hablando más —dije.

Ax rodeó la camilla y se detuvo justo a un lado. Puso las dos manos sobre el borde y miró a la chica fijamente.

—Si ella está cerca... —dijo—, más fuerte.

Claro, estaban conectados de una forma que ni los mismos científicos habían podido explicar, por lo que era obvio que yo no lo entendería por más que me esforzara. Solo quedaba aceptarlo, y lo aceptaba, pero... había algo que me molestaba un poco.

—La hubiésemos podido sacar antes, ¿sabes? —dije—, y habríamos tenido tiempo de escapar. Habríamos podido huir a cualquier parte antes de que las cosas llegaran a este punto. ·

Eso. Desde que habíamos descubierto que el almacén estaba debajo de la casa, lo había pensado, pero no lo había mencionado porque no había tenido oportunidad de hablar con él hasta ahora.

Ax negó con la cabeza, serio.

—¿Por qué no? —pregunté, ceñuda—. Si me hubieses, no sé, llevado hasta el agujero y hubieses insistido en que había algo importante ahí, tal vez yo habría entendido y...

—Era peligroso —me interrumpió.

—¿Para ella?

Ax asintió.

Y de pronto, de una forma un tanto abrumadora, lo entendí. Comprendí por qué no había querido mostrarnos a la chica antes. Él la había mantenido en secreto incluso para nosotros, no por miedo a que se la llevaran, sino por miedo a que el otro peligro que existía a nuestro alrededor la matara.

¿Quién había asesinado a una parte de los doce?

—El fallo... —susurré, y después lo dije más alto, impactada—: No la sacaste antes porque no querías que la Sombra la atacara. Por eso ideaste un plan con Vyd para matarlo. Cuando estuviese muerto, sí podrías sacarla.

Un silencio denso, pesado, tan frío como la hoja de un cuchillo.

Ax asintió apenas, mirando fijamente hacia abajo.

Algo en mi interior hizo ebullición.

—¡Pues no sé si te has dado cuenta, pero ahora para nosotros también es peligroso! ¡Para Nolan! ¡Para mí! —le solté con un repentino enfado—. Entiendo que ella te importe mucho, pero ¡¿es que nosotros no te importamos?! ¡¿No te hemos importado nunca?!

Ax no dijo nada. Le di un poco de tiempo, con la estúpida esperanza de que diría algo, pero se mantuvo igual: en silencio.

—Pasé semanas intentando entender por qué ya no querías hablarme, por qué estabas enojado, por qué te alejabas de mí —empecé a decirle, conteniendo la voz para que no me saliera tan enfadada como me sentía—: Pensé: ¿cree que me he aprovechado de él al besarlo? ¿Acaso he hecho algo mal? ¿Piensa que no quiero ayudarlo? Pero ahora sé que no era por nada de eso.

Ax desvió la vista hacia otro lado, serio y algo tenso.

Le solté lo que había estado sospechando desde que Campbell había revelado que él había ido a matar a mi padre.

—¿Lo que te enojaba tanto después del beso era que había sucedido con la hija de un cuidador? —solté con dureza, pero muy afectada.

—No —dijo entre dientes.

—Entonces ¡¿qué era?! —exigí saber.

Pero se mantuvo callado, negándose a explicarme nada.

Lo miré directamente a los ojos, a pesar de que él no me miraba a mí. Quería saber otra cosa.

—¿Pensaste en matarme a mí también aquel día que te encontramos?

Él ni siquiera despegó los labios.

Sentí rabia.

—Ibas a hacerlo, ¿verdad? ¡¿Por qué no lo hiciste entonces?!

—¡No! —contestó de golpe, callándome.

Pero negué con la cabeza. La ira me cegó. ¿Ese era el chico al que había ayudado? Una criatura extraña a la que de repente solo le importaba otra chica extraña, y nos dejaba de lado, a Nolan y a mí, y no le importaba si nos mataban o no.

—No te creo —dije—. No sé qué es lo que...

—Que no —me interrumpió, esa vez más firme.

Ahora tenía las cejas hundidas y los labios apretados. También estaba enojado. Se volvió para mirarme, serio. Apreté los puños de rabia por sentir lo que estaba sintiendo, por haber sido tan estúpida y creer que...

—No entiendo muchas cosas —me dijo, decidido—, pero matarte, nunca.

La puerta se abrió de repente y el doctor Campbell entró sosteniendo un par de cajitas, unos frascos y unas bolsas con utensilios médicos. Se detuvo de golpe y, horrorizado, alternó la mirada entre Ax —que aún no se había lavado— el desastre del suelo y yo.

—Pero ¡¿qué demonios ha pasado?! ¡Ya existe un riesgo grandísimo de contaminación porque esto no es un quirófano, pero con ustedes aquí seguro que esta pobre muchacha sufrirá una infección! —Como ninguno de los dos nos movimos ni supimos qué hacer, él añadió—: ¡Vayan a las duchas ahora mismo!

No necesitó ordenarlo dos veces, porque salí de la habitación a grandes zancadas.

Avancé de la misma forma por el pasillo mientras me quitaba los guantes y el protector. Luego atravesé la puerta del fondo que daba a las duchas. Era como un gran baño, pero sin retretes, solo con dos cubículos de duchas separados por una pared delgada, muy parecidos a los de una escuela. Debía de ser para bañar enfermos, porque eran bastante amplios. Contra una pared había un estante con bolsas de toallas desechables y pequeños frascos de plásticos con jabón hipoalergénico.

Cuando me acerqué al estante para tomar una toalla y un frasquito, Ax entró en el baño. Estaba enfadada, a pesar de que había dicho que nunca había querido matarme. Estaba enfadada porque esa chica le importaba más que nosotros. Estaba enfadada porque él me había odiado y yo había sido su amiga.

Me di la vuelta con mis cosas, ignorándolo. Iba a seguir hacia uno de los cubículos de ducha sin prestarle atención, pero él se atravesó en mi camino.

Me miró desde su altura, serio. Desprendía un ligero y agrio olor a sangre. Evité mirarlo a los ojos.

—La mano —me pidió, como en un segundo intento más tranquilo—. Debo ver qué hizo.

Suspiré. Todavía me ardía. Ni siquiera sabía qué era exactamente. ¿Una quemadura? La extendí hacia él, no de muy buena gana. Pensé que la tomaría con la suya, pero solo la miró, como si no quisiera tocarme. Eso me hizo sentir peor, porque mis sentimientos no habían cambiado. Saber que provenía de una criatura desconocida y que su naturaleza era aún más oscura y peligrosa, no cambiaba nada. Yo sentía que conocía a otro Ax, que él no era solamente un producto científico o un títere asesino. Había una parte humana ahí dentro, y ese era el Ax al que quería.

—Una descarga... —dijo, y luego alzó la vista hacia mi rostro, curioso—. Ella... ¿mostró algo?

No quise decírselo. Sentí que no debía hacerlo.

Aparté la mano.

—No —zanjé.

Seguí hacia la ducha y abrí la puerta del cubículo. Entré y me giré para cerrar con seguro...

Pero entonces vi su espalda. Tenía varias marcas de quemaduras por la corriente eléctrica que lo había atacado en el almacén. Todas sus heridas estaban rojas, hinchadas y abiertas. ¿Acaso no le dolían? ¿No le ardían? Tal vez no, porque estaba muy acostumbrado al dolor.

Quise ser dura, indiferente, fría e ignorarlo, pero yo no era así. ¿A quién quería engañar? ¿Al frasquito con jabón? No era cruel como quienes lo habían visto sufrir y habían permitido que sufriera. No podía estar celosa de una chica que yacía en una camilla entre la vida y la muerte. ¿Qué rayos estaba pasando por mi cabeza?

De forma automática, mi dureza disminuyó y, sin poder contener mi preocupación, me acerqué y puse la mano sobre su hombro para mirar mejor. Iba a decirle que pidiéramos ayuda a Campbell, pero fue como si lo hubiese tocado con una mano eléctrica.

Ax se giró de golpe con una expresión de horror. Retrocedió rápido, como si tuviera que alejarse de mí lo más que pudiera.

—¡No! —me soltó con fuerza, exigiéndome que no lo tocara.

Ahí estaba otra vez esa actitud de rechazo. La misma inexplicable y frustrante actitud con la que había tenido que lidiar durante semanas.

Tal vez sí debía enojarme, y lo hice. No aguanté más. No quise hacerlo.

—Pero... ¡¿qué pasa contigo?! —grité en un impulso de rabia—. ¡¿Me odias tanto que te doy asco o qué?! ¡¿Por qué actúas así?!

No esperaba que me respondiera, porque estaba acostumbrada a que no lo hiciera, pero su reacción fue inesperada, como un estallido. Se puso las manos en la cabeza con desesperación, como si, después de tanto tiempo, hubiera algo que ya no podía seguir soportando. Algo que, por lo visto, yo no sabía; algo que me había estado perdiendo.

—¡Maldita sea! —soltó con una repentina mezcla de furia y espanto—. ¡No lo entiendo!

Confundida, lo miré tratando de comprender qué había sucedido, pero aquello era muy nuevo.

—¿Qué es lo que no entiendes?

—¡La debilidad! —contestó, como si se tratara de algo horrible y obvio, algo que ya debía de haber sabido.

—¿Qué debilidad? —repliqué. Estaba perdiendo la paciencia y seguía sin entender nada—. ¿Qué te hace sentir débil?

—¡Tú! —soltó, y me señaló con un dedo acusatorio—. ¡El beso!

Me quedé... paralizada.

¿Yo? ¿El beso? Oh, por todos los cielos...

Eso lo cambió todo. Mi enfado se esfumó al instante y me quedé atónita, inmóvil, con los ojos muy abiertos y la boca entreabierta. Todo era tan confuso...

—¿Qué estás diciendo? —pregunté, perpleja.

Ni siquiera pude moverme cuando empezó a dar pasos de un lado a otro con una repentina expresión torturada, afectada, enfadada, todo al mismo tiempo. Se miraba las manos como si hubiese cosas malas en ellas.

—Me debilitó y la debilidad es peligrosa —continuó, alterado—. No puedo ser débil. Mi mente... distraída. Mi fuerza... menor. —Se detuvo y buscó alguna respuesta en mi rostro, desesperado—: ¿Por qué haces eso? ¡¿Me atacas?!

Pestañeé. Sentí el corazón acelerado, un montón de electricidad estática en mi mente. Un repentino nerviosismo, fruto de la sorpresa y la confusión. ¿Lo estaba entendiendo bien? ¿El beso le había hecho sentir cosas? ¿Las mismas cosas que a mí?

—No hago nada para atacarte —le dejé claro, estupefacta—. ¡Nunca lo haría!

—¡¿Qué es?! —me exigió con frustración. Se pasó las manos por el cabello y de nuevo dio pasos irregulares, sin sentido—. ¡No se va! Trato..., pero... —Cerró los ojos con fuerza, como si algo le doliera.

Sonó como si se estuviera reprendiendo a sí mismo, y pese a lo que estaba sucediendo, no quise permitir que hiciera eso.

—Ax, todo lo que te enseñaron es una mierda, ¿de acuerdo? —le solté con firmeza para detenerlo—. ¡Tienes que olvidar cualquier cosa que esa gente te haya dicho que no puedes hacer!

Abrió los ojos y me miró. Sus cejas arqueadas en un gesto de tortura y ansias de respuestas. Sus pasos comenzaron a dirigirse a mí.

—¿Por qué me siento así? —me preguntó, suplicándome que se lo explicara.

Negó con la cabeza y apretó los labios como conteniendo una furia peligrosa. Quise avanzar y eliminar la distancia que nos separaba, rodearlo con mis brazos y calmarlo, pero tuve la impresión de que no debía tocarlo y de que no debía enojarme, así que retrocedí.

—Porque también tienes una parte humana —le respondí, más comprensiva.

—No —se negó a sí mismo, de nuevo reprendiéndose—. Yo soy... soy...

—Eres Ax —le aseguré—. Mi Ax.

Él arqueó las cejas. Me miró con los ojos más vulnerables del mundo. A mí, el corazón me martilleaba el pecho. Yo le había dado una identidad, y se la recordaría por siempre.

Mi espalda chocó contra la pared del cubículo de la ducha.

—Si no te gusta sentir esa debilidad, prometo no acercarme más —dije para tranquilizarle.

Él volvió a negar. Parecía estar luchando contra algo dentro de sí mismo, algo que lo lastimaba y al mismo tiempo lo enojaba. Se acercó más y se detuvo a menos de medio metro de distancia. Sus ojos fijos en los míos.

—Es que sí quiero —dijo en un tono de voz muy bajo, como derrotado.

—¿Qué quieres?

—La debilidad... —confesó en un susurro—. Otra vez.

Entonces destrozó la distancia que quedaba, como si ya no pudiera aguantarlo más, puso una mano contra la pared y me besó.

Al principio, fue como el beso que nos dimos, inexperto y lento, pero luego, tras soltar aire pesadamente por la nariz, descubrí que tenía algo nuevo: necesidad, ansias, desesperación. Ax no buscaba que le enseñara nada, buscaba hacer algo que quería hacer, algo que había estado reprimiendo, así que envolví mis brazos alrededor de su cuello para dejarle claro que a mí me había estado sucediendo lo mismo.

En un segundo, nuestras respiraciones se aceleraron y nuestro juego se aceleró a un ritmo de lenguas rozándose. Desaparecieron todos los problemas. Dejaron de existir la Sombra, la organización, el peligro de muerte, el ardor de mis dedos. Solo éramos él y yo besándonos, ahora más rápido y con más efusividad, en un baño porque nos daba la gana de hacerlo.

Como si fuéramos normales.

—¿Qué es...? —me preguntó entre el movimiento de nuestros labios, con una voz un poquito ronca y un poquito jadeante.

—Es que te gusto —le contesté en el mismo estado.

—Me gustas... —repitió en un susurro, para luego atacar mi boca con más ansias.

Una de mis manos se deslizó hacia su cabello. La otra mano la deslicé sobre su hombro hacia su espalda y con toda intención lo pegué más a mí. Ax fácilmente descubrió algo nuevo y separó la mano de la pared para envolverme la cintura con sus brazos desnudos. No quedó ni un centímetro de separación entre nosotros. Era mi pecho contra el suyo, mis caderas contra su pelvis, todo en una intensa fricción por el movimiento de los besos.

Obviamente, empecé a querer más.

Cada parte de mi cuerpo quiso más.

Y en cierto momento sentí que una parte especial de su cuerpo también quería más.

Se me ocurrió romper el beso para acercar mis labios a su oído y decirle que podíamos... que podíamos...

Entonces se escuchó la voz:

—¡¿Qué demonios están haciendo ahí?! —gritó Nolan al otro lado de la puerta del baño mientras daba golpes fuertes—. ¡¿Se están enjabonando hasta la epidermis o qué?!

El beso se detuvo abruptamente, dejando un vacío frustrante. El mundo real regresó con una fuerza decepcionante. Nos miramos el uno al otro con los ojos bien abiertos, primero algo asustados, luego comprendiendo que solo era Nolan.

Los golpes en la puerta resonaron.

—¡Tenemos que hablar todos, salgan! —nos exigió.

Supe que no se detendría.

—¡Ya vamos! —le respondí en un grito.

—¡Bien, dense prisa! —contestó.

Los golpes dejaron de sonar y el baño quedó de nuevo en silencio.

Ax inclinó la cabeza hasta que su frente chocó con la mía y suspiró con fuerza. Su boca estaba entreabierta y ansiosa, el pecho le subía y bajaba por la respiración agitada. En sus ojos había rendición, dolor, enfado, frustración..., pero no arrepentimiento, y eso me alivió.

Deslicé la palma de la mano por su pecho, percibiendo cada cicatriz con las yemas de los dedos. Tal vez no era el mejor momento para esas cosas. De hecho, sabía que era el peor momento porque todavía teníamos mucho que aclarar, pero al demonio con lo que Campbell nos había dicho, al demonio con la discusión, al demonio con todo lo demás.

Había un riesgo grande de no salir vivos de lo que estaba sucediendo. Tenía que besar a Ax. Tenía que soltar finalmente todo lo que había reprimido...

Él hizo un gesto de dolor. Bajó la vista hacia su pantalón, donde el bulto era notable.

—Mierda —gruñó con molestia—. Me duele.

Pestañeé.

Y luego no pude evitar soltar una risa.

Por primera vez, la comisura izquierda de sus labios se alzó con ligera lentitud. ¿Una pequeña sonrisa? Fue el mismo gesto del niño que vi en mis recuerdos, pero reflejado en su rostro adulto, peculiar y atractivo.

Nolan volvió a atacar la puerta:

—Entonces ¡¿van a salir o les instalo una tele con DirecTV ahí?!

28

«Las cosas que más amamos son las que nos destruyen», dijo cierto hombre en cierto libro distópico

Cuando salimos del baño, Ax se había duchado en uno de los compartimentos y yo en el otro, porque decidimos concentrarnos en los riesgos del momento y las prioridades.

No sabía cómo manejar todo lo que estaba sintiendo por habernos besado y haberme enterado de que él había estado reprimiendo sus ganas solo porque se sentía más débil al estar conmigo. Quería emocionarme como una adolescente, pero tuve que dejar eso para luego, porque ahora la realidad estaba de vuelta y solo importaban estas cosas: ¿cómo evitaríamos que la organización atrapara a Ax, a Vyd y a la chica, y adónde iríamos si teníamos que huir?

Nos reunimos todos en la sala de espera del consultorio. Dan y Nolan habían terminado de discutir, aunque percibí cierto aire de niños molestos entre ellos.

Vyd habló primero porque tenía algo importante que decir.

—Tenemos dos problemas —empezó—. Primero, la idea de Nolan de que huyamos es muy buena y funcionaría de no ser por un obstáculo: el fallo. Aunque nos vayamos a Moscú o a España, va a seguirnos y va a encontrarnos, sobre todo a Ax, que es su mellizo. Y si la Sombra nos encuentra, la organización también, porque él todavía tiene el rastreador. Así que, antes de irnos, hay que retomar el plan que yo había propuesto y matarlo.

De acuerdo, habíamos olvidado esa gran parte: la Sombra, que en realidad no era una sombra, pues en algún momento había sido una persona, tal vez casi igual a Ax. Sabíamos que esa cosa ya no tenía consciencia propia, no razonaba, solo buscaba matar, pero había un punto raro que ahora recordaba: ese fallo me había ayudado en la comisaría de policía a salir del incendio. ¿Por qué?

—Hay que hacerlo —decidió Ax en el grupo, refiriéndose a matar a su propio hermano.

Estaba apoyado en una pared con los brazos cruzados, serio como siempre. Su cabello aún estaba húmedo y ese pantalón que habíamos sacado de la mochila de Nolan le quedaba más largo que el resto, por lo que sus talones pisaban los bordes.

—Eso me lleva al segundo problema —dijo Vyd, y se giró hacia Ax—. Perdiste mucha fuerza en el almacén, y lo sé porque, si tú estás débil, yo también. No podemos atacar al fallo así, antes debes recuperar al menos un setenta por ciento o...

—¿La Sombra podría matarlo? —completó Nolan, que se había sentado en una de las sillas.

—Sí —dijo Ax.

Una repentina preocupación surcó la cara de Nolan. Pensé que por algo bastante serio e importante, pero...

—Joder, te me morirías virgen —murmuró.

Quedé con cara de «¿en serio?». ¡¿En serio eso es relevante ahora?!

—¡Nolan! —intervine, mirándolo ceñuda.

Él me observó con incredulidad.

—¿Qué? —emitió en un resoplido de «no sabes nada, Mack»—. Es algo que él y yo ya hemos hablado.

¿Cuándo rayos lo habían hablado y dónde estaba yo cuando lo hicieron?

—Como sea, Ax debe hacer algo —intervino Vyd, dejando claro que ese punto era más importante—. Tal vez dormir, luego comer de la cocina del hombre doctor e incluso ver algo de televisión. Eso ayuda, aunque es un poco lento y necesitamos que recargue las energías rápido...

Porque teníamos poco tiempo, claro. En cualquier momento podía aparecer la gente de la organización o la Sombra misma. Ambas posibilidades eran muy malas.

—Bueno, ¿y después qué? —dijo Dan. Había estado callado, pero atento—. ¿Piensan matar a esa cosa y huir? ¿Se pasarán toda la vida huyendo de ciudad en ciudad?

Pues yo no tenía ni idea de qué haríamos luego. Nolan tampoco. Ax... nada. Solo Vyd hizo un gesto de que él sabía la respuesta.

—He pensado que, si encontramos un lugar seguro —empezó a decir, alternando la vista entre todos—, Ax y yo podríamos intentar atraer a los de STRANGE que siguen vivos.

—¿Cómo lo harían? —pregunté, medio confundida—. ¿Eso se puede hacer?

—Claro —asintió Vyd—, yo encontré a Ax porque sentí su energía, sentí que necesitaba ayuda. Ambos podemos esforzarnos en hacerles llegar nuestra ubicación a los demás. —Debajo del pañuelo, tuve la impresión de que sonrió—. Juntos, ninguna organización podría atraparnos.

Esa sí era una idea que prometía mucho.

Si es que cuando tuviéramos que huir seguíamos vivos.

Para finalizar el círculo de planes, acordamos que Vyd —él se ofreció voluntario— vigilaría la casa durante esa noche. Ax fue a la sala en donde estaba la chica a dormir en el suelo mientras la cuidaba (así lo quiso). Dan se fue a hacer sus investigaciones, asegurándonos que volvería lo más pronto posible. Nolan resopló y no le creyó, pero yo confiaba en él, aunque tal vez me equivocaba. Esperaba que no.

Sin ganas de cerrar los ojos con tantas preocupaciones, Nolan y yo fuimos a la cocina a buscar algo para darle de comer a Ax. Primero, mientras preparábamos algunos sándwiches, no nos dijimos nada. Habíamos vivido muchísimos silencios en nuestra amistad, pero ninguno como ese. Fue pesado, como si uno supiera cuán asustado estaba el otro y por esa razón no tuviera ni idea de qué decir, porque en realidad no había forma de tranquilizarnos.

Quise acabar con ese silencio en varios momentos, pero no supe cómo. Al final, Nolan nos salvó.

—Bueno, ¿y Ax y tú qué hacían en el baño? —me preguntó con ese tono de entrar en temas de chicos y cosas normales—. ¿Arreglaron las cosas o qué?

¿Las habíamos arreglado? ¿Besarnos ya aclaraba las cosas?

Por supuesto que le iba a contar todo sobre el beso, pero lo haría luego. Antes quería contarle lo que la chica número dos me había mostrado en mis recuerdos, algo en lo que no había dejado de pensar desde que pude pensar con claridad después del beso en el baño.

Cuando acabé de explicárselo, Nolan frunció el ceño, confundido. Se veía cansado y tenía el cabello enmarañado, pero todavía mantenía su brillo de chico atractivo, y sus ojos tenían un destello vivo, joven, valiente.

—¿Cuáles son las habilidades de esa chica? —preguntó, pensativo—. Me da algo de... miedo.

—Las habilidades son lo de menos —dije, inquieta—. No puedo entender algo de lo que ella me mostró en mis recuerdos. ¿Cómo es que Ax podía llegar a mi habitación si nunca estuvo en el almacén? ¿Cómo nos hicimos amigos si él estaba lejos con su cuidador?

Nos miramos un momento en silencio. Nolan pestañeó, atónito. Había entendido.

—Tu padre cuidaba solo de la chica y del mellizo de Ax... —dijo, ahora también inquieto—. Tal vez tú... tal vez tú conociste al mellizo.

De pronto, el doctor Campbell entró en la cocina. Estaba extrañamente nervioso y parecía aún más preocupado que antes. Miró hacia todos lados con cierto temor y luego se detuvo en nosotros.

—¿El chico está por aquí? —preguntó, refiriéndose a Ax.

—No, está con la chica —respondí.

Asintió.

—Bien, Mack, entonces ven a mi despacho por favor —me pidió—. Necesito hablar contigo.

Volvió a salir de la cocina.

Nolan me miró de inmediato y supe lo que esa mirada significaba: «Si pasa cualquier cosa rara, grita». De todas formas, estaba segura de que no sucedería nada raro.

Antes de seguir a Campbell, me volví hacia Nolan un momento. Había tenido una idea repentina.

—Vyd estará solo fuera, cuidando de que no nos maten —le dije—. ¿Por qué no eres bueno una vez en tu vida y, después de llevarle comida a Ax, preparas café y le ofreces una taza?

Él soltó una carcajada.

—¿Puede beber café? —preguntó, enarcando una ceja—. Pero ¿tiene boca?

—Se supone que a los trece de STRANGE les implantaron varios tipos de materiales en el cuerpo, ¿no? —dije astutamente—. Tal vez si tú le preguntas qué tiene debajo de ese pañuelo, te lo dirá.

Nolan apretó la boca y me miró con los ojos entrecerrados. Aguardé, también mirándolo igual. Lo conocía lo suficiente como para estar segura de que mi comentario había despertado lo que más latía dentro de su cuerpo: la curiosidad.

—Bien —aceptó de mala gana—, solo porque sí quiero saber qué esconde.

Vyd nos había ayudado mucho en el almacén, y había sufrido bastante por ello. Lo menos que merecía era un momento a solas con Nolan, porque era obvio que él era el único ser vivo al que le encantaban las estupideces de mi mejor amigo. Que lo disfrutara entonces.

Fui al despacho. Al entrar, encontré a Campbell acuclillado frente a un gran estante. Sacaba y sacaba papeles, carpetas, libros y objetos. Lo revisaba todo con ojos rápidos y luego lo dejaba a un lado. Entendí que buscaba algo, pero ¿qué?

—Estoy aquí —dije, al darme cuenta de que no había notado mi presencia.

Alzó la mirada. Las gafas se le habían deslizado hasta la punta de la nariz.

—Sí, vale... Es que tengo que contarte algo, pero.... —dijo, volviendo a revolver las cosas—. Trato de encontrar una memoria USB que tu padre me dio una vez que vino a pedirme ayuda en una investigación. Contiene un vídeo importante. Quiero mostrártelo para que entiendas lo que voy a decirte... ¡Ajá, aquí está! —Se puso en pie con el dispositivo en mano—. Los cuidadores grababan vídeos de los entrenamientos y las pruebas que realizaban a los individuos. Este es uno de Ax.

Fue hasta su escritorio donde había un ordenador y con un adaptador conectó una de las memorias de la lámina del número uno.

¿Entrenamientos? ¿Pruebas? ¿Todas esas cosas horribles que le habían hecho y que lo habían convertido en un animal con dificultad para hablar? ¡¿Todo lo que lo había traumatizado?!

—No, no quiero ver eso —dije de inmediato, dando un paso atrás.

Campbell alzó la vista. Se le vio una genuina preocupación, y se lo agradecí, pero no quería ver ningún entrenamiento de Ax. No podía ver cómo lo lastimaban o cómo lo estudiaban como si fuera una rata de laboratorio y que ello me hiciera dudar de si ayudarlo era correcto o no. Le había prometido que lo ayudaría. Ya no había vuelta atrás.

—Mack, Godric vino una vez a pedirme ayuda y me habló de algo que solo los cuidadores del número uno y el número dos sabían —dijo él, muy serio—: la razón por la cual los separaron. En realidad, tuvieron muchas razones para hacerlo, entre ellas, que desarrollaron habilidades que el resto no desarrolló. (Tienen, por ejemplo, una alta capacidad para dominar la mente de los demás y poner en cuestión verdades científicas.) Pero la razón más importante es secreta.

Una razón secreta.

Dios mío, otra cosa más.

—Ese chico al que llamas Ax es capaz de matar de formas inimaginables —añadió con gravedad.

—Porque eso querían que hiciera, ¿no? —solté—. Lo que hay en esos vídeos es el individuo que la organización quiso crear. ¿Cómo iba a ser de otra forma? Fue lo único que le enseñaron.

—Sí, eso está en los vídeos, pero no es lo que quiero mostrarte —me aclaró con cuidado. Se notaba que no quería alterarme, así que me controlé—. Lo que quiero que comprendas es que, si tú quieres, puedes ayudarlo, pero no puedes quedarte para siempre con él, porque, aunque parece totalmente humano, no funciona como uno.

Pero Ax tenía sentimientos. Me había besado, había reaccionado como un chico normal, había aprendido a ser nuestro amigo. Sus emociones humanas estaban ahí, dentro de él, pero las reprimía por miedo.

—A nosotros nos ha parecido que sí tiene mucha humanidad —sostuve.

Campbell se interrumpió, se quitó las gafas, se frotó los ojos y exhaló. Dio la impresión de no saber bien cómo decir lo siguiente.

—Debes ver esto para entenderme —me pidió de nuevo, dándome a entender que era algo muy importante.

Bien, debía armarme de valor y visualizar ese vídeo, de modo que me acerqué con todo el temor del mundo. Él hizo doble clic sobre un archivo y este empezó a reproducirse.

En la pantalla, una celda. Era igual a la que había en el almacén de debajo de mi casa, de solo cuatro paredes. Todo se veía verde, blanco y negro porque era una grabación en visión nocturna. Significaba que ahí dentro estaba totalmente oscuro a ojo humano. Las paredes eran espejos. Sobre una cama arrimada a una de las paredes había un niño sentado. Tenía la cabeza inclinada hacia el pecho y el cabello salvaje cayéndole sobre la frente. No se le veían los rasgos faciales y además tenía un pañuelo negro alrededor de los ojos, pero ese cuerpo delgado y ese pantalón de tela a la altura de los tobillos delataban que era Ax.

—Mira aquí. —Campbell me señaló con el índice una de las esquinas de la celda—. Mira en todo momento.

Allí había una jaula, y dentro un ratón blanco que se movía con rapidez por todas partes.

Campbell deslizó el cursor e hizo clic para acelerar el vídeo. Las horas, minutos, segundos y días marcados en la esquina superior izquierda de la pantalla empezaron a transcurrir muy rápido, y las acciones del niño también: sentado, de pie e inmóvil, moviéndose por la celda, rasgando las paredes, tendido en el suelo y, a veces, no estaba.

Pero eso no era lo que Campbell quería mostrarme, lo entendí de inmediato. Lo que quería que viera era que, a medida que pasaban los días, el ratón de la jaula —con el que Ax nunca interactuaba— Cada vez se movía más lentamente y, de forma notable, fue perdiendo el calor que lo identificaba en la visión nocturna.

De vez en cuando, mientras Ax no estaba en la celda, entraba alguien para darle comida y agua, pero el animalito siguió perdiendo vitalidad.

Hasta que dejó de moverse. Estaba muerto.

El doctor detuvo el vídeo, me puso una mano en el hombro y me giró para que lo mirara. Sin embargo, en la imagen había quedado un Ax delgado y con los ojos cubiertos con un pañuelo, encogido en su cama, por lo que no pude apartar la mirada de él.

Una cosa había sido verlo en mis recuerdos y otra en un vídeo, más real. Sentí un dolor profundo en el pecho viéndolo ahí encerrado, sin poder ver ni oír...

Pero ¿qué significaba lo del animal?

—Cuando apareciste, te pregunté si sabías todo lo que puede suceder alrededor de ese chico, y es esto, Mack —suspiró Campbell, nervioso—. Por ello los dos fueron aislados en celdas especiales, y recluidos con mayor protección. Eso es lo que pasa con cualquiera que viva cerca de ambos, y de esto es de lo que intento advertirte.

Le devolví la mirada. Me observaba afligido y preocupado, como si esperara que en cualquier momento algo espantoso fuera a pasar. Empecé a sentir un nudo en el estómago. Tenía un mal presentimiento. Sentí que no quería oír lo que iba a decirme...

Pero soltó la verdad tan clara como destructiva:

—Todo lo que vive alrededor de Ax, en algún momento, termina muriendo.

Di un paso atrás, estupefacta, asustada. Notaba las manos frías y los pulmones paralizados. Me negaba a creer lo que me estaba diciendo.

—¿Qué? —solté en un aliento perplejo—. Está equivocado. Él no ha matado a nadie inocente, no mientras ha estado con nosotros.

Campbell me miró con pesar, casi con lástima, y eso no me gustó.

—No me refiero a que mate intencionadamente, aunque puede matar si quiere —se corrigió—. Es algo que nunca se pudo explicar. Godric me lo contó. Es algo genético. Las células de la criatura en el cuerpo de Ax son muy agresivas y están en constante batalla con sus células humanas, lo cual pudo haber causado el daño de órganos cuando eran bebés. Por esa razón su cuerpo expulsa una energía tóxica, capaz de deteriorar y enfermar poco a poco lo que está cerca de él.

En medio del caos que había en mi mente, apareció un nombre: Nolan.

Nolan y yo habíamos estado con Ax durante mucho tiempo, y estaríamos juntos mucho tiempo más si al final llevábamos a cabo nuestra huida, lo cual significaba que nuestros cuerpos se verían aún más afectados por su proximidad. Mi cuerpo y el de mi mejor amigo, que era la única persona que me quedaba en este mundo, el único que me había apoyado en los peores momentos, aun si eso ponía en riesgo su vida.

Oh, mierda...

¡Oh, mierda!

—¿Cuánto tiempo hace que lo escondes? —me preguntó el doctor al notar mi desconcierto.

—¿Cuánto tardó en morir ese ratón? —pregunté yo a mi vez.

—Unos seis meses.

La siguiente pregunta me salió temblorosa:

—¿Y cuánto tardaría en morir una persona?

—En un humano, el deterioro sucede más lento. —Campbell pensó un momento—. Diría que... un año y medio si se comparte el mismo entorno con el chico todos los días. Pero si se comparte también con la chica, la muerte ocurriría más rápido. Los dos son muy tóxicos.

Tuve que apoyar una mano en el escritorio, porque me sentí incapaz de soportar el peso de esta verdad: Ax, sin quererlo, nos mataría. Mataría a Nolan.

No.

No podía dejar que eso pasara. Debía evitarlo.

Pero entonces eso significaba que...

Un cuchillazo emocional se me clavó en el pecho.

—¿Él lo sabe? —pregunté al doctor—. ¿Ax sabe que tiene ese efecto en los demás seres vivos?

—No. Se consideró que no era conveniente que lo supiera, que no era conveniente que ninguno de los dos supiera cuán poderosos eran, pues cabía la posibilidad de que quisieran liquidar a toda la humanidad, algo que Ax, si quiere, podría hacer con facilidad.

¿Y Ax quería?

¿Ax quería usar ese poder?

—¿No hay una forma de neutralizar ese poder? —pregunté, aunque tenía otras mil preguntas en la cabeza que no sabía cómo formular.

—Godric estaba intentando hacer un neutralizador, por eso vino a pedirme ayuda —contestó con cierto pesar—, pero yo no me involucré mucho y tu padre murió antes de lograr algo. Me temo que no podemos hacer nada.

Sentí una brusca oleada de rabia.

—Murió porque Eleanor lo envenenó, lo sé —solté sin poder contenerme.

Deseé tenerla delante de mí para descargar mi furia en ella por lo que había hecho.

—No es algo que yo pueda confirmarte —dijo—. Y no es lo importante ahora.

De repente, con su aire nervioso, pareció acordarse de algo. Cogió un bolígrafo de su escritorio, una de sus tarjetas de presentación y escribió algo detrás. Cuando terminó, se acercó y me la ofreció.

—Sé que, aunque te he dicho que es mejor que te alejes de ese chico, tú harás lo que quieras —me dijo con suavidad, colocando la tarjeta en mi mano—, así que solo te puedo ayudar en una cosa más. Ahí tienes la dirección de una casa que compré unos meses después de rechazar el puesto de cuidador. No sé por qué, pero tuve la sospecha de que algo malo podía pasar y de que podría refugiarme allí. Está a siete horas de aquí. Es un lugar aislado, pero seguro. Tal vez puedan ir.

De forma automática asentí y me guardé la tarjeta en el bolsillo de los tejanos. Campbell formó una línea con los labios.

—Usa una de las habitaciones para descansar, ¿vale? —me pidió—. Te prometo que mañana hablaremos de tu padre.

No sabía qué más decir. O, bueno, en realidad no me veía capaz de decir nada más. Tenía un montón de cosas en la cabeza y estaba demasiado impactada con lo que me acababa de contar el doctor. De modo que asentí con la cabeza y me dirigí a la puerta.

Caminé automáticamente como un robot, como suspendida en el aire de la perplejidad, y busqué una habitación para poder estar sola. Entré y cerré la puerta. Me apetecía sentarme en el alféizar de la ventana, pero no lo hice para evitar que alguien pudiera verme desde la calle, así que, sin encender la luz, me apoyé en la pared junto a la ventana, por la que entraba la luz gris de los faroles de la fachada de la casa.

Fuera, la noche estaba sin estrellas, rayada por nubes oscuras y densas. Caía una llovizna, que en cualquier momento se convertiría en un aguacero.

Mi cabeza era un lío.

Todo lo que vivía alrededor de Ax terminaba muriendo...

Todo lo que vivía alrededor de Ax iba deteriorándose poco a poco...

Ax era letal sin saberlo.

Y no podía decírselo. No podía revelárselo. ¿Qué haría si lo supiera? ¿Se iría para no hacernos daño o no le importaría? ¿Usaría su poder de una forma... vengativa?

La verdad era que no me importaba lo que me pasara a mí, pero sí me importaba Nolan, y a partir de ahora su vida dependía de mí.

Durante lo que me pareció una hora, estuve pensando en las diferentes opciones que tenía, hasta que de pronto la puerta de la habitación se abrió.

Era Ax.

Me lo quedé mirando un momento. Parecía exhausto, pero, como siempre, mantenía ese aire de guerrero dispuesto a seguir luchando, a pesar de sus heridas. Tampoco parecía tener ni idea del daño que me hacía estando ahí parado. A mí ni siquiera me daba la impresión de que era dañino. Era solo el chico raro que había aparecido de repente y al que me había acostumbrado a tener cerca. El chico por el que había desarrollado una inmensa paciencia. El que me había besado en el baño y al que, justo ahora, tenía unas inmensas ganas de volver a besar para olvidarme de todas las cosas horribles que nos habían pasado.

Cuando se detuvo en mitad de la habitación, me di cuenta de que parecía algo molesto.

Traté de actuar normal.

—¿Qué pasa? —le pregunté.

Miró hacia otra parte. Intenté descifrarlo...

—¿Sigues sintiéndote débil? —pregunté, pensando que se trataba de eso.

Negó con la cabeza y avanzó hasta detenerse frente a mí, al otro lado de la ventana. También apoyó el hombro en la pared y me miró por un instante, serio. Esperé que hablara, esperé algo que me hizo sentir un cosquilleo, pero tras un minuto de silencio miró afuera con el ceño ligeramente hundido.

Entendí su actitud. Quería decirme algo, pero no sabía exactamente cómo. Estaba contrariado consigo mismo.

Se me ocurrió que tal vez si hablábamos lograría relajarse.

—¿Lo que contó Campbell sobre tu origen te ayudó a recordar algo de tu pasado? —rompí el silencio.

Ax hizo un pequeño asentimiento.

—Cosas.

—Yo no he conseguido recordar mucho —le expliqué, tras un suspiro de frustración—. Bueno, he recordado todo lo del accidente, al menos. Ya sé que quienes nos perseguían eran las personas de esa organización, solo que no sé por qué lo hacían. Tal vez porque yo sabía algo...

—No sé... —me contestó con su voz neutra y masculina— esas respuestas.

Bueno, tampoco esperaba que las tuviera.

Tal como estaba, mirando por la ventana, veía su perfil. Perfecto. Me parecía perfecta cada línea y cada rasgo de su cara. Me gustaba mucho que no fuera atractivo de forma convencional, sino de una manera extraña, única.

De pronto recordé que querer a Ax me estaba matando; sin embargo, aun así, no tenía ganas de alejarme de él.

—Pero sé que... —empezó a decir de pronto, con cierta dificultad— en un tiempo muy largo no te vi.

Detuve todo pensamiento por un momento, intrigada por esa nueva información.

—¿Antes o después del accidente? —pregunté.

—Antes era mucho —contestó, encogiéndose de hombros—. Después del accidente ya no te vi.

Entonces... sí era él el de mis recuerdos, pero ¿cómo pudimos estar en la misma habitación si él no era el que estaba en el laboratorio del almacén de mi casa?

Claro, todo era posible, pero quería entenderlo.

—¿Yo no quería verte o...? —seguí indagando.

—No recordabas. —Lo corrigió tras un momento—: No me recordabas.

Demonios, hasta a él lo había olvidado.

Dios, me iba a reventar la cabeza, así que preferí cambiar de tema.

—¿Quieres ver la tele? —le propuse. Sabía que le ayudaba a recuperar fuerzas.

Negó.

—¿Comer algo?

—No —contestó en un susurro—. Necesito algo más.

—¿Qué?

Hice la pregunta distraída, sin pensar en ninguna posibilidad, pero entonces él me miró de una forma diferente, igual que lo había hecho antes en el baño tras besarme, como un depredador ansioso... Todo el lío en mi cabeza se esfumó. Solo hubo silencio, y solo existimos los dos.

—¿Qué... quieres? —pregunté con cierta dificultad.

Sin responder, bajó la mirada. Alzó una mano junto a mi brazo, primero dudoso y luego seguro. A la expectativa de lo que iba a hacer, se me aceleró el ritmo cardiaco. Las puntas de sus dedos rozaron mi brazo y luego, inesperadamente, iniciaron un recorrido curioso por mi piel. El tacto fue suave, pero me quemó de una manera que me cortó la respiración y me despertó los sentidos. Quise que no terminara nunca, que se extendiera hacia otras partes. ¿Cómo podía ser tóxico? No sentía que me estuviera matando, sentía que me estaba devolviendo la vida.

De pronto, me apretó el brazo con suavidad y me tiró hacia su cuerpo en demanda de cercanía. Un tirón ansioso. Obviamente, no puse la más mínima resistencia: no tenía fuerza para resistirme y tampoco quería hacerlo.

Me quería cerca. Ax me quería cerca, y pese a que sabía que era dañino, no me alejé. Quedamos a apenas unos centímetros el uno del otro. Pecho con pecho.

Aún con su mano en mi brazo, inclinó la cabeza un poco hacia delante y me miró los ojos. Luego la boca. Como era más alto, su respiración, caliente y fresca, me acarició los labios, entreabiertos por lo inesperado del momento. Sus brazos desnudos, sus hombros, su pecho y su abdomen emanaron un calor intenso que me tocó la piel y me produjo un cosquilleo que jamás había sentido.

Él tragó saliva. Yo no respiré.

—Esto —me susurró finalmente—. Necesito esto.

29

El peor momento es el mejor

Desde que habían empezado a suceder todas las cosas espantosas que habíamos vivido, se había encendido una voz en mi cabeza que no dejaba de gritar: «¡Peligro, peligro! ¡Estamos en peligro!».

En ese instante, dejé de escuchar esa voz.

La advertencia de Campbell dejó de ser importante.

Mi mente se quedó en blanco.

Lo único que existió fue la habitación semioscura y silenciosa, y Ax frente a mí, con su boca a milímetros de la mía, las puntas de nuestras narices rozándose y una repentina debilidad producida por ser consciente de que me tenía contra su cuerpo.

Antes de que yo dijera algo, puso una mano en mi cuello y con el pulgar en mi barbilla me hizo inclinar la cabeza hacia atrás. Besó mi labio superior. Apenas un toque lento, un movimiento pequeño como queriendo decir: primero haré esto, así, para disfrutarte muy despacio... Luego separó mis labios con los suyos y empezó a hacer movimientos un poco más ansiosos. Con ganas de seguirle, le di unas suaves mordidas a las que él respondió rozando nuestras lenguas para profundizar los besos.

Entramos en un momento de inmersión. Él dio pasos hacia delante y me llevó consigo hasta que mi espalda quedó contra la pared. Apoyó el antebrazo en ella, por encima de mi cabeza, y presionó su cuerpo duro contra el mío. Ahí, el nivel de los besos subió a uno más intenso que me hizo empezar a sentir que el delicioso calor de su boca también calentaba otras partes de mí, y fue obvio que él sintió lo mismo porque poco a poco su respiración se fue acelerando.

Fue relajante. Nos mordimos, rozamos nuestras lenguas, mezclamos nuestros alientos, fluimos sobre nuestros labios, aumentamos la velocidad...

Hasta que me acordé. De alguna manera recuperé algo de sensatez y, sin apartarme de él, rompí el beso. Ax, a milímetros de mi cara, respiraba agitado con la boca entreabierta y el pecho subiendo y bajando.

—Dijiste que estar conmigo te debilita —le recordé. Mi boca rozó la suya al hablar—. No puedes estar débil si vas a buscar a la Sombra por...

—No —me interrumpió en un aliento. Su voz se oyó ronca, jadeante, afectada por lo intenso del momento—. Me debilita... aguantarme.

—¿Qué es lo que aguantas? —le pregunté con un expectante cosquilleo de nervios.

Ax bajó la mirada porque, mientras nos habíamos besado, él había puesto la otra mano en mi cintura, y ahora con los dedos sostenía el borde de mi camiseta. Sospeché que tenía intenciones de..., pero ¿lo haría? Sí, lo hizo.

En lugar de responderme, apoyó la frente en la mía de modo que nuestras narices quedaron juntas, deslizó los dedos por debajo de la tela y tocó la piel de mis caderas. Inhaló hondo con un ligero gesto de tortura.

—Las ganas de hacer esto... contigo —susurró sobre mi boca.

Y, con la palma de la mano, inició un recorrido hacia arriba. Un recorrido que dejó muy claro que lo que quería era explorar, conocer, descubrir lo que había debajo de mi ropa: mi cintura, mi abdomen, la piel sobre costillas, y luego volvió a descender hacia abajo por el abdomen, otra vez la cintura...

Al instante, las partes de mi cuerpo que podían despertar despertaron con una sensibilidad húmeda y palpitante. No lo había buscado yo. Él me había buscado a mí, y estaba tomando la iniciativa. Ahora estaba tocando lugares de mi anatomía que solo en mis fantasías más tontas y de chica adolescente habría imaginado que querría tocar.

De todas formas, algo dentro de mí me exigió comprobarlo. Tal vez la fastidiosa vocecita de Nolan que decía: «¡Ax no sabe nada de sentimientos!».

—¿Te refieres a...? —le pregunté en un susurro muy débil.

—Más —asintió Ax, lento, aún sin abrir los ojos, rozando con la punta de su nariz la piel de mi rostro—: Quitarte la ropa, verte, olerte...

El corazón me martilleó contra el pecho. Quedé sorprendida, pero inesperadamente nerviosa. Oírlo decir eso de esa forma pausada, ronca, susurrante y ansiosa hizo que las piernas me temblaran, mi pecho se acelerara y los labios se me secaran de ansias de ser besados otra vez.

¿Sabía lo que significaba eso?

—Ax, pero... —intenté hacerle razonar.

—Hueles diferente ahora —me interrumpió en un suspiro pesado—. Tu olor... me gusta. Viene de...

Su mano salió y llegó al cuello de mi camiseta. No entendí qué harían sus dedos ahí hasta que de repente, sin esperármelo, con ayuda de la otra mano que había estado apoyada sobre mi cabeza, rasgó la tela.

Una mezcla de frío, calor, nervios y asombro me erizó la piel. Esa parte lógica de mí, se convirtió en estática. Dejé de escuchar la vocecita de Nolan. Solo oí mi propia vocecita: «Quieres esto, sabes que quieres esto».

—La piel —susurró muy bajito.

Entonces, rasgó más.

Y más. Y más.

Hasta que mi sujetador y mi abdomen quedaron al descubierto. En ese momento abrió los ojos y me miró con la respiración acelerada, sin separarse ni un milímetro. Sus dedos tocaron el centro del sujetador en el punto en el que las dos copas se unían. Le vi la misma intención de romperlo, y no quise detenerlo.

No pude detenerlo, así que también rompió el sujetador.

Las dos copas se separaron y mis pechos quedaron desnudos ante él.

Por un momento, me atacó una fría ola de nervios, pero enseguida desapareció al notar que los miraba de una forma muy diferente a como me había mirado antes. Los observó con interés, con deseo, con un repentino brillo deseoso y hambriento.

Evidentemente, las cosas habían cambiado. Su percepción había cambiado.

Los ojos se me cerraron automáticamente cuando tocó uno de mis pechos, todavía con su frente pegada a la mía. No llenó su palma por completo, pero lo apretó con ansias, lo sintió, pasó el pulgar por el pezón, como si quisiera conocer cada parte, grabarse la forma, la suavidad.

Mi mente perdió la conexión con la realidad y sentí una súbita humedad entre mis piernas. Lo único en lo que pude pensar fue en que se sentía tan bien, ¡tan bien! Era como si su mano dejara una efervescencia eléctrica sobre mi piel, como si cada parte de mí hubiese nacido para ser explorada por él.

Cuando apretó más la zona más sensible de mis pechos, solté un suspiro rendido a milímetros de su boca.

Eso encendió algo en él y de nuevo atacó mis labios con besos.

Y otro Ax empezó a salir.

El Ax que jamás había tenido momentos así con nadie, que nunca había dejado fluir su sexualidad, a pesar de que era un adulto, el que no sabía nada sobre autocontrol, el que por primera vez en su vida estaba experimentando y no era capaz de equilibrar la adrenalina, el impulso y las salvajes sensaciones de estar excitado.

Se desbocó. El nivel de los besos subió a uno más intenso. Se transformaron. Fueron más rápidos, más necesitados, más ansiosos, más desenfrenados. Sus manos siguieron explorando mis pechos, mi cintura, mis caderas, como si repentinamente algo se hubiese activado en su interior, una de sus partes antinaturales, poco humanas a las que tal vez tenía que temer, pero que en realidad me produjeron la intrigante e irracional sensación de que podían llegar a ser imparables.

Y entonces también apareció otra Mack.

La Mack que no tenía que ser madura para no tomar decisiones tan estúpidas. La Mack que no era más que una adolescente reprimida, atontada por un chico extremadamente atractivo y peligroso. La Mack que quería tener su primera vez, que quería sentir algo más que miedo, que quería encontrar algo que le devolviera el sentido de la vida que le había quitado la falta de recuerdos.

Con ganas de sentir su boca en otras partes, alcé la barbilla y giré un poco el rostro. Me besó entonces en la mandíbula, el cuello y detrás de la oreja mientras me tocaba los pechos, mientras respiraba contra mi piel, mientras la dureza de su entrepierna se frotaba contra mi vientre.

Pequeños gemidos escaparon de mí de forma inevitable. Se me acumuló un delicioso pero exigente dolor en mi parte más íntima. Reconocí que nunca antes había experimentado una excitación de ese nivel. Quería a Ax para siempre. Quería a Ax, aunque fuera peligroso. Quería a Ax, aunque nadie entendiera lo que en realidad era. Quería a Ax, aunque él mismo no supiera cuánto lo quería.

A partir de ahí, las cosas sucedieron muy rápido. No nos detuvimos a pensar nada. Él siguió sus impulsos y yo seguí el mío: dejar que hiciera conmigo lo que se le antojara, como se le antojara, porque necesitábamos descargarnos de una vez.

Me tomó por las caderas y me dejó caer en la cama. Me quedé apoyada en los codos. Colocó las rodillas sobre el colchón y se movió hacia mí con un aire depredador. Vi sus ojos ardiendo de una excitación caliente e intensa. Deslizó las manos por mis muslos, llegó hasta el botón del pantalón y lo desabrochó. Bajó la tela por mis piernas y me los sacó de un tirón impaciente. Hizo lo mismo con mis bragas.

Quedé totalmente desnuda ante él; con el sujetador y la camiseta rotos aún puestos, pero sin ocultar nada.

Me observó fijamente mientras se ocupaba de desabrocharse su pantalón. Me recorrió con una mirada hambrienta. Me sentí como una pequeña presa a punto de ser devorada por una bestia. Estaba ansiosa, impaciente.

Él se quitó rápidamente el pantalón. El organismo entero se me calentó a punto de ebullición porque vi que llevaba un bóxer negro, y que estaba duro y abultado. Era sexy. Era lo más sexy que había visto en mi vida. Despeinado, con los ojos ardiendo de ganas, los músculos contraídos, el pecho agitado, las cejas algo fruncidas, los labios húmedos y entreabiertos por los besos...

Se colocó sobre mí. Apoyó los antebrazos en el colchón, por encima de mi cabeza, y se acomodó entre mis piernas. Yo me agarré a sus hombros. Por la posición, mi zona sensible quedó apretada contra su miembro, ambos solo separados por la tela de su ropa interior.

Aquello era tan peligroso y delicioso a la vez.

No lo dudé.

—Ax, ¿sabes lo que...? —empecé a decir, temblando de excitación.

—Sí —me interrumpió, decidido, como si tuviese el control de todo, incluso de mí.

Por un instante me pregunté cómo podía saber lo que debía hacer, pero la respuesta era obvia. Tenía incluso nombre y una extensa base de información:

Nolan.

¿Cuándo se lo había explicado? Bien, la respuesta no era importante en ese instante.

Estuve segura de que lo que pasaría no iba a ser perfecto o increíblemente romántico como en las novelas y las películas. Él nunca había estado con nadie, y yo, pese a que llegué a ciertos niveles, nunca lo había hecho del todo. Pero ahora quería hacerlo. Lo necesitaba tanto como él. Fuese raro, saliera mal, durara poco o mucho, para mí lo significaría todo. Para mí este momento siempre sería importante.

Y sí, no era el mejor momento ni el mejor lugar para que sucediera, pero tal vez sería el único. No lo dejaría pasar. No esa vez.

Antes de hacer cualquier otra cosa, Ax llevó sus dedos hasta lo más bajo de mi vientre, dejando un camino que me quemó la piel y me cortó la respiración. Entonces me tocó con las yemas entre las piernas, ahí, donde más ardiente me sentía.

Su toque fue curioso y exploratorio. Solté un gemido alto e incontenible que me sorprendió a mí misma. Tuve la impresión de que quería comprobar algo, y que lo comprobó, porque luego pasó a meter su mano dentro de su bóxer, sacó su miembro duro y listo, y lo sostuvo.

Pude habérmelo quedado mirando toda la vida, embelesada, intrigada, sorprendida por conocer esa parte de él, pero decidí guiarlo. Coloqué mi mano sobre la suya y entonces lo ayudé a introducirlo en mí.

Su cuerpo se tensó por completo. Cada músculo, cada parte. Apoyó la frente en la mía, y emitió un ronco y caliente suspiro que se entendió claramente como un gesto de alivio, de placer, de descarga. Puso la mano ahora libre en mi rostro, con el pulgar sobre mis labios, que tuve que morderme para contener las sensaciones iniciales, esas imposibles de evitar.

Y empezó a ser real, justo como tenía que ser.

Primero lento para que yo recibiera su tamaño. Estaba extremadamente lista para él, en un nivel de humedad que jamás había conocido, pero aun así cada milímetro me produjo un dolorcito que me hizo soltar algunos pequeños quejidos ansiosos mientras experimentaba la deliciosa sensación de estar llenándome, con su miembro dentro de mí.

A Ax, claro, no le dolió nada. Se deslizó pausadamente hacia lo más profundo y entonces se quedó un momento así, quieto, mirándome. Tuve la impresión de que esperaba algo, de modo que hice un pequeño asentimiento.

Y entonces empezó a moverse.

Al inicio lo hizo despacio. Hacia dentro y hacia fuera. Su aliento comenzó a mezclarse con el mío. El ritmo me hizo sentirlo más piel con piel, menos doloroso, más como algo que encajaba perfectamente en mí y menos como algo nuevo que había llegado a mi interior.

Luego los movimientos aumentaron súbitamente de velocidad. Ax tomó un arranque nuevo. Bajó la mano de mi rostro a mi cuello y empujó las caderas con mayor fuerza. A pesar de que todavía era muy pronto, me gustó ese giro inesperado, así que aferré una mano a sus tensos hombros y la otra a su cabello y entreabrí la boca, lanzando gemidos de placer.

Su parte menos humana, esa parte desconocida y animal que vivía dentro de él se manifestó de repente. Su respiración se fue haciendo más fuerte, sus músculos se contrajeron más y unas inusuales venitas oscuras y violáceas comenzaron a marcarse por sus mejillas, y sus ojos... Dios santo, sus pupilas se dilataron tanto que superaron el límite de lo normal. Le abarcaron casi el iris y sus ojos acabaron siendo sorprendentemente negros.

Pudo haberme dado miedo, pero no. Quería conocerlo todo de él, incluso sus cambios físicos, por lo que eso solo sirvió para complementar el momento.

Lo hicimos. Perdí la noción del tiempo. Solo supe que él entró, salió, jadeó sobre mi boca, se tragó mis pequeños gemidos y me embistió con ganas, con ímpetu, con fuerza. Mis sentidos estaban desbocados mientras mi cuerpo golpeaba rítmicamente contra el colchón. Deseé que ese momento no terminara nunca. Sentir a Ax tan inmenso, descontrolado y poderoso sobre mí, dejando que todo lo que había estado reprimiendo saliera en cada impulso, enviaba desenfrenadas oleadas de placer a mi cuerpo.

Más embestidas, más jadeos. Su boca rozó mi nariz, mi mejilla, mis labios. Calor, gemidos, más humedad, más fricción, más conexión. Más. Más. Más.

Mi mente solo decía su nombre.

Mi cuerpo solo sentía su nombre.

Mi mundo solo giraba alrededor de su nombre.

Entendí que la vida normal no sería nada después de haber conocido a Ax. Jamás iba a aceptarla de nuevo. Quería vivir en su universo. Quería compartir su realidad. Quería quedarme para siempre en esa cama, en la primera vez, en la inexperiencia, en lo inusual, uniéndonos a pesar de ser totalmente diferentes, siendo iguales porque ansiábamos el cuerpo del otro sin necesitar razones o explicaciones.

Así que, cuando alcanzamos el orgasmo, ambos quedamos sorprendidos por la novedad de la experiencia.

Primero yo sentí una onda expansiva deliciosa entre las piernas. Un orgasmo suave que sucedió entre los restos del dolor y la acumulación del deseo. Tuvo sentido para mí. Aquello había sido improvisado, sin experiencias.

Ax permaneció pegado a mi cuerpo y dejó escapar un gruñido jadeante, tenso y, al mismo tiempo, liberador. Fue algo muy sensual y satisfactorio para mí. Una expresión de verdadero orgasmo.

Verlo así y sentir su descarga caliente en mi interior envió los últimos cosquilleos de placer a mi zona íntima.

Ahí terminó. Nuestra primera vez. Había sido mejor de lo que había esperado.

El aire contra nuestros cuerpos era cálido, con un sutil aroma a la piel de ambos. Yo me quedé inmóvil y temblorosa, tratando de recuperar los sentidos y volver al tiempo real. Ax permaneció quieto, respirando agitadamente, aún con los músculos tensos y los ojos cerrados. En ese momento, todavía se veían dilatadas las finas venas que se extendían hasta su boca.

Puse una mano en su mejilla y alcé un poco la cabeza. Besé sus labios lentamente y de forma superficial durante un rato. Lo besé para que su pecho fuera aminorando la velocidad de subida y bajada. Lo besé para devolverlo a su estado normal, y poco a poco así fue sucediendo. Las venitas oscuras y violáceas que se habían marcado debajo de su blanca piel desaparecieron, hasta que se vio otra vez como el Ax de siempre.

Cuando abrió los ojos, ya no tenía las pupilas dilatadas. Eran de nuevo heterocromáticos, pero con un brillo intenso y vivo. Ahí detuve los besos.

No dijimos nada. Yo siempre entendía sus silencios, siempre entendía que para él era mejor actuar. Pasó su pulgar por mis labios, después deslizó los dedos hacia mi barbilla como en una caricia, siguió por mi cuello, bajó a mis pechos, acarició uno y se fue con la mano abierta hacia mi cintura. Ahí me acarició con cuidado un rato, como si quisiera decirme: sé que sientes dolor. Yo cerré los ojos un momento y disfruté de sus caricias.

Ya más tranquilos, él separó un poco las caderas de mí y salió de mi interior con lentitud.

Había una mezcla de tintes rojizos y blancos entre nuestras piernas.

—Vamos a lavarnos —le propuse.

Ax se levantó primero y se quitó por completo el bóxer. Yo me senté en la cama, con los muslos pegajosos, temblorosos y la nueva sensación de que algo se había roto dentro de mí. Por eso necesitaba un momento para poder levantarme. Para mi sorpresa, él me sostuvo la mano y me ayudó a ponerme en pie.

No me la soltó mientras fuimos hasta el baño de la habitación. De hecho, caminó detrás de mí, casi pegado a mi cuerpo, como si temiera que fuera a caerme y estuviera dispuesto a evitar que me desplomara en el suelo.

Ya en el baño, encendí la luz y deslicé la puerta de la ducha. Ambos nos metimos en ella. Abrí el grifo, y el agua salió con fuerza, ni muy fría ni muy caliente; tibia.

Nos quedamos bajo el chorro, juntos. Ax me puso una mano en la espalda baja y me atrajo hacia él. Apoyé la mejilla en su pecho y pasé mi mano por su abdomen al mismo tiempo que el agua corría sobre su piel. Toqué las cicatrices, las seguí hasta abajo y luego volví al punto inicial, sintiendo la dureza de sus músculos y cada una de las líneas.

—¿Qué estás pensando? —le pregunté.

—Tú... —contestó—. Así.

—¿Desnuda? —me reí.

—Sí. No uses ropa. Nunca.

Me encantó que su voz todavía tuviera la nota ronca. Me fue inevitable sonreír. Aunque fue una sonrisa medio triste.

—¿Te sientes con fuerza?

—Sí —admitió.

—¿Cómo para acabar rápido con la Sombra?

—Sí.

Cerré los ojos un momento. Él pasó la mano por una de mis nalgas y después la subió de nuevo por mi espalda, demostrándome que deseaba seguir descubriendo mi cuerpo, explorarlo, sentirlo.

Quería que siguiera tocándome durante toda la vida.

Pero...

No tendríamos toda la vida. Al menos yo no.

—Ax, si algo malo llegara a pasarnos... —susurré.

—No —me cortó al instante, como advirtiéndome que no dijera algo así.

Pero tenía que decirlo.

Alcé la cara contra su pecho y lo miré. Él me devolvió la mirada, serio.

—Sabes que es posible —le recordé—. Sabes que nos pueden atrapar, que nos pueden hacer daño...

Me sostuvo la cara con ambas manos para interrumpirme. Una oscura decisión, algo como una peligrosa promesa que no dudé que podía cumplir, destelló en sus ojos.

—Mataré a cualquiera que lo intente —dejó claro.

¿Cómo podía decirle que era él quien nos estaba haciendo más daño que nadie?

—Quiero que me prometas una cosa —solté. Lo había estado pensando antes de que él apareciera en la habitación. Ahora estaba segura de que era lo correcto.

Él frunció un poco el ceño, aunque sabía lo que era una promesa porque era algo que le había explicado en alguna ocasión.

—Protegerás a Nolan de cualquier forma —le pedí—. Sin importar lo que tengas que hacer para conseguirlo.

—No va a pasarle...

—Prométemelo —insistí, mirándolo fijamente—. Él es lo único que siempre he tenido, él es mi verdadera familia, y yo lo arrastré a esto sin pensar. No tengo la capacidad de protegerlo como quisiera, pero tú sí. Así que prométemelo. Por favor.

Ax permaneció en silencio un momento mirándome.

Después asintió.

—Lo prometo.

Deslicé mis manos por su nuca y lo besé con lentitud. Ax me rodeó la cintura y luego sus manos avanzaron hasta quedarse debajo de mis axilas. Me apretó contra él.

En ese instante no quise pensar en cómo le diría la verdad. Quise que esa noche, aún con el peligro que había alrededor de nosotros, fuera nuestra, fuera normal dentro de lo anormal. Quise que Ax tuviera algo humano a lo que aferrarse si en algún momento volvía a creer que no lo era del todo. Quise disfrutarlo, dejar fluir mi deseo.

Mañana hablaría con Campbell y seguiría haciéndole preguntas.

En cierto momento, separó nuestros labios unos centímetros. Vi que otra vez sus pupilas se estaban agrandando, que el brillo de excitación volvía, y noté que su miembro estaba un poco más duro.

Inesperadamente, bajó una mano y llevó sus dedos a mi sexo.

Lo acarició. Una presión suave y curiosa, de abajo arriba.

—Te gusta —susurró con una nota ronca—. Lo escuché.

Una intensa pero muy intensa punzada hizo que me vibrara todo el cuerpo. Se me despertó de inmediato ese punto de placer, que noté húmedo y caliente.

Lo miré, asombrada, nerviosa y repentinamente emocionada.

—Sí —logré decir.

Él asintió, subió los dedos por mi vientre, pasó por mi abdomen y llegó hasta uno de mis pechos. Lo tomó con la mano y frotó el pulgar sobre el pezón.

—Y esto.

Tuve que tragar saliva. Mi corazón empezó a acelerarse al igual que mi respiración. De nuevo fue como si las yemas de sus dedos y el roce su piel contra mi piel me produjeran una deliciosa efervescencia.

—Sí —admití, también bajito.

Creí que estaba viendo mal, pero se le alzó la comisura derecha un poco. Eso le dio un brillo intenso y travieso a sus ojos cuando acercó la boca a mi oído.

Su respiración me golpeó allí, caliente.

—Enséñame qué más te gusta —me pidió en un susurro.

Nos dormimos ya de madrugada.

Dormir sobre él fue totalmente diferente a cualquier otra cosa. Su cuerpo desnudo desprendía un calor acogedor, seguro, cómodo. Ahí, con mi pecho recostado encima del suyo y una de sus manos en una de mis nalgas, dormí plácidamente, sin pesadillas. Fue todo calma, paz, normalidad...

Hasta que amaneció.

Sucedió de repente. Ax se despertó sobresaltado y me despertó a mí también. Aún somnolienta, pensé que se trataba de que había oído algo, de que venían por nosotros, así que me espabilé al instante. Quise preguntarle qué pasaba, pero entonces él actuó rapidísimo. Salió de la cama, buscó el pantalón en el suelo, se lo puso sin bóxer, a toda velocidad, y mientras se lo abrochaba abrió la puerta y corrió fuera, descalzo.

Demasiado confundida, busqué mi mochila y me puse ropa limpia, también muy rápido. Cogí mis zapatos y salí con ellos en la mano. Me preparé mentalmente para lo peor, busqué valor en lo más profundo de mí.

Al atravesar la puerta trasera del consultorio, escuché la voz de Ax:

—¡No!

Corrí por el pasillo con el corazón acelerado, asustada, y llegué hasta la puerta de la habitación donde estaba la chica.

Lo primero que vi dentro fue a Ax, de espaldas a mí.

Lo segundo, a ella.

Estaba de pie junto a la camilla.

Se había despertado.

Y estaba estrangulando al doctor Campbell.

30

En realidad, ella es quien tiene todas las respuestas. ¿Nos las dará?

Las cosas pasaron demasiado rápido.

Ax le gritó:

—¡No lo mates!

Pero ella no soltó al doctor Campbell, sino que lo empujó hacia la pared con una fuerza violenta y furiosa, sin dejar de apretarle el cuello con las manos.

Fue una escena aterradora. Ella aún estaba desnuda, pero respiraba con mucha agitación, desesperación y ansias de violencia. Sudaba y tenía el pelo enmarañado. Y había algo nuevo: por toda su piel se marcaban ramificaciones de venas ennegrecidas e hinchadas. Extrañas. Y parecían dolorosas.

Aunque si le dolían, ello no parecía interferir en su fuerza, porque Campbell ya tenía el rostro rojo e hinchado, los labios casi morados y algunos hilillos de saliva goteándole por la presión. Trató de liberarse, pero a pesar de ser un hombre fuerte y aparentemente capaz de defenderse de cualquiera, la fuerza de la chica era sobrehumana, incluso parecía ser más fuerte que Ax, quien ahora intentaba sin éxito separarla del doctor.

Quise poder hacer algo. Quise intervenir. Quise empujarla para que lo soltara. Pero cuando iba a hacerlo...

—¡¿Los llamaste?! —le gritó ella a Campbell, furiosa y jadeante.

Me quedé paralizada. Ax se detuvo.

¿Qué?

Como la chica no obtuvo respuesta inmediata, le golpeó la cabeza contra la pared y se lo volvió a preguntar en un grito:

—¡¿Los llamaste?!

No.

No podía creerlo.

El doctor no había llamado a los de la organización. No era cierto. No podía ser cierto.

El hombre titubeó algo ininteligible entre temblores. De repente, su mirada se desvió hacia mí con las cejas arqueadas, como si me pidiera disculpas.

Sí. Sí era cierto. Había llamado a la gente de la organización.

Oh, mierda.

Campbell volvió a mirar a la chica.

—Ustedes... tienen que ser encerrados.

Con un gruñido salvaje de rabia, ella apretó con fuerza su cuello. Por una fracción de segundo se escuchó el pequeño crujido de algo rompiéndose, después la chica soltó el cuerpo, que cayó al suelo como un saco, con el rostro morado e hinchado, y los ojos abiertos, fijos en el vacío.

Muerto.

La única persona que tenía la mayoría de las respuestas estaba muerta.

De pronto la chica movió la cabeza hacia mí, y experimenté algo rarísimo que me heló y me dejó perpleja al mismo tiempo.

Primero, todo a mi alrededor quedó suspendido en un silencio profundo, como si alguien hubiese detenido el curso del mundo. Luego me di cuenta de repente, como si la verdad me abofeteara la cara, de por qué Ax me había resultado familiar desde el principio, cuando lo encontramos en el jardín. Conocía esos ojos heterocromáticos, en ese orden, y esos rasgos. Ax no me resultó familiar porque nos habíamos conocido cuando éramos pequeños, sino porque la recordaba a ella.

¡¿Qué demonios significaba eso?!

La chica dio unos pasos torpes hacia mí. Una súbita ráfaga de miedo me gritó que retrocediera, pero mis piernas temblorosas no me respondieron. Busqué la mirada de Ax, como diciéndole: «¡Se está acercando!», pero él no hizo nada, no se movió, no hizo nada para protegerme.

Ella se detuvo frente a mí.

El corazón me martilleó con nerviosismo. Pensé que me atacaría, pero me observó de arriba abajo. Parecía confundida, extrañada. Por un instante parpadeó como si no pudiera creerlo. Pero ¿qué la sorprendía tanto? ¿Qué estaba pasando? Quise moverme, pero no pude. Algo en mí no respondía.

La chica entreabrió los labios agrietados y habló en un susurro lento, pero, a diferencia de Ax, con mayor fluidez:

—No puedes seguir jugando con ella de esa forma. Le estás haciendo daño. ¿Quieres hacerle daño?

No lo entendí. Es decir, no entendí si me lo decía a mí o si se lo decía a Ax mientras me miraba a mí. Fue tan confuso... Y de pronto su expresión cambió, como si de repente volviera a la realidad. Hundió las cejas. Estaba furiosa.

—¿Qué haces con él? —me soltó—. ¿Por qué estás aquí?

Noté un nudo en el estómago. Quise decir algo, pero lo que me salió fue un tartamudeo sin sentido.

De nuevo le pedí ayuda a Ax con la mirada, pero no funcionó.

—Vete —agregó ella, y de forma inesperada gritó—. ¡¡¡Vete!!! ¡¡¡Vete!!!

De forma todavía más inesperada, avanzó hacia mí y me empujó como si quisiera sacarme de la habitación. Mi espalda dio contra el marco de la puerta. Quise correr, pero, otra vez, no pude. Me cubrí la cara con los antebrazos porque ella siguió gritándome «¡Vete, vete!», con intención de volver empujarme.

Ax se lo impidió. Finalmente intervino, tirando de ella para alejarla de mí. La retuvo con sus brazos. La chica forcejeó un momento, pero luego cayó contra él, como si su fuerza se hubiese debilitado de repente.

Yo no supe qué hacer. No supe cómo reaccionar. Me quedé ahí parada, atónita, asustada, con la respiración acelerada. Tuve la sensación de que el mundo avanzaba a una velocidad confusa.

De pronto, apareció Nolan, que se había acercado corriendo por el pasillo. Iba a decir algo, pero se quedó con las manos apoyadas en el marco de la puerta, alternando la mirada sorprendida entre la chica desmayada y el cuerpo inerte del doctor.

—¡Oh, por Dios, el viejo está muerto! —soltó con horror.

Detrás de él, rápidamente llegó Vyd. Observó el escenario, igual de impactado.

—Pero ¡¿qué demonios ha pasado?! —preguntó.

—Hay algo mal —dijo Ax, sosteniendo el rostro pálido de la chica con preocupación—. Su fuerza... se va.

Vyd se acercó con rapidez a la camilla y examinó el suelo. Cogió una jeringuilla que se había caído probablemente cuando la chica había atacado a Campbell. La observó durante unos segundos y luego frunció el ceño.

—¡Somos unos idiotas! —exclamó—. ¡Le inyectó algo para matarla!

La chica intentó apartarse de los brazos de Ax para levantarse, pero se sacudió un momento y falló. Luego buscó el rostro de Ax y lo miró con súplica.

—Suero... El suero... —masculló.

—¿Qué suero? —preguntó Nolan, sin entender.

—El tubito que usé cuando Ax convulsionaba —contestó Vyd, repentinamente preocupado—. Pero... ya no me quedan. Los usamos todos. Demonios...

De pronto, Ax se quedó mirando el vacío como si se recordase algo.

—Hay más —dijo. Todos lo observamos, pero él me miró solo a mí—. Laboratorio.

En mi casa. Adonde era muy peligroso volver. Adonde se suponía que nunca deberíamos volver.

—No podemos ir —intervino Nolan—. La casa puede estar vigilada.

—¿Y si no lo está? —replicó Vyd—. ¿Y si creen que no somos tan estúpidos como para regresar?

Nolan puso cara de que nadie estaba considerando el peligro.

—¡Pues al parecer sí lo somos! —se quejó—. ¿No hay sueros de esos en otro lugar?

—Solo en los laboratorios que están a horas de aquí —contestó Vyd, negando con la cabeza—. Y no podemos alejarnos tanto. El fallo nos perseguiría y seríamos rastreables, así que ambas opciones son igual de peligrosas.

Nolan se pasó la mano por el cabello, inquieto.

Me habría gustado que pudiéramos pasar por alto el suero, pero si la chica moría, Ax también. Luego moriría Vyd y lo mismo les ocurriría al resto de STRANGE.

Tal vez podíamos solucionar este nuevo problema. Habíamos llegado hasta ahí, ¿no? Lo único que faltaba parecía difícil, pero no imposible.

No había otro camino en ese momento.

—Buscaremos una forma de entrar, pero tenemos que irnos ya —solté con decisión—. Campbell llamó a los de la organización. Llegarán en cualquier momento.

Nolan me miró, interrogante. Yo asentí para confirmarle que lo que acababa de decir era cierto.

—Iré por las cosas que necesitaremos —dijo Vyd, reaccionando al instante—. Buscaremos el suero y después esperaremos al fallo en el almacén, lo mataremos y nos largaremos de este condenado pueblo.

Todos nos movimos con rapidez, prácticamente sin hablar, tratando de asumir que en cualquier momento podían llegar y atraparnos. Quería preguntarle a Ax qué demonios significaba lo que la chica había dicho, eso de «estás jugando con ella», pero ahora no había tiempo para eso.

Nolan buscó las mochilas, Vyd reunió lo necesario para hacer una trampa para atrapar al fallo, y yo ayudé a Ax a ponerle a la chica una de las batas para pacientes que había en los estantes del consultorio. Al final Vyd apareció con las llaves de la camioneta de Campbell y todos nos fuimos en un mismo vehículo.

Lugar de destino: mansión Cavalier.

Objetivo: sacar el suero del laboratorio.

Probabilidades de éxito: ...

Por suerte, en el camino no encontramos a nadie, así que llegamos intactos al conjunto residencial. A decir verdad, nunca me había detenido a preguntarme por qué vivíamos en el lugar más privado del pueblo, pero ahora lo entendía. Mi padre lo había elegido para mantener sus actividades en secreto. Era un escondite perfecto porque las separaciones de terreno entre una propiedad y otra eran amplias, y todas tenían muros tan altos que resultaba imposible verlas desde fuera.

Aunque sí había un punto desde el que era posible.

Era una pequeña colina en el centro de la urbanización que tenía un parque para niños y para pasear perros. Le dije a Nolan que aparcara la camioneta allí. Luego tuvimos que llegar caminando hasta lo más alto. Una vez allí, acostados boca abajo en el suelo, observamos mi casa con unos prismáticos que él había metido en las mochilas.

Yo había esperado que fuera como en las películas, cuando hay una búsqueda de personas y todo está lleno de helicópteros, soldados, armas, vigilantes... Pero no había nada raro. Los alrededores estaban como siempre, tranquilos, sin nadie caminando por ahí.

—Creo que nadie ha vuelto a tu casa —dijo Nolan, mirando a través de los prismáticos—. La verja sigue abierta, el auto de tu madre no está y los cadáveres continúan ahí tirados. O eso creo...

—De todas formas, no podemos usar la entrada principal —dije—. Creo que podríamos entrar por el jardín de la casa de Tanya. El agujero en el muro debe seguir ahí, ¿no?

—Es buena idea —asintió Vyd—. Solo que no podemos hacerlo ahora. Hay mucha luz. Aunque no haya nadie vigilando, cualquiera podría vernos, hacer una llamada a la policía y... capturados como monos. Hay que esperar unas horas.

¿La chica sobreviviría unas horas?

Vyd fue a decírselo a Ax, que se había quedado en el vehículo para cuidar de la chica. Nolan y yo nos quedamos solos.

—Un día somos jóvenes y al otro andamos por ahí con cadáveres y gente con poderes —suspiró con nostalgia mientras seguía mirando por los prismáticos.

En ese sitio «tranquilo», mi mente empezó a procesar todo lo ocurrido y entonces volvieron todas mis preocupaciones, dudas e indecisiones. Además, no podía dejar de pensar en lo que la chica había dicho tras matar a Campbell. ¿Qué significaba?

Pero, de repente, de forma inexplicable, me acordé de Dan.

—¿Cómo sabrá tu hermano dónde estamos? —pregunté—. ¿No debimos llamarlo?

Nolan negó con decisión y resopló.

—¿De verdad crees que vendrá? Pues no. Es obvio que en este momento está traicionándonos. Y es mejor así. Solo iba a ser un estorbo.

Tal vez tenía razón porque conocía a Dan más que nadie, pero ¿por qué algo me hacía sentir que no era así?

Tras un momento de silencio, decidí soltar la idea:

—No podemos irnos con ellos.

Nolan movió la cabeza con rapidez. Me enfocó con los prismáticos y luego los bajó. Frunció el ceño.

—¿Qué dices?

Lo miré fijamente a los ojos, seria.

—Dijiste que me seguirías en todo, ¿no? —le recordé—. Esto es lo que haremos: cuando la Sombra muera y no haya peligro de ser rastreados, tú y yo nos iremos a otro lugar. —Y añadí—: Sin Ax y sin Vyd.

Nolan pareció no entender nada de lo que estaba diciendo, aunque en realidad sí lo había entendido. Lo que probablemente no le quedaba claro eran mis razones.

—Pero... pero... —soltó, y se debatió entre varias palabras inentendibles hasta que finalmente endureció la expresión y me señaló con un dedo amenazador—. ¡No puedes dejar a Ax después de lo que los dos hicieron anoche!

Me quedé con cara de póquer.

—¿Qué?

—Sé que lo hicieron —se apresuró a decir, sin dejar de señalarme con el dedo—. Y no dejas a nadie después de hacerlo. Menos a Ax. Sé que para él fue especial.

La expresión de mi cara era un «¡¿En verdad estamos hablando de que Ax y yo lo hemos hecho?! ¿Cómo rayos lo sabes?».

—¡Te estoy hablando en serio, Nolan! —le aclaré.

Él parecía dispuesto a negarse a aceptar mi propuesta.

—¿De verdad? —replicó, asombrado y confundido—. ¿Quieres abandonar estando en este punto? ¿Por qué has decidido eso? —Entornó los ojos—. ¿Ha pasado algo que no me hayas contado?

No quería decirle la verdad porque sabía cuál sería su respuesta: «Pues moriremos juntos».

—Es que no somos como ellos, ¿no lo ves? —argumenté, bastante seria, y era verdad—. No podemos pelear ni defendernos ni protegernos. Solo seremos una carga.

Con esa última frase, sus cejas se arquearon un poco, como si entendiera lo que le quería decir y al mismo tiempo eso lo entristeciera. Después endureció el rostro.

—¿Y qué pasará con Ax? —preguntó—. ¿Ya no lo quieres? ¿Vas a dejarlo así, de repente, y a vivir tranquila con ello?

Sí, claro que quería a Ax. Quería tanto a Ax... Quería hacer tantas cosas con Ax. Pero siempre iba a querer más a mi mejor amigo, a mi hermano, a mi familia.

Y lo quería vivo.

No pudimos seguir hablando porque de repente llegó Vyd, y en silencio nos dedicamos a esperar...

La tarde cayó más lenta que nunca, pero era lo suficientemente oscura. No apareció nadie, así que pusimos en marcha el plan. Dejamos la llave conectada al auto para poder irnos rápidamente y Ax logró que la chica, que no estaba desmayada del todo, se agarrara a su cuello para poder llevarla colgada de la espalda.

Tenía muy mal aspecto. Poco a poco, esas venas negras y palpitantes estaban cubriéndola por completo. Además, cabeceaba y murmuraba cosas ilógicas e ininteligibles. Aunque en cierto momento creí volver a escuchar: «Vete..., vete...», pero no lograba entender a qué se refería. ¿Me quería lejos de Ax? ¿Lejos de ella? ¿Qué?

Finalmente, procedimos de la manera que creímos menos complicada.

Primero, Vyd trepó el muro trasero de la casa de Tanya e inspeccionó el área para saber si estaba vacía. Efectivamente, lo estaba, así que apagó las luces delanteras, la de la verja de entrada, y luego abrió la puerta para nosotros. Ax, la chica, Nolan y yo salimos de las sombras de unos árboles y entramos. Esa parte fue tan fácil que sospeché que Ax usó su habilidad para escondernos en la oscuridad.

Ya dentro, buscamos el agujero en el muro de mi casa y lo atravesamos. Habíamos vuelto.

El jardín estaba profundamente silencioso. El ambiente, extrañamente frío. La casa se veía enorme y siniestra porque no tenía encendida ni una luz. Las manos me temblaban un poco y sentía cierto miedo, pero seguimos hasta el agujero de entrada al laboratorio subterráneo, cerca del pozo.

Fue extraño estar debajo de nuevo. El caos de sillas, estantes, papeles y objetos rotos seguía igual, y también continuaba oliendo a cerrado, a alcohol y a una mezcla de cosas viejas. Pero a mí me resultaba más siniestro que antes. Aunque, tal vez, era que tenía un mal presentimiento. No lo sabía, lo único de lo que estaba segura era de que estaba demasiado asustada.

Ax nos dirigió a la sección donde estaba la camilla volcada en el suelo, los cristales rotos y las manchas de sangre seca.

—¿Qué hacía Godric aquí? —preguntó Nolan, iluminando la escena con la linterna—. Es espantoso.

—Todos los laboratorios son iguales —contestó Vyd, muy tranquilo—. Esta sección era para atendernos si estábamos enfermos. Obviamente, nos sedaban antes de sacarnos de las celdas.

Ax se dirigió al fondo. Allí había una especie de nevera criogénica que tenía una lucecita verde titilante. Solo le bastó tirar con fuerza de la manija para abrirla. Entonces reveló un grupo de tubitos. Vyd los examinó. Al parecer, solo tres de ellos aún servían. El resto estaban vacíos. Se guardó uno en su gabardina y me entregó otro.

—Si durante el enfrentamiento con el fallo, Ax o yo salimos heridos, inyéctanos esto sin compasión —me pidió.

—¿Qué es exactamente? —inquirió Nolan, curioso—. ¿Droga o qué?

—Es un suero hecho a base de la sangre de la criatura —contestó Vyd, y sonó como si lo apreciara bastante—. Consigue que nos recuperemos de una forma que ni quienes lo crearon pudieron entender. Yo diría que es como recibir un buen trago de leche materna. Nos revitaliza.

Nolan puso cara de asco.

—Sí..., interesante comparación —murmuró.

Usó el tercer tubito para hacer lo que habíamos ido a hacer.

Nolan levantó la camilla que estaba volcada y Ax acostó a la chica en ella. Las venas cubrían más partes de su cuerpo, como telarañas decididas a convertirla en un cuerpo oscuro y atroz. Nos acercamos todos a la espera de que el suero funcionara para detener lo que fuera que estuviese sucediendo en su cuerpo.

Vyd tomó aire y se lo inyectó en el cuello.

La reacción fue inmediata. La chica abrió los ojos de golpe, que se le vieron totalmente negros, e inspiró aire como si hubiese salido a la superficie desde las profundidades del agua. Luego, en un movimiento muy rápido, se aferró a lo que tenía más cerca.

Yo.

Lo que sucedió en el momento en que me tocó fue raro. Fue «como abrirle el cráneo a alguien y meterle un montón de información dentro del cerebro», tal como me expliqué a mí misma. Me alejé totalmente de la realidad, pero fui consciente de que sabía algo nuevo y de que lo sabía porque ella me lo había transferido. De pronto, las imágenes estuvieron claras en mi mente, como si fueran mis recuerdos, aunque en realidad no lo eran, porque no solo me pertenecían a mí.

Vi tres perspectivas en los recuerdos.

La primera, mía. Me vi a mí misma con Jaden en la piscina de mi casa, años atrás, tonteando en el agua, dándonos besos esporádicos.

La segunda, de Ax. Él nos observaba. Estaba ahí, pero al mismo tiempo no estaba. Era como un espectro, como algo incapaz de tocar, pero capaz de presenciar cualquier situación.

Y la tercera, de la Sombra, su mellizo. Estaba dentro de su celda, sentado sobre la cama con las piernas encogidas contra su cuerpo y la cara metida en ellas. En ese momento, su piel era de un extraño tono gris, pero aun había rasgos reconocibles, como su cabello, que era oscuro al igual que el de Ax, sus brazos, iguales a los de Ax, y algunas líneas que dejaban claro que había una apariencia humana debajo de todo aquello.

Comprendí que estaba viendo eso porque había una conexión entre esas tres perspectivas:

Ax me veía a mí con Jaden y sentía enojo, frustración, rabia, y eso que experimentaba Ax lo sentía automáticamente la Sombra; estaban conectados, pero de una forma emocional. En pocas palabras: lo que Ax había desarrollado hacia mí durante todos esos años, cualquier sentimiento, por más incomprensible que fuera para él, la Sombra lo había vivido de la misma forma, con la misma intensidad, pero sus reacciones eran todas negativas, violentas, peligrosas.

En él se concentraban todas las emociones negativas y destructivas que Ax contenía.

Por esa razón había matado a Jaden.

La chica me lo mostró. La imagen fue como un disparo fotográfico en mi cabeza. Lo vi desde una perspectiva omnisciente. La noche del accidente, el mellizo se había atravesado en medio de la carretera para que nuestro auto impactara contra él. El choque fue fatal solo para Jaden porque él había sido el único objetivo.

Yo no había muerto porque lo que ahora conocíamos como la Sombra me había protegido.

«Pero no lo entiende, nunca lo ha entendido», me dije a mí misma, o me dijo la chica, o tal vez me lo dijo una voz proveniente de la consciencia de la chica. El fallo me había salvado esa noche y me había salvado en la comisaría de policía, sí, pero en realidad no sabía nada de sentimientos. Los tenía, pero los expresaba con impulsos irracionales e ilógicos porque no los comprendía. Así que cualquier acto bueno era solo una secuela transmitida inconscientemente por Ax.

Ahora su mellizo era solo un reflejo fallido de él.

En lo que volví a la realidad, estaba sentada en el suelo. Nolan se encontraba agachado frente a mí, dándome palmaditas en la mejilla y mirándome muy preocupado. Ax estaba detrás, observando con confusión. Vyd, sin embargo, estaba examinando a la chica en la camilla.

Me costó procesar mi estado. Es decir, entendí mi entorno. Oí las voces. Supe que la chica me había tocado y que algo me había pasado, pero no podía decir nada. Todavía había imágenes externas en mi mente: la Sombra con fuertes sentimientos de rabia; Ax, excluido en la oscuridad; Jaden muriendo...

—¡Mack, reacciona! ¡Mack, por favor! —me decía Nolan con insistencia—. ¡Dime si me entiendes! ¡Di algo!

Vyd se acercó, preocupado.

—La chica se ha desmayado de nuevo —anunció.

—Mack, por Dios —volvió a insistirme Nolan, palmeándome la cara—. ¿Al menos me ves? ¿Estás en esta realidad? —Al no obtener respuesta, volteó hacia atrás—. Ay, no, me parece que esa chica le ha frito el cerebro... ¿Qué hacemos?

Mi reacción ni siquiera pasó por mi cerebro para ser analizada y comprendida, solo salió y ya:

—¡La Sombra lo mató! ¡El mellizo mató a Jaden!

Nolan me miró, estupefacto.

—¿Qué dices?

—¡Ella me lo ha mostrado! —solté. Automáticamente, empecé a llorar, a sentir lo que en el instante de las revelaciones no había sentido—. ¡Ella me lo ha explicado! ¡No fue un accidente!

—Mack... —intentó tranquilizarme Nolan, pero algo llegó a mi mente tan rápido que reaccioné con brusquedad.

Ax. Miré a Ax.

La conexión era de tres. Él estaba conectado con la chica y al mismo tiempo con su mellizo. Podían sentirlo todo de la misma forma. Si era así, entonces...

—¿Tú lo sabías? —le pregunté de golpe.

Ax me observó en silencio, menos confundido.

Mis sentidos y emociones descontroladas no dejaron espacio para la habitual paciencia que solía tener con él.

—¡¿Lo sabías?! —volví a preguntarle gritando.

Tal vez pudo haber dado una respuesta, pero no lo hizo. Apretó los labios y nos dio la espalda para ir a cargar a la chica.

Fue una respuesta. Fue la peor respuesta. Me dejó paralizada por la decepción.

—Sé que es un horrible momento para descubrir esto, pero tenemos que irnos ya —me dijo Nolan con suavidad—. Podrás... podrás pedir explicaciones cuando estemos fuera de aquí.

—Sí, sí —apoyó Vyd en un asentimiento rápido—. Seguro que hay una explicación para todo. Primero, pongámonos a salvo.

No pude decir nada. Estaba impactada y todavía un poco desorientada, así que Nolan me ayudó a levantarme.

Volvimos sobre nuestros pasos para salir del laboratorio. Con mucho cuidado, Vyd y Ax subieron a la chica. Luego, Vyd me ayudó a subir también hasta que todos estuvimos de nuevo en el jardín, bajo la noche.

Decidí que de momento me olvidaría de que Ax me había ocultado la verdad sobre la muerte de Jaden, porque ahora lo único que quería era que ese maldito fallo muriera de una vez. Quería que pagara por haberlo asesinado. Quería que desapareciera para siempre. Quería justicia.

Y hasta ese momento creí que podíamos lograrlo.

Porque de repente un montón de soldados salieron de la puerta trasera, de los laterales de la casa, de detrás de los árboles, apuntándonos con unos enormes fusiles que tenían incorporadas unas linternas. Las cegadoras luces blancas nos rodearon.

A pesar de eso, logré ver que, de entre todos aquellos soldados y luces, apareció alguien: mi madre.

Entonces un disparo proveniente de uno de los laterales de la casa le dio a Vyd en el pecho.

El otro disparo impactó en el abdomen de Ax.

31

«Él siempre estuvo ahí por una razón»

Ax soltó a la chica y cayó al suelo inmediatamente, encogido. Vyd se derrumbó boca abajo.

Lo primero que pensé fue que estaban muertos, así que con desesperación me agaché junto a Ax y busqué la sangre. Al ver que no la había, revisé su rostro. Estaba moviendo los ojos en todas las direcciones como si estuviese esforzándose por liberarse de algo y no pudiera.

Lo entendí muy rápido. Los disparos no habían sido letales. Habían sido balas paralizantes. Ahora sus músculos y los de Vyd estaban inmovilizados. Lo que no me quedaba claro era si, además de no poder moverse, estaban sufriendo algún tipo de dolor.

—¡¿Qué les han hecho?! —exigí saber.

Eleanor dio un paso adelante. Entre todas las luces que nos apuntaban, logré ver que llevaba la misma falda y la misma camisa con la que la había visto la última vez. También estaba ojerosa, pero su expresión de madre dura era la misma de siempre.

—Mack, tienes que venir conmigo —me pidió—. Te prometo que las cosas saldrán bien. Los soldados no van a tocarte. Nadie va a tocarte. He hecho un trato para que estés a salvo.

«Tienes.» Siempre esa palabra. Siempre me hablaba dándome órdenes que yo debía cumplir. Ya estaba harta de sus órdenes, de sus exigencias, de sus mentiras, por lo que una corriente de furia me envió un impulso de valor para enfrentarla.

—¡No voy a ir contigo a ninguna parte, porque contigo nadie está a salvo! —le grité para que se diera cuenta de toda la rabia que sentía por ella—. ¡Sé que mataste a mi padre y sé que quieres hacerme daño a mí!

A su lado, de repente, se detuvo el mismo hombre que había entrado a la casa con sus soldados y nos había intentado llevar, el mismo que me había abofeteado. Su intimidante uniforme negro era igual al del resto, pero no nos apuntaba, a pesar de que sostenía un fusil.

—Procederemos a la extracción —le informó a Eleanor.

¿La extracción? Un movimiento a pocos metros de distancia captó rápido mi atención. A pesar de que las luces me cegaban, me di cuenta de que cuatro soldados habían acercado tres celdas móviles. Las paredes eran transparentes, iguales a las que había en el laboratorio, y también tenían un panel para abrir y cerrar.

Por supuesto, pretendían llevárselos.

Eleanor alzó una mano como pidiéndole tiempo al soldado líder, y luego volvió a dirigirse a mí:

—Mack, por favor, aléjate de ellos. Ven conmigo. Ven.

Sorprendentemente, esa vez su voz tuvo una extraña nota de súplica y preocupación, pero no la creí. No iba a creerla nunca más.

Me puse de pie y me situé delante de Ax.

—No —solté con decisión—. Nolan y yo no iremos contigo a ninguna parte, así que si van a llevárselos...

Ella me interrumpió, como si no hubiese tiempo para nada más:

—¡Es que también debes alejarte de Nolan!

Me quedé con las demás palabras en la boca. Lo único que atiné a decir fue un confundido:

—¿Qué?

Y Nolan, que estaba detrás de mí, también dijo:

—¿Qué?

—Señora Cavalier, se le acaba el tiempo solicitado —intervino el soldado líder, apurándola.

Ella volvió a pedir más tiempo con un ademán. Luego pasó a mirar a Nolan, y otra vez pareció algo preocupada. Al notarlo, la corriente de valor que me había impulsado a gritarle se transformó bruscamente en una de temor a lo que fuese decir. Se me ocurrió que podía ser una jugarreta para convencerme y que debía negarme a todo, pero sentí miedo.

—Nolan es un peligro ahora —dijo, muy seria, dándole gravedad a las palabras.

—Nada de lo que te inventes te va a funcionar —le aseguré.

Eleanor apretó los labios como si lo siguiente fuera a ser bastante difícil.

—¿Nunca te has preguntado por qué no se separa de ti? —me preguntó—. No tiene otros amigos, no tiene una vida separada de la tuya, y se ha quedado en el mismo punto que tú porque, si tú no avanzas, él tampoco puede hacerlo. Si lo analizas, no es sano ni normal.

Pues... no. Nunca me había preguntado nada de eso. Ni siquiera lo había vivido de esa forma. Nuestra relación era así por una razón muy simple: era mi mejor amigo. Estábamos muy unidos desde pequeños. Y eso no tenía nada de anormal. De hecho, eso ni siquiera tenía cabida en la situación. ¿Qué intentaba?

—Solo déjanos ir —le pedí sin darle vueltas—. Por una vez en tu vida, haz algo bueno por mí. —Y aunque me estrujó el estómago de rabia tener que decirle algo sincero, lo hice con la esperanza de que mi sinceridad fuera de ayuda en aquel momento—: Estos son mis amigos. Son las personas a las que quiero ayudar. Son las personas a las que debo ayudar, porque no merecen lo que les hicieron. Con ellos tengo una razón para vivir.

Por un instante tuve la impresión de que la había convencido, de que actuaría como una madre que amaba a su hija, pero por supuesto ella ignoró mis palabras.

—Nolan solo es tu mejor amigo porque fue hecho con ese propósito —me reveló de golpe—. Si en algún momento te encuentras en peligro de muerte por cualquier tipo de ataque, va a reaccionar violentamente para protegerte, y si ese instinto protector se activa, cualquiera que esté cerca o en medio podría morir. Es una bomba de tiempo que la organización debe desactivar.

Shock. Perplejidad. Desconexión total de mis sentidos.

Lo primero que me dije fue «No es verdad», y pasé de sentir furia hacia ella a sentir que no entendía nada de lo que estaba pasando. Me parecía que el mundo había dado un giro y se había quedado patas arriba. Me había preparado para escuchar cualquier cosa, menos esa. No podía ser cierto.

De momento no supe qué decir. Fue como si mis cuerdas vocales se hubiesen quedado inutilizadas. Miré a Nolan y descubrí que observaba a Eleanor con total horror.

—¡Eso no es cierto! —soltó, muy consternado—. ¡Está mintiendo para que nos rindamos!

La que se hacía llamar «mi madre» negó con la cabeza.

—No miento, la verdad es que tus padres nunca pudieron tener hijos por muchísimas razones: tu madre era infértil y tu padre ni siquiera era capaz de hacer el intento... —le soltó Eleanor—. No es que quisieran tener hijos, pero necesitaban tenerlos para que tu padre accediera a su gran herencia familiar, así que adoptaron a Dan. Sin embargo, al no ser un hijo natural, justo como se pedía en el testamento, siguieron sin poder cobrar la herencia. Ahí fue cuando Godric le propuso un plan de inseminación a tu madre y naciste tú.

Busqué alguna señal de mentira en la voz y en el rostro de Eleanor, pero no encontré nada. Lo único que pensé fue que, si todo eso era cierto, ya entendía por qué Nolan no se parecía a Dan, porque no eran hermanos de sangre. Pero entonces eso concluía en que Nolan era un... era un... ¿producto de mi padre?

La mente me comenzó a dar vueltas. El mundo iba demasiado rápido.

—Pero él trabajaba en STRANGE —dije, muy confundida y muy atónita—, no en...

—Tu padre hacía montones de cosas que no debía hacer, Mack —me interrumpió Eleanor, como diciendo: «Ya basta de creer que era bueno»—. Los experimentos con la inseminación eran solo uno de tantos proyectos. Fue el que salió peor, de hecho. Todos los nacimientos que organizó fallaron. ¿Una prueba? El de Tamara, la mujer que le proporcionaba suministros médicos. Tuvo una hija gracias a él, y la niña murió a los pocos meses como consecuencia de una repentina mutación espantosa.

La bebé de Tamara... La que habíamos visto en la fotografía en esa extraña habitación... El email escrito por ella donde revelaba su odio hacia él... Entonces por esa razón había ayudado a matarlo... Era todo cierto...

Oh, Dios.

—Pensé que el nacimiento de Nolan era el único que había salido bien —agregó Eleanor—, pero me acabo de enterar de que hubo fallos genéticos, de que las células que deben activarse para convertirlo en un protector son inestables y podrían reaccionar en cualquier momento. —Observó fijamente a Nolan—. Si tu instinto protector se activa, podrías perder tu sentido de la realidad y tu consciencia. Serías solo violencia.

Nolan negó con la cabeza y dio un paso atrás, rechazando esa revelación.

—No, miente para que nos lleven —soltó, disgustado. Aunque de repente la duda ganó dentro de él y me miró, confundido—. Está mintiendo, ¿no? Porque todo eso que ha dicho es ridículo. Algo así no es...

—¿Posible? —completó Eleanor en un resoplido—. Miren lo que tienen tras ustedes. —Señaló el cuerpo de Ax con ligero desprecio—. Engendros capaces de hacer cosas inhumanas. Engendros que vivían bajo sus pies mientras crecían. ¿Les parece que aún hay algo imposible?

No..., no era imposible. Era horrible, era escalofriante, era injusto, era difícil de creer, pero completamente posible, porque mi padre había encerrado a dos niños bajo nuestra casa. No había un límite después de ser capaz de algo así. No había un límite para alguien ansioso por experimentar y desafiar a la naturaleza humana.

—Mis padres nunca aceptarían algo así —argumentó Nolan, desconcertado en un nivel alterado—. Mi madre, su religión... Es decir, es cruel, me quemaría vivo con agua bendita, pero no permitiría esa atrocidad. —Nervioso, buscó mi ayuda—: ¡Díselo, Mack!

—Godric nunca les dijo que alteraría el feto a su antojo —explicó Eleanor—. Aceptaron una cosa sin saber que se trataba de otra.

Nolan negó con la cabeza. Alternó la mirada entre Eleanor y yo, y siguió negando con la cabeza. Se negaba a creer todo aquello. Lo vi en sus cejas fruncidas, en los «no» bajitos y consecutivos que pronunciaba, pero sobre todo en sus ojos. Lucieron repentinamente vulnerables, afectados, a punto de quebrarse.

Sentí muchísima rabia al verlo así. Rabia hacia mi padre. Deseé que fuese fácil descartar todo aquello, pero desgraciadamente tenía la fuerte certeza de que era cierto. Eleanor no mentía.

Él la miró fijamente. Hizo la pregunta con una voz quebrada:

—¿Nací para cuidar a Mack?

—Para sacrificar tu vida si eso asegurara la suya —le corrigió ella.

Nolan se removió y se pasó las manos por el cabello, inquieto, medio aterrado, como si acabara de perder la brújula de su vida.

—Pero yo no... —masculló—. Nunca he sentido nada extraño, no tengo ganas de matar a nadie...

Yo iba a decirle algo, pero Eleanor se me adelantó, más rápida:

—Porque la alteración está ahí, pero suspendida —le dijo, y de alguna forma hizo que su voz sonara como la de una conciencia, sabia y preocupada—: Puede despertar en cualquier momento, y no será algo que podrás controlar. Simplemente reaccionarás sin importarte las consecuencias. ¿Quieres llegar a ese punto? ¿Quieres actuar sin saber si eso la lastimaría?

Nolan negó apenas con la cabeza. Ya tenía la mirada vidriosa.

—Entonces hazlo fácil —añadió Eleanor en un tono más suave.

Mi mente era un remolino de cosas, unas corrientes de enfado me estaban despertando los impulsos, pero logré entender lo que ella quería hacer y tuve que intervenir rápido.

—No, espera, no la escuches —le dije a Nolan, firme, como solíamos hablarnos cuando uno necesitaba hacer entrar en razón al otro—. Que esto sea cierto no cambia nada en ti. No la escuches. Solo nos quiere separar.

Pero a quien no escuchó fue a mí.

—¿Qué me van a hacer? —le preguntó él a Eleanor. Reconocí cierto temor en su voz.

—¡Nada! —intervine yo muy rápido para dejarlo claro. Las palabras fueron para Nolan, pero miré a Eleanor, retadora—. Ellos no te harán nada porque no irás a ninguna parte.

Eleanor también me ignoró.

—Desactivarán cualquier alteración —le contestó a él—. Solo debes dejar que te lleven. Todo esto terminará muy rápido, y Mack y tú estarán a salvo.

Nolan asintió apenas. Un «sí» débil y derrotado.

—¡No! —le grité—. ¡¿Qué demonios estás haciendo?! ¡Lo que harán será lastimarte!

No me dio tiempo de llegar hasta él para impedirle cualquier cosa, porque un soldado, que de seguro se había ido acercando a nosotros con cautela durante la conversación, apareció por detrás y me sostuvo por los brazos. Luego otro soldado llegó y retuvo a Nolan de la misma forma. Yo forcejeé para liberarme, pero Nolan no. Se quedó quieto con la mirada baja y una expresión asustada.

Iba a dejar que se lo llevaran. ¡Por alguna idiota razón iba a dejar que se lo llevaran!

No iba a permitirlo. Tiré con mayor fuerza de mi cuerpo para que ese maldito soldado me soltara al tiempo que no paraba de gritar:

—¡Suéltenlo! ¡Déjenlo! ¡Nolan, corre, por favor, corre!

Obviamente, el tipo no me hizo caso. Dio vuelta a Nolan para dirigirlo con brusquedad hacia la casa.

No me rendí. Le grité a él, esforzándome mucho más por liberarme:

—¡No puedes dejar que te lleven! ¡No puedes irte! —Y con una fuerza que me rasgó la garganta se lo recordé—: ¡Dijiste que estaríamos juntos en cualquier situación! ¡Tenemos que estar juntos en esta! ¡Escúchame, por favor! ¡Eres tú, sigues siendo tú!

Traté de morder, de dar cabezazos y patadas, pero el soldado me había inmovilizado completamente con alguna llave especial y me resultaba imposible mover los brazos.

—¡Mack, por favor, no te resistas o no podré hacer nada para ayudar! —me gritó Eleanor con un tono de voz suplicante.

La ignoré. Nolan se iba alejando. Sentí que acababa de convertirme en una persona hecha de metal, y que todas las partes que conformaban mi interior, todas las piezas, se iban desmoronando con cada paso que él daba. Así que grité más cosas. Seguí pataleando. Seguí moviéndome con desesperación.

—¡Van a matarte, Nolan! —le grité más fuerte—. ¡Lo que harán será matarte!

Una bomba de miedo, llanto y rabia explotó dentro de mí en ese momento. No podía creer lo que estaba pasando. Quería detenerlo. Y no paré de gritarle con la absurda esperanza de lograrlo, de hacer que entrara en razón y le lanzara un puñetazo al soldado.

Pero nada funcionó. Nada. Por un instante, Nolan giró la cabeza hacia mí, me miró con los ojos vulnerables y aterrorizados, y luego el soldado lo obligó a mirar hacia delante. Así, más rápido de lo que esperé, ambos desaparecieron tras las luces.

Si no caí al suelo, fue porque aquel hombre seguía sujetándome.

Al frente, el soldado líder dio la siguiente orden, clara y fría:

—Encierren a los individuos. El traslado debe ser rápido.

El grupo de soldados avanzó hasta detener las celdas cerca de los cuerpos de Vyd, Ax y la chica. Uno de ellos abrió la puerta accionando el panel mientras que otro se agachó y tomó a Ax por las muñecas para arrastrarlo hacia el interior.

Todo estaba sucediendo demasiado rápido y de una forma tan cruda que empecé a sentir un miedo desesperante que me agitó la respiración y me enfrió las manos. Pero me negué a rendirme, a perder a Nolan y, sobre todo, a que se llevaran a Ax y a Vyd, busqué por todas partes alguna salida, pero para mayor desesperación solo vi soldados, armas apuntándonos, peligro, vigilancia, luces cegadoras...

Entonces pasó.

Las luces de repente se apagaron.

Todas. De golpe. El patio se sumió en una oscuridad densa y extraña, más negra que la oscuridad nocturna normal. Aún se veían siluetas, pero sin duda alguna quedó un ambiente raro, como si de una forma inexplicable la noche se hubiese espesado para ocultar algo.

Los soldados entraron en alerta.

—¿Qué está pasando? —preguntó alguien desde algún punto.

—Las linternas dejaron de funcionar —informó otro.

—¡Vigilen a los individuos! —ordenó el líder en un grito—. ¡¿Están controlados?!

El soldado que me retenía me hizo ponerme de rodillas. Con una mano me sostuvo del cuello y con la otra me apuntó el fusil a la frente como si ahora yo fuera un potencial peligro. Seguía impactada, mirando el lugar por el que Nolan había desaparecido.

Las siluetas amenazantes apuntaron y se movieron con estratégica cautela.

—En su lugar el número diez, señor —informó un soldado.

—En su lugar el número uno —anunció otro.

El líder iba a dar una orden:

—¡Mantengan posiciones mientras completamos la extrac...!

Pero un soldado le interrumpió de repente con un grito fuerte y alarmante:

—¡No está! ¡No está!

—¡Reporte! —le exigieron en un grito de orden.

—¡La chica no está! —contestó el soldado.

Tan solo esas palabras hicieron que todos se pusieran muy nerviosos. Las siluetas comenzaron a moverse con mayor cuidado, apuntando de un lado a otro. Hasta yo salí de mi pasmo y comencé a respirar más rápido de lo que ya estaba respirando. ¿Qué estaba pasando?

—¡Mantengan las posiciones y disparen tranquilizantes a cualquier movimiento brusco! —indicó el líder.

Ni siquiera me había dado cuenta de en qué momento la chica había desaparecido, pero era posible. Era posible que hubiese despertado porque a ella no le habían disparado ya que la habían visto inconsciente y no la habían considerado una amenaza.

¡Ja! Eso me dio una nerviosa y palpitante esperanza. También la busqué con la mirada, pero no veía nada extraño. Árboles, soldados moviéndose, los cuerpos de Ax y Vyd tendidos en el suelo porque los de las celdas ahora estaban con los fusiles en la mano, examinando el perímetro, oscuridad...

Durante un momento se hizo un profundo silencio. Solo escuché mi respiración, que salía por mi boca entreabierta. La punta del fusil todavía estaba contra mi cabeza, pero no lo sentí como un peligro, porque el verdadero peligro estaba por ahí, rondando, listo para atacar, y aunque me odiara yo era de su equipo.

El soldado detrás de mí dijo algo.

Primero fue como un susurro que no entendí, pero después se escuchó con una claridad perpleja:

—No puedo ver.

—¡Reporte, soldado! —exigió el líder.

El soldado lo repitió en un grito:

—¡No puedo ver nada!

Seguidamente, los otros soldados también empezaron a gritar lo mismo y se oyeron voces desde distintos puntos del oscuro jardín:

—¡No puedo ver nada!

—¡Estoy ciego! ¡Estoy ciego!

—¡¿Qué está pasando?! ¡No puedo ver!

Se desató el caos. Unas voces estaban alteradas, las otras asustadas, las otras alarmadas, y fueron sumándose más, una tras otra.

El corazón me latió, esperanzado, emocionado. Había posibilidades.

—¡Quédense en sus posiciones! —ordenó el soldado líder con exigencia—. ¡Está manipulando sus mentes! ¡No es real! ¡Lo que hace no es real!

Por suerte, el tipo que me retenía no mantuvo la calma porque el nerviosismo y el miedo le ganaron. Me dio un empujón que me hizo caer sentada en el suelo. Levantó el fusil y retrocedió en posición de defensa mientras apuntaba en todas direcciones con temor y sin dejar de repetir que no veía.

En verdad estaba oscuro en ese momento, pero logré ver cuando, bruscamente, una silueta apareció detrás del soldado. Alta, poderosa, fuerte, erguida, con la maraña de cabello dándole un aire espeluznante, de espectro y de animal peligroso al mismo tiempo.

¡Era ella!

E hizo lo que esperé que hiciera: le partió el cuello al tipo en un movimiento rápido y cruel.

El cuerpo cayó al suelo, inmóvil. Y tal vez fue el sonido, pero entre todo el caos de los que gritaban que no podían ver, los que gritaban que mantuvieran la calma y los que se defendían de algo invisible, alguien soltó:

—¡Ahí está! ¡Cerca del árbol! ¡Disparen!

Los disparos empezaron a sonar. Automáticamente, me lancé al suelo con las manos sobre la cabeza. Lo único que alcancé a ver fue que la silueta de la chica corrió en dirección al soldado más cercano. Llegó rápido a él y se le lanzó encima como un animal salvaje cae sobre su presa, y le giró el cuello en un ángulo mortal. Después, a toda velocidad, corrió hacia el siguiente soldado, y fue demasiado veloz como para seguirla y no confundirla con la oscuridad.

Me quedé en el suelo sin hacer nada, sin moverme, con las manos sobre la cabeza, esperando que alguna bala me diera o que todo terminara, porque ¿cómo podía ayudar yo? No sabía romper cuellos, ni correr así de rápido, ni manipular la oscuridad o las mentes.

Ah, pero tenía algo.

Lo recordé de pronto, y mi mente asustada, nerviosa y agitada, hizo espacio para una idea.

En el bolsillo tenía una inyección de suero. Según lo que había dicho Vyd, era muy efectiva con ellos, tal como demostraba la chica, que, tras recibir una, estaba despierta y atacando. Así que, si podía inyectársela a Ax, tal vez lograría despertarlo.

Y si Ax despertaba en ese momento, si el número uno se levantaba...

Algo dentro de mí me dijo: «¡Hazlo, este es el momento!».

Me puse de pie rápidamente, impulsada por la adrenalina producida por la posibilidad de librarnos de esa. Algún tranquilizante o alguna bala podía alcanzarme, pero corrí hacia Vyd y Ax. Escuché el caos a mi alrededor, los soldados yendo de un lado a otro, cayendo muertos, intentando no morir, tratando de darle a la veloz silueta que saltaba sobre ellos como una salvaje. Oí los gritos de los soldados:

—¡Pidan refuerzos! ¡Necesitamos refuerzos!

E incluso creí escuchar un grito de Eleanor:

—¡Mack, no, por favor!

Pero no me detuve. No miré hacia atrás. Llegué hasta Ax y me tiré al suelo, a su lado. Puse una mano sobre su hombro desnudo, saqué la inyección y con fuerza se la suministré en el músculo. Esperé que sucediera algo inmediatamente, pero siguió inmóvil, así que fui hacia el cuerpo de Vyd y busqué la inyección que él había guardado en el interior de su gabardina. Tras encontrarla, se la inyecté en el cuello.

Tampoco sucedió nada.

No despertaron. No movieron ni un músculo.

Todas mis esperanzas empezaron a reducirse, aunque no quise perderlas del todo, por lo que volví a Ax. Le sacudí el cuerpo, le palmeé el rostro, lo pellizqué, le di un golpe, acerqué mi cara a la suya y miré sus ojos, que seguían abiertos con los iris moviéndose de un lado a otro.

—¡Reacciona! —le pedí con urgencia—. ¡Por favor! ¡Este es el momento en el que más necesito que no seas normal!

Nada.

Algo le dio a la chica.

Vi a la silueta fallar. No estuve segura de si era una bala letal o un tranquilizante, pero tuvo la suficiente fuerza como para hacer que su cuerpo fuera lanzado hacia atrás. Ella se desequilibró. Iba a caer de espaldas, pero logró caer de rodillas. Intentó levantarse, pero entonces otro disparo le impactó en el brazo y eso finalmente hizo que cayera hacia delante, con las manos en el suelo.

—¡Está inmovilizada! —gritó un soldado.

Las siluetas se acercaron rápidamente y formaron un círculo alrededor, apuntándola. ¡Eran muchísimos!

Un ramalazo de miedo y nervios me paralizó.

No. No, no, no. «Vamos, vamos», empecé a repetir en mi mente, esperando que tuviera alguna carta en la manga, porque ella respiraba, de forma dificultosa, pero respiraba. Se notaba que su pecho subía y bajaba, que estaba débil, pero aún no derrotada.

Aunque, en el fondo, ese pareció ser el final de todo, porque volví a revisar a Ax y nada, no se movía. Vyd tampoco. Y Nolan había desaparecido. No quedaba nadie. Solo yo, sin posibilidades.

—Disparen el tranquilizante a la cabeza —ordenó alguien—. El efecto será más fuerte.

Alcé la vista otra vez hacia la chica. Un soldado se le fue acercando poco a poco, apuntándole. Ella se mantuvo en la misma posición. Los cabellos cayéndole como salvajes cortinas. Me pareció que temblaba, que en cualquier momento sus brazos se rendirían y se desplomaría por completo.

El soldado se detuvo. Un movimiento avisó que su dedo se iba moviendo hacia el gatillo.

En realidad, no vi qué pasó con ella, porque todo sucedió al mismo tiempo: el gatillo presionado, el tranquilizante disparado y el repentino encendido de todas las linternas. De repente, las que se habían apagado se iluminaron progresivamente hasta alcanzar un nivel casi cegador que se fue tragando todo el jardín.

Y, luego, algo invisible y poderoso, algo que pude haber definido como una onda, estalló y se expandió por todo el lugar. Empujó con fuerza todo lo que había, incluso a mí. Me separó del cuerpo de Ax y con violencia me lanzó contra el suelo. Noté un golpe seco en la espalda y sobre todo en la parte trasera de la cabeza.

Al instante, no pude moverme. Solo pude abrir los ojos entre quejidos, pero no vi el cielo nocturno, que era lo que debía estar arriba. Vi la luz blanca que todavía se expandía sobre todo lo que allí había. Y en medio de ella, parecían estar encapsulados los gritos, golpes, disparos, crujidos; todo un caos que no me alcanzaba, pero que me rodeaba.

Hasta que, de repente, silencio.

Descubrí que algo había vuelto a mí.

Algo de pronto estaba en mi cabeza, muy claro, definido, reconocible.

Eran las cosas que había olvidado.

O las cosas que ella me había hecho olvidar.

Me las devolvió.

Ahora quería que las supiera.

32

El final del gran olvido

Las imágenes llamadas «recuerdos» pasaron por mi mente como fragmentos conectados entre sí de forma consecutiva:

Primero, un camión especial trasladando durante la noche a una niña y a un niño que habían sido sedados y encerrados en una celda especial.

Luego, la niña y el niño siendo colocados sobre sus respectivas camillas dentro de las celdas del laboratorio de mi padre.

Después mi padre, sin la barba castaña de antes de que enfermara y los rasgos mucho más jóvenes, explicándoles a los niños apenas despertaron que aquel sería su nuevo lugar de residencia. Y distintas sensaciones dentro de él: nervios, miedo, emoción, porque se suponía que no debía decirles por qué estaban ahí ni socializar con ellos a no ser que fuera necesario.

Pero lo haría.

Entendí muy rápido que la chica me estaba dando esas imágenes para que yo pudiera comprender el inicio de todo: desde el principio, mi padre no había actuado como un simple cuidador. No había seguido todas las normas establecidas porque no había considerado a los niños como monstruos o animales, sino como potenciales y maravillosos individuos. Lo vi de nuevo frente a la celda de la niña, callada, desconfiada y alerta, mientras él, con intenciones pacíficas, le enseñaba a hablar. Fue paciente, más cuidadoso y menos estricto que los otros cuidadores, lo cual funcionó porque, después, poco a poco, se fuese formando un lazo de confianza entre ellos.

A la larga, la niña dejó de ser tan recelosa y salvaje, y con ayuda de mi padre se volvió curiosa y ansiosa de aprender todo lo que se le ofrecía. Él le propuso trabajar en un «proyecto especial», y aunque debía dedicarse a cuidar y evaluar a los dos individuos que se le habían asignado, mi padre en secreto se esmeró en potenciar las habilidades mentales de ella.

El siguiente recuerdo transcurrió más lento.

Otra vez vi a mi padre en el laboratorio. Cada cosa estaba en su lugar. No había nada destrozado. Los computadores funcionaban, la electricidad suministraba energía y el ambiente estaba esterilizado. En una de las celdas se encontraba la chica. Parecía tener unos diez años y estaba sentada en una silla con un montón de cables conectados a sus sienes, muñecas y pecho. Al otro lado del cristal, manipulando un equipo especial de monitoreo cerebral, mi padre.

Habían estado en silencio mucho rato mientras él trabajaba en su «proyecto especial», hasta que:

—La niña —pronunció la chica con cierta duda—. ¿Quién es?

Mi padre alzó la vista hacia ella. La observó en silencio por encima de las gafas.

—¿Qué niña? —preguntó con su voz amigable.

—La que está arriba —contestó ella.

Mi padre hundió un poco las cejas, interesado. La animó a hablar con un asentimiento.

—La escucho, como a los demás —confesó entonces por primera vez la niña—. La veo, como a los demás. Se llama Mack.

Él permaneció en silencio un instante. La niña esperó la respuesta. Le encantaban las respuestas, sobre todo si venían de Godric, que era distinto, que no la lastimaba, que le enseñaba cosas, que la alentaba a ser, no a actuar.

Pero la respuesta de mi padre no fue la que ella esperó:

—No es posible que escuches a alguien desconocido estando ahí dentro. Las paredes mantienen limitado tu campo mental para que únicamente puedas oír a tus otros once compañeros. Tal vez es un eco de ellos y te has confundido.

Dicho esto, prosiguió con su trabajo, dando por finalizado el tema.

La niña no dijo nada, pero detectó que Godric mentía. La pregunta que se hizo fue: ¿por qué?

Eso despertó mucho más la curiosidad que el propio Godric había alentado, así que ella me escuchó y analizó durante mucho tiempo sin decirle nada a mi padre. No le resultó fácil, pero incluso logró observarme. Veía mi habitación, mi forma de vivir, las cosas que nos diferenciaban... Todo ello hubiera podido causar en ella sentimientos negativos, pero no fue así. Su curiosidad y su interés crecieron en otros ámbitos hasta que pasé de ser solo «algo que descubrir» a ser «algo que entender», y se le despertaron nuevas metas: conocerme, interactuar conmigo, descubrir qué más se podía hacer en mi mundo.

Por supuesto, era solo una niña que no comprendía el comportamiento humano normal, por lo que su primer paso para llegar a mí para evaluar cómo reaccionaba yo fue tratar de enseñarme lo que era capaz de hacer.

Así que un día me mostró a Ax.

Lo proyectó en mi habitación, y de esa forma lo conocí. Lo hizo tan definido y tan tangible que nunca pude notar que no estaba físicamente ahí. Luego se mantuvo oculta, pero atenta desde su celda. Quiso mostrarse en algún momento, pero sucedió algo que no se esperó: verme interactuando con Ax, ver la conexión que se creó entre ambos, presenciar nuestras reacciones la fascinó mucho más que la idea de relacionarse conmigo.

Entonces decidió quedarse como espectadora.

Durante mucho tiempo.

Pensó que Godric nunca se daría cuenta de ello por sus grandes capacidades mentales y su astucia, pero el trabajo de un cuidador era monitorear, estudiar y experimentar con el individuo. Mi padre lo descubrió porque cada proyección mental, cada manipulación, cada esfuerzo de la niña al utilizar sus habilidades dejaba un rastro. Quedó registrado que ella recibía mis ondas cerebrales, que entraba en mi mente si se le antojaba, que proyectaba con mucha facilidad a otro de los doce.

Mi padre tuvo que enfrentarse a una difícil decisión: ¿debía informar de lo que estaba haciendo la niña u ocultarlo?, y la niña lo supo. Ese día esperó a que él hiciera algo contra ella, algo como castigarla, ponerla a dormir durante mucho tiempo o enviarla a otra parte, a la oscuridad.

Pero eso no sucedió. Sorprendentemente, mi padre no dijo nada. Todo lo contrario, ella percibió su interés científico, su fascinación, su curiosidad y su empatía.

A partir de ahí, ambos guardaron un secreto: ella pudo seguir haciendo lo que hacía conmigo mientras él estudiaba lo que ocurría.

Pero no solo había rastros que mi padre borraba o escondía. También había consecuencias.

El siguiente recuerdo era mío. Yo, pequeña, en la escuela. Estaba sentada en mi sitio, frente a Nolan, cuando de repente me caí al suelo y empecé a convulsionar. Empecé a verlo todo borroso...

El recuerdo saltó a uno de mi madre. La llamaron desde el colegio y ella acudió rápidamente a buscarme, pero antes mi padre le insistió en que no me llevara al hospital, sino a la consulta de su amigo el doctor Campbell. Pero ella no le hizo caso, porque Eleanor también tenía un secreto: meses atrás ella había notado que algo andaba mal conmigo. Y esa era la gota que había rebosado el vaso.

Los recuerdos se detuvieron en otro momento crucial de ese mismo día. Acababan de traerme del hospital y yo dormía en mi cama. Vi a mis padres en nuestra cocina. Al otro lado de la puerta corredera que daba al jardín, era de noche. Mi madre, con el cabello recogido en una coleta, parecía... enojada.

Muy enojada. Tenía los ojos hinchados de haber llorado y estaba furiosa y preocupada, y tenía miedo, pero también mucha determinación.

—¿Con quién habla Mack cuando está en la habitación? —exigió saber con voz dura—. No veo a nadie, pero ella sí parece ver a alguna persona. ¿Qué es? ¿Quién es?

La situación adquirió mayor sentido: por primera vez, ella se estaba enfrentando a él.

—Eleanor...

—Tiene que ver con ellos, ¿verdad?

—Lo que Mack ve es una proyección —contestó mi padre, más tranquilo que ella, aunque era evidente en él cierto nerviosismo.

—¿Cómo es eso posible?

Mi padre soltó un suspiro antes de empezar a explicárselo:

—Se supone que los doce individuos fueron engendrados por un espécimen desconocido. Se creyó que fue solo eso, apareamiento, pero yo pienso que no, pienso que cada uno tiene un lugar aquí por una razón específica. Todos tienen habilidades relacionadas con los elementos base del mundo. ¿Y si deben dominarlos porque ese era el objetivo de su creador antes de morir? Aún no estoy segura de cuál era el objetivo específico, tal vez iban a ser su ejército o tal vez sus protectores o quizá los que limpiarían el mundo y crearían uno nuevo...

—¡Godric! —le interrumpió Eleanor, porque eso no era lo que ella quería saber. Ella quería respuestas directas y precisas.

Mi padre lo resumió:

—El caso es que la niña, entre todos ellos, es la única que tiene la capacidad de controlar la mente. Ella puede oír a los otros individuos, puede hablarles o llamarlos sin importar dónde estén. Es una conectora. La única conectora. Ahora, de alguna forma, ha querido que Mack conozca a otro de los niños, así que hace que sus cerebros registren ambas imágenes. Es muy complejo de explicar, pero...

—¿Me dices que ese niño está siempre en su habitación? —preguntó Eleanor, atónita y espantada.

—Físicamente no está en la habitación —corrigió él—. El chico sigue en su celda, pero puede interactuar con Mack gracias a lo que hace la niña.

Eleanor endureció el gesto.

—¿Por qué? —quiso saber con muchísima más exigencia—. ¿Por qué lo hace?

—No lo sé, creo que es la forma que encontró de entretenerse...

Ella soltó la otra pregunta aún más perpleja y horrorizada:

—¿Está jugando a la casita de muñecas con mi hija y ese niño?

Durante un momento, mi padre no dijo nada. Mantuvo la mirada baja, triste, preocupada.

Luego asintió.

La determinación que fluyó por el cuerpo de Eleanor fue la de una verdadera madre.

—Se acabó, voy a llevarme a Mack —soltó de forma definitiva—. No va a vivir aquí, no con lo que tienes ahí abajo. Esto no va a seguir sucediendo.

Mi padre se levantó del taburete, alertado.

—No es peligroso para ella. La niña es solo una niña, y está cansada de estar encerrada y...

—¡Mack sí es una niña! —le interrumpió con fuerza Eleanor—. ¡Una niña normal, feliz, con un futuro por delante y que no merece que alguien esté manipulando su mente! ¡Ella es lo único que me importa y lo único que debería importarte a ti! —Puso las manos sobre la isla con decisión—. Así que justo ahora tendrás que tomar una decisión, Godric: o sacas todo lo que vive debajo de esta casa y rompes ese maldito acuerdo, o me llevo a Mack lejos, a un lugar seguro, y me encargo de que no la vuelvas a ver jamás. —Y se lo advirtió muy seriamente—: Juro que no voy a dejar que sea uno más de tus experimentos.

Mi padre se puso muy nervioso. Se sintió asustado.

—Eleanor, no tomes decisiones apresuradas... —intentó convencerla.

Pero mi madre ya había tomado una decisión. Ya había decidido enfrentarse a él. Ya había dicho: ¡basta! Y nadie podría detenerla.

Dio un paso adelante y miró a mi padre con ojos furiosos y firmes.

—Mi niña de nueve años convulsionó de repente porque alguien ha estado manipulando su cerebro —le recordó con detenimiento—. Si tú no quieres protegerla, yo lo haré. Nos iremos ahora mismo.

Le dio la espalda, lista para buscarme, meterme en el auto y llevarme lejos.

Pero justo antes de salir de la cocina, mi padre dijo:

—¡Está bien! ¡Está bien! Abandonaré el proyecto.

La imagen cambió en un segundo a otro recuerdo que no me pertenecía. Mi padre estaba de cuclillas frente a la celda de la niña. Su rostro reflejaba una profunda frustración y tristeza. La expresión de la niña era impasible, aunque ella ya sabía lo que había sucedido. Sabía que habían tenido que llevarme al hospital y que mi padre estaba ahí por esa razón. Sabía que se avecinaba algo que no iba a gustarle, algo definitivo.

Tras un silencio, él por fin habló.

—No puedes seguir jugando con ella de esa forma —le dijo tras un suspiro triste—. Le estás haciendo daño. ¿Quieres hacerle daño?

Aquella era la misma frase que ella había pronunciado al verme al despertar en la casa de Campbell.

La niña bajó la mirada. El cabello salvaje y oscuro le cubrió parte de la cara. Infantil. Inocente. Triste.

—Somos amigas —aseguró en un susurro.

El concepto de amistad era el que había tomado de mi mente, el que yo había creado con Nolan. Era ese tipo de cosas que solo comprendía a través de mí.

—Lo entiendo, pero es todavía muy pequeña como para soportar lo que implica una invasión mental —le explicó mi padre—. Cada vez que entras a su mente, su cerebro sufre un pequeño daño. Si lo sigues haciendo, se creará un daño permanente que podría ser fatal. Para evitarlo, ella tiene que...

—Olvidar —completó la niña.

Él asintió. Ese era el proyecto especial en el que habían estado trabajando desde su llegada. Mi padre quiso potenciar sus habilidades mentales y despertar una nueva, una secreta, una más poderosa: hacer invisibles los recuerdos y emociones de otra persona. Ahora él necesitaba que la niña lo hiciera. Conmigo.

Y lo hizo. Con sus habilidades, la chica número dos me quitó los momentos que luego lucharía por recordar. Sacó de mi mente todo lo que había vivido con Ax, y sacó de la mente de Eleanor todo lo que había visto y discutido con mi padre.

Pero en secreto hizo algo más... Hizo que yo corriera a buscar cuaderno y lápiz para dibujar el mapa de la entrada al almacén, porque lo necesitaría. Algún día lo necesitaría, ya que los recuerdos siempre podían recuperarse de una u otra forma.

El recuerdo siguiente demostró que habían pasado años desde ese instante. El almacén bajo la casa estaba completamente ordenado y funcional. Las luces blancas estaban encendidas y los ordenadores y pantallas operaban con normalidad. Mi padre estaba sentado frente a una, monitoreando y pensando...

Hasta que de repente vio algo extraño en uno de los cuadros. Algo que jamás había sucedido. Algo que había que atender con urgencia.

Se levantó y corrió muy rápido escaleras abajo, hacia donde estaban las dos celdas, presionó uno de sus dedos contra un pequeño panel en una pared y se desactivó el muro eléctrico que servía de protección. Luego pasó a toda velocidad junto a la de la chica, rumbo a la del chico. Ella estaba de pie, mirando la situación que se daba al lado con mucha confusión.

Mi padre se detuvo frente a la celda. En el interior, el mellizo de Ax, que esa mañana había estado normal, se convulsionaba en el suelo. Y no solo eso. Por toda su piel se habían tejido venas negras e hinchadas que parecían a punto de estallar. Los rasgos de su rostro, bajo ese tinte oscuro parecido a una segunda piel, habían desaparecido. Se le había caído el pelo, que se veía esparcido por el suelo, y su ropa estaba destrozada sobre la cama.

Mi padre actuó con rapidez. Activó el sistema que expulsaba sedante dentro de la celda y luego entró para sacar al chico. Lo colocó sobre la cama, que tenía ruedas, y lo condujo hacia el área de examen para poder ayudarlo. Aunque no sabía qué estaba pasando exactamente. Las pruebas no habían previsto anomalías. No hubo ninguna señal de que el chico estuviese enfermo. ¿De qué se trataba? Parecía un colapso, como si se estuviese muriendo o sufriendo algo como... como...

Una mutación.

Esa noche, algo falló dentro de él y se transformó por completo. Atacó a mi padre y se escapó. Dejó atrás un charco de sangre y el área destrozada. La cámara de Tanya captó el momento en que el chico atravesaba el patio. Más tarde, sucedió el accidente en el que murió Jaden.

El recuerdo que siguió fue de esa misma noche, desde otra perspectiva que no era la mía. Mis padres estaban uno frente a otro en lo que parecía el pasillo del consultorio del doctor Campbell. Eleanor estaba nerviosa y en su cara había miedo, furia, lágrimas y desesperación. Mi padre parecía muy preocupado. Sus manos temblaban. Tenía un rasguño fresco en el rostro, la ropa hecha un desastre y sangre en la camisa.

Las voces empezaron a escucharse.

—¡Me mentiste! —le gritó Eleanor, muy alterada y aterrada—. ¡Te exigí que los sacaras de nuestra casa y me hiciste creer que lo habías hecho, pero me mentiste!

Ella había podido recordar. El impacto de verme sufrir un accidente la había hecho recordar, y no entendía cómo... ¿Qué había sucedido...? ¿Por qué?

Mi padre no se lo iba a explicar. Nunca.

—No sé qué pasó —se defendió, confundido y asustado, refiriéndose solo al accidente—. Fue... el otro chico, se escapó...

—¡Jamás vas a volver a ver a Mack en tu miserable vida! —le dejó claro Eleanor con determinación.

El doctor Campbell salió de una de las habitaciones. Sudaba. Parecía que acababa de atender un caso difícil. Incluso parecía algo preocupado.

—Mack está bien —les informó—. No tiene lesiones, solo está desmayada por el shock.

Eleanor no esperó a escuchar nada más y avanzó con la urgencia de una madre a buscarme a aquella habitación. Se sentía furiosa por haber dejado que mi padre me llevara a la consulta de Campbell en lugar de al hospital, pero sentía alivio de que yo estuviese viva.

En el pasillo solo quedaron Campbell y mi padre, que se pasó las manos por el cabello, inquieto. El temor en su rostro lo hizo parecer más viejo y desesperado.

—A Jaden se lo llevaron —le dijo a Campbell en una voz más baja—. Voy a ver qué puedo hacer por él, aunque no creo que haya sobrevivido...

—Fue un accidente mortal —dijo Campbell. Se quitó las gafas y se secó la frente con el dorso de la mano—. ¿Cómo es que Mack...?

Mi padre le interrumpió, acercándose a él para decirle en un susurro preocupado:

—No lo sé, pero las cosas están fuera de control. —Sacó con nerviosismo el móvil de su bolsillo—: Debo comunicarme con el cuidador del mellizo para saber si todo está en orden en su laboratorio. Está a tres horas de aquí, en un pueblo llamado Senfis. Creo que hay cierto riesgo de que intente escapar también.

Campbell le puso una mano en el hombro, en parte para calmarlo y en parte para pedirle que lo escuchara. Mi padre lo miró a los ojos.

—Tal vez deberías pedirle a la número dos que... —intentó sugerir el doctor como una idea para solucionar el caos, pero mi padre negó de inmediato con la cabeza.

—No, no otra vez —decidió sin derecho a réplica—. Tuve que esforzarme mucho para que no notara que lo único que quería era alejarla de Mack y evitar que Eleanor se la llevara. Le mentí diciéndole que podía hacerle daño al cerebro de mi hija. Si ella descubriese ahora que le mentí, sería todavía peor.

Campbell tuvo que decirle lo que siempre supo que en algún momento diría:

—Tienes que entregarla, Godric. Ya no puedes controlarla.

Hay un dicho muy popular que dice: «Cría cuervos y te sacarán los ojos». El cuervo que mi padre estuvo criando y potenciando durante años fue más ágil que él. Esa noche, a la más mínima señal de cansancio de su cuidador, ella logró ver ese recuerdo de la conversación con Campbell, y se enteró de que el hombre en el que siempre había confiado le había mentido. Y por primera vez pensó que ella no era el peligro, sino que el peligro era él.

Entonces, llena de rabia, ideó un plan.

Poco a poco entró en la mente de Eleanor, la única que quería lo mismo que ella: proteger. Cuando logró atarla y controlarla, introdujo en su mente la idea de deshacerse de su marido utilizando el veneno. Bajo esos pensamientos inducidos, mi madre lo hizo. Y cuando él murió, cuando ya no hubo nadie que pudiese detenerla, le envió un claro mensaje al compañero más cercano: «Ven a buscarme».

Esa noche, Ax se escapó. Mató a su cuidador, se sacó el rastreador y la herida que no pudo curar inmediatamente se reflejó en la chica. Estuvo herida hasta el día que nosotros la sacamos de la celda, y sobrevivió porque Ax compartió con ella la fuerza y la energía que poco a poco había podido reunir.

Los recuerdos terminaron conmigo reaccionando. Me incorporé con los codos apoyados en el césped del jardín de mi casa. Mi piel sudaba, mi corazón iba acelerado y mis piernas temblaban. Arriba, el cielo estaba oscurísimo. La luz blanca y cegadora había desaparecido y lo que había a mi alrededor eran un montón de cuerpos de soldados tendidos en el suelo, inmóviles.

¿La chica número dos los había asesinado? Era la única explicación. Aunque le debió de costar, porque la vi también inconsciente. Más allá, Ax y Vyd seguían tendidos y paralizados en el mismo lugar.

De pronto escuché un grito:

—¡Mack! ¡Mack, ven conmigo! ¡Levántate, nos vamos!

Eleanor. Venía hacia mí desde los lados de la piscina. Se había refugiado dentro de la casita, pero había salido a buscarme. Me llamaba con desesperación, asustada. Por primera vez quise ir con ella. Era mi madre y siempre había querido protegerme. Lo que le había hecho a mi padre ni siquiera había sido idea suya. Tal vez, solo tal vez, tenía que intentar convencerla de que Ax no era un peligro para así poder...

Nada. No podríamos hacer nada. Antes de que pudiese llegar a mí, una figura oscura y veloz salió disparada desde algún punto y se lanzó sobre ella. El impulso del golpe la arrastró metros más allá y, tras gritar mi nombre, la aplastó contra el suelo con muchísima fuerza. Se quedó inmóvil, con un brazo extendido hacia mí.

Lo que se había arrojado sobre ella, giró la cabeza hacia mí:

La Sombra.

El fallo.

El mellizo de Ax.

Se apartó de Eleanor y avanzó con lentitud depredadora entre los cadáveres, contorsionándose de forma sobrenatural y aterradora, murmurando incoherencias como un desequilibrado mental. Lo habíamos visto antes, pero en ese momento, esa noche, se veía mucho más oscuro, sin rasgos faciales, como un animal de cuatro patas que acababa de salir de las creaciones más retorcidas y que solo ansiaba sangre y desmembramientos.

A pesar del miedo, me obligué a reaccionar y tomé lo que había más cerca de mí: una de las armas de los soldados. La sostuve con ambas manos de forma inexperta y lo apunté, todavía sentada en el suelo. No sabía disparar una pistola. No sabía si tenía la fuerza para dispararlo, y además las manos me temblaban y todo el cuerpo me palpitaba con miedo y ganas de llorar tras ver cómo había matado a Eleanor, pero ¡tenía que hacer algo!

La Sombra ladeó la cabeza, sorprendida por mi muestra de valor, que tal vez le pareció patética.

Apreté el gatillo.

El retroceso de la pistola me empujó hacia atrás, pero como luché por no caerme o lastimarme, lo que resultó fue que el disparo se perdió hacia el cielo y noté un gran dolor en las muñecas. El sonido me golpeó los oídos de una forma aturdidora.

La Sombra siguió avanzando, cada vez más cerca.

Me arrastré hacia atrás, sostuve con mayor fuerza el arma y volví a disparar.

Otra vez salió mal.

Era el final. Sentí que ese era mi final. Así acabaría aquello que Nolan y yo habíamos luchado por ocultar, con todos muertos. Me negaba a aceptarlo. De modo que reuní todo el valor que tenía para poder disparar de nuevo. Puse todas mis esperanzas en ser precisa. Por Jaden. Por mi madre.

Un momento...

Mi dedo se detuvo antes de presionar el gatillo porque escuché algo detrás de mí: un quejido.

El mellizo no dio un paso más. Yo me giré rápidamente y entonces lo vi.

Ax.

¡Se iba a levantar!

Apoyó una mano en el suelo. Luego apoyó la otra. Sus brazos temblaron al impulsarse, pero lo consiguió. En cuanto se irguió por completo, vi que sus ojos ya no eran de diferentes colores, ambos eran de un profundo negro. Y además había algo nuevo: por todo su cuerpo se habían empezado a extender ramificaciones negras que progresivamente se fueron concentrando en sus manos.

En tan solo unos segundos, sus dedos dejaron de ser de color normal y se cubrieron de una capa oscura, igual que la piel de la Sombra. Como punto final, cada línea de sus músculos se acentuó y, con las cejas fruncidas y la boca en una mueca de rabia, estiró el cuello hacia ambos lados.

¿A eso se había referido Campbell al preguntarme si lo había visto como era en realidad?

Ax dio algunos pasos por delante de mí. Se vio más alto, más imponente, más poderoso, listo para acabar con todo. Se detuvo enfrente y, de pronto, de forma todavía más inesperada, elevó una mano con lentitud y Vyd, el mismísimo Vyd que había estado inconsciente, se levantó de forma automática con los ojos ya no del habitual color amarillo, sino totalmente negros también.

En sus manos se encendieron marañas eléctricas.

Ax movió la otra mano y la chica se levantó de la misma manera automática con los mismos ojos negros.

Por la forma en que tanto ella como Vyd se quedaron quietos e inexpresivos, entendí que Ax los había hecho despertar porque los estaba controlando.

Porque iba a controlarlos.

Como marionetas.

Y la Sombra respondió a eso con un chasquido retador.

Si hubiese podido hablar, supuse que le habría dicho a Ax: «Estoy listo, hermano».

33

¿Él era la oscuridad?
¿O la oscuridad era él?

La Sombra, que actuaba por impulso y no con inteligencia, quiso atacar primero. Como un animal dispuesto a matar, corrió a toda velocidad hacia Ax. Al ver su furia contorsionada y lo que una vez fue su boca abierta repleta de dientes afilados y podridos, ansiosa por arrancar piel, pensé que derribaría a Ax y que me aplastaría a mí también en el trayecto por seguir pasmada en el suelo detrás de él como una tonta.

Pero este Ax no era el Ax que conocíamos. La información entró en mi mente, tal vez enviada por la chica:

Dentro de Ax siempre habían existido dos estados y el que acababa de despertarse era su más puro salvajismo, el alma de su progenitor, la naturaleza para la que había sido creado. Era la parte de la que Campbell me había hablado, la que era capaz de destruir el mundo si se le antojaba y de defenderse utilizando al resto de STRANGE, porque los demás solo estaban para que él los usase. Vyd, la chica y los otros... Todos eran sus marionetas, sus servidores, sus armas y podía destruirlas o volverlas más fuertes si lo necesitaba. Justo como estaba haciendo en ese momento.

Un poco antes de que la criatura extendiera los brazos hacia delante para agarrarlo, Ax elevó una mano. En respuesta a su orden, Vyd arrojó una descarga de electricidad usando como conductores varios de los cuerpos tendidos en el suelo. El chorro se expandió muy rápido de uno hacia otro cadáver de manera consecutiva hasta que formó una red eléctrica alrededor de la Sombra. Las paredes de corriente se redujeron de golpe contra la criatura y eso lo tumbó al suelo.

A pesar de eso, se puso en pie de nuevo muy rápido. Recurriendo a otra idea para atacar, empezó a rasgar con desespero la piel de su propio brazo con una de sus oscuras garras. La piel debía de ser más dura de lo que parecía porque unas chispas amarillas comenzaron a brotar. Estaba intentando... ¿crear fuego?

De todas formas, no lo consiguió. Ax apretó la mano extendida en otra orden y la Sombra recibió un golpe mental de la chica, tan fuerte que perdió el equilibrio entre un chillido de dolor, llevándose las manos al lugar donde debían estar sus orejas, lugar en el que en realidad tenía solo dos agujeros. Comenzó a sacudir la cabeza con desesperación, quejándose e intentando luchar contra algún ruido demasiado fuerte que le hacían oír solo a él.

Ax aprovechó su aturdimiento. Avanzó hacia él con su altura poderosa y sobrenatural. La criatura retrocedió gruñendo, sin poder hacer nada. Ax le lanzó un potente puñetazo que lo impulsó hacia atrás. Luego no le permitió levantarse y fue de nuevo por él. La criatura trató de alejarse, lanzar un arañazo salvaje para defenderse y cubrirse los oídos, pero Ax lo golpeó de nuevo.

Y luego otra vez.

Y otra más.

Con un impulso furioso, salvaje, inclemente.

La Sombra, negándose a perder, trató de atacar de nuevo. Lanzó un chillido muy alto y agudo que me obligó a cubrirme los oídos y que de alguna forma rompió la influencia mental de la chica. Al verse liberado de ella, arremetió contra Ax con desesperación.

En el caos, ambos cayeron al suelo. La Sombra intentó morderlo, pero él le apartó la cara e intentó contrarrestar la fuerza. Durante ese forcejeo pareció que la Sombra despedazaría a Ax, pero como número uno logró dar la vuelta a la situación, lo retuvo bajo él y, sin parar, comenzó a lanzarle fuertes puñetazos, imposibles de soportar por un humano.

Quise que lo matara de una vez. En parte por Jaden y en parte porque entendí, o la chica me lo hizo entender, que ya no era nada. Ni siquiera tenía consciencia propia. Lo poco que quedaba de algún comportamiento en ese fallo provenía de Ax, no de sí mismo. Ya no era el mellizo. Estaba compuesto por salvajismo, impulsos y sed de sangre. Todo lo que se movía a su alrededor era estorbo o le servía de alimento. Su existencia era solo un error que debía ser eliminado antes de que su caos fuera fatal.

Como mi madre.

¡Mi madre! ¡Su cuerpo!

Me arrastré hacia atrás y tomé una vía segura alrededor del espacio donde Ax estaba golpeando a la criatura. Logré llegar hasta Eleanor y me arrodillé junto a ella, sin saber bien qué hacer.

El estómago se me encogió y un nudo se me formó en la garganta. Estaba inmóvil, con el cuello en una posición perturbadora, roto por el golpe contra el suelo. Sus ojos habían quedado abiertos, vidriosos, muertos, y no pude evitar culparme por ello, ya que yo había creído que ella era una asesina despiadada. La había culpado con rabia. No me había permitido darme cuenta de que, a su manera, había querido protegerme. Mi madre me había exigido cosas para evitar verme convertida en parte de los experimentos de mi padre.

Ahora no podía pedirle perdón.

Empecé a llorar desconsolada, incapaz de hacer nada más, y me hubiera quedado allí, encogida y llorando, de no ser por el repentino grito que resonó en el patio trasero en ese momento:

—¡Ahí vieneeeeeeeeeen!

Esa voz.

¡Esa voz!

Me levanté rápidamente. Miré en dirección a los árboles que se perdían por el camino que daba a la puerta trasera de la casa. Ya estaba nerviosa, pero en ese momento mi corazón latió muchísimo más acelerado, encendido por la expectativa y la esperanza.

¿Era real lo que estaba escuchando?

¿Era él?

—¡Ahí vieneeeeeeeeen! —gritó otra vez.

Su silueta apareció corriendo en medio de la oscuridad de la noche. Bueno, en realidad venía corriendo a lo loco, agitando los brazos, con la boca demasiado abierta mientras no dejaba de gritar y sosteniendo algo a lo que no le presté atención. Era como si Dios lo hubiese salvado y mandado desde el cielo.

Cuando se detuvo frente a mí, jadeando, reaccioné. Era él. Vivo. A Salvo. Conmigo. Y, además, Dan también había llegado corriendo. Pero Dan no era lo más importante. Es decir, sí era importante, pero...

—¡Nolan! —solté en un jadeo de asombro y felicidad—. ¡Estás libre! Pero ¿cómo lo has conseguido?

Él empezó a hablar muy muy deprisa, presa de la emoción y la agitación:

—¡Mack, es que no te vas a creer lo que ha pasado! —Me tomó por los hombros, entusiasmado, tratando de contármelo todo de corrido y de respirar al mismo tiempo—: Iba muy frustrado dentro del camión con los soldados cuando de repente sentí algo que nunca antes había sentido en mi vida. Fue como un presentimiento, una visión o qué sé yo. El caso es que empecé a sentirme muy angustiado por ti, y luego tuve algo así como una revelación que se mezcló con algo parecido a la adrenalina y que me hizo pensar: «Pero ¿qué demonios estoy haciendo aquí? ¿Por qué me estoy alejando de Mack? ¡Tengo que ayudarla!». Entonces traté de idear algo para escaparme del camión. Se me ocurrieron ideas loquísimas, incluso me sentí capaz de dar golpes, pero, bueno, ahora viene la mejor parte, en serio: de repente el camión se detuvo y yo me pregunté: «¿Qué pasa?». Y juro que no me lo imaginé nunca, de verdad. Escuché puertas, voces y después unos golpes, unos disparos... Y, de pronto, alguien abrió la puerta trasera: ¡y era Dan! —Se giró para ver a Dan, y lo señaló con entusiasmo y algo de sorpresa—: ¡Mató a aquellos tipos! ¡Él! ¡Don Perfecto! —Se inclinó hacia mí para añadir en susurro—: La verdad es que yo creía que nos iba a traicionar, pero me sacó de allí y...

Dan lo interrumpió de golpe:

—¡Nolan! Cállate, ¿vale? ¡Que ya vienen!

Mi amigo miró hacia atrás y luego volvió a mirarme. Su expresión emocionada por habernos reunido otra vez cambió a una de nervios.

—Rápido, Mack, ponte esto que le quitamos a uno de los tipos.

Me entregó lo que traía en la mano: un chaleco antibalas y un casco. Estaba tan impresionada y confundida que no entendí muy bien por qué debía ponérmelos, y tampoco pude preguntárselo mientras me metía prisa y me ayudaba. Luego me cogió por el brazo y empezó a llevarme hacia uno de los extremos del jardín.

—Tenemos que ponernos a salvo —dijo, mirando hacia atrás mientras corríamos.

—Pero ¡¿de qué?! Ax está a punto de matar a la Som...

La respuesta a mi pregunta me llegó en forma de veloces proyectiles cuando estábamos atravesando el jardín.

Sí, proyectiles. Lo que faltaba.

Disparados desde algún lugar, cada uno tenía una garra en la punta, conectada a un cable muy largo que debía de estar formado por algún material especial, perfecto para ser usado contra un objetivo: Ax.

La mano de Nolan ahogó mi grito y me retuvo en el instante en que las garras metálicas se clavaron en los hombros desnudos de Ax y tiraron de él hacia atrás, apartándolo de la Sombra. Con un gruñido de dolor, intentó liberarse, pero las cuerdas le enviaron una extraña descarga y se quedó con una rodilla y una mano en tierra, encorvado, respirando agitadamente como un animal peligroso al que acaban de reducir en contra de su voluntad.

Nolan, Dan y yo nos pusimos a cubierto tras un grupo de arbustos justo cuando dispararon otro par de proyectiles desde algún lugar en dirección a la chica con la intención de retenerla también. Esa vez, Vyd corrió hacia ella. Dos proyectiles más fueron tras él, pero antes de que lo atraparan, se agachó frente a número dos y expulsó varias cargas eléctricas que, sumadas a una fuerza mental producida por la chica, tejieron un campo eléctrico alrededor de ambos. Finalmente, quedaron encerrados dentro de una cúpula protectora.

Por otro lado, la Sombra, que se había puesto en alerta por la nueva y desconocida amenaza, de repente recibió un disparo. El sonido fue seco y potente, el de un disparo real y mortal. La criatura produjo un chillido espantoso y perdió el equilibrio. Lo vi caer entre una sacudida furiosa.

Entonces apareció lo demás.

Oh.

Padre.

De todo.

Lo que se podía poner peor.

Uno a uno, en medio de la oscuridad del jardín, fueron apareciendo entonces entre los árboles muchos focos de linternas. Supe que eran más agentes especiales de la organización con sus rifles y sus uniformes negros, al más elaborado estilo de soldados entrenados para cazar monstruos.

Eran los refuerzos que los agentes anteriores habían pedido.

Muy rápido, tomaron el control del jardín y rodearon el perímetro de Ax, apuntándolo. También apuntaron hacia la cúpula eléctrica donde estaban protegidos Vyd y la chica y... un momento... ¿Dónde estaba la Sombra? No se veía por ninguna parte. Donde se había caído después del disparo, solo vi un charco espeso y muy oscuro que podía ser sangre. Entonces ¿no había muerto?

Iba a preguntarle a Nolan cuando se escuchó otro disparo. Pero ¡¿por qué disparaban tanto?! Tuve la impresión de que habían disparado hacia más allá de los árboles del fondo, pero mi preocupación volvió inmediatamente hacia Ax. Con una repentina inquietud, me volví a mirarlo para comprobar cómo estaba. La sangre salía a borbotones de las heridas producidas por los ganchos incrustados en sus hombros.

Inmovilizado por las cuerdas, era el objetivo de las miras de todos los fusiles.

Empecé a sentir desesperación y rabia por no tener la capacidad de defenderlo, pero él podía liberarse, ¿no? Su cuerpo seguía dominado por esa transformación sobrenatural y peligrosa. Sus músculos todavía tenían esa hinchazón poderosa. Las venas oscuras estaban tejidas por todo su cuerpo, cubriéndolo con la habilidad sanguinaria de su naturaleza.

Confié en que haría algo.

Confié en que haría algo.

Confié en que...

¡Por Dios, ni siquiera se estaba moviendo!

—¡¿Por qué no intenta liberarse?! —preguntó Dan a nuestro lado como si me hubiese leído la mente. Había sacado su pistola y apuntaba hacia los tipos por si necesitaba defendernos.

Yo no podía ver muy bien dentro de la cúpula, pero Ax seguía controlando a Vyd y a la chica. Quería protegerlos, el problema era que si nadie lo ayudaba...

—No lo sé... —murmuré, preocupada ante la idea de que Ax pensara entregarse—. ¿Podemos hacer algo nosotros?

—No es buena idea —replicó Dan, analítico—. No nos han visto todavía. Si nos ven, podrían sedarnos o...

Matarnos, claro.

—Oigan —soltó Nolan de pronto en un susurro—. Creo que Ax sí está haciendo algo.

—Pero ¡si ni se mue...!

Cerré la boca en cuanto lo noté.

Nolan tenía razón. Ax no se estaba moviendo, pero a su alrededor algo había empezado a cambiar. De muy mala forma.

Era el ambiente. La oscuridad. Comenzó a volverse incluso más oscura, como si alguien girara el control de nivel de la noche para volverla más profunda y antinatural. El cielo, que juraba haber visto nublado, se transformó en un remolino de grises y negros, parecido a un pozo de horrores revuelto. También sopló un viento que, a pesar de ser ligero, se sintió muy frío, me erizó la piel y me despertó un miedo nervioso que me hizo pensar que estaba a punto de suceder algo muy peligroso y horrible.

Tras unos segundos, solo se veía el círculo formado por los haces de luz de las linternas. Las siluetas de los soldados todavía podían verse, pero fueron más difíciles de detallar. Ellos parecían no notarlo porque unos estaban concentrados en no dejar de apuntar mientras que otros empujaban de nuevo una de las celdas en dirección a Ax para encerrarlo allí.

Ax no iba a dejar que eso sucediera, por supuesto.

Primero empezó a hacer algo muy raro con la mano que no tenía apoyada en el suelo. Movió los dedos de forma circular y sombría, muy disimuladamente. Por un momento no comprendí qué rayos significa eso, hasta que vi que estaba orquestando su propio poder.

Una niebla delicada y oscura comenzó a brotar alrededor de él. Tuve que parpadear para confirmar si mi cerebro no me estaba engañando, pero sí, era apenas unos centímetros más alta que el nivel de la hierba y ondeaba con una lentitud amenazante.

—¿Qué es eso? —pregunté en voz baja.

Nada más hablar, mi corazón se aceleró de miedo. De forma muy extraña mis emociones sufrieron una transformación violenta y pasé de estar preocupada a sentirme muy aterrada, como si me acabaran de arrojar a una escena de una película de horror en la que estaba a punto de suceder algo de lo que nadie podría escapar.

Porque esa niebla era muy peligrosa.

Era capaz de matar.

—No sé qué es, pero tengo miedo —susurró Nolan.

—Yo también —admití.

—Yo... también —dijo Dan, todavía más bajo.

Entonces empezó a extenderse. Las líneas oscuras y un poco difuminadas se arrastraron sobre la tierra como si estuviesen siendo sopladas por el siniestro movimiento de su mano. Primero no fue más que una expansión progresiva y calmada, pero luego, mientras Ax se ponía de pie lentamente, a pesar de tener los ganchos incrustados en su piel sangrante, la niebla serpenteante se alzó con él, fuerte, viva, amenazante y lista para ser usada.

Un hombre le gritó:

—¡Quieto!

Y le enviaron una descarga a través de los cables, pero Ax alzó una mano y, con sus negros y furiosos ojos mirando fijamente hacia el vacío, se arrancó uno de los ganchos. Sangró más. Los hilos rojos se deslizaron sobre su piel ya repleta de venas ennegrecidas y, a continuación, se quitó el otro. Antes de que le pudiesen disparar, algo que iban a hacer porque oí que alguien dio la orden, él extendió su mano como si hubiese arrojado algo y un salvaje latigazo de niebla atacó con rabia a uno de aquellos tipos.

Penetró en su cuerpo por sus orificios nasales y el soldado soltó la celda y en un segundo empezó a sangrar por la nariz. A continuación, se inclinó bruscamente hacia delante con una arcada y vomitó un chorro de sangre. Luego se irguió de golpe, como si un titiritero invisible le hubiese puesto hilos y le hubiese ordenado hacerlo, y uno de sus brazos se fracturó dolorosa, cruel y visiblemente. Después su cuello se giró y se rompió.

El cuerpo cayó desplomado sobre su propio charco de sangre.

Y entonces se desató el caos.

Porque Ax empezó a matar.

Sin piedad.

Un soldado por alguna parte gritó:

—¡Retrocedan!

Pero la niebla, orquestada por él, atacó. Se fragmentó en muchos chorros y se abalanzó con rapidez hacia la línea de hombres. Entró en sus cuerpos por cualquier orificio y, uno a uno, sus brazos se fracturaron, algunos vomitaron algo demasiado espeso y oscuro para ser solo sangre, otros se sacudieron con un grito aterrador, como si se estuviese reventando todo su interior, un par se puso las manos en la cabeza y lloró entre un chillido que daba entender que se le estaba partiendo progresivamente el cráneo.

No había límite. Cada hombre fue cayendo muerto de formas espantosas y retorcidas. Aquello me hizo pensar en una enfermedad. Una monstruosa enfermedad rápida y asesina. ¿Tal vez era eso lo que estaba dentro de Ax, algo capaz de matar progresivamente o rápidamente dependiendo de si él lo controlaba o no? Lo sospeché, pero no tenía modo de confirmarlo.

La organización tenía más ideas para capturar a Ax. Ideas que, a ser sincera, no me esperé.

Una fila de hombres que aún no habían sido atacados retrocedió y se refugió tras sus escudos, arrodillados. Entonces, por detrás de ellos, apareció uno de esos camiones lanza-agua, blindado y lo suficientemente pequeño para poder entrar en el jardín, pero lo suficientemente amenazante como para verse capaz de expulsar un chorro potente. Recordando haber visto ese tipo de vehículo militar en la televisión, ni el fuego ni las balas podían dañarlo, y considerado que para detener a Ax necesitarían más que agua. Tal vez era un líquido alterado...

De pronto tuve una idea que me pareció muy buena.

—Tenemos que ayudarlo —les dije a Nolan y Dan.

Nolan me miró asustado.

—Mack, no sé si te has dado cuenta, pero ¡¡¡nosotros no podemos detener balas ni chorros de agua!!!

Eso era cierto, pero teníamos a nuestro favor el hecho de que aún no nos habían visto.

—Él puede acabar con los hombres que están más cerca, pero sospecho que ese carro va a lanzarle algo más que un chorro de agua. Lo quieren vivo y no se rendirán hasta conseguirlo, así que probablemente llamarán a más refuerzos. Harán cualquier cosa hasta lograr su objetivo, y lo lastimarán de distintas formas.

—¿Qué has pensado? —me preguntó Dan, porque Nolan solo puso cara de duda y nervios.

De acuerdo, esto tenía que sonar mejor que en mi mente.

—Los aspersores y la electricidad —le expliqué—. Si se activan, Vyd podrá atraer la corriente del cercado que hay sobre los muros y atacar el camión lanza-agua con una descarga potente. Al mismo tiempo podrá electrificar el agua de los aspersores para que caiga sobre el resto de los soldados.

Nolan arqueó las cejas al entender que eso implicaba salir de nuestro escondite y escabullirse dentro de la casa, donde estaban los controles de la electricidad. Es decir: exposición.

—Muy bien, iremos —asintió de pronto, aunque no parecía muy convencido.

Pero no, esa no era la idea.

—No, iré yo sola. Necesito que tú trates de acercarte a la cúpula de Vyd para decirle lo que debe hacer cuando las luces se enciendan.

Nolan me miró como si estuviese loquísima.

—¡Claro que no! —protestó—. ¡Es obvio lo que pasará si vas sola! ¡Primero todo saldrá bien, pero luego te sucederá algo malo!

Le sostuve la mirada, muy seria. Sí, yo también estaba asustada y tampoco quería que nos sucediera nada malo, pero si nos quedábamos ahí escondidos a esperar a que Ax lo solucionara todo, íbamos a perder. Y tal vez no teníamos poderes, tal vez éramos normales, pero no éramos unos inútiles.

—Nolan, mi padre tuvo la intención de hacer que vivieras nada más por mí —le recordé—. Si seguimos sobreprotegiéndonos el uno al otro y negándonos la oportunidad de hacer las cosas por nuestra cuenta, separados, solo ayudamos a que eso se cumpla, así que iré sola y tú irás a hablar con Vyd. Pongámonos en marcha ya.

Me aseguré de sonar lo más firme posible, y él lo captó porque, si bien abrió la boca para replicar, la cerró luego.

—Yo iré contigo —se ofreció Dan, alzando su arma.

Me lo quedé mirando, sorprendida por el ofrecimiento. Él no conocía a Ax más que como «el chico que nos había metido en todos esos problemas», le agradecía mucho que confiara en que debíamos ayudarlo.

Miré a Nolan como diciéndole: tenemos un arma, así que hay que intentarlo. Él suspiró. Luego se volvió hacia Dan, lo observó por un segundo y después lo abrazó. Un abrazo fuerte y fraternal, tan inesperado que por un instante el mismo Dan no supo qué hacer hasta que le correspondió.

Nolan se alejó y lo miró.

—Ahora me caes bien —le dijo con seriedad—. Por favor, no lo estropees todo y protégela.

Dan aceptó esa responsabilidad, a pesar de que no era necesario.

—Ten. —Le ofreció a Nolan el walkie-talkie que tenía encajado en su cinturón policial—. Comunícate con nosotros. Te escucharemos por el intercomunicador. —Señaló algo parecido a una pequeña bocina también en su cinturón.

Nolan cogió el walkie-talkie y después tomamos caminos separados.

Dan y yo nos fuimos por los laterales del perímetro de la casa, cerca del borde de los muros que la rodeaban. Los soldados de la organización se habían concentrado en el centro para intentar atacar a Ax, así que esa área ahora estaba despejada. Y... también más oscura de lo normal, por lo que tuvimos que andar con cuidado, ya que por ese lado había trampas. Aunque no funcionaban sin la electricidad. O eso supuse porque ninguna se activó.

Cuando entramos en la casa por la puerta de la cocina, había un silencio peligroso. Dan todavía apuntaba en la posición alerta de un policía, por si acaso. Revisó el perímetro antes y luego cruzamos el pasillo que llevaba a la sala. Al llegar al vestíbulo vimos dos cosas: primero, que la puerta principal estaba abierta y fuera se escuchaba ruido como si hubiese un grupo de soldados vigilando y esperando. Segundo, que los cuerpos que Vyd había electrificado seguían sobre el mármol y ya se estaban descomponiendo. Olía fatal.

—Por la pared —me susurró Dan.

Tuvimos que aguantar la respiración y ser sigilosos al pasar muy cerca de las paredes del vestíbulo para llegar a la puerta del cuarto de cámaras, que estaba a pocos metros de la puerta principal. En cuanto entramos, solté todo el aire que había contenido.

Vi las pantallas de las cámaras apagadas sobre el panel de interruptores. Probablemente, era por la tensión, pero no recordé cuál encendía la electricidad en general. Las manos comenzaron a sudarme, y Dan pareció notarlo.

—Tranquilízate —me susurró con voz controlada—. Vamos a salir de esta.

—¿Cómo estás tan seguro? —repliqué automáticamente.

—No lo estoy —suspiró, medio divertido, quizá para ayudarme—, pero Nolan es cobarde y tú pareces a punto de desmayarte, así que tengo que aparentar seguridad.

Tenía razón.

Me puso una mano sobre el hombro y apretó en un gesto reconfortante. Luego asintió como diciéndome: «Tú puedes», y por primera vez me sentí mal por haberle mentido antes. Era un buen tipo.

Tomé aire y obligué a mi cerebro a pensar. La solución que me envió fue: acciona todos los interruptores de la derecha. Apenas lo hice, la electricidad de ese cuarto y de toda la casa se restableció. Todo volvió a funcionar como antes.

Dan y yo volvimos sobre nuestros pasos con cuidado...

Pero justo antes de pasar del vestíbulo a la sala, alguien gritó:

—¡Eh!

Me bastó un vistazo hacia atrás para ver a un soldado en la puerta principal apuntándonos. Casi me paralicé de terror, pero los reflejos de Dan fueron inmediatos y actuó bastante rápido: me empujó hacia el sofá de la sala al mismo tiempo que disparó. Yo caí primero sobre los cojines y después al suelo, cubriéndome los oídos. El sonido me dejó aturdida por un instante, con un pitido punzante, pero logré escuchar con cierta lejanía que la voz de algún guardia llamó a alguien desde fuera. Dan entonces se quitó apresuradamente el cinturón con el comunicador y me lo arrojó. Casi no lo atrapé. Luego me gritó:

—¡Ve con Nolan!

Y, sin darme tiempo de negarme o de abrir la boca, se adelantó hacia el vestíbulo, listo para enfrentarse a aquellos tipos.

Durante un expectante momento no pude levantarme. Escuché forcejeos, voces exigiendo atacar, y mi pecho subió y bajó mientras respiraba con la boca entreabierta por el terror. Luego escuché un disparo, y fue una suerte que en ese preciso instante escuchara la voz de Nolan a través del comunicador, porque solo así salí de la inmovilidad:

—¡Vyd no me escucha, Mack! —exclamó con urgencia—. ¡No hace nada! ¡No reacciona! ¿¡Qué hago?! ¡Ayuda!

Me apresuré a salir de la sala, rumbo a la cocina. Preocupada por Dan, no fui capaz de darle una respuesta al instante. Además, al pasar al jardín y deslizarme tras un arbusto, un par de tipos pasaron corriendo hacia la puerta de la cocina. Me preocupé mucho más, pero seguí cerca del borde hasta que alcancé a ver de nuevo el área del jardín donde estaba Ax.

Seguía en el mismo sitio. Sus ojos todavía eran negrísimos y su expresión concentrada y furiosa. Las venas negras que se le habían extendido desde las manos se habían convertido en una capa oscura que le llegaba hasta los hombros y que daba la impresión de querer abarcar todo su cuerpo. Se parecía mucho a la piel extraña de su mellizo...

Un montón de cadáveres lo rodeaban. La niebla oscura era más espesa y no permitía que nadie se le acercara. La chica seguía en el suelo y Vyd continuaba con la rodilla en tierra y el campo de electricidad a su alrededor.

Claro... Ax los estaba controlando. Ellos no tenían consciencia propia en ese momento. ¡Quien debía conocer nuestro plan era Ax, porque era él quien les daba las órdenes! ¿Qué podíamos hacer?

Se me ocurrió algo.

Si Ax tenía control sobre los poderes de número dos, lo que ella escuchara mentalmente podría escucharlo él, así que tenía que hablar mentalmente con la chica. Sabía que me oiría porque ella había entrado en mi mente muchísimas veces. Había una conexión.

Me concentré mucho a pesar del caos y de que mis manos temblaban. Entonces, le hablé. Primero, no salió como esperaba, porque Ax reaccionó en un gesto automático y defensivo ante mi voz. Miró en mi dirección, furioso, y me arrojó un tentáculo de niebla oscura que vi venir a toda velocidad hacia mi rostro.

Logré gritar antes de cubrirme con las manos:

—¡¡¡Soy Mack!!!

La niebla se detuvo en el aire. Por un instante, Ax me observó con rabia. No pareció reconocerme; me estaba analizando, escaneándome para saber si era un peligro o no. No vi nada humano en esos ojos negros. Eran realmente espantosos, furiosos, oscuros como ese abismo del que hablan en los cuentos griegos sobre el infierno. De hecho, sentí miedo, frío y ganas de echarme al suelo a llorar y a morir.

Pero Ax no era ese ser sobrenatural. El ser sobrenatural estaba sobre Ax en ese momento, porque debía defenderse. Aquello tenía que terminar para que él volviera, así que luché contra mi pánico y volví a hablarle mentalmente: «La electricidad de los muros está funcionando, utiliza a Vyd».

Nada.

Y de repente...

Funcionó.

El escudo que protegía a Vyd se desvaneció. Él se levantó, poderoso, elevó una mano y la cerró en un puño al absorber electricidad de la red sobre los muros. Luego abrió el puño y la corriente salió disparada en dos veloces e imparables fases.

La primera fue como ver un rayo. Dio justo en el camión lanza-agua con tanta potencia que sacudió el vehículo, para a continuación colarse dentro y matar al conductor. La segunda fue una lluvia de chispas que se expandió por todo el lugar, amarillas y brillantes. Lo que ocurrió cuando entraron en contacto con el agua expulsada por los aspersores cogió por sorpresa a los tipos que estaban más lejos de Ax, que no pudieron protegerse con sus escudos. Sus gritos se escucharon mientras sus cuerpos se sacudían al ser electrificados.

Y por si quedaba alguno vivo, Ax envió ramificaciones de niebla. Los tentáculos entraron por sus oídos y sus ojos y los reventaron desde el interior como parásitos ansiosos con ganas de despedazar. Sangre, piel, trozos humanos volaron por los aires. Todo ante mis ojos. Todo dejándome impactada y fría.

Era una imagen que no olvidaría jamás.

Tras un momento de horror y gritos, el último hombre cayó muerto detrás de mí. El único sonido posterior a eso fue el de la chica número dos desplomándose en el suelo después de estar bajo la protección de Vyd, exhausta porque Ax la había hecho usar su poder durante más tiempo de lo que su estado físico le permitía.

Al instante, Ax corrió hacia ella para comprobar que estaba bien, todavía dentro de su peligroso estado sobrenatural. Lo curioso fue que no sacó a Vyd del control.

Un silencio perturbador flotó en la zona hasta que...

—¡Sí! ¡Sí! ¡Sí! —Nolan saltó de alegría ante el triunfo—. ¡Sí! ¡Ganamos!

Expulsé todo el aire que había estado conteniendo, pero por alguna razón no sentí alivio. ¿Tal vez fue porque Vyd seguía controlado? ¿O porque acabábamos de presenciar una masacre? No tuve ni idea, pero mi miedo no se calmó, sino que me obligó a mirar hacia atrás, temerosa, para comprobar si había quedado alguien en pie, oculto entre la oscuridad antinatural producida por Ax.

Esperé...

Esperé...

Y de repente vi la silueta venir corriendo, solo que no era un enemigo, era Dan. No entendí adónde se dirigía con la pistola en la mano apuntando y la expresión horrorizada y asustada. Luego, en lo que seguí la dirección de su atención con la mirada, comprendí que iba hacia Nolan porque justo detrás de él acababa de salir la mismísima Sombra desde alguna parte, sangrante por la herida que le habían hecho, pero todavía ansiosa de violencia, de caos y de muerte.

—¡¡¡Nolan, apártate!!! —le gritó Dan, como si deseara que su voz pudiera empujarlo y ponerlo a salvo.

Pero fue todo demasiado rápido. En el instante en que Nolan se dio la vuelta para ver de qué lo advertían, la Sombra se lanzó sobre él con el mismo impulso asesino y animal con el que se había lanzado contra Eleanor, listo para golpearlo contra el suelo y matarlo por el impacto.

Visualicé a Nolan sufriendo el mismo destino. Lo vi tendido en el suelo, muerto, y a mí muriendo con él de dolor y de impotencia.

Pero había olvidado algo.

Nolan no era por completo normal, y esta vez eso era algo bueno para él.

Cuando la Sombra intentó derribarlo, y Nolan se asustó y trató de protegerse estirando los brazos hacia delante, y entonces... sus manos actuaron como una pared con una fuerza que ni él mismo entendió de dónde sacó, y contrarrestaron el empuje de la criatura. Ambos entonces quedaron en pie, Nolan con las manos contra el pecho de la Sombra y la Sombra intentando derribarlo, agitando las manos/garras para herirlo.

Durante un segundo, Nolan luchó contra la fuerza que lo estaba empujando poco a poco hacia atrás, hasta que alzó las cejas, abrió mucho los ojos y se dio cuenta de lo que estaba haciendo, de esa repentina habilidad suya.

Y la usó de forma inteligente.

Formó un puño, tomó impulso y le atestó un golpe en el pecho a la criatura tan fuerte que el feo y mutado cuerpo salió lanzado hacia atrás e impactó contra un grueso árbol para luego caer sobre un montón de piedras.

Quedó tendido e inmóvil.

Nolan retrocedió unos pasos, espantado, nervioso y asombrado. Miró a la Sombra (estaba derrotado), luego movió la cabeza hacia mí con los ojos abiertos por la perplejidad, después miró de nuevo a la Sombra, después miró a Dan, que se había detenido a medio camino al ver lo que estaba haciendo y por último volvió a mirarme a mí.

El silencio en el jardín se mantuvo por un instante en el que seguramente por todas las cabezas pasó un «¿qué demonios acaba de suceder?».

Y después, poco a poco, la cara de Nolan fue transformándose en la de un «¡¡¡oh, por Dios!!!».

—¡¿Vieron eso?! —soltó en un grito, pasando del shock al más puro entusiasmo—. ¡¿Vieron lo que hice?! ¡¿Vieron lo que yo hice solo?!

Presa de la emoción y la fascinación, se removió en su lugar y se pasó la mano por el cabello en un gesto nervioso. Se miró las manos sonriente.

—¡Soy poderoso! —exclamó todavía sin poder creérselo, y luego señaló bruscamente a Ax—. ¡Ja! ¡No eres el único que patea culos!

Ax dejó de mirar a la chica un instante, pero no por el comentario divertido y alegre de Nolan. Sus ojos se fijaron en el cuerpo de la Sombra. Estaba inmóvil, aparentemente muerto, pero Ax se empezó a poner en pie con una lentitud alerta y cautelosa.

Sentí una punzada de advertencia. Sentí que el peligro no había terminado, y con el corazón aceleradísimo empecé a avanzar hacia Nolan a paso apresurado.

—Nolan, quítate de ahí —grité con brusquedad para que se alejara de esa zona.

—¡Es que no puedo creerlo! —saltó él, incapaz de oír más allá de su felicidad—. ¡Ni siquiera sé de dónde me salió esa fuerza!

—Sí, fue fantástico —insistí, y apresuré el paso todavía más porque él estaba algo lejos—. Pero ¡apártate de ahí!

Nolan se giró hacia la Sombra y lo señaló con ambas manos con una obviedad inocente.

—Pero ¡si lo acabo de matar! —exclamó.

Como temí, no llegué a tiempo, y Ax tampoco, a pesar de que vi que corrió hacia Nolan unos segundos antes que yo, al prever lo que iba a suceder. Dan fue más inteligente y disparó, pero falló, y lo que siempre quise que no sucediera, sucedió.

La Sombra dio un salto en su estilo sobrenatural y contorsionista y se lanzó sobre Nolan. No intentó tumbarlo al suelo como a Eleanor. Esa vez hizo algo peor: le dio un fuerte e imparable zarpazo en el cuello. Luego saltó hacia atrás, situándose a la defensiva, ansioso por ver lo que sucedería tras su ataque, si Nolan lo respondería o no.

Pero mi amigo no pudo responder a su ataque. Subió la mano lentamente a su cuello. Cuando la vio, estaba empapada en la sangre que salía de la herida. Se volvió hacia mí, me miró, pestañeó y perdió el equilibrio justo cuando yo llegué para sostenerlo.

Todo transcurrió a una velocidad vertiginosa a mi alrededor. Impactada, nerviosa y presa de un miedo helado, lo ayudé a tenderse en el suelo. Su cuerpo y sus labios tiritaban. Yo misma puse la mano sobre el cuello que sangraba escandalosamente. Sus ojos espantados me enfocaron. Intentó agarrarme, pero solo logró poner una mano sobre mi brazo.

—Mack —pronunció con dificultad, entre gorgoteos—, ¿vis... te lo que hi... ce?

Me quebré por dentro. Quise decirle que sí lo había visto, que había sido increíble, pero lo que solté fue aire y un jadeo entre su nombre y el llanto sin poder contenerme. Luego, sin saber qué hacer, alcé la vista llorosa y desesperada hacia Ax.

Él se había detenido.

Me observó a mí, la escena, a Nolan...

Y luego explotó.

Soltó un grito de rabia y avanzó con las manos en puños hacia la Sombra, que siguió burlándose entre vueltas en el mismo sitio, esperando algo de Nolan, hasta que Ax llegó y lo agarró, empotrándolo con fuerza contra uno de los árboles, para luego empezar a golpearlo contra el tronco, una y otra vez, con una violencia imperiosa y animal, sin dejar de gritar. La criatura emitió chillidos de dolor, sacudió las garras en un intento de defenderse, pataleó y luchó, pero no fue más fuerte, así que no pudo evitar el instante en el que Ax le enterró los dedos de ambas manos en el pecho y lo destrozó por dentro. Por último, dejó que el cuerpo convulsionado del que una vez fue su mellizo cayera al suelo.

Luego, con su pie descalzó, lo pisó y lo destrozó. Miembro por miembro.

Vyd fue liberado del control de forma repentina. Lo vi desorientado por un momento, pero, al vernos, se acercó rápidamente. Al ver el estado de Nolan, se detuvo.

Sus ojos podían dar miedo, pero en ese momento en el que me atreví a verlos, tenía las cejas arqueadas y parecían tristes y asustados.

Dan llegó y se agachó junto a Nolan. Era evidente su horror al ver que su hermano estaba a punto de morir, pero antepuso su postura de policía, tal vez para no flaquear.

—Hay que llevarlo al hospital cuanto antes, todavía pueden hacer algo —dijo, y sin dudarlo pasó los brazos por debajo de Nolan para cargar con él.

En cuanto se puso en pie, vi que Ax venía hacia nosotros. La capa negra sobre su piel se estaba desvaneciendo lentamente. Ya no estaba en su estado sobrenatural. Sus ojos de nuevo eran de diferentes colores, aunque todavía parecía siniestro y peligroso, con el cuerpo completamente manchado de sangre, tierra y fluidos, tal y como lo habíamos encontrado en ese mismo jardín aquella noche.

Me puse en pie.

—No —le dije para que se detuviera y no diera otro paso más. Mi voz era atropellada y llorosa.

Él me miró con ligera confusión, pero no dejó de avanzar. Y a mí me dolió muchísimo lo que iba a hacer, pero era necesario para que Nolan viviera.

—No puedes venir con nosotros, Ax —le dije con voz temblorosa, a punto de perder el poco equilibrio que me quedaba—. Si vinieras, Nolan podría empeorar.

Ahora sí se detuvo.

Era el momento. Se lo solté rápido:

—Hay algo en ti que mata progresivamente a cualquiera que vive a tu alrededor... Eres más peligroso de lo que imaginas. Iba a decírtelo luego, de otra forma, pero esto...

Ax hundió las cejas con lentitud, demasiado desconcertado. Dios santo, qué difícil era decirle eso mientras todo mi cuerpo temblaba y mis ojos no paraban de soltar lágrimas.

—Me lo dijo Campbell, y lo confirmé con unas grabaciones de mi padre —le expliqué. Me costaba mucho decirle todo eso, pero no me detuve—: No puedes acercarte a Nolan y yo no puedo alejarme de él, así que tienes que irte con Vyd y número dos. Ahora. Lejos.

Me miró sorprendido.

—Pero...

—¡Tú lo sabes! —le interrumpí, porque no podía dejar que ningún argumento me hiciera cambiar de opinión—. ¡Sabes que Nolan es lo más importante para mí! ¡Esto que le ha pasado es por mi culpa! No debí permitir que participara en todo esto. Si se muere hoy como murió mi madre, nunca voy a...

Ser la misma. Ser feliz. Ser alguien. Solo que eso no pude decirlo. Jamás me perdonaría haber causado la muerte de Nolan. Quizá los médicos podían hacer algo, así que no podía permitir que Ax estuviese cerca, porque lo debilitaría con su toxicidad.

—Es nuestro amigo —agregué—. Hay que salvarlo.

No tenía que decir más. Tenía que ir con Dan al auto, así que me di la vuelta y caminé apresurada entre los cadáveres. El agrio olor a sangre que flotaba en el ambiente junto con el revoltijo de nervios y el miedo amenazaron con hacerme vomitar, pero tenía que seguir. Tenía que seguir...

Ax me llamó:

—Mack.

Por un instante mis pasos redujeron su velocidad. Escucharlo se sintió como recibir cuchilladas en cada zona en la que era capaz de sentir dolor emocional. Sin embargo, mi parte lógica me empujó a continuar.

No. No podía detenerme ahora. Nolan me necesitaba.

—¡Mack! —volvió a gritarme Ax.

Sabía que estaba avanzando hacia mí y temí que me alcanzara y lograra pararme, pero por suerte Vyd intervino:

—Tenemos que irnos, Ax, por favor —escuché que le decía—. Si te acercas a Nolan, podrías acelerar su muerte.

Ax no le hizo caso.

—¡Mack! —me llamó otra vez.

—¡No te dejaré acercarte a Nolan! —le dijo Vyd.

Supuse que se había interpuesto en su camino o lo había agarrado para impedirle avanzar. Se lo agradecí. Pero Ax no se rindió.

—¡¡¡Mack!! —me gritó de nuevo, esta vez con un tono en el que también podía escuchar una súplica: «¡No te vayas!».

Para ponerle final y que Vyd no tuviera que pelear con él, corrí.

Sí, lo que más me estaba doliendo era que Ax acababa de decir mi nombre por primera vez.

Pero no miré atrás.

34

Aún hay otra opción.
O eso parece

La sangre de Nolan estaba seca en la tela de mis tejanos.

Solo dejé de mirarla cuando Dan llegó al solitario pasillo del hospital en el que ya no sabía cuánto tiempo llevábamos esperando. Traía un pequeño vaso de café en una mano. Después de haberse enfrentado últimamente a situaciones tan horribles como difíciles, tenía un aspecto cansado y preocupado. Su uniforme también estaba lleno de grandes manchas de sangre.

Se sentó a mi lado con un suspiro.

—Tómatelo. Te sentará bien —me dijo, ofreciéndome el vasito humeante—. Una enfermera me dijo que la operación se ha alargado, pero apartando eso... tenemos que hablar de algo.

Acepté el café, aunque no bebí. Nolan había entrado en el quirófano hacía tres horas, y además de la preocupación y el miedo por cómo podía salir la intervención, estaba procesando mi nueva realidad como persona normal: mi madre estaba muerta, Ax se había ido, Nolan dependía de un doctor y yo era huérfana. Mis manos no paraban de temblar, sentía que tenía que esforzarme por respirar y solo tenía ganas de llorar. Llorar como una chiquilla. Llorar hasta que todo cambiara y me despertara en mi habitación un día cualquiera.

—Mi madre... —susurré, impactada por el hecho de que ya no estaba.

—No creo que podamos recuperar su cuerpo —me susurró Dan con cierto pesar—. No pude ni siquiera informar de su muerte. Habrían hecho muchas preguntas.

Tenía razón. Ya nada era normal. Pensar en un funeral o en algo de ese tipo era estúpido. Me dolía mucho el hecho de no haberme despedido de ella, pero seguía sin tratarse solo de mí. Aún había peligro. Aún existía la organización. Yo seguía siendo la hija de Godric y ellos sabían que yo lo sabía todo.

No podía quedarme en esa silla temblando.

—¿Qué se supone que debemos hacer ahora? —pregunté—. Salimos del caos del jardín, pero no creo que estemos a salvo. ¿Y si la organización aparece aquí para matarnos? ¿Cómo protegeremos a Nolan? ¿Puedes...?

Dan me interrumpió con una señal de que me tomara un momento para respirar:

—Siguen en peligro, sí, por esa razón es momento de pensar con más cuidado.

Asentí.

—¿Tienes alguna idea?

Él dudó un momento, como si lo que iba a decir fuera un poco difícil.

—Cuando los dejé a todos en casa de Campbell, fui a la comisaría e intenté buscar opciones para escapar —me contó.

Lo miré esperanzada.

—Dime, por favor, que diste con alguna.

—No fue necesario. La opción llegó a mí en una llamada horas antes de encontrarme con ustedes.

Me observó un momento como si esperara que yo captara algo. Mi cerebro estaba demasiado embotado como para eso, así que solo puse cara de que no tenía ni idea de qué hablaba.

—Mira por la ventana —me sugirió.

Mi atención se fue de inmediato hacia la ventana del pasillo que estaba más cerca de nosotros. Me puse en pie y, confiando en él, me acerqué a ella. Desde el cuarto piso del hospital vi que había toda una caravana de vehículos y camionetas negras aparcadas afuera. Junto a ellos, había hombres armados. No tenían uniforme ni nada que los identificara, pero las armas y el hecho de no saber si eran policías o algo peor me asustó.

—¿Qué...? —intenté preguntarle a Dan, pero no completé la oración porque al girarme hacia él vi que en el pasillo acababa de aparecer alguien que conocía muy bien: el padre de Nolan, Teodorus Cox.

Tuve que mirarlo de arriba abajo porque no pude creerlo. Estaba tal y como lo recordaba, a excepción de que ahora llevaba su lacio cabello marrón hasta por debajo de la nuca, pero por lo demás seguía siendo el mismo: las gafas finas, la postura segura y elegante, la nariz aguileña y el estilo clásico de un profesor. Nada que ver con Dan o Nolan. Además, no había venido solo. A su lado había una mujer muy alta y pelirroja que vestía un traje azul oscuro. Sus manos cruzadas por delante y su postura muy recta me hicieron imaginar que debía de ser abogada o algo así.

—¿Qué hace...? —intenté preguntar, pero desvié la vista hacia la mujer—. ¿Quién es...? —Y sentí que todo era aún más confuso y que en realidad la pregunta era—: ¿Qué está sucediendo?

Miré a Dan en busca de respuestas y, cuando me di cuenta de que no estaba sorprendido, me quedó más que claro que él sabía que su padre aparecería.

—Mack, la llamada era de mi padre —dijo.

Mi shock me impulsó a soltar rápidamente:

—No me dijiste nada.

Dan puso cara de desconcierto.

—¿Había un momento para decirlo entre los disparos? —señaló con lógica, pero luego le dio importancia a la información—: El caso es que me dijo que llegaría en unas horas, me pidió ayudar a Nolan y me contó que él lo sabe todo y que quiere ayudarnos.

Un momento.

¿Qué era «todo»?

¿Y cómo iba a ayudar?

Sí, en definitiva, la pregunta era: ¿qué demonios estaba sucediendo?

—No entiendo —fue lo que dije, alternando la vista entre los presentes.

Teodorus hizo un gesto de «vayamos paso a paso». Siempre me había sorprendido su elegancia, y lo tranquilo y despreocupado que podía parecer. Mi idea de él era la de un hombre culto, cuya risa te invitaba a reír, que debía de haber sido muy guapo. Ahora no sabía qué pensar.

—Hay mucho que explicar, lo sé —continuó diciendo—. Primero debo presentarte a Madelein Greer. —Señaló con la mano a la mujer—. Trabaja en una agencia privada del gobierno que se encarga de rastrear peligros y amenazas potenciales contra la humanidad. Hemos estado trabajando juntos durante varios años y...

Solté una risa sin nada de diversión que lo interrumpió. Una risa absurda, más bien de desconcierto.

—¿El gobierno? —repetí como si no tuviese lógica—. Pero si lo que sabíamos era que usted se fue a Australia para dar clases de química con su pareja.

Al menos, eso era lo que le había dicho a Nolan. Por lo que Nolan habían sufrido, ya que lo había dejado solo con la loca homofóbica de su madre. ¿Era una mentira?

Lo confirmó.

—Bueno, no fue lo que realmente hice —me explicó—. Me fui porque sabía que todo esto iba a pasar y necesitaba encontrar maneras de ayudar a mis hijos, y ahora, por suerte, también a ti.

—¿Usted siempre lo supo todo? —pregunté de forma automática.

—No siempre, pero después de que lo descubrí, decidí que no me quedaría de brazos cruzados.

Mi mandíbula pudo haberse caído del desconcierto y el asombro. No supe qué decir. Los latidos de mi corazón golpearon con fuerza mi pecho por la expectativa y un poco por los nervios. ¿Esto era bueno? ¿Era malo? ¿Debía correr? ¿Debía quedarme?

Ante mi silencio, él añadió:

—Los hombres que allanaron tu casa esta noche trabajan para una organización llamada Mantis. ¿Lo sabías?

—Sabía que había una organización detrás de todo esto, pero no conocía su nombre —admití con un mal sabor de boca.

—Bueno, la agencia de la que Madelein es directora lleva veinte años tras la pista de Mantis —explicó Teodorus—. Saben que es peligrosa y por esa razón han querido presentarla como una amenaza ante el resto de los países, pero esto ha sido un objetivo muy difícil de alcanzar debido a su alta habilidad para ocultar sus acciones.

En ese momento apelé al silencio para no decir nada que no debiera, y Madelein intervino por primera vez:

—Dime, Mack. —Su voz era muy seria pero suave al mismo tiempo, muy profesional—. ¿Recuerdas si alguna vez, hace cinco años, Nolan se metió en problemas para defenderte?

Primero pensé que no —reconozco que estaba un poco a la defensiva—, pero luego hice memoria y me quedé impactada. Una vez, en secundaria, estábamos en una fiesta y Nolan golpeó a un chico que trataba de encerrarme en un armario con él. Nunca lo vi como un comportamiento inusual; es decir, sí me sorprendió que Nolan fuera capaz de dar un golpe tan fuerte, pero lo atribuí a un gesto de amigo defendiendo a su mejor amiga. Nada más. El caso era que sí había sucedido.

—Sí, en una fiesta —me limité a decir.

—Pues fue de esa forma como dimos con Teodorus —reveló ella—. Nolan liberó energía sobrehumana sin saberlo esa noche y nuestros sistemas de detección instalados para tratar de ubicar a Mantis lo registraron.

Teodorus complementó la información.

—Madelein contactó conmigo después de eso. Me pidió una muestra de las células modificadas de Nolan para mostrarlas como prueba sólida. Antes, por supuesto, me habló sobre Mantis, sobre quién era en realidad Godric Cavalier, sus trabajos separados de la organización y sobre todo lo que había hecho con Nolan sin informar a nadie.

Me miró con cierto pesar al mencionar a mi padre. Lo único que pude hacer fue mirar al suelo, pasmada por toda la información y por cómo parecía encajar. No me sentía orgullosa de lo que había hecho mi padre dentro y fuera de esa organización. Me avergonzaba, me dolía, me hacía sentir confundida, porque no sabía cómo aplastar todo el amor que había sentido por él.

Como no dije nada, siguió hablando:

—Tras eso, la agencia y yo hicimos un acuerdo. Les entregaría la muestra si me permitían trabajar con ellos y si mis hijos permanecían a salvo en casa. Lo que he estado haciendo desde entonces es demostrarle a la agencia que Nolan puede convivir sin ser un peligro, y al mismo tiempo he estado buscando alguna forma de dormir indefinidamente las alteraciones que Godric le hizo. Lo primero lo he logrado, pero lo último...

Dejó la frase inconclusa, como si le avergonzara y preocupara mucho el hecho de que la respuesta era un fracasado «no».

—Dicho esto, estamos aquí por dos razones, Mack —dijo Madelein—. Una de ellas es STRANGE.

Me puse fría nada más escuchar STRANGE. No tenía ni idea de adónde habrían ido Ax, Vyd y la chica. Sabía que podían defenderse, pero no saber si habían vuelto a tratar de atraparlos me hacía sentir mal. Aunque de algo estaba segura: separados o no separados, había que protegerlos.

Me puse en modo defensa. No pensaba decirles absolutamente nada.

—No tengo nada que decir sobre STRANGE —dije con firmeza.

Y quise irme. Quise darles la espalda en un «no pienso tener nada que ver con STRANGE nunca más en mi vida» y esperar las noticias sobre Nolan en otro pasillo, sin tener que hablar con nadie. Estaba enfadada conmigo misma, con el doctor que tardaba tanto, con Mantis, con todo el mundo.

Pero Madelein soltó algo que detuvo mis ganas de huir:

—Sabemos todo sobre ellos desde hace veinte años.

Miré a Teodorus y la miré a ella con cautela. Por unos segundos intenté encontrar algo que me inspirara desconfianza, que me inspirara peligro, que me gritara: «¡Aléjate de ellos!». Pero parecía muy segura de lo que decía y parecía gente capaz de proteger a otra gente.

—¿Qué es todo? —pregunté.

—Fuimos informados en el instante en el que se detectó la vida inusual en las cuevas —contestó Madelein—, pero Mantis llegó antes y se adueñaron de algo que ni siquiera sabíamos de dónde provenía o por qué estaba ahí. El hecho de que ellos controlen a esos individuos siempre ha supuesto un peligro mundial.

Ahora que lo pensaba, ¿para qué usaba exactamente Mantis a STRANGE? Hice esa pregunta y me la respondió Teodorus.

—Alquilan a los individuos a quien pueda pagar por sus servicios. Normalmente, son usados en territorios sin ley para homicidios importantes, tráfico de drogas y cualquier cosa útil al terrorismo o a determinadas organizaciones. Pero ¿quién sabe? Tal vez tenían otro tipo de objetivos secretos, aún más oscuros.

Un escalofrío me recorrió por un instante. ¿Habían usado a Ax alguna vez para alguna de esas cosas? ¿A Vyd? Tal vez por eso una vez Ax había dicho que era una marioneta. Siempre lo habían controlado.

Dios, cada cosa que descubría sobre la vida que habían tenido los STRANGE era más triste que la anterior, pero me mantuve firme.

Teodorus siguió hablando.

—Nunca habíamos podido demostrar lo peligrosa que es Mantis porque han tenido protegido a STRANGE con los métodos más cuidadosos. O eso creímos hasta que los sensores instalados en el pueblo para detectar si Nolan libera energía sobrehumana nos alertaron de que dos STRANGE estaban sueltos, fuera del poder de Mantis, y que Nolan y tú teníais relación con ellos.

—Pues ya no están con nosotros —les informé—. No sabemos adónde fueron, y si su intención es capturarlos o algo así, nosotros no vamos a poder ayudarles.

Madelein negó con la cabeza. Parecía una mujer muy serena, de esas que siempre podían manejarlo todo, de esas de las que tal vez Nolan desconfiaría.

—Tenemos otros planes en realidad —me dijo—, y ninguno tiene que ver con perseguir o atrapar.

El padre de Nolan asintió. Recordé que Nolan siempre había hablado muy bien de él. ¿Cómo se sentiría cuando lo viera? ¿Feliz? ¿Asustado? ¿Desconfiado?

Demonios, lo necesitaba tanto.

—Nuestra intención es quitarle a Mantis todos los medios con los que son capaces de crear guerras, pandemias, genocidios y extinción —dijo él—. Eso incluye a los STRANGE. Pero no queremos apresarlos o asesinarlos. Su naturaleza está fuera de la realidad humana. Ellos son, según nuestros especialistas, una raza que no podemos explicar y que por ende no podemos atacar, porque en ese caso sucederían dos cosas: nos destruirían o se desataría un caos con resultados... inimaginables.

—La agencia para la que trabajo no tiene por objetivo poner en peligro a la humanidad, sino todo lo contrario —concordó Madelein—. Así que hemos optado por la tercera opción: integración.

—¿A qué se refieren con «integración»? —pregunté—. Porque sí, parecen muy peligrosos, pero ellos nos salvaron la vida. Son increíbles.

Dan asintió, interviniendo por primera vez en la conversación. Tenía los brazos cruzados por debajo de las axilas y las piernas separadas. Me hubiera gustado poder golpearle por no haberme dicho nada sobre que vendría su padre para prepararme mentalmente.

—Es cierto, lo son —opinó.

—Lo sé —aceptó Teodorus, nada sorprendido—. Es lo que intenté demostrarle a la agencia. Individuos como Nolan, a pesar de que tienen habilidades letales, son capaces de no usarlas, a menos, claro, que se vean en peligro o que se les obligue a recurrir a ellas. Nuestro objetivo es evitar que sientan que necesitan defenderse de nosotros y mostrarles que hay una salida de Mantis.

Madelein metió la mano en el bolsillo interior de la chaqueta de su impecable traje. Tan paranoica estaba yo que por un instante pensé que sacaría un arma y nos amenazaría para que le dijéramos dónde estaban Ax, Vyd y número dos, pero lo que sacó fue su teléfono celular. Encendió la pantalla, accedió a algo y luego me lo ofreció para que mirara.

—Estas áreas existen desde hace varios años —me explicó para que entendiera lo que me estaba enseñando—. Están ubicadas en lo que era un pueblo deshabitado que rehabilitamos y reformamos. En ella viven muchas de las personas que hemos rescatado de distintas organizaciones que experimentan con humanos. Funciona parecido a un programa de protección de testigos. No está cerca de ninguna comunidad para no poner en riesgo a nadie, pero no es una cárcel. Queremos que los individuos que están sueltos se alojen allí mientras seguimos recolectando pruebas contra Mantis y mientras que poco a poco les enseñamos las bases del comportamiento humano.

Con cierta duda tomé el móvil. Empecé a ver las fotografías de un lugar bastante impresionante. Por un lado, me recordó a uno de esos *resorts* a los que se va de vacaciones con habitaciones individuales pulcras, espacios recreativos y mucha luz natural; por otro lado, parecía ser parte de un pueblo porque aparecían las calles y las líneas de las montañas a lo lejos. Ciertamente no había barras ni límites, ni nada que inspirara encarcelamiento. Parecía un lugar agradable.

Claro que mis sentidos estaban alerta y la desconfianza era mi principal motor.

—¿A cambio de qué? —pregunté sin rodeos—. Porque siempre hay una condición, ¿no? Ustedes no van a darles un hogar, ropa y comida solo por caridad.

Madelein no se inmutó por el hecho de que fuera tan directa.

—La condición es que no nos ataquen —contestó—, porque no somos enemigos.

—¿Y cómo podemos estar seguros de que no nos atacarán? —rebatí al instante—. Estas agencias, organizaciones, todo tipo de grupos que sirven o no al gobierno solo funcionan por sus propios intereses.

Teodorus dio un paso adelante. Quiso transmitirme seguridad y confianza de una forma genuina; lo capté.

—Te doy mi palabra —me aseguró.

Lo miré fijamente a los ojos, seria y dura. No quería que me tomaran por una niña, por muy confundida y desconcertada que estuviese.

—Mi propio padre me hizo creer que era alguien diferente a base de mentiras —dije para todos, pero con la vista solo en él—. Ya no creo en la palabra de nadie, señor Cox.

Él asintió, indicándome que me entendía.

—Entonces tendrás que comprobarlo por ti misma —propuso, y añadió lo siguiente con una preocupación y un tono más de padre—: Mantis es capaz de acabar con todo lo que ponga en riesgo su trabajo. Ustedes están en su punto de mira, pero más que nada lo está Nolan, así que, con STRANGE o sin STRANGE de nuestro lado, la otra razón por la que estoy aquí es porque mañana sacaré a Nolan y a Dan del rango de vigilancia de la organización, y los pondré a salvo en un lugar al que ellos no podrán ingresar. No permitiré que los maten y mucho menos que se los lleven.

Iba a protestar por esa decisión de llevarse a Nolan cuando Dan agregó mirándome:

—Queremos que tú también vengas con nosotros. —Sonó sincero y como una invitación a estar a salvo—. Porque en cuanto se enteren de todo esto, y se enterarán, porque estoy seguro de que al menos una persona de la urbanización tuvo que haber oído los disparos por muy alejadas que estén las casas, enviarán a la policía y a los servicios sociales a buscarte.

La piel se me erizó de miedo. No podía ir con los de servicios sociales, ahora más que nunca debía estar con Nolan. El riesgo de que le hicieran algo era igual de grande que la probabilidad de que atraparan a Ax, Vyd y la chica, porque Nolan también tenía habilidades y seguramente Mantis lo querría controlar también. Esto había cambiado el nivel de peligro, lo tenía muy claro, y fue precisamente lo que me hizo dudar de contradecir la decisión de su padre.

—Si vienes con nosotros, estarás bajo mi custodia hasta que cumplas la mayoría de edad —se aseguró en aclararme Teodorus entonces.

No tuve respuesta inmediata para eso y, aunque la hubiese tenido, no habría podido decirla porque en ese instante el cirujano encargado de la operación de Nolan salió por la puerta del pasillo de la zona de cirugía. Se bajó la mascarilla y se acercó a nosotros.

Mi corazón latió asustado.

—¿La familia de Nolan Cox? —preguntó a los presentes.

Iba a responder, pero Teodorus tomó el lugar que le pertenecía.

—Soy su padre —se presentó.

El doctor le estrechó la mano y pasó a darle la información:

—Ha sido sorprendente —empezó a decir, visiblemente asombrado—. Perdió mucha sangre, pero no hubo ninguna arteria afectada. Pudimos suturar y resistió bien las transfusiones. Está en proceso de estabilización.

Oh, Dios mío... Nolan estaba vivo.

—Tendrá algunas dificultades para hablar cuando despierte —continuó el doctor—. De hecho, sospechamos que puede tener muchas dificultades para algunas cosas; sin embargo, eso hay que monitorearlo apenas despierte.

Una brisa de alivio me hizo suspirar. Despertaría. Nolan despertaría. Aun así, no me sentí del todo segura. No sentí que todo estuviera arreglado. Aún me faltaba oírlo hablar y saber a qué tendría que enfrentarse.

Teodorus le dio las gracias al doctor y le informó de que lo siguiente que harían sería trasladarlo a otro país. Me sentí bruscamente frustrada. Quería decir algo, pero sabía que Nolan no podía decidir nada en ese momento y yo no podía decidir tampoco porque no estaba por encima de su padre, que era la primera persona a la que obedecerían los doctores. Además, protegerlo era lo primordial, solo que... ¿era esa la mejor decisión?

Tomé a Dan del brazo mientras el doctor y Teodorus hablaban y lo aparté en el pasillo.

—¿Estás de acuerdo con esto? —le pregunté en voz baja.

—La protección es la mejor opción para Nolan —dijo él en el mismo tono—. Y pienso que venir con nosotros también es la mejor opción para ti; mucho mejor que irte con los servicios sociales quién sabe adónde.

—Pero ¡no podemos confiar en nadie! —le recordé con la mandíbula apretada—. Tú no lo sabes porque no estuviste todo este tiempo con nosotros...

Me interrumpió con obviedad:

—¡Porque no me lo contaron! —Miró hacia los lados para mantener la confidencialidad—. Yo los habría ayudado desde el principio.

Apreté los labios para no decir nada más. Ya, ya no era necesario pensar en lo que pudo haber sido por más que me molestara. Solo importaba Nolan, y no saber qué hacer o decir para asegurar su vida era lo que me tenía inquieta.

Dan notó mi aflicción y mi estrés, y usó una voz suave pero madura para hablarme:

—Sé que pasar meses escondiendo a Ax en tu casa, enterarte de que tu padre formaba parte de esa organización y enfrentarte a peligros de muerte ha despertado una alarma en ti; es normal. —Puso una mano en mi hombro y buscó mi mirada como para transmitirme apoyo con la suya—. Pero tienes que activar también la alarma de la inteligencia. En este momento, la agencia en la que trabaja Madelaine es menos peligrosa que Mantis. Salir de su radar de influencia no solo nos ayudará a nosotros, sino que ayudará a Nolan, porque ¿qué otra opción tenemos? ¿Quedarnos aquí hasta que envíen de nuevo a más hombres armados? ¿Y con qué nos defenderemos?

Recordé el «normales, pero no inútiles» dicho en el jardín de mi casa antes de ayudar a Ax, y no sentí que sirviera en esa situación. Si Mantis enviaba más hombres, yo no podría defenderme. Nolan tampoco.

Esta vez dependía solo de mí.

Y estaba muy asustada por eso.

—¿Y si tienen otra intención? —susurré, mirando hacia el suelo.

La mano de Dan que estaba en mi hombro pasó a mi mejilla y me obligó a alzar la cara. Por un instante deseé que fuera Ax.

—Pues cogeremos a Nolan y escaparemos —me aseguró, y no sé si fue porque era un policía y su deber era transmitir seguridad o porque lo decía de verdad, pero tuve la impresión de que estaba dispuesto a todo.

No dije nada porque Teodorus y Madelein se acercaron a nosotros de repente. Crucé los brazos y alcé el rostro. Tenía la sensación de que debía mostrarme muy segura ante ellos.

—Debo ir a hablar con tu madre —dijo Teodorus a Dan—. Es insoportable, pero no queremos que la maten, así que vendrá con nosotros también. Volveré por la mañana con todo listo para el traslado. El hospital está rodeado por nuestro personal de seguridad.

Dan asintió. Madelein entonces me miró fijamente, demostrando que todavía había algo de lo que hablar.

—Necesitamos dos cosas de ti, Mack —me dijo, directa—. La primera, que nos permitas entrar en tu casa para recabar la mayor información posible sobre Mantis del laboratorio de tu padre. Al ser la única representante de la propiedad justo ahora requerimos tu aprobación.

Ah, vaya. Ni siquiera me sorprendió.

—Si decides dárnosla, te sugiero que luego pases a buscar cualquier cosa que quieras llevarte —agregó Teodorus—. Tendrás disponible a un chófer abajo.

—¿Y la segunda cosa? —pregunté.

—Que les des el mensaje —pidió Madelein, obviamente refiriéndose a Ax, Vyd y a la chica número dos—. Que les digas que les ofrecemos asilo y protección en nuestras instalaciones. No serán perseguidos, apresados ni obligados a hacer nada en contra de su voluntad. De aceptar, podrán irse con nosotros mañana.

Con el pasillo vacío porque el doctor se había ido, se giró para irse con Teodorus. Dieron solo unos pasos antes de que yo les soltara una pregunta muy importante:

—¿Qué diferencia a tu organización de Mantis?

Se detuvieron. Teodorus miró a Madelein, cediéndole la respuesta a eso.

—Que nosotros les damos la opción de elegir —contestó, muy tranquila—. Ellos pueden escoger dejar Mantis o luchar contra ella hasta que uno de los dos lados termine destruido. En ambos casos, nosotros seguiremos tratando de proteger a la humanidad ante cualquier peligro.

El padre de Nolan y Madelein me dejaron pensando durante horas.

Eran las doce de la noche. Hacía frío, pero no tenía las ganas de buscar nada para cubrirme. Estaba sentada en las sillas del deprimente pasillo porque no quise alejarme de Nolan ni un microsegundo. Dan había ido a comprobar la seguridad.

No dejaba de darles vueltas a todas mis decisiones anteriores, a los recuerdos que habían vuelto, a cada cosa que mi padre había causado. ¿Qué decisión tomar? Entre todo, solo estaba segura de dos cosas: no volvería a poner a Nolan en peligro y no volvería, jamás, a pensar en Godric Cavalier como la persona que me dio la vida, sino como quien me la había arruinado.

Las consecuencias de sus acciones ahora estaban sobre mí. Yo tendría que lidiar con ellas. Yo tendría que escoger entre ir con la agencia o no. Todo dependía de mí, incluso la vida de Nolan en el futuro, y solo tenía muchas ganas de preguntarle a él qué quería hacer, qué creía que era mejor, pero estaba sola en esto. Sola y confundida. Sola y nerviosa. Sola y preocupada.

Un repentino carraspeo me sacó de mi caos mental. Me puse de pie en un acto reflejo, pensando que debía defenderme de algo, pero era Vyd al inicio del pasillo.

—¡¿Qué haces aquí?! —solté al instante, mirando hacia todas partes, temerosa de que hubiese alguien cerca que lo viera—. ¡Les dije que se fueran lejos!

Él dio unos pasos hacia mí, nada apurados, nada preocupados por si alguna persona lo veía. Me fijé en que tenía la capucha de su gabardina puesta, lo cual ensombrecía su rostro y ocultaba sus ojos, y que en una mano sostenía una gorra de color negro.

—Lo siento, Mack, no podía irme sin comprobar que ustedes estaban bien —contestó. Su voz se oyó desanimada, apagada.

De acuerdo, no podía discutir con él si sonaba así de deprimido.

—Estamos bien —le respondí sin más remedio—. ¿Y Ax? ¿Y la chica?

—Están a una distancia segura de aquí —me aseguró.

Tragué saliva para contener lo mucho que me dolía no tener a Ax cerca.

—Bien, ¿cómo entraste? —le pregunté también—. Hay policías o qué sé yo qué son rodeando el hospital.

Él emitió un resoplido, de nuevo muy desanimado.

—Tu casa estaba más protegida que este hospital.

Me alegraba que estuvieran bien, pero el hospital era peligroso.

—Vyd, tienes que irte... —intenté convencerle, pero él ignoró mis palabras y alzó la gorra que tenía en la mano.

—He traído un regalo para Nolan —dijo, enseñándomela.

Algo dentro de mí se rompió de ternura y tristeza.

—Ah.

Él miró la gorra.

—Es que he visto que cuando alguien está en el hospital le llevan regalos y esto era lo que vendían en la tienda de regalos —trató de explicar, aunque tras esa última palabra se corrigió—: Bueno, en realidad la robé porque obviamente no tengo dinero, pero... —su voz disminuyó y luego resopló con agobio, examinando la gorra—. Es horrible, ¿verdad?

Suspiré y me acerqué a él. Extendí la mano para tomar el regalo. Sí era horrible. Hermosamente horrible.

—No le gusta aplastar su pelo con gorras porque dice que pierde su forma natural —le dije, y me esforcé por sonreír—, pero no es fea, así que se la guardaré.

Vyd tardó un momento en hacer la pregunta, y cuando se decidió, la hizo en voz muy baja, como débil:

—¿Está bien?

La verdad era que yo no había querido entrar en la habitación de Nolan porque no quería explotar en llanto al verlo herido. Dan se había ido a con Teodorus. Me pareció justo que quien lo viera primero fuera su mayor admirador, que posiblemente estaba igual de triste que yo por que estuviera inconsciente en un hospital y no dando saltos y diciendo tonterías.

—Supongo que puedes verlo tú mismo —le sugerí, y le señalé la puerta.

Vyd miró hacia la habitación con las cejas algo arqueadas. Al igual que yo, pareció tener miedo de entrar, pero luego asintió y avanzó. Lo seguí y me detuve en el marco de la puerta con los brazos cruzados y el hombro apoyado.

El pitido del monitor de signos vitales resonaba en el cuarto, calmado y normal. Estaba semioscuro, por la ventana con la cortina descorrida entraba la luz de los faroles de la calle. Nolan yacía dormido y conectado a varias máquinas. Su cabello despeinado, sus brazos a cada lado del cuerpo. Estaba vendado alrededor del cuello, vulnerable, en silencio, sin ser él. Vyd se puso las manos sobre la boca al verlo así, cosa irónica porque llevaba como siempre un pañuelo cubriéndosela, pero pareció muy sorprendido.

—Está guapísimo incluso después de haber estado al borde de la muerte —susurró con aflicción.

No pude evitar reírme.

—Le habría encantado estar despierto para oír eso —admití.

Vyd dejó caer las manos, derrotado.

—Oh, tuve que haberlo defendido —suspiró con voz triste y llena de arrepentimiento.

—No estabas consciente —le recordé.

—Pues tuve que haberme liberado del control —suspiró también.

—¿Eso es posible?

—No...

—Entonces tú eres el que menos culpa tiene —le aseguré.

Hubo un momento de silencio tras esas palabras en el que Vyd se limitó a observar a Nolan. No podía evitar sentir que era yo quien tenía más culpa. No podía dejar de recordar el día en que Nolan me había dicho que ocultar a Ax era peligroso, y aunque no me arrepentía de haber conocido a Ax, de haber descubierto la verdad de mi familia, me atormentaba la idea de que yo había fallado al no intentar encontrar una forma diferente de hacer las cosas, una que no terminara con mi mejor amigo en ese estado. Era injusto.

Vyd rompió ese doloroso silencio con la voz todavía triste:

—En las películas, los protagonistas hacen todo lo posible por salvar a la persona que quieren.

—La vida no es como en las películas, Vyd —suspiré.

—Lo sé —asintió él, afligido—, pero cuando conoces la porquería de vida que he tenido, tratar de convertirla en una película es solo una manera de no volverte loco.

Su respuesta me impactó.

La porquería de vida que había tenido...

Que Ax también había tenido...

Habían sido mercancía de una organización. Animales encerrados. Objetos de experimentos y alteraciones. Ellos tenían otra naturaleza, una poderosa, y aun así la escoria que era la humanidad se había adueñado de ellos. Y por esa razón las verdades no terminaban. Por esa razón además de Mantis existía la agencia de Madelein. Por esa razón, yo estaba en medio.

Miré un punto del suelo fijamente, pensativa, de nuevo dándole vueltas a la decisión que debía tomar, hasta que Vyd volvió a decir algo:

—¿Sabes lo que dijo cuando le enseñé lo que hay debajo del pañuelo? —preguntó recordando algo bueno—. Dijo: «Qué aburrido, pensé que era más horrible». Y eso que no creo que haya algo más horrible, Mack.

Sonreí inconscientemente.

—Nolan ve las cosas de forma muy diferente. Eso es lo que hace que seamos los mejores amigos.

Lo que me dijo tras eso fue muy repentino y no tuvo relación con mi respuesta, pero fue impactante:

—Tienes miedo de tomar una mala decisión, ¿no?

Pestañeé, sorprendida.

—¿Cómo lo sabes?

—Para que mis ojos causen miedo deben verlo antes —me explicó, todavía mirando a Nolan—. Por ejemplo, él le tiene miedo a la soledad, y tú antes tenías miedo de no recordar nunca lo que habías olvidado e incluso de olvidarte a ti misma.

Sabiendo que tenía esa habilidad, no puede evitar preguntarle:

—¿Y Ax? —Al decir su nombre mi voz sonó débil—. ¿Le tiene miedo a algo?

Vyd se giró hacia mí y se echó la capucha hacia atrás. Su cabello blanco y enmarañado quedó al descubierto al igual que su aspecto extraño y un tanto antinatural. Más que nada, sus ojos amarillos y espantosos resaltaron. Traté de no mirarlos, pero él me lo pidió:

—Mira mis ojos y dime qué ves.

Dudé un momento porque no quería sentirme más asustada de lo que ya estaba, pero si me lo pedía era por alguna razón, así que me arriesgué.

Apenas su mirada conectó con la mía fue como si algo invisible me paralizara los músculos, la vida, la mente. No me sentí capaz de mover un solo dedo o de pensar, me sentí vulnerable en medio de una profunda e infinita oscuridad.

Eso era lo que veía: negrura, nada. Y era horrible no ver más que eso. Era horrible que la oscuridad no tuviera un fin y que al mismo tiempo pareciera muy limitada. Era una negrura amenazante, indefinida, tan imposible de determinar o de medir que aterraba. Ahí no había vida. No había voz. No había sonido. No había salida.

—Oscuridad —logré decir con pronunciación dificultosa.

Vyd se dio la vuelta de nuevo para mirar a Nolan y rompió con brusquedad el paralizante poder de su mirada sobre mí. Volvió a colocarse la capucha.

Yo estaba temblando, presa de una fría e incómoda sensación de miedo y asfixia.

—Ax le tiene miedo a la misma oscuridad que tanto conoce —me explicó Vyd.

De repente, muy de repente, como si lo único que necesitara eran esas palabras para entenderlo, algo vino a mi mente. Me impactó que llegara así. Me impactó tanto que aceleró mi corazón y pateó el miedo por un instante. Eso era... Claro...

Me acerqué a Vyd y me detuve a su lado, justo frente a la camilla.

—¿Has visto la película *La bella durmiente* de Disney? —le pregunté.

Él negó apenas con la cabeza. Ese Vyd abatido no me gustaba. Así no era él. Así no podía ser él.

—Pues va de una chica que cae en un sueño profundo y la única forma de despertarla es con un beso de amor verdadero —le expliqué.

De reojo vi que Vyd hundió un poco las cejas, medio confundido e intrigado.

—¿Un beso de amor verdadero? —repitió sin comprenderlo.

Asentí, y me fue imposible reprimir la sonrisa que me produjo lo que le iba a proponer.

—No creo que Nolan vaya a despertarse de pronto —le aclaré primero—, pero creo que tú deberías darle uno, porque lo quieres de verdad.

Las cejas de Vyd se arquearon un poco. Él sabía lo que era un beso, pero por un momento solo mantuvo la cabeza baja. Me impresionaba que fuera tan intimidante y al mismo tiempo pudiera ser un muchacho tan dulce e inexperto. Era la clara demostración de que dentro de lo que parece un monstruo puede haber algo muy especial.

Vi sus dedos enguantados moverse con duda sobre el borde de la camilla.

—Yo no... —masculló, inseguro—. Es que yo...

Se señaló con aflicción el pañuelo que cubría la mitad de su cara. Entendí que para lo que yo le decía que hiciera debía quitarse el pañuelo, y por alguna razón, que respeté por completo, no quería hacerlo delante de mí.

Y tenía sentido. Justo ahora el único que sabía lo que había debajo de ese pañuelo era Nolan. Debía ser el secreto de los dos.

—No te preocupes —le tranquilicé con voz suave—, esperaré fuera sin mirar.

Le di una palmada en el hombro para animarlo. Sentí un corrientazo, así que la aparté rápido con una risa. Luego avancé hacia la puerta y sin cerrarla me quedé apoyada en la pared junto al marco. Por un instante no escuché nada. Traté de imaginarme a Vyd inclinándose para besar a Nolan, y la imagen me hizo sonreír con tristeza. Nolan no lo recordaría, pero Vyd sí. Y Vyd merecía ese recuerdo.

Eso me llevaba a la decisión que iba a tomar. A la decisión que se me acababa de ocurrir tras conocer qué era lo que Ax más temía.

—Vyd —dije entonces desde donde estaba—, ¿puedes pedirle a Ax que vaya a verme a la mansión?

—¿Cuándo? —respondió él.

Mi sonrisa se quebró.

—Esta noche.

35

Siempre hubo otro plan.
¿Lo aceptarás, Mack?

La mansión Cavalier se veía sombría bajo la noche.

Toda la vida me había parecido una residencia monumental, lujosa, de revista. En ese instante me pareció una casa del terror, lo que quedaba en las películas luego de una tragedia. Las luces encendidas eran lo peor, como si dentro estuviesen los fantasmas de la familia Cavalier esperando para atormentar a cualquiera que se atreviera a entrar.

Tuve que tomar valor para atravesar la verja y llegar a las puertas dobles de la entrada. Puse la mano sobre la manilla dorada que Eleanor había escogido años antes de que yo naciera. La miré un instante. Sería la última vez que abriera esa puerta y que pisara la casa. Sería el final de toda la vida de mentiras que mis padres habían armado para mí, sobre el constante sufrimiento de otra persona, sobre las cosas malas que Godric había hecho.

En parte eso era un alivio.

Cerré los ojos y abrí la puerta. Pasé y la cerré detrás de mí. Me quedé apoyada contra ella unos segundos, esperando que me llegara el fétido olor de los cadáveres de los soldados que nadie había recogido y que de seguro solo los de la agencia del padre de Nolan recogerían si aceptaba que inspeccionaran la casa.

Solo que no me llegó esa pestilencia. Lo que inhalé fue un raro e inusual olor a humedad, a rocas, a tierra, a profundidad. Lo que captaron mis oídos también me extrañó. Nada. Un silencio muy denso que no tenía ni siquiera zumbido. Por último, mi piel percibió frío. Y todo eso, que no reconocí de dónde podía venir, me hizo latir el corazón de miedo.

Aun así, me atreví a abrir los ojos para ver lo que había ante mí.

Y me quedé congelada por dos razones.

La primera, porque de repente, de alguna forma inexplicable, tenía una linterna encendida en mi mano. La segunda, porque lo que me permitió ver la luz de dicha linterna no era mi vestíbulo ni mi sala, ni mi escalera, ni mi casa. Era un lugar totalmente diferente. Era oscuro donde no alumbraba, húmedo, como una bóveda de rocas que formaban paredes y techos irregulares de los que colgaban estalagmitas.

Era una cueva. Una caverna.

Los latidos de mi corazón golpearon con violencia mi pecho y la confusión amenazó con causarme un ataque de desesperación, pero una fuerza extraña que de repente surgió dentro de mí me impulsó a caminar, a adentrarme, a seguir hacia las profundidades.

Apuntando la luz hacia delante, avancé con mis pasos causando un sonido seco sobre las rocas y la tierra gris. Una certeza me dijo que, aunque este lugar daba jodido miedo, no debía detenerme. Sin esfuerzo, le obedecí y seguí. El suelo empezó a inclinarse al descender hasta que en cierto momento tuve que sentarme en un borde y saltar hacia abajo.

Aterricé y recorrí el lugar con el campo de luz de la linterna: era un espacio más cerrado que el resto, tanto que sentí la presión de las paredes; el techo todavía estaba lleno de estalactitas, pero con algunas formas adicionales abultadas que podían ser murciélagos o... ¿algo más?; en el suelo había algunos pequeños charcos y el olor a moho y a tierra era más concentrado, un poco fastidioso.

Mi atención se detuvo en un punto del fondo. Ahí no había nada y al mismo tiempo había una oscuridad que parecía significar algo. Era muy rara, como un trozo de algo que no estaba, como si hacia allá la cueva estuviese incompleta y la negrura marcara lo faltante.

De ahí salió ella.

Aunque su aspecto era terrible, no me asusté. Dio pasos sombríos y lentos sobre el suelo cavernoso hacia mí. Mientras, el silencio que se extendió entre nosotras fue expectante. Ella me miró al tiempo que me rodeaba, me estudió como saciando una curiosidad de años. Yo hice lo mismo. La vi diferente, como si fuese solo una chica tan solo un año mayor que yo, despeinada, sucia, con una inusual heterocromía, vistiendo una bata de paciente de hospital. Su piel opaca, sus labios agrietados, sus manos con sangre seca indicaban lo mal que lo había pasado en la vida, lo terrible que había vivido en su encierro bajo la mansión.

—¿Tienes nombre? —le pregunté finalmente. Mi voz sonó nerviosa e hizo cierto eco en el lugar.

Ella negó lentamente con la cabeza, un gesto igual a los de Ax.

—¿Mi padre te llamaba de alguna forma? —pregunté también. Me esuché muy débil en la parte de «mi padre».

—Pequeña —contestó.

Su voz fue baja, algo áspera. Era la voz de alguien que siempre había temido decir algo. Aun así, detecté en ella una nota amarga, de resentimiento.

—Pues ya no eres pequeña —bromeé.

Cuando ella se detuvo frente a mí, vi que el chiste me había causado gracia solo a mí. En verdad sus ojos eran un poco más grandes que los de Ax, y su hermetismo más intimidante, como el de un terrorífico maniquí.

—Tú tampoco —me dijo al cabo de un momento—. Creciste. Mucho.

—Tengo dieciocho —fue lo que se me ocurrió mencionar con una risa incómoda—. Hoy es mi cumpleaños.

—Lo sé —dijo también de forma inesperada.

Me pregunté si había estado en todos mis cumpleaños que habían sido fiestas enormes organizadas por mi madre, ahí, invisible, escuchando, viendo al resto vivir en libertad, viendo a Godric actuar como si no la tuviese encerrada en una celda impidiéndole ser una niña normal, mintiéndole. Era una idea triste.

Ella me leyó la mente.

—Siempre he estado —confesó.

Una profunda tristeza me empujó a disculparme.

—Oye, de verdad lamento todo lo que él te hizo —le dije—. Si tan solo me lo hubieses dicho, si hubieses dejado que yo...

—¿Qué? —me interrumpió de golpe, aunque no sonó grosera, sino neutral, difícil de descifrar—. ¿Ibas a cambiar de lugar conmigo?

Aguardó mi respuesta con expectativa, y me sentí peor.

—No —admití, avergonzada—. No habría hecho eso, pero habría intentado ayudarte como he ayudado a Ax todo este tiempo.

Si le molestó no logré detectarlo.

—No has terminado de ayudarnos —dejó en claro—. Este no es el fin.

Mi corazón se aceleró. Sospeché que para oír eso era por lo que estaba ahí.

—¿A qué te refieres?

Sus pies descalzos giraron sobre sí mismos. Me dio la espalda, alzó el brazo raquítico y señaló la extraña oscuridad que había en esa parte de la cueva y que parecía no encajar.

—No lo puedo recordar —indicó.

—¿Exactamente qué?

—Ahí debe de haber algo —especificó—, pero si no lo recuerdo no lo puedo completar.

Entendí entonces que era ella quien me estaba mostrando ese lugar por una razón importante. La caverna claramente era una proyección suya. Una proyección perfecta, imposible de distinguir de la realidad. Que ella no pudiera completar ese trozo de oscuridad explicaba por qué parecía no acoplarse con el resto de los detalles.

—Esta es la cueva en la que estaban las doce mujeres de las que ustedes nacieron, ¿no? —pregunté para comprobar.

—Un recuerdo —asintió ella.

—Y tú la construiste.

—Tuve que... buscar —asintió también—. Por mucho tiempo. En nuestras mentes. La hice con los pedazos de los recuerdos que esas mujeres tuvieron cuando estábamos en su interior.

—Uau —emití, sorprendida.

Proyectar algo a tal detalle solo con fragmentos de recuerdos ajenos era una habilidad poderosísima. La chica no solo podía manipular la mente, podía manipular la realidad, engañar al cerebro humano. De estar Nolan ahí habría dicho que era un personaje de Marvel.

—Pero ahí. —Volvió a señalar la oscuridad—. No encuentro lo que había, y es importante.

—¿Para qué lo necesitas?

—Para recuperarnos —reveló—. Nuestra conexión está rota en partes. Los que quedamos tenemos que volver a este lugar y crear una nueva.

La miré, intrigada, y conecté algunas cosas.

—¿Eso era lo que ibas a hacer al lograr salir de la celda? —quise saber—. Sé que tenías un plan porque mataste a Godric y luego enviaste a Ax a sacarte de la celda, pero nada salió bien.

—Nada saldrá bien —susurró, y luego volvió a girarse hacia mí. Solo su mirada me produjo un frío inusual—. Ellos nos quieren.

—¿Mantis?

La chica asintió con la cabeza.

—Y la organización —añadió.

—¿Son malos también? —pregunté a pesar de que ya había desconfiado de ellos.

Lo aseguró en un susurro:

—El mundo entero es malo.

Sí, nada iba a cambiar su perspectiva en ese momento. ¿Qué sabía yo sobre cosas malas ante alguien que había sido usada como rata de laboratorio? Nada, aunque sí estaba segura de había partes que no eran tan espantosas, partes que yo solía querer enseñarle a Ax y que sentí la fuerte necesidad de enseñarle a ella.

—Sé que las cosas que te hizo mi padre para aumentar tu poder fueron inhumanas —volví a intentar disculparme— y que las cosas que te hizo Mantis fueron...

La chica frunció las cejas, un gesto tan abrupto que interrumpió mis palabras.

—Ya no debes preocuparte por lo que me hicieron a mí —zanjó—. Debes preocuparte por lo que le hicieron a Ax, y si quieres que se lo hagan de nuevo, porque justo ahora depende solo de ti.

Ella de repente hizo un movimiento con la mano. Tras eso, justo frente a nosotras, entre la oscuridad de la parte incompleta de la cueva, se formó una nueva proyección.

Primero apareció una camilla. Sobre ella se moldeó el cuerpo desnudo de un niño de unos diez años. Tenía el cabello azabache enmarañado y la piel pálida. Era frágil, y estaba por completo desnudo, delgado y atado con gruesas correas para impedir su movimiento. Temblaba, y tenía muchas vías intravenosas conectadas a sus brazos, pecho, piernas e incluso a su cuello, que enviaban líquidos extraños a su sangre y a su sistema.

Era Ax, por supuesto, y sufría. El sufrimiento en su posición era capaz de percibirse. Se notaba que sentía dolor, frío y que le agobiaban los efectos secundarios de todos los medicamentos y fluidos alterados que le aplicaban. Ni siquiera tenía expresión alguna, como si el alma hubiera sido separada de su cuerpo. Su imagen era la del dolor de una enfermedad. El tormento de ser una rata de laboratorio, de ser solo un recipiente, un objeto modificado.

Junto a esa proyección apareció otra. Esa vez, el Ax que yo conocía de adulto, pero totalmente desnudo y sentado en el suelo con las piernas contra su pecho. Sus manos hechas puños golpeaban con desesperación unas paredes invisibles a su alrededor. Estaba en una especie de caja. De su cabeza salían muchos cables que monitoreaban sus actividades cerebrales. Sus ansias de salir de allí eran caóticas. Gritaba, golpeaba, exigía no estar dentro de ese espacio tan reducido y asfixiante. Pero, alrededor, las voces de sus secuestradores le daban órdenes sobre desarrollar su poder.

Automáticamente di pasos hacia esa proyección. Me agaché frente a ella, horrorizada, con el corazón acelerado por la realidad de la imagen, la realidad de lo que había sido su vida y de lo que sería de ser atrapado. De nuevo encerrado así, de nuevo como un animal golpeando las paredes, sin ropa, sin el calor de una cama. Tanto que me había costado enseñarle que él era una persona... Devolverlo a esa vida era un crimen. Y dependía de mí si se cumplía o no.

Me giré hacia la chica con todo el cuerpo temblando de horror.

—No —solté al instante, asustada—. Claro que no quiero eso. No quiero que lo hieran, no quiero que vuelvan a encerrarlo nunca más.

Ella lo dijo:

—Para que eso no vuelva a pasar debemos matarlos. A todos.

Su forma de decirlo fue tan sombría que me heló la piel. Me hice la pregunta mentalmente: «¿A quiénes se refiere con todos?», y ni siquiera necesité decirla para que ella la respondiera:

—A Mantis y a la organización.

—¿Ese es el plan ahora? —logré preguntar. Mi voz sonó temerosa.

—Ha sido el plan siempre. —Fue clara—. Y solo hay dos bandos. Ellos. Y nosotros.

Las proyecciones de Ax sufriendo desaparecieron para dar paso a unas nuevas que se formaron a nuestro alrededor. Si aquellas habían sido espantosas y casi traumatizantes, estas fueron asombrosamente poderosas.

Se moldearon consecutivamente siluetas oscuras, casi sombras, que no tenían rasgos detallados como ojos o dientes, pero sí características diferentes y captables: alturas, contexturas y edades distintas. Se alzaron en sus sitios como si hubiesen sido llamados para mostrarse finalmente, para decir: estos somos nosotros, estamos vivos. Primero no entendí qué eran con exactitud, pero entre ellos vi que una de las siluetas tenía un tapabocas a pesar de no ser más que negrura, supe que era Vyd. Incluso la silueta que se había quedado parada junto a la chica mostraba un punto de luz clara en lo que debía ser uno de sus ojos. Comprendí rápido que era Ax.

Luego estuvo muy claro. Todos ellos eran los doce de STRANGE, y tenían la disposición de un ejército. Eso indicaban sus posturas, la forma amenazante que se intuía en la oscuridad. Querían alzarse así. Querían estar unidos.

—¿Sabes dónde está cada uno? —pregunté, asombrada.

—Algunos, muertos —respondió—. Otros, vivos. Hay que encontrarlos. Vamos a encontrarlos.

Entendí por completo el punto de todo.

—¿Ax, Vyd y tú irían a buscarlos?

—Es lo que debemos hacer —asintió ella.

—¿Ax ya lo sabe? —pregunté también.

—Siempre lo ha sabido.

Enterarme me hizo sentir un poco mal porque él nunca me lo había dicho, ni siquiera insinuado. Aunque, claro, que Ax dijera algo era difícil, pero ese plan era sumamente importante. Ese plan era un destino que de cumplirse prometía caos y destrucción. Eso era lo que ella intentaba decirme.

—Teníamos que llegar a este punto para que lo supieras —aclaró ella ante mi inquietud.

—¿Y luego? —quise saber, ignorando mis emociones—. Me refiero a... ¿luego de las muertes y la venganza?

—Libres.

Libertad...

Quería eso para Ax. Quería que fuera libre. Quería que pudiera salir a la calle, ver las cosas que nunca había visto sin ser perseguido por nadie. Aunque yo no pudiera compartir eso con él, quería que viera la otra parte del mundo que jamás le habían mostrado. Sabía que debía sentirme espantada ante la idea de que destruyeran a Mantis y acabaran con cualquier organización, pero lo que esas personas les habían hecho a Ax, a la chica, a los otros de STRANGE y a quién sabía quién más...

—Tienes que tomar una decisión —me dijo ella.

¿Lo permitiría? ¿Permitiría una matanza así? Me sentí horriblemente confundida y asustada. Hasta quise vomitar.

—Pero es que no sé qué debo hacer —admití, preocupada—. No sé qué decirle a la organización ni qué decidir ni hacia dónde ir ahora que estoy sola.

A eso, la chica solo tuvo una cosa que decir, tan enigmática como su propia mirada:

—Nosotros tenemos el poder y tú conoces el mundo.

Lo dejó flotar como un acertijo para mí y me dejó el doble de confusa.

A continuación, las siluetas de los doce se desvanecieron. La cueva sorprendentemente realista volvió a ser oscuridad, frío y silencio. Tan solo un goteo se oyó por ahí. Ella pareció lista para irse, aunque no supe adónde, porque ni siquiera sabía en realidad dónde estaba, si ahí o en otro lugar. La recordaba herida por la batalla en el patio, pero su imagen en ese momento no tenía ninguna lesión.

De repente dijo algo extraño, algo fuera del tema de la decisión:

—Él lo necesitaba más.

—¿Qué? —Hundí las cejas.

—Conocerte —dijo, neutral—. Por eso lo llevé hasta ti. Ayudó a contenerlo, a que no enloqueciera.

Oh, así que eso explicaba por qué me había hecho conocer a Ax.

—Pero si también te hubieses mostrado tú habríamos podido ser, no lo sé, amigas —le comenté, bastante sincera.

Se mantuvo tan inexpresiva que me fue imposible percibir algo.

—¿Lo habríamos sido? —fue lo que respondió.

Me bastó un parpadeo para no verla más. La caverna desapareció y se reconstruyó la realidad de la casa. Me encontré parada en medio del vestíbulo, de los cadáveres y del mal olor. Me quedó un ligero dolor de cabeza muy extraño, pero lo ignoré porque de pronto sentí que alguien detrás de mí me agarró por los hombros con fuerza. Automáticamente creí que era alguien de Mantis y me asusté, pero la persona me giró para mirarme.

Era Ax.

Perdí el aire cuando lo vi de nuevo, entre aliviada y preocupada por su estado. Estaba todavía descalzo, sucio, despeinado y herido. Había unas rasgaduras en sus hombros causadas por los ganchos que le habían lanzado. La sangre estaba seca alrededor de ellas, aunque no eran graves. Quizá su cuerpo había luchado para sanarlas un poco más rápido. Lo bueno era que seguía en pie, alto y con esa aura de rareza y poder que le daban su constitución junto a sus ojos heterocromáticos.

Aunque en ese instante no tenía su expresión seria. Sus cejas estaban arqueadas y le daban a su rostro algo de indignación. Entendí cuál era la razón de esa emoción en él.

—Lamento haberme ido así cuando estábamos en el patio —quise explicarle de una vez— es que la toxicidad...

Pero me interrumpió:

—No puedes.

—Era necesario —aseguré—. Ahora Nolan está vivo y...

—¡No puedes, Mack! —exclamó, esa vez con voz más firme como si yo no entendiera la gravedad del asunto—. ¡¿Por qué?! ¡¿Por Jaden?! ¡No podía decirlo! ¡No me recordabas!

Lo que había pasado por Jaden...

Me había molestado mucho que Ax lo supiera, pero que yo no lo recordara a él había sido grave también.

Por primera vez, después de mucho tiempo, comprendí y acepté la realidad. Nunca había sido mi culpa como había creído durante tanto tiempo. Sabiendo la verdad, podía liberarlo.

—Fue solo para proteger a Nolan, lo juro —le dije, nada alterada—. Y Jaden... él está muerto y debe quedar atrás.

De forma inesperada, sus manos pasaron a mi rostro. Me lo sostuvo, y presionó sus labios contra los míos sin darme tiempo a decir palabra alguna.

Su beso fue necesitado, medio salvaje, como una forma de asegurar que yo estaba allí y no me había ido lejos. Me gustó, realmente me gustó que me tomara de esa manera tan demandante e incontrolada, y abriera mis labios con los suyos en el momento menos esperado e indicado, pero hubo un problemilla del que me di cuenta un instante después...

—¡Ax! —Aparté mi boca sin poder aguantarlo—. ¡Oh, Dios, hueles horrible!

Demonios, lo quería, pero así solo iba a lograr hacerme vomitar, porque era una mezcla de sangre, sudor y tierra, todo demasiado concentrado y para nada atractivo.

Él se miró las manos sucias y hediondas ante mi exclamación. Luego se vio el pecho manchado de sangre, sus pies casi negros de tierra y finalmente me miró a mí.

—¿Baño? —propuso con simpleza.

Me causó algo de gracia que lo dijera tan simple como si no hubiera problemas alrededor y el día a día hubiese vuelto a la normalidad. Además, era el peor momento para relajarse con un baño, pero en verdad necesitaba higienizarse, sobre todo si se iría pronto. Al menos debía ir limpio. Y... quería pasar un poco de tiempo con él. Tal vez el último.

—Bueno, creo que tenemos tiempo —asentí—. Subamos.

Subimos las escaleras y entramos en mi habitación. La sentí como la habitación de una persona que ya no vivía allí. También sentí que aunque todo era mío, al mismo tiempo era como si no me perteneciera nada. E igual no quería. Todo lo que había en esa casa, ya no lo quería.

Pasamos al baño. Por costumbre le abrí la llave de la ducha mientras él se quitaba la ropa. Recordar que eso lo solíamos hacer normalmente me devastó. Ya nada sería «normal».

En tan solo un momento él quedó por completo desnudo. En cuanto me hice a un lado, entró a la ducha. Iba a darme la vuelta para darle privacidad, pero de pronto me tomó por el brazo y me jaló con suavidad en su dirección.

—Ax, en realidad tenemos que hablar... —Intenté resistirme porque en realidad tenía en la mente las cosas que había dicho la chica y porque además la tristeza de que debíamos separarnos me tenía el estómago hecho un nudo.

—No quiero —se negó y volvió a tirar un poco más insistentemente.

No me salió de nuevo su nombre para negarme. Mi cuerpo y mi mente estaban débiles, así que automáticamente me quité los zapatos con mis propios pies y pisé el interior de la ducha. Él me acercó a su cuerpo hasta que mi pecho quedó contra el suyo y sostuvo el borde de mi camisa. Luego me empezó a desvestir.

Lanzó la camisa fuera de la ducha y luego mi jean sucio de sangre. Su silencio decía: «Es el peor momento, pero ¿qué importa? Sé que quieres esto al igual que yo». Con mi brasier no se complicó demasiado, aunque tenía broche en medio, lo rompió con facilidad y lo arrojó fuera. Hizo lo mismo con la parte de debajo de mi ropa interior, dejándome por completo desnuda y expuesta ante él.

Rodeó mi cintura con sus brazos, me pegó a sí y nos puso bajo el agua que caía. Ahí nos besamos. Inexpertamente, pero con ansia. Al mismo tiempo utilicé mis manos para frotar sus brazos duros, para sentirlo, para limpiarlo, para disfrutarlo. Las deslicé hacia sus hombros, después por su rostro, después por su cuello, por sus clavículas y su pecho. Quité toda la sangre, toda la suciedad, y mientras tanteaba la dureza de su cuerpo admití que estaba enamorada. Sabía que estaba enamorada de él. Sabía que lo amaba. Fue ese el momento en el que supe que Ax, con su peligro, con su anormalidad, con su toxicidad, era lo único que deseaba.

Con mi boca entre la suya, su lengua rozando la mía, el agua siendo saboreada, nuestras respiraciones acelerándose, yo solo pensaba: «Me lanzaría al abismo por él. Desafiaría las leyes por ayudarlo. Aceptaría cualquier trato por protegerlo. Me quedaría a su lado, aunque eso me matara».

Él no aguantó más. Sus ganas aumentaron de nivel y me pegó a la pared de la ducha, todavía entre sus brazos, todavía entre sus besos. Quedé deliciosamente aplastada entre él y la pared. De forma automática alcé mi pierna derecha y rodeé su cintura con ella. Ante la entrada libre, Ax tomó su propio miembro ya duro y preparado para descargarse, y lo introdujo en mí.

Nuestras frentes se unieron apenas impulsó su pelvis contra mí. Él cerró los ojos en un gesto de alivio. Sus labios quedaron entreabiertos, con el agua goteando de ellos. Estuve encantada de presenciar su excitación, de que mis manos sobre sus hombros sintieran su respiración acelerada, de sentir su calor en mi interior, pero perdí el poder de mis sentidos en lo que empezó a entrar y salir de mí.

Comenzó lentamente y fue aumentando de velocidad de forma progresiva. Aferré una mano a su nuca y la otra la dejé en su hombro. Mi espalda contra la pared percibió el frío de la ducha, pero estaba completamente caliente gracias a él, así que disfruté extasiada sus embestidas. Disfruté oírlo jadear, disfruté su fuerza al sostener mi cuerpo, su potencia, su necesidad de hacer aquello conmigo en el momento en el que todavía estábamos en peligro. Disfruté de ver sus ojos tornarse completamente negros a medida que subía su excitación, cómo las venas oscuras empezaron a entretejerse bajo su pálida piel y le fueron exigiendo mayor impulso.

Los gemidos salieron de mí sin vergüenza. Esa vez el placer que sentí fue diferente, menos doloroso, más como siempre había dicho Nolan que debía ser, como había imaginado que sería. «Delicioso» era una buena palabra para describirlo. Un alivio a una exigencia. Dije su nombre contra su oído, olvidé todo lo que nos rodeaba y me entregué hasta que él llegó al clímax y con fuerza se descargó dentro de mí.

Justo tras ese momento, con sus últimos movimientos de entrada y salida, sentí una pequeña explosión que me hizo emitir un gemido más alto y que por unos segundos me hizo perder consciencia de la vida entera para solo sentir un nuevo placer. Luego desapareció y me dejó aferrada a Ax, temblando un poco, con la cabeza apoyada en la pared, disfrutando de los restos de las sensaciones, del calor que todavía ardía entre mis piernas.

Bajé mi pierna con él aún presionándome contra la pared y me dediqué a respirar. Él también, con la punta de su nariz rozando mi mejilla y sus labios húmedos rozando la piel de mi rostro a medida que tomaba aire. Tal vez por estar así de extasiada olvidé que él tenía una curiosa habilidad.

—Tristeza —me susurró de pronto. Al abrir los ojos descubrí que estaba mirándome, lo había detectado con mi olor.

Sí, me sentía triste. Después de esa explosión me había afectado algo de nuevo.

—Es que sé lo que se supone que ustedes quieren hacer —le fui sincera con la voz aún un poco jadeante pero afectada—. Y no puedo acompañarte. No podría ir contigo.

Él hundió las cejas bruscamente. Me soltó como si solo con eso yo acabara de matar el momento. Se metió bajo el agua y se limpió los restos de su descarga, malhumorado.

—Que no puedes —habló como si no hubiese más respuesta.

—Puedo, tú no tomas las decisiones —le repliqué.

—Somos amigos —apeló él—. Tú, Nolan, yo, juntos. Es lo que se hace.

—¿Es que quieres matarme? —le recordé de una vez, trayéndolo a la realidad—. ¿Matarnos? Porque eso es lo que va a pasar si seguimos cerca, Ax, me voy a morir muy rápido.

—No sabía —dijo, molesto—. No es mi culpa.

—Sé que no, pero es la realidad.

Dio la impresión de que quería golpear a la realidad. Y de hecho, tras frotarse el cabello con el agua y limpiarse la cara, dio un golpe de rabia a la puerta de la ducha y salió de mala gana. También cogió la toalla de mala gana e incluso empezó a secarse de mala gana.

Lo miré desde dentro.

—Me pidieron que te convenciera de unirte a una organización que te va a proteger —le solté.

Dejó de secarse los brazos. Miró el vacío por un instante y luego me observó, enfadado.

—No —rechazó, directo.

—Pero es que...

—¡Que no! —casi gritó—. ¡Tú dijiste que me ayudarías!

Cerré la boca. El momento se volvió tenso. Me hizo sentir muy mal, no porque él se enojara, eso lo entendía, ¿quién querría volver a ser atrapado? Era porque el peso de la decisión me estaba carcomiendo, porque sí era cierto que le había ofrecido mi ayuda para salvarse, no para regresar al infierno.

Me fue imposible seguir conteniendo más esa verdad.

—Ax, te amo —le confesé con una voz vulnerable—. ¿Sabes lo que eso significa?

Sus cejas disminuyeron su ira. Se quedó pensando un instante.

—Amor —pronunció en respuesta.

Nolan le había hablado del amor muchas veces. Del amor en las películas, en la vida. Por supuesto, sobre el amor que yo sentía él no sabía mucho. Tal vez nunca lo entendería por completo. Siempre seríamos demasiado diferentes, aunque pudiéramos hacer algo tan normal como tener sexo. Por eso no esperé una respuesta igual de su parte. Aunque la que recibí me sorprendió de todas formas.

—Hubo cosas que nunca dije —admitió él con una sorprendente nota de aflicción—. Quise, pero no pude.

—¿Hay alguna que me quieras decir ahora? —Tragué saliva.

Tardó un momento en el que casi me morí de ansias por saber qué saldría de él ya que nunca se expresaba.

—Perdón.

—¿Por qué? —pregunté sin entender la razón.

—Por no saber que te estaba lastimando.

Salí de la ducha y me acerqué a él. Mi única reacción fue sonreírle. Me sentí feliz de que lo que Nolan y yo habíamos intentado enseñarle todo ese tiempo hubiera dado resultado.

—Después de todo sí eres humano —le dije al poner mi mano sobre su mejilla.

Su respuesta fue lo mejor-peor que escuché jamás:

—No lo soy —dijo en un tono sombrío—. Porque mataré a los que me hicieron esto.

36

Lo que empezó con una decisión peligrosa termina con una decisión aún más peligrosa

El padre de Nolan (Teodorus), Dan, Madelein (la mujer de la organización) y el equipo de agentes de esta me estaban esperando fuera del hospital.

Había varios vehículos y un camión especial de transporte. El cielo era un remolino de grises muy triste, como si quisiera llorar en señal de despedida. Todos estaban a la expectativa por mi decisión. ¿Me negaría a ir con ellos o aceptaría? ¿Llevaría a Ax? ¿Lo entregaría? ¿O lo protegería? Era el momento decisivo.

La respuesta fue clara cuando llegué en la camioneta de Nolan. Bajé de ella, y de la parte trasera bajaron Vyd y Ax. La chica número dos permaneció en el asiento porque estaba débil y necesitaba ayuda. Ahí estábamos. Listo. Ninguno de los agentes les apuntó o mostró hostilidad, solo se les quedaron mirando. Disimularon, pero era muy obvio que sus aspectos sorprendían a cualquiera.

Avancé yo primero. Me acerqué a Teodorus, a Madeleine y a Dan.

—Iremos con ustedes —les informé, neutral. No estaba feliz ni molesta por mi decisión.

Teodorus asintió con cierto alivio y Dan también, pero yo me fijé más en la cara de Madelein. Estaba quieta y calmada sin expresión alguna más que la de agente profesional, pero pude leer el brillo en sus ojos, que estaban fijos en Ax y Vyd. Pude porque ahora que sabía que su lado también era malo, detectar otras cosas era más fácil, como que los miraba de la misma forma que un competidor ansioso. Un premio, ellos eran un premio.

—No se arrepentirán, Mack —me dijo Teodorus—. Es lo mejor.

Les hice un gesto con la mano a Ax y a Vyd para que se acercaran. Ellos avanzaron con seguridad, Ax más adelante que Vyd, cauteloso, con los dedos moviéndose en su mano derecha como listos para hacer algo si lo atacaban. No confiaba. Yo sabía que no confiaba.

Cuando se detuvieron junto a mí, Madelein misma se presentó:

—Con nosotros tendrán toda la protección necesaria. —Su voz en verdad invitó a creer eso—. Nuestra intención es hacerlos sentir seguros, esperamos recibir lo mismo a cambio. ¿Tienen alguna duda que quisieran resolver antes de irnos de forma definitiva? Es el momento ideal.

Ax permaneció en silencio, inexpresivo, mirándola. Su cara era verdaderamente intimidante. Vyd, por el contrario...

—¿Es cierto que tendremos un lugar propio para vivir? —preguntó, curioso.

—Sí —asintió Madelein. Tenía las manos juntas por delante.

—Pero no como una celda, ¿no? —preguntó Vyd también, suspicaz.

—No como una celda.

—¿Puedo tener Netflix? —solicitó de forma inesperada para todos.

Dan pestañeó, asombrado. Teodorus solo sonrió cálidamente. Yo ni siquiera me asombré. Por favor, era Vyd.

—Sí —aceptó Madelein.

—¿Disney+? —solicitó también, el doble de inesperado.

—Sí.

—Todo bien —asintió entonces Vyd, mostrando el pulgar en gesto positivo.

Pautadas las solicitudes de parte de Vyd, Madelein pasó a mirar a Ax. Él seguía indescifrable. Se había puesto unos zapatos y un jean de Nolan. ¿Camisa? Por supuesto que no. Necesitaba sutura en esas heridas de los hombros y tenía nuevos moretones y rasguños por todo el torso y el rostro. Recordar la conversación que habíamos tenido luego de que dijera que quería matar a todos me puso nerviosa.

—¿Alguna exigencia de su parte, señor...? —le preguntó ella.

—Ax —completé yo, acostumbrada a evitar que hablara a los demás para que no descubrieran nada sobre él.

—Señor Ax —asintió Madelein.

Él respondió, seco:

—No.

Quedaron las cartas sobre la mesa.

—La chica necesita ayuda —avisé entonces y señalé el auto de Nolan—. Está débil y herida.

—La atenderán de inmediato —contestó la mujer.

Se dio la vuelta para hablar con algunos de los agentes que estaban más cerca y darles la orden de atender a la chica. Procedieron más rápido de lo esperado y fueron a buscar a los especialistas. Madelein se quedó hablando un momento con otro agente algo que no escuchamos.

—Entonces no eres Axel, ¿no? —le preguntó Dan a Ax de pronto entre el raro silencio que se extendió entre nosotros.

Ax solo lo miró desde su altura, serio. Luego lo ignoró. Dan puso cara de «¿y este qué se cree?».

—Yo soy Vyd —intervino este para salvar el momento, y no ofreció la mano, pero sonó bastante amigable—. Pero puedes decirme cuñado.

Dan y Teodorus hundieron las cejas, confundidos y extrañados.

—¿Eh? —preguntaron al mismo tiempo.

Medié para salvar el momento.

—¿Y Nolan? —solté la pregunta muy rápido.

—Ya se lo llevaron en un avión especial —se ocupó de contarme Dan, mirando muy raro a Vyd—. Sigue muy estable.

—No quiero que me separen de él en ningún momento —dejé claro con dureza y con la vista fija en su padre como una advertencia—. Seré su compañera de habitación, ¿de acuerdo?

Teodorus soltó una risa tranquila que no compartí ni me hizo sentir mejor.

—No hay problema —aceptó—, aunque tendrás que lidiar con su madre.

Pues yo ya tenía experiencia.

En lo que Madelein volvió a reunirse con nosotros, ya estaba todo listo, así que habló:

—Este es el primer paso para la integración. Mantis no podrá hacer nada en su contra a partir de ahora. Estamos unidos.

Tras trasladar a la chica número dos a una ambulancia y estabilizarla dentro de esta, nos fuimos todos a un aeropuerto privado. De allí nos llevaron en un avión. Vyd casi se murió del susto, y como cosa insólita para alguien tan fuerte, le dio náuseas y vómitos. Yo permanecí junto a Ax en todo momento. Él se mantuvo silencioso y serio, sin hablarme o siquiera mirarme.

Esta era la decisión. Ya no había vuelta atrás. No había de qué arrepentirse. Estábamos de uno de los lados malos porque era lo correcto.

Cuando llegamos a las instalaciones vi que eran inmensas. Por fuera daban la impresión de ser algo así como parte de El Pentágono, rodeadas por enormes muros protectores y hombres armados en las entradas. Por dentro no era tan intimidante. De hecho, tenía un aire moderno, como el de un edificio empresarial con piso reluciente, paredes blancas y cristales.

Mientras todos atravesábamos un enorme vestíbulo tras los tacones resonantes de Madelein, vi a algunas personas vestidas de traje yendo de un lugar a otro y a algunos agentes custodiando la seguridad. No me sentí presa del todo, ni vigilada. Sí había cierto aire de libertad. Fue más como si estuviese siendo dirigida a la oficina de un banco para hacer un depósito, aunque sospeché que ese lugar tenía accesos a salas de todo tipo, incluso secretas. ¿Tal vez celdas? ¿Cuartos para experimentos?

Madelein se detuvo frente a un par de ascensores.

—Yo los dirigiré en los primeros pasos para la integración —les habló a Vyd y a Ax con un ligero tono de amabilidad—. Primero les guiaré por las instalaciones hasta sus habitaciones temporales. Permanecerán en ellas solo esta noche y mañana serán trasladados a las residencias permanentes. Hoy nos ocuparemos de que una persona les imparta un breve curso introductorio sobre cómo funcionan estas residencias y cómo pueden iniciar su integración. Responderán a todas sus preguntas y organizarán cualquier exigencia. Luego yo misma hablaré con ustedes sobre nuestras condiciones para trabajar en conjunto y en un par de semanas les presentaremos nuestra propuesta de estudios a realizarles para que ustedes firmen en aprobación o rechazo si así lo quieren.

Pues dicho así sonaba hasta hermoso...

Pero seguro que no lo sería. Tal vez solo unas semanas o, si tenían suerte, meses. Luego mostrarían su verdadera cara. Aunque ya Vyd y Ax sabían que podrían hacerles estudios y evaluaciones médicas o científicas. Yo se lo había dicho.

—Bueno, ahora vengan conmigo —indicó, y se acercó al ascensor de la izquierda, dejando claro que nos tendríamos que separar en ese punto.

Ax me miró un momento. No nos dijimos nada. Éramos conscientes de que había que tomar caminos distintos. Así debía ser.

Ellos entraron en el ascensor con Madelein y desaparecieron al cerrarse las puertas de metal. En cuanto al padre de Nolan, Dan y yo, entramos en el de la derecha. Dan como que percibió mi aflicción porque me puso una mano en el hombro en señal de apoyo.

—Todo saldrá bien —intentó animarme.

Yo no estaba segura. La chica número dos lo había dicho, ¿no? Nada saldría bien.

Cuando el ascensor se abrió pasamos a una sala muy grande que parecía la sala de espera de una clínica con recepcionista y todo. La mujer con un sello en el uniforme le habló directamente al padre de Nolan.

—Su hijo despertó hace unos minutos y está un poco alterado —informó—. Pregunta por una tal Mack.

—Debo entrar a verlo —dije de inmediato.

—Vamos —asintió Teodorus.

Dan se quedó esperando en la sala. Yo fui con Teodorus. Entramos en una de las varias habitaciones médicas que había en ese piso, ni idea de por qué. Nolan estaba sobre una camilla y, a pesar de que el lugar tenía todas las comodidades médicas posibles, estaba algo asustado, lo supe con solo ver sus cejas arqueadas y sus ojos que miraban hacia todas partes.

En cuanto me vio, los abrió mucho. No se movió bruscamente solo porque los vendajes en su cuello eran gruesos e incómodos. Lo bueno era que seguía manteniendo su atractivo y que su cabello, a pesar de verse despeinado, lucía fantástico.

—¡Mack! ¡¿Dónde estamos?! ¡¿Ganamos?! ¡¿Y Ax?! ¡¿Y el raro de Vyd?! —soltó con pánico y con la voz muy carrasposa y entrecortada por el daño a su garganta.

Seguido a eso entró su padre. En cuanto Nolan lo vio sus ojos se abrieron todavía más.

—¿Papá? —pronunció, perplejo—. ¿Me... morí o qué?

—No, Nolan, estás vivo y a salvo —le aclaró su padre con una risa suave—. Y tengo muchas cosas que contarte.

Su padre le contó todo sobre por qué se había ido, sobre la organización, sobre las cámaras en el pueblo, sobre Mantis y sobre sus capacidades inducidas por Godric en su cuerpo para protegerme. Fue bueno que le aclarara que no lo había abandonado solo por otro hombre, y fue interesante que le dijera que quería ayudarlo a suprimir esas habilidades que solo explotaban si yo me encontraba en peligro, ya que él no tenía que vivir solo por mí. En pocas palabras: que su vida ahí sería diferente, pero no mala.

A pesar de eso, lo único que Nolan le dijo cuando terminó fue:

—¡¿Trabajas con toda una organización y decidiste aparecer ahora?! —Su cara era atónita—. ¡Estuvimos en peligro muchas veces! ¡Casi morimos!

—En realidad supe todo por la descarga de energía de Ax —explicó Teodorus también.

—No lo sé, pero nos habría venido muy bien tu ayuda antes —resopló Nolan, aunque no muy molesto.

—La tienes por completo ahora, hijo —aceptó el hombre—. Lo siento.

—Está bien, solo necesito estar a solas con Mack para procesarlo todo —suspiró Nolan.

Su padre aceptó esa solicitud y con un asentimiento nos dejó a solas. Yo estaba sentada en el borde de su camilla.

—¿Por qué aceptaste esto? —me soltó Nolan apenas se cerró la puerta, indignado—. ¡Sé que es mi padre, pero las películas, Mack, te dije que pensaras en lo que pasa en las películas!

Yo estudié la habitación por un momento, sin darle respuesta. Paredes blancas, una ventanilla de ventilación, dos mesitas, un estante. ¿Habría cámaras? ¿Micrófonos?

—¡Contéstame! —insistió Nolan sin paciencia.

De acuerdo, ¿por qué lo había aceptado?

Esa respuesta se la dio alguien más:

—*Este es el plan* —le habló mentalmente la chica número dos.

Y se escuchó en mi cabeza y en la de Nolan al mismo tiempo como un intercomunicador compartido.

Sí, ese era el plan. Nuestro plan. Contra la organización. Contra Mantis. Y contra todos los que quisieran atraparlos de nuevo.

Porque ellos ya no eran las marionetas.

Eran los titiriteros.

Epílogo

Mi habitación en la organización no era tan grande como mi antigua habitación en la mansión. Era, de hecho, sosa. Dos camas (porque la compartiría con Nolan), una ventana a los alrededores protegidos por muros, un baño y un armario pequeño. Lo necesario para sobrevivir. Nada de lujos ni excesos.

Esa noche me senté un momento en la cama a pensar. Pasaría bastante tiempo ahí. No quería, pero el plan que habíamos armado la noche anterior en la mansión lo requería.

La idea me había llegado de repente mientras estaba en la ducha con Ax, al pronunciar las palabras: «Esta es la realidad». Luego nos habíamos reunido con Vyd y la chica en mi habitación para hablarlo todo.

—¿Es decir, que vas a ayudarnos? —había preguntado Vyd al enterarse, entusiasmado.

—Sí —asentí, nerviosa y asustada, pero también decidida—. Estoy de su lado. Nolan y yo.

—¡Fantástico! —exclamó Vyd en un salto con puño. Después miró a Ax—: Oye, tu novia es genial, cabrón. Deberían casarse, siempre he querido ir a una boda.

Ax se había enojado mucho, pero había logrado calmarlo y le había explicado que, a pesar de que no sabía qué hacer, jamás pensaría en entregarlo. ¿Por qué? Lo amaba. Nolan y él eran lo único que tenía ahora.

—¿Cuál es tu idea entonces? —me preguntó la chica número dos.

Ella en realidad no estaba ahí. Estaba dormida en la camioneta de Nolan, herida pero a salvo. Lo que veíamos era la proyección que ella creaba, parada en una parte de la habitación.

—Tú puedes modificar y replicar la realidad a la perfección, ¿no? —le dije a ella—. Y esa realidad puede tocarse, palparse como si no fuese una ilusión, ¿no? Dime, ¿también eres capaz de crear una copia de ustedes tres?

Ella asintió de manera automática, aunque curiosa.

—Pues se me ocurrió que podríamos usar esas copias para hacerle creer a la organización que ustedes están con ellos —propuse, alternando la vista entre todos—. Es obvio que la organización le hará llegar la noticia a Mantis y Mantis creerá que están fuera del país y fuera de su alcance. Mientras tanto, ustedes estarán aquí trasladándose hacia la cueva para encontrar lo que falta y recuperar todo su poder.

—Es una idea interesante —apoyó Vyd, considerándolo.

Ax no se vio muy convencido.

—Fuerza —mencionó él, mirando a la chica número dos—. Se necesita mucha fuerza para lograrlo.

En esa parte no sabía mucho, pero tenía esperanzas.

Ella pensó un momento.

—Puedo —dijo al cabo de un momento—. Hay una forma.

Los tres compartieron una mirada que no entendí, como si jamás hubiesen considerado eso por razones obvias para ellos.

—Por favor, no me excluyan —decidí decir. Era mejor no callarme.

—Si él me controla y me lo ordena usaría su fuerza en vez de la mía —explicó la chica.

—Pero eso significa que deberá entrar en el estado oscuro —dijo Vyd, algo preocupado— y allí no tiene mucha consciencia. Ya lo viste.

Sí, Ax matando a diestra y siniestra de formas repugnantes y crueles en el patio de mi casa. Imágenes que no olvidaría jamás, menos al ir a dormir.

—Bueno, es peligroso, lo sé —suspiré—, pero en verdad creo que es la mejor opción que tenemos. Hay que hacerles creer a ambos lados que los tienen controlados, de lo contrario no podrán llegar a la cueva. Van a perseguirlos.

Nos quedamos callados por un momento. Por la ventana no entraba ni una brisa. La noche era sombría todavía. Tenía en mi cuerpo la reconfortante sensación de haber estado con Ax unos momentos atrás, y sentía que protegerlo y ayudarlo era lo único que debía hacer. Sabía que Nolan estaría de acuerdo conmigo. A él también debíamos cuidarlo de los intereses de Mantis porque tarde o temprano descubrirían que era valioso.

Ya no se trataba solo de salvar a Ax, Vyd y la chica. Había que salvar a Nolan, porque su padre lo mantendría con la organización a toda costa.

—Pero ¿y si notan que son copias? —preguntó Vyd, pensándolo—. Las copias no se pueden tocar.

Puse cara de frustración porque eso no lo había pensado bien, aunque, para mi sorpresa, la chica dijo algo:

—Sobrepondré las realidades y cuando vayan a tocarlos no serán copias. —Me miró a mí por un momento—. Ya lo hacía cuando trasladaba a Ax a tu habitación para que jugaran. Realmente estaremos ahí, pero solo en algunos momentos.

Pues estaba dicho. Miré a Ax a la espera de alguna confirmación. Él estaba recostado en la pared junto a la puerta que daba al baño, con los brazos cruzados y la mirada pensativa y fija en el suelo. Recordé que la primera vez que vi su sombra me había parecido muy extraña. Por supuesto, podría decirse que él era el señor de la oscuridad, que él era la oscuridad misma. Debían temerle. En verdad debían. Tal vez yo también, pero no podía. En ese instante, nada pareció más indicado que él.

¿Qué diría? Después de todo, era el líder.

Él sería el líder.

Tras un momento, dio la palabra final:

—Hagámoslo.

Vyd se frotó las manos con entusiasmo.

—Estos planes sí me gustan —celebró con algo nuevo en él: malicia.

También había algo nuevo en Ax: odio.

Y algo nuevo en mí: adrenalina.

Suspiré en lo que se fue el recuerdo de mi mente. Ahora, siendo el día siguiente y estando fuera del país, el plan ya estaba en marcha. Las copias de Ax, Vyd y la chica estaban dentro de la organización y cada vez que alguien fuera a tocarlos para algo como hacerles algún examen, ella lo sabría y los sustituiría, aunque la idea era evitar cualquier contacto lo más posible. Mientras, podíamos hablarnos mentalmente los cuatro y también con Nolan. Dan jamás podía saberlo, por supuesto. Nos había ayudado, pero había que ser en exceso cuidadosos.

Era muy arriesgado y peligroso, aunque... tenía su lado bueno.

—¿*Sabes qué es lo mejor de esto?* —le pregunté mentalmente a Vyd mientras yo estaba en mi habitación.

—¿*Qué, guapa?* —me contestó al cabo de un instante.

Ellos ya debían de estar camino a la cueva. Vyd conduciendo y Ax en el asiento del copiloto en su estado oscuro, atado al asiento con cadenas por precaución. Les había dado dinero y explicaciones sobre cómo viajar. Usarían distintos autos y distintos nombres. Lo intentarían y después irían a liberar al resto de los de STRANGE.

—Su toxicidad no puede afectarme —le sonreí. Era lo que más me gustaba del plan.

Cuando quisiera podría verlo y, sobre todo, tocarlo, ya que en ciertos momentos él tendría que salir de ese estado para descansar. En esos momentos nos encontraríamos. En algún lugar a solas. Para nosotros. Para hacer lo que quisiéramos.

Me dejé caer en la cama y sonreí más, ansiosa, preparada, con ganas de correr riesgos. Ya no tenía familia. Bueno, Nolan era como mi hermano, pero sin mis padres no me quedaba nada más que intentar cualquier cosa. En esa batalla, yo estaría del lado de ellos.

Mi madre siempre había querido que yo escogiera algo que hacer en la vida. Pues ya lo había hecho. En ese punto, ya estaba segura. Dentro de la organización, con la ayuda del padre de Nolan, empezaría a estudiar lo mismo que había estudiado Godric. Me iría por la rama científica.

Porque al menos por ahora había una forma de que Ax y yo estuviéramos juntos.

Pero yo estaba decidida a encontrar la cura permanente.

Continuará...
Y Ax solo piensa en una cosa: matar.
Se acerca su venganza.

Strange de Alex Mírez
se terminó de imprimir en el mes de enero de 2022
en los talleres de
Grafimex Impresores S.A. de C.V.
Av. de las Torres No. 256 Valle de San Lorenzo
Iztapalapa, C.P. 09970, CDMX, Tel:3004-4444